증편 한국구비문학대계

7-21

경상북도 포항시

이 저서는 2008년 정부(교육과학기술부)의 재원으로 한국학중앙연구원(한국학진흥사업단)의 지원을 받아 수행된 연구임.(AKS-2008-AIA-3101)

증편 한국구비문학대계
7-21
경상북도 포항시

천혜숙 · 김영희 · 이미라 · 이선호 · 김보라

한국학중앙연구원

역락

발간사

민간의 이야기와 백성들의 노래는 민족의 문화적 자산이다. 삶의 현장에서 이러한 이야기와 노래를 창작하고 음미해 온 것은, 어떠한 권력이나 제도도, 넉넉한 금전적 자원도, 확실한 유통 체계도 가지지 못한 평범한 사람들이었다. 이야기와 노래들은 각각의 삶의 현장에서 공동체의 경험에 부합하였으며, 사람들의 정신과 기억 속에 각인되었다. 문자라는 기록 매체를 사용하지 못하였지만, 그 이야기와 노래가 이처럼 면면히 전승될 수 있었던 것은 그것이 바로 우리 민족의 유전형질의 일부분이 되었기 때문이며, 결국 이러한 이야기와 노래가 우리 민족을 하나의 공동체로 묶어 주고 있는 것이다.

사회와 매체 환경의 급격한 변화 가운데서 이러한 민족 공동체의 DNA는 날로 희석되어 가고 있다. 사랑방의 이야기들은 대중매체의 내러티브로 대체되어 버렸고, 생활의 현장에서 구가되던 민요들은 기계화에 밀려 버리고 말았다. 기억에만 의존하여 구전되던 이야기와 노래는 점차 잊히고 있다. 한국학중앙연구원이 1970년대 말에 개원함과 동시에, 시급하고도 중요한 연구사업으로 한국구비문학대계의 편찬 사업을 채택한 것은 바로 이러한 시대적 상황에 대한 우려와 잊혀 가는 민족적 자산에 대한 안타까움 때문이었다.

당시 전국의 거의 모든 구비문학 연구자들이 참여하였는데, 어려운 조사 환경에서도 80여 권의 자료집과 3권의 분류집을 출판한 것은 그들의 헌신적 활동에 기인한다. 당초 10년을 계획하고 추진하였으나 여러 사정으로 5년간만 추진되었으며, 결과적으로 한반도 남쪽의 삼분의 일에 해당하는 부분만 조사하게 되었다. 그럼에도 불구하고 한국구비문학대계는 주관기관인 한국학중앙연구원의 대표 사업으로 각광 받았을 뿐 아니라, 해방 이후 한국의 국가적 문화 사업의 하나로 꼽히게 되었다.

21세기에 들어서면서 한국학중앙연구원에서는 미완성인 채로 남아 있는 구비문학대계의 마무리를 더 이상 미룰 수 없다는 생각으로 이를 증보하고 개정할 계획을 세웠다. 20년 전의 첫 조사 때보다 환경이 더 나빠졌고, 이야기와 노래를 기억하고 있는 제보자들이 점점 줄어들고 있었던 것이다. 때마침 한국학 진흥에 대한 한국 정부의 의지와 맞물려 구비문학대계의 개정·증보사업이 출범하게 되었다.

이번 조사사업에서도 전국의 구비문학 연구자들이 거의 다 참여하여 충분하지 않은 재정적 여건에서도 충실히 조사연구에 임해 주었다. 전국 각지의 제보자들은 우리의 취지에 동의하여 최선으로 조사에 응해 주었다. 그 결과로 조사사업의 결과물은 '구비누리'라는 이름의 데이터베이스에 탑재가 되었고, 또 조사 자료의 텍스트와 음성 및 동영상까지 탑재 즉시 온라인으로 접근할 수 있는 시스템을 갖추었다. 특히 조사 단계부터 모든 과정을 디지털화함으로써 외국의 관련 학자와 기관의 선망의 대상이 되고 있다.

이제 조사사업의 결과물을 이처럼 책으로도 출판하게 된다. 당연히 1980년대의 일차 조사사업을 이어받음으로써 한편으로는 선배 연구자들의 업적을 계승하고, 한편으로는 민족문화사적으로 지고 있던 빚을 갚게 된 것이다. 이 사업의 연구책임자로서 현장조사단의 수고와 제보자의 고귀한 뜻에 감사를 표하지 않을 수 없다. 아울러 출판 기획과 편집을 담당한 한국학중앙연구원의 디지털편찬팀과 출판을 기꺼이 맡아준 역락출판사에 감사를 드린다.

2013년 10월 4일
한국구비문학대계 개정·증보사업 연구책임자 김병선

책머리에

구비문학조사는 늦었다고 생각하는 지금이 가장 빠른 때이다. 왜냐하면 자료의 전승 환경이 나날이 달라지고 있기 때문이다. 전승 환경이 훨씬 좋은 시기에 구비문학 자료를 진작 조사하지 못한 것이 안타깝게 여겨질수록, 지금 바로 현지조사에 착수하는 것이 최상의 대안이자 최선의 실천이다. 실제로 30여 년 전 제1차 한국구비문학대계 사업을 하면서 더 이른 시기에 조사를 했더라면 하는 아쉬움이 컸는데, 이번에 개정·증보를 위한 2차 현장조사를 다시 시작하면서 아직도 늦지 않았다는 사실을 실감했다.

구비문학 자료는 구비문학 연구와 함께 간다. 자료의 양과 질이 연구의 수준을 결정하고 연구수준에 따라 자료조사의 과학성이 결정되기 때문이다. 실제로 1차 조사사업 결과로 구비문학 연구가 눈에 띠게 성장했고, 그에 따라 조사방법도 크게 발전되었다. 그러나 연구의 수명과 유용성은 서로 반비례 관계를 이룬다. 구비문학 연구의 수명은 짧고 갈수록 빛이 바래지만, 자료의 수명은 매우 길 뿐 아니라 갈수록 그 가치는 더 빛난다. 그러므로 연구 활동 못지않게 자료를 수집하고 보고하는 일이 긴요하다.

교육부에서 구비문학조사 2차 사업을 새로 시작한 것은 구비문학이 문학작품이자 전승지식으로서 귀중한 문화유산일 뿐 아니라, 미래의 문화산업 자원이라는 사실을 실감한 까닭이다. 따라서 학계뿐만 아니라 문화계의 폭넓은 구비문학 자료 활용을 위하여 조사와 보고 방법도 인터넷 체제와 디지털 방식에 맞게 전환하였다. 조사환경은 많이 나빠졌지만 조사보고는 더 바람직하게 체계화함으로써 누구든지 쉽게 접속하여 이용할 수 있는 데이터베이스를 구축했다. 그러느라 조사결과를 보고서로 간행하는 일은 상대적으로 늦어지게 되었다.

2차 조사는 1차 사업에서 조사되지 않은 시군지역과 교포들이 거주하는 외국지역까지 포함하는 중장기 계획(2008~2018년)으로 진행되고 있다. 한국학중앙연구원 어문생활연구소와 안동대학교 민속학연구소가 공동으로 조사사업을 추진하되, 현장조사 및 보고 작업은 민속학연구소에서 담당하고 데이터베이스 구축 작업은 한국학중앙연구원에서 담당한다. 가장 중요한 일은 현장에서 발품 팔며 땀내 나는 조사활동을 벌인 조사자들의 몫이다. 마을에서 주민들과 날밤을 새우면서 자료를 조사하고 채록하여 보고서를 작성한 조사위원들과 조사원 여러분들의 수고를 기리지 않을 수 없다. 조사의 중요성을 알아차리고 적극 협력해 준 이야기꾼과 소리꾼 여러분께도 고마운 말씀을 올린다.

구비문학 조사를 전국적으로 실시하여 체계적으로 갈무리하고 방대한 분량으로 보고서를 간행한 업적은 아시아에서 유일하며 세계적으로도 그 보기를 찾기 힘든 일이다. 특히 2차 사업결과는 '구비누리'로 채록한 자료와 함께 원음도 청취할 수 있는 데이터베이스를 구축해서 세계에서 처음으로 인터넷과 스마트폰으로 이용할 수 있는 디지털 체계를 마련했다. '구슬이 서 말이라도 꿰어야 보배'인 것처럼, 아무리 귀한 자료를 모아두어도 이용하지 않으면 소용이 없다. 그러므로 이 보고서가 새로운 상상력과 문화적 창조력을 발휘하는 문화자산으로 널리 활용되기를 바란다. 한류의 신바람을 부추기는 노래방이자, 문화창조의 발상을 제공하는 이야기 주머니가 바로 한국구비문학대계이다.

2013년 10월 4일
한국구비문학대계 개정·증보사업 현장조사단장 임재해

한국구비문학대계 개정·증보사업 참여자(참여자 명단은 가나다 순)

연구책임자

김병선

공동연구원

강등학 강진옥 김익두 김헌선 나경수 박경수 박경신 송진한 신동흔
이건식 이경엽 이인경 이창식 임재해 임철호 임치균 조현설 천혜숙
허남춘 황인덕 황루시

전임연구원

이균옥 최원오

박사급연구원

강정식 권은영 김구한 김기옥 김영희 김월덕 김형근 노영근 류경자
서해숙 유명희 이영식 이윤선 장노현 정규식 조정현 최명환 최자운
한미옥

연구보조원

강아영 고호은 공유경 기미양 김미정 김보라 김영선 박은영 박혜영
백민정A 백민정B 서정매 송기태 신정아 오소현 윤슬기 이미라 이선호
이창현 이화영 임세경 장호순 정혜란 황영태 황은주 황진현

주관 연구기관 : 한국학중앙연구원 어문생활사연구소
공동 연구기관 : 안동대학교 민속학연구소

일러두기

- ■ 『증편 한국구비문학대계』는 한국학중앙연구원과 안동대학교에서 3단계 10개년 계획으로 진행하는 "한국구비문학대계 개정·증보사업"의 조사 보고서이다.

- ■ 『증편 한국구비문학대계』는 시군별 조사자료를 각각 별권으로 간행하 는 것을 원칙으로 한다. 서울 및 경기는 1-, 강원은 2-, 충북은 3-, 충 남은 4-, 전북은 5-, 전남은 6-, 경북은 7-, 경남은 8-, 제주는 9-으 로 고유번호를 정하고, -선 다음에는 1980년대 출판된『한국구비문학 대계』의 지역 번호를 이어서 일련번호를 붙인다. 이에 따라『증편 한국 구비문학대계』는 서울 및 경기는 1-10, 강원은 2-10, 충북은 3-5, 충 남은 4-6, 전북은 5-8, 전남은 6-13, 경북은 7-19, 경남은 8-15, 제주 는 9-4권부터 시작한다.

- ■ 각 권 서두에는 시군 개관을 수록해서, 해당 시·군의 역사적 유래, 사 회·문화적 상황, 민속 및 구비 문학상의 특징 등을 제시한다.

- ■ 조사마을에 대한 설명은 읍면동 별로 모아서 가나다 순으로 수록한다. 행정상의 위치, 조사일시, 조사자 등을 밝힌 후, 마을의 역사적 유래, 사회·문화적 상황, 민속 및 구비문학상의 특징 등을 중심으로 설명하 고, 마을 전경 사진을 첨부한다.

- ■ 제보자에 관한 설명은 읍면동 단위로 모아서 가나다 순으로 수록한다. 각 제보자의 성별, 태어난 해, 주소지, 제보일시, 조사자 등을 밝힌 후, 생애와 직업, 성격, 태도 등을 중심으로 서술하고, 제공 자료 목록과 사진을 함께 제시한다.

- 조사 자료는 읍면동 단위로 모은 후 설화(FOT), 현대 구전설화(MPN), 민요(FOS), 근현대 구전민요(MFS), 무가(SRS), 기타(ETC) 순으로 수록한다. 각 조사 자료는 제목, 자료코드, 조사장소, 조사일시, 조사자, 제보자, 구연상황, 줄거리(설화일 경우) 등을 먼저 밝히고, 본문을 제시한다. 자료코드는 대지역 번호, 소지역 번호, 자료 종류, 조사 연월일, 조사자 영문 이니셜, 제보자 영문 이니셜, 일련번호 등을 '_'로 구분하여 순서대로 나열한다.
- 자료 본문은 방언을 그대로 표기하되, 어려운 어휘나 구절은 ( ) 안에 풀이말을 넣고 복잡한 설명이 필요할 경우는 각주로 처리한다. 한자 병기나 조사자와 청중의 말 등도 ( ) 안에 기록한다.
- 구연이 시작된 다음에 일어난 상황 변화, 제보자의 동작과 태도, 억양 변화, 웃음 등은 [ ] 안에 기록한다.
- 잘 알아들을 수 없는 내용이 있을 경우, 청취 불능 음절수만큼 '○○○'와 같이 표시한다. 제보자의 이름 일부를 밝힐 수 없는 경우도 '홍길○'과 같이 표시한다.
- 『증편 한국구비문학대계』에 수록된 모든 자료는 웹(gubi.aks.ac.kr/web)과 모바일(mgubi.aks.ac.kr)에서 텍스트와 동기화된 실제 구연 음성파일을 들을 수 있다.

차례

설화

현대 구전설화

2. 신광면

● 현대 구전설화

● 민요

● 근현대 구전민요

4. 장기면

5. 죽장면

설화

현대 구전설화

● 근현대 구전민요

포항시 개관

　포항시는 대한민국의 가장 동쪽에 있는 도시로, 바다에 인접하여 전통적으로 반농반어(半農半漁)의 삶의 기반을 가꾸어온 지역이었으나 최근 철강 산업과 국제교역 및 관광 산업의 발달로 새로운 전기를 마련하고 있는 지역이라 할 수 있다. 동쪽으로는 동해에 인접해 있고, 북쪽으로는 영덕과 청송, 서쪽으로는 영천, 남쪽으로는 경주에 인접한 도시다. 또한 지형적 조건과 지리적 위치로 인해 고대 국가 시기부터 오늘날에 이르기까지 주요 해안 방어 거점으로 활용된 군사적 요충지다.

　포항시는 1,128.76km²의 면적에 인구 51만여 명이 거주하는 곳으로, 최근 거주 인구가 확연히 줄어들고 있는 다른 지역에 비해 산업 및 교통의 발달로 오히려 조금씩 인구가 늘어나고 있는 지역이다. 북구와 남구 일대에 여전히 농업과 어업에 종사하는 이들이 많은 편이지만 70년대 이후 제철 산업의 발달로 제조업의 비중이 늘어났으며 최근 교통망과 관광업의 발달로 도·소매업이나 숙박·음식 등의 영업 비율이 각각 27%와 24%를 웃돌고 있다.

　포항시는 행정구역상 포항시내 남구와 북구의 각 7개, 8개의 동과 연일읍, 오천읍, 흥해읍, 구룡포읍의 4개 읍, 그리고 대보면, 장기면, 동해면, 대송면, 송라면, 죽장면, 청하면, 기계면, 기북면, 신광면의 10개 면으로 구성되어 있다. 구비문학 조사는, 대규모 산업 단지와 아파트 등의 집단 거주 시설, 관광 및 요식 산업과 군사 시설이 들어와 있는 시내 15개 동 지역보다 4개 읍과 10개 면 지역을 중심으로 진행되었다.

이들 지역 가운데 송라면, 청하면, 흥해면에서 대표적인 바닷가 마을 지역에서의 조사가 이루어졌는데 이들 지역의 마을에서 반농반어의 전통 적인 생활 풍경을 쉽게 만날 수 있었다. 반면 동해면, 대보면, 구룡포읍은 반농반어의 전통 마을로서의 성격보다는 최근 발달한 관광업으로 인해 관광지로서의 성격이 더욱 강했다. 장기면은 오랜 역사를 드러내는 유서 깊은 지역답게 농업 위주의 노동요나 지역 역사를 드러내는 이야기의 전 승이 유난히 두드러진 곳이었다. 연일읍이나 오천읍은 최근 이주민의 비 율이 급격하게 증가하였을 뿐 아니라 대규모 군부대가 들어와 있는 지역 이었으나 연오랑·세오녀 전설이나 오어사 관련 전설 등 유서 깊은 이야 기의 전승 역사를 여전히 간직하고 있었다. 한편 북구의 기계면, 기북면, 신광면, 죽장면 등의 지역은 바다에 인접하지 않은 지역으로 전통적인 농 촌 마을의 풍경을 고스란히 간직하고 있었다.

역사적으로 포항시는 언제부터 사람이 살기 시작했는지에 대한 정확한 근거를 밝힐 순 없으나 칠포리 일대의 암각화나 흥해읍 용곡리(龍谷里), 흥안리(興安里), 남성리(南成里), 호동(虎洞), 동해면의 도구리 등 지역에서 발굴된 선돌(立石), 석부(石斧), 석도(石刀), 석검(石劍), 석족(石鏃), 반월형 석도(半月形石刀), 방추차(紡錘車), 맷돌 등의 유물을 통해 청동기시대(靑銅 器時代)부터 사람이 살아왔음을 짐작할 수 있다. 특히 오늘날 형산강(兄山 江) 하류를 중심으로 동남쪽의 일월동(日月洞), 남서쪽의 효자동(孝子洞), 서쪽의 이동(梨洞)과 득량동(得良洞), 북쪽의 장성동(長城洞)과 양덕동(良德 洞) 등의 주변 구릉지대가 선사문화인(先史文化人)의 초기 거주지였을 것 으로 추정되고 있다.

이후 포항 지역은 신라(新羅) 건국을 전후한 진한부족사회(辰韓部族社

會) 시대에는 소읍국(小邑國)인 동자국(動者國)에 소속된 촌락(村落)으로 성장하다가, 157년(신라 아달라왕(阿達羅王) 4년) 경에는 영일현(迎日縣)(또는 도기야(都祈野))으로, 757년(신라 경덕왕(景德王) 16년)에는 임정현(臨汀縣)(또는 오천(烏川))으로 고려시대(高麗時代)에는 연일(延日)(영일(迎日))현(縣)으로 개칭되기에 이르렀다.

오늘날 영일만 일대를 둘러싼 지역과 흥해면, 장기면 지역 등이 비교적 오랜 역사를 지닌 포항의 옛 지역들이라 할 수 있는데 특히 연일읍과 오천읍 일대는 과거부터 근기(勤耆), 영일(迎日), 연일(延日), 도기야(都祈野), 근오기(斤烏支), 오천(烏川) 등으로 불리며 해를 맞이하거나 해가 돋는 곳이라는 의미, 혹은 해와 연관된 까마귀와 일정한 상징적 연관성을 지니는 이름으로 지칭되어왔다. 오늘날까지 이 일대에 전해지는 연오(延烏)와 세오(細烏)에 관한 이야기는 <삼국유사(三國遺事)>에 기록되어 있을 뿐 아니라 일본과 포항 일대 여러 지역에서 그 이야기의 흔적을 발견할 수 있는데 특히 일월지(日月池)나 일월사당이 전설의 증거물로 현재까지 남아 있다.

또한 이 일대는 바다를 통한 외적의 침입이 끊이지 않아 예부터 군사 방어 상의 중요 요충지로 인식되어왔는데 신라시대 이미 수많은 토성이 세워졌을 뿐 아니라 신라 문무왕 13년에 왜(倭)를 막기 위해 북형산성(北兄山城)을 축조하여 조선시대 이르기까지 유지되었으며(봉화대(烽火臺)가 있었음이 세종실록지리지(世宗實錄地理志) 봉수조(烽燧條)에 구체적으로 기술되어 있다.), 고려 말이었던 1387년(우왕 13년)에는 두모포(豆毛浦, 현 두호동)에 통양포수군만호진을 설치하여 동해안 방어의 요충지로 삼기도 하였다. 조선시대에도 이와 같은 군사 지역으로서의 성격은 꾸준히 이어져, 1417년(태종17년) 영일진, 1510년(영조7년) 칠포만 호진, 1871년 포항진 등이 설치되었으며 6·25전쟁(한국전쟁) 당시에도 해군 전략상의 요충지로 활용되어 수많은 전투가 치러지기도 하였다. 이와 같은 배경으로 구비문학 현지조사 시에 많은 연행자들이 전쟁과 관련된 체험담을 다수 연행하기도 하였다.

　일제 강점기에는 특히 항구 도시로서의 특성을 살려 상업이 발달하였
으며 이때부터 시작하여 포경업이 금지되기 전까지 '고래잡이'가 성행하
기도 하였다. 현지조사를 수행하며 과거 '고래잡이'의 풍경을 부분적으로
나마 포착하고자 하였으나 이를 구술할 만한 연행자를 만나지는 못하였
다. 다만 일부 연행자들에게서 일종의 추억담을 들을 수 있을 뿐이었다.
해방 후에는 포항 지역 역시 좌·우익의 대립과 갈등이 심해 현지조사를
위해 들르는 지역마다 이에 관한 경험담들을 들을 수 있었다. 특히 6·25
전쟁(한국전쟁) 시기에 관해서는 여러 연행자들이 미 군함의 출현과 해전
의 간접 경험 등을 구술하기도 하였다.

　2010년 실시된 한국구비문학대계 개정증보사업 현장조사팀의 현지조사
일정과 최종 결과물은 다음과 같다. 아래 첨부한 지도는 조사지 현황을
포항시 지도에 표시한 것이다. 조사 대상 지역은 주로 아파트촌으로 개발
되거나 관광지로 개발되지 않아 아직 반농반어의 전통을 간직한 마을이
나 전통 농촌 마을로 구성하였다.

한국구비문학대계 2010년 포항시 개관 첨부 자료
■ 조사 일정
　1. 2010. 1. 18. ~ 1. 22 사전 조사
　2. 2010. 1. 26. ~ 1. 27. 장기면 읍내리, 산서리
　3. 2010. 1. 27. ~ 1. 28. 장기면 임중 2리, 죽장면 가사리, 입암 2리
　4. 2010. 2. 2. 죽장면 지동리
　5. 2010. 2. 21. ~ 2. 22. 죽장면 지동리, 가사리
　6. 2010. 2. 25. 청하면 청진 1리, 용두 2리, 이가리
　7. 2010. 2. 26. ~ 2. 27. 청하면 신흥리, 홍해읍 오도 2리
　8. 2010. 6. 25. ~ 6. 27. 신광면 냉수리, 송라면 조사리, 중산 1리, 방석
　　 2리, 오천읍 진전리(읍민운동장)

■ 포항시 자료 보고 현황

조사마을 \ 구연된 편수	설화	현대 구전설화	민요	근현대 구전민요	기타	합계
장기면 읍내리	9	7	5	1	0	22
장기면 산서리	2	2	1	1	0	6
장기면 임중 2리	3	0	4	3	0	10
청하면 청진 1리	4	3	0	0	0	7
청하면 용두 2리	0	0	6	6	0	12
청하면 이가리	3	0	3	5	0	11
청하면 신흥리	13	1	25	14	3	56
신광면 냉수리	15	12	1	12	1	41
죽장면 가사리	12	2	11	3	0	28
죽장면 지동리	9	14	6	2	1	32
죽장면 입암 2리	3	0	0	0	0	3
송라면 조사리	4	4	2	3	6	19
송라면 중산 1리	16	14	1	2	2	35
송라면 방석 2리	0	0	8	7	0	15
오천읍 진전리	7	0	0	1	0	8
흥해읍 오도 2리	0	0	17	14	0	31
합계	100	59	90	74	13	336

■ 조사지 지도

포항시 조사지 현황

위 지도에서 드러난 바와 같이 현지조사는 남구보다는 북구 지역 위주로 진행되었다. 남구의 해안 지역은 최근 관광지로 개발되어 외지인의 유입이 많고 전통적인 마을 공동체도 내부 네트워크가 많이 느슨해진 상태여서 현지조사에 적합한 '현장'을 만나기 어려웠다. 특히 숙박시설이나 음식점이 많은 지역에서는 주목할 만한 연행자나 연행집단을 만날 수 없었다. 그러나 장기면이나 오천읍, 연일읍 등은 달랐다. 특히 장기면은 여전히 마을 민속을 유지하는 공동체를 만날 수 있었고 주목할 만한 연행자나 연행집단 역시 쉽게 접촉할 수 있었다. 장기면은 오늘날까지 장기읍성이 그대로 남아 있고 향교나 서원 등의 유적지도 여러 곳에 남아 있는 지역이었다. 또한 친족 공동체 위주의 거주 밀집 형태나 소규모 집성촌을 곳곳에서 발견할 수 있는 지역이기도 하였다.

포항시의 다른 지역에서는 주로 여성 연행자들 위주의 조사가 진행되었는데 장기면에서는 이야기나 노래 연행에 능한 남성 연행자들을 만날 수 있었다. 이들은 주로 지역에 관한 전설류의 이야기나 농요 위주의 노래, 지역의 이름난 인물에 관한 이야기 등을 연행하였다. 특히 장기면은 과거 유배지로도 널리 알려져 있는데 특정 인물에 관한 이야기가 아니더라도 유배 왔던 양반들에 대한 이야기나 오지로 부임왔던 지역 현감들에 관한 이야기를 쉽게 들을 수 있었다. 남구 일대에는 다산 정약용이나 우암 송시열이 유배 왔던 곳으로 이름난 지역이 있었는데 이들 지역을 중심으로 그들이 남긴 자취를 부분적으로 청취할 수 있었다. 그러나 이는 다수 연행자들이 연행할 수 있는 목록에는 포함되지 않았다.

연일읍이나 오천읍에서는 연오랑·세오녀에 관한 이야기나 오어사에 관한 이야기를 들을 수 있을 것으로 기대하였다. 군사 시설 등이 들어와 있을 뿐 아니라 이미 대규모 개발이 이루어진 바 있는 연일읍에서는 별다른 조사 성과를 거둬들이지 못했으나 오천읍에서는 오어사에 관한 이야기나 연오랑·세오녀에 관한 이야기 등을 들을 수 있었다. 그러나 이 역시 광범위한 지역에서 여러 연행자들에 의해 활발하게 연행되는 이야기는 아니었다.

북구 지역은 남구에 비해 훨씬 활발한 연행 현장을 만날 수 있는 곳이었다. 특히 여성 연행자들의 역할이 두드러졌다. 바닷가 지역이나 내륙 지역 어디에서든지 여성 연행자 집단의 활발한 민요 연행을 접할 수 있었다. 바닷가 마을과 산골 마을에서 부르는 노래의 목록은 달랐지만 어느 경우에나 흥겨운 연행 분위기를 경험할 수 있었다. 바닷가 마을에서는 이야기 연행 분위기를 쉽게 접하기 어려운 반면 산골 마을에서는 비교적 여러 편의 이야기를 들을 수 있었다. 이는 지형적 조건에 따라 다르게 구현되는 연행 조건을 암시했는데, 좁은 지역 내에서도 분위기가 판이하게 달랐다. 예를 들어 같은 청하면 지역 안에서도 지형적 조건이 어떠하냐에 따라 전혀 다른 연행 분위기가 연출되었다. 특히 바다와 전혀 인접하지 않은 신광면이나 죽장면은 전형적인 농촌 마을의 연행 특징을 고스란히 보여주었는데 그중에서도 신광면은 이야기 연행 분위기가 상대적으로 더욱 강한 곳이었다.

북구 일대의 포항시 전통 마을들 중에는 마을 민속을 유지하는 곳이 많았다. 마을의 경제적 사정으로 인해 지금은 많이 사라지긴 했어도 여전히 별신굿을 올리는 바닷가 마을들이 존재했으며 마을 당제의 경우 지금껏 그 전통을 유지하는 곳이 많았다. 이들 마을에서는 마을의 입향조나 처음 마을에 터를 잡은 대규모 성씨 가문의 조상을 당신(堂神)으로 모시는 경우가 많았는데 특히 'ㅇ씨 골목에 ㅇ씨 배판'이라는 말로 당신(堂神)의 내력을 설명하는 경향이 강했다. 이들 당신은 상호 경쟁 관계에 있는 존재로 묘사되기도 하고 때에 따라서는 부부 관계로 설명되기도 하였다.

1. 송라면

▌조사마을

경상북도 포항시 북구 송라면 방석 2리

조사일시 : 2010.6.26
조 사 자 : 김영희, 김보라, 백민정

방석 2리 지역을 포괄하고 있는 송라면은 포항시 최북단의 면으로 화진 해수욕장과 보경사로 이름난 지역이다. 특히 내연산 자락에 위치한 보경사는 이번 조사 대상 지역이었던 조사리나 중산리, 방석리 등의 마을 중심에 자리잡고 있어 조사 내용과도 연관이 깊은 곳이다.

송라면은 삼국시대 고구려(高句麗) 아혜현(阿兮縣) 지역이었는데 통일신라시대 경덕왕 16년(757)에 해아현(海阿縣) 유린군(有隣郡 : 오늘날 영덕과 영해 지역 포괄.)의 관할 지역이 되었다가 고려시대 태조13년(930)에 청하현(淸河郡)의 속현이 되었다. 고려 현종 9년(1018년)에 경주부(慶州府)에 소속된 후 조선시대에도 경주부의 관할 지역으로 남았다.

18세기에 이르러 6개 면(현내면(縣內面), 동면(東面), 남면(南面), 서면(西面), 북면(北面), 역면(驛面)) 55개 리(현내면 15리, 동면 6리, 남면 2리, 서면 15리, 북면 13리, 역면 5리)를 관할하는 속현이었다가 관할 지역이 다시 59개 리로 증대되고 1895년에는 동래부 속현으로서 6개 면 60개 리를 관할하기에 이르렀다. 포항 북구 다른 면들과 마찬가지로 1896년에 13도 제가 실시되면서 경상북도의 관할 지역이 되었는데 행정구역을 통폐합했던 1914년에 청하군이 청하면과 송라면(松羅面)으로 분할되면서 비로소 송라면이 형성되었다. 현재 송라면은 법정 마을 9개 리, 행정구역 단위 22리를 관할하는 지역으로 상송리, 하송리, 중산리, 광천리, 조사리, 방석리, 화진리, 대전리, 지경리 등의 마을을 포괄하고 있다.

이 가운데 방석리는 송라면의 동쪽 해안에 자리잡고 있다. 위로는 화진리, 아래로는 조사리에 인접해 있는데 방석 1리와 2리를 모두 합하여 총 155세대 385명(남자 181명, 여자 204명)이 거주하고 있다. 1914년 행정구역 통폐합 때 방화동(芳花洞)과 독석(獨石) 마을을 합치면서 방석(芳石)이라는 마을 이름을 얻게 되었다. 예전에는 방석 2리 지역에 해당하는 자연 마을을 홀로 떨어져 있다 하여 독석(獨石)이라 불렀는데 다르게는 거무돌, 거뭇돌, 딴돌(떨어져 있는 돌이라는 뜻임.) 등으로 불리기도 하였다.

　마을 뒷산은 마을을 보호하여 주는 산이라고 하여 보산(保山)이라 부른다. 바닷가 마을이라 바람이 많이 부는데 보산이 태풍을 막아주는 바람에 큰 탈 없이 지내오고 있다고 제보자들이 입을 모았다. 다만 64년 전에 큰 불이 나서 마을 전체가 타버린 적은 있다고 하였다. 일 년에 한 번 정월 열나흘 날 밤에 당제를 지내는데 바로 이 마을 뒷산에 당집이 있다. 이 당집에 제사를 올리고 마을 어귀에 있는 류씨 할아버지 산소에 가서 또 한 번 제를 올린다고 한다.

　마을 사람들은 당신(堂神)을 '류씨 터전에 류씨 골막'이라고 부른다. 또 다르게는 '류씨 할아버지'라고도 부르는데 이는 마을에 제일 먼저 정착한 선조를 가리켜 이르는 말이다. 동네를 가로질러 지나가는 길이 끝나기 전에 류씨 할아버지의 묘가 있다. 현재 류씨 후손들은 거의 남아 있지 않아서 그 흔적을 찾기 어렵다.

　바닷가 마을이라 예전에는 풍어제를 겸한 별신굿을 5년마다 한 번씩 지냈다고 한다. 지금도 가끔 별신굿을 지내고 있는데 동해안 별신굿 단골로 유명한 이석출 씨네 집안 사람인 '호출 씨'가 와서 굿을 지내고 있다. 그밖에도 영등제를 지내거나 신주 단지를 모시는 사람들이 많았는데 지금도 이와 같은 전통을 유지하는 집들이 있다.

　조사 당일 마을회관에는 남성 노인들과 여성 노인들이 한자리에 모여 있었다. 평상시에도 내외하지 않고 같은 공간에서 함께 생활하는 것으로 보였는데 바닷가 마을이라 그런지 이야기보다는 노래 연행의 분위기가 강했다. 약주를 한 잔씩 마신 어르신들이 흥에 겨워 노래를 계속 이어가며 불렀다. 회관에 꽹과리, 장구, 징 등의 악기들이 많았는데 대보름에 지신밟기를 하기도 하고 관광여행을 떠나거나 마을에 행사가 있을 때에도 풍물을 친다고 했다.

경상북도 포항시 북구 송라면 조사리

조사일시 : 2010.6.25, 2010.6.26
조 사 자 : 김영희, 이미라, 이선호, 김보라, 백민정

조사리는 7번 국도가 달리는 큰길가에 위치한 면소재지 광천리에 잇닿아 있으면서 바닷가 동해안 쪽에 인접한 마을이다. 큰 길 건너편 안쪽 마을로 중산리가 있고 위로는 방석리, 아래로는 상·하송리가 있다. 청하면(淸河面)과의 경계면에 있는 달애산(106.8m, 달래산 혹은 월현산(月賢山)이라고도 불림.)의 북동쪽 해안에 자리잡은 마을로 전형적인 어촌 마을이다. 일제강점기인 1914년 행정구역 통폐합 때 방화동(芳花洞) 일부를 병합했으며, 고려 말 성현(聖賢) 원각조사(圓覺祖師)가 태어난 마을이라 하여 조사리(祖師里)라는 이름을 갖고 있다. 원각조사에 대한 이야기가 몇 편 전하는데 조사의 생가 터에는 평양신학교 출신 허담(許膽) 목사가 1913년에 세운 교회가 있다.

마을에 처음 자리를 잡은 성씨는 김해 허씨로 마을 어귀 언덕 위에 김해 허씨 9형제가 세웠다는 구우정(九友亭)의 흔적이 남아 있고 그것을 기념하는 작은 비석이 세워져 있다. 비석 근처에 일제강점기에 성도암지에서 발굴하여 옮겨 세운 원각조사의 비도 있다. 지금 김해 허씨는 조사리의 대성(大姓)이 아니다. 마을 사람들은, 가끔 허씨 후손들이 들어와 비석을 관리하거나 제사를 지내는 것을 보기는 해도 마을 안에서 세를 이루고 살지는 않는다고 말했다.

동제는 1년에 두 차례 올리는데 정월 대보름과 칠월 보름이 동제를 지내는 날이다. 마을 안에 깨끗한 사람을 골라 제사를 지내게 하는데 마을 사람들 모두 동제에 깊은 관심과 애정을 가지고 있다. 당집은 제당마을에 있는데, 동제당이 있어서 제당마을로 불리는 마을이다. 젊은 사람들은 모두 외지에 나가고 나이든 사람들만 남았지만 마을 전통을 지키는 일에는 여전히 소홀함이 없다. 현재 마을 노인회장을 맡고 있는 이는 다른 마을에서 들어온 사람인데 토박이 주민과 이주민들 사이에 큰 갈등 없이 지내는 것으로 보였다.

조사리는 예전에 해일골, 못안마을 등으로 불리던 작은 규모의 마을들을 포괄하고 있다. 해일골은 해일이 자주 일어 피해가 많았던 곳을 가리키고, 못안마을은 마을 서편 1km 지점에 있는 마사지(馬斯池), 곧 용천지(龍泉池) 앞 마을을 가리킨다. 그밖에 원각조사가 태어나 자란 곳이라 하여 조사마을로 불리는 곳도 있다.

처음 조사자들이 마을을 방문했을 때 해가 뉘엿뉘엿 질 시간이었다. 마을 노인회장을 만나 인사를 나눈 후 회관에서 대화를 나누었는데 외지에서 들어온 노인회장은 마을에 대해 많은 것을 알지 못한다고 말했다. 길에서 만난 동네 어르신들을 회관으로 초대하여 이야기를 나누고 싶었는데 마을회관은 6시면 문을 닫아야 해서 어쩔 수 없이 회관으로 조사자들을 찾아온 여성 연행자들과 함께 김소선 씨의 집으로 향했다. 김소선 씨의 집은 평소 마을 여성 노인들이 모여 시간을 보내는 곳으로, 동네 사랑방 구실을 하는 장소였다.

늦은 시간이었지만 김소선 씨 자택 툇마루에 모여 앉은 여성 연행자들과 한 시간 남짓 대화를 나누었다. 주로 체험담 위주로 이야기가 이어졌는데 다음 날 오면 반드시 노래 잘 하는 사람들과 함께 노래를 불러 주리라 약속을 하기도 하였다. 조사가 시작된 날이 마침 6월 25일이어서인지 전쟁에 관한 이야기가 이어졌다.

대부분 인근 바닷가 마을에서 시집온 사람들이라 그런지 미국 해군이나 미국 항공모함에 대한 이야기들, 동네에 살았던 사회주의자들에 대한 추억, 나중에 동네로 들어왔던 빨치산과 인민군들에 대한 이야기, 전쟁통에 피난 갔던 이야기나 억울하게 희생당해야 했던 마을 사람들에 대한 이야기를 연달아 들려주었다.

　김소선 씨를 비롯한 마을 사람들의 권유로 김소선 씨 댁에서 하루를 머물기로 한 조사자들은 늦은 시간 잠자리에 든 후 다음날 오전 인근 중산리와 신광면 냉수리를 조사한 후 다시 조사리로 돌아왔다. 조사리에는 약속대로 고령의 여성 제보자들이 마을회관에 모여 있었는데 이 날 조사에서는 이야기보다 노래가 주요 연행 레퍼토리가 되었다. 바닷가 마을이라 그런지 이야기보다는 노래 연행의 전통이 더욱 강한 듯 보였다.

경상북도 포항시 북구 송라면 조사리 마을회관

경상북도 포항시 북구 송라면 조사리 제보자 김소선 씨 댁

경상북도 포항시 북구 송라면 중산 1리

조사일시 : 2010.6.26
조 사 자 : 김영희, 김보라, 백민정

　중산리는 내연산(內延山) 자락에 위치한 마을로 송라면의 동쪽 바닷가 마을들과 달리 왼쪽 내륙 깊숙이 자리잡고 있어 산골 마을의 분위기가 물씬 풍겨나는 곳이다. 전체 1리, 2리, 3리로 구성되어 있는데 산 바깥 쪽에서부터 내연산 안쪽 보경사 방향으로 순서대로 자리를 잡고 있다. 중산 1리가 비교적 거주민이 많고 다른 마을들과 가까운 반면, 중산 2리와 중산 3리는 내연산을 따라 형성된 계곡을 따라 자리를 잡고 있어 거주민이 적고 다른 마을과의 소통과 교류도 적은 편이다.

　중산리 안쪽에 자리잡은 보경사(寶鏡寺)는 종남산(終南山)을 등에 지고 좌우로 뻗은 내연산(內延山)에 둘러싸인 천하의 명당자리에 터를 잡은 신라 고찰로, 뒤편에 크고 작은 12개의 폭포들이 이어진 깊은 계곡에 자리를 잡고 있다. 서역에서 불법을 배워온 두 도사가 팔면(八面) 보배 거울을 못 속에 묻고 지었다는 전설이 전해지는 사찰이다.

일설에 따르면 신라 진평왕 때 진나라에 유학을 갔다 돌아온 고승이 왕에게 '유학길에 도인에게 팔면(八面) 보경(寶鏡)을 받았는데 그가 이르길 동해 명산 명당자리를 찾아 이 거울을 묻고 절을 지으면 외적의 침략을 받지 않고 삼국을 통일할 것이라 말했다'고 전한 후 이에 따라 절을 지었다고 한다. 왕이 고승과 함께 포항 인근 동해안을 찾았을 때 오색 구름에 덮인 내연산을 보고 그 아래 큰 못을 메운 후 보배 거울을 묻고서 보경사를 세웠다는 것이다.

중산리 일대를 비롯하여 다소 떨어진 조사리에서도 바로 이 보경사에 대한 이야기를 전해 들을 수 있었다. 보경사의 사찰 건립 유래는 물론이고 보경사와 연관이 있는 고승 대덕들에 대한 이야기가 여러 편 전승되고 있었다.

중산리는 원래 중리(中里), 학산(鶴山), 덕곡(德谷)과 같은 자연 마을들로 구성되어 있었는데 1914년 행정구역 통폐합 때 중리와 학산에서 각각 한 글자씩 따서 '중산'이라는 이름을 만들어 붙였다. 예전에는 보경사 뒤편으로 이어진 12폭포를 거슬러 올라간 산자락에 시명리(時明里), 삼거리, 심양리, 산두곡, 뿔밭과 같은 작은 화전민촌(火田民村)들이 있었다고 하는데 10여 년 전에 모두 자취를 감추었다고 한다.

중산 1리는 북리(北里)와 동하동(東下洞)의 중간에 위치한다 하여 중리라고도 불렸는데 마을 남서쪽에 위치한 건지봉(乾止峰, 346m)에서 기우제를 지냈다고 한다. 정월대보름에 동제를 지내는데 마을민들이 여전히 정성을 다해 제를 올리고 있다. 현재 마을회관이 자리잡은 마당 건너편이 예전 당집이 있었던 자리인데 마을 사람들에 따르면 당집이 자리잡은 터전이 넓어 정월 대보름 무렵이면 그 앞마당에서 그네도 뛰고 씨름도 했다고 한다. 현재는 마을회관에서 건너다 보는 방향으로 오른쪽 숲에 새로운 터전을 만들어 크고 번듯한 큰 당집을 기와로 새로 지어 놓았다. 중산 1리의 당신(堂神)은 당 할아버지와 당 할머니로 알려져 있는데 이 때문에 당집을 새로 지으면서도 두 칸짜리 기와집을 지어 두 개의 방을 두고 따로따로 제를 올리고 있다.

마을 사람들은 아직도 동신(洞神)의 영향력이나 풍수지리의 힘을 깊이 신뢰하고 있다. 그래서 당집을 새로 옮겨 지을 때도 지관을 불러 풍수지리를 잘 살펴본 후에 터를 잡았다고 한다. 이와 같은 마을 분위기를 잘 드러내 보여주는 것은 마을회관 앞에 일렬로 늘어선 크고 작은 두 개의 돼지 동상이다. 지관에게 '풍수지리상 사혈(巳穴)이라 나쁜 기운을 막고 좋은 기운을 북돋우기 위해 돼지상을 세워야 한다'는 말을 듣고 돼지 모양을 동상을 세웠는데, 처음에 작게 만들었다가 기운이 너무 약할 것을 염려하여 다시 큰 상을 만들어 세웠다고 한다.

중산 1리는 물론이고, 조사리와 방석리 일대에서도 이 돼지상에 관한 소문이 무성한데 돼지상을 세우기까지의 과정에 얽힌 새로운 구전이야기들이 다양한 각편으로 연행·전승되고 있다. 작은 돼지와 큰 돼지의 상은 마을 뒷산을 향해 일렬로 늘어서 산을 쏘아보는 형상을 띠고 있다. 작은 돼지는 1990년에 세웠는데 마을에 좋지 않은 일들이 사라지지 않아 1996년에 다시 큰 돼지 상을 세웠다고 한다.

중산 1리에서는 바닷가 마을들인 화진리, 방석리, 조사리에서와 달리 집단적으로 함께 모여 놀면서 노래를 부르는 연행 장면을 볼 수 없었다. 그러나 이들 마을에서 경험담을 제외한 이야기를 거의 들을 수 없었던 것과 달리 중산 1리에서는 남녀를 불문하고 이야기를 즐겨 연행하는 이들이 많았다. 전형적인 산골 마을답게 이야기 연행의 전통이 아직 어느 정도 살아 있는 것으로 보였다.

경상북도 포항시 북구 송라면 중산 1리 마을회관

경상북도 포항시 북구 송라면 중산 1리 마을회관 앞 돼지동상

▌제보자

김분들, 여, 1939년생

주 소 지 : 경상북도 포항시 북구 송라면 중산 1리
제보일시 : 2010.6.26
조 사 자 : 김영희, 김보라, 백민정

말투가 빠르고 목소리가 가는 연행자로, 일찍이 마을 주민과 결혼하여 들어와 살기 시작한 후 평생을 중산 1리에서 살았다. 중산 1리 마을회관에 들어가서 조사 취지를 설명하자 반갑게 맞이해준 분이다. 처음에는 이야기 연행에 관심을 보여서 <도깨비로 변한 빗자루와 도깨비불>을 제일 처음으로 연행하였다. 그러나 점차 이야기판에 흥미를 잃고 놀이에 열중하다가 귀가하였다.

제공 자료 목록
05_22_FOS_20100626_KYH_KBD_0001 고사리 꺾는 노래
05_22_MPN_20100626_KYH_KBD_0001 도깨비로 변한 빗자루와 도깨비불

김상규, 남, 1935년생

주 소 지 : 경상북도 포항시 북구 송라면 중산 1리
제보일시 : 2010.6.26
조 사 자 : 김영희, 김보라, 백민정

중산 1리 토박이 주민으로 중산 1리 내에서도 '본동'이라 불리는 마을에서 나고 자랐다. 마을회관 인근에 있는 자신의 집에서 선조 때부터 대대로 살아오고 있다. 그의 본관은 김해(金海)인데 선친도 그렇고, 본인 자신도 마을 구성원들 관계망 내에서 구심점 역할을 하고 있다. 선친이 마을 당제를 주관하며 마을의 각종 대소사를 도맡아 처리하였다고 하는데

본인도 마을 내에서 여전히 그와 같은 역할
을 맡고 있다.

농사를 지으며 살고 있지만 몇 년 전까지
송라면 일대에서 문화해설사로 활동하기도
하였다. 지금은 많이 잊어 버렸지만 예전에
는 인근 지역 전설을 더 많이 알고 있었다
고 자랑하기도 하였다. 자신이 살고 있는 지
역이나 공동체에 대한 자부심이 매우 강한
편이었다. 조사자를 마을회관 밖으로 데리고 나와 직접 옛 당집이 있던
터전을 소개하며 당집을 옮기게 된 내력을 설명하기도 하였다. 또한 새로
지은 당집이 어떤 구조로 만들어졌는지 설명했는데, 당집을 새로 지을 때
도움을 준 사람들에 대한 언급도 잊지 않았다. 당집을 새로 옮겨 지을 때
일을 주관했다고 하는데 당시의 어려움을 조사자에게 토로하기도 하였다.

회관 앞 마당에 있는 두 마리의 돼지상에 대한 언급도 빼놓지 않았다.
또한 마을의 옛 모습을 회상하며 최대한 성실하게 조사자에게 마을을 소
개하기 위해 애썼다. 마을에서 전해 내려오는 옛 이야기를 많이 들어 알
고 있는 듯 보였는데 전체를 다 기억할 수 있는 것은 얼마 되지 않았다.
<보경사 유래>, <호식 당하기를 기도했던 오암대사>, <장수바위> 등
의 이야기를 연행하였다.

제공 자료 목록
05_22_FOT_20100626_KYH_KSG_0001 보경사 유래
05_22_FOT_20100626_KYH_KSG_0002 호식 당하기를 기도했던 오암대사
05_22_FOT_20100626_KYH_KSG_0003 장수바위
05_22_FOT_20100626_KYH_KSG_0004 중산리 돼지 동상 유래
05_22_FOT_20100626_KYH_KSG_0005 왜놈들이 혈에 쇠말뚝을 박은 자리

김소선, 여, 1929년생

주 소 지 : 경상북도 포항시 북구 송라면 조사리
제보일시 : 2010.6.25
조 사 자 : 김영희, 이미라, 이선호, 김보라, 백민정

본관은 강릉이며 포항시 북구 송라면 지경리가 친정이다. 18살에 허씨 집안으로 시집와 지금껏 조사리에 살고 있다. 슬하에 자녀들이 많지만 모두 장성하여 일가를 이룬 후 외지에 살고 있다. 그래도 자주 김소선 씨 집을 방문하는 편인데 조사자들이 방문했을 당시에도 주말을 맞아 자녀들이 다 함께 김소선 씨를 찾아왔다. 김소선 씨는 정이 많은 인물로, 조사자들의 숙식을 걱정하여 본인의 집에서 하룻밤 재워 주었을 뿐 아니라 아침 식사를 차려 주기도 하였다. 덕분에 조사자들은 김소선 씨 집에서 벌어진 이야기판을 밤늦은 시간까지 이어갈 수 있었다. 또한 김소선 씨는 조사자들의 원활한 조사 활동을 위해 마을 내에서 어떤 사람들이 노래를 잘 하는지 일러 주기도 하고, 인근 마을에서 노래를 잘 하기로 소문난 이를 소개해 주기도 하였다. 사람들과 어울리기를 좋아하고 성격 또한 원만하여 주로 그의 집이 동네 여성들의 사랑방 구실을 하는 듯 보였다. 조사리 사람들뿐만 아니라 인근 다른 지역 사람들과의 교류도 많아서 방석 1리에서 노래 잘 하기로 소문난 맹금순 씨를 소개해 준 것도 김소선 씨였다. 또한 중산 마을에 가서 돼지 동상에 대한 사연을 물으라고 귀띔을 해 준 것 역시 그녀였다. 이야기하는 것을 좋아하고 조사리나 조사리 인근 지역에 대해 많은 정보를 갖고 있었지만 이야기를 길게 이어가는 능력을 갖고 있지는 않았다. 자신이 경험한 이야기는 다른 사람들과 어울려 함께 대화하는 가운데 자연스럽게 연행할 수 있었지만 자신

이 단편적으로만 알고 있는 마을 전설이나 마을에 전해 내려오는 다른 구전이야기들은 쉽사리 꺼내질 못했다. 다만 다른 제보자들이 이야기를 연행할 때 보충 설명을 하거나, 특정 사람에게 이야기 연행을 적극적으로 권유하며 이야기 연행의 단서를 제공하기도 하였다.

제공 자료 목록

05_22_ETC_20100625_KYH_KSS_0001 영등 모신 이야기

김영순, 여, 1929년생

주 소 지 : 경상북도 포항시 북구 송라면 중산 1리
제보일시 : 2010.6.26
조 사 자 : 김영희, 김보라, 백민정

본관이 김해(金海)로 흥해읍 칠포리에서 태어나 자랐다. 친정집 살림이 넉넉하여 유복한 어린 시절을 보냈다. 7남매 중 둘째로 태어났는데 당시 여성들을 교육시키지 않는 사회 분위기에도 불구하고 당시 소학교를 졸업할 수 있었다. 집안 대대로 학자들이 많고 학문과 교육에 대한 열의가 높았는데 할아버지께 직접 글을 배우기도 하였다. 자신이 알고 있는 이야기 가운데 다수는 처녀시절 친정 어른들께 전해들은 것이라고 말했다.

20세에 월성 이씨 집안으로 시집을 온 후로 줄곧 중산 1리 마을에서 살고 있다. 처녀 때부터 들은 이야기나 읽은 책이 많아서 결혼 후에도 중산 1리 마을에서 마을 여성들에게 이야기를 들려주곤 하였다. 이야기에 관심이 많아서 시집온 뒤에도 중산 1리에서 전승되는 이야기를 귀 기울

여 듣고 또 이를 잘 기억하여 자신의 레퍼토리로 삼기도 하였다.

이야기를 엮어내는 능력이 뛰어나고 연행 태도도 자신감에 넘쳤다. 나이에 비해 기억력이 뛰어나고 목소리에도 힘이 있었다. 차근차근 이야기를 풀어내면 더 많은 이야기를 연행할 수 있을 것으로 보였다. 처음에는 조사자의 요청으로 연행을 시작했지만 이야기를 이어가면서 별도의 요청 없이도 이야기를 연행하기 시작했다. <앞일을 예견한 지관 덕분에 목숨을 건진 숙종>, <중국 사신을 상대한 떡보>, <문답일반> 등의 이야기를 연행하였다. 대부분 결혼 전에 책에서 읽거나 어른들께 들은 이야기라고 말했다.

제공 자료 목록

05_22_FOT_20100626_KYH_KYS_0001 앞일을 예견한 지관 덕분에 목숨을 건진 숙종
05_22_FOT_20100626_KYH_KYS_0002 중국 사신을 상대한 떡보
05_22_FOT_20100626_KYH_KYS_0003 문답일반
05_22_FOT_20100626_KYH_KYS_0004 송라의 아기장수와 용마
05_22_FOT_20100626_KYH_KYS_0005 송라가 전쟁을 피할 수 있었던 까닭
05_22_FOT_20100626_KYH_KYS_0006 집 나가 중 된 며느리
05_22_FOT_20100626_KYH_KYS_0007 혹부리 영감
05_22_FOT_20100626_KYH_KYS_0008 도깨비와 도깨비터
05_22_FOT_20100626_KYH_KYS_0009 방귀쟁이 며느리
05_22_MFS_20100626_KYH_KYS_0001 자장가
05_22_MFS_20100626_KYH_KYS_0002 달노래

맹금순, 여, 1927년생

주 소 지 : 경상북도 포항시 북구 송라면 방석 2리
제보일시 : 2010.6.26
조 사 자 : 김영희, 이미라, 이선호, 김보라, 백민정

송라면에서 비교적 내륙 지방에 속하는 중산 1리에서 출생하여, 18세

에 옆 동네인 방석 2리로 시집을 왔다. 배우자의 이름은 이달음 씨이다. 39세에 사별하고 홀로 6남매를 키웠다. 현재는 자녀들을 모두 출가시키고 방석 2리에서 혼자 살고 있다.

조사리의 여러 연행자들이 방석 2리로 가서 맹금순 씨를 만나라고 소개해 주었다. 여성 노인들 사이에서는 인근에 소문이 자자할 정도로 노래를 잘 하는 인물이었다. 민요를 많이 알기로 유명했는데 여러 편의 민요를 기억하고 있을 뿐만 아니라 장단을 타고 흥을 돋우는 연행 능력 또한 뛰어났다. 목청이 크고 소리 울림이 좋았는데, 옛날 젊은 시절에도 '초성이 좋다'는 칭찬을 많이 들었다고 말했다.

노래꾼으로서 자부심이 있고 또 주위의 인정도 있어서인지 처음부터 자신 있는 태도로 노래를 불러나갔다. 다른 사람들도 모두 흥에 겨워 그녀의 노래에 장단을 맞추며 추임새를 넣었다. 몇몇 사람은 함께 따라 부르기도 하였다. 주로 민요를 불렀는데, <청춘가와 노랫가락>, <어랑타령>, <시집살이요>, <모심기 소리>, <뱃노래>, <노랫가락>, <아리랑>, <담방구 타령> 등을 연행하였다.

제공 자료 목록

05_22_FOS_20100626_KYH_MGS_0001 시집살이 노래
05_22_FOS_20100626_KYH_MGS_0002 모심기 소리
05_22_FOS_20100626_KYH_MGS_0003 뱃노래
05_22_FOS_20100626_KYH_MGS_0004 아리랑
05_22_FOS_20100626_KYH_MGS_0005 담방구타령
05_22_MFS_20100626_KYH_MGS_0001 청춘가와 창부타령
05_22_MFS_20100626_KYH_MGS_0002 어랑타령
05_22_MFS_20100626_KYH_MGS_0003 창부타령
05_22_MFS_20100626_KYH_MGS_0004 도라지타령
05_22_MFS_20100626_KYH_MGS_0005 석탄가

박두윤, 남, 1933년생

주 소 지 : 경상북도 포항시 북구 송라면 중산 1리
제보일시 : 2020.6.26
조 사 자 : 김영희, 김보라, 백민정

중산 1리 태생으로 본관은 밀양이다. 술
을 좋아한 아버지와 자상한 어머니 슬하에
서 자랐다. 27세에 중매를 통해 이춘화 씨
를 만나 혼인하여 28세에 첫 아들을 보았
다. 지금은 자녀들이 모두 외지에 나가 있
고, 부인과 단 둘이 살고 있다.

큰 키에 강단 있는 성격의 소유자였는데,
이야기 연행에 적극적으로 나서거나 자신의
능력을 다른 사람 앞에서 먼저 내세워 뽐내는 연행자는 아니었다. 조사자
들이 잠겨 있는 마을회관 문 앞을 서성이다가 비를 피해 이춘화 씨 댁으
로 들어갔을 때 이춘화 씨와 함께 있었다. 이춘화 씨가 조사 취지를 듣고
자신의 이야기보따리를 하나둘씩 풀어내자 조용히 곁을 지키며 청중의
역할을 다하였다. 그도 마을 유래나 자신이 살고 있는 지역 공동체에 관
한 이야기를 풀어 놓긴 했는데 이야기를 길게 이어가지는 못했다.

조사자들이 이춘화 씨의 이야기가 일단락되었을 때 마을회관으로 자리
를 옮기자 그도 역시 따라나서 회관으로 함께 이동하였다. 회관에서 김영
순 씨를 비롯한 적극적인 연행자들이 이야기 연행을 이어가자 자신이 나
설 자리가 아니라고 생각했는지 집에서보다도 이야기 연행에 더 개입하
지 않으면서 조용히 이야기를 듣기만 하였다.

제공 자료 목록

05_22_MPN_20100626_KYH_BDY_0001 갈가지 먹이 훔쳐 먹고 혼쭐 난 사람

박봉란, 여, 1937년생

주 소 지 : 경상북도 포항시 북구 송라면 조사리
제보일시 : 2010.6.26
조 사 자 : 김영희, 김보라, 백민정

포항시 청하면 월포리에서 태어났다. 갓
난아이일 적에 건강이 좋지 않아 출생신고
를 일 년 뒤에 했다고 한다. 22세에 조사리
의 김해 김씨 집안으로 시집와 지금까지 살
고 있다. 조근조근한 목소리로 억양이 부드
럽고 말소리가 느긋했는데 연행을 주도해
나가지는 못하였다. 적극적으로 연행에 나
선 제보자는 아니었으나 다른 사람들이 이

야기를 할 때 부연 설명을 덧붙이거나 자신이 전해들은 경험담 부류의 이
야기를 들려주기도 하였다. 이야기에 관심을 보였으나 연행할 만한 이야
기를 많이 알고 있지는 못한 듯 보였다. 구연한 자료로는 <월포의 아기
장수>가 있다.

제공 자료 목록
05_22_FOT_20100626_KYH_BBR_0001 월포의 아기장수
05_22_MPN_20100626_KYH_BBR_0001 허깨비에게 홀려 멍게 던진 사람

박소분, 여, 1929년생

주 소 지 : 경상북도 포항시 북구 송라면 조사리
제보일시 : 2010.6.26
조 사 자 : 김영희, 김보라, 백민정

포항시 흥해읍 오도에서 나고 자랐다. 스무 살이 되던 해 동짓달 열사
흘 날에 배를 타고 이곳 조사리로 시집을 와서 지금까지 살고 있다. 친정

이 조사리에서 20리가량 떨어진 곳이어서 시집올 때 반나절 이상 걸려 보름날에야 시댁에 도착했다고 말했다.

타고난 목청을 가져서 노래를 부르거나 이야기를 할 때 모든 사람들의 이목을 집중시켰다. 주위 사람들은 박소분 씨의 남편도 목청이 좋아 부부가 대화를 나눌 때면 온 동네 사람들이 모두 들을 수 있을 정도였다고 입을 모았다. 판에 모여 앉은 사람들을 모두 휘어잡을 만큼 뛰어난 연행 능력을 지닌 제보자였다.

노래를 부를 때는 손장단을 두드리거나 손뼉을 쳐서 흥을 돋우었다. 자신의 노래에만 집중하지 않고 다른 사람들이 노래를 부를 때도 추임새를 넣거나 따라 불렀다. 이야기를 구연할 때도 가만히 앉아서 나지막한 어조로 차분히 이야기를 이어가지 못했다. 자신이 하는 이야기에 절로 흥이 나서 큰 소리로 웃고 떠들며 흥겹게 이야기를 이어나갔다. 자신의 이야기에 박장대소를 하기도 해서 주변 사람들도 웃음을 참지 못할 정도였다. 전체 분위기를 즐겁고 쾌활하게 만드는 힘이 있었다.

통통한 체격에 늘 웃는 인상을 지녔다. 웃을 때 눈매가 반달모양이 되곤 했는데 워낙 활달하고 쾌활한 성격의 소유자였다. 이가 빠지고 고르지 못하여 발음이 새는 부분도 있었으나 의사 전달에는 전혀 무리가 없었다. 이런 문제는 그녀의 흥겨운 연행을 방해하거나 장애할 만한 요소가 되지 못했다. 인정 많은 성격이어서, 조사자들에게 어떻게든 도움을 주려고 하였다. 갑자기 조사자의 구멍 난 양말을 발견하곤, 이야기나 노래를 연행하면서 조사자의 양말을 꿰매 주기도 했다.

조사리 마을회관에서 판이 벌어진 지 채 몇 분이 지나지 않았을 때 박소분 씨가 자진해서 연행에 나섰다. <모심기 소리> 몇 대목을 부른 후

연이어 여러 곡의 민요를 불러 주었다. 노래 부르는 것을 워낙 좋아하고 기억하는 노래도 많은 듯했다. 기억력이 쇠퇴하여 예전만큼 많은 노래의 사설을 기억하지는 못한다고 말했지만 그래도 여전히 상당수의 민요를 부를 수 있었다. 자신이 지금 부르는 노래들은 대부분 7세 이후부터 젊은 시절 듣고 배운 노래들이라고 말했다. <어랑타령>, <청춘가> 등 다수의 노래를 불렀다.

박소분 씨의 노래 연행이 길어지면서 이제 그만 판을 정리하자는 말을 꺼내는 사람들이 있었다. 종교가 다르거나 옛 노래를 부르는 일을 즐기지 않는 일부 청중이 이제 그만 집에 가자며 자리를 정리하고 나섰다. 그러나 박소분 씨의 노래를 흥겹게 듣던 다른 사람들이 아직 날이 밝으니 조금 더 노래를 하며 놀자고 제안하였다.

결국 11명가량 모여 앉았던 사람들 가운데 일부는 자리를 털고 일어나 집으로 돌아갔다. 돌아가는 길에 마을 회관의 창문을 모두 닫는 등 박소분 씨가 더 이상 노래를 하지 않기를 바라는 의사를 적극적으로 드러내기도 하였다. 남은 사람은 6명가량이었는데 노래를 계속할 분위기는 아니어서 곧바로 이야기 연행이 시작되었다.

박봉란 씨와 추봉남 씨, 박소분 씨 등이 모여 앉아 <늑대한테 물린 아기>, <도깨비에 홀려 멍게 던진 사람> 등의 이야기를 이어갔다. 박소분 씨는 직접 나서서 늑대에게 물린 아기 이야기를 들려주기도 하고 다른 사람이 하는 도깨비 이야기에 부연 설명을 덧붙이기도 하였다.

제공 자료 목록
05_22_MPN_20100626_KYH_BSB_0001 용암에 공 들여 아들 낳은 이야기
05_22_MPN_20100626_KYH_BBR_0001 허깨비에게 홀려 멍게 던진 사람
05_22_FOS_20100626_KYH_BSB_0001 모심기 소리
05_22_MFS_20100626_KYH_BSB_0001 창부타령 (1)
05_22_MFS_20100626_KYH_BSB_0002 창부타령 (2)
05_22_MFS_20100626_KYH_BSB_0003 어랑타령

안석순, 여, 1938년생

주 소 지 : 경상북도 포항시 북구 송라면 중산 1리
제보일시 : 2010.6.26
조 사 자 : 김영희, 김보라, 백민정

순흥(順興) 안씨(安氏)로 흥해에서 나고
자란 인물이다. 22세 되던 해에 결혼을 하
고 1년 동안 친정집에서 남편과 함께 살다
가 해를 넘긴 후에 시댁으로 들어왔다. 시댁
은 중산 1리에 터를 잡고 살던 차성(車城)
이씨(李氏) 집안이었는데 그 후 지금까지 중
산 1리에 거주하고 있다. 친정 살림이 비교
적 넉넉한 덕분에 신랑이 신부의 집에 가서
결혼식을 올리고 한 해를 함께 보낸 후에 돌아오는 결혼 풍습을 따를 수
있었다. 시댁으로 들어올 때도 다른 사람들처럼 가마를 타거나 걸어오지
않고 트럭을 빌려 살림살이 짐들을 싣고 왔다.

조사자들이 처음 중산 1리 마을을 찾아갔을 때 마을회관의 문은 잠겨
있었다. 비가 내리는 날씨라 오전 일찍부터 마을 사람들이 모이지 않았기
때문이었다. 이춘화 씨 댁에 들렀다가 다시 회관에 들렀을 때 몇몇 사람
들이 모여 담소를 나누거나 화투 놀이를 막 시작하려 하고 있었다.

조사자들이 조사 취지를 설명하고 준비해간 먹거리를 차려 놓자 모여
앉은 이들 모두 관심을 보이며 이야기판의 분위기를 만들기 시작했다. 노
래를 연행하는 분위기는 형성되지 않았고 시종일관 연행판의 흐름은 이
야기 연행을 중심으로 흘러갔는데 이 흐름을 주도한 것은 김영순 씨였다.
김영순 씨의 이야기가 잠시 멈추었을 때 놀이에 열중하는 틈틈이 자신의
이야기를 들려준 이가 안석순 씨였다.

다른 이야기는 짤막짤막하게 언급하고 그냥 넘어갔는데 잠시 머뭇거리

면서 생각하는 듯하더니 자신의 주요 레퍼토리인 듯 자신 있게 이어간 이 야기가 <상가승무노인탄>에 얽힌 이야기였다.

제공 자료 목록
05_22_FOT_20100626_KYH_ASS_0001 상가승무노인탄(喪家僧舞老人嘆)

오순이, 여, 1920년생

주 소 지 : 경상북도 포항시 북구 송라면 방석 2리
제보일시 : 2010.6.26
조 사 자 : 김영희, 이미라, 이선호, 김보라, 백민정

화진리에서 나고 자란 인물로, 방석 2리에 살던 오천(烏川) 정씨(鄭氏) 집안으로 18세에 시집을 와서 지금까지 살고 있다. 28세에 남편을 여의고 홀로 시어머니를 봉양하며 자식들을 키웠다. 10년 전까지도 건강이 좋지 않은 시어머니를 모시고 살아 효부상을 받기도 하였다. 노인회장을 맡고 있는 정일화 씨의 숙모이다.

나이가 많은 만큼 연원이 깊은 민요를 많이 알고 있었는데 나이 탓에 목소리에 힘이 없고 노래 부르는 소리 자체가 가늘었다. 다른 사람이 노래를 부를 때 함께 부르거나 가사를 잊은 제보자들에게 가사를 일러 주기도 하였다. 맹금순 씨와 노래를 주고받으며 길게 이어갔는데 감기가 들어 생각만큼 소리가 나오지 않는 것을 안타깝게 여겼다. 좋지 않은 몸 상태에도 불구하고 <아리랑>, <시집살이요>, <모심기 소리>, <뱃노래>, <노랫가락> 등을 연행하였다.

제공 자료 목록
05_22_FOS_20100626_KYH_OSE_0001 아리랑
05_22_FOS_20100626_KYH_MGS_0002 모심기 소리
05_22_FOS_20100626_KYH_MGS_0003 뱃노래
05_22_FOS_20100626_KYH_MGS_0004 아리랑

05_22_FOS_20100626_KYH_MGS_0005 담방구타령
05_22_MFS_20100626_KYH_MGS_0002 어랑타령
05_22_MFS_20100626_KYH_MGS_0003 창부타령

윤동철, 남, 나이 미상

주 소 지 : 경상북도 포항시 북구 송라면 조사리
제보일시 : 2010.6.25
조 사 자 : 김영희, 이미라, 이선호, 김보라, 백민정

조사리에서 이상락 씨의 연락을 받고 회관에서 만난 인물이다. 윤동철 씨는 마을 토박이 주민으로 마을 역사와 내력에 관한 문건을 하나 가지고 왔는데 이를 들고 읽으려 하였다. 조사자에게 이미 조사 취지를 들었던 청중들이 읽지 말고 이야기를 하라고 권하자 그럼 이야기를 해보겠다며 나섰다. 연행 도중에 문건을 참조하며 말을 이어나갔다.

주로 불교에 관한 이야기에 관심이 많아서 보경사 유래나 원각조사 관련 이야기 등을 연행하였다. 토박이 주민답게 동제나 마을 지형에 대한 질문에도 성실하게 답해 주었다.

제공 자료 목록
05_22_FOT_20100625_KYH_YDC_0001 원각조사 이야기
05_22_FOT_20100625_KYH_YDC_0002 보경사 유래
05_22_FOT_20100625_KYH_YDC_0003 용이 돌로 변한 용암
05_22_ETC_20100625_KYH_YDC_0001 마을 사람들이 옮겨 놓은 원각조사비
05_22_ETC_20100625_KYH_YDC_0002 마을 당신과 당제 내력
05_22_ETC_20100625_KYH_YDC_0003 동제 지내고 말들이 많은 동네 아낙들

이상락, 남, 1940년대 생

주 소 지 : 경상북도 포항시 북구 송라면 조사리
제보일시 : 2010.6.25

조 사 자 : 김영희, 이미라, 이선호, 김보라, 백민정

조사리 마을 노인회장으로 조사자들을 가장 먼저 반겨준 인물이었다. 그는 회관으로 직접 조사자들을 맞이하러 왔는데 노인회장으로서 직분을 다하고자 했지만 외지인이라 아는 것이 많지 않다고 말했다. 그는 자신 대신 이야기를 연행할 인물로 윤동철 씨를 직접 연락하여 데려왔다.

제공 자료 목록

05_22_ETC_20100625_KYH_LSR_0001 원각조사와 조사리 당제

이상애, 여, 1933년생

주 소 지 : 경상북도 포항시 북구 송라면 조사리
제보일시 : 2010.6.25
조 사 자 : 김영희, 이미라, 이선호, 김보라, 백민정

포항시 북구 송라면 화진리에서 태어나 22세에 조사리로 시집온 분이다. 화통한 성격의 소유자로 목청이 좋았다. 조사자에게 지금은 고인이 된 바깥어른이 집에서 기다린다며 장난을 치는 등, 장난기 가득한 모습을 보이기도 했다.

구연한 이야기는 주로 본인의 경험담 위주이다. 6·25전쟁 경험담과 신행 경험담 등을 구연하였다. 또한 김소선 씨와 이순례 씨의 이야기에 보충 설명을 하는 등 연행 흐름에 적극적으로 참여하였다. 여러 편의 이야기를 아주 능숙하게 장편으로 이어가지는 못했지만 자신이 아는 이야기가 나오거나 자신도 한 대목 보탤 수 있는 이야기가 나오면 주저하지 않고 말문을 열었다. 다른 사람들의 연행을 돕는 적극적인 청중의 역할을 해 주었다.

제공 자료 목록
05_22_MPN_20100625_KYH_LSA_0001 이씨 돌무덤가에서 만난 납딱바리

이선녀, 여, 1935년생

주 소 지 : 경상북도 포항시 북구 송라면 조사리
제보일시 : 2010.6.26
조 사 자 : 김영희, 김보라, 백민정

　본관은 월성이며, 포항시 북구 청하면 월
포리에서 태어났다. 월포리에서 생장하여
스무살에 조사리로 시집와 지금껏 살아왔다.
조사 당시 이선녀 씨는 팔을 다쳐 깁스를
한 상태였는데 첫날 조사 현장에서도 늦은
시간까지 남아 이야기를 들려주었고 다음
날 조사 현장에도 빠지지 않고 나와 노래를
불러 주었다.

　체구도 작고 목소리도 작은 편인데다 건강 상태가 좋지 않아 목청껏
노래할 수는 없었지만 흥과 신명만큼은 주위에서 따라올 사람이 없었다.
처음 만나면 말수가 적고 소극적인 성격의 소유자로 보이지만 연행판마
다 빠짐없이 참석하여 열심히 흥을 돋우고 다른 사람이 빠뜨린 부분을 채
워 주는 역할을 하였다.

　둘째 날 노래를 위주로 한 연행판에서 많은 민요를 부른 박소분 씨에
게 모여 앉은 사람들의 이목이 집중되자, "그건 내가 불러 줄게"라며 조
사자들을 자기 앞으로 불러 모아 자신의 주도 하에 노래를 시작하기도 하
였다. 모심기 소리가 연행되는 와중에 멀리서 이를 지켜보고 있던 이선녀
씨가 불쑥 끼어들어 다음 소리를 이어가기도 하였다.

　연행한 노래로는 <시집살이 노래>, <자장가> 등이 있다. 민요를 부르

고 싶은 욕심은 있으나 가사를 잘 알지 못하여 일부만 부른 경우가 많았다. 또한 가락이 생각나지 않아, 사설은 민요인데 가락은 양악인 채로 노래를 이어가기도 하였다.

제공 자료 목록
05_22_FOS_20100626_KYH_LSN_0001 시집살이 노래
05_22_FOS_20100626_KYH_BSB_0001 모심기 소리
05_22_ETC_20100626_KYH_LSN_0001 자장가

이순례, 여, 1933년생

주 소 지 : 경상북도 포항시 북구 송라면 조사리
제보일시 : 2010.6.26
조 사 자 : 김영희, 김보라, 백민정

포항시 남구 지곡동에서 생장하였다. 본관은 월성이며, 22세에 이곳 조사리로 시집온 인물이다. 170cm가량 되는 큰 키에 빼빼 마른 체형으로, 말수가 많은 편은 아니나 경험담 위주의 이야기가 구연될 때 자신이 아는 이야기가 나오면 조심스럽게 이야기판을 주도해 나가는 모습을 보였다. 목소리가 크지는 않았으나 말의 속도는 빠른 편이었다. 낮은 톤의 목소리로 진지하게 연행에 참여하였으며 <모심기 소리> 등의 민요를 부르기도 하였다. 이야기나 노래 모두 혼자 연행을 주도하면서 길게 이어가지는 못했다.

제공 자료 목록
05_22_FOS_20100626_KYH_BSB_0001 모심기 소리

이춘화, 여, 1940년생

주 소 지 : 경상북도 포항시 북구 송라면 중산 1리
제보일시 : 2010.6.26
조 사 자 : 김영희, 김보라, 백민정

포항시 장사리 남정면 해동에서 7남매 중 둘째딸로 태어났다. 초등학교를 1년 다니고 있던 중 6 · 25전쟁이 터져서 학업을 중간에 포기할 수밖에 없었다. 피난을 다니면서 학업을 계속하기란 어려웠고, 전쟁이 끝난 후에도 어려워진 집안 형편으로 딸에게 학업의 기회를 주지 않았기 때문이다.

20살에 고모의 중매로 중산 1리의 박두윤 씨에게 시집왔다. 현재 71세로 이곳에서 산 지 50여 년 되었다. 본관은 경주인데, 마을에서는 용대댁으로 불린다. 슬하에 4남 1녀를 두고 있다. 시집 온 지 1년 만에 첫 아들을 낳고, 연이어 둘째 아들을 낳으면서 시어머니의 사랑을 받았다. 덕분에 시집살이를 고되게 하진 않았지만 시아버지의 술주정 때문에 집안이 조용할 날이 없었다고 한다. 농사일을 해서 자식들을 모두 키워냈다.

조사자들이 이춘화 씨를 만난 것은 오전에 찾아간 마을회관의 문이 잠겨 있어 다른 제보자를 찾아나섰다가 무작정 들어간 집에서였다. 비를 피해 들어간 집에서 이춘화 씨가 따뜻하게 조사자들을 맞아 주었다. 조사자들을 방으로 불러들여 자초지종을 들은 이춘화 씨가 자신이 아는 이야기를 들려주기 시작했다.

이춘화 씨가 맨 처음 연행한 이야기는 마을회관 앞에 일렬로 늘어선 돼지 동상에 얽힌 내력이었다. 이춘화 씨는 풍수지리나 마을 신앙에 대한 믿음을 갖고 있었는데 <돼지 동상을 세운 이유>를 연행한 후에도 마을 동제를 지낸 과정, 마을 동제를 잘못 지내 동티 난 이야기 등을 들려주었다. 그밖에도 가신 모신 이야기나 객귀에게 물린 이야기 등 경험담 부류의 이야기 여러 편을 연행하였다. 여성 제보자였지만 자신이 50여 년 간 살아온 중산 1리 마을에 대한 애착이 남다른 듯 보였다. 비교적 젊은 나이였지만 이야기 연행 능력이 뛰어난 편이었다. 할머니가 손녀에게 이야기를 해 주듯이, 차분한 목소리로 조곤조곤 이야기를 풀어나갔다.

제공 자료 목록

05_22_FOT_20100626_KYH_LCH_0001 고양이 양밥으로 도둑 잡으려다 아들 잡은 사람
05_22_MPN_20100626_KYH_LCH_0001 마을 입구 돼지 동상의 유래
05_22_MPN_20100626_KYH_LCH_0002 신발 때문에 동티 난 동제
05_22_MPN_20100626_KYH_LCH_0003 양밥으로 동제 동티를 모면한 이야기
05_22_MPN_20100626_KYH_LCH_0004 양밥으로 눈병이 나은 사람
05_22_MPN_20100626_KYH_LCH_0005 객귀 물린 이야기
05_22_MPN_20100626_KYH_LCH_0006 납딱바리의 정체
05_22_MPN_20100626_KYH_LCH_0007 납딱바리에게 죽임을 당한 이웃 사람
05_22_MPN_20100626_KYH_LCH_0008 호랑이에게 물려간 아이
05_22_MPN_20100626_KYH_LCH_0009 제사 잘못 지내 아이 잃은 집
05_22_MPN_20100626_KYH_LCH_0010 시준·성주·삼신을 모시는 이야기
05_22_MPN_20100626_KYH_LCH_0011 영등할머니의 영험
05_22_MPN_20100626_KYH_LCH_0012 기자(祈子) 경험담
05_22_ETC_20100626_KYH_LCH_0001 중산 1리 당제 내력
05_22_ETC_20100626_KYH_LCH_0002 뒷간 터를 잘 잡아야 하는 이유

정일화, 남, 1930년생

주 소 지 : 경상북도 포항시 북구 송라면 방석 2리
제보일시 : 2010.6.26
조 사 자 : 김영희, 이미라, 이선호, 김보라, 백민정

방석 2리 토박이인 오천(烏川) 정씨(鄭氏) 집안에서 태어나 같은 마을에서 지금껏 살아온 인물이다. 현재 방석 2리 노인회장을 맡고 있다. 증조

할아버지가 영덕에서 살다가 이곳으로 이주해 들어온 이후 그 자손들이 대대로 방석 2리에 살고 있다고 말했다. 평생 농사일만 하고 살았는데 자녀들은 모두 출가시키고 지금은 배우자와 단 둘이 살고 있다.

먼저 나서서 연행을 시작하지는 않았지만 다른 사람에게 연행을 권하기도 하고 다른 사람들이 노래를 부를 때 따라 부르기도 하였다. 연행 분위기를 만들거나 흥겹게 노래하는 분위기를 자연스럽게 이어나가는 힘이 있었다. 어디를 가도 방석 2리 노인들만큼 노래를 잘 부르는 사람들은 없다며 자랑을 늘어놓기도 하였다. <어랑타령 2>, <뱃노래>, <도라지타령>, <모심기 소리> 등을 다른 사람들과 함께 불렀다.

제공 자료 목록
05_22_MFS_20100626_KYH_JEH_0001 어랑타령
05_22_MFS_20100626_KYH_JEH_0002 도라지타령

최정난, 여, 나이 미상

주 소 지 : 경상북도 포항시 북구 송라면 방석 2리
제보일시 : 2010.6.26
조 사 자 : 김영희, 이미라, 이선호, 김보라, 백민정

민요 연행판에서 잠깐 연행에 참여했던 연행자이다. 맹금순 씨와 오순이 씨가 마을회관에서 <모심기 소리>를 부를 때 함께 참여하여 몇 소절을 불렀다. 본인이 먼저 노래를 시작하지는 않고 주로 맹금순 씨나 오순이 씨 등 다른 사람이 노래를 먼저 시작해서 부를 때 한두 마디 소리를 보태는 형태로 연행에 참여하였다.

제공 자료 목록
05_22_FOS_20100626_KYH_MGS_0002 모심기 소리
05_22_FOS_20100626_KYH_MGS_0003 뱃노래
05_22_FOS_20100626_KYH_OSE_0001 아리랑

05_22_MFS_20100626_KYH_MGS_0003 창부타령
05_22_MFS_20100626_KYH_JEH_0002 도라지타령

추봉남, 여, 1933년생

주 소 지 : 경상북도 포항시 북구 송라면 조사리
제보일시 : 2010.6.26
조 사 자 : 김영희, 김보라, 백민정

친정은 포항시 청하면 월포리이다. 19살
에 조사리의 김해 김씨 집안에 시집왔다. 슬
하에 딸 셋과 아들 둘이 있다. 첫째와 둘째
가 연이어 딸이어서 처음에 시집살이를 고
되게 했다. 조사리 마을에 있던 용암 바위에
공을 들여 마침내 아들을 낳을 수 있었다고
말했다. 그래서인지 민간 신앙에 대한 믿음
이 강했다.

성격이 활달하고 자기 주장이 강했다. 박소분 씨 위주로 노래를 불러가
던 중에 몇 사람의 반대로 연행판의 분위기가 깨지자 남은 사람이라도 더
놀다 가자고 적극적으로 주장한 사람이 바로 추봉남 씨였다. 이야기나 노
래를 주도적으로 길게 이어갈 만한 능력을 지니고 있지는 못했지만 이야기
나 노래의 연행에 관심이 많은 듯 보였다. 본인이 직접 연행한 자료는 <용
암의 신비한 영험> 하나뿐이었지만 다른 사람들이 도깨비 이야기나 아기
장수 이야기 등을 연행할 때 열심히 들으며 적극적으로 호응한 제보자였다.

제공 자료 목록

05_22_MPN_20100626_KYH_CBN_0001 늑대에게 물려 갔다 구조된 아이
05_22_MPN_20100626_KYH_BBR_0001 허깨비에게 홀려 멍게 던진 사람
05_22_MPN_20100626_KYH_BSB_0001 용암에 공 들여 아들 낳은 이야기

보경사 유래

자료코드 : 05_22_FOT_20100626_KYH_KSG_0001

조사장소 : 경상북도 포항시 북구 송라면 중산 1리 마을회관

조사일시 : 2010.6.26

조 사 자 : 김영희, 김보라, 백민정

제 보 자 : 김상규, 남, 76세

구연상황 : 앞의 이야기를 하던 중에 몇몇 청중들이 마을회관을 나갔다. 밖으로 나간 청
중들의 이름도 묻고, 나가지 않은 연행자들의 이름도 물으면서 모여 앉은 이
들이 연행판에 집중하도록 분위기를 유도해나갔다. 그러다가 조사자가 마을
근처에 있는 보경사에 대해 물어보았다. 할머니들은 서로 이야기를 미루다가
김상규 씨에게 이야기하기를 권했다. 김상규 씨가 잠시 생각하는 듯하더니 이
내 연행을 시작하였다.

줄 거 리 : 조선의 사신이 중국에 가서 팔면으로 된 보경(寶鏡)을 가져왔다. 조선 땅을 둘
러보다가 보경사 터가 좋아서 보경사 연못에 보경을 묻고 절을 지었다. 일설
에 대웅전을 세울 때 자꾸 건물이 무너져서 보경을 묻고 지었더니 그제야 대
웅전이 섰다고 한다. 그 절이 지금의 보경사이다.

아이, 뭐, 보경사 유래는- 아 그 연도를 내가 잊아뿌렀는데(잊어버렸는
데).

(조사자 : 아, 그런 건 괜찮습니다. 연도는 뭐…….)

어. 저그 중국에서, 중국에서 거 저, 머야 어-, 사신 가가주고 팔면(八
面) 저거, 저거를 가왔어(가져왔어). 그 보경(寶鏡)을 가와지고(가져와가지
고) 거울이야.

여덟 모 나는 거울로 가와지고 그래가주고 여거 머 온 지방을 머 돌아
댕겨보이까네(돌아다녀보니), 여어 보경사 자리가 좋더란다. 그래가주구
그 모, 연못에다가 그 팔 모, 저거 거울을 묻고 절을 지었단다.

그래더이, 내 그거를 상세히 알, 뭐 이래 할 거 같으면은 상세히 그거 내가 저, 전에 문화해설 댕겼는데 그 들어 갈쳐(가르쳐) 주고 머 이래 했는데. 인지는(이제는) 마 나이, 나도 나이 칠십 여서거든.

(조사자 : 일흔 여섯이세요?)

어엉. 그래가지고 인젠 다 잊아버렸어. 하마(벌써) 몇 년 돼삐러가주고. 그래가 그, 그…….

(청중 : 그런데 대웅전으로 서우니까네(세우니까) 자꾸 넘아지고(넘어지고) 넘아지고 안 돼가지고 그 보배 거울로 옇으이까네(넣으니까) 그 대웅, 대웅전이 섰단다. 그래, 그래 하더라.)

그래가주고 참 보경사라꼬 이름을 지었는데.

[곧바로 다음 이야기를 이어나감.]

호식 당하기를 기도했던 오암대사

자료코드 : 05_22_FOT_20100626_KYH_KSG_0002
조사장소 : 경상북도 포항시 북구 송라면 중산 1리 마을회관
조사일시 : 2010.6.26
조 사 자 : 김영희, 김보라, 백민정
제 보 자 : 김상규, 남, 76세
구연상황 : 보경사의 유래담을 연행한 후에 곧바로 이야기를 이어나갔다.
줄 거 리 : 보경사 뒤에 있는 오암사에 오암대사가 살고 있었다. 오암대사는 호식 당하여 부처님 곁으로 가게 해 달라고 빌었다. 어느 날 오암대사는 아침밥을 하다가 절담 밑에 호랑이가 있는 것을 보고 설거지를 한 후에 나를 데리고 가라고 말했다. 과연 설거지를 끝내고 호랑이가 오암대사를 물고 갔다. 그때 겨울이라 다른 지역에는 눈이 많이 왔는데, 삼랑진으로 넘어가는 산의 어느 곳에는 눈이 쌓여 있지 않았다. 호랑이가 오암대사를 그곳에 내려놓고 갔다. 그 자리에 묘를 쓰고 오암대사비를 세웠다.

고기서(거기서) 보경사(寶鏡寺) 뒤에 그 오암절 카는(하는) 게 있어, 오

암사.

오암사에서 그거 주지스님이,

(청중 1 : 오암사 카소.[1])

오암사, 오암.

(청중 1 : 오암사 카는 것도 있능교?)

응. 그 고, 큰 절 뒤에,

(청중 2 : 도암을, 도암으로 그래.)

도암을 갖다가,

(청중 1 : 아, 도암으로-. 응.)

오암, 오암, 오암이라 카는데.

그 거기서 인자 주지스님이 대사가, 오암대사라 글쩍에(그럴 적에). 대사가 그거 사-뭇 참 그 들어가 기도 드리고 머 이래 하시다가, 아, 나는 불교, 인자 그 부처님 짙에(곁에) 어떻게 들왔노 카믄(들어왔냐 하면) 나는 죽걸랑(죽거든) 어예 됐든 간에 호식(虎食)을 해도가(해줘라).

마 이래 돼가지고 참 빌았는데(빌었는데), 하리(하루) 식전(食前)에는 인자 밥을 하다 카이까네 버, 호랑이가 그 저, 저, 오암절 앞에 죽담[2]에 와가지고(와서) 여 있드란다. 그래 있는 거,

"이 짐승아, 이 짐승아. 그거 내가 그거 저-거, 밥 다 묵고 설거지 해놓고 그래 날 딜고(데리고) 가라."

마, 이래 됐는 모앵이라(모양이라).

허, 그게 내한테 그거 우리 일가(一家)에 그 아주, 오암대사가 우리 일가라.

(조사자 : 맞아요. 김해(金海), 김해 김가예요.)

어, 어. 오암대사가, 그래 인제 김해 김간데, 내한테(나에게) 고 우리 문

---

1) "오암사라고 하세요"라는 뜻이다.
2) 막돌에 흙을 섞어서 쌓은 돌담을 가리킨다.

중에서 그거, 저 경주 가가주고 저거 판명해 왔는데. 그것도 또 내가 어디가 유래를 갖다가 적어 왔는데, 그 어데 놔뒀는동(놔뒀는지) 몰라.

그래가지고 인자 그 참, 호식할라 설거지 딱- 해 놓고 나이까네 인자 그 참, 그 대사를 물고, 딜고 갔어. 그 뒷산에 꼬, 고, 고, 고거 가면 살랑진 넘어가는 데 고고(거기) 비가 서 있다꼬.

그래가 가가주고 글쩍에 그 아매(아마) 삼동(三冬)이란 모앵이야, 겨울. 겨울인데, 눈이 하 딴 데는 마, 마, 작설로 했는데 거그는 가이까네 눈이 없더란다. 그래가주고 고그서 호랭이가 놔 놨어. 그래가 고 자리에 묘를 쓰는 게 오암, 그, 저, 오암대사비, 비가 고 현재, 보경사 그거 저거 뒤에 오암, 오암절이가? 오암 머라 카는 그 절로 갖다 머라 카노(뭐라 하노)?

(청중 : 도암!)

도암. 절 뒤에 한 몇 십 메다(미터) 될로? 한 오십 메다 될라? 고 뒤에 그거 갖다 현재 써 놨어.

장수바위

자료코드 : 05_22_FOT_20100626_KYH_KSG_0003
조사장소 : 경상북도 포항시 북구 송라면 중산 2리 마을회관
조사일시 : 2010.6.26
조 사 자 : 김영희, 김보라, 백민정
제 보 자 : 김상규, 남, 76세
구연상황 : 보경사와 오암대사에 관한 이야기가 이어질 즈음 조사자가 장수 난 이야기를 아냐며 화제를 돌렸다. 그러자 김상규 씨가 무언가 생각난 듯 이야기를 연행하기 시작했다.
줄 거 리 : 청하 소동의 용산이라는 골짜기에 말 발자국이 찍힌 바위가 있는데, 옛날에 장수를 낳고 탯줄을 끊은 자리이다. 그 파인 곳에 물이 고여 있는데 지금도 물이 마르지 않는다.

(조사자 : 여기 뭐 옛날에 이름 난 장수가 태어났다거나 뭐, 이런 얘기
도 들어보셨어요?)

이름 난 장수 카는(하는) 거는, 내가 여- 옛날에 에려울(어려울) 적에
우리 일가, 아, 외가가 저- 청하 소동인데. 소동 가믄(가면), 저짜 용두리
넘에(넘어) 그 저, 저, 용산이라꼬 있어.

(청중 : 거- 아나? 용산.)

(조사자 : 저기 갓다 와 봤어요.)

용산 카는 데 가 봤나? 거어 가 보면 내가 벌초하러 우리 산소가 몇 대
어른 산소가 거어 용산 넘에(너머) 지리골 카는 그 골짝 우에(위에) 산에
그 내한테 치, 육대,

[잠시 기억을 더듬음.]

오대! 오대 할아버지가 거그 있어가지고 벌초를 가믄 어디로 가나 카믄
청하로 해가주고 용산으로 걸어 댕겼어(다녔어), 늘.

걸어 댕기면(다니면) 그거 우리 집에 어머이가 머라 카는 게, 아이라,
소동서 태어났거든, 우리 어머이가. 그래가 그거 용산에, 거 머 옛날에 그
머 바위가 말 바죽, 말 자죽(자국), 말 자죽 터가 있고 머 이카드라고(이렇
더라고). 사실로 가 보이까네 뻐끔뻐끔뻐끔한 게 마, 마, 말 자죽매로(자국
처럼) 그렇드라고.

그래 됐는데 우리 우리 어머이 얘기로는 거그 가면 요래 그 저, 바위가,
바위가 요래 폭 꺼갔는데(꺼졌는데) 거게가 무슨 자린고 카믄, 옛날에 장
수 놓고(낳고) 장수 놓고 그, 그거, 저거 이름 머고?

"장수 배총3) 끊은 자리다." 카명(라고 하며),

머, 머 이런 소리 하더라꼬.

그래 됐는데 그래 내가 어떤 제 거 가믄 그거 바위가 요래 파인 데 거

---

3) '배꼽'의 방언으로 여기에서는 탯줄을 의미한다.

그(거기) 물이 안 마르고 계속 있어. 올라가다가 더우만(더우면) 거 들어가 손 씻고 벌초할 때쯤- 되면 팔월 달쯤 안 되나? 음력 팔월 달인데, 거 가 손 씻고 이래.

중산리 돼지 동상 유래

자료코드 : 05_22_FOT_20100626_KYH_KSG_0004
조사장소 : 경상북도 포항시 북구 송라면 중산 1리 마을회관
조사일시 : 2010.6.26
조 사 자 : 김영희, 김보라, 백민정
제 보 자 : 김상규, 남, 76세
구연상황 : 마을회관 입구에 돼지 동상이 나란히 줄지어 세워져 있었다. 인근 마을까지 소문이 난 이야기가 있어 조사자가 이에 대해 물었다. 전날 조사에서 다른 마을을 들렀다가 이미 들은 이야기가 있었기 때문이었다. 김상규 씨가 기다렸다는 듯 이야기를 시작했다. 이야기 연행이 끝난 후 나중에 조사자를 데리고 직접 나가 동상 앞에서 동상 세울 때 이야기나 당집을 중건한 이야기 등을 자세하게 들려주기도 하였다.
줄 거 리 : 옛날에 마을에 아이들이 자꾸 사라지는 일이 있었다. 어떤 스님에게 이유를 물었더니 마을이 뱀혈이기 때문이라고 했다. 스님이 뱀과 상극인 돼지를 만들어 세우라고 하여 돼지 동상을 만들어 회관 앞에 세웠다. 그런데 뱀의 기운이 매우 세서 한 마리로는 부족하니 한 마리 더 세우라고 하여 그 말대로 했다.

(조사자 : 여기 동, 저기 마을회관 앞에 돼지 두 마리 모셔 났다던데 이게 특별한 이유가 있으세요?)

음-, 그래, 우리 마을이 이-, 참 마 아주 머라카믄 좋겠노?

머, 머, 우, 우, 머 참 마을에 아-들이(아이들이) 마 잘 없어져가지고(없어져서), 그래서, 그래서 그거 인자 어디가 물으이까네 스님이 그런다 카든가, 저 우리 큰 산 여그 드, 들바다(들여다) 보믄(보면) 오다가 보믄 높은 산이 있어. 거그서 이래- 내려 오는 게 배미혈이란다, 우리 마을이-.

(조사자 : 뱀혈이요?)

뱀혈. 그래서 돼지를 놓으면은,

"배미는(뱀은) 저거 돼지하고 상각이기(상극이기) 때민에(때문에) 돼지 서와라(세워라)." 캐가,

그래가 내가 처음에 그 내가 동네 일 봤거든.

그래가지고 처음에 하나 세와 놓고 두 번째 또 뭐 어예이까네(어찌어찌 하니) 저는 저거 뭐고, 배미가 아주 큰 뱀이기, 대단한 뱀이라. 그래가,

"한 마리 가지곤 힘을 모 한다(못 쓴다). 두 마리 세와라—."

그, 그래가 두 마리 세와 났어.

왜놈들이 혈에 쇠말뚝을 박은 자리

자료코드 : 05_22_FOT_20100626_KYH_KSG_0005
조사장소 : 경상북도 포항시 북구 송라면 중산 1리 마을회관
조사일시 : 2010.6.26
조 사 자 : 김영희, 김보라, 백민정
제 보 자 : 김상규, 남, 76세
구연상황 : 마을회관 앞에 돼지 동상을 세운 이야기를 하다가 마을 지형이 '뱀혈'이라는
　　　　　 말이 나왔다. 이에 연달아 조사자가 '혈'에 관한 이야기를 물었다. 조사자가
　　　　　 '단혈'에 관한 이야기를 묻자 김상규 씨가 이야기를 연행하기 시작하였다.
줄 거 리 : 일제시대에 왜놈들이 우리나라에 장수가 날까봐 높은 산의 혈에 쇠말뚝을 박
　　　　　 았다고 한다. 아직 그 자리가 있다.

(조사자 : 옛날에 뭐 이렇게 여기 혈을 질렀다거나 뭐 이런 얘기들……?)

혈?

(조사자 : 예.)

아! 아, 옛날에 제국시대 왜놈들 그 저, 여, 뭐고? 장수 날까봐 머 저- 우에 높은 산에도 거그 가믄 안죽 혀, 혈, 뭐 혈을 찔라가지고 쇠말 못 박

아가지고 그, 그런 자리가 있나, 있단다.

뭐 우리가 클 적에 솔잎 미러 가가(가서) 이래 봤지마는 그 뭐,

"여그가 쇠 박, 저거 쇠말뚝 쳐 놨는 자리라." 카미(하면서),

머 이런 소리 들었다꼬.

그런데 우린 박는 거는 못 봤고, 제국시대에.

[웃음]

앞일을 예견한 지관 덕분에 목숨을 건진 숙종

자료코드 : 05_22_FOT_20100626_KYH_KYS_0001
조사장소 : 경상북도 포항시 북구 송라면 중산 1리 마을회관
조사일시 : 2010.6.26
조 사 자 : 김영희, 김보라, 백민정
제 보 자 : 김영순, 여, 82세
구연상황 : 앞 사람의 이야기가 끝나자마자 김영순 씨가 이 동네 이야기만 해야 하냐고
　　　　　 조사자들에게 물었다. 조사자가 상관없다고 대답하자 김영순 씨가 자신 있는
　　　　　 태도로 나서며 "단디 봐라."는 말과 함께 연행을 시작하였다.
줄 거 리 : 옛날에 숙종 임금이 미행을 나갔다가 지관 집에 들어갔다. 지관은 이미 임금
　　　　　 이 오실 줄 알고 술상을 차려 놓고 있었다. 지관은 임금에게 술을 부어 주면
　　　　　 서 안주를 먼저 먹으라 하고, 자기가 먼저 술을 먹었다. 이를 의아하게 여긴
　　　　　 임금이 지관에게 물었더니, 술에 약을 탔는지 알아보기 위해서라고 답했다.
　　　　　 그런 후에 임금이 지관에게 왜 이리 궁핍하게 사느냐고 물었더니, 자기 문 앞
　　　　　 에 옥새를 걸어두면 사흘 안에 예조판서가 되리라고 대답하였다. 임금이 지관
　　　　　 집을 들어오면서 사립문에 옥새를 걸어두고 온 것을 생각하고 지관의 선견지
　　　　　 명을 감탄했다. 다음날 궁궐에서 신하들이 임금에게 독주를 대접했다. 임금은
　　　　　 지관이 하던 대로 하여 목숨을 건지고 신하들은 죽었다. 사흘 뒤에 과연 지관
　　　　　 은 예조판서가 되었다.

옛날에 숙종 어른이 미해, 미행, 미행을 이래 저녁에 나가셨거든. 나가
가 이래 있다가 한 바꾸(바퀴) 이래 돌아가 집에 온다꼬 이래 오이까네(오

니까) 한 집에 불이 빠안하더란다(환하더란다).

그래 그 집을 들어갔거든, 들어가 있으이까네 이 사람으노 하만 이 어른이 오실 줄 알고 하마(벌써) 수, 술하고 안주하고 따악 장만해 놨는 기라. 장만해 놓고 자알 채려 놓고 앉았더란다. 그래가, 그래 들가가지고(들어가서) 드가이까는(들어가니까),

"손님 오실 줄 알았다." 카며(하며),

술잔을 이래 술로 부어가 주더란다. 주미(주면서),

"그래 손, 저거 손님을 내가 안주만 잡숫고, 술은 내가 먼저 묵아야 된다." 카며

주인이 먼저 잡숫거든. 그래 인제 그 어른이가,

"와(왜) 저거 손님을 먼저 주지, 그래 주인이 먼저 먹느냐?"꼬 이러이까네,

"술은 주주객반(主酒客飯)[4]이라." 이래거든.

"손님부터 묵으면(먹으면) 이 내가 머 술에다 무슨 약을 옇었는가(넣었는가) 그런 의심이 있으니까 내가, 내부터 묵어야 된다." 그러그든.

그래 내부터 묵고, 이, 임금님을 그래 드렸거든. 드렸는데 이 사람으는 아직 그건 모르지.

그래가 있으이까 이 사람이 멀 하도 잘 알아. 그래 임금님이 하는 소리가,

"당신은 머하는 사람이요?" 이래 묻더란다.

물으이까네,

"나는 풍수요." 카드란다.

지관이라 카드란다, 지관야.

"나는 지관이요." 카거든.

---

4) 주인은 손님에게 술을 권하고 손님은 주인에게 밥을 권하며 서로 다정하게 식사를 하는 일을 뜻한다.

"그래 지관이면 쫌 잘 살지 왜 이래가 사느냐?"고 이래 물으이까네,

"그러믄 이 자리가 여 좋나?"

"일 메타(미터) 일 메다 아래다(아래에다) 옥사를(옥새를) 걸고 사흘만 있으면 예조판사가(예조판서가) 되는데, 내가 이리 좋다." 카이.

임금이가 들어오며 옥새를 그 삽작 이래 열, 옛날에 싸리문이 있거든. 그거를 열고 닫고 하는 거기다가 걸어 놓고 들왔는(들어온) 기라. 그래 앉아, 참 잘 안다 싶어가 인제 밥을 이래가 묵고 인제 술로 묵었단다.

묵고 같이 가만있다가 인제 날이 이래 샐라 카는데 인제 저거 머, 요새 같으면 중앙으로 청와대를 떠억 들어갔거든. 드가이까네(들어가니까) 임금 죽인다고 막 독주를 해다 놔, 얼마나 해 놨거든, 임금을 죽일라꼬. 해 놓고들랑 저거꺼정(자기들끼리) 노, 노드란다(놀더란다).

노는데, 임금이 들어가이까네, 마 임금으로 술로 이래 이러드란다. 임금이,

"술은 주주객반이다. 너희들부터 묵아라." 카이,

"경들부터(신하들부터) 묵아라." 카이,

마캉(전부) 묵고 마캉 죽아뿠는 기라. 저거 다 죽아뿠는 기라.

그러이까네 임금이가 막, 그러이까 그 저거 지관이 가여(가서) 그래 사흘 만에 예조판서가 된 거라. 그 예조판서 다 죽아뿠라서(죽어버려서) 지가 올라가는 기라.

그러이까 임금이 그래 지방 사정을 잘 알고 그래 잘 하던 어른도 있더란다.

[웃음]

(조사자 : 지관 덕분에.)

그래 지관 덕분에 그래 했는 기라. 또 지관이 안 그랬다면 술 주는 거 묵으면 이왕 죽는 거라. 그러이까네 지관이 갈쳐 줬으니까 임금이 살았는 거라.

그래, 그래 한다 카더라.

중국 사신을 상대한 떡보

자료코드 : 05_22_FOT_20100626_KYH_KYS_0002
조사장소 : 경상북도 포항시 북구 송라면 중산 1리 마을회관
조사일시 : 2010.6.26
조 사 자 : 김영희, 김보라, 백민정
제 보 자 : 김영순, 여, 82세

구연상황 : 앞의 이야기가 끝나자, 조사자가 이야기를 주로 어디서 들었냐고 물었다. 김
영순 씨가 책에서 읽은 것들이 많다고 대답하였다. 김영순 씨는 이어서 긴 이
야기를 연행해도 괜찮으냐고 물었다. 조사자가 반색을 하며 좋다고 말하자 곧
바로 이어서 이야기를 연행하기 시작하였다. 모여 앉은 이들도 김영순 씨의
이야기 연행 능력에 놀란 듯 조금씩 관심을 보이기 시작했다.

줄 거 리 : 옛날에 중국이 우리나라에 지혜 겨룸을 요청하여 사신을 보냈는데 대적할 자
가 없었다. 조정에서 전국에 인재를 구했는데 압록강 뱃사공인 떡보가 자청하
여 나섰다. 주위에서 떡보가 무식하고 애꾸눈이라서 안 된다고 하였으나 스스
로 목숨을 걸겠다고 하여 나라에서 허락했다. 사신과 만나는 날 떡보는 나라
에 큰 떡 다섯 개를 요구하여 먹고 압록강에서 중국 사신을 만났다. 중국 사
신이 애꾸눈인 떡보를 보고 '鳥啄丁丈目(새가 사공의 눈을 쪼았구나)'라고 하
자 떡보는 사신의 비뚤어진 입을 빗대 '風吹使臣口(바람이 사신의 입을 스쳤
구나)'라고 대답했다. 사신이 하늘을 뜻하여 손가락으로 동그라미를 만들어
보이자 떡보는 네모진 떡을 뜻하여 손가락으로 네모를 만들어 보였는데, 사신
은 땅을 가리키는 네모로 이해하여 놀랐다. 또 사신이 삼강(三綱)을 뜻하여
손가락 세 개를 보이자 떡보는 떡을 다섯 개 먹었다는 뜻으로 손가락 다섯
개를 보였는데, 사신은 오륜(五倫)으로 이해하였다. 또 사신이 '염제신농씨'라
는 뜻으로 수염을 쓰다듬자 떡보는 떡을 다섯 개 먹어 배부르다는 뜻으로 배
를 쓰다듬었는데, 사신은 '태호복희씨'로 이해했다. 보잘것없는 떡보가 뛰어
난 사람인 줄 알고 사신은 중국으로 도망갔다. 이로써 우리나라는 우세를 당
하지 않았고 떡보는 부자가 되었다.

옛날에, 중국에서 우리, 우리 한국으로 자꾸 지혜 겨룸을 해보자꼬 자
꾸 요청하더란다. 우리, 우리 한국을 보고. 그래가주고 중국으느 큰 나라
고, 큰 나라 사신이고 우리는, 우리 여그는 별로 저게 어, 글로 대하나 어
디로 대하나 중국하고 우리 몬(못) 따라 가거든. 그래니까 안 한다꼬 이래

이까 자—꾸 하자 카는(하는) 기라. 저짝 나라 사신이 이꺼정(여기까지) 와
가 하자 하는 기라.

그래, 그래, 할 수 없어가지고, 인제 전국에다가 신분의 고하를 물론하
고(막론하고) 이 사신의 이거 인제 대, 대화하는 이거를 감당할 사, 자신
이 있는 사람은 나오라꼬 이랬거든. 아—무도 나오는 사람이 없어.

근데 압록강 뱃사공으로 떡보라 카는 사람이 하나 나오는 기라.

"내가 하겠습니다." 카거든.

보이까네 원래가 그리 영리하지도 못하고, 학식도 없고, 거기에다 또
한 눈이 까진 애꾸거든. 그래, 이 사람이 이 말을 듣고 마 억지로 할라 카
는 기라.

그래가주고 이 사람들이 할 수 없어가지고 일차 조정에다 저, 머시, 보
고를 했거든.

"이런 사람이 있는데 그래 어떻겠느냐?"꼬 물으이까네.

"그래 이 중님(重任)을 감당할 자신이 있는 사람이거든 허락을 해 줘
라."는 그런 영이 내리거든, 일차 조정에서.

그래가, 그런 이 말로 떡보에게 전했거든. 그래 저거 머시,

"몬(못) 이기면 생명이 없어질 것이니 그런 각오를 가진 자거든 허락해
라 카니 니가 어떻겠나?" 카이,

한다 카거든, 죽어도 한다 카거든.

그래가 인제 떡보가 가, 인제 며칠날 인제 사신캉(사신이랑) 대화하는
날이 떠억 인제 날로 받아놨거든. 날로 받아놨는데, 그럭저럭 사신캉 대
표 한 날이 다갔다왔다(다가왔다). 그래 아침에,

"첫째, 배가 고파서는 대꾸하기가 어렵다."꼬 이래 말하는 기라.

그러이깐,

"머를 주꼬?" 카이까네.

"떡으로, 떡으로 다섯 개를 돌라." 카드란다.

큰 떡으로 다섯 개. 이 사람은는 별로 공, 학식 하나도 없거든.

그래가 떡을 다섯 개를 먹고 배를 지와 압록강을 건너가가 사신을 태와가 우리 조선을 떠억 하니 향했거든. 배가 인제 강심에⁵⁾ 떠억 올 적에 그 짝(쪽) 사신이 먼저 입을 띠드란다(떼더란다).

이래- 이래 걷다 보디마는 그저 머시기 뱃사공이 눈이 까졌다 안 카나(하더나)? 한 눈이 까졌다 아까 그랬잖아.

"조탁정장목(鳥啄丁丈目)이로구나." 이래거든.

조탁정장목이로구나 카는 거는

"새가 사공의 눈을 쫓았구나(쪼았구나)."

그래 이 사신이 말로 해주는 기라. 그러이까 이 떡보가 가만히 들으이까네(들으니),

'이상하다, 이, 이 물건이가 남의 얼굴을 흉보는구나.'

싶어가 골이 나거든. 성이 나는 기라. 그래가 인제 또 사신을 이래 걷다 보이까 사신의 눈이 똑, 좀 입이 좀 삐뚤롱 하더란다. 그래가,

'옳다. 옳다, 나도 흉볼 것 있다.' 카거든.

그래가,

"풍취사신구(風吹使臣口)로구나. 바람이 사신의 입을 스쳤구나."라고 그래 말했거든.

"풍취사신구로구나." 이래이까네,

풍취사신구 똑 맞고, 조탁정장목 똑 맞고 다섯 자가 딱딱 맞는 기라. 그러이까네 그 사람이가여,

'아, 이거 머 보잘 것 없는 한낱 뱃사공으로 알았드이마는 그야말로 참 꼴불견이다. 그냥 놔둬간(놔둬선) 안 될따(되겠다).' 이래드란다(이러더란다).

---

5) 강의 한복판에.

그래 속으로 생각하걸랑,

'내가 인제, 내가 이거 요번에는 인제 현형(現形)[6]으로 말로 해야 될따.' 싶어가지고,

손가락으로 동그라미로 요래 쳐가 요래- 비이거든(보이거든).

'어, 저 사람이 오늘 아침에 내 떡 먹은 것을 둥근, 둥근 떡이냐고 묻는구나.' 생각하고,

아니 네모나는 떡을 먹었다꼬 네모, 손가락 네모를 비이거든.

이 사람이 깜짝 놀래거든. 그러더이 이 사람으는 천(天)은 원(圓)자라고 인제 요래 했는 기라. 천은 원자라고 이래 갈쳐주이까네(가르쳐주니), 이 사람은 떡으는 네모난 떡이라 캐도, 이 또 사신은 알기로 지(地)는 방(方)자라는 이미로(의미로) 이 사람은 해석을 했는 기라. 그래이까네 인제,

'지는 방자라꼬 한다.'

이 사람이 그래 생각골랑 아 인제 큰났다(큰일났다) 싶으거든.

그래가지고 또, 요번엔 손가락 세 개를 요래 내밀드란다. 그래가, 손가락을 세 개를 또옥 내밀어가 삼강(三綱)을 아느냐고 묻는 기라.

그러이까네 이 뱃사공은 아무것도 모르거든. 떡을 세 개를 묵았나고 묻는 줄 알고, 아니 다섯 개를 먹었다는 뜻으로 손가락 다섯 개를 내밀았거든.

그래이까네 삼강을 아느냐고 물으이까네, 이 사람 다섯 개를 내미이까네, 저 사신은 생각키로 오륜(五倫)까지 안다고 생각하는 거라, 오륜까지.

그러이까네 그래 가만히 그래 드가가(들어가서), 인제는 내가 한, 한자의 조선 음을 따가지고 수염을 썩썩 다듬어 보이면서,

"염제신롱씨(炎帝神農氏)를 아느냐?"고 물었거든.

물으이까네 이 사람은,

---

6) '몸으로 표현한다'는 뜻임.

'아, 그 떡을 먹고 나이, 배, 맛이 있더냐고 묻는 것이로구나.'

생각하골랑 아니 배가 불렀다는 뜻으로 배를 이래 만져 비었거든(보였거든).

그러이까네 이 뱃사공이 마, 마, 눈이 둥-그래가 있다마는 사신이가 마, 막 배를 저어가 저거 나라 중국을 마 가뿠는(가버린) 기라. 그래가지고 거 가가주고 인제 문답한 뒷말로 물았거든.

"당할 수 없으이다. 내가 처음에 손가락으로 동그라미를 쳐서 보인 것은 천은 원자라고 했더니 그 뱃사공은 곧 지는 방자라고 대답하고, 또 저거 손가락 세 개를 내밀어 삼강을 아느냐고 물었더니 오륜까지 안다고 대답을 한다." 카는 기라.

그래가

"이번에는 내가 한자의 조선 음을 따서 수염을 쓰다듬어 보이, 염제신롱 씨를 아느냐고 물었더니 태후, 그 뱃사공은 곧 태호복희씨(太昊伏犧氏)까지 안다." 카는 기라.

그러이까네,

"한낱 뱃사공으로 일일이 앞을 기러(그려)[7] 말하는 것을 보니, 이 뒤에 어떤 사람이 나올지 몰라 그만 태갔소이다('도망갔다'는 뜻인 듯함)." 이랬거든.

이 떡보는 마, 마, 우리나라에서 마, 큰 마, 재벌이 됐는 기라.

[웃음]

(조사자 : 보통 공이 아니죠.)

응?

(조사자 : 보통 공이 아니죠.)

보통 공이 아닌데, 글도 한나또(하나도) 모르는데.

---

7) 내다보고.

(조사자 : 그러니까요.)

그만치 속이 너리게(넓게) 잘해졌다 카는 기라. 그래가 우리나라 위세도 안 하고 잘했어.

[웃음]

문답일반

자료코드 : 05_22_FOT_20100626_KYH_KYS_0003
조사장소 : 경상북도 포항시 북구 송라면 중산 1리 마을회관
조사일시 : 2010.6.26
조 사 자 : 김영희, 김보라, 백민정
제 보 자 : 김영순, 여, 82세
구연상황 : 김영순 씨는 할 수 있는 이야기와 하고 싶은 이야기가 많은 듯 보였다. 이야기를 계속 이어가느라 목이 마른 듯 보이는 김영순 씨에게 조사자가 음료수를 권했다. 김영순 씨가 목을 잠시 축이는 사이 조사자가 그녀의 생애에 대해 물었다. 책을 많이 보셨냐는 등의 질문을 던지고 답변을 듣는 사이 연행자가 갑자기 "문답일반이라는 이야기를 해도 될까?"라고 물었다. 조사자가 좋다고 대답하자 곧바로 연행을 시작하였다.

줄 거 리 : 평양감사가 이방의 지혜를 시험해 보기 위해서 세 가지 문제를 냈다. 감사가 '오리는 오 리를 날아도 오리, 십 리를 날아도 오리'라고 하자 이방이 '할미새는 늙어도 할미새, 젊어도 할미새'라고 답했다. 감사가 '창(戈)'으로 창(窓)을 뚫으면 창(戈)구멍인가, 창(窓)구멍인가'라고 묻자 이방이 '눈[目]에 눈[雪]이 들어가면 눈[目]물입니까, 눈[雪]물입니까'라고 답했다. 감사가 갓 쓰고 갓못 쓰고(갈모 쓰고) 술 먹고 술 안 먹고'라고 하자 이방이 '숯은 수숨, 죽은 생치'라고 답하였다.

평양 감사가,

[잠시 숨 고름]

평양 감사가 이방의 지혜를 훑어 볼라고 대동강에 뜬 오리를 가리치며(가리키며) 감사가 이방 보고,

"이방, 저 오리는 오 리(5리)를 날아도 오리, 십 리(10리)를 날아도 오리라꼬 하니 어떤 셈이냐?"

감사가 물었는 기라. 물아니까 이방이,

"할미새는 늙어도 할미새, 젊어도 할미새라 하는 것과 같습니다." 카거든.

감사가 크게 감탄을 하면서,

"창[戈]으로 창(窓)을 뚫으니 창구멍인냐, 창구멍인냐?"

그면 창으로 창을 뚫으니 문구멍도 되고 창구멍도 되고 글차나(그렇잖아)?

"눈[目]에 눈[雪]이 들어가니 눈물입니까? 눈물입니까?"

또 이거 머시기 저거, 이 사람이 또 그런 말 하는 거라, 이방이. 그러니까 또 눈에 눈이 들어가니 눈물도 되고, 눈물도 되는 기라. 그러니까,

"눈물입니까? 눈물입니까?" 카가,

이거 또 이거 머 같이 이겨뻐렸제(이겨버렸지). 그래 또 감사가,

"갓 쓰고 갓 못 쓰고, 술 묵고 술 안 묵고." 카이까네,

갓 쓰고, 갓 우에다(위에다) 갓모(갈모)를 쓰거든. 옛날에 비 오는 갓모를 쓰는데,

갓 쓰고 갓 못 쓰고, 갓 쓰고 갓 못 쓴다 캐도(해도) 되고 갈모 썼다 캐도 되고, 옛날에 이중 말이거든. 술 먹고 술 안 먹고, 술 묵었다 캐도 되고 안 묵었다 해도 되는, 그래 이중 말이거든.

그러이까네 이, 이, 또 머시기 이방은,

"수든(숯은) 수숨이요, 죽은 생치올시다."

수든 수숨이라 해도 되고, 아다라시이 수숨이라 해도 되는 거라. 그리고 죽은 생치8)는 저 웃녘에 저거 머시기 저, 머시기로 나가면 충청도 지

---

8) 익히거나 말리지 아니한 꿩고기.

방을 가면, 우리는 생치라 카만 아주 살았는 거라 알지만 생치를 죽은 꽁(꿩)을 생치라 카는 거라.

(조사자 : 죽은 꿩을?)

죽은 꿩을 생치라 하는 거라.

근데 아들이 고, 골든벨9) 할 때도 내 가만- 들어보이까 그게 생치가 나오더라고. 근데 모르더라 카이까네. 요론(이런) 고는 알아둘 거라.

(조사자 : 아, 유식한 이야기네요. 할머니.)

[모두 웃음]

그래,

"죽은, 죽은 생치올시다."

이래이까네, 문답 둘이 다 일반인 거라, 똑같이, 감사하고 이방하고.

송라의 아기장수와 용마

자료코드 : 05_22_FOT_20100626_KYH_KYS_0004
조사장소 : 경상북도 포항시 북구 송라면 중산 1리 마을회관
조사일시 : 2010.6.26
조 사 자 : 김영희, 김보라, 백민정
제 보 자 : 김영순, 여, 82세
구연상황 : 조사자가 아기장수 이야기에 대해 묻자 김영순 씨가 송라에서도 아기장수가 태어났는데 서답돌로 죽인 일이 있다고 말했다. 조사자가 더 자세히 이야기해 달라고 청하니 비로소 연행을 시작하였다. 연행 도중에 아기장수를 서답돌로 눌러 죽인 일에 대한 청중들의 의견이 분분하였다.
줄 거 리 : 송라의 어느 할머니 집에 아기장수가 태어났는데 낳자마자 여기저기 올라갔다. 할머니는 일본 사람들이 와서 아기장수와 자신을 죽일까봐 두려워하였다. 그래서 몰래 아기장수를 서답돌로 눌러 죽였다. 아기장수가 죽은 지 사흘 만에 용마가 나와서 울었다.

---

9) TV 방영 중인 프로그램을 가리키는 말이다.

용문 ○○할마이 저 저, 머시 장수 나가지고 서답돌 가지고 눌려 죽였다 카대.

[웃음]

(조사자 : 어디가요, 할머니? 그 얘기도 좀 해주세요.)

송라에요.

(청중 : 요 아래 동.)

(조사자 : 송라에요? 어, 얘기해주세요. 어떤 얘기예요?)

그래드라고,

(청중 : 서답돌로 가(가지고) 어예(어떻게) 죽이는교?)

애기를 하나 놔 놨더니 금방 마, 마, 여어 붙고 저어 붙고 이래드란다.

(청중 : 마카 아-가요(아기가요)?)

저 머시기, 용문○에 할마씨 들아봐.

(조사자 : 할머니, 할머니, 우리 이렇게 돌아서갖고 해주세요.)

그래가지고 막- 겁이 나가지고 옛날에는 그런 낳-다고, 일제시대도 마 점쟁이가 많이 있거든. 그래 마, 마, 일본 놈들 와가(와서) 죽이거든. 그래 겁이 나가주고 마 모리도록(모르도록) 마 서답돌로 눌리 놨단다. 눌리 놓이까 아-는 죽더란다. 죽으이까 삼 일 만에 저 용마가 와가 우더란다. 어디 산에, 여.

(청중 : 그는 큰 사람이다.)

큰 사람 났는 기라. 나도 그기,

(청중 : 장군. 장군.)

(청중 : 장군을 서답돌로 죽이시데이?)

안 된다 카이. 그러면 일본놈 와가 금방 죽에뿐다 카이까네, 일제시대 마.

(청중 : 그래 금방 나가 여 가 붙고, 저 가 붙고 이러든가봐?)

그래가 마 마, 눌려 놓이깐 마 죽드란다. 죽으이까 사흘만에, 용마, '용마 나자 장수 나자.' 카더라. 장수가 났는데 용마가 나와 우더라.

그 할매는 실제거든. 어, 할매는 우리 와가주고 할 그다(할 거다). 저거 사실 실지라(실제라).

(조사자 : 그게 송라 이야기예요?)

응, 송라.

송라가 전쟁을 피할 수 있었던 까닭

자료코드 : 05_22_FOT_20100626_KYH_KYS_0005
조사장소 : 경상북도 포항시 북구 송라면 중산 1리 마을회관
조사일시 : 2010.6.26
조 사 자 : 김영희, 김보라, 백민정
제 보 자 : 김영순, 여, 82세
구연상황 : 한국전쟁에 관한 이야기가 오가다가 자연스럽게 이야기 연행이 시작되었다.
줄 거 리 : 한국전쟁 때 이소연 장군이 '솔 송(松)'자가 들어간 곳에서는 전쟁을 하지 말
라고 하여 송라에서는 전쟁이 일어나지 않았고, 청하에서 싸움이 벌어졌다.

[소음 때문에 목소리가 잠시 묻힘.]

생각킨다.

저그 이, 이소연 장군이가 우리 육이오 적에 여 여 머시,

"송라는 저, 전쟁하지 마라 카드라." 카대.

"솔 송(松)자 든 곳엔 전쟁하지 마라." 캐가,

우리 송라는 빼고 청하 가가(가서) 전쟁이 붙었어, 육이오 때. 송라는 아, 아(안) 했다꼬, 전쟁으로. 그때

"솔 송자 든 곳에는 전쟁 치지 마라." 카드란다.

그래 우린 전쟁은 아, 안 했는데 피란은 갔어, 월포리로. 가고 저 멀리 앞으로 갔는데.

집 나가 중 된 며느리

자료코드 : 05_22_FOT_20100626_KYH_KYS_0006
조사장소 : 경상북도 포항시 북구 송라면 중산 1리 마을회관
조사일시 : 2010.6.26
조 사 자 : 김영희, 김보라, 백민정
제 보 자 : 김영순, 여, 82세
구연상황 : 앞의 노래를 부른 후에 조사자가 시집살이 노래 가운데 며느리가 집을 나가
중 된 노래는 들어보지 못했냐며 묻자 '끝까지 하지는 못해도 이런 이야기가
있다'며 구연을 시작하였다. 이야기판 한쪽에선 여전히 놀이판이 진행 중이었
는데 연행자도 여기에서 관심을 완전히 떼지는 못했다. 이야기를 연행하면서
도 연신 놀이판을 흘끔거렸다.
줄 거 리 : 며느리가 깨를 볶다가 솥을 깨뜨렸다. 이를 본 시어머니가 화가 나서 집을 나
가라고 하였다. 쫓겨난 며느리는 중이 되었고, 오랜 뒤 친정집을 찾아 갔다.
친정엄마가 딸인 줄 모르고 시주를 했는데 바랑 밑이 터져 모두 쏟아졌다. 며
느리는 친정엄마가 자신을 알아보지 못해서 슬퍼했다.

(조사자 : 그 옛날에 집 나가서 중 된 며느리, 뭐 이런 노래도 못 들어
보셨어요?)

집 나갔는 중 된 며느리 얘기는 그 다하지는 모(못) 해도 있드라.

저거 머시, 깻잎으로 뜯어 와가지고 깨를 볶다가 마, 솥으로 터자뿌렸
어(깨뜨려버렸어). 깨 볶다가, 깨를 이래 볶아가 깻잎 그 이래 묻혀 묵을
라꼬 이래 볶다가 마 솥을 터자뿄는데(터져버려서). 그캐(그렇게), 그래
가주고 마 시어머이가 나가라 카는 게라.

나가라 캐가주고(해서) 쫓겨 나갔는데 나가가주구 있으이까네, 그래 인
자 한 폭 떠다가 바랑 짓고 한 폭 떠다가 꼬깔 짓고 이래가 인제 스님이
되는 거라.

그래가 나갔는데 얼-마나 있다가 친정 곳에 와 봤거든. 오, 오이까네,
친정 엄마가 여- 동냥으로 주더란다. 주는데, 그거를 받아가 머 어예이까
네(어떻게 하니까) 마 밑이 빠자(빠져서) 줄- 새뿌드란다(새버렸단다). 그

래가, 그거로(그것을) 주우명 해가 저도 엄, 엄마는 딸인질 몰라. 그래가,
딸이가 우면서,

　"저게 계신 울 엄마는 날인 줄을 왜 몰르노?" 카미,

　[화투를 치고 있던 청중의 말에 연행자가 웃음.]

　그래, 우, 우드란다. 그래 울었단다. 우, 울 엄만 줄 왜 모르노 카머.

　(청중 : 청단 그래 띠나?)

　[이야기 구연을 하다가 화투를 치고 있던 청중에게 말을 건다.]

　청단 떴네.

　(조사자 : 그래서 끝이예요? 울었다는 게.)

　어, 그래가 울었단다.

　[화투를 치던 사람들의 말에 웃으며]

　깨, 깨 볶다가, 깨 볶다가 솥 깨뿌렸다 카이께.

　(조사자 : 깨 볶다가 중 됐는데 엄마를 찾으러 갔는데, 청단을 띠는 거
죠?)

　[모두 웃음]

　(조사자 : 인제 얘기가 그렇게 되는 거죠? 이제.)

　그저 난 듣는 줄 알았는데. 여그 여그 뭐.

　[촬영하는 장비를 보고 다시 웃음.]

혹부리 영감

자료코드 : 05_22_FOT_20100626_KYH_KYS_0007
조사장소 : 경상북도 포항시 북구 송라면 중산 1리 마을회관
조사일시 : 2010.6.26
조 사 자 : 김영희, 김보라, 백민정
제 보 자 : 김영순, 여, 82세

구연상황 : 앞의 노래가 끝난 후, 김영순 씨에게 어떻게 살아왔냐고 물었다. 6·25 전쟁
　　　　을 겪은 이야기, 시집살이 경험담, 자녀를 낳은 이야기, 영등 할머니 모신 이
　　　　야기 등을 20분가량 하다가 다시 이야기와 노래 연행을 청했다. 그러자 시조
　　　　몇 편을 읊었다. 다시 조사자가 '토채비 홀린 이야기'도 아시냐고 묻자, 학교
　　　　에서 배웠던 이야기만 있다고 답했다. 그런 이야기도 좋다며 구연하기를 청하
　　　　니, 차분한 목소리로 구연하였다.

줄 거 리 : 혹 달린 정직한 할아버지가 산에 나무를 하러 갔다가 길을 잃어서 빈 집에
　　　　들어갔다. 심심하여 노래를 불렀더니, 노래를 좋아하는 도깨비들이 몰려 왔다.
　　　　도깨비들은 아주 좋아하며 노래는 어디서 나오냐고 물었더니 할아버지가 목
　　　　에서 나온다고 했다. 하지만 도깨비들은 목에서 그런 좋은 노래가 나오는 것
　　　　을 본 적이 없다면서 혹에서 노래가 나오는 줄 알고 할아버지에게 도깨비 방
　　　　망이를 주고 혹을 떼어 갔다. 정직한 할아버지는 혹도 떼고 부자가 되었다.
　　　　이 사실을 듣고 마을에 사는 혹 달린 할아버지가 부자가 되고 싶은 욕심에
　　　　산으로 가 노래를 불렀다가 도리어 혹을 하나 더 붙여 왔다.

　할아버지가 산에 나무를 하러 갔는데, 혹이 이래 달린 할아버지가 있
어. 그래가 나무를 하러 갔는데 독가비가(도깨비가) 그 안에 수북-(수북
히) 있는 기라.

　(조사자 : 나무 하러 갔는데?)

　어. 그래가지고 인제 머 갔다가 길이 저물어가지고 빈집을 한 군데 들
어가이까네, 창은 다 떨어지고, 벽은 다 허물아지고 이런 집이 하나 있는
기라. 근데 거그다 인제 이래 앉아가지고 가만 앉아 있으이 달은 밝고 좋
거든. 그래가지고,

　'아이고. 이러, 이런 데 머가 심심헌데 노래나 한 분, 시나 한 분 부르
자.' 하고.

　앉아가지고,

　"말 없는 청산이요, 말 없는 청산이요 태(態) 없는 유수로다. 값 없는
청풍이요 임자 없는 명월이라. 이중에 병 없는 몸이 분별없이 늙으리라."
카미,

이래 또 했거든, 하고 또,

"가마귀 싸우는 곳에 백로야 가지 마라. 성낸 가마귀 흰 빛을 새오나니, 청강에 고이 씻은 몸 더러월까 하노라." 카고,

이런 노래를 하고 있으이까네, 또깨비들 바바바바박 마-이 몰려오거든. 얼매나 몰려오디마는,

"할아버지 그 노래가 어디서 나오노?" 카거든.

"그, 내 이 목에서 나온다." 카이까네.

"목에서 그런 좋은 노래는 나오는 거는 모, 못 봤으이까네 할아버지 그 혹에서 나오는 거 아이가?" 이래드란다.

그래가 할아버지는,

"아닌데." 카이까네

도깨비 대장이가요,

"할아버지, 그 혹으로 우리, 우리에게 주시지 않으실랍니까?" 이래드란다.

그래는 거로 주어도 상관, 이 영감이 원캉 정직하이까네,

"주어도 상관없지만 아파서 어떻게 떼어주나?"

이래, 이래 물었거든. 물으이까네,

"저희들이 뗄 거 같으면은 하나도 안 아프다." 카는 기라.

"아, 그러면, 좋다." 카이까는

언제 마 갑자기 띠 가뿌고 없거든. 그래가지고 아, 그래가 노래를 한번 하라 카드란다.

그래가,

"가마귀 싸우는 곳에 백로야 가지 마라. 성낸 가마귀 흰 빛을 새오나니, 청강에 고이 씻은 몸 더러월까 하노라." 카이 마,

흥분해가 춤을 추고 마 좋다고 얼-마나 그러드이만 그거를 마 띠가주고 마 감쪽같이 가고 없는 기라. 떼가 가뿌고 없는 기라. 그래가 가이까네

영감이 혹도 하나도 없고, 똑 그래 방망이로 도깨비 방망이를 주는 기라, 부적 방망이를. 그걸 가와 났더이 이 영감이 부자가 됐는 기라.

그래 이래 있으이까네 이우제(이웃에) 혹 뗀¹⁰⁾ 영감이 하나 있거든. 혹 있는 영감이 있는데,

'저것도 가가(가서) 부자가 됐는데 나도 가야 될따(되겠다).' 싶어가

간다.

[잠시 숨을 고름.]

가가주고 인제 혹 뗀 영감이, 그거 혹 있는 영감이 앉아가,

"말 없는 청산이요 태 없는 유수로다." 카미(하면서),

이래 하이까네 또깨비가 또 왔는 기라. 와가주고 암만 노래를 하라 캐도 혹에서 노래가 안 나오니까 이 영감을 다부(다시) 줄라꼬 왔는 기라.

[웃음]

그래 이 영감이가 그래 혹을, 이 내 혹을 가가라(가져가라) 카이까네,

"으응, 나는 이 혹 싫다." 카미,

다부(다시) 붙여 주드란다.

[웃음]

(조사자 : 다시 붙였어요?)

그래, 그래, 두 날 붙여가 왔는 기라, 이 영감으는.

그러고 이 정직한 영감은 가가 혹 떼고 도까비 방마지(방망이) 얻고, 그래 부자가 되는 거라.

도깨비와 도깨비터

자료코드 : 05_22_FOT_20100626_KYH_KYS_0008

---

10) 문맥상 '혹 단'이라는 표현이 맞다.

조사장소 : 경상북도 포항시 북구 송라면 중산 1리 마을회관

조사일시 : 2010.6.26

조 사 자 : 김영희, 김보라, 백민정

제 보 자 : 김영순, 여, 82세

구연상황 : 앞서 '혹부리 영감' 이야기를 하면서 대화 주제가 자연스럽게 도깨비에 관한 내용으로 흘러갔다. 여기저기서 도깨비에 관한 이야기가 오가자 조사자가 하나씩 차분히 이야기를 듣기 위해 대화 흐름을 주도하며 질문을 던지기 시작했다.

줄 거 리 : 도깨비와 허재비는 다른 것이다. 사람을 홀려 옷을 벗긴다는 것은 허재비다. 허재비는 피 같은 것에 불빛이 비친 것이다. 도깨비는 아직도 있는데, 도깨비 터에 집을 지으면 잘 산다고 한다. 또 도깨비 돈으로는 논을 사야 도깨비가 다시 가져가지 못한다. 도깨비 돈으로 산 논을 도깨비가 다시 가져가려고 땅에 말뚝을 박아 당기다가 실패하여 가져가지 못한다고 한다. 논을 사지 않으면 어떻게 해서든지 도깨비가 다시 돈을 가져간다.

(조사자 : 아까 딴 할머니는 그 도깨비한테 시아버지가 홀려 갔는데 옷이 다 벗겨졌다 카는 거예요.)

어?

(조사자 : 옷이 다 벗겨졌어요.)

어.

(조사자 : 도깨비한테 홀려가지고.)

그거는 도깨비가 아니고 허재비.

(조사자 : 허재비?)

허재비. 도까비는, 옷에로(옷을) 빗다(벗겼다) 카이까네 도깨비는 전설이 아니고. 있고. 허재비 그거는 무슨 피 같은 게 그런 게 있으믄 ○이라 카는 거, 아(안) 있나, 왜? 그게 인제 부, 불빛이 이래 비쳐가지고 그래지는 그거라. 허재비하고 도까비하고는 구별이 틀린다, 거.

(조사자 : 아, 다르구나.)

그래.

(조사자 : 도깨비는 아직 있다 그래요? 요즘에도 도깨비…….)

도깨비가 있고 도깨비터에 또 집을 지믄 잘 살고 그렇단다.

(조사자 : 도깨비터에요?)

그래, 터에.

(조사자 : 도깨비터가 어떤 터예요?)

몰래, 머 우리는 아나? 도깨비터에 집 지믄 잘 살고 그렇다 카드라.

(조사자 : 왜요? 잘 산 집이 있나 보죠?)

그러니까 도깨비하고

[주변 소음에 목소리 묻힘.]

(조사자 : 도깨비터에 집 지으면 도깨비가 도와주나요?)

잘 사지. 근데 도깨비 돈 가지고는 논 같은 거 사 놓으믄 몬(못) 가가도 (가져가도) 그저 놔두믄 우예 가가도 가간단다(가져간단다).

(조사자 : 진짜요?)

응. [웃음] 여기 귀신 겉이 있잖아. 논 같은 거 사 놓으믄 몬 가고(가지고) 저 논 사 놓으믄 이 말, 말못(말뚝) 박아 이여차 이여차 카다가(하다가) 간단다.

[웃음]

방귀쟁이 며느리

자료코드 : 05_22_FOT_20100626_KYH_KYS_0009
조사장소 : 경상북도 포항시 북구 송라면 중산 1리 마을회관
조사일시 : 2010.6.26
조 사 자 : 김영희, 김보라, 백민정
제 보 자 : 김영순, 여, 82세
구연상황 : 도깨비 이야기가 어느 정도 일단락되고 이야기 연행 흐름이 소강상태에 빠지
자 조사자가 다른 이야기로 화제를 넘겼다. 조사자가 방귀 뀐 며느리 이야기

를 아냐고 묻자 연행자가 이야기를 시작하였다.

줄 거 리 : 며느리가 자꾸 여위어 가자 그 이유를 물었더니, 며느리가 방귀를 뀌지 못해서 그렇다고 대답했다. 그래서 뀌어도 된다고 하자, 며느리가 기둥을 붙잡으라고 했다. 며느리가 방귀를 뀌었더니 기둥이 넘어갔다.

(조사자 : 며느리가 방구 껴서 막 집 넘어가고 막, 이런 얘기도 많던데?)

그, 그러, 그 얘기는 그러더라.

며느리가 하도 빼빼 여벼가(여위어)

"왜 여볐노?" 카이,

"방귀를 몬 껴 여볐다." 캐가주고,

"그래, 뀌라." 카이까네

"지동(기둥)을 붙잡아라." 카드이,

뀌이, 뀌이까네 지동이 실실 넘어가고 카고, 그런 소리 있대.

[웃음]

그거는 말 겉지(같지) 않애.

[웃음]

월포의 아기장수

자료코드 : 05_22_FOT_20100626_KYH_BBR_0001
조사장소 : 경상북도 포항시 북구 송라면 조사리 마을회관
조사일시 : 2010.6.26
조 사 자 : 김영희, 김보라, 백민정
제보자 1 : 박봉란, 여, 74세
제보자 2 : 추봉남, 여, 78세
구연상황 : 박소분 씨가 '늑대한테 물려 갔다 구조된 아이'를 연행한 후 조사자가 '방귀쟁이 며느리' 이야기를 들려주며 관련 이야기를 물었으나 모두들 '듣기는 했어도 할 줄은 모른다'고 말했다. 조사자가 다시 효자나 열녀 이야기를 물었으나 청중들의 반응이 없었다. 조사자가 도둑 이야기나 장수 이야기가 없냐고

문자 박봉란 씨가 말문을 열었다. 월포에서 시집 온 박봉란 씨와 추봉남 씨가 주로 이야기를 연행하였는데 두 사람 외에도 '월포의 아기장수' 이야기를 아는 청중들이 서로 부연 설명을 해주며 이야기를 이어갔다. 특히 박봉란 씨와 추봉남 씨는 월포 사람이라 잘 아는 이야기이며, 마을 사람에게 물었을 때 틀림없이 '원래 있던 이야기'라고 말했다며 거듭 강조하였다.

줄 거 리 : 월포리에서 아이가 태어났는데, 시렁이나 천장에 붙는 등 기이한 능력을 보였다. 그 어머니가 아들이 자신을 죽일지도 모른다고 생각하여 아이를 서답돌로 눌러 죽였다. 아이가 죽고 나자 용마가 나서 울었다. 원래 그 집안의 묘가 명당자리에 있었는데 묘 터를 파내자 학이 날아가는 일이 있었다고 한다. 좋은 자리에 묘를 써서 장수가 났는데 서답돌로 눌러 죽인 것이다.

장수 나는 거는,

(조사자 : 예.)

월포리 저거, 내려오다 첫 입구에,

(조사자 : 예.)

월포 학교 있거든.

(조사자 : 예.)

학교 있는 그, 그 동네에 옛날에.

(청중 : 강렬네.[11])

강렬네 친정집이 옛날에 그거. 장수 나자 용산에 용마 나고 그거를 인제 아들로 아(안) 하나?

마 우리 영감와(영감에게) 들었는데, 실강(시렁)에 가 떠억 붙었뿌렸더라(붙었다) 하대. 아가(아이가).

(조사자 : 실강에요?)

(제보자 2 : 옛날에, 어디가 꼭대,[12] 여…… 어디에 여기.)

(조사자 : 올려놓는 데요?)

(제보자 2 : 천장, 천장. 아를(아이를) 낳았더니 천장에 따악 붙었다.)

---

11) '강렬'이라는 사람의 집안을 가리킨다.
12) '꼭대기'를 말하려던 것이다.

거(거기) 따악 붙었뿌려가주고.

그거 그런 아를 낳아 놓으면 그거 아가 뭐슥(무엇을) 하면, 어마이로(어머니를), 놓은(낳은) 어매이가(어머니가) 죽는다 하대.

(제보자 2 : 장수 되면 어마이로 인제(이제) 죽앴부고(죽이고) 장수 된다꼬. 아를 다모 죽였뿌랬다 하대.)

아를 인자 사또로 찌드카가(일러바쳐서) 지겨뿌고(죽여버리고) 나니까네(나니깐), 용산에 용마가 살, 우드란다.

그 인자, '용산에 용마 났다.' 그거, 전설이라 아(안) 있나?

(제보자 2 : 그거는 참, 참말이라.)

(청중 : 그거 여애 그래 죽였뿌노?)

원래는 어마이로(어머니를) 죽였뿐단다.

(제보자 2 : 장수가 될 거 그트면(같으면) 장수가 큰 사람이 될 같으면 인제 어마이로 없애뿌려야(없애야) 자기가 장수가 된단다. 말썽, 말만, 말샌다고. 그래가주고 어마이가 마, 마 아를 마 서답돌로 가주고 이래 지두까(짓눌러) 죽여뿌고 나이까네(나니깐) 용산에서 용마가 울드란다.)

용마가 용산에서러 울잖아, 용마가 '발 아프다'고 울잖아.

(청중 : 아, 아를(아이를) 낳았는데 천장에 딱 붙어부렸다고?)

예, 천장에 붙었다.

(청중 : 어, 얼라가(아이가).)

(제보자 2 : 그거는 내가 인제.)

예, 불쑥 그 말이 있대.

(제보자 2 : 그 전에 내가 어데를 가면서로 물었거든. 그때는 그전에 너거(너희) 친정서르, 강렬이 엄마한테. "그래, '장수 났다' 하는 거 참말이요?" 이러이까네(이러니깐), "아이고, 형님이요 참말이시더." 카미요. "그거를 없앴부렸니더." 카미(하며), 이러드라.)

그 전에 학교 우에(위에) 왜 요새 기차 길 안 나나, 도로 나고 그거 묘,

마카(마구) 파뿌고(파버리고) 이랬는데 고짝(그쪽) 옆에 그 집이 묘가 있거든. 묘 있고 고거, 딸기 밭이 있고 이런데,

(제보자 2 : 참말이라 카드라.)

옛날에 거, 거 저거 묘를 뭐 여가 파이까네(파니깐) 묘탯(터) 자리에 무슨 학이 날아가드란다.

(조사자 : 학이 날아갔다고요?)

응 묘태가(묘터가) 자리가 좋아가, 그랬는데 그 요, 그기(그거) 장수 났는 거 그거 서답돌로 그러디(그러지), 용마가 우는 기(게). 우엤거나(어쨌거나) 그런 전설이 있다.

(조사자 : 터가 좋아서 장수가 났군요.)

묘태가 좋아.

(제보자 2 : 옛날에, 참말로.)

그래, 월포에 그런 게 있어.

(제보자 2 : 참말이다.)

월포 학교에 그 입구에 내려오면 그 입구에.

우리는 모른다, 말만 들었지. 그런 전설이 있었다.

상가승무노인탄(喪家僧舞老人嘆)

자료코드 : 05_22_FOT_20100626_KYH_ASS_0001
조사장소 : 경상북도 포항시 북구 송라면 중산 1리 마을회관
조사일시 : 2010.6.26
조 사 자 : 김영희, 김보라, 백민정
제 보 자 : 안석순, 여, 73세
구연상황 : 앞의 이야기가 끝난 후 조사자가 촬영하고 있던 캠코더의 화면 창을 돌려 연행자들에게 보여주었다. 연행자들이 몹시 신기해하더니 동기 부여가 되었는지 자청해서 연행에 나서기 시작하였다.

줄거리 : 옛날에 아주 가난한 집에 시아버지의 생신날이 돌아왔는데 며느리가 머리채를 깎아 팔아서 생신상을 차렸다. 아들은 모친 상중이었는데 아버지를 즐겁게 해드리기 위해서 상주 옷을 입고 춤을 추고, 머리를 깎은 며느리는 고깔을 쓰고 노래를 불렀다. 이를 본 시아버지가 탄식했는데 이 장면을 일컬어 사람들이 '상가승무노인탄(喪家僧舞老人嘆)'이라 하였다.

옛날에 하도- 가난한 집에 그 시아버지 생신이 돌아오거든. 돌아오는데 그 둘 내외가 메느리하고(며느리하고) 아들이하고 아들하고, 시아버지 생신상을 채릴라(차릴라) 카이까 돈이 없아가 할 수가 없거든. 없어가지고, 그 며느리가 머리를 깎아가지고 팔아가지고 이제 생신상을 채렸거든.

채려가 인자 아버지 곁에(곁에) 대접을 하면서 거어 인자 저, 저거 자기 남편은 자기 인자 모친상을 입았어(입었어). 상주라. 상주 몸으로 그래 인자 시아바씨(시아버지) 생신을 이래 하는데 머리를 깎아가 팔아가주고 생신상을 채리 놓고, 상주는 노래를 부리고, 머리를 깎아 놓으이까네, 그 며느리는 이래 꼬깔 모자를 해가 덮어 씨고(쓰고) 춤을 추고, 인자 시아바씨 즐겁게 한다꼬.

춤을 추고 상주는 노래를 하고, 시아바씨는 보이(보니) 마 탄식이 나오거든. 기가 막힐 거 아이가(아닌가)?

그래서 상가, 상주는 노래 부리고, 무당은 춤을 추고, 노인은 탄식을 하고 그, 그런 예가 있다, 전설이.

예, 간단하이더.

(조사자 : 네, 재밌는 얘긴데요, 할머니.)

좋지요? 예. 상가승무노인탄(喪家僧舞老人嘆).

(조사자 : 아, 상가승무노인탄?)

응. 상주는 노래를 부르, 노래 가(歌)자가 아이가? 상주는 노래를 부리고.

(청중 : '상가승무노인곡(喪歌僧舞老人哭)'이란다.)

이거는 저거 머시, 메느리는 머리를 깎, 꼬깔모자를 썼, 머리를 깎아 놓이

(조사자 : 중처럼?)

중처럼 해가 춤을 춘다, 시아바씨 즐겁게 하이라고. 무당은 춤을 추고, 상주는 노래를 부리고 노인은 탄식을 하는 기라, 노인은 탄식을.

원각조사 이야기

자료코드 : 05_22_FOT_20100625_KYH_YDC_0001
조사장소 : 경상북도 포항시 북구 송라면 조사리 마을회관
조사일시 : 2010.6.25
조 사 자 : 김영희, 이미라, 이선호, 김보라, 백민정
제 보 자 : 윤동철, 남, 나이 미상
구연상황 : 이상락 씨의 연락을 받고 달려온 윤동철 씨가 마을 역사와 내력에 관한 문건을 하나 가지고 왔다. 윤동철 씨는 마을 토박이였는데, 문건을 들고 읽으려 하였다. 조사자에게 이미 조사 취지를 들었던 청중들이 읽지 말고 이야기를 하라고 권하자 그럼 이야기를 해보겠다며 나섰다. 연행 도중에 문건을 참조하며 말을 이어나갔다.
줄 거 리 : 보경사 주지를 지낸 원각조사는 고려 말에 현재 조사리 교회 자리에서 태어났다. 어미인 점득은 신앙심이 아주 두터운 사람으로 달이 세상을 비출 때, 광명을 받아 잉태하게 되었는데 그가 자라 원각조사가 되었다. 조사는 날 때부터 총명하여 흉년을 예언하기도 하고 세 살에 천자문을 독파하기도 했다. 원각조사는 여섯 살 때 맹자와 논어, 대학 등의 글을 읽었고, 열한 살에는 사서삼경을 통달했다고 한다.

대종원각조사비라꼬, 우리 조사리의 내역이 있는데, 약 육백 년 전에, 육백 년 전에 여하튼 저 뭐고, 포항시가 배출해 낸 정 뭐고 정, 포은 정몽주 다음 가는, 그런 저 우리 저 뭐고 원각, 원각조사님이가 살았대요. 내역에 보면.

긍까, 지역에서 백성들로부터 뭐고 참 존경받는 지도자로서는 여하튼 조사리 해변가에 태어나가지고, 여하튼 명종, 일천이백십오 년이란다. 보경사 주지를 지냈던 원국국사, 원진국사라고 있었습니다. 원진국사 버금가는 지도자로서 현재 보경 경전에 저 저 저, 원각조사라꼬 저 비가 있더래. 거서(거기서) 이동해가지고 거기더러 있었습니다.

옛날 임진왜란 때 그 원각조사 비문이 그 저 대웅전 처마루 밑에 거그(거기) 비치해놨다가 세월이 좋아져가지고, 다시 설치를 해가지고, 여기 내역에 보면 그렇게 돼 있습니다.

그래 인제 태어난 지는 인제 고려 말 우왕 오년이라고 일천구백칠십구 년 정월 대보름날에 저 월포만에서 내려 오면 송라 조사리,

[잠시 웃다가]

만경참파에 뭐, 뭐 물결이 드나드는 해안가 조사리 교회 자리에, 교회 자리에 저 있습니다. 교회 자리. 아버지란 사람은 김댁관이라꼬, 본관은 김해. 점득이라는 부인과의 사이에서 인제 마흘이라는 그 이케, 조사, 원각조사 저 태어났대요.

마흘이라는 사람이 태어났는데, 옛날에 귀골이 총명하고, 뭐, 아 몇 년 전부터 참 예언을 해가지고, 뭐 몇 년 갈 것 같으믄, 홍수가 난다, 몇 년 갈 것 같으믄 여하튼 농사가 안 되고, 여하튼 숭년(흉년)이 간다는 등 전부 다 맞아 떨어지는 모양이라요.

(조사자 : 그 조사라는 분이 태어나면서부터 그런 예언을 했다는 건가요?)

네. 예. 태어나가지고 세 살 묵고, 여하튼 그 하마 세 살 때 하마 그 뭐고, 하늘 천 천자문을 전부 다 오우고(외우고), 여하튼 머 여하튼 여섯 살 때는 맹자와 논어, 중,[13] 대학을 열한 살까지는 사서삼경을 다 통달했대

---

13) '중용(中庸)'을 가리키는 듯하다.

요. 여 여 이애기를 보만.

지금도 용 모습을 하고 있는 용암이라는 바위가 있는데, 여기에 얽힌 전설과 그 참, 천계, 그 뭐고. 아 뭐고 그 마흘이라는 태어나가지고, 하느님께 인간 사회를 굽어보겠다.

그런데 인간들은 날이 갈수록 아주 악해지고, 어 저 멋대로 생활하고, 못 다한 하느님은 인간들을 구제하기 위해가 중대한 결심을 뭐 하늘 집을 지키는 용의 새끼를 인간의 몸으로 화하여, 세상이 내려다보이는 송라면 조사리 점득이라는, 아까 이야기했지만, 아주 신앙심이 두터운 부인이 살고 있었는데, 어느 해 달이 세상을 비춘데, 그 광명을 거두어 품에 안으이까 그기 인자 애가 뱄는데 그게 마흘이가 됐대요. 아─가(아이가) 되어가지고,

(청중 : 마흘이가 조사다.)

조사다. 조사인데.

보경사 유래

자료코드 : 05_22_FOT_20100625_KYH_YDC_0002
조사장소 : 경상북도 포항시 북구 송라면 조사리 마을회관
조사일시 : 2010.6.25
조 사 자 : 김영희, 이미라, 이선호, 김보라, 백민정
제보자 1 : 윤동철, 남, 나이 미상
제보자 2 : 이상락, 남, 1940년대 생
구연상황 : 조사자가 질문을 던지며 이야기를 유도하자, 윤동철 씨는 계속 자신이 들고 있는 문건에 의거하여 내용을 읽어 주려 하였다. 그리하여 윤동철 씨가 자신의 의지를 관철시켜 갑자기 손에 들고 있던 인쇄물에서 보경사에 관한 내용을 읽기 시작했다. 처음에는 읽는 것으로 시작했지만 중간중간 이야기로 내용을 이어가기도 하였다.
줄 거 리 : 내연산 보경사는 1230년 경 인도에서 불법을 전할 때 두 고승이 각각 십이면

경과 팔면경을 가지고 나와 각각 중국 백마사와 신라 보경사를 짓는 데 쓴데서 유래하였다. 전하는 말에 따르면, 신라 동해변에 가면 종남산이 있으니 그 아래 못에 거울을 넣고 그 못을 메워 절을 세운 후 보경사라 이름 붙이라 했다고 한다.

내연산 보경사는 지금으로부터 천이백삼십년도 불법이 인도에서 중국으로 수입될 초기 후한 연평(延平) 십년에 마한과 아, 법난 이사가 불경을 백마에 싣고, 십이면경을, 팔면경을 반입하여 십이면경 중국으로 백마사를 건립할 때 법당 아래 묻고, 팔면경을 제자 일조에게 주며 동방으로 가면 신라 나라 동해변에 종남산이 있고, 그 산 아래 백천 깊은 못이 있으니, 그 못에 팔면경을 묻고, 못을 메워가 법당을 지으믄, 저거 저거가 큰 대승하고, 그게 인제 일조대사는 지금의 보경사라고 칭한다, 꼬. 머 간단한 유래가, 보경사의 유래가 그래 돼가 있는데.

(조사자 : 그럼 보경사 자리에 옛날부터 못이 있었던 건가요?)

네. 쪼맨한(조그마한) 것이 있었대요. 팔면경을 거울로 비춰가지고 거울로 묻고, 이래 했다는 그런 내역이 있는데.

(제보자 2 : 그른 게 있겠지, 있땀에(있기 때문에) 보경사라고 돼가 있는 거.)

(조사자 : 거울로 비춰서 거울로 묻고 했다는 게 무슨 얘긴가요?)

(제보자 2 : 거울로 묻었다이꼬.)

(조사자 : 거울이 어디서 나서요?)

여기 있지 않은교(않느냐)? 내연산이 팔맨경 그 뭐고, 불경을 백마에 싣고, 절 지으러 돌아다닌 거래요. 절 지으러 다니니깐 팔만경과, 십이맨경과 팔면경을 반입하여 십이맨경은 중국의 백마사를 건립할 때 쓰고, 하나는 팔면경을 백마에다가 싣고, 온 데로 일주에 밤낮으로 돌아다니며 동방으로 가면 신라 나라 동해변에 종남산이 있다네. 종남산. 종남산이 있는데, 그 아래 백천 깊은 못이 있는, 있으니, 그곳에 팔면경을 묻고, 법당을 지을 것 같으믄 아주 그럴싸하다.

그게 인제 지금 보경사라요.

용이 돌로 변한 용암

자료코드 : 05_22_FOT_20100625_KYH_YDC_0003
조사장소 : 경상북도 포항시 북구 송라면 조사리 마을회관
조사일시 : 2010.6.25
조 사 자 : 김영희, 이미라, 이선호, 김보라, 백민정
제 보 자 : 윤동철, 남, 나이 미상
구연상황 : 보경사 유래담을 연행한 후 조사자가 용바위에 관한 질문을 던지자 기다렸다
는 듯이 윤동철 씨가 이야기를 시작했다.
줄 거 리 : 마흘이가 낳은 아기를 데려가려고 하늘에서 내려온 용이 보경사에 나타났는
데 마흘이가 아들을 감춰버리는 바람에 데려가지 못했다. 용이 머뭇거리는 사
이에 날이 새어버려 용은 곧 돌이 되고 말았다. 지금도 파도가 치면 용이 돌
로 변한 용암에서는 울부짖는 소리가 들린다.

용암이라고 전설은 지금도 그래요. 이 용암이 말이야, 여그, 그 돌이라.
그거 할 거 같으만 한문이 점 복(卜)잔데. 돌로 새기가지고 있다 이기라.
여 보믄.

보경사 거기서 용이 마흘이가 낳은 아를 델라 와가지고(데리러 와서),
용이 내려왔대요. 용이 하늘에서 내려와가지고, 여서 델고(데리고) 갈라니
까 이 마흘이가 저기 뭐고, 애를 곰차뿌랐어요(감춰버렸어요). 애를.

곰차뿌고 있으니깐, 날이 샐라고 이라니깐, 여하튼 못 올라가니까는 그
용이, 울 용바우라고 있어요. 그런 용이 있는데. 이게, 저 날이 새니깐 하
늘로 상천 못하고, 인제 용이 돌이 돼가지고, 지금도 여하튼 저그 파도가
썩 칠 것 같으면, 용암이 갈 것 같으믄 파도소리가 난대요. 파도소리가 차
악 나면, 못 올라가고 울부짖는 그런 전설이 여기 있대요.

(조사자 : 여기 바다 앞에 있는 건가요? 그 바위가?)

아니, 요 밑에 있어요. 지금은 다 망가져뿌렸어. 다 인제. 요 요, 요게 인제 파도가 칠 거 같으면, 저기 해일못이라는 데, 거그까지 뚤버져가지고(뚫려서) 말이야.

파도가 마 밀래가고 뭐 이랬다는 전설이 있어요.

고양이 양밥으로 도둑 잡으려다 아들 잡은 사람

자료코드 : 05_22_FOT_20100626_KYH_LCH_0001
조사장소 : 경상북도 포항시 북구 송라면 중산 1리 이춘화 씨 자택
조사일시 : 2010.6.26
조 사 자 : 김영희, 김보라, 백민정
제 보 자 : 이춘화, 여, 71세
구연상황 : '양밥으로 눈병 나은 사람' 이야기 연행이 끝난 후, 조사자가 다른 곳에서 들은 '고양이 양밥한 이야기'를 연행하였다. 그러자 이춘화 씨가 그런 이야기는 이곳에도 있다며 이 이야기를 연행하기 시작하였다.
줄 거 리 : 어느 집에서 돈을 도둑맞는 일이 생겼다. 집 주인이 도둑을 잡기 위해 끓고 있는 큰 솥 위에 고양이를 매달아두었다. 이를 '고양이 양밥'이라고 한다. 다음 날 고양이는 뜨거운 열기 때문에 몸이 비틀린 채 죽어 있었는데 그 집 아들도 고양이처럼 몸이 비틀린 채 죽어 있었다. 그 아들이 돈을 훔쳐간 것이었다.

으응, 옛날에 누가 돈을 일가뿌러가주고(잃어버려서) 돈을 일가뿌러가주고 엄마가 인자(이제),

"남 도둑해 갔다"꼬.

자꾸 딴 사람을 의심하고 이래다가(이러다가), 그래 고양이 양밥을 하는데.

솥에다가 여, 옛날에는 큰 솥 있잖아, 그자? 거다가(거기다가) 불로 자꾸 때는데, 고양이를 끈을 이래(이렇게) 달아놓고 고양이를 잡아다가 거그

다가(거기다가) 여(넣어), 짐이(김이) 살살 나는데, 거다가 고양이를 묶아가 이래 솥에다 알로(아래로) 이래 물 받아 보고 그래 자―꾸, 자꾸 뜨거운 불로 때니까네 고양이가 젼디나(견디나)? 뜨거버가(뜨거워서) 못 젼디지.

그래가주고 자기 아들이 나와가 그 고양이먼저로(고양이처럼) 빌빌 꼬여가 그래가 죽드란다. 그래 아들이 돈을 가져갔어. 그래, 그랬는 걸 딴 사람 가갔다고(가져갔다고) 그래.

하도 저거 하이까네, 요새도 저 퍼뜩 하면(틈만 나면) '고냉이 양밥 한다.' 이래도, 그게 그게 무서분(무서운) 양밥이라고. 그런 때미로(그렇기 때문에) 잘 안 하지.

(조사자 : 잘 안 해요?)

잘 안 하지. 그거 그래 누가 그랬는동 그거를 어찌 아노? 일가뿐(잃어버린) 사람이 죄가 많다꼬.

도깨비로 변한 빗자루와 도깨비불

자료코드 : 05_22_MPN_20100626_KYH_KBD_0001
조사장소 : 경상북도 포항시 북구 송라면 중산 1리 마을회관
조사일시 : 2010.6.26
조 사 자 : 김영희, 김보라, 백민정
제 보 자 : 김분들, 여, 72세
구연상황 : 오전 10시경 마을회관에 도착하니, 마을 주민들이 아직 모이지 않은 상황이
었다. 이춘화 씨 댁을 방문하여 한 시간여가량 이야기를 들은 후 다시 마을회
관을 찾아가니 10명이 넘은 마을 주민들이 담소를 나누며 쉬고 있었다. 조사
자들이 인사를 드린 후 조사 취지를 설명하였다. 처음에는 모두들 옛 이야기
는 기억나지 않는다며 연행을 꺼렸지만 조사자가 '시집살이했던 이야기'나
'도깨비 만난 이야기' 등을 들려 달라며 연행을 유도하자 연행자들이 도깨비
에게 홀린 사람 이야기를 꺼내며 좌중이 소란스러워졌다.
줄 거 리 : 옛날에 할머니에게 사람이 자꾸 따라왔다. 나중에 보니, 도깨비로 변한 빗자
루였다. 여자의 생리혈이 빗자루에 묻으면 도깨비가 된다고 한다. 또 원두막
에 있다가 도깨비불을 본 사람도 있었다.

옛날에 어느 할매(할머니), 저어 ○○논에 가가주고 자꾸 사람이 따라와
가이께네(가니까), 늦게 보이께네 빗자루드란다, 빗자리(빗자루). 허재비랑
같이, 내- 같이 따라 댕기는데(다니는데) 늦게 거 빗자루가요, 막 그라드
란다.

(청중 : 빗자리로 그거는 옛날에 멘스 치는 사람이 깔고 앉아가 그게 그
묻으면은 그게 허재비가 된단다.)

우리 저거 저 구스막밭에 있잖아요, 한 마지기, 여그 여그요. 거가 비
되-게 올 때 내 우리 집 아바씨하고 그 한가우 사람인가 고거 또 밭떼기
하나 왜, 저거 저 수박 해가지고 원두막 지어놨잖아요.

[손으로 불 크기를 가늠하면서]

불이, 막 이런 불이요, 그래 뷔니더(보입니다).

(청중 : 허재비도 불이 있는가?)

몰라, 그건 뭔 불인지 하여튼 방구리 등거리 같은 게 그런 거 있더라니까.

(청중 1 : 큰 거는 짐승불이야.)

야(네). 야들 할배하고 내하고(나하고) 비가 얼-마나 와가 띠집 떠내러 간다 카고 이럴 적에.

갈가지 먹이 훔쳐 먹고 혼쭐 난 사람

자료코드 : 05_22_MPN_20100626_KYH_BDY_0001
조사장소 : 경상북도 포항시 북구 송라면 중산 1리 마을회관
조사일시 : 2010.6.26
조 사 자 : 김영희, 김보라, 백민정
제 보 자 : 박두윤, 남, 78세
구연상황 : 앞의 이야기가 끝나자, 김상규 씨가 조사자에게 조사 취지에 대해 물었다. 조사 취지를 설명한 후, 조사자가 마을 내력과 기타 마을 개관 관련 사항을 김상규 씨에게 물어 20여 분가량 이야기를 들었다. 그러던 중 조사자가 이야기 연행 분위기를 모아내기 위해 '갈가지'에 대한 질문을 던졌다. 청중 가운데 한 사람이 작은 목소리로 이야기를 시작했는데 조사자가 '다시 제대로 이야기해 달라'고 요청하여 본격적인 이야기 연행이 시작되었다.
줄 거 리 : 옛날에 머루를 딸 즈음 사람들이 보경사 절 뒤로 사냥하러 갔다가 갈가지가 잡아 놓은 토끼를 구워 먹었다. 그런 일이 있고 나서 사람들이 길을 가는데 갈가지가 계속 뒤쫓아오며 사람들에게 자갈을 퍼부었다. 자기 먹이를 사람들이 먹어버려서 그런 것이다. 결국 사람들은 사냥을 하지 못하고 쫓겨 내려왔다.

옛날에 여 머루 딸 때 사역하러(사냥하러) 그때 인자 팔월 대목 사역하러 가는데 머루 따러 가다 이 절 뒤에, 보경사 절 뒤에 올라가다가 거, 어

갈가지[14]라 카는 거 인자 여느 호랭이 한가지라.

그게 토끼를 한 마리 잡아가, 잡아 놨는 거를 사람이 가이께네 ○○○ 달라고 잡아 놓은, 금방 잡아 놓은 거로 그거를 가져가가주고(가져가서) 그 위의 바탕에 인자 쉬는 자리에 가 꿉아(구워) 묵었어(먹었어).

꿉아 묵고 또 인자 사람이 가는데, 가이 그 뒤에 계속 따라오미(따라오며) 자갈 퍼붓고 이래가지고 까마구가(까마귀가) 홀 지있고 이래가지고, 머 해다가 사역(사냥) 모(못) 하고 마 쫓겨 내려오고 그랬다 카대.

(조사자 : 갈가지, 갈가지가 잡은 토끼를……)

호랭인동 갈가지, 그때는 하이튼,

(청중 : 지(자기) 밥을 인자 가져와가지고 사람들이 묵아뿌렀거든.)

뺏아갔다고.

(청중 : 그래 놨더니만 뭐 끝끝내는 흙 퍼붓고 따라온 텍이지.)

(조사자 : 할머니, 할머니 아까 전에 갈가지 이야기 해 주신데 다른 이야기인 거 같은데요.)

(청중 1 : 갈가지? 그, 그, 그거 꿉아먹고, 그래 내내 흘로(흙으로) 퍼붓고, 우에는 갈마귀가(까마귀가) 자꾸 지지고 이래 일로 모 했단다.)

(청중 : 지 그래 밥을 가주고 가가주고 꿉아 먹어뿌리니 안 그러고 우예나?)

그날 사역 모 하고 그 올라가가주고 쫓겨 간 사람 마 전부 다,

(청중 : 그 때 ○○아제가 그랬다지요? ○○아제?)

정기하고 그 사람들 머 올라가고, 앞에 내가 늦가(늦게) 갔는데 앞에 간 사람들이 잡아 꿉아(구워) 묵았어. 그래 가가주고 우리는 늦가(늦게) 가가주고 저그 안에 갔는데, 그 사람들은 저 머시로 올라가가 저, 상로봉 그거 올라가가지골랑(올라가서는) 다○○ 쫓겨 내려와가주고 그러고 그 비기미

---

14) '개호주'의 방언으로 범 새끼를 의미하는데, 여기서는 고양이과의 한 종을 뜻함.

그 알로(아래로) 쫓겨 내려가지고 이짝 황전 글로(거기로) 달라(달려) 오고 그랬다 카이께네. 안 돼여 그것도.

그거 옛날에 그 머, 머루 따러 가가.

허깨비에게 홀려 멍게 던진 사람

자료코드 : 05_22_MPN_20100626_KYH_BBR_0001
조사장소 : 경상북도 포항시 북구 송라면 조사리 마을회관
조사일시 : 2010.6.26
조 사 자 : 김영희, 김보라, 백민정
제보자 1 : 박봉란, 여, 74세
제보자 2 : 추봉남, 여, 78세
제보자 3 : 박소분, 여, 82세
구연상황 : 이야기판이 길어지면서 이야기나 노래 연행에 흥미를 느끼지 못하는 사람들이 자꾸 자리를 파하고자 하였다. 결국 몇 사람이 먼저 일어나 자리를 떴다. 박소분 씨를 비롯한 6인만이 이야기판에 남게 되자, 조사자들과 함께 자리를 좁혀 한쪽 벽면에 모여 앉았다. 잡담이 이어지던 중 조사자가 '도깨비에 홀린 이야기'를 청하자 박봉란 씨가 허깨비에 홀린 사람이 있다며 말머리를 꺼냈다. 그러나 어수선한 분위기가 지속되어 이야기가 지속되지 않자 조사자가 다시 '허깨비에 홀린 이야기'를 요청하였다. 그 후 박봉란 씨가 다시 이야기 연행을 시작하였다. 옆에서 이야기를 듣고 있던 박소분 씨가 이야기 내용을 다시 요약하여 들려주었다.
줄 거 리 : 멍게를 주우러 간 영욱이 아버지가 허깨비에 홀려, 주워 온 멍게를 다 던지고 돌아왔다.

옛날에는 허재비헌티도(허깨비한테도) 홀리고 그랬다.

(조사자 : 허재비? 허재비가 도깨비랑 달라요?)

다리지(다르지), 뭐.

(제보자 2 : 거, 뭐. 구식이 아버지 그 저기, 저기 뭐 그 뭐꼬? 멍기 주워 오다가 뭐 뭐 구식이 아부진가?)

구식이 아부지 잖애(아부지가 아니잖아), 영욱이 아부지.

(제보자 2 : 저 저 영욱이 아부지가?)

중딸삐긴데,

(제보자 2 : 그 허재비인테 홀리 가주고 중딸삐기를 묻혀가지고, ○○○ 지에다가 담으니까네,)

뭐 다 던졌부고 나이까네(나니깐), 그거 멍기(멍게) 드라만은.[15] 멍기도 한 번씩 잡아가주고 자꾸 떤지뿌고(던져버리고) 떤지뿌고 나고, 멍기 항그(가득) 다 없어지고.

홀래가(홀려서) 그랬단다.

(제보자 2 : 그래 홀래가, 사람 홀래가 그랬다.)

(조사자 : 멍기, 멍기, 멍기가?)

멍기.

(제보자 2 : 멍기.)

머시기, 멍게 파는 거 아(안) 있나? 이래 떼가(떼서) 먹는 거.

(조사자 : 아, 예, 예, 예.)

그거를 옛날엔 바닷물에 이래(이렇게) 파도 높으면 떠내려 나오거든.

(제보자 3 : 파도 떠밀아(떠밀려) 많이 밀렸거든. 그래 나(나이) 많은 사람 줘가(주워서) 오다가 허째비 갖다 홀래가 그걸 던지면 ○올다꼬, 그거를 가 돌아서면 또 던졌뿌고 돌아서면 던졌뿌고 이제 보니 하나도 없더란다. 다 던졌뿌고, 한통 여(넣어) 왔는데 그래(그렇게) 허째비한테 홀래가.)

용암에 공 들여 아들 낳은 이야기

자료코드 : 05_22_MPN_20100626_KYH_BSB_0001

---

15) 멍게의 껍질이 아니라, 멍게를 던졌다는 것을 말하는 것임.

조사장소 : 경상북도 포항시 북구 송라면 조사리 마을회관

조사일시 : 2010.6.26

조 사 자 : 김영희, 김보라, 백민정

제보자 1 : 박소분, 여, 82세

제보자 2 : 추봉남, 여, 78세

구연상황 : 조사원들이 두 팀으로 나뉘어 한 팀이 조사리 마을회관을 다시 찾았다. 전날 조사리를 찾아와 다음 날 다시 할머니들을 찾아뵙기로 약속한 터였다. 회관에는 두 개의 방이 있는데, 한 방에만 마을 여성들이 모여 있었다. 조사자들이 준비한 다과를 나눠 드린 후 전날 들은 용바위에 대한 질문을 던졌다. 그러자 박소분 씨가 이야기를 시작했다.

줄 거 리 : 원래 조사리에는 수놈과 암놈으로 불리는 두 개의 용암이 있었는데, 마을 공사를 하면서 수놈이 망가지고 말았다. 용암은 영험이 있어서 소원이 있는 사람들이 가서 빌면 소원이 이루어지기도 하였다. 박소분 씨도 용암에 가서 공을 들인 후 아들을 낳았다.

(조사자 : 할머니, 어제 들었는데 용바위가 두 개가 있었다면서요?)

(제보자 2 : 응, 용바위 없어졌어요.)

(조사자 : 두 개 다 없어진 거예요?)

아니, 하나는 있어.

(제보자 2 : 아니, 하나는 있고 암놈 수놈인데 하나는 있고.)

[조사자가 웃으면서, 제보자 2에게 다가간다.]

(조사자 : 할머니 이야기 좀 해 주세요, 할머니 이야기 잘 하시는데, 암놈 수놈이 무슨?)

(제보자 2 : 그케, 그 용이 두 난데(두 갠데), 하나는 여 공사하미야(공사하면서) 뗐뿌고(떼고) 여(여기) 하나만 있다.)

용같이 생긴 바위가 저(저기) 있어요.

(조사자 : 암놈이 죽었어요? 수놈이?)

[청중들이 웃음.]

(제보자 2 : 그 죽은, 죽은 게 수놈이가, 암놈이가? 이 기다는(길다란)

기(거) 왜.)

기다는(길이가 긴) 게 수놈이지.

(제보자 2 : 그게 수놈이가? 우얘거나(어쨌거나) 하나는 없어지고 하나
는 있는데 거 모두 공 들인다.)

공 들인다.

(제보자 2 : 요래가 요만한데 촛불 캐 놓고(켜 놓고) 그쪽에서 애기 못
놓는(낳은) 사람. 그자? 공 들이면 애기 놓는단다. 요런 구멍까 있는데 촛
불 세워 놓고 공 들인다.)

(조사자 : 공 들여서 아들 낳으신 분도 있어요?)

예.

(조사자 : 아, 누구요? 누가 아들, 누가 아들 낳으셨어요?)

[자신이라는 것을 내세우며, 쑥스러운 듯이]

예, 여기.

[제보자들의 말소리가 뒤섞여 제보자 2의 말은 들을 수 없음.]

저(저기) 거쭉(저쪽) 가서 옛날에 행담에, 인제(이제) 장거리 해가주고
(해서) 가가주고 그쪽에서르 인제 식혜다 쌀 놓고 요래 해 놓고 촛불 켜
놓고 과일 놓고 우애든지, 절 하고 자꾸 공 들인다. 지금도 한 번씩 가니
더(갑니다).

(조사자 : 아ㅡ. 요즘도 가세요?)

나날이 하는 건 아니고, 명절 때 다가오면 한 번씩 이래(이렇게) 갈 때
한 번씩 가니더.

(조사자 : 그래서 첫째 아드님 낳으셨어요?)

예?

(조사자 : 그래서 아드님 첫째 아드님 낳으셨어요?)

예, 아들, 아들 못 낳아 가 아들 낳았니더.

(조사자 : 할머니 자제분, 자녀분이 어떻게 되시는데요?)

[청중들이 웃는다.]

킬났데이(큰일났다).

(제보자 2 : 딸 서이(셋), 아들 둘이가?)

딸, 딸 저기 서이, 그기(그게) 맏딸 놓고 아가(아이가) 여섯 살 묵어도 (먹어도) 의지가 안 돼가지고. 어떤 이 물으니까는,

"공을 들이라(들여라)." 캐가,

그래 공 들여 가지고 둘째 아들 낳았지.

(조사자 : 아 둘째로 아, 아드님을 낳으셨구나.)

네.

(조사자 : 진짜 공들여서 낳은 아들이네요.)

네.

(조사자 : 그게 영검이 있네요.)

예, 예. 지금으로 어디가 물으면, 우리 아들이가 안 돼가주고.

(청중 : 행님요, 텔레비전 나오는데.)

그래가, 안 돼가가 물으이까,

"한 번씩 거(거기) 가가지고 다시 불 켜놓고 공을 들이면 덕을 본다." 캐가,

내가 한 번씩 그래 공 들이러 갑니다. 가면, 마 하는데 촛불 이래 바람 안 부는 날은 밤새도록 켜 놔도 촛불이 안 꺼져요.

(조사자 : 거기 바단데요?)

바다 아일시더(아닙니다). 바다 옆에, 옆에.

(조사자 : 옆에요?)

예.

(제보자 2 : 거, 밭에다.)

(청중 : 바람 불어도 안 꺼져요.)

응, 안 꺼져. 어떤 적에는 쉴 적에, 꺼졌는가 안 꺼졌는가 가 보러 가면,

안 꺼지고 있다.

(조사자 : 할머니가, 또 영검이.)

(청중 : 한 집이 하는 게 아니고, 여럿 집이.)

이씨 돌무덤가에서 만난 납딱바리

자료코드 : 05_22_MPN_20100625_KYH_LSA_0001
조사장소 : 경상북도 포항시 북구 송라면 조사리 김소선 씨 자택
조사일시 : 2010.6.25
조 사 자 : 김영희, 이미라, 이선호, 김보라, 백민정
제 보 자 : 이상애, 여, 78세
구연상황 : 6월 25일이어선지 한국전쟁 당시의 경험담들이 계속 이어졌다. 대화가 어느
정도 일단락되었을 때 조사자가 산짐승을 만난 경험이 없냐고 물었다. 각자
소란스럽게 산짐승을 만난 이야기를 이어가다가 조사자가 납딱바리 이야기를
꺼내자 이상애 씨가 말문을 열었다.
줄 거 리 : 이상애 씨가 어머니와 함께 영화 구경을 하러 갔다가 돌아오는 길에 이씨 돌무덤
가를 지나는데 그곳에서 납딱바리가 나타나 모녀에게 모래를 퍼부었다고 한다.

우리 옛날에 왜 저 영화 구경하러 여기 왔다가.

(청중 : 가실극장.)

가실극장 구경하러 왔다가. 마카 우리 엄마하고 마카 들고 가는데 저
독서집 뒤에 그 그 뭐시 안 있나? 그 돌 왜? 이세(이씨) 돌무지기 있거든.
이씨 돌무지기 있는데, 그 가면은 납딱바리가 나오는 거야. 나와가지고
우리헌테 모래를 퍼붓는 거야.

모래 퍼부아가지고(퍼부어서), 그때 어른들 사이에 찡겨가지고(끼여서),
그래 가고 그랬다.

마을 입구 돼지 동상의 유래

자료코드 : 05_22_MPN_20100626_KYH_LCH_0001

조사장소 : 경상북도 포항시 북구 송라면 중산 1리 이춘화 씨 자택

조사일시 : 2010.6.26

조 사 자 : 김영희, 김보라, 백민정

제 보 자 : 이춘화, 여, 71세

구연상황 : 아침부터 비가 내려, 조사자들은 이춘화 씨 댁에서 비를 피했다. 집안으로 들어 온 조사자들이 이춘화 씨에게 옛날이야기를 청하자, 그는 마을회관 앞에 있는 동상을 보았냐며 말머리를 꺼냈다. 중산 1리 마을 회관 앞에는 돼지 동상 두 개가 나란히 세워져 있었다. 이에 얽힌 사연은 전국적으로 유명하여 여러 언론매체에 보도된 바 있다고 한다. 이 동상에 얽힌 사연이 옛날이야기라고 생각한 이춘화 씨가 동상을 세운 이유에 대해 연행해주었다. 이야기 연행이 서툴러서 연행을 꺼리는 듯하다가, 조사자들이 동상에 대한 관심을 보이자 적극적으로 연행해주었다. 연행 도중, 조사자들이 이곳에 온 이유에 대해 물어보는 등 조사에 대한 호기심도 적극적으로 드러내 보였다. 연행자의 배우자가 방 안에서 잠을 자고 있어서, 작은 목소리로 조심스럽게 연행하였다. 연행이 끝나자 현재는 이 마을에 외지 사람들이 많다는 이야기를 반복했다. '외지에서 들어오는 사람들이 많아지면서, 현재는 마을 내 의문스러웠던 사건들이 사라지고 있다'는 것을 말하려는 듯했다.

줄 거 리 : 예부터 중산 1리에는 청년들이 사고로 많이 죽었다. 그러던 어느 날 스님들의 권유로 '뱀의 혈'인 마을 터에 뱀과 상극인 '돼지' 동상을 하나 세우게 되면서 청년들의 죽음이 잠잠해졌다. 몇 해 지나지 않아 또 다시 의아한 사건과 사고로 청년들이 죽자, 전에 세운 돼지 동상 옆에 돼지 동상을 하나 더 세웠다. 그 후 사고로 인한 청년들의 죽음은 뜸해지는 듯하였으나, 여전히 그러한 사건이 계속되고 있다.

옛날에 이 마을에 노인들이 안 돌아가시고 젊은 청년들이 마이(많이) 죽었거든. 그래가주고 인자(이제) 어디 가가(가서) 이래 물으니까,

"이 마을에는 배미(뱀의) 혈(穴)이라가, 아 그래 저거, 젊은 사람들이 마이 그랜다."꼬

그래가주고, 그래가 인자 어디 스님들이 말하시기로,

"배미 혈에는 인자 돼지로 놓아놔야 된다."꼬 그래가,

뱀, 우리 부녀회원들이, 요즘은 우리가 나(나이) 많은 회원들이라 안 하지만 옛날에 그때는 회원이 많았거든. 요즘은 머 젊은 사람들 다 나가뿌고(나가고) 여(여기) 노인들만 살지. 집도 인지는(이제는) 얼마 안 된다.

그랬는데, 그래 인자 부녀회 저축해 났던 돈을 가주고(가지고) 돼지를 사가주고 조(저기) 놨는데, 그래 한 몇 년도 쪼매 요래 좀 안 되디만은16) 또 그래.

또 젊은 사람들 마이 저거 하고 그래가지고(죽어서), 그래 또 돼지를 또 한 마리 더 났다. 더 나아가주고(놓아서), 저거 때문에 학생들도 마이 오고, 전국적으로 마이 저기 해졌다. 취재하고 하는데 우리 마카(마구) 주껬는(말했는) 거. 요즘도 어디 언제 한 번씩 나온다. 마 자꾸 돼지 보고 우리가 이래(이렇게) 빌고 그래놓으니까네.

(조사자 : 아, 빌어요?)

아, 거 손님들이 와가(와서) 그거 인자 저거 하는데.

(조사자 : 근데 뱀의 혈에는 돼지가 왜 좋은 거예요?)

돼지하고 배미하고 상극이잖아. 그러니까네 돼지가 인자 뱀을 잡아먹지.

[조사자들이 놀람.]

그러이까네, '그 혈로 막는다.' 카는 그거지.

(조사자 : 그럼 돼지가, 처음에 세웠던 돼지는 어떤, 어디……? 쪼매난 돼지예요, 뒤에 큰 돼지예요?)

앞에 게, 작은 게, 고게 먼저 났고. 뒤에, 뒤에 큰 거는, 그 만드는 사람이 잘못 만들어 또옥(똑) 소 굿제(같지)?

[웃으면서]

---

16) '청년들이 죽는 사건이 잠잠해졌다'는 의미임.

앞에 돼지는 고게(그게) 잘됐는데. 고 고 몇 년도 카는(하는), 거 연도 수도.

[조사자에게 조사의 취지를 물어보며 잠시 10초가량 잡담이 오감]

그래가 마이 그거 해가주고 저거 했는데. 그래 쪼끔 중단되디만은 또 그래. 또 한, 요 몇 년 안에 할아버지들하고 마 오명쯤(5명쯤) 돌아가셨어. 갑작(갑자기), 이삼 년 동안에 사고 나고, 마 그래가, 자꾸 자꾸 마 그래가.

(조사자 : 원인 없이 갑자기?)

응, 갑자기 그래 돌아가셔뿌고 할머니들만 많이 살지, 할아버지들은 얼매 안 계신다.

(조사자 : 청년들은 그때 그러면 사고로 다 죽은, 많이 죽은 거예요?)

[속삭이며]

교통사고로 죽고 뭐 장난하다가 총, 총도 저게 해가주고 옛날에 예, 그런 어른들은 지금 나는(나이는) 많지. 그래도 그래 돌아가시고 마, 마을이 별로 안 편해.

(조사자 : 그거 말고는 다른 일은 또 없었어요?)

다른 일은 뭐 별로…….

(조사자 : 젊은 사람들이 언제 많이?)

머, 여 중간에는 괜찮았는데. 그 옛날부터 아주 젊은 사람들이 마이 돌아가셨거든.

(조사자 : 원래 그러면 돼지가 없었어요?)

처음엔 돼지가 없었지.

(조사자 : 언제 지었어요, 누가 그렇게 하라 그래서?)

스님들이. 하두(자꾸) 마을이 잘 안되니까네, 스님들이 거 이래 인자 한 번씩 오셔가지고 '이 마을은 돼지 혈이다.' 그래가 돼지를 나았지(놓았지). 돼지도 놓고 제(祭)도 하고 마 동네 마을마다 동네 머 할아버지 제사 지내는 거 아(안) 있나. 그래. 옛날에. 그런 거 하는데 그 제도 하고 굿도 하고 온갖 짓을 다 했어. 마을 펜헐라꼬(편하려고).

그래도 뭐 내다(죄다) 저거 하고 그래.[17]

신발 때문에 동티 난 동제

자료코드 : 05_22_MPN_20100626_KYH_LCH_0002
조사장소 : 경상북도 포항시 북구 송라면 중산 1리 이춘화 씨 자택
조사일시 : 2010.6.26
조 사 자 : 김영희, 김보라, 백민정
제 보 자 : 이춘화, 여, 71세
구연상황 : '중산 1리의 동제'에 대한 설명이 지속되다가, '동제에 정성을 잘 들이지 못
　　　　　하면 동티가 나기도 한다'는 이야기가 오갔다. '동티가 나서 죽은 사람도 있
　　　　　다'는 제보자의 말을 듣고 조사자들이 구체적인 이야기를 듣고자 하자, 이 이
　　　　　야기를 구연하였다. 구연이 끝난 후에도 동티난 동제에 대한 이야기가 계속되
　　　　　었다.
줄 거 리 : 대전리의 어느 한 남자가 장에 가서 동제에 필요한 물건들을 사가지고 돌아
　　　　　오는 길에, 신발을 사서 장거리 위에 올려 가지고 왔다. 동제를 지내고 며칠
　　　　　지나지 않아 그는 죽었다.

(조사자 : 어떤 일이 있었는데요?)

머 잘 해주면 글치만(그렇지만) 잘 모하면(못하면) 그 왜 제, 제사 옛날
에 제사 지내는 사람도 죽아뿌고.

(조사자 : 아, 그런 일이 있었어요?)

산신이 벌로 줘가(줘서), 벌로 줘가지고, 그래 죽지.

(조사자 : 무슨 실수를 했길래?)

아, 그거는…… 그 시장. 오늘이, 내일이 제사 지내믄 오늘이 가가지고

---

17) 여전히 청년들이 죽는다는 얘기임.

음식을 마카(마구) 사가와가(사와서) 그거 하거든. 그거는 당일이래서 고래가 이래 하는데. 옛날에는 차가 있나? 걸어갔다가 걸어오이(걸어오니), 시장도 뭐 저거 하나. 그러이까네, 옛날에는 미리 해다 놨다가도 볼, 지닐 수 있고, 요새는 뭐 차가 있고 음식도 다 마 저거 하이까네, 오늘 가가지고 해가(해서) 탁 해다가 마 오늘 밤에 지내믄 되잖아. 그런데 옛날에는 그럴 수가 없잖아. 사람이 걸어가야지를 그러이까네, 또 저게 했는데.

저 요 넘에(너머에) 대전리라 카는 동네는,

(조사자 : 대절리.)

응. 대전, 대전리, 그거는 저거다. 저, 제사 장 봐가 오면서 그날이 신는 신발로 사가(사서), 그거는 신발이이까네 아주 저거 하잖아,[18] 그자(그렇지)? 신발로 사가 그 제사 음식 사가오는(사오는) 우에다가(위에다가) 얹어 놨디.

(조사자 : 아 자기 신발을 갔다가.)

그래, 제사 지닐라고 지냈데이. 신을 꺼로예(것으로) 그랬데이. 그거를 사가 그 얹이고 오다가 제사 다 지내고 나이까네(나니깐) 할아버지 저게 해가 돌아가시고.

(조사자 : 소름 끼쳐.)

그래, 그래.

(조사자 : 부정 탔다. 동티났구나.)

그래, 부정 탔지.

(조사자 : 언제, 동제 지내고 바로?)

바로는 마 한 며칠 있다가 죽고.

---

18) '깨끗하지 못하다'는 것을 의미함.

양밥으로 동제 동티를 모면한 이야기

자료코드 : 05_22_MPN_20100626_KYH_LCH_0003
조사장소 : 경상북도 포항시 북구 송라면 중산 1리 이춘화 씨 자택
조사일시 : 2010.6.26
조 사 자 : 김영희, 김보라, 백민정
제 보 자 : 이춘화, 여, 71세
구연상황 : '신발 때문에 동티난 동제' 이야기가 끝난 후 바로 이 이야기를 연행하였다.
　　　　　연행이 끝난 후 이 이야기에 이어 양밥에 대한 질문이 오갔다.
줄 거 리 : 마을 할아버지가 보리에 병이 들지 않도록 하기 위해, 동제에 사용한 보리에
　　　　　다 자신의 오줌을 뿌렸다. 그 후 몸이 아프자 부정을 탔다고 하여, 부부는 다
　　　　　시 동제를 올렸다. 며칠 뒤 꿈에서 보리에 자갈을 쏟았다. 그리곤 몸이 나았
　　　　　는데 자갈을 뿌린 것이 부정을 씻어낸 것이라 한다.

　이 동네 할아버지는 ○○○. 그 할아버지는 돌아가셨는데, 제사 지내고
올나가여(올라가서), 저거 하거든.
　정월 인자, 제사 지내고 난 뒤에 보리 인자(이제) 벌겋게 황들잖아. 잎
퍼리가(이파리가) 벌개이가(빨갛게) 뭐 황들잖아, 그자? 가리가 벅벅
벅……
　(조사자 : '황든다' 그래요?)
　그래, '황든다.' 칸다. 벌건(빨간) 이퍼리(이파리) 이래 이래 얼어가주고
그랬는데, 그거 정월 보름날이 인자 오줌 갖다가 흩치면은 그거 없어진다
고, 양밥이거든. 그래가 할아버지가 제사 지내고 올라가, 음복만 하고. 이
제 동네 사람은 아죽(아직) 음복을 안 시겠지(시켰지). 근데 할아버지가 그
거를 갖다가 흩치고 나이까네(나니깐), 그 할아버지가 내 계-속 아파가(아
파서) 그래 어디 가 물으이까네,
　"그랬다." 캐가(해서),
　"그거 부정이라." 캐가지고,
　그래 장으로(장을) 봐가주(봐서) 올라가여 할아버지하고 할머니하고 인

자 제사 다시 인자 할아버지하고 동제에, 동제를 빌었거든. 빌고 그 할아 버지는 편찮애 여 눕았는데, 자갈로 한 자래기(자루) 이래(이렇게) 앉고 있 다가 좌르륵 부어뿌믄, 깜짝 깨이까네(깨니깐) 꿈일래드란다(꿈이더란다). 그랬드이만은(그러더니) 그 할아버지 인자 나았다. 고거(그거) 인자 깨끗 해지라고 자갈로 다 쏟아뿟(쏟아버렸다).

그래 그래가 그 할아버지도 인자는 돌아가셨다. 나가(나이가) 많애가.

(조사자 : 아, 그냥 나이가 많애서.)

응, 나이 많애 돌아가셨는데 그래는 안 돌아가시고, 그래 몇 년 살다가 오래 살다가 돌아가셨다.

(조사자 : 자갈, 이렇게 확 흩쳐가지고 부정 없앴군요.)

없앤 텍이지. 그래 그러이까네 얼매나 좋은동. 할아버지가 ○○이 있지.

양밥으로 눈병이 나은 사람

자료코드 : 05_22_MPN_20100626_KYH_LCH_0004
조사장소 : 경상북도 포항시 북구 송라면 중산 1리 이춘화 씨 자택
조사일시 : 2010.6.26
조 사 자 : 김영희, 김보라, 백민정
제 보 자 : 이춘화, 여, 71세
구연상황 : '양밥으로 동제 동티를 모면한 이야기'가 끝난 후 조사자가 연행자들에게 '양 밥'을 한 경험에 대해 물었다. 그러자 이춘화 씨가 멋쩍은 듯 웃으면서 자신 의 경험담인 이 이야기를 연행하였다. 조사자들이 잘 이해하지 못하자, 이야 기를 끝낼 무렵 다시 설명해주었다.
줄 거 리 : 장독을 놓았던 자리를 시멘트로 발라 고친 후 눈에 이상이 생겼다. 병원에도 가보고 점쟁이에게 의뢰해 부적을 써보기도 했지만 상태가 호전되지 않았다. 그래서 결국 용하다는 점쟁이를 찾아갔다. 무당은 동티가 났다며 양밥을 가르 쳐주었다. 그 양밥은 '대추나무를 불에 태운 후 물에 그 재를 넣어, 검은 재 가 가라앉으면 위에 뜬 깨끗한 물로 눈을 씻는 것'이었다. 시키는 대로 했더 니 눈이 완치되었다.

이 집에 이사와가(이사를 와서), 자꾸 이야기하라 카이 내 하는데,

[웃음]

이 집에 이사와가지고 장둑간에(장독간에) 인자, 이 집 할머니하고 할 아버지하고 살다가 대구로 이사가면서 장독 ○○를 안 했대. 그래가 세멘 으로(시멘트로) 우리가 했거든. 했는데, 내가 눈이 많이 아파가주고 그래 가주고 병원에 가이까네, 그때,

"큰 대수술해야 된다." 캐.

그래가 어디를 인자(이제) 또 점쟁이한테 물으러 갔다. 가이까네,

"개질해가 그렇다." 카대.

(조사자 : 뭐 해서요?)

"그런 걸 해가(해서) 그렇다."꼬

"안 해야 되는데 그거 할 자리가 아닌데 그런 걸 해가 눈이 아프다."꼬.

점쟁이가 그라대. 그래가지고 인자 부-가(부적이) 있다. 재수부도 있고 삼재부도 있고 관재부도 있고 부가 있잖아, 그제? 이거는 동토났다꼬 동 토부, 동토부를 써 가주고 그 장둑간 세면 해 놓는 데다 그거 붙이고. 세 면, 저 고춧가루하고 소금하고 약쑥하고 그래 세 가지를 한테다(한곳에) 그놈 저기 해가지고 뜨고, 그래가주고 약 사 옇고(넣고) 병원에 다니고, 그래도 그래도 깨끗하게 안 낫고 내도록 아프더라꼬.

그래가 우리 손주가여 하나 운동회 하는데 내가 가가주고, 여는(여기는) 그 할매도 점하는 할매라, 저-기. 요거, 으으응 그 머고 지경 그거(거기) 온천 아(안) 있나? ○○○카는 데 지경 고거야(그거야), 고 우아(위에) 가면 온천 있다. 그 온천 있는 동네 고 옆에 거랑 건너 할머니가 계시는데 그 할머니가 점쟁이거든. 그래.

"나가(내가) 나는 눈이 내도록 이래(이렇게) 아픈데 병원에 댕겨도(다녀 도) 그렇다."꼬.

내가 이래, 이래. 병은 자랑하라 카는 거다. 그래가 아무 병이라도 병은

자랑하면 모도(모두) 약을 안 가리켜 주잖아(가르쳐 주잖아). 요즘으는(요즘에는) 아프믄 병원에 가지만은 옛날에는 그래 마카 그래가 줘야 약 가지고 마이 고치고 그랬는데.

그래가 그 할머니한테 내가 이야길 하니까네, 그 할머니 그러드라고.

"대추나무에 대추 여는 나무 그거로 이파리를, 대추나무를 저거 해다가 여(해서) 삶은, 마카(마구) 이래 동갈이(동강이) 쪼사가주고,[19] 수북 재놓고 불로 쩔라가지고,[20] 그거를 다 타들라가야(타들어가야) 불 벌건 거를 야 깨끗한 물로 떠다가 자꾸 요거[21]를 줘 여라(넣어라)." 카대.

그래 줘 여가(넣어서), 그거 인자 재물(잿물) 받아지는 텍이지. 그래 그 물로 그 뭐 검뎅이[22]라도 거(거기) 여면(넣으면) 앉았뿌면(가라앉으면) 물이 깨끗하다. 그래 앉추면(앉으면), 그래 가주고 인자 그 물로 따라 가주고 자꾸 눈을 자꾸 씻고 뜨뜻하게(따뜻하게) 해가주고 손수건 겉은(같은) 거 가주고 몇, 며칠로 씻갔다(씻었다). 씻고 그래가 마 나았다.

그래 그래가 옛날에는 그래 줘야 그런 거 써가, 참 큰 수술해야 되는데도 내가 안 하고 이래 아죽꺼정(아직까지) 괜찮다. 그래 씻고.

(조사자 : 아, 그때 그러고 깔끔하게 괜찮아지신 거네요. 그 눈이 안 좋아졌는데, 눈이 안 좋았는데 대추나무에 이…….)

대추나무에, 또 짤라가주고(잘라서) 불 태워가 그거 인자 숯검딩거리[23]를 머 물에다 이래, 물로 여 떠다 놓고,

(조사자 : 숯이랑 대추나무 태운 거랑?)

태운 거를 요그다(여기) 옇어가주고 물에다 여어가(넣어서) 놔두면 처음에는 여 물이 시커멓지. 그래 인자 오래되면 인자 고게(그게) 앉잖아, 물

---

19) '대추나무를 작은 크기로 잘라낸다'는 뜻이다.
20) '쌓아두고 불을 지피다'는 뜻이다.
21) '타고 그을린 대추나무'를 가리킨다.
22) '타고 그을린 대추나무'를 가리킨다.
23) '태우고 난 후 시커멓게 그을린 대추나무'를 가리킨다.

이 깨끗하게 앉거든. 그러믄 그거 쫄 따라가, 깨끗한.

(조사자 : 아, 윗부분만?)

응, 요래 따라가주고 깨끗한 물 그거 가주고 자꾸 자꾸 요래 씻으면, 백내장도 고쳐진다 캐.

객귀 물린 이야기

자료코드 : 05_22_MPN_20100626_KYH_LCH_0005
조사장소 : 경상북도 포항시 북구 송라면 중산 1리 이춘화 씨 자택
조사일시 : 2010.6.26
조 사 자 : 김영희, 김보라, 백민정
제 보 자 : 이춘화, 여, 71세
구연상황 : 양밥에 대한 이야기가 끝난 후 객귀에 대한 이야기로 화제가 전환되었다. 조사자가 객귀에 물렸을 때 고치는 방법에 대해 구체적으로 묻자, 고치는 방법을 설명해주며 이 이야기를 연행하였다. 연행 도중 칼을 던진다는 내용을 언급할 때 손가락으로 칼 모양과 칼 방향을 묘사하기도 하였다.
줄 거 리 : 음식을 잘못 먹으면 객귀가 들려 온 몸이 춥고 아프다. 이때는 나물, 된장, 그리고 밥을 끓여 바가지에 담는다. 그 후 아픈 사람의 머리맡에 칼을 두고 음식을 담은 바가지를 두드린다. 이 칼을 칼끝이 집 밖으로 향할 때까지 흙마당을 향해 여러 번 던진다. 칼이 바깥을 향하도록 떨어지면, 그곳에 칼을 꽂고 하루 동안 바가지를 엎어둔다. 그러면 객귀가 그 밥을 먹고 나간다고 한다.

(조사자 : 할머니 옛날에 왜 객구 물리는 것도 있던데?)

객구?

(조사자 : 객귀? 객귀라고 하는가?)

객구 물리는 거

(조사자 : 예, 그게 뭔지 모르겠어요.)

몰래(몰라)?

(조사자 : 할머니 그거 해보신 적 있으세요?)

객구 물리는 사람 숱하게 있지.

(조사자 : 물린 적 있어요?)

그래, 있지.

남의 음식 긑은(같은) 먹으면 그게 인자(이제) 사람이가 그 귀신이 따라
와가주고(따라와서) 그거 인자 먼저 먼저 이래 저게 하는 그런 게 있다.
있는데 그거는 인제 갑자기 자-꾸 하품 나오고 춥고 아프고 글타(그렇다).

(조사자 : 아, 객구 물리면.)

그래, 그래가주고 저거 하면 인자 밥 끓애(끓여)가주고 그래 객구 물
린다.

(조사자 : 밥 끓여서 어떡해요?)

자, 껄찍하게(걸쭉하게) 이래 이렇게 해가지고, 뜨시게(따뜻하게) 이래
(이렇게) 살살 끓이가(끓여서) 바가치에다(바가지에) 담아가주고

[웃음]

아픈 사람 머리맡에 놔두고 칼로 가주고야, 바가치(바가지) 이래(이렇
게) 탁 뚜드리면 그래가 그래 객구 물린다. 물리면 칼로 이래 던지믄 칼이
잘 안 나가는 사람도 있다.

[칼 방향을 손짓하며]

그리고 어떤 사람들은 이래 던지면 이왕 칼이 길가로 이래 칼 끝이가
이래 가고 안 그런 사람들은 자꾸 이래 안으로 들어온다. 그래 여러 분,

(조사자 : 칼 끝이요?)

응 칼 끝이, 칼 끝이 골목으로 쏙 나가부려야(나가야) 응, 낫거든.

그랬는데 어떤 사람은 멀 자주 자주 던져가, 또 또 그리고 또 그리고
그런다. 그래가 고치는 사람이 마이 있지, 옛날에.

(조사자 : 아, 그랬구나. 아, 끓여가지고 바가지 이래 실실해가지고?)

된장하고 나물하고.

(조사자 : 나물도 넣구요?)

뭐 껄쩍하게 긿이가지고 마, 이래가.

(조사자 : 그거 음식은 귀신 먹으라고 주나?)

그래, 그 객구 귀신 먹으라꼬.

(조사자 : 먹고 가라고.)

응, 먹고 가라꼬.

그래 인자 이래 다니면서, 뭐 '귀신이 없다.' 캐도(해도) 있을 수도 있고. 그래 그러이까네, 꼭 없다꼬는 몬(못) 보지.

(조사자 : 응, 그렇죠.)

그래 그러이까(그러니) 배고프고 이런 귀신들은 오다가 가다가 마 음식 같은 거 가(가져) 오면 그 따라오거든. 그러이 그 음식을 먹으면 객구가 들리는 기라. 그러이 마,

"이거 묵고(먹고) 쓱 나가라."꼬

칼로 던지고 그러면 그 나아.

(조사자 : 칼, 칼 이렇게 나가야지 되는데 이렇게 안으로 들어오면 어떡해요?)

안으로 들어오면 안 되지. 나갈 때까지 자꾸 던지지. 던져가주고 마 그하고 마카 버려뿌고, 길가 버려뿌고 마, 칼을 이래 꼽아(꽂아) 놓고 바가지 그 우에(위에) 엎어 놓다가 그래 마.

(조사자 : 아 바가지를 또 엎어 놔야 돼요? 칼 던지면?)

응, 칼 우에 이래 엎어 놓는다.

(조사자 : 아 칼 이렇게 던지고 이 위에다가 그냥 바가지만?)

응. 요새는 막 세면(시멘트) 해불[24] 그렇지, 옛날에는 흘, 흙이라가(흙이라서) 이래 칼 팍 꼽아 놓으면 꼽게(꽂혀) 있다.

(조사자 : 던지면 꼽히나 봐요.)

---

24) '땅바닥이 시멘트로 되어 있다'는 의미임.

[부정하는 어투로]

으으응, 자빠져도(넘어져도) 꼽을 때, 응 꼽아 놓는다. 꼽아가 그 우에 바가지 엎어 놨다가 마 밤에 마 아침에 자고 마 치아뿌고(치우고) 그런다. 밤에는 그래 놔둬.

(조사자 : 아, 하루 동안 놔둬야 되는구나.)

그래,

[웃음]

그래 마 그거 묵었는동(먹은 건지) 우엤는동(어떻게 된 일인지) 그거 낫대. 뭐 그런, 객구 물리는 거 마이 있지.

납딱바리의 정체

자료코드 : 05_22_MPN_20100626_KYH_LCH_0006
조사장소 : 경상북도 포항시 북구 송라면 중산 1리 이춘화 씨 자택
조사일시 : 2010.6.26
조 사 자 : 김영희, 김보라, 백민정
제 보 자 : 이춘화, 여, 71세
구연상황 : 조사자가 호랑이 이야기를 청하자, "이 마을에 호랑이는 없고 납딱바리만 있다"고 대답하였다. 그 후 잠시 동안 잡담이 이어지는 듯하다가, 조사자가 "납딱바리는 무엇이냐"고 묻자 이에 관한 이야기가 이어졌다.
줄 거 리 : 납딱바리는 밤에만 다니는 동물로, 호랑이와 외형이 비슷하나 그 크기가 더 작다. 눈에 불을 켜고 다니며, 호랑이가 없는 곳에서 호랑이처럼 사람을 해친다. '호식 당할 팔자는 타고 난다'는 말이 있는데, 호랑이나 납딱바리는 사람이 짐승처럼 보일 때 공격하여 잡아먹는다고 한다.

(조사자 : 할머니 납딱바리 얘기 한 번만 더 해주세요. 납딱바리가 근데 아까 할머니가 봤다 그랬잖아요?)

난 몬(못) 봤는데 그게 사람들한테 보이나? 납딱바리도 잘 안 보인다.

밤으로 다니거든.

(조사자 : 밤에만 다녀요?)

밤에 저- 여, 우리 동네 할머니 돌아가셨다마는, 그 할머니는 저 우에 (위에) 과수원 지어 놨거든. 그런데 할머니가 그 계시다가 밤으로 마 노인들이 잠이 잘 안 오잖아. 그래가 이리 나와가 보믄, 요(여기) 길가로,

"욜루(여기로) 요래 나와가, 요 골목으로 간다."고,

맨날 그래 이야기하신다. 그래도 그게 머 아무 눈에나 띄나?

(조사자 : 잘 안 띄는 짐승이구나.)

잘 안 띄지.

그래도 불은 크단-케(커다랗게) 써가지고(켜서) 사람도 짐승이 보믄 이 눈에 불이 있단다. 사람도예 어두울 때는 이래 눈 뜨믄 있는데 짐승도 개 겉은 것도 집이 믹에(먹여) 봐라. 어떤 직(적)에 눈 이래 뜬 어두불 때 이래 보믄 불이 판, 파-란 불이 있거든. 글코 고기도 딴 고기는 모르는데 오징어를 잡아가 다 저거 줄에 말라 둬봐. 눈에 하고 마카 온 몸 전체가 불이 있다. 퍼럭 색 파란 불이 있다. 저 말루우믄(말리면) 요즘으는 저 가로등하고 머 불이 마이 있으니 그렇지, 옛날 깜깜할 때 널아(널어) 놓으믄 그런 게 불이 마이 있거든. 있듯이 사람도 여 안 글코 짐승도 이래 걸을 때는 알로(아래로) 이래 보는 때문에 불이 보통 이리 보이고, 인자 우로 이래 뜨믄 인자 또 크게 이리 보이고 그렇단다. 어두불 때 대, 다니믄 인자 다 그런 게 보인다.

(조사자 : 그래서 납딱바리를 봤구나, 그렇게 해가주고.)

그래 그 납딱바리라 카는 거는 고양이먼저로(고양이처럼) 고래 생겼는데, 고런(그런) 거는 우리 보기는 봤지, 옛날에 클 때. 또옥(꼭) 호랑이 긋다(같다).

(조사자 : 아 그래요?)

응. 또옥 점도 그렇고 호랑이먼저로 그래 생겼는데, 요거는 호랑이보다

는 쫌 작지. 그런데 고게 무섭다.

(조사자 : 왜요?)

호랑이 없는 곳에는 고게 호랑이 짓을 한다. 사람을 해롭게 한다. 달가들고(달려들고) 그랜다. 고양이먼저로 아 그래 고러고(그러고) 달가든다. 지로(자기를) 뭐 건드리개나(건드리거나) 이러면 사람 더 달가들고 해롭게 하지만, 뭐 지도 사람 보면 무서와 도망가고 사람도 그거 보면 무섭고 그러이까네 저거 하지만은, 그래도 저거 하고 요-거 호랑이가 그랬는동 머 납딱바리가 그러는동 사람이 마 짐승겉이(짐승같이) 이래(이렇게) 보이믄 잡아 묵는다(먹는다) 카대. 옛날, 옛날부터 그 인자,

"호서(虎食) 갈 팔자는 인자 지가 타고 나야 된다." 카는 거 아이가.

납딱바리에게 죽임을 당한 이웃 사람

자료코드 : 05_22_MPN_20100626_KYH_LCH_0007
조사장소 : 경상북도 포항시 북구 송라면 중산 1리 이춘화 씨 자택
조사일시 : 2010.6.26
조 사 자 : 김영희, 김보라, 백민정
제 보 자 : 이춘화, 여, 71세
구연상황 : 제보자는 '납딱바리의 정체'에 관한 이야기를 끝낸 후 곧바로 생각났다는 듯이 최근에 발생한 사건에 관한 이야기를 꺼냈다. 아는 사람이 납딱바리를 만난 경험에 관한 이야기였다. 이야기가 절정에 다다르자 청중들의 표정이 일그러졌다. 이야기를 들은 청중들은 '징그럽다'는 반응을 보였다.
줄 거 리 : 어느 날 동네 사람들이 천마 할매를 부추겨 나물을 캐러 갔다. 나물을 캐다 보니 천마 할매가 보이지 않았다. 아무리 찾아도 보이지 않자 이튿날 동네 사람들이 군인들과 함께 천마 할매를 찾아다녔다. 산에서 발견된 천마 할매는 시신이 다 파헤쳐져 있었다. 시신의 훼손 정도가 너무 심하여, 상을 치룰 때 가족에게조차도 시신이 공개되지 않았다. 호랑이가 한 짓인지 납딱바리가 한 짓인지 아직도 모른다.

여(여기) 천마 저거 아지매(아주머니) 한 애는(이는) 작년에다, 작년, 저 작년에다. 저작년엔데 우리보다 한 살 많거든. 그랬는데, 친정에는 여[25]는 우리 친정하고, 고 우리는 삼동(3동)이고 그 사람은 이동(2동)인데.

요거 천마, 요거 상두린[26]가? 고기(거기) 시집가가지고 사는데, 아저씨도 돌아가셔뿌고 아지매 혼자 있는데 그 아지매는 나물하러도 봄에 잘 안 간단다. 그랬는데 그날은 자─꾸,

"나물하러 가자." 캐가지고,

"이부재(이웃) 아지매 서이하고(세 명과), 너이하고(네 명과) 아저씨 한 이하고(한 사람이 같이) 갔다." 카드라.

나물하러 갔는데, 고(거기) 나물로 하러 갔는데 사람이 없어. 없어가 아무리 찾아도 없고 그래가, 못 찾아가주고 그 이튿날인가 군인들로 마카(마구) 동원하고 동네 사람들하고 다 찾으러 갔어.

참 호랑이가 그랬는동(그랬는지) 납딱바리가 그랬는동 뭐, 다 까묵어뿌고[27] 저거 해가지고, 속에 마 저게 해뿌고, 얼굴도 볼 수가 없더란다. 그래가 놔뒀더란다.

그래가 놔둬서 찾았는데, 그래도 그 집에 아─들이 사남매라 카나(하나)?

(조사자 : 네, 예, 예.)

그랬는데 애들을 안 뵀댄다(보였단다).

(조사자 : 아, 너무 그래서?)

시체로. 너무 마이(많이) 그래가.

(조사자 : 아 너무 흉측했구나.)

그래 그제 뭐 이래 저거 하드만. 요새 하이까는(하니깐) 그래도 너무 마 상처를 마이 내뿌고, 그래뿌래가지고(그래가지고) 상주들도 하나도 안 보

---

25) '천마 할매'를 가리키는 듯하다.
26) '상두리'는 천마 할매가 시집간 곳을 의미한다.
27) '시신을 다 파헤쳐 먹었다'는 뜻이다.

이고 그래 그냥 장사했다 카드라.

그래도 뭐 호랑이도 없다 캐도 있을 수도 있고

(조사자 : 그렇죠.)

응, 산에 있는 짐승이가여 누가 아나? 그게 뭐 아무래나 보이면 살지마는 안 보이이까네 그치.

호랑이에게 물려간 아이

자료코드 : 05_22_MPN_20100626_KYH_LCH_0008
조사장소 : 경상북도 포항시 북구 송라면 중산 1리 이춘화 씨 자택
조사일시 : 2010.6.26
조 사 자 : 김영희, 김보라, 백민정
제 보 자 : 이춘화, 여, 71세
구연상황 : 납딱바리 혹은 호랑이에게 죽임을 당한 '천마 할매'에 관한 이야기가 끝난
        후, 잠시 '호식 당할 팔자'에 대한 잡담이 오갔다. 이야기 흐름에 따라 이춘화
        씨가 앞 이야기에 이어서 곧바로 '호랑이에게 물려간 아이'에 관한 이야기를
        연행하였다. 제보자는 본인이 구연하는 이야기에 흥미를 돋우기 위해 시작에
        앞서서, 이야기 내용과는 다소 상관없는 얘기를 하였다. 스스로가 재밌었는지
        먼저 웃음을 보였고, 뒤늦게 이해한 조사자들도 함께 웃었다.
줄 거 리 : 이씨 문중의 묘사에, 아이를 데리고 온 아버지가 산신의 제사상을 차리다가
        대추를 떨어뜨렸다. 그 대추를 자신의 아이에게 주었고, 아이는 그 대추를 먹
        었다. 묘사가 끝난 후 아이가 사라지고 없었다. 포수가 아이를 찾기 위해 산
        을 둘러보았더니, 깊은 산중에 아이의 옷만 발견되었다. 사람들은 산신인 호
        랑이가 노하여 아이를 잡아간 것이라 여겼다.

옛날에 우리 집안에도 애 하나 저거, ○○○에 자랐다. 여 보, 대전(대전리) 삼동(3동)인동 그런데, 우리는 그때 안죽(아직) 어리거든.

옛날에는 모사(墓祀) 지내면은 떡 얻으러 가잖아. 그래 떡 얻으러 가고. 많이 얻을라꼬 비게(베개)도 업고 가고 그랬다 안 카나?

(조사자 : 많이 얻을라고(얻으려고) 비개를 업고 가요?)

한 몫이만 주면 작잖아, 둘의 몫이.

(조사자 : 아, 베개라고?)

응 벼개(배게), 비는(베는) 벼개 업고. 애기라고 업고, 그래가 두 몫이 받는다고.

[웃음]

그래가 가주(가지고) 댕깄는데(다녔는데).

그래가 인자(이제) 즈그 집안에 인자 온 문중이 인자, 이씨 문중이 마 문중이 너르잖아(넓잖아). 그래가 가을에 인자, 시월(10월) 십오일이다, 음력으로. 그래가 모사를 지내는데 애를 따, 들고(데리고) 갔어.

고때는(그때는) 어리이까네(어리니깐) 한복을 예-쁘게 입해가지고(입혀가지고) 그래가 들고 갔는데 자기 아부지가예(아버지가), 인자 깨끗하다고 산신 제사상으로 인자 자기 아부지가 채리거든(차리거든). 채리는데, 요 애가 따라가가지고. 산신부터 지내고 산소에 모사를 지내거든. 뭐를 해도, 초상이 나도 산신에, 산신에 먼저 인자(이제) 지내고 채례(차려) 놓고 인자 저거 하거든.

그러는데 요 산신에 인자 저거 아부지가 채리는데, 그래 아가(애가) 고(그) 아부지 채리는 졑에(곁에), 어리이까네 뭐, 다섯 살 묵었다 카더나, 여섯 살 묵었다 카더나? 요래 서네 살, 요즘 아들으는 다섯 살 여섯 살 먹어도 쫌 크지만은 옛날 아들은 젖만 묵어가주고(먹어서) 쪼맨타고.[28])

그래가 저거 아부지 채리는데 요래가(이렇게 해서) 있으이까네, 대추를 요래 담다가 대추가 하나 또르륵 널찌이까네(떨어뜨리니까),

"요거는 난 설에(놓을 때) 떨어진 거니까네 니 묵으라(먹어라)." 카매 (하며),

---

28) '덩치가 작다'는 뜻이다.

아부지가 애기를 쳤어. 그러고 애기가 그거 묵고.

모사 지내도 뭐 애 없는 줄을 몰랐지(몰랐지), 뭐. 그래가주고 지내고 내려와가(내려와서) 보이까네(보니깐) 애가 없드란다. 그래가 암만(아무리) 찾아도 몬 찾았는데.

옛날에 우리 집안에 참 형부 되는 이가요, 포수거든. 사냥하러 댕기는(다니는) 포순데 아주 첩첩 깊은 산중에 가이까네(가니깐) 애기 옷이 걸렸드란다. 물고 가뿌렀단다.

[조사자들이 놀라며]

(조사자 : 호랑이가 물고 갔구나.)

물고 가뿌고 옷만 그래 걸어놨단다. 고게(그게) 표시지.

(조사자 : 호랑이가 그럼 산신 텍이네요.)

호랑이가 산신 텍이지. 호랑이가 산신 아이가?

(조사자 : 아, 부정 타갖고.)

그래. 고거 대추 떨어졌는걸.

제사 잘못 지내 아이 잃은 집

자료코드 : 05_22_MPN_20100626_KYH_LCH_0009
조사장소 : 경상북도 포항시 북구 송라면 중산 1리 이춘화 씨 자택
조사일시 : 2010.6.26
조 사 자 : 김영희, 김보라, 백민정
제 보 자 : 이춘화, 여, 71세
구연상황 : '호랑이에게 물려간 아이' 이야기를 끝낸 후, 그 이야기와 관련된 내용이라 자연스럽게 선택한 듯, 연행자가 '정성이 부족하여 떨어진 배' 이야기를 이어가기 시작했다. 두 이야기 모두 제사 지낼 때의 정성과 관련된 이야기였다. 이야기 연행이 마무리된 후, 민간신앙에 대한 잡담이 이어졌다.

줄 거 리 : 어느 외딴 산골에 두 집만 살고 있었다. 두 집은 정월 보름마다 서로 번갈아 가며 산신제를 지냈다. 어느 날 제사음식을 차리고 있는데, 배가 굴러 떨어져

찾을 수가 없었다. 그 해, 여우로 인해 어린아이 한 명을 잃었다. 이것은 산신제를 지낼 때 정성이 부족했기 때문이다.

요 요 우리 이부재(이웃에), 저기 한, 한 사람도 그렇다.

요 요 외딴에 두 집이 사는 동넨데 산중에 저기 사는데, 한 해는 이 집 지내고 한 해는 이 집 지내고 제사를 고래, 정월 보름만 되면 고, 두 집 살아도 산신을 지내거든.

지냈는데, 제사 지낼라꼬 음식을 요래 채릴라(차리려) 카이까네(하니까),

[연행 도중에 손으로 파리를 잡음.]

배가 마 똘 구브러(굴러) 지디만은(가더니), 채리는데(음식을 차리는데) 배가 똘 구브러져가(굴러가서) 마 어디 가뿌고 없더란다. 못 찾았단다.

(조사자 : 배가요?)

응.

(조사자 : 배가? 무슨 배?)

먹는 배. 사과, 배, 고거를(그거를) 채릴라꼬(차리려고) 요래 마카(마구) 저거 하는데, 고게 톡 널찌디만은(떨어지더니) 어디로 구부러가뿌렸는동(굴러가버렸는지) 없디만은, 그 해, 마 알라(어린아이) 하나 마 여시가(여우가) 하나 마 없애뿠드란다. 그게 정신이(정성이) 부실했다는 그기(그거) 아이가?

(조사자 : 정신이 부실했다고. 내가, 그게 진짜 정성을 가지고 하면은 괜찮은데.)

고게 인자 정성이 모, 고게 저게 해로(害를) 볼라(보려) 카이(하니) 저게[29] 떨어지는 거라.

그래, 그래 그렇다. 마카 미신도 안 지킬 것도 몬 되고 또 너무 또 지켜도 저거 하고 그렇다. 그런데 그래도 아즉딴에는(아직까지는) 옛날 할머니

---

29) '배'를 가리킨다.

들으는 우리들으는 자꾸 그런 거 지킨다.

시준·성주·삼신을 모시는 이야기

자료코드 : 05_22_MPN_20100626_KYH_LCH_0010
조사장소 : 경상북도 포항시 북구 송라면 중산 1리 이춘화 씨 자택
조사일시 : 2010.6.26
조 사 자 : 김영희, 김보라, 백민정
제 보 자 : 이춘화, 여, 71세
구연상황 : 민간신앙에 대한 잡담을 나누던 중, 조사자가 방 모퉁이에 모셔둔 단지 하나를 발견했다. 이에 조사자가 이춘화 씨가 모시는 가신에 대해 묻자, '시준단지'와 '성주', '삼신' 모신 이야기를 연행하기 시작했다. 그리곤 곧바로 이어서, '영등할머니의 영험성과 상차림'에 관한 이야기를 연행하였다.
줄 거 리 : 시준단지를 아직까지 모시고 있는데, 할머니가 병으로 누워 있을 때 할머니로부터 받아서 모시기 시작했다. 시준단지는 한 해 농사를 지어 처음 수확한 곡식을 잘 말려 단지에 넣어둔 것이다. 이듬해 음력 9월에 단지 속 쌀로 밥을 해 먹고 새 쌀로 갈아 넣는다. 아이가 열 살이 되기 전에는 삼신에게 수명장수와 복을 빌고, 열 살이 지난 후에는 시준에게 수명장수와 복을 빈다. 성주에게는 가족 전체의 복을 비는데 특히 풍농을 빈다.

　(조사자 : 할머니 그러면 그 성주나 삼신 같은 것도 모셨어요?)

　우리, 시준단지.

　(조사자 : 아, 저게 시준단지구나.)

　[미심쩍은 듯 웃는다.]

　할머니는, 할머니는, 우리 할머니가 쪼끔 편찮을 때, 참 마 쪼매 편찮다가 돌아가셨으면 그거30)를 내가 저기 할머니 돌아가실, 장사할 때 저거를 버리는데, 할머니가 열 달로 편찮애가(편찮아서) 누버(누워) 있으니까 내가 저거를 밥을 떠 놓고 해뿌래가(해버려서), 내 죽으믄 인자 저걸 없애야

────────────

30) 시준단지를 가리킨다.

되지. 그래가 아직도 쌀 옇고(넣고) 있다.

(조사자 : 한 번 모시면 계속.)

응, 가을에 농사 지으믄 제일 먼제(먼저) 나락, 인자 말라가주고(말려서) 깨끗하게 미.[31] 여물어 말라야 되거든. 일 년 동안 있는 거라가,[32] 덜 마리면(말리면) 혹시나 벌레도 생기고.

그게 정성이잖아. 그게 정성이다.

그래가주고 인자 미 말라가주고 그래, 어느 날에 인자 그래 저거 갈아 옇는다(넣는다). 작년 쌀으는 부어가(부어서) 우리 밥 해 묵고(먹고) 올게(올해) 햇쌀은 또,

(조사자 : 구월 추석에?)

구월 달에. 구월 달마다.

(조사자 : 추석에.)

[아니라는 듯이]

으으응 추석에는, 음력 구월에. 추석에는 안죽(아직) 그때 햇나락이 없거든.

(조사자 : 음력 구월에 하는구나.)

그래, 음력 구월이나 시월이나 고거 마 저거 하는 날에 그래 옇는다.

[웃으며]

안죽 그래 옇고 있다.

(조사자 : 날짜가 정해진 건 아니고 그냥…….)

날짜가 정해진 건 아이다. 어느 날이든지 마 손 없는 날이. 손 없고 인자 마 저거 하는 날이믄 옇는다. 그래가 여놓고 그런다.

(조사자 : 할머니 요거 시준단지만 모시고 계신 거예요, 지금은?)

응, 시준단지 모시고 성주는 그제(그저), 그제 이래.

---

31) 방망이나 몽둥이 따위로 때리는 것을 의미한다.
32) '일 년 동안 두고 모셔야 하는 것이라서'라는 뜻이다.

(조사자 : 건궁으로33) 하는구나.)

응, 건궁으로. 성주는 단지는 없고 옛날에는 성주단지는 농사 져가(지어서) 나락을 한 단지 담아 놓는 그게 성주다.

(조사자 : 나락 이렇게 얹어 놓는구나. 볏가리로 세워 놔요?)

아니, 단지에다가 뚜드려가지고 고 한 단지 성주단지라고 고래(그렇게) 여놓는다. 여놓는데, 그래 인자(이제) 요래 저 시준에 밥 놓을 때 가을 농사 져가 인자, 조상들 잩에(곁에), 시준에, 성주에 그때 인자 이래 놓지. 그래 놓는다.

(조사자 : 그렇게 두 개만?)

농사 져가 딱 한 번만 그래 지내는데, 그래 성주인님테는(성주님한테는).

[손을 모아 비비면서 기도하는 자세로]

"농사 잘 되돌라고(되라고) 잘 되라."꼬 그래 빌고,

[손을 모아 비비면서 기도하는 자세로]

시준에는 시준으는 옛날부터 자손이잖아, 그제(그치)?

"자손이까네 고 또 인자 시준이 불아준(불려준), 이 중생34)들로 건강하고 착하게, 그래 명 지게(길게) 그래 살아라."꼬

그래 또 빌잖아.

(조사자 : 아, 시준한텐 이제 가족에 대해서 빌고?)

응, 가족에, 내 새끼들. 시준님이 인자 우리 애들로 불아주고(불려주고) 점지해 줬으니.

(조사자 : 그거네, 삼신 텍이네 완전. 맞죠?)

응. 그래. 그러고 삼신은 또 따로 있지.

(조사자 : 또 모셔요, 삼신도?)

---

33) 허공에 모시는 것을 뜻한다.
34) '자식'을 뜻하는 말이다.

삼신은 애기 인자 임신하믄 삼신이 도와줘가 놓고 키우고 하지. 열 살까지는 삼신이 돌보는 때미레(때문에), 삼신 잩에(곁에) 저거 해야 된다. 열 살까지는 좀 고로바도(괴로워도), 삼신 잩에 이래 쫌 한 번씩 마 아가(아이가) 많이 아프게나 이러면 빌 수도 있고.

(조사자 : 열 살 넘어가면?)

열 살 넘어가믄 인자 마 시준은 저거 하고, 지35) 마음대로 또 저거 할 수도 있고 그렇잖아.

영등할머니의 영험

자료코드 : 05_22_MPN_20100626_KYH_LCH_0011
조사장소 : 경상북도 포항시 북구 송라면 중산 1리 이춘화 씨 자택
조사일시 : 2010.6.26
조 사 자 : 김영희, 김보라, 백민정
제 보 자 : 이춘화, 여, 71세
구연상황 : 이춘화 씨가 신주단지와 성주, 삼신 등을 모신 이야기를 풀어내자 조사자가 영등할머니에 대한 질문을 던졌다. 그러자 이춘화 씨가 영등할머니에 대해 아는 이야기를 연행하기 시작했다. 이야기 연행이 끝난 후 연행자에게 양해를 구하고 연행자가 모시고 있는 '시준단지(신주단지)'를 촬영하였다.
줄 거 리 : 영등할머니 모실 때 쓸 나락을 새가 먹고서 그 자리에서 죽었다. 이처럼 영등할머니는 영험이 있지만, 이 마을에서는 모시지 않고 있다. 바닷가 쪽에서는 아직 모시는 곳이 많다. 영등할머니에게 올리는 밥은 보리쌀과 팥을 섞는다. 쌀이 귀중했기 때문에 보리를 섞었을 것이란 추측도 있다.

(조사자 : 할머니 영등은 안 모셔요?)

으이?

(조사자 : 영등할매.)

---

35) '가신을 모시는 사람'을 가리킨다.

영등할매? 영등할매 이리 집 개량하고 인제는(이제는) 영등할매 안 한다. 옛날에는 떡 해가지고(해서) 영등할매 했는데(모셨는데), 바닷가 쪽으로는 안죽(아직) 영등할매 한다.

(조사자 : 예. 저기 조사리에는.)

조사리 한다. 응.

그래 하는데, 영등할매도 옛날에는 영검(영험)이 있었다. 할매 영등할라꼬 나락 말라가주고 그기(그걸) 찍아가(찧어서) 그 쌀 가지고 떡하고 해가(해서) 영등할머니한테 비거든(빌거든). 근데 나락 널어 놓으면 새가 고 쫓아(쪼아) 묵으면(먹으면) 새가

[손뼉을 치며]

탁 그 자리에 죽었다 캤다, 옛날에는.

(조사자 : 그렇게 영검이 있었어요?)

그래, 영검이 있었는데 요샌(요즘은) 뭐 안 한다.

(조사자 : 아, 이거 영등할매 건데 새가 와서 먹었다고?)

어. 그랬는데 요, 옛날에 누가 봤는동(봤는지) 뭐 진짜 죽았는동 그라드라고(그러더라고). 그라는데, 그라는데 요즘으는 영등은 마 안 한다. 집 개량하고부터는 마 안 한다.

영등할매한테도 별로 할 거 없다. 인자 이월에 떡하고 인자 마 보리밥하고, 팥 앉, 영등할매 잩에는(곁에는) 보리쌀 섞아가주고 팥 앉히고 그래 밥해가(밥해서) 빈다.

(조사자 : 영등할매한테는 보리쌀 왜 섞어 줘요?)

몰래(몰라), 영등할매는 옛날부터 보리쌀 섞대. 보리쌀 섞어가,

(조사자 : 쌀이 없어서 그런 건 아니었을까요?)

쌀이 없어가주고 조금 섞았는동 모르지. 아주 아주 옛날에.

(조사자 : 그게 또 이렇게 말이 돼가지고.)

그게 저 이, 마, 저거 전설이 돼가(돼서) 자꾸 자꾸 내려온 건지도 모른다.

그래가주고 인자 그 인자 떡하고 그래가주고 놓고 빌고, 식구 가족 수
대로 인자,

(조사자 : 소지.)

종, 종이 요런 거, 소지 올리고 그랬다.

그랬지. 요샌 마 그거는 마, 우리 마을에는 아무데(아무데도) 안 한다.
바닷가 쪽으로는 그게 마이(많이) 심하다. 옛날부터 바닷가 쪽으로는 영등
그거로 마이 하대. 그랬는데…….

기자(祈子) 경험담

자료코드 : 05_22_MPN_20100626_KYH_LCH_0012
조사장소 : 경상북도 포항시 북구 송라면 중산 1리 이춘화 씨 자택
조사일시 : 2010.6.26
조 사 자 : 김영희, 김보라, 백민정
제 보 자 : 이춘화, 여, 71세
구연상황 : 이춘화 씨가 살아온 내력에 대한 이야기를 듣던 중 조사자가 슬하에 자녀를
어떻게 두고 있는지 물었다. '아들 넷과 딸 하나를 낳았다'는 연행자의 말을
듣고 조사자가 '아들을 많이 낳아 시댁에서 좋아하지 않았느냐'고 물었다. 이
어서 조사자가, '아들을 많이 낳아서 사람들이 이춘화 씨의 속옷을 빌려가는
등 기자 행위를 하진 않았냐'고 묻자, 이 이야기를 연행하기 시작하였다.
줄 거 리 : 며느리가 딸만 둘을 낳자, 아들 넷을 낳은 시어머니가 며느리를 위해 기자 치
성을 드리기 시작했다. 먼저 점쟁이를 불러 시준단지에 빌었고, 점쟁이의 말
에 따라 (며느리의) 시할머니가 입던 속옷을 며느리에게 주었다. 그 속옷을
입은 며느리가 결국 아들을 낳았다.

나는 그래 낳는데 우리 메느리는(며느리는) 또 첫 메느리는 아들로 못
나아가(낳아가), 딸만 둘이 닇아가주고(낳아서) 우리 할머니 속곳(속옷) 갖
다 입혔고.

(조사자 : 아, 그랬어요?)

또 저 시준에 또 빌고 그랬다. 점쟁이 와가(와서) 시준에 빌고 그 옷 갖다 입고 그러드이(그러더니), 그 해 아들 들어 왔는 기 섣달에 낳았다.

(조사자 : 올해요?)

[아니라는 듯 고개를 저으며]

으으응. 가-36) 하마(벌써) 스무 살이다. 우리 손주 애.

(조사자 : 아, 그래서 시준단지에 점바지(점쟁이) 와가, 불러가주고 한 거예요?)

응, 돈 주고.

(조사자 : 따로 불러가지고. 그 점받이 어디 있는데, 보경사에?)

[아니라는 듯 고개를 저으며]

으으응, 요새는 저그 학산 동네 있다가 요새는 보경.

[말을 바꾼다.]

참 청하 가가(가서) 계시는데 나(나이) 많애가(많아서) 인제 점도 못한다.

(조사자 : 아, 그 분이 또 따로 와서 하고?)

돈 주고 그래하고 그랬다.

(조사자 : 시어머니 옷을 입었다구요, 속옷을?)

할매(할머니) 속옷을 주대. 내꺼 주라(줘라) 앤(안) 카고(하고) 할머니꺼 주대.

(조사자 : 왜 할머니 거 입지?)

몰래(몰라), 할머니꺼 입던 거 깨끗하게 씻가가(씻어서) 마,

"할머니꺼 가주가(가지고 가서) 입어라." 카대.

(조사자 : 지금 있어요?)

그 할머니?

---

36) '며느리가 나은 아들'을 가리킨다.

(조사자 : 아니, 속옷이 있어요?)

지37) 가주고 가(가서) 내뻐렸지(내버렸지) 뭐.

(조사자 : 그 할머니가 지금 시어머니 아니고, 시할머니 되시는 분?)

[아니라는 듯이 말한다.]

으으응, 우리 시어머니. 우리 메느리는 시할머니시지.

(조사자 : 시어머니도 아들을 많이 낳으셨나 봐요.)

우리 어머이도(어머니도) 칠남매 낳았는데.

(조사자 : 그 중에 아들이?)

아들 너, 아들 너이(넷) 딸 너이 팔 남매 낳았다, 우리.

(조사자 : 그러니까 또 속옷을 갖고 갔지.)

그랬는데 마 요즘으는 딸은 너이 살았는데, 아들은 둘이밖에 없다. 우리.

(조사자 : 근데 그 시어머니 속옷을 갖고 갔으면 시어머니가 살아 계실 때?)

응, 계실 때.

늑대에게 물려 갔다 구조된 아이

자료코드 : 05_22_MPN_20100626_KYH_CBN_0001
조사장소 : 경상북도 포항시 북구 송라면 조사리 마을회관
조사일시 : 2010.6.26
조 사 자 : 김영희, 김보라, 백민정
제 보 자 : 추봉남, 여, 78세
구연상황 : '허깨비에 홀려 멍게 던진 사람' 이야기가 끝난 후, 조사자들이 비슷한 내용
의 다른 이야기가 또 없냐며 도깨비나 허깨비에게 홀린 사람 이야기를 들려
달라 요청하였다. 그러자 제보자가 대뜸 이 이야기를 연행하기 시작하였다.
이야기가 너무 짧게 끝나자, 조사자가 더 자세하게 다시 연행해 줄 것을 요청
하였다. 그러나 똑같은 이야기를 반복할 뿐 더 자세한 이야기는 구연하지 않

---

37) '며느리'를 가리킨다.

았다.

줄 거 리 : 옛날에 어느 할머니가 콩밭을 매고 있던 와중에 아기가 늑대에게 물려갔다.
　　　　　이를 보고 사람들이 무리 지어 쫓아가니 늑대가 놀라, 아기를 떨어뜨리고 달
　　　　　아났다. 떨어진 아기가 우는 바람에 아기의 위치를 찾아내 살릴 수 있었다.

　옛날에 늑대 나오고. 아-들이, 아-들을 물고 가가(가서) 그 할매가(할머
니가) 콩밭 고라다가(고르다가) 물고 가가,[38] 그러다가 여게 사람,

　"와."

　냅다 달려가가 그래 찾아왔다.

　(조사자 : 그 이야기 좀 자세하게 해 주세요. 늑대가 물고 가요?)

　웅, 늑대가. 알라로(아기를) 알라로 물고 가다가 워낙 사람이

　"와."

　나오니까네(나오니깐), 우는 질로(길로) 따라가 거가(거기) 놨뿌고(놔두
고), 콩밭 거랑에 놨뿌고 가는데, 알라가,

　"우왕." 우니께네(우니깐),

　우는 그거 보고 찾아가, 그거 듣고 가가 알라는 들꼬(데리고) 오고, 늑
대는 달라가고(달아나고) 그렇다, 옛날에.

　(조사자 : 애기 그 살았네요, 그래도.)

　웅?

　(조사자 : 살았네요, 그래도.)

　웅 살았, 인제는 죽었다.

　[일동 웃음]

_____

38) 할머니가 콩밭을 고르는데 늑대가 아이를 물고갔다는 뜻이다.

고사리 꺾는 노래

자료코드 : 05_22_FOS_20100626_KYH_KBD_0001
조사장소 : 경상북도 포항시 북구 송라면 중산 1리 마을회관
조사일시 : 2010.6.26
조 사 자 : 김영희, 김보라, 백민정
제 보 자 : 김분들, 여, 72세
구연상황 : 앞의 이야기가 끝난 후 안석순 씨의 생애에 대한 이야기를 들었다. 그러다가
시집 올 때 가마 탔던 일, 혼수장만 했던 일에 대해 청중들이 서로 이야기를
나누었다. 이야기 흐름이 잠시 끊긴 사이 조사자가 노래를 많이 알 것 같은
연행자에게 고사리 노래를 아냐고 묻자 노래를 부르기 시작하였다.

[읊조리며]

고사리밭에 들어서면
느라가면(내려가면) 늘고사리
올라가면

[가사를 고쳐서]

올라가며 끊으면 올고사리
내려가

[청중이 끼어들어 노래가 끊어짐.]
(청중 1 : 그래가 이래대. 머 줌줌이 끊어가 머한다 카더노?)
[웃으며]
그것도 잊아뿌렸다(잊어버렸다).
(청중 1 : 서방님 반찬 한다 카드나?)

(청중 2 : 낭군님 반찬 한다.)

(청중 1 : 그래대. [청중 웃음] 서이 너이 올마가.)

시집살이 노래

자료코드 : 05_22_FOS_20100626_KYH_MGS_0001
조사장소 : 경상북도 포항시 북구 송라면 방석 2리 마을회관
조사일시 : 2010.6.26
조 사 자 : 김영희, 이미라, 이선호, 김보라, 백민정
제보자 1 : 맹금순, 여, 84세
제보자 2 : 오순이, 여, 91세
구연상황 : 노래판에서 오순이 씨가 제일 나이가 많다는 이야기를 듣고 조사자가 살아온
이야기를 청했다. 오순이 씨는 고생을 많이 했다며 시집살이에 대한 이야기를
하였다. 이 이야기를 듣고 있던 조사자가 시집살이 노래를 아냐며 묻자, 오순
이 씨가 트로트 한 곡을 불렀다. 노래를 듣고 있던 맹금순 씨가 시집살이 노
래는 이런 것이 아니냐며 옆에 있던 청중에게 말을 걸었다. 이윽고 오순이 씨
의 노래가 끝나자, 조사자가 맹금순 씨에게 아까 말한 그 노래를 불러 달라고
청했다.

제보자 1 쪼꼬만은(조그만한) 시집살이

　　　　　숭도(흉도)많고 말도많다

　　　　　뻘가벗은(벌거벗은) 시아주비

　　　　　말하기도 어렵더라

　　　　　꼬치가(고추가) 맵다해도

　　　　　시집만치(시집살이만큼) 매울소냐

　　　　　몬사리라(못 살리라) 못사리라

　　　　　시집의종사로 못하겠네

　　　　(청중 1 : 뻘거벗은 시아주비 말하기 얼마나 어렵나!)

제보자 2 씨야씨야 사촌씨야

　　　　시집살이 어떻더노

　　　　도리도리 도리판에

　　　　수절(수저를)놓기도 어렵더라

　　　　도리도리 도리판에

　　　　밥채리기도(차리기도) 어렵더라

　　　　시어마님 시어마님

　　　　일어나서 세수하소

　　　　세야(성아)씨야 사촌씨야

　　　　시집살이 어떻더노

　　　　야야야야 그말마라

　　　　시집살이도 못살레라

모심기 소리

자료코드 : 05_22_FOS_20100626_KYH_MGS_0002
조사장소 : 경상북도 포항시 북구 송라면 방석 2리 마을회관
조사일시 : 2010.6.26
조 사 자 : 김영희, 이미라, 이선호, 김보라, 백민정
제보자 1 : 맹금순, 여, 84세
제보자 2 : 오순이, 여, 91세
제보자 3 : 최정난, 여, 나이 미상
구연상황 : 시집살이 노래를 부른 후 조사자가 옛날에 하던 모심기 소리는 모르냐고 물
　　　　　었다. 그러자 좌중에서 모심기 소리를 하는 법에 대한 이야기가 오고 갔다.
　　　　　그러던 중에 맹금순 씨가 먼저 나서서 노래를 부르기 시작했다.

제보자 1 땀복땀복 찰수지기(찰수제비)

　　　　사위야판에 다올랐네

해미야

도둑이라?

제보자 2 해미야늙은이 어덜가고(어딜 가고)
　　　　딸애야도둑년 내게도고(내게 달라)

모든 제보자 합창
　　　　머리야질고 지잘난처녀
　　　　아시랑고개를 넘어간다
　　　　오미야(오며)가미야(가며) 빗만비고
　　　　대장부신간을 다녹인다

(제보자 3 : 아구, 잘한데이.)

제보자 2 머리좋고 지잘난처녀
　　　　시럴이골짝에 넘나든다
　　　　오미야가미야 빗만비고
　　　　대장부신간을 다녹인다

[모심기 소리에 대한 잡담이 10초가량 오고 가다가 제보자 2가 계속 노래를 이어갔다.]

제보자 2 요리도리 삿갓집에
　　　　꽂꽂던처녀가 들랑말랑
　　　　오미야가미야 빗만비고
　　　　대장부신간을 다녹인다

(제보자 2 : 형님, 사례 진 밭에 조를 숨았는,)

이물끼저물끼 다헐아놓고

쥔네야(주인)양반 어딜갔노

모든 제보자 합창

　문에야대장부 손에들고

　첩으야방으로 놀러갔네

[잠시 잡담이 오고간 후 다시 청중이 노래를 부르기 시작했다.]

제보자 3 해는빠자(해는 빠져) 점저문날에

　산골마다 연기나네

　우리야임은 어딜가고

　해가져도 안오시나

뱃노래

자료코드 : 05_22_FOS_20100626_KYH_MGS_0003
조사장소 : 경상북도 포항시 북구 송라면 방석 2리 마을회관
조사일시 : 2010.6.26
조 사 자 : 김영희, 이미라, 이선호, 김보라, 백민정
제보자 1 : 맹금순, 여, 84세
제보자 2 : 오순이, 여, 91세
제보자 3 : 최정난, 여, 나이 미상
구연상황 : 앞의 노래가 끝난 후 서로 다과를 나누었다. 조사자가 둘러앉은 이들 한 명
한 명 차례대로 인적 사항 등을 물었다. 청중 가운데 평생 뱃일을 한 분이 있
다 하여 조사자가 뱃노래를 불러 달라 요청하였다. 그러자 맹금순 씨가 '에야
노야노야' 해 보라며 그를 부추겼다. 맹금순 씨의 제안에 청중이 다함께 호응
하여 뱃노래를 함께 불렀다. 서로 한 소절씩 주고받으며 신명나게 노래를 이
어나갔다. 다함께 박수를 치며 박자를 맞췄다.

제보자 1 에야노야노야 에야노야노 어기여차
　　　　　뱃놀이를 가잔다
　　　　　만경창판(만경창파)에
　　　　　두둥실 뜬배야
　　　　　우리임을 실었거든
　　　　　뱃머리나 돌려라
　　　　　에야노야노야 에야노야노 어기여차
　　　　　뱃놀이 가잔다
　　　　　창경폭포에 ○○제비야
　　　　　어기여차 노를저어
　　　　　뱃구두로 오시오
　　　　　에야노야노야 에야노야노 어기여차
　　　　　뱃놀애 가잔다

제보자 2 박연 폭포가
　　　　　지아무리 짚아도(깊어도)
　　　　　우리 경(정)만치
　　　　　깊을수 있느냐
　　　　　에야노야노야 에야노야노 어기여차
　　　　　뱃놀이 가잔다

제보자 1 날다려 가세요(데려가세요)
　　　　　날모세 가세요
　　　　　일전에 경든(정든)님아
　　　　　날따려 가거라(데려가거라)
　　　　　에야노야노야 에야노야노 어기여차

　　　　　뱃놀이 가잔다

제보자 3 이화 동천이
　　　　　얼마나 좋아서
　　　　　꽃같은 임버리고
　　　　　연락을 가느냐
　　　　　에야노야노야 에야노야노 어기여차
　　　　　뱃놀애 갑시다

　　　아이 좋다.

제보자 1 세월이 가면은
　　　　　지혼자 가지
　　　　　안갈란 이청춘은
　　　　　왜백발 됐느냐
　　　　　에야노야노야 에야노야노 어기여차
　　　　　뱃놀이 가잔다

제보자 2 청천 하늘에
　　　　　잔별도 많고요
　　　　　요내야 가슴에
　　　　　수심도 많구나
　　　　　에야노야노야 에야노야노 어기여차
　　　　　뱃놀애 가잔다

제보자 1 바람은 불써러와(불수록)
　　　　　풍파만 일고
　　　　　경든임은 볼수로와(볼수록)

경마(정만) 드구나(드는구나)

에야노야노야 에야노야노 어기여차

뱃놀이 가잔다

제보자 2 호박은 늙을씨록(늙을수록)

단맛이나 있지

인간은 늙으니

씰데도(쓸데도) 없구나

에야노야노야 에야노야노 어기여차

뱃놀애 가잔다

제보자 3 새끼야 백발은

씰(쓸)곳이 있는데

사람의 백발으른(백발은)

씰곳이 없노라

에야노야노야 에야노야노 어기여차

뱃놀애 갑시다

어 좋다 이히-

제보자 2 굽이치는 파도

산천을 울리고

과거과거 가는임이

나를 울린다

에야노야노야 에야노야노 어기여차

뱃놀애 가잔다

제보자 1 경든(정든)님 오시는데

인사로 못했어

행주치마 입에물고

입만 빵긋이(방긋이)

에야노야노야 에야노야노 어기여차

뱃놀애 가잔다

아리랑

자료코드 : 05_22_FOS_20100626_KYH_MGS_0004
조사장소 : 경상북도 포항시 북구 송라면 방석 2리 마을회관
조사일시 : 2010.6.26
조 사 자 : 김영희, 이미라, 이선호, 김보라, 백민정
제보자 1 : 맹금순, 여, 84세
제보자 2 : 오순이, 여, 91세
구연상황 : 청중 가운데 '아리랑'을 부르자는 말이 먼저 나왔다. 조사자가 그렇지 않아도
'아리랑'을 청할 참이었다고 말했다. 그러자 맹금순 씨가 지체 없이 노래를
부르기 시작했다. 청중에게 함께 부를 것을 제안했는데 모두들 박수를 치며
노래를 불렀다.

[청중이 후렴구를 중심으로 다함께 따라 불렀다.]

제보자 1 아리랑아리랑 아라리요

아리랑고개로 넘어간다

나를벼리고(나를 버리고) 가시난님은

십리도못가서 발병난다

아리랑아리랑 아라리요

아리랑고개로 넘어간다

세월이가면은 지혼자가지

안갈라하는(가려는) 내청춘

왜다려(데려)가나

아리랑아리랑 아라리요

아리랑고개로 넘어간다

제보자 2 아리랑망텔랑 어깨다(어께에)미고(메고)

좃이나십삼도로 귀경(구경)가자

아리랑아리랑 아라리요

아리랑고개로 넘어간다

제보자 1 오동나무열매는 알강달강하고

큰아기웃통은 몽실몽실하네

아리랑아리랑 아라리요

아리랑고개로 넘어간다

제보자 2 처녀야처녀야 니보고너왔나

숫돌이좋아서 낫갈라(갈러)왔네

아리랑아리랑 아라리요

아리랑고개로 넘어간다

담방구 타령

자료코드 : 05_22_FOS_20100626_KYH_MGS_0005

조사장소 : 경상북도 포항시 북구 송라면 방석 2리 마을회관

조사일시 : 2010.6.26

조 사 자 : 김영희, 이미라, 이선호, 김보라, 백민정

제 보 자 : 맹금순, 여, 84세

구연상황 : 모심기 소리를 부른 후, 마을에서 동제 지낸 이야기, 마을에 처음 터 잡은 당

할아버지 이야기, 영등할머니 모신 이야기, 별신굿 지내는 이야기, 지명유래 및 마을 개관에 관한 이야기 등을 들었다. 그러던 중에 조사자가 산에 나무 하러 가서 불렀던 노래를 아시냐고 묻자, 맹금순 씨가 짤막한 가사 정도는 안다며 노래를 부르기 시작했다.

구야구야다담방구야 헐래산에담방구야
요놈의처자야 손목을놓아라
물걸은손목에(물 같은 손목에) 비내진다(비 내린다)

모심기 소리

자료코드 : 05_22_FOS_20100626_KYH_BSB_0001
조사장소 : 경상북도 포항시 북구 송라면 조사리 마을회관
조사일시 : 2010.6.26
조 사 자 : 김영희, 김보라, 백민정
제보자 1 : 박소분, 여, 82세
제보자 2 : 이선녀, 여, 76세
제보자 3 : 이순례, 여, 78세
구연상황 : 박소분 씨가 '용암'에 얽힌 이야기를 연행한 후 잡담이 오가면서 이야기판의 분위기가 어수선해졌다. 이러한 분위기 속에서 연행 흐름을 정비하고자 조사자가 모심기 소리를 청했다. 그때 이선녀 씨가 부를 줄 안다고 대답했으나 먼저 시작하지는 못했다. 조사자가 앞소리를 조금 부르자 박소분 씨가 모심기 소리를 부르기 시작했다. 뒤따라 이순례 씨가 노래를 이었고, 이에 다시 이선녀 씨가 노래를 이어 불렀다. 연행자들마다 생각나는 대로 노래를 부르기 시작하여 전체 사설이 유기적으로 연결되진 않았다. 박소분 씨와 일부 청중들은 박수를 치거나, 따라 부르면서 흥을 북돋아 주기도 하였다. 조사자들은 모심기 소리가 끝난 후 세 가창자들의 인적사항을 물어보았다. 이후 반대편에서 박소분 씨의 목소리가 크다며, 장난삼아 불만을 표하기도 하였다.

제보자 1 이논바닥에 모를숨어
꽃이피어도 정자로다

(조사자 : 또, 또, 한 개 또 있잖아요.)
한 개 더 말이 있나, 오래 그거 해가(돼서).

　　니도가고 나도가고
　　이만시절에 놀아보자

(조사자 : 좋다.)
(청중 : 좋다.)

　　은잔낫잔(놋잔) 산시장은
　　금전만주면 사건만은
　　나와같이 어여쁜처네(처녀)
　　많은돈가져도 못사로다

(조사자 : [박수를 치며] 와―.)
[박수를 치며]

　　님아님아 어들(어디를)갔노
　　해는빠자(빠져) 저문날에
　　어드을(어디를)가고 아니오노
　　갈때올때 어서가고
　　어든낭개에(나무에) 잠을잔다
　　모여라모여라 잘도간다
　　어느동네로 돌아가자

자, 됐다. 인제.
(청중 : 징게 맹게 그것도 재밌데.)
(조사자 : 할머니 받아 주세요.)

[제보자가 손뼉을 치며 구연한다.]

　　　바람불어 얽근독에
　　　술을해옇어도(넣어도) 일년주라
　　　금잔낫잔은(놋잔은) 어데(어디)두고
　　　사위잔에 술을붓노

내만 자꾸 하면 되나?
[제보자 3이 노래를 부를 때 제보자 1이 손뼉을 친다.]

제보자 3 징게야명게야 너른(넓은)들에
　　　점심차례가 늦었구나
　　　아흔-아아홉칸 정지(부엌)칸에
　　　돌고돌다가 늦었구나
　　　이물끼(물꼬)저물끼 헝헐어놓고

[제보자 1이 함께 따라 부른다.]

　　　쥔네야양반은 어딜(어디를)갔노

다 됐다, 인자.
(조사자 : 또 다른 거 기억나시는 거 없으세요? 이게 점심 노랜가요, 할머니?)
이건 우리 엄마도 잘, 옛날에는 모 심굴 때 그래 들았다. 우리 외삼촌도 얼매나 잘 한다꼬.
[어수선한 분위기가 15초가량 지속되었다.]
(조사자 : 할머니가 해 주세요 할머니, 모시 적삼?)
(청중 : 저, 저 잘한다. 잘했다.)

(조사자 : 네, 모시 적삼- 다시.)

제보자 2 모시적삼 시적삼에
　　　　　분통같은 저젖보소
　　　　　많이보면 병이나고
　　　　　손톱만치만 보여주소

　[지쳤다는 듯이]
　(제보자 2 : 됐다, 인제.)
　[웃음]
　[제보자 2와 정반대 방향에 있는 제보자 3이 대뜸 노래를 부르기 시작하였다.]

제보자 3 물레야꽃은 시집가고
　　　　　선녀야꽃으는 장개가네(장가가네)

　(제보자 3 : 됐다, 그도.)

아리랑

자료코드 : 05_22_FOS_20100626_KYH_OSE_0001
조사장소 : 경상북도 포항시 북구 송라면 방석 2리 마을회관
조사일시 : 2010.6.26
조 사 자 : 김영희, 이미라, 이선호, 김보라, 백민정
제보자 1 : 오순이, 여, 91세
제보자 2 : 최정난, 여, 나이 미상
구연상황 : 청중들이 조사자들에게 어디서 왔냐고 묻더니 조사 취지를 다시 한 번 설명
　　　　　하자 노래를 잘해 주어야겠다고 입을 모아 말했다. 조사자가 모여 앉은 이들
　　　　　에게 서로 노래를 주고받으며 계속 이어갈 것을 권했다. 오순이 씨가 감기에

걸려서 목청이 좋지 않다고 말하면서도 노래를 부르기 시작했다.

제보자 1 아리랑아리랑 아라리요~

　　　　　아리랑고개로 넘어간다

　　　　　나를버리고 가시는님은

　　　　　십리도몬가서(못가서) 발병난다

　　　　　아리랑아리랑 아라리요~

　　　　　아리랑고개로 넘어간다

　　　　　우리가살면은 몇백년사나

　　　　　죽음에당하야 놀수가없네

　　　　　아리랑아리랑 아라리요~

　　　　　아리랑고개로 넘어간다

　[박수]

　(청중 1 : 숙모야, 이제 방송에 나온다. 방송에 나온데.)

　(조사자 : 할머니 또 다른 노래.)

　[박수를 치면서]

　　　　　세월이가면은 저혼자가지

　　　　　아까븐(아까운)청춘을 와(왜)더꼬(데리고)가노

　　　　　아리랑아리랑 아라리요~

　　　　　아리랑고개로 넘어간다

　[청중 1인이 제보자 2에게 녹음기를 갖다 대라고 했다. 구연하기를 청
하니 박수를 치면서 제보자 2가 조금 다른 곡조로 노래를 불렀다. 그러나
후렴구는 아리랑으로 이어갔다.]

제보자 2 든정난정 두리둥실 좋구요

낮의낮이나 밤의밤이나 참사랑이로다

아침에우는새는 님기러바(그리워)울구요

야밤에우는새는 날보라왔네

아리랑아리랑 아라리요~

아리랑고개로 넘어간다

(제보자 2 : 아이고 숨 가빠레이.)

시집살이 노래

자료코드 : 05_22_FOS_20100626_KYH_LSN_0001

조사장소 : 경상북도 포항시 북구 송라면 조사리 마을회관

조사일시 : 2010.6.26

조 사 자 : 김영희, 김보라, 백민정

제 보 자 : 이선녀, 여, 76세

구연상황 : 이야기판을 정리하려는 찰나, 조사자가 시집살이 노래를 청하였다. 그러자 시
집살이에 대한 잡담들이 이어졌고, 가만히 자리를 지키고 있던 이선녀 씨가
대뜸 이 노래를 가창하였다. 양악의 가락에 맞춰 시집살이 노래 한 곡조를 부
르자 청중들과 조사자가 이에 대한 잡담을 나누었다. 이어서 제보자가 한 소
절을 더 부르고 노래 부르기를 멈추었다. 조사자가 더 부르기를 청하자, 이미
가창한 부분과 유사한 가사로 한 번 더 부르더니 "기억이 안 난다"며 노래를
중단하였다.

시어머니 호랑새요

시동생은 노발샐세

남편은 미련새요

[청중들과 조사자는 이선녀 씨가 가창한 시집살이 노래에 대해 20초간
이야기를 나누었다. 제보자가 부른 노래는 옛 노래가 아니라 요새 곡조에

가사를 이어붙인 것이라며 입을 모았다.]

　　　당초꼬치(고추) 맵다해도
　　　시집살이 더매우리

　(조사자 : 예 좋아요 할머니, 좋아요 더 더 해주세요, 그 다음에? 그 다음 그 다음.)
　잊아뿌렸다 마,
　[청중 가운데 한 사람이 힘들었던 시집살이를 언급하여 소란스런 잡담이 5초가량 오갔다.]

　　　시어머니 꾸중새요
　　　시동생은 나발샐세
　　　남편은 미련새요

　[구연을 중단함.]
　마 마, 그러고 마 하마.

자장가

자료코드 : 05_22_MFS_20100626_KYH_KYS_0001
조사장소 : 경상북도 포항시 북구 송라면 중산 1리 마을회관
조사일시 : 2010.6.26
조 사 자 : 김영희, 김보라, 백민정
제 보 자 : 김영순, 여, 82세
구연상황 : 앞의 이야기가 끝난 후, 놀이판에 관심을 가지고 있는 김영순 씨에게 다시 이
　　　　　 야기를 해 달라고 청하며 기억을 끌어내기 위해서 몇 가지 질문을 던졌다. 직
　　　　　 접 책으로 보신 이야기에 대해서 물으니 김영순 씨는 기억이 나지 않는다며
　　　　　 거절하였다. 다시 아까 잠깐 이야기를 꺼냈던 동요를 불러 달라 청했다. 그러
　　　　　 자 제보자가 "동요? 옛날에 할매들 동요 이러대."라며 읊조리듯 노래를 시작
　　　　　 하였다.

　　[노래로 부르지 않고 가사를 읊음.]

　　　　가물가물 등불아래
　　　　아버지는 책을읽고
　　　　어머니는 옷을깁고

　　요새 아-들(아이들) 옷 기우는 거 아나? 그자 모르제? 그제?

　　　　옷을깁고
　　　　소옥이는 잠을자고
　　　　이리굼실 저리굼실

　　카는, 엄마들, 엄마들이 그래 갈쳐 주더라꼬.
　　(조사자 : 그게 자장가 같은 거예요?)

그게 옛날에 동요 텍이지.

(조사자 : 아까 소옥이는 머 한다고요?)

소옥이는 잠을 자고.

(조사자 : 소옥이가 머예요?)

소옥이는 어린 아기지. 적을 소(小)자 아이가(아니가)?

(조사자 : 소옥이는 잠을 자고?)

응.

이리굼실 저리굼실

커고. 그 또 머고? [기억을 더듬느라 잠시 쉼.] 아아,

저고리싸면은 팔꿈치에치이고
바지는바지는 무릎에치고
배꼽이내다보고 웃습니다.
엄마이거 누(누구)옷이냐
너어릴때 입던옷이다
애개 커더라

[웃음]

그런 게 동요라.

달노래

자료코드 : 05_22_MFS_20100626_KYH_KYS_0002
조사장소 : 경상북도 포항시 북구 송라면 중산 1리 마을회관
조사일시 : 2010.6.26
조 사 자 : 김영희, 김보라, 백민정

제 보 자 : 김영순, 여, 82세

구연상황 : 이야기판이 계속되는 동안에도 한쪽에서는 여전히 놀이판에 열중하는 이들이
있었다. 그러는 사이 김석규 씨가 조사자들에게 자기 집안에서 열녀비를 받은
이야기를 해 주었다. 이야기를 듣고 다시 김영순 씨에게 기억나는 노래와 이
야기를 해 달라고 청했다.

[노래로 부르지 않고 가사를 읊음.]

　　　다정한 저초생달
　　　서쪽하늘 구름새(사이)
　　　자취없이 나와설랑
　　　선연한 새광채로
　　　내집한공 깨쳐주네
　　　아미같은 저초생달

아미는 요 눈썹같이 도로하잖아.[39] 초생달이.

　　　아미같은 저초생달
　　　섬섬(纖纖)한 그몸에다
　　　무한희망 담뿍품고
　　　지는해의 뒤를이어
　　　광명사업 하려왔네

하매 이번(2번)[40]이다. 그자? 삼번(3번).[41]

　　　옥구같은 저초생달
　　　푸른하늘 뜬기러기

---

39) '둥글게 굽은 모양'을 가리키는 듯하다.
40) '2절'이라는 뜻이다.
41) '3절'이라는 뜻이다.

푸른하늘 나는기러기
　　　활로알아 겁을내며

요거, 요거 초생달이 요래 있으믄 강물에는 활인지 안다꼬, 꼬꿀랑한(구
부러진) 게.

　　　활로알아 겁을내며
　　　맑은물에 놀던고기
　　　낚시만여겨 놀라구나
　　　파경(破鏡)같은 저초생달

도로한(둥근) 거울이 깨지면 또 초생달 같다고, 그자?

　　　파경같은 저초생달
　　　서쪽하늘

[가사를 바꿔서]

　　　파경같은 저초생달
　　　무슨일로 몸이굽어
　　　남의오해 받게하나
　　　달아달아 초생달아
　　　나의사랑 초생달아
　　　당개옥동 말림토록
　　　어서바삐 크게자라
　　　명랑세계 이루어주게

오복까지 있다, 그자? 오복까지.

청춘가와 창부타령

자료코드 : 05_22_MFS_20100626_KYH_MGS_0001
조사장소 : 경상북도 포항시 북구 송라면 방석 2리 마을회관
조사일시 : 2010.6.26
조 사 자 : 김영희, 이미라, 이선호, 김보라, 백민정
제 보 자 : 맹금순, 여, 84세
구연상황 : 본동 조사 전날 중산 1리에서 맹금순 씨를 찾아가라는 추천을 받았다. 그래서
    방석 2리를 들어가기 전에 맹금순 씨에게 연락을 드리고 마을회관으로 향했
    다. 비가 오는 날씨라 마을회관에 어르신들이 많이 모여 계셨다. 먼저 조사
    취지를 설명하고 맹금순 씨에게 옛날에는 어떤 노래를 많이 불렀냐고 묻자
    청춘가와 노랫가락을 불렀다고 했다. 다시 조사자가 청춘가와 노랫가락은 어
    떻게 다르냐고 물었더니, 바로 노래를 부르기 시작했다. 맹금순 씨는 본인이
    일찍 남편과 사별하여 과부가 된 후 혼자 자식들을 키웠기 때문에 이 노래가
    자신의 노래라고 말했다. 놀러 가서 이 노래를 부르면 친구들이 모두 다 눈물
    을 흘렸다고 말했다.

[설명하면서]
청춘가는,

  청천하날에(하늘이) 잔별도 많고요~
  요내가삼에(가슴이)~ 수심도 많구~나~

글타. 글타. 글코 또, 저거.
[가락을 바꿔서 박수를 치면서 구연한다.]

  아니아니 노지는 못하리라
  왜정이라 왜정시대
  삼십육년을 고통받고
  일본놈의사쿠라(さくら)[42] 낙화가되고

---

42) 벚꽃을 가리킨다.

우리조선무궁화 만발해야

남의집낭군은 다오건만은

우리집의신랑은 왜못오나

애면한소총에 맞았던가

일본으로 유랑갔나

한폭사키에 맞았던가

어찌그리도 왜몬오나

어린자슥(어린 자식) 에비불라아(애비 불러서)

어미간장을 다녹인다

못하리라 못하리라

과부의조사로 못하리라

마지막이다.

[웃음]

어랑타령

자료코드 : 05_22_MFS_20100626_KYH_MGS_0002
조사장소 : 경상북도 포항시 북구 송라면 방석 2리 마을회관
조사일시 : 2010.6.26
조 사 자 : 김영희, 이미라, 이선호, 김보라, 백민정
제 보 자 : 맹금순, 여, 84세
구연상황 : 한두 곡씩 옛날 소리를 부르기 시작하면서 청중들도 흥에 겨웠는지 서로 잘
했다고 격려하며 박수를 쳤다. 청중들이 모두 맹금순 씨의 노래 실력에 감탄
하자 그녀가 노래에 대한 사연을 늘어놓았다. 사연을 듣고 생애에 관련하여
몇 가지 질문을 던졌다. 그러는 도중에 다른 조사자가 '어랑타령'을 아냐고
묻자 노래를 시작했다.

어랑어랑어-야 어-야디-야 내사랑아~

어랑타령~나기는 함경북도에 났구요

히사시간이나기는 이방안에 났구나

어랑어랑어야~ 어야디야~

모두다우리 친구들이다

창부타령

자료코드 : 05_22_MFS_20100626_KYH_MGS_0003

조사장소 : 경상북도 포항시 북구 송라면 방석 2리 마을회관

조사일시 : 2010.6.26

조 사 자 : 김영희, 이미라, 이선호, 김보라, 백민정

제보자 1 : 맹금순, 여, 84세

제보자 2 : 오순이, 여, 91세

제보자 3 : 최정난, 여, 나미 미상

구연상황 : 두 번째 뱃노래를 끝낸 후, 최석암 씨가 뱃노래 가사에 대한 설명을 늘어놓았
다. 설명을 다 듣고 조사자가 맹금순 씨에게 '창부타령'을 해 보라며 권하자
맹금순 씨가 노래를 부르기 시작했다. 좌중이 모두 흥에 겨워 박수를 치면서
함께 불렀다.

제보자 1 아니아니 노지는 못하리라

간다간다 나는간다

경남을(형님을)두고서 나는간다

내가가면은 아주가나

아주간들 잊을소냐

이장부 이맘이가

임을두고 내가가나

제보자 2 에-에

하늘과같이 높은사랑

황해와같이도 깊은사랑

칠년대왕 가문날에

빗발같이도 만낸(만난)사랑

경로왕에는 양귀비요

이도령에는 춘향이라

일년열두달 삼백육십일

하루만몬(못)봐도 못살겠네

얼씨구나좋네 지화자좋네

아니노지는 못하리라

제보자 3 춤을춘다 춤을춘다

뒷동산갈잎이 춤을춘다

니가잘나서 춤을추나

하느님덕탁에(덕택에) 춤을추지

얼씨구절씨구나 좋네

꺼드랑거리고 놀아보세

도라지 타령

자료코드 : 05_22_MFS_20100626_KYH_MGS_0004

조사장소 : 경상북도 포항시 북구 송라면 방석 2리 마을회관

조사일시 : 2010.6.26

조 사 자 : 김영희, 이미라, 이선호, 김보라, 백민정

제보자 1 : 맹금순, 여, 84세

제보자 2 : 오순이, 여, 91세

구연상황 : '아리랑' 두 번째 노래를 부른 후 맹금순 씨가 이제는 다 했다고 말했다. 조

사자가 맹금순 씨에게 "나물 캐는 노래도 있다던데요."라고 묻자, 이 노래를 부르기 시작했다. 노래가 끝난 후 '올라가는 올고사리 내려가는 낼고사리' 하는 노래도 있지 않냐고 조사자가 물었다. 청중들 모두 그런 노래가 있다고 말하면서도 부르지는 못했다.

제보자 1 나물캐라 간다꼬
　　　　요핑계조핑계 다대고
　　　　나물꽝주리 옆에들고
　　　　삼오제지내러 가노라
　　　　에헤요에헤요 에헤요
　　　　어여라난다 지화자좋다
　　　　니가내간장 스리살살다녹인다

제보자 2 우리○러 간다고
　　　　요핑케조핑계 다대고
　　　　웅글몸에 가가주고
　　　　바가치장단만 치노라
　　　　에헤요에헤요 에헤라
　　　　에야라난다 디여라

　[한 청중이 '신고산이 우르르'라고 운을 떼니 좌중이 모두 웃었다. 이 노래를 받아 제보자가 '도라지 타령' 곡조에 '어랑타령' 사설을 실어 불렀다. 그러나 후렴구에서 서로 혼선을 일으켜 결국 연행을 중단하고 말았다.]

제보자 1 신고산이우루르 화물차 가는소리
　　　　고무공장큰아기 벤또밥만 싸노라
　　　　에랑에랑 에헤야

　[좌중이 모두 웃음.]

석탄가

자료코드 : 05_22_MFS_20100626_KYH_MGS_0005
조사장소 : 경상북도 포항시 북구 송라면 방석 2리 마을회관
조사일시 : 2010.6.26
조 사 자 : 김영희, 이미라, 이선호, 김보라, 백민정
제 보 자 : 맹금순, 여, 84세
구연상황 : 맹금순 씨가 '담방구타령'을 부른 후 조사자가 맹금순 씨의 친정 마을인 조사
리에 관한 이야기들을 물었다. 조사리 지명 유래에 대한 이야기를 단편적으로
이어가던 중 이야기 흐름이 끊기자, 조사자가 아직 부르지 못한 노래가 있는
지 생각해 보라고 말했다. 그때 좌중에서 누군가 '석탄 백탄' 하는 노래도 했
냐고 물었다. 이 이야기를 듣고 조사자가 맹금순 씨에게 '석탄가'를 아냐고
묻자, 잊어버렸다고 답했다. 3초 후에 맹금순 씨가 갑자기 조사자들을 향해
웃으며 "이것만 하면 가라 카나?"라고 말한 후에 노래를 부르기 시작했다.

[청중 1인이 함께 따라 부름.]

석탄백탄 타는데
연기만폴폴 나구요
요내간장 타는데
한품에든임도 모른다
에야디여라어하 세월이로다

[잠시 잡담이 이어짐. 멈췄다가 다시 시작함.]

물을이러 간다꼬

[기침]

요핑계저핑계 다대고
물타래를 끌고서
동서남북을 밭갈래

에야데야 에야라난다 디여라

허송세월이로다

창부타령 (1)

자료코드 : 05_22_MFS_20100626_KYH_BSB_0001
조사장소 : 경상북도 포항시 북구 송라면 조사리 마을회관
조사일시 : 2010.6.26
조 사 자 : 김영희, 김보라, 백민정
제 보 자 : 박소분, 여, 82세
구연상황 : 노래판의 분위기가 어수선하게 진행되는 와중에 연행자들이 두 무리로 나뉘
었다. 청중 가운데 한 명이 노래판에 대한 부정적인 입장을 취하기 시작했고,
한쪽에서는 박소분 씨가 조사자의 구멍난 양말을 꿰매 주겠다며 나서서 양말
을 꿰매면서 마을 사람들과 담소를 나누고 있었다. 그러던 와중에 조사자가
박소분 씨의 목청이 좋다며, '노랫가락'을 청했다. 양말을 마저 꿰매고 난 후
에 노래를 부르겠다던 박소분 씨에게, '노랫가락'을 재요청하자 손으로는 조
사자의 양말을 꿰매면서 이 노래를 가창하였다. 한 소절 부르고 끝을 내니,
청중들이 다른 가사를 읊어주며 더 불러주길 요청하였다. 그러자 뒷소절을 마
저 불러 주었다. 조사자들과 청중들은 이 상황이 우스워 시종일관 웃음을 참
지 못하였다.

얼씨구나좋다 지화자좋다

아니놀지는 무엇하노

(조사자 : 좋다.)

은잔낙전(놋잔) 사기잔으로

은전만주면 삼만원

나와같이 어여쁜처녀는

만원돈꺼정43) 못사노라

얼씨구좋다 절씨구좋다
아니놀고 무엇하노

바람불어 얽은독에다
술을해옇어도 일년주라
금잔낫잔은(놋잔은) 어데다주고
사기잔에다 술을붓노
얼씨구좋네 지화자좋네
아니놀고 무엇하노
아니서지는 무엇하노

[구연을 중단함.]
저(저기) 누구 해라 캐라 인제 마.
(조사자 : 와—, 진짜 할머니 너무 잘 하세요.)
[청중들과 조사자들이 박수를 침.]
(조사자 : 할머니 이거 어디서 배운 거예요?)
으잉?
(청중 1 : 그거도 다 해 줘라.)
(청중 2 : 모시 적삼 시적삼도 그거 해 줘라.)

모시적삼 시적삼에
분통겉은(분통같은) 저젖보소
많이보면 병이되고
손톱만침만(손톱만큼만) 보여주소
얼씨구절씨구 지화자좋네
아니놀고 무엇하노

---

43) '만원 돈을 가지고는'이라는 뜻이다.

아니서지는 무엇하노

[구연을 중단한다.]
자, 다했다.

창부타령 (2)

자료코드 : 05_22_MFS_20100626_KYH_BSB_0002
조사장소 : 경상북도 포항시 북구 송라면 조사리 마을회관
조사일시 : 2010.6.26
조 사 자 : 김영희, 김보라, 백민정
제 보 자 : 박소분, 여, 82세
구연상황 : 박소분 씨가 '창부타령 1'을 부른 후, 조사자가 가창한 곡의 제목을 물으며
'노랫가락'과 '청춘가', '양산도'가 모두 잘 구분되지 않는다고 말하였다. 그
러자 '청춘가나 노랫가락이나 하면 됐고'라며, 자신의 말을 채 끝맺기도 전에
노래를 부르기 시작했다.

엄마엄마 울엄마야
아들놓기 왜원하노
춘양같은(춘향이같은) 딸을낳아야
어사같은 사우(사위)보지
얼씨구절씨구 지화자좋네
아니놀고 무엇하노
아니서지는 무엇하노
얼씨구나좋네 지화자좋네
아니놀고 무엇하노

[청중들과 조사자가 박수를 침.]

어랑타령

자료코드 : 05_22_MFS_20100626_KYH_BSB_0003
조사장소 : 경상북도 포항시 북구 송라면 조사리 마을회관
조사일시 : 2010.6.26
조 사 자 : 김영희, 김보라, 백민정
제 보 자 : 박소분, 여, 82세
구연상황 : 앞 노래가 끝나는 것과 동시에 조사자의 양말을 꿰매는 동작도 끝이 났다. 이
　　　　　때 조사자가 '어랑타령'을 아는지 물었더니 노래를 부르기 시작하였다.

　　어랑타령 나기는
　　함경도원산서 나고요
　　이소식임자 나기는
　　경상도 ○마지
　　어랑어랑 어어야
　　어어야 디여야
　　사랑이왔다가 가노라

　[청중 웃음]
　　자.

어랑타령

자료코드 : 05_22_MFS_20100626_KYH_JEH_0001
조사장소 : 경상북도 포항시 북구 송라면 방석 2리 마을회관
조사일시 : 2010.6.26
조 사 자 : 김영희, 이미라, 이선호, 김보라, 백민정
제 보 자 : 정일화, 남, 81세
구연상황 : 조사자들이 계속 노래를 권하자 맹금순 씨가 창가를 부르겠다고 나서더니 트
　　　　　로트 가요를 한 곡 불렀다. 이어서 정일화 씨도 가요를 불렀다. 조사자가 옛

날 노래나 타령 같은 것들을 불러 달라 청했다. 조사자가 '신고산이 우르르르'
로 시작하는 노래가 있지 않냐고 묻자 정일화 씨가 노래를 부르기 시작했다.

신고산이 우르르르
화물차가는 소리에
고무공장 큰아기
벤또(べんとう)44)밥만 싸노라
어랑어랑 어야 어난다디여라
몽땅내 사랑이구나

[박수]

도라지 타령

자료코드 : 05_22_MFS_20100626_KYH_JEH_0002
조사장소 : 경상북도 포항시 북구 송라면 방석 2리 마을회관
조사일시 : 2010.6.26
조 사 자 : 김영희, 이미라, 이선호, 김보라, 백민정
제보자 1 : 정일화, 남, 81세
제보자 2 : 최정난, 여, 나이 미상
구연상황 : 창부타령을 부른 후, 서로서로 노래를 잘 한다며 격려하였다. 조사자가 청중
을 격려하며 '노랫가락'을 한 번 불러 보자고 하자 갑자기 정일화 씨가 '도라
지 타령'을 부르기 시작했다.

제보자 1 도라지도라지 도라지
　　　　심심삼천에 백도라지
　　　　한두뿌리만 캐어도
　　　　낭군님반찬만 베노라

---

44) 도시락.

에헤요에헤요 에헤요

에혀라난다 지화자—좋다

니가내간장 소리솔솔다녹인다

제보자 2 나물캐라 간다꼬

요핑계저핑계 다대고

총각낭군님따라서

○○지지내러가노라

에헤요에헤요 에헤요

에하라났다 지화자좋네

니가내간장 스리살살다녹인다

영등 모신 이야기

자료코드 : 05_22_ETC_20100625_KYH_KSS_0001
조사장소 : 경상북도 포항시 북구 송라면 조사리 김소선 씨 자택
조사일시 : 2010.6.25
조 사 자 : 김영희, 이미라, 이선호, 김보라, 백민정
제 보 자 : 김소선, 여, 82세
구연상황 : 조사자가 영등할머니 모시던 이야기를 물었다. 그러자 청중들이 대화를 이어
　　　　　　나갔는데 주로 어떤 음식을 준비하여 올렸는지에 대한 것이었다. 이야기는 김
　　　　　　소선 씨가 주도해나갔다. 조사자가 질문하고 김소선 씨가 답하는 방식으로 대
　　　　　　화가 계속되었다.
줄 거 리 : 이월 초하룻날에 영등할머니가 내려오는데 보름날까지 모시는 사람도 있고
　　　　　　스무날까지 모시는 사람도 있었다. 영등할머니가 며느리를 데리고 내려오면
　　　　　　거름 깔러 보내고 딸을 데리고 내려오면 떡 만드는 냄새는 맡지 말고 먹고만
　　　　　　가라고 했다고 한다. 영등 지낼 때는 식구 수대로 종이 소지 올리는 것을 가
　　　　　　장 중요하게 여겼다.

　　(조사자 : 몇 월에 하셨어요?)
　　이월. 초하룻날에 내려와가 보름날에 올라가고, 보름날에 올라가가 또
스무날까지꺼정 하는 사람 하는데, 그도 우리는 하룻날에 내려오면 보름
날에 올리뿌믄 그만인데, 어떤 사람은 스무사지라. 남의 집 며느리는 스
무사지 웃다리 붙잡고 운다 하지. ○○○ 많이 명절이거든. 많이 명절.
　　(조사자 : 영등할머니는 그럼, 뭐 바람을 뭐, 바람신이에요?)
　　바람 타고 올라오지. 거름 깔러 안 가나? 옛날에는. 우리도 밭 매러. 심
통 궂어가지고, 딸으는 뭐 하노? 며느리는 떡 하나?
　　(청중 : 비 오고, 딸 오면 바람분다 카고, 뭐 뭐.)
　　며느리는 거름 깔러 보내고, 딸은 뭐 그것도 잊아뿌렸다. 그래가 떡 냄

새 안 맡고 많이 먹으라고. 며느리만 그렇게 고통을 준다.

(조사자 : 영등이 되게 무섭고 영험했다고?)

전에는 오장치(오징어) 밑에도 따라 댕긴다고 그러더니 요새는 오장치도 없고. 여그 묘사, 당 묘사도 지낼 사람 없어가 절에 와가지고 모시고. 우리도 여기 칠월 열 나흗날에, 정월 열 나흗날에 지내더니 요새는 그것도 없고. 그리고 배선도 하고 그랬는데 무당들하고. 다 없어지고.

(조사자 : 뭐, 뭐 배선이요?)

응. 무당 들어와가 여 큰굿야.

(조사자 : 아―. 별신굿, 별순, 별신 하셨구나?)

저 나루에서, 골 뭉쳐가지고.

(조사자 : 그건 언제 하셨어요?)

삼월달에, 아―, 칠월달에 했다. 그제?

(청중 : 뭐?)

동네 별신.

(청중 : 칠월 보름.)

(조사자 : 누가 와서 했어요?)

무당.

(조사자 : 누가요? 이렇게 오는 사람 있잖아요? 정해 놓고 오는 사람이.)

호철네가 하고, 갓난이가 많이 하고. 근데 딴 데 구지네도 하고, 독서 인제 거기도 사가 지낸다고 하더라고.

(조사자 : 영등 할 때는 뭘 제일 중요하게 생각하셨어요?)

소지 종우(소지 종이), 떡하고, 참종이 사가지고, 식구 수대로 소지 올리거든.

(청중 : 잡구신 날아가라고?)

대주부터 올리고 차차차차 올리고. 이래 큰 거 하나 사가지고로. 영등, 옛날 영등까꾸래기 있었어. 있는데.

(조사자 : 영등까꾸래기라는 게 뭐예요? 등 같은 거에요?)

[부정하는 뜻으로] 으으응. 나무로까, 고기도 거-고(걸고), 종이도 거-고.

(조사자 : 나무를 해가지고 걸어 놓는구나?)

거는 이래 해 놓고, 못에 걸치면, 영등 빌고 올라가고. 그래 종이를 한 다. 인제 소지를 올리고 달아노만, 연 망글어가주고(만들어서) 띄우는 아들 있고, 집에 있이믄. 붓글씨 써가지고 아들 글도 쓰는 아들도 있고.

(조사자 : 그 뭐 저기 물 같은 걸 뜨고 그러지는 않고요?)

술 놓고 그러지 뭐.

(조사자 : 용알 같은 거 뜨고 그러지는 않고요?)

응?

(조사자 : 용알 뜨고 이런 건 안 하고?)

그런 거는 뭐.

마을 사람들이 옮겨 놓은 원각조사비

자료코드 : 05_22_ETC_20100625_KYH_YDC_0001
조사장소 : 경상북도 포항시 북구 송라면 조사리 마을회관
조사일시 : 2010.6.25
조 사 자 : 김영희, 이미라, 이선호, 김보라, 백민정
제 보 자 : 윤동철, 남, 나이 미상
구연상황 : 원각조사 출생담을 이야기한 후에 연행한 것이다. 연행을 시작하기 전에 청중 가운데 한 명이 조사자의 질문에 답하는 형식으로 이야기를 이어가라고 조언하였다. 윤동철 씨가 자꾸 자신이 들고 있는 인쇄물을 읽으려 하였기 때문이다.
줄 거 리 : 옛날 송라면이 청하에 소속되어 있을 때 승도암이라는 작은 암자가 있었다. 그 절이 홍수로 떠내려가면서 원각조사비와 승도암 비문이 행방불명되었다가 하송이라는 곳의 개울에서 발견되었다. 그때 마을 주민들이 모두 가서 원각조

사비를 지금의 자리로 옮겨왔다.

원각조사라꼬, 요 우리 교회 앞에 태어났는데. 원각조사라꼬 있는데. 그 조사비가 그 저 행불이 되어가지고, 내재(나중에) 그 원인을 찾으니까 여 하송이라는 데 있었어요.

(조사자 : 하송이요?)

네, 하송이요. 청하면, 그 옛날에는 송라면, 그 저기 청하, 뭐고. 송라가 안 되어 있고, 뭐고 청하구로 되어 있을 때, 청하읍으로 돼가 있는데 승도 암이라꼬 쪼맨한 절이 있었대요.

절이 있는데, 그 절에, 절이 홍수에 떠내려가면서, 승도암 비문이 원각 조사비랑 행방불명됐는데, 그게 어디 하승이, 하송에서, 저 저 거랑(개울)에서 파헤쳐서, 저 파이면서 비문이 그 나타났는 모양이래요.

그래가 우리 주민들이 가가지고, 우리 부락민들이 가가주고, 그거를 전부 다 부역을 해가, 전 동민이 가가주, 그거를 비문을 갖다다 우리 교회 앞에다가 설치를 해놨어요.

(조사자 : 아, 여기 들어오는 입구에 있는 비각이 그 비인가요?)

예, 예, 예.

[제보자의 말을 끊으며]

(청중 : 아니다, 그거는 구우정.)

아니, 아이고 있어. 고 있어.

(조사자 : 구우정 옆에 비각이 이렇게 하나?)

네 맞니더. 고거를 여기다 설치해가지고, 저기 있다가 우리 주민들이 그거 동네서 안 된다고 해가지고, 바로 요 옆에 동 신당이 있습니다. 제 당. 제당 옆에 모셔 놨두고 자리를 또 고짝으로 옮겼습니다. 우리 동민이. 그 원,

[생각을 정리하듯이 3초가량 구연을 멈췄다가]

그게 여게서, 저 숩게(쉽게) 말하면 사본 택이지. 비석 원 비문이 완전히, 진짜는 인자 보경사 아까 이야기했지요? 보경사 그 대웅전에 갈 것 같으믄 비가 또 있어요. 요거는. 거.

[3초가량 구연을 멈추었다가]

음, 새로, 머 여하튼 각본을 따가지고 만드는 거래요. 원비는 있는데.

(조사자 : 그러니까 원비는 대웅전에 가 있고, 여기는 인제 탁본을 해서 새로 만든 거군요?)

네, 네 그런 거래요. 내가 볼 때는.

마을 당신과 당제 내력

자료코드 : 05_22_ETC_20100625_KYH_YDC_0002
조사장소 : 경상북도 포항시 북구 송라면 조사리 마을회관
조사일시 : 2010.6.25
조 사 자 : 김영희, 이미라, 이선호, 김보라, 백민정
제보자 1 : 윤동철, 남, 나이 미상
제보자 2 : 이상락, 남, 1940년대 생
구연상황 : 윤동철 씨가 원각조사비가 홍수에 떠내려갔던 이야기를 들려준 후 조사자가 마을 당제에 대한 질문을 던졌다. 그러자 윤동철 씨가 다시 이에 성실하게 응답하면서 이야기를 이어나갔다.
줄 거 리 : 조사리 당신은 '허씨 골막에 황씨 터전'이다. 당집에는 허씨 조상님과 황씨 조상님, 원각조사님이 모셔져 있다. 예전에는 당제를 지낼 때 온갖 정성을 다 들였는데 지금은 상황이 달라짐에 따라 당제를 지내는 풍습도 많이 변했다.

저, 허씨 골문에 황씨 터전이라꼬 있거든요. 요-는 그렇게 돼 있습니다. 요-는.

(조사자 : 그러면 허씨가 맨 처음에 들어오고, 그 다음에 황씨가 들어온 건가요?)

네. 허씨가 여 주편을 잡고, 네.

(제보자 2 : 허씨 골목에, 허씨 골목에 황씨 터전이라꼬.)

(조사자 : 그러면은 당집에 허씨하고, 황씨 어른이 모셔져 있는 건가요?)

그래, 황씨하고 모시지 있습니다.

(제보자 2 : 아니시더. 황씨, 허씨, 조사님.)

(조사자 : 조사님도 같이?)

네. 조사님 있어.

(조사자 : 제사는 그러면은 정월 대보름에 지내시나요?)

그 전에는 칠월 보름하고, 정월 보름날에 그랬는데 동네서러(동네에서) 의례에 의해가지고 일 년에 한 번씩만 지내도록. 정월 보름에만.

(조사자 : 그러면 지금은?)

정월 보름날에만, 정월 보름에만.

(조사자 : 예전에는 제관을 어떻게 뽑으셨어요?)

제관은, 제관은 여기서 동네서로, 제일 먼저 저 유고 없는 사람, 즉 말하자 할 것 겉으면, 잔치 같은 거, 애 배었다던지, 무슨 결혼 안 하고, 여하튼 깨끗한 사람. 이런 사람을 한 십오일 전에 동민, 전 동민이 모여가지고, 선출합니다. 제관 있고, 제주 이명(2명), 이래가지고 해 내려오다가, 요샌 쪼끔 시대가 바껴가 간소화 쫌 되고 있습니다.

(조사자 : 그럼 예전에 정신은 며칠이나 들이셨나요?)

보통 십오 일인데, 칠 일 동안, 예를 들어가지고, 원래 한 보름 전에 하는데, 한 칠일 날이 될 것 같으면, 일주일쯤 놔 놓고 날짜를 잡습니다. 정신을 들이가 제주를 정하고, 이러는데, 칠일만 될 것 같으면, 오일째에 겨울 치고, 사람도 범접 못하도록 이거 뭐로?

(조사자 : 금줄?)

금줄을 칩니다. 금줄로 제당부터 치고, 제주 집에도 치고, 제관 집에도 치고, 그 사람도 매일 목욕재계하고, 공을 들이죠.

[제보자 2의 휴대전화가 울리면서 벨소리에 대화소리가 묻힘.]

(조사자 : 뭐 화장실 갔다 와도 씻고 이렇게?)

물론 그것도 그르치. 몸을 그렇게 단장하죠.

(조사자 : 황토 같은 것도 뿌리고 그러나요?)

그렇죠. 황토는 한, 한 오십 센티 사이에 놓는가? 황토를 전부 다 양쪽에 다 묻습니다. 황토를 양쪽에 뿌리고.

[제보자 2가 전화 통화함.]

(조사자 : 산신제를 같이 지내시거나 그러지는 않나요?)

산신제는 없습니다. 산신제는 없고.

(조사자 : 그냥 당제만 지내시나요?)

예.

(조사자 : 그러면 음식 준비나 이런 거는 안 하나요?)

음식 준비는 물론 넉넉하게 하지요.

(조사자 : 남자분들이 하시나요?)

아니지요. 원래 제주가. 원래 그 제물을 준비할 때는 어디까지나 남자가 앞세워가지고, 제주 부인들이 갑니다. 그때는 절대로 육고기 같은 거를 못 먹습니다. 또 제주가 될 것 같으면, 여 우리 부락에는 그 날 받고는 절대로 육고기는 어디 나가더라도 다부 다 동민들이 정신을 차리기 위해서 안 먹습니다. 안 먹고. 도저히 심할 것으맨(것 같으면) 집에 냉장고에도 보관 안 합니다. 없애뿌고, 미리미리 그거는 인제, 그리고 또 동민들은 저 사람이 제관이다, 제주다 할 것 같으믄 말도 안 하고, 서로 좌측으로 갈 것 같으면, 우측으로 피해주고, 정을 들여주고, 공을 디립니다(들입니다).

이래가지고 결과적으로 제주하고, 제관한 사람은 동네에서로 워낙 신경을 많이 쓰니까 특혜를 보여줍니다. 예를 들면, 부역을 빼준다거나, 안 그럴 거 같으면 동네의 공동어장 큰 짬 같은 거, 조금 수입 있는 거 이거를

준다든지 이래하고, 몇 개월 동안,

　[제보자 2의 벨이 울리면서 다시 전화 통화를 시작함.]

　부역 겉은(같은) 거 같은 거를 다 면제시키주고, 지금도 그거는 쪼끔 시대의 흐름에 따라가지고, 쪼끔 이제 없어지고, 이제는 누구라도 안 할라 하기 때문에 동네에서 이회에 지내던 거 한 번 지내고, 처우개선도 더 해도, 이게 자꾸 사라지고, 그렇습니다.

동제 지내고 말들이 많은 동네 아낙들

자료코드 : 05_22_ETC_20100625_KYH_YDC_0003
조사장소 : 경상북도 포항시 북구 송라면 조사리 마을회관
조사일시 : 2010.6.25
조 사 자 : 김영희, 이미라, 이선호, 김보라, 백민정
제 보 자 : 윤동철, 남, 나이 미상
구연상황 : 동제를 잘못 지내서 동티가 난 일이 없었냐는 조사자의 질문에 응하여 들려준 이야기다.
줄 거 리 : 제사를 지낸 후 제주나 제관에게 좋지 않은 일이 있으면 동네 아낙들이 모두 '제사를 잘못 지내 그렇다'는 말을 한다. 그래서 서로 제사를 맡으려 하지 않는다.

　그러니깐 여기 지금 누구든지, 이 제주가 되든지, 제관이 됐든지, 유고가 없어야지, 유고가 있을 것 겉으만, 주민들이, 제삼자들이 제사를 잘못 지냈다, 그 모두 다 필요 없는 아낙네들이 그런 말을 하고 있습니다. 하고 있기 때문에. 그래서 신경을 쓰기 때문에 서로가 안 할라 합니다. 네.

　(조사자 : 말이 나게 되니까?)

　네. 어디 가든 부락마다 한가지겠지요.

원각조사와 조사리 당제

자료코드 : 05_22_ETC_20100625_KYH_LSR_0001
조사장소 : 경상북도 포항시 북구 송라면 조사리 마을회관
조사일시 : 2010.6.25
조 사 자 : 김영희, 이미라, 이선호, 김보라, 백민정
제 보 자 : 이상락, 남, 1940년대 생
구연상황 : 조사자들이 마을에 들어서자마자 마을 입구 가게에서 마을 노인회장님의 연
          락처를 얻어 인사를 드렸다. 노인회장을 맡고 있는 이상락 씨가 조사자들을
          맞이하기 위해 마을회관으로 나왔다. 그는 타지에서 살다 들어온 인물이라 마
          을 역사에 대해 아는 것이 별로 없다고 말했다. 짧게 대화를 나누고 곧 자리
          를 정리해야 했다.
줄 거 리 : 조사리라는 지명은 원각조사가 이 마을에서 태어났다고 해서 붙여진 지명이
          다. 당집에 원각조사를 함께 모셔 두고 정월대보름 즈음에 제를 지낸다.

조사라 카는 옛날 그분이 여그, 옛날 비슬(벼슬), 비슬인데, 조사. 원
각조사라꼬 그분이 여서 탄생했다 카데요. 그래서 그-를 조사리라고 카
는데.

　(조사자 : 어느 집에서 탄생했다 이런 이야기는 들어보셨어요?)

　아, 응, 저기, 저기 저 저 저 아래 교회 있는데 거-서 탄생했다 하는데,
우리들 거 동네 수호, 옛날부텀 하는 그 사당이 있어요, 사당이 아니고 그
걸 뭐라 카노?

　(조사자 : 당집이 있으신가요?)

　네, 당집이. 당집이 있어요. 당집이 있는데 일 년에,

　(조사자 : 예.)

　한 번씩 뭐 당 제사 지내고, 거 조사님 모시고.

　(조사자 : 아~ 거기 당집에서 조사님을 모시나요?)

　네. 조사님도 모시고,

　[잠시 머뭇거리다가]

　여 마을 허 씨, 옛날 허 씨, 허 씨들 집성촌이니까. 동신하고 이래 모시

(모셔) 놓고 있어요.

(조사자 : 그러니까 옛날에 허 씨들 처음 들어왔을 때, 그 조상이나 그런 분들도 같이 모시고 이렇게 하나 봐요?)

네, 네.

(조사자 : 포항은 무슨 배판에 무슨 터전 그런 게 있던데?)

예. 여그도.

(조사자 : 여기는 뭐라고 부르나요?)

[5초가량 머뭇거리다가]

무신 터전이고? 내가 깜짝 잊아뿄다. 이거. 여, 여도 거. 터전에 허 씨.

[3초가량 머뭇거리다가]

나 이거 깜짝, 정신이 깜짝 하는데. 동신이 있는데.

[5초가량 머뭇거리다가]

무신 골묵에, 허 씨, 머 머 무신 터전, 여 여 그기 있어요. 여 그 캅디다. 여 그기 카는데.

(조사자 : 여기 골막님을 모시는 거죠?)

네, 네.

(조사자 : 당집이 하나인가요?)

네, 하나 있어요.

(조사자 : 그러면은 언제 제사를 지내나요?)

보름.

(조사자 : 정월 대보름에?)

네. 정월 대보름.

(조사자 : 제관은 누가 하시구요?)

제관은 마을에서 인제, 그거 해가지고, 선출해가지고, 일 년에 한 번씩 선출해가주고.

(조사자 : 깨끗한 사람으로?)

네, 그런데 지금은 머 올개(올해)부터는 머 이거를 동네에서 이제케까
지능(지금까지는) 그렇게 하고 있어요.

(조사자 : 당집은 위치가 어디인가요?)

가다 조(저기) 있어요. 가까워요.

(조사자 : 구판장 뒤쪽 어디?)

구판장 아이고, 여기 산 있는데.

자장가

자료코드 : 05_22_ETC_20100626_KYH_LSN_0001
조사장소 : 경상북도 포항시 북구 송라면 조사리 마을회관
조사일시 : 2010.6.26
조 사 자 : 김영희, 김보라, 백민정
제 보 자 : 이선녀, 여, 76세
구연상황 : 자리에 모여 앉아 있던 가운데 김갑선 씨가 처음 시집 오던 무렵부터 시집살
이를 거쳐 아들 딸 낳고 살아온 이야기를 들려주었다. 박소분 씨가 노래하는
소리가 참 크다는 이야기를 주고받다가 조사자가 자장가를 불러 달라 청했다.
그러자 멀리 앉아 있던 이선녀 씨가 자신이 부를 줄 안다며 연행을 자청하였
다. 이선녀 씨는 양악의 장조에 맞춰 자장가를 부르다가, 기억이 잘 나지 않
자 일반적으로 알려진 자장가를 가창하였다. 옛날에 배운 노래라면서 아기들
재울 때 불렀다는 말을 덧붙였다.

자장 자장 자-장
우리 애기야-

(청중 : 우리 아가야다.)

나만 자고

[제보자가 기억이 나지 않자, 구연을 중단한다.]

모를때(모르겠다).

나 혼자

[도저히 안 되겠다는 식으로]
잊아뿌렸다(잊어버렸다).
(조사자 : 할머니 이 정도라도 괜찮아요, 생각나시는 거, 다 안 하셔도
되는데, 생각나시는 것만 해도.)
[대중들에게 이미 알려진 양악 가락으로 연행한다.]

> 잘자라 우리아가
> 앞뜰과 뒷동산에
> 새들도 아가양도
> 다들 자는데
> 달님은 영창으로
> 은구슬 금구슬을
> 보내는 이한밤
> 잘자라 우리아가
> 잘 자-거-라

중산 1리 당제 내력

자료코드 : 05_22_ETC_20100626_KYH_LCH_0001
조사장소 : 경상북도 포항시 북구 송라면 중산 1리 이춘화 씨 자택
조사일시 : 2010.6.26
조 사 자 : 김영희, 김보라, 백민정
제 보 자 : 이춘화, 여, 71세
구연상황 : 조사자가 중산 1리에서 당집을 보았다며 당집과 당제에 대해 질문을 던졌다.

그러자 중산 1리의 당집과 당제에 관해 설명해주었다. 조사자들이 질문을 유도해가며 당집과 당제에 대한 내용을 들었다.

줄 거 리 : 중산 1리의 당집은 삼 년 전에 새로 지었다. 모시는 신은 골막할머니와 산신이며, 유사는 나이 순서대로 돌아가며 지낸다. 과거에는 정갈한 세 명의 유사가 동제를 맡았다.

(조사자 : 할머니 저기 당집 되게 크고, 되게 막 깔끔, 깨끗하고.)

당집 고 지은 지가 인자 삼 년째 나는동.

(조사자 : 아, 당집은 왜 삼 년 전에 갑자기 지었어요?)

언지(아니), 원래 있었는데……

(조사자 : 아 새로 지었구나.)

응, 새로. 쫌 허술타고(허술하다고). 새로 깨끗하게 지었다.

(조사자 : 그럼 아직도 동제 지내요?)

지내지. 여는(여기는) 아즉(아직) 동제 지낸다.

(조사자 : 언제 지내요?)

정월 보름날, 십사일 날.

(조사자 : 십사일 밤 딱 열두 시?)

밤에 열두 시에, 열두 시에 지내고 인자(이제), 십오일 날에는 인자 마을에서랑 마카(마구) 그 음식 나눠 먹고.

[목소리 톤이 더 낮아지며]

아즉 지낸다.

(조사자 : 동제 언제부터 지낸 거예요?)

오래 됐지 뭐 하마(벌써) 옛날부터, 동네 생기고 하마 지내지.

(조사자 : 아 할머니 시집왔을 때부터도 계속 지내고 있었어요?)

아이고 시집올 때 지냈지.

(조사자 : 유사는 돌아가면서 하구요, 집집마다?)

고거는 인자, 옛날에는 인자 세 명쓱(명씩) 어불래가(어울려서), 셋 집이

서 어불래가 절 하는 사람, 장 보는 사람, 또 제관, 도가 머 이래 셋 집쓱(집씩) 어불라가(어울려서) 그래 했는데,

요즘은 인자 저거 한다. 혼자 한 집에서 지낸다. 깨끗한 집만.

그래가 지내는데 인제는 나가(나이가) 많애가 지낼 사람도 없고 해가지고(해서) 차례대로 지낸다. 나(나이) 차례대로.

(조사자 : 아, 순서 돌아오는 순서대로.)

응, 순서 돌아오는 대로. 자기사(자기가) 마 어에든(어떻든) 간에.

(조사자 : 아, 깨끗하고 이런 거 다 상관없이.)

그런 거 마 없이 연령차별로 마 저래 해가지고 순서대로 이래, 그래 지낸다. 옛날에는 마이(많이) 지내는 집이는 마 몇 번씩 지내고 이런데, 우리도 그때 두어 번 지내고 또 지내고 이랬는데. 그때는 깨끗하믄 인자,

"지내라." 카거든.

"그래, 지내라." 카면

지내고 이랬는데. 그것도 누가 자꾸 정성들일라 카믄(하면은) 그래 여사가.[45] 그래 놨더이 자기 혼자 정성이 아니고 일 년 열두 달로 동네 정성을 다 들여야 되이까네 힘들잖아. 그러이까네 그러이까네 인자,

(조사자 : 열두 달?)

응, 열두 달.

(조사자 : 아, 정월에 아예(전적으로) 모아서 다 그냥 지내는 거죠? 열두, 매달마다 뭐 하는 게 있어요?)

아니, 그런데 깨끗하고 인자 잘 지내야 동네가 편안하고.

(조사자 : 맞어, 맞어. 모시는 신은 어떤 분이신데요?)

올개(올해)?

(조사자 : 아 아니, 동제에 모시는 신이요, 산신?)

---

45) '예삿일이 아니다'는 뜻이다.

산신, 산신하고 골묵할머니(골막할머니).

(조사자 : 골묵할머니요?)

골묵할머니라 카대, 이 동네는. 골묵할머니라 카는데, 딴 동네는 그런데 이 동네는 골묵할머니라 그러대. 모르겠다.

(조사자 : 골묵할머니는 누군데요, 또?)

그리 옛날에 그 이름 지어가, 그래가 제사를 지내는 모양이라. 산신인데 하고 인자 그래 지낸다.

(조사자 : 산신이랑 골묵할머니하고 둘한테?)

응, 응, 두 군데 지내지. 음식도 두 군데 인자 채리고(차리고).

(조사자 : 영험이 있어요?)

영험 있지. 영험 있이이까네 이래 자꾸 지내지. 안 그러면 안 지내도 되지만,

다른 마을에는 머 참 '동장하고 지도자하고 이래(이렇게) 포 하고 마(그냥) 이래 술만 놓고 이래 지낸다' 카는데, 우리 마을에는 안즉(아직) 음식도 하고 다 해, 다 해. 마이는 안 하지, 인지는. 옛날에먼저로(옛날처럼), 옛날에는 인자 갈맥이(골막이) 돈이라고 그 장 봤는 돈으로 집집마정(집집마다) 다 가지고 가가주고(가서) 음복하거든.

그랬는데 요즘에는 그거 없고, 그래 인자 쪼끔만 해가주고 그래가……. [말끝을 흐림.]

뒷간 터를 잘 잡아야 하는 이유

자료코드 : 05_22_ETC_20100626_KYH_LCH_0002
조사장소 : 경상북도 포항시 북구 송라면 중산 1리 이춘화 씨 자택
조사일시 : 2010.6.26
조 사 자 : 김영희, 김보라, 백민정

제 보 자 : 이춘화, 여, 71세

구연상황 : '객구 물린 이야기'가 끝난 후, 조사자들이 녹음기를 교체하였다. 녹음기를
　　　　　교체하는 동안에 조사자가 화장실을 가기 위해 화장실의 위치를 물었다. 제보
　　　　　자는 화장실의 위치를 설명해주며, 이 집의 화장실이 바깥에 있는 이유에 대
　　　　　해 설명하였다. 이때 녹음기가 다시 작동되었다. 양옥인 집에 화장실을 집안
　　　　　으로 들여 놓지 않은 이유를 설명하며, 연이어 화장실터와 집터에 대한 설명
　　　　　을 늘어놓았다. 이야기 연행을 끝낸 후 '터'에 대한 이야기는 '선인들의 경험
　　　　　에 의해 나온 것'이라고 하며 이 이야기를 얻게 된 경로에 대한 잡담을 이어
　　　　　나갔다.

줄 거 리 : 화장실은 용변을 보는 곳이므로, 위치를 정할 때 고려할 부분이 많다. 특히
　　　　　화장실은 잘못 두면 사람에게 해를 끼치기 때문에 본채와 떨어진 곳에 지어
　　　　　야 한다. 또한 대장부는 삼 년마다 돌아가며 위치하는데, 이때 대장부의 위치
　　　　　를 피해서 터를 잡아야 한다.

　　열라(넣으려) 카이(하니)

　　(조사자 : 아, 집안에?)

　　집안에 열라 카이, 집안에 손질 모 하그러(못 하게) 해가(해서) 안죽(아
직) 모하고 있다.46)

　　(조사자 : 왜, 왜 집안에 손질 못하게 해요?)

　　그럼 여전타꼬(좋지 않다고).

　　(조사자 : 아, 안 좋다고.)

　　그럼, 안 좋다고, 그래 가주고 화장실 모했다. 저-기, 저 목간(沐間) 지
어 놨는데 절로 드가봐라(들어가봐라). 거 화장실 있다.

　　(조사자 : 그럼 윤달에는…….)

　　윤달에는 하면 좋다 카는데, 우리는 모하그러 하대. 윤달이라도 여전
사람이 있고, 좋은 사람이 있단다. 그래가,

　　"하지 마라" 캐가(해서),

　　안죽까지(아직까지) 밖에 화장실에 눠야 된다.

---

46) '화장실을 집 안에 넣지 못했다'는 뜻이다.

(조사자 : 왜 집안에는 못 들어오게 해요, 화장실은 집안에 있음 안 돼요?)

화장실은 아무래나 잘해야 된다.

(조사자 : 왜요?)

그거 뭐 더러운 게 누는 때미레(때문에) 저거 하지만은 그래도 그게 여전타. 잘못 하믄 피해를 본다. 그렇다.

(조사자 : 피해를 본 집이 있어요?)

피해 본 집이 숱하게 있지.

(조사자 : 왜, 왜? 어떻게 피해를 봐요?)

뭐 모해야 되는데[47] 해뿌면 여절 수도 있지. '하지 마라.' 카는데도, 기어이 해 놓으믄 사람이 아프개나(아프거나) 죽개나(죽거나) 그렇다꼬. 그래, 그렇다.

그렇고 대장부 쓰는 쪽에도 저거 하고 그렇다.

(조사자 : 아 어떻게? 대장부 쓰는 쪽에?)

대장부가 삼 년 동안 있거든. 한 군데 가가(가서) 남, 동쪽에 삼 년 있으면 남쪽에 삼 년 있고,

(조사자 : 돌아가면서?)

그래. 남쪽에 삼년 있이면(있으면) 인자 서쪽으로 또 삼 년 북쪽에 삼 년, 요래 있는 때미레, 고 있는 바우에는 뭐를 하면 해롭다. 누구 물란(勿論)하고 다 해롭다. 그래이까네 삼재(三災) 들어 왔는 사람, 머 집도 질라(지으려고) 카믄(하면) 대장부 있는 쪽으로 지면(지으면) 실패 보고도 남지. 그랬그든.

(조사자 : 그럼 대장부 있는 쪽에는 화장실도 놔두면 안 되겠네요.)

놔두는 게 아이라(아니라) 새로 만들은 게.

---

47) '하지 말았어야 하는데'라는 뜻이다.

(조사자 : 아, 새로 만드는 게.)

새로 인자 하믄(하면).

(조사자 : 아 대장부 있는 쪽으로 새로 만들면.)

있는 쪽으로 새로 나무를 들이고, 머 이래 마카(마구) 갔다 옇으면(넣으면) 그게, '여전타.' 하는 그거다. 그래 글치(그렇지). 머 그 전에 있는 거 본대(원래) 있는 거사 놔두면 엇다(어떻나)?

2. 신광면

증편 한국구비문학대계 · 경상북도 포항시

▌조사마을

경상북도 포항시 북구 신광면 냉수리

조사일시 : 2010.6.26
조 사 자 : 김영희, 이미라, 이선호

『삼국사기(三國史記)』 지리지(地理誌)에 따르면, 냉수리가 속한 신광면 (神光面)은 삼국시대 신라 초기 퇴화군(退火郡) 동잉음현(東仍音縣, 일명 '신을(神乙)') 지역이었다. 통일신라시대 경덕왕 16년(757)에 신광현(神光 縣)으로 개명하여 의창군(義昌郡)의 관할 지역이 되었다가 이후 어진(於鎭) 으로 개칭되었다. 의창군의 관할 지역이 되었을 당시 동잉음현(東仍音縣) 도 신광현(神光縣)으로 이름이 바뀌었다. 고려시대에 이르러 다시 신광진 (神光鎭)이 되었고 이후 현종 9년(1018)에 경주부의 속현이 되었다. 조선 시대에는 신광현이라 불리며 경주부의 속현이 되었다. 따라서 '신광(神 光)'이라는 이름은 그 유래가 깊은 것이라 할 수 있다.

17세기에 신광현은 총 8개 면(邑內·夫山·驛·古縣·南·舊邑·西·北 面)을 관할하게 되었는데 18세기에 이르러 면리제(面里制)가 실시되면서 경주부의 직속 행정구역으로서 총 22개 리를 관할하는 지역이 되었다. 1895년에 잠시 동래부의 관할 지역이 되었다가 1896년에 다시 경상북도 관할 지역으로서 경주군 소속 면이 되었다. 그러던 것이 1906년에 이르러 흥해군에 편입되었고, 다시 1914년 일제에 의해 단행된 행정구역 통폐합 당시 13개 동으로 통합된 마을들을 관할하는 신광면이 되었다. 이때 신광 은 영일군(迎日郡)에 편입되었는데 이후 1995년에 포항시와 영일군이 통 합되면서 포항시에 소속된 면이 되었다. 현재에는 법정 마을 13개, 행정 구역 단위 22개 리를 관할하고 있으며, 면사무소는 토성 1리에 있다.

신광면은 세로로 길게 뻗어 있는데 왼쪽으로는 포항시 북구 기계면, 기북면과 인접해 있고 오른쪽으로는 위로 청하면, 아래로 흥해면에 인접해 있다. 또한 남쪽과 북쪽으로는 경주시 강동면(江東面)과 포항시 죽장면(竹長面)에 인접해 있다. 신광면은 산으로 둘러싸인 내륙 지역으로서 괘령산(870m), 비학산(762m) 등이 다른 면과 경계를 만들고 있다. 특히 비학산(飛鶴山)은 기계면 인접 지역에 있는 산으로, '신광(神光)'이라는 지명의 유래와도 연관이 있다.

신라 제26대 진평왕이 법광사에서 하룻밤 묵게 되었는데 그날 밤 비학산에서 밝은 빛 한 줄기가 뻗어 나오는 것을 보고 '신령스러운 빛이 나오니 이 지역을 신광(神光)이라 부르는 것이 좋겠다'고 한 데서 '신광면'이라는 이름이 유래되었다는 이야기가 있다. 또다른 전설에서는, 신라 법흥왕(法興王)이 신광 일대에 머물 때 비학산(飛鶴山)에서 야광(夜光)이 비치는 것을 보고 왕이 이를 신(神)이 보내 빛이라 여겨 신광(神光)이라는 이름을 붙였다고 전한다.

냉수리는 신광면의 맨 아래 동네로 산으로 둘러싸인 신광면 안에서도 깊은 산골짜기에 자리잡고 있다. 좁다란 들길을 지나 굽이굽이 고갯마루를 넘어야 냉수리에 들어갈 수 있는데 오랜 고삼국시대 신라 유적이 다수 남아 있다. 이곳에서 건축 시기가 6세기 전반으로 추정되는 신라시대 고분이 발견되었으며, 현존 최고의 신라 비석으로 알려진 '영일 냉수리 신라비'가 발굴되었다.

냉수리 고분은 신라시대(6세기 전반) 고분으로 한강 이남에서 발굴 조사된 횡혈식 석실고분으로는 최대 규모이고, 부실 등의 독특한 내부구조를 갖추고 있으며, 관장식, 영락, 금반지 등 많은 유물이 출토된 것으로 미루어 볼 때 이 지역 수장층의 무덤으로 추정되고 있다. 냉수리 고분이 위치한 곳은 기계면과 신광면의 경계로, 안강과 기계 등의 내륙 지역에서 동해안으로 나가는 길목이다. 이 길은 조선시대까지도 경주에서 흥해읍(興海邑)과 청하면(淸河面)으로 이어진, 중요한 교통로였다고 한다.

냉수리 신라비는 1989년에 냉수리 사는 이상운씨가 자신의 밭에서 일하던 중 발견한 돌이다. 이 비는 대략 지증왕 4년(503)에 건립된 것으로 추정되는데 재물 분쟁에 대한 기록을 남기고 있어 당시 신라의 정치, 경제, 사회의 여러 측면을 짐작하는 단서를 제공한다. 특히 총 231자가 새겨진 이 비문에는 왕명을 다룬 초기 율령체제의 흔적이 남아 있어 신라사 연구에 중요한 자료를 제공하는 유물로 인식되고 있다. 현재 이 비는 토성리에 세워진 비각 안에 안치되어 있다.

어떤 대감이 무더운 여름날 길을 가다 목이 말라 주막에서 앞 냇가의 물을 얻어 마셨는데 그 물이 너무 차서 동네 이름을 '냉수(冷水)'라 지어 불렀다는 이야기가 전하는 냉수리는 전형적인 산골 마을이다. 냉수 1리에 총 67세대 161명이 살고 냉수 2리에 39세대 77명이 살아 전체 거주민의 수는 238명 정도에 불과하다. 특히 냉수 2리는 마을 전체 면적에 비해 거주민의 수가 많지 않아 인구 밀도가 높지 않은 편이며 그나마도 대부분 혼자 살거나 부부만이 함께 사는 고령의 주민들이다.

산 속에 자리한 마을이라 대규모로 농사를 짓거나 밭일을 하는 집은 없어 다른 지역에 비해 일노래의 전통이 강하지는 않았다. 그러나 산골 마을답게 이야기 연행의 전통이 강한 편이었고, 다른 지역에서 시집온 인물들 가운데는 노래를 곧잘 부르는 사람들도 있었다. 이 마을에서 유명한 이야기 가운데 하나는 아기장수이야기이다. 겨드랑이에 날개가 돋은 아이를 가족들이 죽인 후에 용마가 나타나 슬피 울다 사라졌다는 내용의 아기장수이야기는 이번 조사 이전에도 조사, 보고된 바 있는데 이번 조사에서도 연행을 하는 이가 있었다.

1리와 2리로 구성된 냉수리는 자연 마을 단위로 구분할 때 모골, 용천리, 주막거리, 새터, 새마을 등으로 나뉜다. 새로 생긴 마을이라는 데서 이름이 유래한 새터와 새마을을 제외하면 대부분의 마을 이름이 차가운 물이나 샘과 관련되어 있다. 그래서인지 찬 물을 얻어 마신 대감의 이야

기나 가뭄에도 물이 마르지 않는다는 용바위골 용천에 얽힌 아기장수이
야기 등이 모두 샘이나 물줄기 등을 이야기 전승의 주요 근거이자 증거물
로 삼고 있다.

냉수 1리와 냉수 2리에 각각 경로당이 있는데, 냉수 1리의 경로당은
'남부경로당'으로 불린다. 이 경로당은 신광면 내의 몇몇 거점이 되는 면
단위 핵심 경로당 가운데 하나다. 냉수리 일대의 남성 노인들이 주로 이
곳에 모이는데 면 단위로 큰 일이 있을 때면 냉수리 이외의 지역 사람들
도 이 경로당에 온다고 한다. 냉수 2리 경로당에는 주로 여성 노인들이
모여 여가를 즐기고 있었다.

포항시 북구 신광면 냉수리 마을회관

▌제보자

기영자, 여, 1941년생

주 소 지 : 경상북도 포항시 북구 신광면 냉수리
제보일시 : 2010.6.26
조 사 자 : 김영희, 이미라, 이선호

전주에서 태어나 자랐는데 결혼하여 살다
가 신광면 냉수리로 들어온 것은 17년 전이
다. 어렸을 때부터 노래 부르는 일을 좋아하
고 주변에서도 노래를 잘 한다고 칭찬이 자
자하였다. 그래서 젊은 시절 여성 국극을 배
워보고자 서울로 상경하기도 하였다. 당시
에는 노래를 제대로 배워보고 싶다는 생각
뿐이었다고 한다. 당시 여성 국극의 1인자
였던 임춘앵 씨를 무조건 찾아가 그녀에게 사사받았다고 한다. 1년간 노
래를 배우고 다시 집으로 돌아왔는데, 요즘 들어 노래를 계속 배웠으면
좋았을 것이라는 생각을 많이 하고 있다.

노래를 전문적으로 배운 경험이 있고 예전부터 노래꾼으로서의 명성을
갖고 있어서인지 즉흥적으로 흥에 겨워 부르는 노래보다 목소리부터 사
설까지 준비하고 가다듬어 부르는 습관이 몸에 배어 있다. 비교적 젊은
나이라서 그런지 옛 노래를 많이 알지는 못했다. 노래의 레퍼토리가 다양
하지 않아 <청춘가>와 <노들강변>만을 불렀다. 그 외에는 다른 사람이
부를 때 함께 부르거나 어렸을 때 초등학교에 다니면서 배웠던 노래를 불
렀다.

이야기를 할 때도 전반적으로 차분한 목소리로 구연하다가 절정에 이

르는 장면에서는 천연덕스럽게 등장인물의 목소리를 흉내냈다. 젊어서부터 경험이 있어서인지 전반적으로 연행에 능했다. 청중을 끌어들이며 이야기를 재미있고 흥미롭게 이끌어가는 능력이 있었다. 옛 노래를 많이 알지 못해서인지 노래보다는 이야기 연행에 더 자신감을 보였다. 냉수리 토박이는 아니었지만 옛날이야기에 관심이 많아 예전부터 살던 사람들에게 이것저것 물어서 들어 놓은 이야기들이 많았다.

연행판이 처음 형성된 조사 초반에 냉수리 인근 지명의 유래를 설명하는 이야기를 주로 연행하였고 곧바로 뒤이어 선덕여왕 이야기에서부터 우스갯소리까지 다양한 이야기를 들려주었다. 조사자가 특별히 이야기를 요청하지 않아도 혼자 가만히 기억을 더듬었다가 하나둘씩 이야기를 꺼내 연행을 이어나갔다.

제공 자료 목록

05_22_FOT_20100626_KYH_GYJ_0001 지나가던 임금이 냉수를 마신 냉수리
05_22_FOT_20100626_KYH_GYJ_0002 청옥사 물로 피부병 고친 선덕여왕
05_22_FOT_20100626_KYH_GYJ_0003 방귀쟁이 며느리 (1)
05_22_FOT_20100626_KYH_GYJ_0004 방귀쟁이 며느리 (2)
05_22_MPN_20100626_KYH_GYJ_0001 도깨비한테 홀린 이야기
05_22_MFS_20100626_KYH_GYJ_0001 성주풀이
05_22_MFS_20100626_KYH_GYJ_0002 노들강변
05_22_MFS_20100626_KYH_GYJ_0003 너영나영
05_22_MFS_20100626_KYH_GYJ_0004 국극 여배우가 부르던 창
05_22_MFS_20100626_KYH_GYJ_0005 새야새야

김대근, 남, 1940년생

주 소 지 : 경상북도 포항시 북구 신광면 냉수리
제보일시 : 2010.6.26
조 사 자 : 김영희, 이미라, 이선호

경주 김씨 집안 사람으로, 냉수리에서 나
고 자란 인물이다. 젊었을 때는 다른 곳에
나가 살았는데 나이 들면서 냉수리로 돌아
왔다. 현재는 돼지를 기르며 농사를 짓고 있
다. 집안 살림이 꽤 넉넉한 듯 여유로운 태
도를 지녔다.

조사자들이 처음 냉수리로 들어갔을 때
맨처음 찾아간 경로당의 문이 잠겨 있어 무
작정 주민들을 찾아나선 길에 만난 제보자였다. 조사자가 조사 취지를 설
명하고 마을에서 이야기를 들려줄 만한 사람을 소개해 달라고 요청하자
곧바로 본인이 냉수리의 지명 유래담을 연행하기 시작했다. 비가 내리고
있었는데 그런 조건을 아랑곳하지 않고 길거리에 서서 이야기를 이어갈
정도로 연행에 열정이 있었다.

길에 서서 이야기를 모두 다 들려주기에는 자신이 아는 이야기가 많은
듯, 조사자들에게 건물 안으로 자리를 옮기자고 말했다. 경로당 열쇠를
가진 사람을 찾아보겠다며 잠시 자리를 떠났다가 20여 분 뒤 다시 돌아
왔다. 마을 사람들이 다들 일을 나가 경로당은 들어갈 수 없으니 같은 집
안 사람이 운영하는 식당으로 가자고 말했다. 이곳은 예전에 주막거리로
불리던 곳이었다.

자리를 옮긴 제보자는 주로 냉수리 인근의 지명 유래담과 각종 신이
체험담, 경험담 등을 연행하였다. 단순한 지명 유래뿐 아니라 토박이가
아니고서는 알기 힘든, 마을 곳곳에 얽힌 사건들을 자세히 이야기해 주었
다. 자신의 고장에 유적지도 많다면서 냉수리 고분이 있는 곳을 알려주기
도 하였다. 자신이 살고 있는 지역 공동체에 대한 자부심이 남다른 듯 보
였다. 지명 유래 말고는 자신이 직접 겪은 일이나 사건의 당사자에게 직
접 전해 들은 일에 관한 이야기만을 연행하였다. 그래서인지 이야기 속

사건과 인물이 실제 존재했다는 사실에 대한 믿음과 자신감이 강했다. 시종일관 확신에 찬 어투로 이야기를 이어나갔다. 다른 사람들은 미신으로 생각할지 몰라도 자신에게는 직접 보고 겪은 일이기 때문에 자신으로서는 믿지 않을 수 없다고 말하기도 하였다. 또 그런 일을 겪었기 때문에 조심하면서 살게 된다는 말을 덧붙였다. 조사자들에게도 항상 조심하며 살라는 경계의 말을 잊지 않았다.

조사 당시는 천안함 사건으로 나라 안이 온통 어수선하던 때였는데, 그래서인지 한국전쟁에 대한 이야기를 들려주기도 하였다. 본인은 전쟁을 겪은 기억이 아직도 생생하다고 말했다. 당시 겪은 일들을 이야기하면서 다시 전쟁이 일어날까봐 항상 걱정하고 있다고 말하기도 하였다.

제공 자료 목록
05_22_FOT_20100626_KYH_KDG_0001 냉수리 지명 유래 (1)
05_22_FOT_20100626_KYH_KDG_0002 냉수리 지명 유래 (2)
05_22_FOT_20100626_KYH_KDG_0003 사람 목을 베어다가 매달아 놓았던 솔미기 버드나무
05_22_FOT_20100626_KYH_KDG_0004 고려장터 마조의 지명 유래
05_22_FOT_20100626_KYH_KDG_0005 중살미기의 지명 유래
05_22_FOT_20100626_KYH_KDG_0006 용띠안 지명 유래
05_22_FOT_20100626_KYH_KDG_0007 부자 되려고 비학산 정상에 묘를 쓰면 비가 온다
05_22_MPN_20100626_KYH_KDG_0001 새끼호랑이를 잡은 이야기
05_22_MPN_20100626_KYH_KDG_0002 호랑이 새끼 만난 경험담
05_22_MPN_20100626_KYH_KDG_0003 구렁이를 불에 태운 경험담
05_22_MPN_20100626_KYH_KDG_0004 도깨비한테 홀린 이야기 (1)
05_22_MPN_20100626_KYH_KDG_0005 도깨비한테 홀린 이야기 (2)
05_22_MPN_20100626_KYH_KDG_0006 당나무를 베어내고 동티 난 이야기
05_22_MPN_20100626_KYH_KDG_0007 묘 파낸 자리에 집 지어 일가족이 죽은 이야기
05_22_MPN_20100626_KYH_KDG_0008 변소 위에 집을 지어 망한 이야기
05_22_ETC_20100626_KYH_GDG_0001 동제 지낸 이야기

박부덕, 여, 1921년생

주 소 지 : 경상북도 포항시 북구 신광면 냉수리
제보일시 : 2010.6.26
조 사 자 : 김영희, 이미라, 이선호

포항시 용흥동 출생으로 17세에 결혼하여 18세에 시집으로 들어왔다. 경상도 결혼 풍습에 따라 신랑과 함께 친정에서 한 해를 보내고 시댁으로 들어온 것이다. 경상도 일부 지역에서는 신랑이 신부의 집으로 가서 결혼식을 올리고 한 해를 보낸 후 시댁으로 들어오는 풍습이 있는데 이는 신부의 집이 어느 정도 경제력을 가진 집이라야 가능한 일이었다. 냉수리 마을에서는 자천댁으로 불린다.

예전에는 여기저기 여러 채의 집을 가지고 있을 정도로 비교적 잘 사는 편이었는데, 아들의 사업이 잘못되어 재산을 잃고 많은 빚을 지게 되었다고 한다. 그로 인해 가족들이 뿔뿔이 흩어지고 제보자 역시 냉수리로 들어와 혼자 살고 있다. 주변 사람들 말로는 지금은 잘 되어 자식들이 모셔 가려 하지만 냉수리에 사는 것이 편하다 하여 계속 살고 있다고 한다.

많은 나이에 비해 목소리에 힘이 있고 발음이 분명했다. 노래나 이야기를 많이 듣고 해본 듯, 자신 있게 연행에 나섰다. <어랑타령>을 비롯하여 <노랫가락>을 여러 편 연달아 불렀고 우스갯소리도 3편 연행했다. 상객 가서 실수한 아버지를 위기에서 구한 딸 이야기를 능숙하게 연행하기도 하였다. 예전에는 더 많은 이야기를 알고 있었는데 지금은 많이 잊어버렸다고 말했다. 일본어를 몰라서 실수한 사람에 관한 이야기를 할 때는 일본어를 능숙하게 구사하기도 하였다.

제공 자료 목록

05_22_FOT_20100626_KYH_BBD_0001 우스갯소리

05_22_FOT_20100626_KYH_BBD_0002 상객으로 가서 실수한 이야기

05_22_FOS_20100626_KYH_BBD_0001 밀양아리랑

05_22_MFS_20100626_KYH_BBD_0001 청춘가 (1)

05_22_MFS_20100626_KYH_BBD_0002 어랑타령

05_22_MFS_20100626_KYH_BBD_0003 양산도

05_22_MFS_20100626_KYH_BBD_0004 청춘가 (2)

05_22_MFS_20100626_KYH_BBD_0005 청춘가 (3)

05_22_MFS_20100626_KYH_BBD_0006 청춘가 (4)

05_22_MFS_20100626_KYH_BBD_0007 청춘가 (5)

이말용, 여, 1927년생

주 소 지 : 경상북도 포항시 북구 신광면 냉수리

제보일시 : 2010.6.26

조 사 자 : 김영희, 이미라, 이선호

신광면 인근 기계면 인비리에서 태어나 17세에 결혼했다. 18세에 냉수리로 들어왔다. 신랑이 신부의 집으로 와서 결혼식을 올린 후 친정에서 한 해를 묵혀서 시집에 들어오는 풍습에 따라 이말용 씨도 결혼 후 한 해를 보낸 후에 시댁으로 들어왔다. 그래서 18세에 냉수리로 들어오게 된 것이다. 새로운 식구가 한 명 늘어도 생활에 무리가 없을 만큼 경제적 여유가 있어야 이런 풍습을 따를 수 있었는데 이말용 씨의 친정은 그 정도의 여유가 있었다고 한다.

조사 후반기에 이르러서야 자신의 이야기를 꺼냈지만, 처음부터 다른 사람들이 노래나 이야기를 연행할 때 적극적으로 호응하였다. 때론 다른

사람의 이야기나 노래에 끼어들기도 하였다. 연행판의 분위기를 자연스럽게 만드는 데 결정적으로 기여하였다. 자신이 혼자 나서서 노래를 부르지는 못해도 다른 이의 노래에 뒷소리를 부르며 함께 했다. 나중에 용천리에 대해 질문했을 때 알고 있는 이야기인 듯 자신 있게 이야기를 들려주었다. 다른 사람이 먼저 자신이 알고 있는 이야기를 대강 설명하자 제대로 다시 들려주어야 되겠다고 생각한 듯 자신이 나서서 다시 아기장수이야기를 연행하였다.

제공 자료 목록

05_22_FOT_20100626_KYH_LMY_0001 용바윗골 지명 유래
05_22_FOT_20100626_KYH_LMY_0002 우스갯소리
05_22_MPN_20100626_KYH_LMY_0001 도깨비한테 홀린 이야기

황순이, 여, 1930년생

주 소 지 : 경상북도 포항시 북구 신광면 냉수리
제보일시 : 2010.6.26
조 사 자 : 김영희, 이미라, 이선호

포항시 갈전에서 나고 자라 냉수리로 결혼해 들어온 인물로, 택호가 운애댁이다. 다른 사람이 이야기를 연행할 때 가만히 듣고 있다가 조사 막바지에 자신도 생각난 이야기가 있는지 두 편의 이야기를 연행하였다. 다른 사람들이 노래를 부를 때 같이 따라 부르기도 하였다. 이야기나 노래를 혼자 연행하고자 먼저 적극적으로 나서 연행을 시작하지는 않았다.

제보자가 들려준 이야기는 다른 사람이 여우나 도깨비불에 홀린 경험

을 한 것을 전해 들은 이야기였다. 연행판에 모여 앉은 사람 가운데 몇 사람이 도깨비불에 관한 이야기를 하자 '이런 이야기를 해도 되는구나' 싶었는지 자신도 나서 이야기를 연행하기 시작했다. 이야기가 진행되면서 청중들이 자신의 이야기에 관심을 보이며 집중하자, 조용하고 차분한 목소리로 이야기를 이어나가던 연행 초반부와 달리 점차 목소리에 힘을 실어가며 자신감에 찬 태도로 이야기를 연행하였다.

제공 자료 목록
05_22_MPN_20100626_KYH_HSE_0001 여우한테 홀린 이야기
05_22_MPN_20100626_KYH_HSE_0002 도깨비불을 본 경험담

지나가던 임금이 냉수를 마신 냉수리

자료코드 : 05_22_FOT_20100626_KYH_GYJ_0001
조사장소 : 경상북도 포항시 북구 신광면 냉수 2리 마을회관
조사일시 : 2010.6.26
조 사 자 : 김영희, 이미라, 이선호
제 보 자 : 기영자, 여, 70세
구연상황 : 냉수 1리에서 냉수 2리로 이동하던 중, 길가 집에서 할머니들의 목소리가 들려 들어갔다. 할머니들이 조사에 대한 설명을 듣고 난 후, 마을회관으로 가야 사람들이 많다면서 자리를 옮기자고 하였다. 할머니들과 함께 냉수 2리 마을회관으로 갔더니 그곳에 이미 두세 명이 있었다. 조사에 대해 간단히 설명하고, 냉수리 마을 이름에 대해 질문하였다. 이에 대해서는 다들 잘 알고 있어 제보자가 이야기하는 도중에 여러 사람이 끼어들었다.
줄 거 리 : 옛날에 어느 임금이 냉수리를 지나가다가 목이 말라 물이 먹고 싶었다. 어느 농부가 물을 한 그릇 떠 드리니 '이것이 냉수로다'라고 하면서 마을 이름을 냉수로 지으라고 말했다. 그 물은 날이 아무리 가물어도 마르지 않았다.

옛날에 참, 어느 임금이 길 건너가다가, 지, 이 동네를 지나가다가 물이 먹고 싶었답니다. 그래서 어느 농부가 물을, 시원한 물을 그냥 쭐쭐 내려가, 물이 지금도 내려오거든요. 내려오는 데 가 물을 한 뚝바리(사발) 떠다가 디리니까,

"아ー 참. 과연 이게 냉수로다ー."

(청중 1 : 그래가 인자 냉수라 캤다(했다).)

그래가지고 냉수라꼬 이름을 지었답니다.

[청중이 올라오는 곳에 물이 좋다며 한 마디씩 하였다.]

(청중 2 : 그, 그 올라오는 데.)

(청중 1 : 고 물이 참 좋거든. 고래 올라오는 데.)

물이 지금도 좋아예.

(조사자 : 지금도 나와요?)

예.

(조사자 : 어디, 어디에요?)

(청중 1 : 묵지는(먹지는) 모하지(못하지).)

요, 용천리.

(조사자 : 용천리요?)

용천리. 요기서 쪼끔 올라가면 용천리라고 있어. 근데 옛날에,

(청중 1 : 그래 물 좋다꼬.)

인자 임금님이 지나가시다가 목이 매려바니까(마르니까) 그래,

"물을 좀 떠오너라." 이러니까,

옛날에는 물을 안 지고 다녔잖아요. 그지요? 그냥 길 가다 묵고.

(청중 1 : 이 밑에 응구물이다. 응구물, 저 아래.)

그래 인자 물을 떠다 드리니까 잡숫고, 이 마을 냉수 이름을 그 임금님께서,

"과, 과연 이게 냉수로다."

그래가주고 여기를 냉수라고 이름을 지었대요. 그 전에는 이름을 뭐라고 불렀는지 모르지만 그래 그런 역사가 있다 그러더라고요.

(청중 2 : 옛날에 응구물이 그래 말헐 수 없이 좋았다.)

예, 지금도,

(청중 1 : 철 없이(계절 구분없이) 가물아도 그 물은 에, 안 마르제.)

지금도 아무리 가물어도 그 물은 안 말라요.

(청중 1 : 그 물은 안 말랐대요.)

[두 사람이 말을 꺼내 소리가 겹침.]

우리 두 동네 먹기가 물이 많지가 않아가지고 우리는 여기 상수도를 놨지만 그 물은 그렇게 물이 좋아요.

(청중 1 : 그, 그, 저 말 그짝은(그쪽은) 묵지 여그는 못 묵어. 저 모, 몬

해가지고(못해서) 상수를 여.)

물이 나오기는 나오는데 두 동네 먹기가 부족하다고.

그래가 인자 그 용천리, 여기하고. 이 나무, 소나무 밭 이 밑에 어디서 그랬다 카대(하대), 앉아가지고.

"물을 좀 떠오너라." 그러니까,

시원한 물을 떠드리니까. 얼마나 목이 타셨으면은

"아-, 과연 이게 냉수로다-." 그라고,

(청중 : 저 응구물이야 그거 묵고.)

그 이름,

"이 동네 이름을 냉수라고 불러라."

그, 그 다음부터 냉수라고.

냉수 이 마을이 지금 엄청 넓거든요. 근데 시골 동네로는 호수가 쫌 넓, 넓거든. 그렁께(그러니까) 인자 일 동, 이 동 두 개로 노났어요(나눴어요). 냉수가 넓어요. 냉수동이.

청옥사 물로 피부병 고친 선덕여왕

자료코드 : 05_22_FOT_20100626_KYH_GYJ_0002
조사장소 : 경상북도 포항시 북구 신광면 냉수 2리 마을회관
조사일시 : 2010.6.26
조 사 자 : 김영희, 이미라, 이선호
제 보 자 : 기영자, 여, 70세
구연상황 : 냉수리 지명 유래에 이어 바로 구연하였다. 청옥사 물이 좋았는데 지금은 말 라버렸다고 하자, 청중이 수도 때문이라고 했다. 연행자가 이야기를 이어가는 도중에도 청중들은 수도 설치 이후에 청옥사 물이 말라버렸다는 내용의 대화 를 계속 이어갔다.
줄 거 리 : 선덕여왕이 피부병에 걸렸는데 아무런 약도 듣지 않았다. 선덕여왕이 청옥사 의 물을 먹고 몸에 바르면 병이 낫는다는 소문을 듣고 군사를 이끌고 청옥사

로 갔다. 청옥사에서 생활하면서 물을 마시고 몸에 바르자 병이 씻은 듯이 나
았다.

또, 그 이쪽 넘에로(너머로) 가면, 저- 청옥사로 가면, 또 그것도 아니
그 청옥사 절에 가면 선덕여왕이 거기 가서 공부하시면서 그거, 몸도 아
픈 데 치료하시고 이야깃거리 많대, 그. 청옥사 가면.

(조사자 : 그, 들으신 거 좀 해주세요.)

예, 선덕여왕이 인자 그 저기서, 그 인자 거 궁에서 아퍼가지고(아파서)
피부병에 걸렸어. 피부병에 걸렸는데,

(청중 1 : 그 물 좋다. 청, 절에.)

어디- 무슨 약을 써도 안 낳는 거라요. 그래서 이 피부병, 이 물을, 청
옥사 물을 먹고 몸에 바르면,

(청중 1 : 씨, 씻고.)

피부가 나, 낫는다는 소문이 들려가지고 그 선덕여왕이 이리로 다 군사
를 데리꼬 왔어요. 그래 여기서 인자 생활하면서 그 물로 밥도 지어 먹고
몸도 씻고, 먹고, 그래가 싹 나사가지고(나아서) 그 궁에 가가(가서) 돌아
가셨다 카대예(하대요). 선덕여왕이.

우리도, 우리 손녀딸이 아토피가 있어가지고 물 뜨러 가니까예 그 물은
말라버렸습디다. 그 물은.

(청중 2 : 말르지 마. 그거 다, 그거 해 앟드나?[48] 수도 여뿌렀대(넣어
버렸대).)

(청중 3 : 수도 여뿌렀데이.)

그 물을 어떻게

(청중 2 : 그래 수도 여뿌고 싹 발라뿌고(발라버리고) 쨈매불고(묶어버리
고) 없다.)

---

48) '모두 수도를 설치하지 않았더냐?'라는 뜻이다.

[제보자가 이야기하는 동안에 청중은 수도에 관한 대화를 이어갔다.]

어, 어디로 놓는지 그전에는 쪽백이로(쪽박으로) 떠 묵었거든요. 쪽백이로 떠 묵었는데 그게 없어져삐렀어. 그게 없어져삐렀어.

여기 오니까, 역사가 참, 역사. 난 청옥사, 청옥사 벌로(허투루) 들었거든. 청옥사가 고렇게 역사가 깊은 줄은 나도 모르고.

(청중 3 : 안즉 옛날 절 아이가?)

(청중 1 : 아주 옛날 절. 옛날 절.)

그러제.

방귀쟁이 며느리 (1)

자료코드 : 05_22_FOT_20100626_KYH_GYJ_0003
조사장소 : 경상북도 포항시 북구 신광면 냉수 2리 마을회관
조사일시 : 2010.6.26
조 사 자 : 김영희, 이미라, 이선호
제 보 자 : 기영자, 여, 70세
구연상황 : 이말용 씨가 일본말에 얽힌 우스운 이야기를 연행한 후에 좌중이 웃음바다가 되었다. 조사자가 우스갯소리 가운데 방귀쟁이에 대한 이야기가 없었냐고 묻자 제보자가 하나 하겠다며 나섰다.
줄 거 리 : 옛날 시아버지를 모시고 사는 색시가 있었다. 이 색시가 매일 밥상을 들고 올 때마다 방귀를 뀌었다. 시아버지가 방귀 냄새 때문에 밥 먹기가 괴로워, 하루는 색시에게 왜 밥상을 들고 올 때마다 방귀를 뀌냐고 물었다. 색시가 '방귀소리가 아니라 한양 가는 기차소리'라고 변명하자, 시아버지가 '기차 석탄 냄새 한번 고약하다'라고 했다.

옛날, 옛날에 시어머니는 안 계시고, 인자 새댁이 시아버지하고 같이 살았어. 시아버님 모시고 사는데, 밥상을 들고 갈 때마다 방구를 뽕-뽕 끼는(뀌는) 기라요.

(청중 : 또 나오니 끼지.)

'야가 내일은 안 끼겠지.'

또 밥상을 또 들고가 또 뽕- 끼는 기라.

'야가 또 내일은 안 끼겠지.'

또 밥상을 들 때 뽕- 끼는 거야. 할배가 밥을 먹을라 카이 마, 냄새가 나가, 냄새가 나가 참, 이래 하는 기라.

그래서 인자 한 날은 며느리한테 그랬어.

[한 분이 마을회관에 들어서자 청중들이 어서 들어오라고 부름.]

"에미야, 왜 그렇게 방구를 밥상 가져올 때마다 뽕- 끼나?" 그니까

"[얌전한 새댁 목소리를 흉내 내어] 아이고 아버님도. 한양 가는 기차 소리예요." 그래.

[청중 웃음]

시아버지 하는 말이,

"그 석탄 냄새 한번 고-약하다."

[청중 웃음]

(청중 : 마, 마, 기찻간이라 석탄 내미(냄새)라.)

응.

"석탄 냄새 한번 고-약하다."

[청중 웃음]

하도 방구를 끼가 그런 일도 있었대요.

방귀쟁이 며느리 (2)

자료코드 : 05_22_FOT_20100626_KYH_GYJ_0004
조사장소 : 경상북도 포항시 북구 신광면 냉수 2리 마을회관
조사일시 : 2010.6.26
조 사 자 : 김영희, 이미라, 이선호

제 보 자 : 기영자, 여, 70세

구연상황 : 제보자가 방귀쟁이 며느리를 연행한 후에 이야기의 뒷부분을 다시 되뇌다가 갑자기 생각난 듯 이야기를 시작하였다. 청중도 이야기를 잘 알고 있는 듯 웃으면서 중간중간 끼어들었다.

줄 거 리 : 며느리가 방귀를 너무 많이 뀌어 하루는 시부모가 실컷 뀌보라고 하였다. 그러자 며느리가 시아버지는 앞문을, 시어머니는 뒷문을 잡고 계시라고 하고 방귀를 뀌기 시작했다. 한참 뀌자 집이 무너질 지경이 되어 시부모가 집이 무너지겠다면서 그만 뀌라고 말렸다.

옛날에는 또 방구도 마이(많이) 끼가지고(뀌어서) 하도 방구를 마이 끼니까, 저 시아버지하고 시어머니하고 견디다 못해가,

"야야 니 오늘일랑 방구 좀 신컷(실컷) 끼바라." 그라이까는,

"아버님 그러면 방구 신컷 끼까요?" 그러이까네,

"그래, 신컷 끼바라." 카이까네,

(청중 : [웃으며] 지둥(기둥), 지둥 붙잡으라 카제(하제)?)

아버님은 앞문 붙잡고 어머님은 뒷문 붙잡고 계시라고 그래, 그래.

[청중 웃음]

이놈의 며느리가,

"뼁빵 뼁빵 뼁빵 뼁빵 뼁빵 뼁빵." 끼대니까네,

앞문이 덜컹, 뒷문이 덜컹, 앞문이 덜컹, 뒷문이 덜컹,

(청중 : 집이 넘어가라 카고.)

마 집이 뿌, 집이 넘어갈라 카는 기라.

"아이구 에미야 고만 끼래이, 고만 끼래이."

[청중 웃음]

(청중 : 야야 인자 다 꼈나 그제.)

"야야 안죽도(아직도) 덜 꼈나?" 하이까네, 남았다 하더랍니더.

[청중 웃음]

문이 흔들리면 집에 문짝에 있는 시렁나무라는 게 그게 흔들릴 정도면

어, 얼마나 그한지(대단한지). 시어머니 시아버지가 붙잡고 있는데 둘이 둘이, 둘이 둘이 마 내- 이리 붙잡고 마 하다가, 난중에 이라다(이러다) 집 부러지겠다 싶어가지고.

[웃음]

(청중 : 시아바이 지둥(기둥) 붙잡으라 카고, 뭐, 시어마이 문 붙잡으라 카고 그런다.)

(청중 : 그 거짓말로 우예(어떻게) 저케(저렇게) 그카고(그런지).)

그래가지고,

(청중 : 대문 붙잡았다 카고 대문이 나갔다가 들어갔다가 나갔다가 들어 갔다가 그카더라.)

(청중 : 나는 지동 카더라.)

대문은 없어도 되지만, 앞방하고 뒷방 방 정지문하고 부엌 방이 최고거든, 근디 이놈이 뀌니까,

"떵땅 떵땅 떵땅 떵땅." 하이까네,

이게 마 이게 그 고만 끼라 카드라, 난중에는.

"야야 집 뿌아질때(부러질라) 고만 뀌어라."

그런 우스운 이야기도 있더랍니다, 우스운.

근데 요새는 현대식이라서 '어머님 방구 뀝니다.' 하고 끼잖아. 요즘은 현대식이라서 '어머님 방구 뀝니다.' 카고. 나 여 어른들 계시지만 내가 방구 끼면요 '저 방구 뀝니데이.' 하고 뀝니다.

[청중 웃음]

냉수리 지명 유래 (1)

자료코드 : 05_22_FOT_20100626_KYH_KDG_0001

조사장소 : 경상북도 포항시 북구 신광면 냉수리 마을길

조사일시 : 2010.6.26

조 사 자 : 김영희, 이미라, 이선호

제 보 자 : 김대근, 남, 71세

구연상황 : 냉수리 마을회관을 찾아 가던 길에 김대근 씨를 만나 이야기를 들었다. 공교
　　　　　롭게도 김대근 씨와 조사자가 만난 곳 바로 옆이 마을 이름 유래의 근거지에
　　　　　해당하는, 냉수가 흘렀던 자리였다. 김대근 씨는 냉수리 지명 유래를 이야기
　　　　　한 후 직접 그 장소를 확인해 주기도 하였다. 연행이 마무리될 즈음 마을 주
　　　　　민이 지나가면서 말을 걸어 대화가 끊겼다.

줄 거 리 : 냉수리의 물이 워낙 차갑고 물이 좋아서 냉수리라고 불렸다.

　물이 하도 참고(차고) 해서 그래서 인자 그 이곳을 인자 냉수리라고 이
렇게 지었다고 유래가 그렇게 돼 있어요. 어디 가도 이 냉수, 냉수 카믄
물 먹는 냉수 이것만 생각하지, 곳 이름을 냉수라 카는 것은 조금도 없거
든? 그때 유래가 그렇게 됐다고 우리는 알고 있어요.

　여 여 바로 여기가 조 전봇대 있는 데, 저기.

　우리 아는 것도 저기 포강이 있었고, 포강이 여기 있었고, 세월이 흘러
서 이렇게 되었지만, 물이 참 좋았거든. 아주 좋았어요.

　(조사자 : 저기 지붕 있는 데 거기 말하는 거죠?)

　저, 저, 여기 전봇대 말고, 다음 전봇대 있는 데 고 감나무 밑에, 거기
에 옛날에 물이 그렇게 좋았답니다.

　(조사자 : 샘이 있었던 거예요? 우물처럼?)

　응. 샘이, 물이.

냉수리 지명 유래 (2)

자료코드 : 05_22_FOT_20100626_KYH_KDG_0002

조사장소 : 경상북도 포항시 북구 신광면 냉수리 식당

조사일시 : 2010.6.26

조 사 자 : 김영희, 이미라, 이선호
제 보 자 : 김대근, 남, 71세
구연상황 : 마을길에서 만나 이야기를 나누다가 제보자가 즐겨 가는 근처 식당으로 장소를 옮겼다. 조사자가 장소를 옮기기 전에 마을길에서 구연했던 지명유래담을 재차 요청하자 흔쾌히 이야기를 시작했다.
줄 거 리 : 냉수리라는 지명은 옛날에 고을원이 지나가다가 갈증이 났을 때, 냉수리의 물을 먹고 "이 물이 진짜 냉수다."라고 해서 붙여진 이름이다.

(조사자 : 아까 그, 냉수, 냉수리 그거 다시 한 번만 얘기해 주세요. 혹시 녹음이 안 됐을지도 모르니까.)

냉수리 카는 거는 그 우리가 그 어릴 때부터 들어온 소린데, 그 옛날 그, 마 고을원이라 칼까(할까)? 높은 사람이 지내가다가 갈증이 나가지고, 목이 말라가지고, 인자 신하들인데 물로 좀 떠오라고, 떠왔는 것이 아까 얘기하던 거게 물을 떠다가 인자 거 높은 양반한테 바치이까(바치니까),

"하─ 참 물이 좋다. 하─ 여기 참 이게 진짜 참 냉수다."

이래가지고, 유래가 냉수가 되었다는, 그 그 정도는 알고 있지요.

그라고 또 그 자체가 뭐냐, 우리가 우리, 우리 쪼꼼할(어릴) 때부터 물이 좋았고, 요새는 인자 폐허가 됐지만은.

(조사자 : 아, 지금은 물이 거기 안 나와요?)

지금은 물이 안 나오고 메아져(메워져) 버렸어요. 그래서 전번에, 뭐 [3초가량 이야기를 멈추고 생각함.] 거게 물로 개발할라꼬 누가 한 분(한번) 서울에서 한 분 왔더라꼬요. 서울에서 와가지고, 그래 조사를 '여기다.' 카고 갔는데 그 후로는 소식이 없네. 한 번 왔다갔어요. 그때도 내가 델따(데려다) 줬는데. 한 번 왔다갔어요.

(조사자 : 그럼 거기 또 다른, 그 샘 이름이 따로 있어요?)

샘?

(조사자 : 예, 이름이 따로……?)

그 그 샘이 좋기 때문에 냉수라는 얘기가 생겼다꼬, 이래 알고 있어요.

(조사자 : 그 샘에는 이름을 붙이지는 않고요?)

어, 안 하고, 안 하고. 그 샘물을 묵고, 인자 여가 냉수다. 유래가 그렇게 나오더라꼬요.

사람 목을 베어다가 매달아 놓았던 솔미기 버드나무

자료코드 : 05_22_FOT_20100626_KYH_KDG_0003
조사장소 : 경상북도 포항시 북구 신광면 냉수리 식당
조사일시 : 2010.6.26
조 사 자 : 김영희, 이미라, 이선호
제 보 자 : 김대근, 남, 71세
구연상황 : 신라시대 것으로 추정되는 냉수리 고분이 발견되었을 때의 이야기를 한동안 이어갔다. 고분이 도로변에 있다는 말을 하다가 갑자기 생각난 듯 솔미기 버드나무에 얽힌 이야기를 연행하였다.
줄 거 리 : 냉수리에 솔미기 버드나무가 있었는데 그 나무에 참수한 죄수 목을 달아두었다고 한다. 현재는 용천지에 수몰되었다.

그러이까 여게가, 옛날에 참 아까도 얘기했지만 아~주 번거로운 곳이라. 이 못 막기 전에, 이거 못 막은 지가 오십 멫(몇) 년 됐는데, 못 막기 전에 거기에 도로가에 이런 버드나무가 이렇게 돼 있었거든. 거기에 사람의 목을 베 가지고, 달아났는 기라. 그런 곳이라.

(조사자 : 그건 뭐, 죄인 목을 달아 놓은?)

글쎄. 그거 머, 죄인 목을 그랬는지, 그래서 우리가 그 밑을 겁을 나가 못 댕겼다꼬. 그거 무서바가지고(무서워서). 어릴 때. 목을 베가지고 달아 놓았다는 그, 그 전설도 있어요.

(조사자 : 그면 그 나무에 달아났잖아요? 그면 그 나무 뭐라고 부르셨어요? 옛날에 그냥 뭐.)

버드, 그저 솔미기 버드나무 캤지.

(조사자 : 솔미 버드나무?)

솔미기 버드나무에 목 매달아, 목을, 목 매 걸었다.

(조사자 : 솔미기?)

그 그 골, 곳 명칭이 솔미기라.

(조사자 : 거기 지역 이름이?)

지역 이름이 솔미기라.

(조사자 : 거기 지금은 그 연못 없구요?)

아이, 못 속에 드가뻐렸어요(들어가버렸어요). 이 못 막기 전에.

(조사자 : 못은 있고요?)

못은 있고, 이 못 막은 제가 한 오십 년 이래밖에 안됐거든. 그전에.

(조사자 : 그 못 이름이 뭐예요?)

용천지.

(조사자 : 용천지?)

응.

(조사자 : 용이 나왔대요? 용천이면 용 용자(龍) 쓰는?)

용 용자 쓰지. 용 용자, 샘 천자를 쓰는데, 용천지라고 나온다꼬, 이, 못 이름이.

(조사자 : 거기도 또 무슨 유래가 있어요?)

뭐, 뭐, 딴 유래는 없지요. 인자 고 안에 버드나무에 사람 목, 목 베-다가 매달아놨다는, 고, 고거만이 있어.

그거 좋은 거는 아니고, 내가 어릴 적에 들은 소리지.

고려장터 마조의 지명 유래

자료코드 : 05_22_FOT_20100626_KYH_KDG_0004

조사장소 : 경상북도 포항시 북구 신광면 냉수리 식당
조사일시 : 2010.6.26
조 사 자 : 김영희, 이미라, 이선호
제 보 자 : 김대근, 남, 71세
구연상황 : 사람 목을 베어다가 매달아 놓던 솔미기 버드나무에 대한 이야기를 연행한
후 곧바로 이어서 들려준 이야기다. 이런 이야기는 좋은 것이 아니라 어른들
한테 들은 것일 뿐이라고 하면서 이야기를 중단하려 했는데, 조사자가 질문으
로 연행을 유도하자 이야기를 이어나갔다.
줄 거 리 : 냉수리에는 옛날에 고려장을 많이 했다는 마조라는 곳이 있다. 냉수리에서 기
계면으로 넘어가는 지역인데 말이 쉬어가는 곳이라 하여 마조라는 이름이 붙
여졌다는 말도 있다.

(조사자 : 아까 그 마조에 고려장을 많이 했다고요?)

응. 고려장이 마조에 많아.

(조사자 : 그 말 마(馬)자를 쓴다는 그 마조요?)

응. 응. 응. 여 윗대가 곳곳이 고려장이야.

(조사자 : 그 마조는 왜 이름이 그렇게 붙여졌는지?)

옛날에 그 그 저기 여기서 기계를 넘어가면, 여기 인자 말이 쉬어가는
곳이었단다. 말이.

(조사자 : 아―.)

그래서 그 마조라고 붙여졌대.

(조사자 : 말을 쉬게 해서 도와준다, 그런?)

응.

(조사자 : 아―. 그럼 거기에 역참이나 뭐 이런 것도 있었어요?)

몰라, 그런 거는 몰라.

중살미기의 지명 유래

자료코드 : 05_22_FOT_20100626_KYH_KDG_0005
조사장소 : 경상북도 포항시 북구 신광면 냉수리 식당
조사일시 : 2010.6.26
조 사 자 : 김영희, 이미라, 이선호
제 보 자 : 김대근, 남, 71세
구연상황 : 마조의 지명 유래에 관한 이야기가 끝나고, 행정구분상 냉수리의 고유 지명에
　　　　　대한 이야기가 1분가량 이어졌다. 냉수 1리가 오래된 마을이고, 냉수 2리는
　　　　　그보다 뒤에 생긴 마을이라 '신리(新里)'라 불렸다고 했다. 제보자가 지명 유
　　　　　래 같은 것은 어디나 많이 있고 사소한 것이라 말하며 연행하지 않으려 했는
　　　　　데, 조사자가 연행을 거듭 요청하자 이야기를 시작했다.
줄 거 리 : '중살미기'라는 곳은 옛날에 중을 화장하던 곳이다. '중을 사른다.'는 말을 줄
　　　　　여서 붙인 이름이라고 한다.

　여그 인자 옛날에 그, 뭐, 저기 이, 와(왜) 요새도 마, 중을 화장(火葬)하
잖아?

　(조사자 : 예, 그렇죠.)

　화장하는데, 그때는 중을 화장하는 거를 사렸다(살랐다) 카거든.

　(조사자 : 사랐다?)

　불태우는 거를 사렸다고 그러거든. 그래서 한 골 이름을 중살, 중살미기,

　(조사자 : 중살미기.)

　중살미기, 중을 사렸다, 불태우는 것을 사린다(사른다) 카거든(하거든).
사렸다.

　(조사자 : 아.)

　요새는 뭐, 보통 화장, 화장 카는(하는) 게 이 저, 저, 표준어지만은 그
때는,

　(조사자 : 살랐다.)

　어 태우는 거를 사렸다. 쓰레기를 태윘다. 쓰레기를 사렸다. 옛날에는
그캤다고(그랬다고). 태윘다는 말은 표준말이지. 옛날에는 사렸다 캤다고.

(조사자 : 그러면은 그곳에서 중을 인제 화장시키던 그런 곳이다?)

응.

(조사자 : 중살리미요? 산리미?)

중, 중, 중살미기 카는(하는) 데.

(조사자 : 중살미기?)

중 사리는 곳이지, 마, 마.

용띠안 지명 유래

자료코드 : 05_22_FOT_20100626_KYH_KDG_0006
조사장소 : 경상북도 포항시 북구 신광면 냉수리 식당
조사일시 : 2010.6.26
조 사 자 : 김영희, 이미라, 이선호
제 보 자 : 김대근, 남, 71세
구연상황 : 중살미기 지명 유래를 연행한 후 조사자가 또 다른 이야기가 없냐고 묻자 곧
　　　　　바로 연행을 시작했다. 연행 도중 제보자도 믿기 어려운 이야기라는 듯 어색
　　　　　하게 웃음을 지어 보였다.
줄 거 리 : 용띠안이라는 지명은 옛날에 용이 그곳에서 날아갔다고 해서 붙여진 이름이다.

(조사자 : 또 다른 것도 있어요?)

그라고 그 중살미기 카는(하는) 그 옆에, 에- 그 용띠안 카는 게 있는데,

(조사자 : 용띠……?)

옛날 용, 용띠안 카는 게.

(조사자 : 용띠알?)

응. 거게 인자 옛날에 그 저기 용이 용띠안에 거그서 용이 날아갔다.
이래가지고 그 이름이 붙여진 게 용띠안. 바로 중살미기 옆에. 용띠안 카
는 게, 그 용이 날아가는 것을 봤단다.

[웃음]

그런 유래가 있어요.

(조사자 : 누가 봤을까요? [웃음] 흔적이나, 흔적 같은 거는 안 남아 있고?)

흔적은 없어, 흔적은 없는데, 바위 볼 것 같으면, 보면 마 이래- 어에 (어떻게) 보면 마 멍석 이래 생겼지. 큰 곳인데, 여기서 골, 길이는 여기서 한 이, 이쯤밖에 안 되지. 물 나가는 고거는 요렇게 좁다고. 좁은데 거기에서 양쪽에 바위가 이래 돼 있고, 거기서 용이 날아갔다.

그래서 용띠안, 용띠안 그러지.

부자 되려고 비학산 정상에 묘를 쓰면 비가 온다

자료코드 : 05_22_FOT_20100626_KYH_KDG_0007
조사장소 : 경상북도 포항시 북구 신광면 냉수리 식당
조사일시 : 2010.6.26
조 사 자 : 김영희, 이미라, 이선호
제 보 자 : 김대근, 남, 71세
구연상황 : 한국전쟁을 겪었던 이야기에 이어, 흉년에 보릿고개 겪었던 일을 이야기하다가 조사자가 기우제에 대한 질문을 던지자 답변을 하며 이야기를 이어나갔다. 기우제를 지내는 방법에 대해 물었는데, 제보자는 비학산 정상에 묘를 쓰면 비가 온다는 말로 이야기를 이어갔다.
줄 거 리 : 마을마다 기우제를 지내도록 되어 있는데, 신광에서는 비학산에서 기우제를 지낸다. 비학산 정상에 묘를 쓰면 반드시 비가 오는데, 그 묘자리는 부자가 되게 만들어주는 자리로 알려져 있다. 그래서 사람들 사이에 그곳을 둘러싸고 묘 자리 다툼이 많았다. 묘를 쓰기 위해 산을 올라가다가 중도에 있는 남의 묘를 파헤치기도 했는데, 심지어 엊그제 쓴 묘를 파버리기도 하였다.

(조사자 : 가물 때 기우제 같은 건, 여기는……?)

아이고, 많이 지내지. 저, 요새는 미신이라꼬 안 지낸다.

(조사자 : 어떻게 지내요, 기우제는?)

기우제는 인자 대표적으로 인자 우린 그 저 저 저 저 이 신광에는, 동네마다 인자 기우제를 지내도록 그래 돼 있는데, 신광은 저 비학산 카는 (비학산이라고 하는) 저기 높은 산이 있거든. 저 비학산 카는.

(조사자 : 피학산?)

어. 그 저 저 저 저 포항 관내에는 제일 높으다고 보믄 된다. 해발 팔백 미, 팔백인동(팔백인지) 칠백인동 모르겠다.

그런데 거기에 묘를 씨믄(쓰면) 부자 된다. 그래 그 묘만 씨믄 비가 오는 기라.

(조사자 : 묘를 쓰면?)

그 그 정상에다 묘를 씨믄 비가 오는 기라.

그러믄 묘 파러 누가 가느냐? 일 개인은 못 가그든. 신광, 홍해, 청하, 송라 네 개 면 사람이 마 총동원하는 기라. 거 가가지고. 그래 마 마 올라 가다가 마 새 미(묘) 있으믄 마 무조건 파제끼뿌는(파버리는) 기라.

(조사자 : 예? 뭘 했다구요?)

묘, 묘를 파제끼(파버려).

(조사자 : 새 묘가 있으면.)

(조사자 2 : 아, 새 묘 있으면.)

중간에 가다가도 마 파제끼뿌는 기라. 그래가 마 그 자손들이 말이지 마 마 팔까지 마 묘를 올라 써가지고 죽인다꼬 마 마. 그거 엊그제 쓴 묘 도 마 파헤쳐뿐다고.

그래서 나중에 정상에 올라가가지고 땅 판 흔적이 있어. 가이까네 묘는 없다 싶은데, 파도 없어. 그러이 나중에 헐까비(할까봐) 이메다(2미터) 오 십 짚이(깊이)에 파고 묻어 놨으니, 묘를.

(조사자 : 누가 파낼까봐. 그랬는데도…….)

그래가지고 판 적도 있고. 그래서 몇 분(몇 번), 여러 번 그랬는데, 그래 가 마 묘 파고 그래 마 마 마 자손들이 마 이래저래 요리할 거 아이가?

우스갯소리

자료코드 : 05_22_FOT_20100626_KYH_BBD_0001
조사장소 : 경상북도 포항시 북구 신광면 냉수 2리 마을회관
조사일시 : 2010.6.26
조 사 자 : 김영희, 이미라, 이선호
제 보 자 : 박부덕, 여, 90세
구연상황 : 용바윗골 지명 유래담 연행이 끝난 후 꽝철이(이무기)와 관련된 이야기가 이어졌다. 1분가량 이야기가 이어지던 도중에 제보자가 우스운 이야기 한번 하겠다면서 연행을 시작하였다.
줄 거 리 : 옛날에 글을 배우지 못한 것이 아쉬워 아들에게 글을 가르친 아버지가 있었다. 하루는 아들과 나무를 베고 있었는데, 일본인이 그것을 보고 기다리라고 '좃또맛떼'라고 했다. 아들이 일본 글을 조금 배웠다고 아버지에게 일본 사람의 말을 전하기를, 아버지의 성기와 자신의 성기를 맞대라고 한다고 해석해 주었다. 아들과 아버지가 각자의 성기를 맞댄 것을 본 일본 사람이 '빠가'라고 하자 아들이 '어디에 박을까요?'라고 물었다. 다시 일본인이 '칙쇼'라고 하자 아들이 '어디다 칠까요?'라고 되물었다. 내막을 모른 채 아들을 기특하게 여긴 아버지가 친구에게 그 일을 자랑하였다.

우, 우스븐 소리 한분(한번) 하까?

(조사자 : 네, 한번 해 주세요.)

머시 저, 저, 옛날에 글이 기리바가지고(그리워가지고) 아들을 글로 인자 쪼매- 갈쳐(가르쳐) 놨거든.

"니 일본말 하라." 카이까는,

"고고고 신밋나리 제가다리 십칠문."

(조사자 : [웃으며] 그게 일본말이에요?)

큰 큰 인자 돈, 돈 많이 주고는 큰 거 사는 게 낫다꼬. 큰 글자 사가주고 껄떡껄떡 댕기이(다니니).

"와(왜) 큰 거 사노?" 케이까네(라고 하니).

큰 거 우리 아바이 주지.

아즉에는(아침에는) 맞더니 인자 마, 인자 크네. 아즉에는 쥐방울만하디

(쥐방울만하다가) 저녁에는 크다 이기라.

그래가 인자 떡 일본 사람이 낭그를(나무를) 인자, 부자간에 낭그를 이래 비있거든(벴거든). 비이까네, 조선 사람, 일본 사람 저 건너서,

"좃또맛떼(ちょっと待って)" 이캤거든(이렇게 했거든),

'조금 있거라.' 이거, 욕이 아이고.

(청중 : 그래.)

일본 말로가 '좃또맛떼' 이러거든. 조금 기다려라, 비지 말고 조금 기다려라 이카거든.

(청중 : 나무 못 비게(베게).)

'좃또맛떼' 이카거든.

"아버지요."

그 그거 인제 아들이 글 쪼매 배았다꼬(배웠다고).

"아버지요."

"와?" 이카이,

"아버지 불알카 내 불알카 한테(한데) 맞추소."

[청중 웃음]

맞추고 있으라 그거지. '좃또맛떼' 카니까네, '좃또맛떼' 카니까네 인자 그거 이래 맞추고.

[청중들이 크게 웃음.]

저거 아버지캉 떡 떡 맞차가 있으이, 서가 있거든. 서가 있으이까네.

"빠가(ばか)." 이카이까,

"어디메 박으꼬?" 쿠(하고),

"칙쇼(ちくしょう)." 쿠니까,

"어디 치꼬?"

그래가 그래가 너무 몰래가(몰라서), 너무 몰래가. 그래 인자 머시 '좃또맛떼' 칸다꼬 조금 있으라 카이까.

머시 아들이 조금 배아 노니까(배워 놓으니) 친구들한테 젵에(곁에) 가 그거 자랑이라꼬 또,

"친구야."

"와?" 그래

"오늘로 참 희안한 소리 들었다."

"와?"

그래 우리 아들이 쪼매 배아 노이까네 다 안다꼬. '좃또맛떼' 카이까네 알아듣골랑은 한테 맞추자꼬, 아부지캉 내캉 맞추자꼬. 그래 맞차가 맞차가 있으니까네. 그, 그, 되았다고, 그래, 그래.

[제보자, 청중 웃음]

상객으로 가서 실수한 이야기

자료코드 : 05_22_FOT_20100626_KYH_BBD_0002
조사장소 : 경상북도 포항시 북구 신광면 냉수 2리 마을회관
조사일시 : 2010.6.26
조 사 자 : 김영희, 이미라, 이선호
제 보 자 : 박부덕, 여, 90세
구연상황 : 방귀쟁이 며느리 이야기 두 편을 연행한 후 두 이야기를 다시 이야기하면서 한동안 웃었다. 기영자 씨가 지독하게 시집살이를 겪은 것도 이야기가 된다면서 나이 많은 어른들을 찾아가 보라 하였다. 청중이 마을의 경로당을 일러주면서 여기보다 이야기나 노래가 많을 것이라 했다. 이만하면 많이 한 것이라는 말도 덧붙였다. 조사자가 또 다른 노래 생각나는 것이 있냐고 묻자, 제보자가 우스운 소리 한번 하겠다고 나서면서 이야기를 시작했다.
줄 거 리 : 딸을 시집보내는 아버지가 날을 받아 사돈집으로 가게 되었다. 술에 취해 실수할 것을 두려워해서 술을 먹지 않고 있었으나, 곁사돈이 주는 술을 먹고 취하게 되었다. 술에 취해 자다가 대변이 보고 싶었는데 화장실을 찾지 못해 거름바닥에 볼일을 보다가 옷에 똥이 묻었다. 바지를 갈아입기 위해 아이들이 자고 있는 방에서 가장 큰 옷을 골라 입었다. 아침이 되어 밥상이 들어오는데

두루마기로 짧은 바지를 감추고 있다가 밥상을 받으려고 일어나면서 들켜버렸다. 아들이 자기 바지라며 옷을 찢었다. 이에 딸이 재치 있게 자신의 명이 짧아 아버지가 자신의 명을 늘이기 위해 일부러 그런 것이라고 말했다. 덕분에 아버지는 그 집에서 옷과 융숭한 대접을 받고 돌아왔다. 석 달 뒤 딸이 친정으로 와서 아버지에게 다시는 시댁에 오지 말라고 했다.

옛날에 영감이 하두 술로 술로 많이 묵어가, 그래가 딸로 치울라고 날로 받아가니, 삼촌으로 윗손(상객)으로 보낼라(보내려고) 커니(하니),

"내 딸인데 내가 와 가야지. 내가 가야지."

삼촌 못 보낸다꼬.

"내가 간다." 이라거든.

그래가지고,

(청중 : 술 취해까봐(취할까봐) 글타(그렇다). 술 취해까봐.)

응.

"또 술 취해가지고 사돈네 집에 가가지고 위세(우세)하면 우야노? 가지 말고 삼촌 보내자." 커이까네,

기어이 자기가 간다 이러거든. 가가주골랑아(가서는) 그래, 참 갔다.

가가, 하 어디 참, 마, 마, 얼매나 술 묵지 마라꼬 얼매나 당부를 해놨드만, 처음엔 들와가 이놈, 마 마, 형제는 또 많던 모양이라, 4형제가 되노이. 이놈으 사돈이 와가 술을 권해도 안 묵는다 그러고, 술은 진빼도(진빠지게 권해도) 못한다 카고. 또 둘째 저, 사, 저거 삼촌이 들와가(들어와서) 술로 권해도 진빼도 못한다 카거든.

그래 다 권해도 안 묵는데 곁사돈이 들어와가지고

"한 잔 하시더." 카이꺼네,

마 한 잔 들어 마시거든. 그래마 한 잔 먹고 두 잔 먹고 마 취했데이.

취해가주고 인자, 인자 마, 잔다. 자는데. 이놈 마 마, 똥이 누루바가지고(마려워서)

[청중 웃음]

마 나와가지고 마 화장실도 몬(못) 찾고 마 베개테(바깥에) 마, 거름바닥에 가가 마 퍼덕덕 싸재끼네(싸대네). 옷에 마 똥이 묻어 어야노(어떻게 하겠노)?

방에 들어가가(들어가서) 이 한 방은 인자 아―들 엄부래이 자는 데 가가(가서) 가마(가만히) 해○줄에 걸랬는 거.

(청중 : 사돈 꼬장 부린다. [웃음])

바지로 인자 제일로 큰 거로 배껴가(벗겨서) 입아, 입으이 암만 그라이 탱기가(당겨서), 요놈이 탱기가 다북때기로(수북하게, 겹겹이 접어서) 매놔(매어놔).

머시, 이래가지고 인자 머시, 그라고 인자 고 짝에 보니까네 목이 컬컬해가 물 떠먹는다꼬 요래 단지를 요래 요만한 거 있는데 들쑤니까네 쫑그래이(종지)가 요만한 게 하나 있거든. 그걸 퍼묵으이 꿀맛이라. 청주라. 자꾸 퍼 묵았다. 자꾸 퍼묵고.

(청중 : 인자 더 취한다.)

[청중 웃음]

취했다.

[웃음]

취해가지고 남의 바지 빼껴가(벗겨서) 입고 잔데이.

그래, 그래 이놈의 바지 홀, 인제 땡기가 홀채가(훌쳐서) 자꾸 댕겨가(당겨서) 둘맥이(두루마기) 입고 둘맥이로 옇고(넣고) 감춘다. 마 가마― 앉았시믄(앉아 있었으면) 상을 여그다 갖다 지대로 딱 갖다 놀 꺼(놓을 것) 아이가. 아즉상(아침상)이 들오이까 아즉상 받으러 나가, 나간다꼬 나가다가 이놈 마 둘막(두루마기) 자리가(자락이) 홀떡 널쩌저가(떨어져서) 여그 후떡 내려갔다.

(청중 : [웃으며] 빈다(보인다).)

(청중 : 고랑내[49] 빈다.)

그래가지고 이놈의 위세가, 그런 위세가 어딨노? 가마 앉았이면 지 자리 갖다 안 대모(대면)[50] 마, 지 자리 앉아서 묵제(먹지).

(청중 : 그캐 말이다, 그래.)

그 머할로(뭐하러) 밭으로 나가노?

그래가 마 받으러 나가 마 있이이, 했다. 그래 인자 머시가, 마 여가 인자 마 소문이 나가지고 바지가 뭐, 아 이놈의 날이 새가 이놈의 아-들이 내 바지라고.

"내 바지 없노? 내 바지 없노?" 쿠거든(하거든).

(청중 : 안사돈 꼬장질.)

(청중 : 안사돈 꼬장질 봤다 커드만 뭐.)

으응(그게 아니라는 뜻의 답.). 바지, 바지. 그건 또 딴 너불래고.

바지를 입고 그래가 인자, 하, 그럼 인자 딸로 만내아(만나러) 가는데.

그래가 인자 머시 하즉(하직) 술이 들어왔는데. 하즉상에 술이 들온데 술로 그거 또 마시고. 꼬푸(컵)가 요만한 게 얼마나 참한동, 술잔이. 요놈을 도둑해가 손자 인자 밥그릇 한다고 도둑해 갓꼭대기 속, 갓꼭대기 속에 옇어(넣어) 놨거든. 옇어 놓고 인자, 저녁에, 아직에 인자 딸로 인자 보고 가야 되는데, 그래 보러 인자 들어간다고 들어가니까네 이놈의 아-들이 인자 마 마, 머시 인자 마, 내 바지라고 까찌(갈갈이, 잡아 뜯어) 찢거든.

"야 이놈아 놔라. 이게 왜 니 바지고 내 바진데." 이카미(이러면서),

마카 내 바지라꼬 끌고 마 지뜯고(쥐어뜯고) 댕기는데(다니는데) 이래.

[발음 불분명]

(청중 : 인제 말 났다.)

---

49) 이야기 문맥상 남자 성기를 뜻하는 듯하다.
50) '상을 자기 자리 앞에 가져다 주지 않으면'이라는 뜻이다.

머시 딸이 아주 큰 사람이라. 머라 카는 게 아이라. 시어마씨 듣는데,

"날 명이 짤라가(내 명이 짧아서) 시집가면 죽는다꼬, 큰 위세로, 위세를 해도 아주 큰- 위세를 해야 된다꼬. 그래가 아버지가 일부러 똥을 싸고 위세 할라꼬 그랜다." 캤다.

하마 끔쩍하면 마 동서가 너는 해가지고 시장 가가지고 마, 마, 베를 떠가지고 옷을 한 벌 잘 해가 입해가지고 이래가, 참 이래 보내고 뭣을 해가 인자 딸로 보고 인자 이래 오거든.

오이(오니), 말로 태아가지고(태워서) 차롱차롱거리고 오거든. 말로 채아가지고(말을 태워서) 인자, 인자 상각들(상객들) 있잖아, 머시가 태워가 온다 오니까네, 위세는 얼마나 했는고 싶어 옷은 마 새옷을 싹 갈아 입혔제. 아이 어예(어찌) 된 텍인동(일인지) 싶으데이. 기가 찬다. 뭘 어예가(어째서) 저재 저래가 옷을 해 입혔노(입혔는지) 싶아가(싶어서).

그래가 마 인자 저 머시 먼저 보내 놓고.

[목소리를 작게 하여]

"위세는 안 했는교?" 그러니까는

[다부진 목소리로]

"위세는 무슨 위세?"

[청중 웃음]

"위세 했지요?" 커이,

[성난 것을 묘사하듯 발음을 강하게 하며]

"어디 상 차려주는데 어느 애묵을 놈이 어디메 있노? [청중 웃음] 오질 없는 놈이나 몬 묵지 오질 있는 놈은 그거 묵, 우예 준데 상도 ○○ 상처럼 차려오는데. 그래 무슨 장사로 개 일곱 바리(마리) 대드는데 죄 뜯기는 놈이 어디메 있노? 주 똥 싸가주고 마카 쥐뜯어 돼지○○○ 대들아가 마. [청중 웃음] 똥을 싸이 똥 무글라고(먹으려고) 했는 놈 똥 묵고 컸잖아. 이 놈도 같이 뜯고 이 놈도 같이 뜯고 ○○○ 엉가이(엄청) 대들아가, 마

바지 다같이 내뿌러 ○○○ 그래 남으 주디(남의 입) 이바구거든. 그래 뭐 묵고 그놈 뭐, 뭐 지가 똥 우예 싸노, 똥구녕 막아났나 거름에 똥 싸 났지. 뭐."

[청중 웃음]

그래 자꾸 그런다. 그래가,

"아이고 답다버라(답답해라). 위세를 얼매나 해가 저래노?"

그래가,

"아이고, 니가 잘못했데이, 니가 잘못했다."

며느리 죽으믄 우야노? 그래 시집오이 죽으믄 우야노? 그래 아주 거 시집간, 참 각시가 아주 큰사람이라, 아주. 대인이라, 아주. 그래 거짓말 해 가지고, 참 그래 머시가 그래,

"가가 또 위세 아 했다(안 했다). 개 일곱 바리 어느 놈한테 위세해가 주인 삐낀 놈이 어디메 있노? 어느 상을 잔뜩 한 상 주리 채려주는데 못 묵을 놈이 어디메 있노?"

그래 딸이 참 옛날에 전화가 있나 머 그하나. 그래가 소식도 없고 이래가. 그래가 잘 머시 해가주고 석 달 만에 친정을 떡 오는데 참 얼마나 잘 해가 오는동(오는지). 아부지로 웃방에 들고,

"아부지 그럴 수가 어데 있는교? 내가 안 그랬시믄(그랬으면) 나 시집도 몬 살고 쫓겨 올 머신데(판인데) 내가 둘러대가지고 되기는 잘 됐니더(됐습니다). 저 시집에서도 날 엄청 들고 하니더. 괜찮니더. 걱정일랑 하지 마소. 내 인자 아버질랑 오지 마세(마세요). 우리 집에 오지 마세."

이랜다.

[청중 웃음]

또 똥 싸 묻힐까봐. 오지 마라 이래거든.

[청중 웃음]

(청중 : 뭐로 오라 캐도 오라 갈노.)

그래가 머시,

"너거 집은 내 한 번 놀러가가, 내 놀라갈꾸마(놀러갈게)."

"은제요(언제요)? 아버지는 오지 마세. 아버지는 절대로 놀러 오지 마소. 그래 뭐 보내 드릴게요."

근데 지 잘했다고 큰 소리로 탕탕 하고. 머세고(뭣이고). 그 할머니한테 큰소리 하고.

뭐, 그, 그런 놈도 그런 놈도 있더란다.

[청중들이 웃음.]

용바윗골 지명 유래

자료코드 : 05_22_FOT_20100626_KYH_LMY_0001
조사장소 : 경상북도 포항시 북구 신광면 냉수 2리 마을회관
조사일시 : 2010.6.26
조 사 자 : 김영희, 이미라, 이선호
제 보 자 : 이말용, 여, 84세
구연상황 : 이야기판에 참석한 사람들의 인적사항을 조사하고 난 후 다시 마을에 전해지는 이야기에 대해 질문하였다. 조사 초반에 용마가 났다는 말이 나와, 장수가 났다는 이야기는 없었는지 물었다. 기영자 씨가 용바윗골이라는 곳이 있는데 왜 그렇게 불리는지는 모르겠다고 하자 제보자가 갑자기 이야기를 시작하였다.
줄 거 리 : 용바윗골에는 예전에 용마가 났다는 큰 바위가 있다. 지금은 가운데가 갈라져 있고 거기에서 물이 흘러내린다.

(청중 : 용바웃골이라고 있는데 거그는 어째서 용바웃골인지는 모르겠지만 그냥 용바웃골, 못 이름이 용바웃골.)

(조사자 : [다른 청중에게] 저 분이 아까 얘기해주셨어요.)

옛날에 그 용마 났단다. 났는데, 이 방구 크단한 게 있거든. 근데 복판이(가운데가) 떡 갈라졌다. 지끔 떡 갈라져가 있어. 그래 용마 났다 해.

(청중 : 그 물 철철철 내려오나?)

그래, 그 용마가 났다여, 옛날에, 아주 옛날에. 거게. 그래 났다더. 거게 용바웃골이라꼬.

우스갯소리

자료코드 : 05_22_FOT_20100626_KYH_LMY_0002
조사장소 : 경상북도 포항시 북구 신광면 냉수 2리 마을회관
조사일시 : 2010.6.26
조 사 자 : 김영희, 이미라, 이선호
제 보 자 : 이말용, 여, 84세
구연상황 : 박부덕 씨가 일본말을 잘못 알아들은 이야기를 들려주자 좌중이 모두 한바탕 크게 웃었다. 조사자가 재미있다며 더 해 달라고 요청하자 제보자가 곧바로 이야기를 시작하였다.
줄 거 리 : 계란을 팔러 다니는 조선 사람이 일본어로 '다망구 사소'라고 하면서 다녔다. 이에 일본인이 '빠가'라고 하자 아들이 '어디에 박을까?'라고 물었다. 일본 사람이 '칙쇼'라고 말하자 다시 아들이 '어디로 칠까?'라고 물었다.

그래 조선 사람이, 그 전에는 마카(모두, 대부분) 이래 좌판에다 계란을 이고 팔러 안 댕기나. 팔러 댕기는데, 일본 집에 가 사라 카이까네(하니), 그래 인자,

(청중 : 어데 가? 일본 집을 가가?)

다망구('たまご'를 잘못 발음한 것으로 보임.)가, 오망구(정확한 의미는 알 수 없으나, 여기에서는 고환을 가리키는 말로 생각됨.)는 머시고, 다망구, 계란이 다망구거든.

(청중 : 그래, 옛날에 저, 일본말로 그거 아이라.)

"옥상(옥さん)."

옥상, 우예 알아가.

"옥상." 그이,

"하이." 이카거든.

"다망구 사소, 다망구 사소. 다망구 사요, 다망구 사요." 쿠니.

자기가 달린 걸 사라 카이까, 우예 사노

"빠가(ばか)!" 쿠니까(하니까),

"어디메 박는교?"

"칙쇼(ちくしょう)!" 쿠니,

"어디메 치꾜?"

[웃음]

도깨비한테 홀린 이야기

자료코드 : 05_22_MPN_20100626_KYH_GYJ_0001
조사장소 : 경상북도 포항시 복구 신광면 냉수 2리 마을회관
조사일시 : 2010.6.26
조 사 자 : 김영희, 이미라, 이선호
제 보 자 : 기영자, 여, 70세
구연상황 : 술에 취해 사돈집에서 실수한 친정아버지 이야기가 끝난 후 술 취한 사람들
에 대한 이야기가 이어졌다. 그러던 중에 조사자가 밤늦게 술 마시고 돌아오
다가 도깨비에게 홀렸다는 이야기도 있지 않냐고 묻자 제보자가 연행을 시작
했다.
줄 거 리 : 기영자 씨의 아버지가 30리 떨어진 장에서 술에 취해 집으로 돌아오는 길에
도깨비를 만났다. 타고 다니던 자전거도 버려두고 도깨비를 잡으러 다녔다.
결국 도깨비를 잡아 자전거 뒤에 묶어 돌아왔다. 다음날 아침에 보니 자전거
뒤에 부지깽이가 실려 있었다.

예, 홀릿든동(홀렸던지). 우리 아버님도요 술을 엄청 좋아하시는데, 에
술집에 갈라면 30리나 가야 되요, 거기는. 인자 장터에서 먹어야 동네에
는 술집이 없으니까.

(청중 : 그래. 옛날에 와 장터에 가야.)

그래가 인자 두적삼 잘 입고 그 때 자전거 타고 다니믄(다니면), 그때
왜정 시대 때이까 자전거 타고 다니면 잘 나간 거라.

자전거를 타고 마 나까오리 모자[51] 이거 그런 걸 딱 씨고 한복 하얗게
입고 가가주고 그 줄포시장에 가가지고 마, 진탕 잡사뺐는 기라. 진탕 잡
숫고 오는데요, 이노무(이놈의) 도깨비란 놈이 여기서 삐쭉 저기서 삐쭉

---

51) 일본어로 챙이 달린 모자를 가리키는 말. 여기서는 해군이나 해병대가 쓰는 챙 달린
모자를 가리킨다.

저기서 삐쭉삐쭉 해가주고. 도깨비 잡는다고, 야.

(청중 : 그때는 허재비 홀 리가 그다.)

어, 도깨비 잡는다꼬, 자전거는 거기다 처박아 놓고 도깨비 잡는다고, 여가 잡아도 없고 저가 잡아도 없고, 근데 고집은 세가지고 우찌 잡았는지 한 날은 잡아갖고 왔어. 자전거 뒤에다가요 끈에다가 꽉-꽉- 묶어갖고 왔는데, 아침에 보니까요, 불 때는 그, 저기, 그거 부지깽이라요.

[청중들이 웃음.]

옷일랑, 옷일랑,

(청중 : 인자 허재비 잡았다꼬? 허재비 잡았다꼬?)

웅. 옷일랑 한턱으로 다- 난장을 다 하고.

(청중 : 아, 안 죽인 기 다행이다.)

(청중 : 안 죽인 기 다행이지.)

도깨비 잡는다꼬예 마, 여 가니 이놈 쓰고, 저 가믄 저리 풀뚝.

(청중 : 우리 ○○이는 그저 동에 퍼뜩 서에 퍼뜩 마, 마, 퍼뜩퍼뜩 이래 쌔파란 불이 마 이만 했다가 요거만 했다가 마, 정사, 정신없단다.)

요만 낄쭉이 있다가 이렇게, 이케 있거든요. 그놈을 잡는다고 잡아갖고 꽉-꽉- 묶어가지고 인자 와서 아침에 보니까 부지땡이 끝이, 부지땡이.

새끼호랑이를 잡은 이야기

자료코드 : 05_22_MPN_20100626_KYH_KDG_0001
조사장소 : 경상북도 포항시 북구 신광면 냉수리 식당
조사일시 : 2010.6.26
조 사 자 : 김영희, 이미라, 이선호
제 보 자 : 김대근, 남, 71세
구연상황 : 용띠안의 지명 유래를 이야기한 후에, 옛날에 포항은 몰라도 냉수 주막은 다들 알았다고 했다. 이야기판이 벌어진 식당이 있는 곳이 옛날 냉수리 주막이

있던 곳이라는 설명이 이어졌다. 산이 깊어 호랑이 같은 짐승도 많지 않았냐고 조사자가 묻자, 김대근 씨가 "호랑이 새끼를 붙잡은 일도 있지."라고 말하면서 연행을 시작하였다.

줄 거 리 : 우각에서 우물을 팔 때의 일이다. 10미터가량 파고 하룻밤 지나고 나니 우물에 짐승이 한 마리 빠져 있었다. 줄을 타고 내려가 건져 올려서 닭장에 가둬놨다. 하루는 포항시에서 기자가 와서 보더니 호랑이라고 하여 대구 동물원에 확인을 하였다. 확인 결과 호랑이 새끼로 밝혀졌고, 동물원에서는 기증해줄 것을 요청했다. 그러나 처음 호랑이가 빠졌던 날부터 계속 호랑이 울음소리가 나는 것을 들은 마을 주민들이 마을에 해가 있을지도 모른다며 다시 놓아주라고 성화하여 놓아주었다고 한다.

(조사자 : 여기 산이 깊어서 호랑이나 이런 것도 되게 많이 있었을…….)

[웃으며] 에- 뭐, 뭐, 호, 호랑이새끼 붙잡은 일은 있지.

(조사자 : 어? 그래요? 어떤, 어떻게요? 누가요?)

여 우각에.

(조사자 : 여우각이요?)

우각, 우각, 우각 카는 데가 있어요. 거 와 코오롱 재단. 코오롱 재단이 우각 사람 아이가?

(조사자 : 여기 출신이래요?)

여기 출신이지 이원만. 옛날 한국 나이롱 카고.

거기에 저, 그 동네, 인자 우물을 파는데, 요새는 이 암반수를 기계로 이래 팠는데, 그때는 저, 저, 저, 토간을 내려가지고, 파고 또 위에 얹어가, 파고, 파고 했는데, 한 십 메다쯤(미터쯤) 팠는데, 파다가 마 물이 쫌 새고 그냥 놔두고 하룻밤을 잤는데, 고 옆에 짚뺏가리(볏짚을 쌓아둔 것)가 한, 한 이 메다쯤 되는 게 있었는데, 요놈의 범 새끼가 고 짚뺏가리에 내려, 짚뺏가리에서 홀짝 뛰이 내렸던 모양이라. 뛰이 우물에 빠져뿌렀어. 십 메다 되는데.

그래서 그날 밤에 마, 호랭이 소리가 말이지 왕왕 났는 거라. 호랭이

소리가. 지 새끼 일가뺐으니까(잃어버렸으니까).

그래서 주인이, 그 주인이 누구냐 하면 여그 포항시 의원하던, 아, [말을 바꿔서] 경상북도 도의원하던, 이동배라꼬 그 집, 그 사람 집인데, 자고 나가지고 우물에 물이 얼매나 찼나 요래 보니까네, 그 밑에 뭐가 뭐, 또, 고양이 새끼만 한 게 뭐가 한 마리 빠자(빠져) 있거든.

그래가지고 인자 줄을 타고 인자 내려가 보니, 좀 건져가 있는 게 이상한 물건이 있는 기라. 그래가 그, 그놈이 그 자리서 죽지는 않았지만 실신이 돼 있을 게 아이가? 그래가지고 잡아냈어. 끄집고 올라 보니 이상한 기라.

그래서 고 달(닭), 달 가두는 요거만한, 옛날에 저 달구통(닭장)이라고 있어, 요거만 한. 거기다가 딱 가둬 놓고.

가다났는데(가둬났는데), 차츰차츰 물이 마르고 하는 거 보니, 처음 보는 기라. 참말로 마, 또, 마, 산실갱이(살쾡이)가 똑 호랭이 같거든. 그긴지 호랑인지 모르겠는 거라.

그래서 그 집 집안에 최○○이 하나, 신문기자가 하나 있었거든, 포항에. 그래 그 사람한테 연락을 하니까 와보더니만 이상하다 이래는 거야. 호랑이다 이러는 거야. 그놈을 가지고 대구 동물원에 가지고 갔어. 가지고 가니까 진짜 호랭이라.

그라고부터 이 호랭이가 말이지 그 동네에 자꾸 밤마다 울어 싸. 그래서 다 보내줘야 된다, 이런 여론이 말이지.

그러더니 대구 동물원에 가니까네 동물원에 기증하라 이거라.

(조사자 : 아, 동물원에서?)

기증하라 이거야. 근데 기증 못 한다. 그 동네 어르신들이 마카(모두) [작은 소리로] 보내줘라, 보내줘라, 우리한테 해롭다.

그래서 포항 수도산 뒤에 거그, 거그 가가(가서) 띠아 보냈다꼬. 그 보내뿐 뒤에는 여기 호랭이가 안 울었다고. 그러니까 호랭이가 없다고는 못

보는 기라.

(조사자 : 그러네요.)

호랭이가 있다고 봐야.

(조사자 : 그게 얼마나 된 얘기예요?)

그게 한 이십 년.

(조사자 : 어? 얼마 안 됐네요?)

얼마 안 됐지. 한 이십 년. 그 그래 됐을 기라. 그때 붙잡은 사람이 그 이동배 카는 동생이 여 포항이고, 현재도 식당하고 장사하는데. 붙잡은 사람이 아직꺼지 있는데. 그래서 그 호랑이가 있다 카는 거로 알지. 그 동물원에 가가지고 그, 그, 그 감정 받았시믄 거의 맞겠지, 뭐, 그래 인정하지 그래, 뭐.

그라고 그라고부터는 호랑이가 안 울어요.

동물원에 기증하면 뭐 돈을 줄 기가? 만약에 동네에 해를 보면 그거, 그것도 또 문제거든.

호랑이 새끼 만난 경험담

자료코드 : 05_22_MPN_20100626_KYH_KDG_0002
조사장소 : 경상북도 포항시 북구 신광면 냉수리 식당
조사일시 : 2010.6.26
조 사 자 : 김영희, 이미라, 이선호
제 보 자 : 김대근, 남, 71세
구연상황 : 호랑이 새끼를 잡은 경험담에 이어 곧바로 연행되었다. 조사자가 산에서 호랑이를 본 일은 없었는지 묻자 이 이야기를 시작했다.
줄 거 리 : 김대근 씨가 어렸을 때 동제에 쓰고 남은 창호지를 가지려고 당나무에 몰래 간 일이 있었다. 그때 호랑이 울음소리를 내는 산짐승이 김대근 씨에게 흙을 덮어 씌워 기절하고 말았다.

(조사자 : 그 뭐, 그 봤다는 사람은 다른 사람은 없어요? 뭐 그 새끼 호랑이 잡은 거 말고 뭐 옛날에 뭐 산에 갔다가 봐, 산에 갔다가 뭐 봤다거나 뭐 그런 얘기.)

에이 그런 거는 저, 저, 저, 저, 호랭이 봤다 소리는 못 듣고. 우리는 그 밤에 산짐승인데, 흙 덮어씬(덮어쓴) 거는 있어요. 나도 덮어썼어요.

(조사자 : 아, 뭐 어떻게 덮어 썼어요?)

짐승 소리가 호랭이 뭐로 말이지. 그때 어릴 때는 말이야, 어? 마 마 마, 흙을 막 퍼지는데, 그 동네에서 가까운 데라.

우리 옛날에 그 육이오사변 전에 해방 나던 해쯤 됐지 싶으다, 해방 되던 해가. 고때쯤 됐는데, 요 요 요 우에 요 요 가면 나무가 우리가 이 둘이 마주쳐도 안 될(두 아름이 넘는 굵기) 그런 소나무가 있었는데, 우리 집 뒤에 바로 그게 있었는데, 밤에 말이지, 거기 그때 우리가 왜 그래 갔느냐면, 옛날에는 그 동네, 동제(洞祭) 지내고, 지내거든. 동네 안정, 안정을 빈다꼬.

동제를 지내고 그 금식(禁食)을 하고, 그때 우리 조매끔할(어릴) 때 뭐로 했느냐면은, 동제 지내고 하면은 창호지 종이 말이지, 그거를 동제를 지내고 그거를 거기다가 공을 드리고, 인자 거기다가 얹어 놓거든.

인자 그거 다 지내면 인자 그거 훔쳐다가 연 만들라꼬, [조사자 웃음] 그 그때 마 서로 다 따가가 서로 먼저 훔쳐갈라(훔쳐가려고) 카거든.

그래가지고 그거 가질로(가지러) 가다가 덮어썼다고. 흘로(흙으로). 마마 마 왕왕 칼 정도로 마, 마, 마, 그래 돼가지고 흙을 덮어썼지. 그래가 기절했지.

그 그런 적이 있기는 있어요.

구렁이를 불에 태운 경험담

자료코드 : 05_22_MPN_20100626_KYH_KDG_0003
조사장소 : 경상북도 포항시 북구 신광면 냉수리 식당
조사일시 : 2010.6.26
조 사 자 : 김영희, 이미라, 이선호
제 보 자 : 김대근, 남, 71세
구연상황 : 호랑이 새끼를 만난 경험담에 이어 연행하였다. 다른 짐승을 본 일은 없냐는
          질문에 없다고 하다가, 조사자가 구렁이 이야기를 하자 바로 연행하기 시작
          했다.
줄 거 리 : 옛날에 집지킴이를 잡아 불에 구운 적이 있었는데 그 냄새가 매우 좋았다.

(조사자 : 왜 옛날에는 업구렁이는 해치면 안 된다고 뭐…….)

해치면 안 된다 그제요? 근데 그, 그걸 요새는 그런 거 없데.

옛날에는 그 저 저 저, 집지킴이라고 캐가지고(해서), 인자 그 거 저 저 저, 큰 나무 있었다꼬. 그 동네 살 때는 담마루에 말이지 구렁이가 마, [제보자가 양팔을 벌려 O를 그리며] 이거만큼 한 게, 댕기는 거라.

(조사자 : 담?)

담 우에, 담 우에(위에) 이리저리. 우리는 마 겁이 나가 근처에 가지도 못하는데, 그거를 마 잡는 사람이 있더라꼬.

그거는 동물원에 가도 그런 구렁이가 없는데, 깨딴 짚단만 하다 카는 게. 그 두 바리가 댕기더라꼬. 그놈을 잡아가지고 불에다가 화장을 하는데, 기름이 말이지, 지, 지금 우리 곁으면 뭐 아, 아나고나 장어 굽는 거 모양이매로(모양처럼), 기름이 줄줄줄줄 흐르고, 구시무리한 냄새가 그렇더라고. 그래 그 그 그거 꾸버가지고(구워가지고), 화장하는 기라. 냄새가 그리 좋데.

(조사자 : 집지킴이는 잡으면 안 된다고?)

몰라. 인자 우리 그래 알고 있는데 그 집지킴인동 뭔동.

그라고 우리 저 저 외국에 댕기면서 봐도 태국 가니까는 뭐 한 몇 메다

된다 카는 거 이런 보긴 봐도, 그, 그런 거는 요새 여기는 없어. 안 비이요(보여요).

그런 거 잡으면 안 된다 카거든.

(조사자 : 그런 거 잡으면 뭐 집이 망한다고 그러고.)

응, 옳지, 전설이 그렇지. 그러믄 이 못에 고기도 오래 되거든 귀가 생긴다 카거든. 그런 거 묵으면 안 돼. 해롭다꼬. 보통 뭐, 뭐, 사람 텍(턱) 치믄 백 살 넘었지, 고기가.

도깨비한테 홀린 이야기 (1)

자료코드 : 05_22_MPN_20100626_KYH_KDG_0004
조사장소 : 경상북도 포항시 북구 신광면 냉수리 식당
조사일시 : 2010.6.26
조 사 자 : 김영희, 이미라, 이선호
제 보 자 : 김대근, 남, 71세
구연상황 : 제보자의 요청에 의해 구연된 것으로, 구연에 앞서 도깨비는 없다고 하면서도
          사람이 도깨비한테 홀리기도 한다면서 구연을 시작하였다. 구연이 끝난 후 바
          로 이어 다른 경험담을 이야기했다.
줄 거 리 : 추운 겨울에 길을 가다가 불을 쬐기 위해 풀에 불을 붙였다. 실컷 쬐고 불을
          끄려고 하였으나, 도깨비에 홀려 불을 끄기는커녕 두루마기를 휘둘러 오히려
          불을 붙이고 말았다.

(조사자 : [웃으며] 예전에 도깨비랑 씨름했다는 사람 얘기는 못 들어보셨어요?)

아이그, 그 도깨비가, 도깨비는 없어요. 없는데, 사람이요, 사람이 도깨비인테 홀리는 기라.

여 저 저 저, 여 거는 인자 돌아가싰다만 캐도. 기계서러(기계에서. '포항시 기계면'을 가리킴.) 그 추븐 날에 오다가 디게 추벘거든. 길가에 풀

떼기에다가 저, 저, 저, 저, 저 그 성냥을 가주고 불을 붙여 놓으니까 불이 타거든.

불로 시컨 쪼고(실컷 쬐고) 끌라 카니까네, 끌라 카니까네 도깨비한테 홀려, 홀려 노니까네, 그놈을 말이지, 불 끈다 카믄서 그놈을 이 두루막 (두루마기) 자락 가지고, 잡고 휘이휘이 이래 부쳤다는구만.

그래가지고 그 불 냈단다. 그게 도깨비한테 홀린 거거든.

도깨비한테 홀린 이야기 (2)

자료코드 : 05_22_MPN_20100626_KYH_KDG_0005
조사장소 : 경상북도 포항시 북구 신광면 냉수리 식당
조사일시 : 2010.6.26
조 사 자 : 김영희, 이미라, 이선호
제 보 자 : 김대근, 남, 71세
구연상황 : '도깨비한테 홀린 이야기 (1)'에 이어서 바로 연행한 이야기로, 도깨비한테 홀리기도 한다는 앞의 이야기에 설명을 보태려고 연행한 것이다.
줄 거 리 : 김대근 씨의 친구가 어느 날 밤이 되어도 돌아오지 않자, 사람들이 찾아 나섰다. 찾아보니 덤불 구덩이 속에서 마치 술집인 양 앉아 "좋다. 놀자."라며 중얼거리고 있었다.

여 우리 친구 하나는 어디 가디이만은(가더니만) 에(안) 와. 그래서 그 밤중에도 그 엄동설한에 저, 저, 에(안) 와가지고, 찾아나서, 찾아 나가니까 저- 목전에 어디 가다 보니까네 뭐가 인기척이 나는데,

"좋-다, 놀-자, 노자" 카더란다.

그래 찾아가니까네 도깨비한테, 허깨비한테 홀려가지고, 덤불 구덩이 속에 드가가지고(들어가서), 앉아가지고 술집 텍 치고(술집인 것처럼), 그래 앉아가주고, 그래 중얼거리고 있더란다.

도깨비, 그게 인자, 정신이 이상해가지고, 실지로(실제로) 도깨비가 있

을까봐, 거?

그래가지고 데리고 온 적이 있지. 그 친구도 인자 한 몇 년 전에 죽어
뿠고.

(조사자 : 그게 괜히 헛것 보고 헛달리가.)

그치, 왜 아이라? 그거는 이 머리가 그케 돼가지고, 실지로(실제로) 도
깨비가 있을라고(있겠느냐).

당나무를 베어내고 동티 난 이야기

자료코드 : 05_22_MPN_20100626_KYH_KDG_0006
조사장소 : 경상북도 포항시 북구 신광면 냉수리 식당
조사일시 : 2010.6.26
조 사 자 : 김영희, 이미라, 이선호
제 보 자 : 김대근, 남, 71세
구연상황 : '도깨비한테 홀린 이야기 (2)'를 연행한 후, 5분가량 냉수리 동제에 관한 대화
　　　　　가 오가다 자연스럽게 당나무 이야기가 이어졌다. 이야기가 끝난 후에 최근에
　　　　　자신의 목장에서 있었던 일을 이야기하기도 했다.
줄 거 리 : 옛날에 벌목할 때 당나무를 베어낸 사람이 있었는데 그에게는 자식이 없었다.
　　　　　또 그 일 때문에 마을에서도 사람이 죽는 일이 발생했다.

(조사자 : 그럼 여기는 당집이나 뭐, 당나무 뭐 이런 게 있었나요?)

있었지. 있었는데, 있었는데, 그거를 옛날 산판하는 거, 나무 벌목할 때
베뺐는 기라(베어버렸던 거라).

(조사자 : 당나무였었는데?)

응. 그래서 그 동네 피해를 얼매나 봤는지, 그 베뿌고.

(조사자 : 그러죠, 동티난다고, 막 그러는데.)

응. 그래가지고 그것도 된 사램이 아들도 딸도 없는 사람이, 아까 이얘
기 했잖아요. 저 우에 그 할아버지 하나, 거동 불편하고, 누봤다(누웠다)

카는 분, 자식이 없거든. 그분이 산판하민서 비이뻐린(베어버린) 거라. 동네에서도 또 또 또 목에 힘이나 주고 해노이까.

그러고 동네 피해를 많이 봤지. 그런, 그런 거는 함부로 비믄 안 돼.

(조사자 : 그럼 동네에서는 어떤, 어떤 피해가 있었어요? 옛날에 어떤 마을은 소가 다 죽어나가고 뭐 이랬다는데.)

아이고, 소 죽는 거야 마 까짓 보통이지. 주로 사람 죽는 거를 갖다가 말하는 거지. 머 머 머 소 죽는 거, 짐승 죽는 거사.

(조사자 : 사람 죽어나간 이야기는 처음 들어요.)

그렇지. 동네 피해를 볼라믄 사람이 말야……. 가정에도 피해를 볼라 카믄…….

묘 파낸 자리에 집 지어 일가족이 죽은 이야기

자료코드 : 05_22_MPN_20100626_KYH_KDG_0007
조사장소 : 경상북도 포항시 북구 신광면 냉수리 식당
조사일시 : 2010.6.26
조 사 자 : 김영희, 이미라, 이선호
제 보 자 : 김대근, 남, 71세
구연상황 : 자신의 목장에서 일하는 사람들이 노루를 잡고 그 해 재수가 없었다는 이야기를 마치고 바로 이어서 연행했다. 자신의 경험으로 미루어 보건대, 미신이라고 해도 지킬 것은 지켜야 한다고 하면서 그 증거로 이 이야기를 구연했다. 구연에 앞서 자신이 들은 이야기라고 말했다.
줄 거 리 : 용천지에 묘가 있었는데 땅을 팔기 위해 그 묘를 파헤친 적이 있었다. 그 땅을 사서 그 자리에 별장을 지은 젊은 부부에게 마을 사람들이 묘를 판 자리라고 주의를 쳤지만 자신들은 그런 미신을 믿지 않는다고 하였다. 그로부터 두 달이 안 되어 교통사고로 그 가족이 모두 죽었다.

그라고 내가 예전에 들은 얘긴데, 묘풀 뒤에 돌 싸지(쌓지) 말고,

(조사자 : 네?)

묘풀 뒤에,

(조사자 : 묘불?)

묘 묘, 묘 쓰는 뒤에 담 싸지 말고, 돌담 쌓지 말고, 새집 짓고 뒤에 돌담 쌓지 말고, 집 지은, 집 진 집터 뒤에 돌담 쌓지 말고, 또 사람 묘 파뿐(파버린) 데 집 짓지 말고, 변소 위에 집 짓지 말고.

이거 마카(전부) 미신인데, 미신인데, 내가 미신을 별로 안 지키는 사람인데, 그 들을 건 들어야 된다고.

절대적으로 묘 파뿐 뒤에 그 위에 집 지으면 안 되고, 변소 위에다가 변소 있든 자리에 집 지으면 안 되고, 묘 쓰고 뒤에 돌담 쌓으면 안 되고, 집 지을 때도 [강조하는 말투로] 절대. 그거는 마 구십구 프로(99%) 피해를 봐요.

(조사자 : 저는 그 얘기, 그런 얘기 처음 들어봐요. 집을 짓고 난 다음에 뒤에다가 돌담을 쌓으면 안 된다고요?)

응. 내 그럼 내 인자 고, 고거를 설명을 해 주지.

여기에 용천지 카는(용천지라고 하는) 거기에 죽- 묘가 중묘가 쭉 있었는데 아주 옛날 폰데, 그 묘를 땅 팔아먹을라꼬 그 묘를 모다(모두) 파뿌고(파버리고), 땅을 팔아먹어뺐는 기라.

팔아먹었는데, 거기에 젊은 사람이 별장을 짓는다고 와가 지 손으로 집을 잘- 지었어요. 아들 하나, 딸 하나, 내외간에, 아주 젊은 사람인데, 인자 살았으면 한 오십쯤, 오십 몇 살 됐을 거라.

[제보자가 딸꾹질을 하면서 3초가량 멈춤.]

그래 되었는데, 가게에서 앉아 노는데 그 사람이 왔드만.

"야 이 사람아, 어디 집 질(지을) 데 없어가 묘 파뿐 데 거기사라(거기에다) 마, 거그 땅 사가 집 짓냐고. 땅이 그렇게도 없더나?" 카이까네,

"아 우리는 미신 안 지켜요." 카고 가뿔드라(가버리더라).

그라고 두 달도 못 돼가지고 일가족이 몰살됐는 기라. 거 여기서 포항

으로 왔다갔다 하면서로 아-(아이) 하나가 포항에서 유치원에 댕긴동(다 녔는지), 머, 머, 어디 머 어린이집에 댕겼는데, 가-(그 아이)를 태우러 가 가지고, 태가 오다가, 한 식구가 오다가, 여그 요 밑에 가면 대명 공원묘 지라고 있어요.

　(조사자 : 대면?)

　달성서 오는 데 보면 대명 공원묘가 있어. 그 입구에 전봇대를 마 정면 충돌해가, 전봇대를 마 들이받아뿌가지고, 네 식구가 한자, 한자리에서 다 죽어뻤다꼬.

　(조사자 : 그게 이, 그 묘 위에 집을 지어서 그렇다고요?)

　나는 그케, 그 그 재수가 없으니까, 인자 그렇게 보는 기라.

　그래서 그 그 집을 팔아가 유산을 줄 데가 없는 기라. 식구가 다 죽어 버려서. 그래서 그거를 자기 처갓집에 하고, 뭐 죽어서 처갓집에 하고 어 예가(어떻게 해) 처리했던동 그래가 재산을 처리했다 카드라꼬.

변소 위에 집을 지어 망한 이야기

자료코드 : 05_22_MPN_20100626_KYH_KDG_0008
조사장소 : 경상북도 포항시 북구 신광면 냉수리 식당
조사일시 : 2010.6.26
조 사 자 : 김영희, 이미라, 이선호
제 보 자 : 김대근, 남, 71세
구연상황 : 묘를 판 자리에 집을 지어 일가족이 죽은 이야기를 하고 나서, 바로 이어 이 이야기를 연행하였다. 앞에 이야기한 "묘 뒤에 집 짓지 말고, 변소 위에 집 짓지 말라."는 말을 설명하기 위해 바로 덧붙인 이야기다.
줄 거 리 : 냉수 2리에서 있었던 일로, 예전에 집의 방향을 바꾸어 짓다가 변소 자리였던 곳에 집을 지은 사람이 있었다. 원래 포항에서 작은 중소기업을 하며 부유하 게 살던 집이었으나, 그곳에 집을 짓고 몇 달 되지 않아 집이 망했다.

그라고 또 변소 위에 집 지은 집 보믄, 여 냉수 2동 뒤에 그 사람도 들온[52] 사람인데, 옛날 집에 방향 바꾼다꼬 지었는 것이 변소 우에다 집을 지었는 게라.

지어 놓고, 포항서 가, 저, 저, 쪼매난(작은) 중소기업을 쪼매 했는데, 지어 놓고, 뭐, 입택(入宅)하고, 마 멫 달 되지도 않고, 마, 인사 사고가 나뻐렀는 기라. 인사 사고가 나뻐러가지고 걸뱅이 돼뻤다꼬. 싹 다 물어 줘뿌고, 그래가 또 또 또 여자카는(여자와는) 위장이혼하고 말이지. 이래가 요새는 어디 통닭집을 머 머 머 하러 댕긴다 했다. 아주 걸뱅이가 됐다꼬, 마.

절대적으로 하마 동네 사람들이 다 칸다(그렇게 말한다). 그 집이 변소 위에 집 지어가지고, 그래 되○○ 배가 떨어져가주고 열이면 아홉이 다 칸다꼬. 절대 그런 거는, [강조하듯] 아무리 미신을 안 지켜도 그런 거는 피해야 된다꼬.

내가 그 마 겪어 본 거라, 그게. 옛날 어른한테 들은 얘기고.

어디 너른 천지에 왜 또 고거다가 고렇게 하노 말이다. 그렇게 할 필요가 없는데. 옛날부터 무해(無害) 무덕 카는 거, 해 없고, 그래 그, 그, 그게 최고지. 뭐. 뭘 자꾸.

도깨비한테 홀린 이야기

자료코드 : 05_22_MPN_20100626_KYH_LMY_0001
조사장소 : 경상북도 포항시 북구 신광면 냉수 2리 마을회관
조사일시 : 2010.6.26
조 사 자 : 김영희, 이미라, 이선호
제 보 자 : 이말용, 여, 84세

---

52) '마을에 새로 들어온'이라는 뜻이다.

구연상황 : 앞서 기영자 씨가 도깨비한테 홀렸던 아버지 이야기를 한 후, 바로 뒤이어 이
　　　　 말용 씨가 이야기를 시작했다. 청중은 도깨비한테 홀려 고생한 이야기를 들으
　　　　 며 한편으로 신기해 하기도 하고 한편으로는 재밌어 하며 이야기에 집중했다.
　　　　 이말용 씨의 이야기가 끝난 뒤 기영자씨가 앞서 자신이 했던 이야기를 되풀
　　　　 이했다.
줄 거 리 : 이말용 씨의 큰집 아주버니가 시골에 갔다 밤에 돌아오다가 허재비를 만났는
　　　　 데, 그 허재비가 머리로 바위를 받으라고 시켰다. 밤새 시달리다가 아주버니
　　　　 가 이말용 씨의 집에 왔는데 온몸이 아팠다. 이유를 물으니, 어떤 사람이 자
　　　　 기에게 자꾸 거기로 가자고 말했다고 했다.

　그 전에 우리 큰집 할배 아주버님예, 저 머시 시골 갔다가 오시다가,
저 어디메 저, 저, 장강진 갔다 오다가 저저, 머시야, 저,

　(청중 1 : 새각단예?)

　새각단 앞에, 그 밑에 뭐고, 그전에 몸을 ○○ 맞고 와.

　(청중 2 : 예, 그 있니더.)

　그 물부리깡이 있나 있는데,

　(청중 2 : 예, 있니더.)

　방구 커다만 거 있는데 거 와가지고 갓을 씨고예(쓰고서) 그들 자꾸 들
박아지더란다, 허재비가예.

　(청중 : 들박아라(들이박아라) 캐?)

　자꾸 그, 그 방구에다가 머리 들박아 카드란다.

　(청중 : 박치기 하라 카드요?)

　박치기 하라 카드란다.

　[청중 웃음]

　그래가지고 그래가 한 번 그래 왔었는데 어예(어떻게 해서), 어예가 우
리 집은 어예 왔었드래. 그래가 인자 전신이 힘이 다 깨고 갖다 아푸제
어디가 없고,

　[청중 웃음]

우리 아주바님예 한번 그래 허재비한테 홀렸다. 자꾸 그 가자 카드란
다. 그 이튿날 아척에 그래,

"아이고 그래 아주버님 와 그래 쌌는교?" 카이까네

자꾸 먼 사람이 글로 가자 카드란다. 그 허재비 그렇더란다. 그 허재비
가 홀리고 그렇다네.

여우한테 홀린 이야기

자료코드 : 05_22_MPN_20100626_KYH_HSE_0001

조사장소 : 경상북도 포항시 북구 신광면 냉수 2리 마을회관

조사일시 : 2010.6.26

조 사 자 : 김영희, 이미라, 이선호

제 보 자 : 황순이, 여, 81세

구연상황 : 도깨비한테 홀린 이야기가 끝나자 한동안 도깨비에 대한 이야기로 대화가 이
         어졌다. '홀렸다'는 것에 착안하여 조사자가 여우에게 홀렸다는 이야기는 들
         어본 적 없냐고 물었다. 이에 제보자가 연행을 시작했는데, 이야기 연행 초반
         에 한편에서 몇몇 사람이 여우에 대한 대화를 나누기도 하였다.

줄 거 리 : 제보자의 조카가 담배장사를 할 때 일이다. 담배를 받아 자전거를 타고 돌아
         오는데, 두 여자가 길을 막아섰다. 마을에서는 해가 져도 조카가 돌아오지 않
         아 사람들이 그를 찾아 나섰다. 찾다보니 묘 위에서 자고 있었다. 그를 깨워
         경위를 물었더니, 해질 무렵 길을 막아선 두 여자를 따라갔다가 잠들었는데
         깨어보니 묘 위였다고 대답했다.

그 전에 우리 큰 집 조카가예 담배 장사할 적에 담배 타가 오다가, 담
배 타가 오다가예, 조-고 저, 저,

(청중 : 당배이.)

당배이 고 오다 하니깐은.

(청중 : 새마 올라가는 데.)

오다 하이까네, 어떤 처자가 마, 마, 아-주 옷도 곱게 입고 머리로 여게

머, 궁다(엉덩이) 내려오도록 땋아가지고 처자가 둘이 마 가리막아 서가지고 마 못 가게 하드란다. 담배 사가 오다가, 자전거 타고 오다가.

그래 마 마, 그래가지고 동네군이 다 일 난갑다(났는가 보다). 사람 해가 빠지게 왜 오지를 안, 동네군이 다 일나서가 가이까네, 어-데를 찾아도 없고 그전에 그 저 저 누에 잠실 와 오다 가다 그거 머,

(청중 : 거 하나 있었다. 와. 당배기 저 짝에 마, 새말 올라가고.)

(청중 : 잠실 하나 있었나, 그거예? 그 앞에 그거.)

가가지고 어둡기는 어둡제 가가지고 마 어두바(어두워) 놓이 머 사람 비나(보이나) 머(뭐). 가가(가서) 마 이래 자꾸 이래 휘젓아(휘저어) 들어가니까네 무섭고, 머 머 머, 참 손에 히뜩 디비지드란다(뒤집어지더란다). 이래가, 그래 어예가 그 위에 그 무악 가는 질로(길로) 거그 올라가까네, 미(묘) 앞에 마 잠이 들어가 마 자더란다.

(청중 : ○○ 진천에 새말 올라가는 데.)

그래가,

(청중 : 새말 올라가는 디다.)

그래가 깨우니까는, 깨우이까네,

"와 요 있노?" 카이까네,

그래 가다가 해 있아가 해 그저 뭐 뼈 빠질 무렵쯤 돼가 고때쯤 되가 인자 가다가이까는, 어떤 아가씨가 둘이 길로 바리(바로) 막아가 저그 '오빠요.' 카미(하면서) 붙들고 대지고, 가자 캐가 오니까네(가자 해서 오니) 눈 떠 보니까 여 미(묘)라 칸다.

(청중 : 그래 잠잘, 가다가 잠잘 때는 묘 등에서 자는 게 젤 편하다 카대.)

그래가 깨까가(깨워서) 델고 왔다 카드라. 어두바(어두워) 캄캄해가 저녁에 에- 식갑해가,

(청중 : 식갑해 왔다 캐.)

도깨비불을 본 경험담

자료코드 : 05_22_MPN_20100626_KYH_HSE_0002
조사장소 : 경상북도 포항시 북구 신광면 냉수 2리 마을회관
조사일시 : 2010.6.26
조 사 자 : 김영희, 이미라, 이선호
제 보 자 : 황순이, 여, 81세
구연상황 : 여우에게 홀린 이야기 이후에 구연한 것으로, 구연 중간에 청중들이 지명이
나 이야기 속 주인공의 행동에 대해 잡담을 나누기도 하였다. 이야기 연행에
앞서 도깨비불이나 도깨비에 홀린 사연에 관한 다양한 이야기가 오가기도
하였다.
줄 거 리 : 황순이 씨가 열세 살 때 일이다. 어머니가 토사곽란을 일으켜 한밤중에 익모
초를 캐러 가게 되었다. 초롱불을 켜고 가는데 계속 불이 꺼지고 비도 와서
사방이 어두웠다. 기억을 되짚어 익모초가 있는 곳까지 가니, 도깨비불이 제
보자의 주변에서 커졌다 작아졌다 반복하며 이리저리 날아다녔다. 혼이 빠질
만큼 무서웠는데, 그 와중에도 제보자는 익모초를 캐서 돌아왔다.

우리 클 적에 내 열세 살 먹어가 우리 엄마가 자다가 보니까 토사를 만
내가요, [청중 웃음] 열세 살 먹었는데 무디기는(덩치) 우리 다 컸데이, 하
마 열세 살 묵어서는. 숙성해 놔서 다 컸는디, 자다가 보이까는 죽는다꼬
마 난리 직이드라.

그래가 그래가 여 공굴(터널) 지내가주고, 공굴 지내가 철도, 철도 밑
에 공굴이 이래 커다란 게 있는데 그, 그, 머, 머, 비는 억세갖고(억세게)
들어붓는데(들이붓는데) 얼매나 어두버(어두워). 하도 어두버 났디(어두웠
던지),

(청중 : ○○ 났든교?)

으음53) 하도 어두바 났디 육모초(익모초) 뽑으로 가가요(가서요). 하도
어두바 났디 초롱에다 불로 써가 가라 카대. 초롱에다 불로 써가 나가이
탁 꺼지고 나가이 탁 꺼지고 마 정신을 몬 채리겠는 기라.

---

53) 아니라는 뜻의 대답이다.

(청중 : 바람이 불았지.)

바람 불고 마, 마,

(청중 : 비 오고.)

소나기가 딸구코(떨어지고) 하니. 그래가 무서버가 나가다가 들어오고 나가다가 들어오고 이라이.

우리 엄마는 머 아파 죽는다고 마 방에 들아가 밀고 불고 치고 불고 죽는다꼬, 그래가 할 수 없이 갔다 마. 머 철이 없어 났다(났더니) 그랬지.

삿갓으로, 삿갓을 이래 덮어씨고 비는 오고 그라니 덮어씨고(덮어쓰고) 초롱 들고 가이, 이놈우 초롱 불은 꺼자뿌제(꺼지지) 공굴 밑에 거 드가이(들어가니) 마 마 천지가 드러누운(뒤집어진 것) 겉은 거라. 무서버가(무서워서).

그래가 인자 공굴 밑에 지내가지고 어두버가 머 비나 마. 불은 꺼자뿌고 없고. 그저 어중대고(어림짐작으로) '옛날 요 밭이 요 있었다.' 카는 고 고만 어중대고, 거 철둑 밑에 밭이, 꼬치밭이(고추밭이) 쪼맨헌 거 하나 있었거든. 그 둑에 거 거 물, 묻혀 있는 그거 뜯아가(뜯어서) 오라 카대.

그래가 가가지고 하마 그때 하마 공굴 밑에 드갈(들어갈) 적에 나는 정신이 없었는 모양이라, 쪼맨해서(자그마해서).

이놈 마 불이 거저 마마 저- 거랑 둑에 거거 주막리 앞에 거랑둑에 거거 예-집이 있았거든. 행상집.54) 행상집이 옛날에 거 있었는데. 이놈우 불이 처음에는 마 마, 요만한 게 내 앞에 왈칵 받치더니, 또 인자 그 불이 저 픽 뻗쳐가지고 등대 왜 거 가드이(가다가) 마 온 거랑(개울) 마 내 앞에 왔다 갔다 카대.

그래도 그걸 기어코 가가주고 그거를 뜨, 육모초를 뜯아가지고 집에 왔더이. 내잔(나중에는) 마 불덩거리가 마 이거만 해져뿌디, 내잔 또 요고만

---

54) 상여집을 가리키는 듯하다.

하디. 아이고 그놈 참.

(청중 : 길쭉도 하고 마, 둥글기도 하고 마,)

여 왔다 갔다 왔다 갔다 마 마, 정신이.

(청중 : 요 아래 그전에 그 그 행상집이 있디, 인자 와 벌써 띠뿌맀제(떼버렸지)? 벌써 따고 없제?)

행상집이 그거, 행상집이 저거 하는 모양이라.

(청중 : 예 뿌서버립니……)

(청중 : 뿌서뿠답니더(부서버렸답니다).)

(청중 : 행상집이 거그야 도깨비 나온다.)

아-따 무섭더라. 무서버. 내 평상 안 잊아뿐다, 그거.

(청중 : 그때 힘이 없으니까 더, 더……)

힘이 없으니까 갔지. 우예(어째) 그리 갔겠노?

(청중 : 힘이 없어 가 노니 거 와 오고……)

공굴 밑에 드가니 마 머리가 쬐뺏한(쭈뺏한) 게 불덩어리가 이거만 한 게 내 앞에 와 막 안기드라고. 그래도 갔다.

(청중 : 아이고 무셔라.)

그래 그 불이 머 또 쫙 뻗치더니 저 큰 등대, 중복 등대이라고 있는데 거 가가지고 요런 게 갔다가 저런 게 됐다가 쪼맨했다가(자그마했다가) 컸다가. 그래 자꾸 돌아댕겨. 내 그래가 그 때 내 혼 빠졌다.

밀양아리랑

자료코드 : 05_22_FOS_20100626_KYH_BBD_0001
조사장소 : 경상북도 포항시 북구 신광면 냉수 2리 마을회관
조사일시 : 2010.6.26
조 사 자 : 김영희, 이미라, 이선호
제 보 자 : 박부덕, 여, 90세
구연상황 : '어랑타령'을 짧게 부른 후 조사자들이 준비한 음료수와 다과를 나눠 먹으며
잠깐 대화를 나누었다. 조사자가 다시 노래를 불러 달라 요청하자 제보자가
'양산도'를 불렀는데 기영자 씨와 다른 청중들이 모두 함께 불렀다. '양산도'
가 끝나자마자 곧바로 제보자가 기영자씨와 함께 '밀양 아리랑'을 부르기 시
작했다.

날좀보소 날좀보소 날좀보소
동지섣달 꽃본듯이 날좀보소
아리아리랑 쓰리쓰리랑 아라리가났네
아리랑고개를 넘어간다

정든님이 오시는데 인사를못해
행주처매(행주치마) 입에물고 입만방긋
아리아리랑 쓰리쓰리랑 아라리가났네
아리랑 고개를 넘어간다

(청중 1 : 또.)
(청중 2 : 날 좀 보소 캐라.)
첫 끝이기만(끄트머리만) 끄짓까(끄집어) 내라, 다, 다, 다.

성주풀이

자료코드 : 05_22_MFS_20100626_KYH_GYJ_0001
조사장소 : 경상북도 포항시 북구 신광면 냉수 2리 마을회관
조사일시 : 2010.6.26
조 사 자 : 김영희, 이미라, 이선호
제 보 자 : 기영자, 여, 70세
구연상황 : '밀양아리랑'에 뒤이어 부른 노래로, 박부덕 씨가 처음만 시작하면 다 할 수
　　　　　 있다는 듯이 말을 꺼내자 제보자가 노래를 시작했다. 곧바로 박부덕 씨가 함
　　　　　 께 불렀는데 중간 부분에서 두 사람이 부르는 가사가 달랐다.

(청중 1 : 첫 끄티기만(끄트머리만) 끄짓까(끄집어) 내라. 다, 다, 다.)

　　　한송정 저솔밭에

[이후 박부덕 씨도 같이 불렀는데 사설이 조금씩 다름.]

　　　솔솔기는 저포수야
　　　저산비들기를 잡지마라
　　　저산비들기 나와같이
　　　임을찾아서 헤매노니

(청중 2 : 또, 또.)
(조사자 : [박부덕 씨에게] 간밤에 꿈을 꾸니 뭐라구요?)
(청중 1 : 간밤에 꿈을 꾸이 날과 같이 임을 잃고 임 찾니라고 설설
긴다.)
(조사자 : 지금 하신 노래는 그 제목이 뭐예요?)

(청중 1 : 제목은 뭐, 뭐, 덮어놓고 뭐 이거, 뭐, 뭐. [웃음])

(청중 2 : 제목을 아나?)

노들강변

자료코드 : 05_22_MFS_20100626_KYH_GYJ_0002
조사장소 : 경상북도 포항시 북구 신광면 냉수 2리 마을회관
조사일시 : 2010.6.25
조 사 자 : 김영희, 이미라, 이선호
제 보 자 : 기영자, 여, 70세
구연상황 : 박부덕 씨가 '청춘가'를 부른 후 조사자가 베틀노래 등에 대해 질문을 던졌
다. 제보자가 자신의 어머니가 잘 불렀다면서 띄엄띄엄 몇 구절 가사를 읊조
렸으나 정확히 기억하고 있지는 못했다. 한쪽에서 청중이 대화를 나누던 중에
'평양수심가'에 대한 이야기가 나왔다. 조사자가 불러줄 것을 요청했는데, 청
중은 여전히 자신들의 대화에 빠져 있었다. 이때 제보자가 '평양수심가'는 모
른다면서 '노들강변'을 불러주겠다고 했다. 제보자가 노래를 시작하자 청중도
함께 부르기 시작했다.

(조사자 : 평양수심가는 어떻게 부르는데요?)

(청중 1 : 그래 인자 다 잊아뿔고(잊어버렸고) 목도 안 가고(목소리도 안
나오고) 옛날에 놀러 다닐 때 저거 참 그때…….)

평양수심가는 우리도 모르지. 노들강변 한 번 불러드릴까예?

(조사자 : 아, 노들강변 해주세요.)

　　　　노들강변에 봄버~들
　　　　휘휘늘어-진 가지에다가
　　　　무정세-월 한허리-
　　　　칭칭동여~서 매여나볼까-
　　　　에헤-야~

봄버들도 못믿~으리로~다

푸르는 저기-저물만

흘-러흘러-서 가노-나-

(청중 2 : 에이구 잘하네.)

또 그거, 옛날 그거.

(청중 2 : 그, 그건 참 안죽(아주) 옛날 노래다.)

너영나영

자료코드 : 05_22_MFS_20100626_KYH_GYJ_0003
조사장소 : 경상북도 포항시 북구 신광면 냉수 2리 마을회관
조사일시 : 2010.6.26
조 사 자 : 김영희, 이미라, 이선호
제보자 1 : 기영자, 여, 70세
제보자 2 : 박부덕, 여, 90세
구연상황 : '노들강변'을 끝내자마자 곧바로 이어서 부르기 시작했다. "또 그런 거도 있
더구만"이라고 말하면서 시작했고, 중간에 기억이 나지 않는 듯 머뭇거렸다.
가사가 생각난 듯이 자신 있는 목소리로 다시 노래를 불렀는데 박부덕 씨가
자신이 기억하는 가사와 다르다며 도중에 끼어들었다.

제보자 1 신작로에 가싯끼는

신랑신부가 놀고요

[가사를 잊은 듯 구연을 멈추고 웃다가 말하듯이 읊었다.]

우리집에 뭐, 뭐는

우리집둥실 놀고요

옛날 노래 나 쪼끔 알았는데……

제보자 2 너냥나냥

　　　두리둥실 놀고요

　　　신작로에 가시가지는

　(청중 : 낮이 낮이나 밤이 밤이나 칸다.)

　　　신랑신부가 논다

국극 여배우가 부르던 창

자료코드 : 05_22_MFS_20100626_KYH_GYJ_0004
조사장소 : 경상북도 포항시 북구 신광면 냉수 2리 마을회관
조사일시 : 2010.6.26
조 사 자 : 김영희, 이미라, 이선호
제 보 자 : 기영자, 여, 70세
구연상황 : '노랫가락'을 부른 후 제보자가 5분가량 노래를 배우게 된 내력을 생애담 형식으로 구술하였다. 제보자는 노래를 배우기 위해 집을 나와 당시 서울에서 여성 국극 배우로 명성이 높던 임춘앵 씨를 찾아갔다고 한다. 약 1년 동안 그 집에 살면서 노래를 배웠는데 임춘앵 씨가 밤에 부르던 노래를 많이 들었다고 말했다. 그때 임춘앵 씨가 불렀던 '의미있는 노래'라고 하면서 연행을 시작했다. 파리채로 바닥을 두드려 박자를 맞춰가며 불렀다.

　　　임아임아 정든님아

　　　나를두고 가지를말지

　　　나혼자 남겨놓고

　　　당신만 가네~

　　　달밤에~ 우는새야

　　　너는~아느냐 내마음을

　　　깊은내마음속을 너는아~느냐

새야새야

자료코드 : 05_22_MFS_20100626_KYH_GYJ_0005
조사장소 : 경상북도 포항시 북구 신광면 냉수 2리 마을회관
조사일시 : 2010.6.26
조 사 자 : 김영희, 이미라, 이선호
제 보 자 : 기영자, 여, 70세
구연상황 : 앞서 제보자가 여성 국극 배우 임춘앵 씨에게 노래를 배운 적이 있다면서 노
　　　　　래를 한 곡 불렀다. 노래가 끝나고서 그때 경험에 대해 묻고 답하던 중 갑자
　　　　　기 생각난 듯 노래를 부르기 시작하였다. 두 번 반복해서 불렀다.

　　　　새야새야 파랑새야
　　　　녹두밭에 앉지마라
　　　　녹두꽃이 떨어지면
　　　　청포장수 울고간다

이 노래는 테레비에도 잘 나오,[다른 사람 목소리와 겹침.]
(조사자 : 음. 곡조가 조금 다른 것 같아요.)
예.

　　　　새야새야 파랑새야
　　　　녹두밭에 앉지마라
　　　　녹두꽃이 떨어지면
　　　　청포장수 울고간다

이, 여성 국악단에서 많이 그, 부르던 노래.
(조사자 : 이것도 그때 배우신 거예요?)
예, 그때 배웠어요.
(청중 : 옛날 노래다. 우리 쪼ㄲ마할 때 배웠다, 쪼ㄲ마할 때. 몇 살 묵
어도 인자 그 한다, 배운다꼬 모대(모여) 앉아가지고. [웃음])

청춘가 (1)

자료코드 : 05_22_MFS_20100626_KYH_BBD_0001
조사장소 : 경상북도 포항시 북구 신광면 냉수 2리 마을회관
조사일시 : 2010.6.26
조 사 자 : 김영희, 이미라, 이선호
제 보 자 : 박부덕, 여, 90세
구연상황 : 고려장 등에 대한 이야기를 이어가다가 이야기 흐름이 끊긴 틈에 조사자가
　　　　　노래를 불러 달라 청했다. 처음엔 서로 조금씩 미루다가 한 사람이 유행가를
　　　　　부르기 시작했는데 이어서 조사자가 '청춘가'를 부를 수 있냐고 물었다. 그러
　　　　　자 청중들이 '청춘가'는 아무 때나 부르던 노래라고 말했다. 그러던 중 청중
　　　　　가운데 한 명이 "청춘아 내 청춘아 카는 거"라 하자, 제보자가 노래를 부르기
　　　　　시작했다.

(조사자 : 그 왜 옛날에 청춘가, 뭐 이런 것도 있잖아요?)

청춘가를?

(조사자 : 예.)

응, 청춘을 뭐, 그 저 아무 때나,

(청중 1 : 청춘아 내 청춘아 카는 거?)

그 아무 때나 또, 또 하지. 또 하지.

[웃음]

(조사자 : 예, 한 번 해주세요.)

제보자 1 청춘에- 발깃이

(청중 2 : 맞어, 이게 옛날 노래다.)

[청중 가운데 한 명이 파리채로 바닥을 치며 장단을 맞춘다.]

　　　때가 없어서
　　　술장사 종사를
　　　왜내가 했더냐?

[기침을 하며 잠시 구연을 멈추었다.]
아이고 또 담이 올 때 목에 가래 잘 거 한다.55)

　　당신이 날만끔만
　　생각을 하신다면
　　가시밭이 천리만리라도
　　신벗고 따라가지

제보자 2 니가날만치 생각을한다면

　한 마디 해 봐라.
　[말하듯이 가사를 읊는다.]

　　가시밭이 천리만리라도
　　신벗고 따라간다

　　웬수나무 사랑끝에
　　열매는 왜맺엤나?
　　안받을 고통을
　　또받고 있느냐?

어랑타령

자료코드 : 05_22_MFS_20100626_KYH_BBD_0002
조사장소 : 경상북도 포항시 북구 신광면 냉수 2리 마을회관
조사일시 : 2010.6.26
조 사 자 : 김영희, 이미라, 이선호

---

55) 목이 좋지 않아 잘 못한다는 뜻이다.

제 보 자 : 박부덕, 여, 90세
구연상황 : '청춘가'를 부른 후에 바로 이어서 부른 노래로, 연행을 시작하자 청중 가운
데 한 명이 "이게 진짜다"라고 말하며 호응하였다.

옛날은,

아리랑타령이 본조조
햄경도(함경도) 본산이로다

[구연을 멈추고 웃다가]

형사지마 지로다
어랑어랑 어어야
에-야디야 내사령아(사랑아)

양산도

자료코드 : 05_22_MFS_20100626_KYH_BBD_0003
조사장소 : 경상북도 포항시 북구 신광면 냉수 2리 마을회관
조사일시 : 2010.6.26
조 사 자 : 김영희, 이미라, 이선호
제 보 자 : 박부덕, 여, 90세
구연상황 : '어랑타령'을 부른 후 조사자들이 준비한 음료수와 다과를 나눠 먹으며 잠시
대화를 나누었다. 조사자가 노래를 불러 달라 요청하며 '양산도'는 모르냐고
묻자 곧바로 노래를 부르기 시작했다.

에에에헤야- 그거?
[제보자가 시작한 후 기영자 씨와 청중이 함께 불렀다.]

에에에어히여-
어야라 난다

지화자자 좋다

[청중들도 함께 부르기 시작하였다.]

니가내 간장을
스리슬슬 다녹인다

(청중 1 : ○○엄마 여 노래 한 마디 해라.)
(청중 2 : 여 노래 해라.)
(청중 3 : 노래 알믄 [노랫소리에 목소리가 묻힘.])

에에히요 에에히요 에에요
에야라난다
지화자자 좋다
니가내 간장을
스리살사리 다녹인다

(청중 2 : 좋다.)

청춘가 (2)

자료코드 : 05_22_MFS_20100626_KYH_BBD_0004
조사장소 : 경상북도 포항시 북구 신광면 냉수 2리 마을회관
조사일시 : 2010.6.26
조 사 자 : 김영희, 이미라, 이선호
제 보 자 : 박부덕, 여, 90세
구연상황 : 앞서 기영자 씨와 제보자가 '성주풀이'를 불렀는데 두 사람이 부른 노래의 사
설이 조금 달랐다. 조사자가 제보자에게 사설을 다시 확인한 후 노래 제목을
물었는데 답하지 못했다. 조사자가 그냥 '노랫가락'이냐고 물었더니 바로 노
래를 시작했다. 처음에는 '청춘가'를 부르다가 갑자기 '아리랑'의 후렴으로

이어 불렀다.

노세 젊어서놀아

늙어지면은 못노니로다

당신같이도 냉정한남아

내젊음끝이 후회로세

[아리랑 곡조로 바꿔 후렴을 부른다.]

아리랑 아리랑 아라리가났네

아리랑 고개를 넘어간다

청춘가 (3)

자료코드 : 05_22_MFS_20100626_KYH_BBD_0005
조사장소 : 경상북도 포항시 북구 신광면 냉수 2리 마을회관
조사일시 : 2010.6.26
조 사 자 : 김영희, 이미라, 이선호
제 보 자 : 박부덕, 여, 90세
구연상황 : '청춘가 (2)'에 이어 곧바로 불렀다. 그 전에 함께 불렀던 청중이 이 노래를
부를 때는 조용히 경청했다. 다른 노래로 이어질 줄 알았는데 다 했다고 하자
청중이 웃었다.

웬수놈의 사랑끝에

열매는 우예맺었나

안받을 고통으로 좋-다

내가또 받누나

인자 다 했다.

[청중 웃음]

다 했다. 다 했다.

청춘가 (4)

자료코드 : 05_22_MFS_20100626_KYH_BBD_0006
조사장소 : 경상북도 포항시 북구 신광면 냉수 2리 마을회관
조사일시 : 2010.6.26
조 사 자 : 김영희, 이미라, 이선호
제 보 자 : 박부덕, 여, 90세
구연상황 : '청춘가'를 한 대목 부르고서는 다 했다고 하더니, 조사자가 '베틀노래'를 요
청하려 하자 그 전에 먼저 사설이 떠오른 듯 노래를 부르기 시작했다. 청중
가운데 한 명이 뒤따라 같이 부른 후 '혼자 가지 왜 같이 가려느냐'는 노래
가사가 맞다고 덧붙였다.

세월이 갈라면
너혼차 가지요
아까분 내청춘 좋-다
왜다같이 가자카나(가자고 하나)

(청중 : 맞다, 지 혼차 가지 와 이리 내 이것도 쪼달리노.)
놀라다가 입을 놀리가 하다 하다 노래 해라 노래 해라 캐이, 노래 할
게 없어가지고 가만 생각하니……
[다른 노래를 이어 불렀다.]

청춘가 (5)

자료코드 : 05_22_MFS_20100626_KYH_BBD_0007
조사장소 : 경상북도 포항시 북구 신광면 냉수 2리 마을회관

조사일시 : 2010.6.26
조 사 자 : 김영희, 이미라, 이선호
제 보 자 : 박부덕, 여, 90세
구연상황 : 사람들이 모여 놀 때 노래를 하라고 시켰는데 부를 게 없어서 지어 불렀다면서 노래를 시작했다. 제보자는 청춘가를 여러 소절 연달아 불렀는데, 그만큼 많은 노래를 부르고 즐겼던 듯 보였다. 지금은 노래 사설을 많이 잊어버렸지만 예전에는 가사가 생각나지 않아도 곡조에 맞춰 즉석에서 노래를 지어 부를 수 있었던 것으로 보였다.

　　놀라다가 입을 놀리가 하다 하다 노래 해라 노래 해라 캐이, 노래 할게 없어가주고 가만 생각하이…….

　　　　뒷동산 사쿠라꽃은
　　　　봄찾아 왔건만은

(청중 1 : 됐네.)

　　　　요니나노 봄도갈곳
　　　　나는 모린다

지아가 그래 하더란다.
[웃음]
(청중 1 : 됐네.)
(조사자 : 이게 뭐, 뭐에요? 창부타령?)
(청중 2 : 청춘가지.)
청춘가.

동제 지낸 이야기

자료코드 : 05_22_ETC_20100626_KYH_GDG_0001
조사장소 : 경상북도 포항시 북구 신광면 냉수리 식당
조사일시 : 2010.6.26
조 사 자 : 김영희, 이미라, 이선호
제 보 자 : 김대근, 남, 71세
구연상황 : 조사자가 마을에 유명한 장수가 있었느냐고 묻자 신돌석 등 다른 지역의 인
　　　　　물들을 일일이 열거해가며 3분가량 이야기를 이어나갔다. '용천지', '용바윗
　　　　　골' 등의 지명도 언급하였으나 장수나 용에 관한 이야기를 연행하지는 못했
　　　　　다. 조사자가 당제에 관해 묻자 연행자가 답변을 하기 시작했다. 조사는 조사
　　　　　자의 질문에 연행자가 답하는 방식으로 진행되었다. 동제에 관한 문답이 끝난
　　　　　후, 연행자는 당나무를 베어낸 후 마을에 동티가 난 이야기를 연행하였다.
줄 거 리 : 당제를 지내는 제관은 온갖 정성을 다 기울여야 한다.

　(조사자 : 여기 아직도 당제 지내시죠? 지금은 안 지내요?)

　예, 안 지내요. 그거 지내, 지내믄 삼 년으로 미신을 지켜야 되고, 지낸
뒤에 또 삼 년을 미신을 지켜야 되고, 육 년으로 지켜야 되고.

　(조사자 : 아 그 제관, 제주 하는 사람이?)

　옳지, 주, 주제관, 육 년으로 참 부처같이 살아야 되거든. 그러이까 요
새 그래 할 사람이 없다꼬. 근데 그렇게 안하면 또 그 주제관이 또 피해
를 보고. 그래서 주제관 할 사람이 없는 기라. 그래서 마 안 한다고 방치
해버렸지.

　(조사자 : 그럼 언제쯤에 없어진 거예요?)

　몰라, 그거 없어진 지가 하마, 한 사십 년.

　(조사자 : 그럼 그 제 지내시는 거도 본 적, 보신 적은 있으세요?)

아이고 와, 내가 지냈는데 뭐.

(조사자 : 아, 그러세요? 옛날에는 어떻게, 어떤 방식으로 지내나요, 제를 지내나요?)

옛날에요?

(조사자 : 제관은, 그러니까 제주는 어떻게 뽑아요?)

제주는 그 동네서러(동네에서) 아주 깨끗한 사람. 참말로 사람들한테 참신하고, 어디 가도 말 한 마디라도 아주 옥편같이 하고, 그 다음에 궂은 일, 더러븐(더러운) 일 안 보고, 어, 그런 사람을 뽑는 기라.

그러이 그런 사람을 하나 뽑자 카믄 얼마마끔(얼마만큼) 신중해야 돼노? 동네서 누구카만(누구라고 하면) 알아주는데. 그래서 그런 사람을 뽑으면은, 그, 그래 되믄 그릇도 백 프로(100%) 새 거, 술도 아주, 그 여자들 한 달에 한 번씩 겪는 사람은 근처 오지도 몬 해.

그, 그른 거 그렇게까지 해가 딱- 제주도 청결케 딱 해가지고, 밤에 가제를 지낸단 말이야. 밤에.

(조사자 : 혼자 지내나요? 밤에?)

집사 하는 사람이 따라. 집사 따르는 사람도 그렇게 깨끗해야 되고. 그게 실천 정신이지.

저, 저, 저, 그렇게 정성을 들이는데, 누가 할 사람이 있어야지. 아직까지 시방 하는 데가 있어. 신광 소재지에 가면 토성 2동 카는 데 거기, 거기는 하고 있어요. 당제를 지내지, 당제라 카거든. 지내고 있다고.

3. 오천읍

증편 한국구비문학대계 • 경상북도 포항시

▌조사마을

경상북도 포항시 남구 오천읍 진전리

조사일시 : 2010.6.27
조 사 자 : 김영희, 이선호, 김보라, 백민정

진전리가 소속된 오천읍은 삼한시대 진한(辰韓) 12국 중 근기국(勤耆國)의 영역에 속한 지역이었다. 삼국시대 신라 초기에는 근오지현(斤烏支縣)으로 불렸고 통일신라시대 경덕왕 16년(757)에는 의창군(義昌郡 : 후에 興海郡으로 개칭.)의 속현이 되었다. 고려시대 태조 13년(930)에 영일현(迎日縣, 또는 延日懸)으로 개명하고 현종 9년(1018)에 경주부(慶州府)에 소속되어 조선시대까지 그 전통이 이어졌다. 18세기에는 관할 지역으로 8개 면 82개 리를 두게 되었다. 그 후 관할 지역이 점차 늘어났으며, 1895년에는 영일군으로 개칭되어 동래부에 소속되었다. 포항시 다른 지역과 마찬가지로 1896년에 13도제(道制)가 실시됨에 따라 경상북도의 관할 지역이 되었으며, 1914년 행정구역 통폐합 때 흥해·연일·장기·청하군이 영일군으로 통합되면서 연일면·동해면·오천면·대송면·포항면(북면 지역)으로 재분할되었다가 1980년에 비로소 오천읍이 되었다. 현재 법정 마을 11개 리, 행정구역 단리 37개 리를 관할하는 읍이다.

오천읍(烏川邑)의 '烏' 자는 태양을 상징하는 삼족오(三足烏)를 상징하는 까마귀로 이해되곤 한다. 또한 '川' 자는 물에 인접한 지역임을 뜻하는 것으로 해석되기도 한다. 오천읍에는 연오랑 세오녀의 이야기나 원효에 얽힌 오어사(吾魚寺) 이야기, 문충동에서 출생한 것으로 알려진 고려시대 충신 포은 정몽주에 관한 이야기 등이 전승되고 있다. <연오랑 세오녀>는 일월지나 일월사당 인근은 물론이고 오천읍 일대에서 쉽게 들을 수 있는 이야기며, <오어사 이야기>는 항사리 일대를 중심으로 그 인근 지역에서 주로 전승되는 이야기다.

진전리는 오천읍의 최남단에 위치하는 마을로, 남쪽으로는 경주군 양북면, 서쪽으로는 경주시에 인접한 산간 마을이다. 북쪽으로는 만리봉(428m), 못재(538m), 갈미봉(331m) 등 여러 봉우리들이 마을을 둘러싸고 있어 진전리는 과거 교통이 발달하지 않았을 때는 접근이 어려운 오지 마을이었다고 한다. 북쪽에 자리한 만리봉이 진전산으로도 불리는데, 예부터 묵밭이 많이 있었다 하여 '진전(陳田)'이라는 이름이 붙었다는 설이 있다.

진전리에는 양지말과 음지말로 불리는 2개의 자연 마을이 포함되어 있다. 양지말[陽地村]은 음지마을 서쪽에 있는 마을로, 햇빛이 비치는 양지에 마을이 자리잡고 있고 산으로 둘러싸여 겨울에도 따뜻한 곳이다. 북쪽 피박골에는 1948년에 설립된 보광사라는 절이 있다.

음지마을[陰地村]은 500여 년 전 함씨 성을 가진 이가 처음으로 들어와 살았으나 곧 떠나고 임진왜란 때 박씨 성을 가진 이가 다시 들어와 개척한 마을로 전한다. 마을 동쪽에 있는 수리등이 아침 해를 가려 음지가 된다고 하여 음지마을로 불리게 되었다. 그밖에 오천읍 상수도 수원지가 건설되기 전에 노루목이라는 작은 마을이 있었으나, 거주민이 다섯 가구 남짓 되던 이 작은 마을은 수원지 건설로 수몰 지구가 되어 이제는 흔적을 찾아보기 어렵게 되었다.

조사자들이 진전리 제보자들을 만난 것은 오천읍민이 모두 모여 체육대회를 하는 잔칫날이었다. 새로 건설한 오천읍 공설운동장에 오천읍의 모든 성인들이 나와 있었다. 경기가 하나씩 진행될 때마다 마을 사람들이 삼삼오오 짝을 지어 경기에 참여했는데 젊은 사람들이 마련한 음식을 먹으며 담소를 나누다가도 자신이 속한 마을 사람들이 경기를 할 때면 열심히 응원에 집중하였다.

이날 조사자들은 오전 일찍부터 오천읍의 몇몇 마을을 방문하였는데 대부분의 마을이 거의 비어 있었다. 80대 고령의 노인들도 모두 마을 사람들과 함께 '오천읍 한마당' 축제에 참석하고 있었기 때문이다. 나이 드신 분들은, 직접 경기에 참여하지는 못해도 저마다 좋은 옷으로 곱게 차려 입고 마을 사람들과 함께 어울려 잔치를 즐기고 있었다. 마을별로 설치해 둔 천막 밑에 모여 앉은 마을 사람들을 대상으로 조사를 진행하였다. 야외 조사인지라 연행에의 집중도가 높지 않았고 녹음 상태가 그다지 좋지 않은 상황을 감수해야만 했다.

김연주, 여, 1949년생

주 소 지 : 경상북도 포항시 남구 오천읍 진전리
제보일시 : 2010.6.27
조 사 자 : 김영희, 이선호, 김보라, 백민정

 지금의 포항 시내 지역에서 태어나 자란 김연주 씨는 진전리로 시집온 후에는 계속해서 같은 마을에 살아왔다. 나이에 비해 젊어 보였으며 목소리가 크고 말소리가 또렷했다. 성격 또한 적극적이고 시원시원해서 조사자들이 체육대회 현장에서 '진전리'라고 쓰인 마을 천막을 찾아갔을 때 박석연 씨 등에게 이런저런 이야기를 해 보라며 적극적으로 권한 사람이기도 하였다.

 조사 초반부터 조사 활동을 적극적으로 도와준 인물이었다. 박석연 씨에게 '공알바위 이야기를 해 보라'거나 '피막골에 피 나온 이야기를 해 보라'는 등의 말을 계속 건넸다. 그밖에도 마을에서 전해 들은 바 있는 몇몇 이야기들을 언급하며 박석연 씨의 연행을 재촉하였다. 박석연 씨에게 '공알바위'에 관한 이야기를 해 보라며 권했는데 그가 이야기 내용을 잘 기억해 내지 못하자 답답한 듯 본인이 직접 나서 이야기를 들려 주었다. 그래서 연행한 자료로 <돌을 넣어 여자를 불러들였던 공알바위>가 있다.

 자신이 마을 역사나 유래에 관한 이야기를 연행할 만한 자격을 충분히 갖추고 있지 않다고 생각하는 듯 보였다. 그래서 자꾸 다른 사람에게 이야기 연행을 권하고 미루었는데 실상 본인이 알고 있는 이야기가 더 많은 것 같았다. 평상시에 관심이 많아서인지 젊은 나이에 비해 옛날이야기를 많이 알고 있는 편이었다. 노래 연행에는 특별한 관심을 보이지 않았다.

05_22_FOT_20100627_KBR_KYJ_0001 돌을 넣어 여자를 불러들였던 공알바위

박석연, 남, 1927년생

주 소 지 : 경상북도 포항시 남구 오천읍 진전리
제보일시 : 2010.6.27
조 사 자 : 김영희, 이선호, 김보라, 백민정

　본관은 밀양이고, 고향은 포항시 남구 오천읍 진전리로 같은 마을에서 나고 자란 인물이다. 스스로 '선조 때부터 대대로 진전리에 살아온 토박이 주민'이라고 자신을 밝혔다. 나이가 많은 탓에 기억력이 좋지는 않았지만 많은 이야기를 알고 있는 듯 보였다. 마을 사람들 사이에 '유식한 어른'으로 통하고 있었다. 대부분의 제보자들이 그에게 마을 전설의 연행을 미루었다.

　조사자들이 처음 읍민 체육대회인 '오천읍 한마당'이 벌어지고 있는 공설운동장을 방문하여 진전리 천막을 찾아갔을 때 조사자들이 조사 취지를 설명하자 마을 사람들이 맨 처음 안내한 사람이 바로 박석연 씨였다. 진전리에서는 '피박골' 혹은 '피막골' 등으로 불리는 지역에 대한 이야기가 여러 사람들에게 알려져 있는데 마을 사람들이 박석연 씨에게 그에 대한 이야기를 들려 달라며 졸랐다.

　주변에 모여 앉은 사람들이 조사 취지를 듣고 "피막골에 피 나온 이야기 해 주소."라며 이야깃거리를 꺼내자 곧바로 이에 관한 이야기를 연행하기 시작했다. 자신이 알고 있고 제대로 연행할 수 있는 이야기에 대한 요청이 있을 때는 적극적으로 나서서 이야기를 들려주었지만 군데군데

기억이 나지 않거나 정확하게 연행할 수 없는 이야기일 때는 아무리 주변 사람들이 강하게 권해도 연행을 시작하려 들지 않았다.

초등학교(당시 소학교)를 중퇴했지만 공부에 관심이 많아서 스스로 언문을 깨우쳤다고 말했다. 또한 무언가를 새롭게 알거나 탐구하는 데 열의가 높아 주변 어른들이 하시는 말씀을 귀담아 들었다고 한다. 호기심이 많고 이야기에도 관심이 많아서 아버지를 비롯한 주위 어른들이 대화하는 것을 엿들으며 견문을 넓혔다고 한다. 80여 년간 자신이 살면서 들어온 이야기들이 지금 자신이 연행할 수 있는 이야기 자산이 되었다고 말했다.

박석연 씨는 진전리 외에도 인근 지역인 갈평리 등에서 전승되는 이야기들도 많이 알고 있는 듯 보였다. 그러나 쇠약한 기력과 기억력의 쇠퇴, 소란하고 산만한 현장의 분위기 때문에 더 많은 이야기를 들을 수는 없었다. 조사 당일은 오천읍의 성인들이 모두 공설운동장에 모여 체육대회와 함께 흥겨운 잔치를 즐기는 '오천읍 한마당'이 벌어진 날이었다. 박석연 씨는 경기에 참여할 수는 없었지만 마을 사람들이 모두 나와 잔치를 벌이는 곳이니만큼 평상시와 달리 말끔하게 차려 입고 현장에 나와 음식을 나눠 먹으며 담소와 여흥을 즐기고 있었다.

박석연 씨의 목소리가 작은 편인데다 그의 연행에 집중할 수 없는 상황이어서, 조사를 더 이상 이어가는 것은 불가능한 일이었다. 야외 천막 아래서의 조사 환경 또한 좋지 않아 조사자들은 조사를 중단할 수밖에 없었다. 그가 연행한 이야기 자료로는, <세 중을 바위로 만든 강감찬의 삼석 바위>, <오어사 유래>, <피막골의 유래>, <여우에게 홀린 이야기>가 있다.

제공 자료 목록

05_22_FOT_20100627_KYH_BSY_0001 세 중을 바위로 만든 강감찬의 삼석바위
05_22_FOT_20100627_KYH_BSY_0002 오어사 유래
05_22_FOT_20100627_KYH_BSY_0003 피막골의 유래
05_22_MPN_20100627_KYH_BSY_0001 여우에 홀린 이야기

안일선, 여, 1934년생

주 소 지 : 경상북도 포항시 남구 오천읍 진전리
제보일시 : 2010.6.27
조 사 자 : 김영희, 이선호, 김보라, 백민정

포항시 남구 구룡포읍에서 나서 자란 후 20살에 진전리로 시집을 왔다. 다른 제보자들과 마찬가지로 '오천읍 한마당'이라는 마을 체육대회 현장에서 만난 인물이었다. 나이가 많아 체육 경기에는 참여할 수 없었지만 이날의 대회는 일종의 마을 잔치였기 때문에 젊은 사람들이 준비한 음식을 함께 나눠 먹으며 마을 사람들과 어울려 여흥을 즐기고 있었다.

조사자들이 넓은 운동장 안에서 '진전리'라고 쓰여진 천막을 찾아갔을 때 천막 맨 안쪽에 자리를 잡고 앉아 있었다. 스피커에서 나오는 행사 진행자의 큰 목소리와 음악 소리 때문에 조사자들이 말소리를 잘 알아듣지 못하고 여러 차례 되묻자 다소 곤란해 하면서도 몇 번이고 같은 이야기를 들려주었다.

주위가 산만하고 녹음 환경 등이 좋지 않아 많은 이야기를 듣지 못했지만 <길목 지키는 세 호랑이가 있던 삼석바위의 단혈>과 <도깨비에게 홀린 사람> 이야기를 들을 수 있었다. 작은 체구만큼이나 작은 목소리를 지녔는데 기력도 쇠한 편이라 소음이 많은 주변 상황을 견디기 힘들어 하였다.

제공 자료 목록
05_22_FOT_20100627_KYH_AIS_0001 길목 지키는 세 호랑이가 있던 삼석바위의 단혈
05_22_MPN_20100627_KYH_AIS_0001 도깨비에 홀린 사람

전태생, 남, 1930년대생

주 소 지 : 경상북도 포항시 남구 오천읍 진전리
제보일시 : 2010.6.27
조 사 자 : 김영희, 이선호, 김보라, 백민정

조사 당일 체육대회가 열리는 운동장 한편에서 마을 사람들과 어울려 장구를 치는 사람이 있었다. 그가 바로 전태생 씨였는데 신명이 많은 사람인 듯 보였다. 마침 풍물을 치다 마을 천막 안에서 쉬는 틈을 타 조사자가 다가갔다.

그는 한국전쟁 참전용사임을 자랑스럽게 내세우며 당시 전투 상황을 들려주기도 하였다. 갑자기 생각난 듯 6·25 노래를 부르더니 조사자가 민요를 권하자 <창부타령>을 부르기 시작했다. 스스로 노래를 잘한다고 자랑하던 제보자는 자신감 있게 노래를 이어나갔다. 주위에 앉아 체육대회를 구경하던 이들이 탁자를 두드리며 장단을 맞춰 주기도 하였다. 한 소절을 부른 후 조사자가 다시 한 번 더 부를 것을 청하자 한 소절을 더 이어 불렀다. 지친 듯 숨을 고르더니 30초가량 지난 후에 다시 <창부타령>을 이어 불렀다.

행사가 한창 무르익었을 때 제보자를 만나 조사자는 그의 개인정보를 캐물을 수가 없었다. 그는 행사 진행의 주요 인사 중 한 명이었다. 오후의 행사장은 주고받은 술잔의 숫자만큼이나 불콰하게 무르익은 분위기였다. 목소리 청이 좋고 주변에서 노래를 잘 하는 것으로 알려져 있으나 전통 민요보다는 유행가나 근대 민요를 즐겨 부르려 하는 경향이 강했다.

제공 자료 목록
05_22_MFS_20100627_KYH_JTS_0001 창부타령

돌을 넣어 여자를 불러들였던 공알바위

자료코드 : 05_22_FOT_20100627_KYH_KYJ_0001
조사장소 : 경상북도 포항시 남구 오천읍 공설운동장 오천읍한마당(체육대회) '진전리' 마을 천막 안
조사일시 : 2010.6.27
조 사 자 : 김영희, 이선호, 김보라, 백민정
제 보 자 : 김연주, 여, 62세
구연상황 : 박석연 씨가 여우에 대한 간단한 이야기를 끝내자 옆에 앉아 있던 김연주 씨가 박석연 씨에게 '돌을 넣었다 뺐다 하는 이야기'를 조사자들에게 해 주라며 연행을 권하였다. 그러자 박석연 씨가 멋쩍은 표정으로 '여자 성기처럼 생긴 바위가 있는데 거기에 돌을 넣으면 여자가 찾아온다는 말이 있다'고 말하였다. 그러면서 '이런 건 알아가 안 된다'는 말을 덧붙였다. 조사자들이 여자들인지라 박석연 씨가 쉽사리 연행을 시작하려 들지 않자 김연주 씨가 답답하다는 듯 직접 연행에 나섰다. 그때 마침 행사장에서 김연주 씨를 비롯한 진전리 선수들을 부르는 소리가 들렸다. 조사자가 잠깐이라도 '공알바위' 이야기를 들려 달라 청하자 급하게 이야기를 연행하기 시작했다. 김연주 씨는 연행을 마친 뒤 '공알바위'가 박석연 씨 집 앞에 있다는 말을 덧붙였다.
줄 거 리 : 진전리에는 여자 성기처럼 생긴 바위가 있다. 남자들이 여자들을 불러 놀고 싶으면 그 바위 안에 돌을 던져 넣었다. 그러면 외지 여자들이 들어와 남자들과 놀았다. 남자들이 더 이상 여자들과 놀고 싶지 않으면 바위 속에 넣었던 돌을 꺼냈다. 그러면 여자들이 남자들을 떠났다. 다시 다른 여자들과 놀고 싶으면 남자들이 바위 속에 돌을 넣기만 하면 되었다. 그러면 다시 다른 여자들이 들어와 남자들과 어울렸다.

왜 그렇게 됐노 하면은, 바위가— 옛날에 여자 공알바위라꼬,

(조사자 : 공알바위라고.)

해서 있었는데, 거기 남자들이 여자들을 데리고 놀고 싶으면 거다가(거기에다가) 돌을 여(넣어) 놓으면은 밖에 있는 여자들이 막 들어온대. 골짜

기로 그 산, 그 진전리로.

그러면 저 여자들, 남자들이 실컷 데리고 놀다가, 싫증이 나서 그 여자를 보내야 되는데 못 보내면, 거기 돌 그 바위 속에 가서 돌을 꺼내가(꺼내서) 던져버리면 그 여자가 또 간대.

그러고 난 뒤에는 인자(이제) 또 또 며칠 지나고 나믄(나면), 또 놀고 싶으면은 또 여자가 다른 사람이 또 들어온대.

그래 해서 그걸 공알바위라는 바위 이름이 그렇게 있대.

세 중을 바위로 만든 강감찬의 삼석바위

자료코드 : 05_22_FOT_20100627_KYH_BSY_0001
조사장소 : 경상북도 포항시 남구 오천읍 공설운동장 오천읍한마당(체육대회) '진전리' 마을 천막 안
조사일시 : 2010.6.27
조 사 자 : 김영희, 이선호, 김보라, 백민정
제 보 자 : 박석연, 남, 84세
구연상황 : 안일선 씨가 '삼석바위 전설'을 연행한 후 반대쪽으로 자리를 이동하자 마을 사람들이 옛이야기 잘 하는 사람으로 박석연 씨를 지목하였다. 조사자들은 '진전리' 마을 천막 아래에서 '오천읍한마당'을 구경하고 있던 박석연 씨에게 다가가 '삼석바위' 이야기를 아냐고 물었다. 청력이 좋지 않은 박석연 씨가 잘 알아듣지 못하자 주위에 있던 세 명의 마을 사람들이 "삼석바위 이야기를 해줘라."며 크게 소리를 질렀다. 그제야 말뜻을 이해한 박석연 씨가 이야기를 연행하기 시작했다. 고령의 나이 때문에 발음이 정확하지 않았으며 이야기의 흐름도 매끄럽지 않았다. 연행 도중에 운동장에서 들려오는 풍물 소리가 점점 커지는 바람에 녹음이 제대로 이루어지지 않았다. 이에 조사자가 이야기를 한 번 더 들려 달라 요청하였다. 박석연 씨가 같은 이야기를 다시 한 번 반복하였다.
줄 거 리 : 스님 세 명이 뱃사람으로 위장하여 배를 타고 다니며 계집질을 하자 강감찬이 이들을 바위로 만들었다. 그 바위가 진전리의 삼석바위이다.

내가 옛날에 삼성암(삼석암)이라니더.

삼성, 중 '석'자. 중 서이가(셋이) 된 놈이 여잔짓[56]을 댕기가(다녀서) 이, 낮(낮에) 거, 고마(그냥) 바위 들 때 마 거, 강감찬이가 그 다시 뱃놈을 못하도록 바우가(바위가) 되도록 만들었댄다.

그래가 인자 뱃놈이 인자 배 뜨면은, 저 뭐 저(저기) 서울 장원아 댕기면서 여잘 집적거리는 그런 행동을 많이 했대요.

그래가 그 뒤로 꼼짝 못하도록 했단다. 강감찬 선생이 만들었댄다, 이래(이렇게).

강감찬 아-지요(알지요)?

[오천읍한마당의 장구 소리가 울려 퍼지면서 이야기의 녹음상태가 고르지 못하자 조사자가 박석연 씨에게 다시 구연해주기를 요청하는 대화가 15초간 오간다.]

강감찬 선생이 고(그) 삼성암(삼석암)인데, 중 서이가(셋이) 돼 가지고 자꾸 여잔질(계집질) 하고 댕겨가(다녀서), 아 강감찬이 다신 뱃놈 못하도록 고 바우 만들었뿌고(만들고) 마 뱃놈 못하도록 만들어뿠어요.

(조사자 : 아, 그래서 삼성바위구나, 아 그렇구나. 강감찬 장군이 그, 그런 바위를 만드는 재주가 있었나 보네요.)

이, 있었지. 그때는 강감찬이 진승(眞僧)에는 왕이거든. 뭐든 만들아뿌만(만들어버리면) 되거든. 그랬답니다.

오어사 유래

자료코드 : 05_22_FOT_20100627_KYH_BSY_0002
조사장소 : 경상북도 포항시 남구 오천읍 공설운동장 오천읍한마당(체육대회) '진전리'

---

56) 성적 행위의 대상으로 여자를 찾아갔다는 뜻이다.

마을 천막 안

조사일시 : 2010.6.27
조 사 자 : 김영희, 이선호, 김보라, 백민정
제 보 자 : 박석연, 남, 84세
구연상황 : 강감찬이 뱃사람을 흉내 내며 여자를 홀리러 다니던 세 중을 혼내기 위해 그
　　　　 들을 바위로 만든 삼석바위 이야기를 연행한 후 조사자가 오어사에 관한 이
　　　　 야기는 모르냐고 묻자 곧바로 제보자가 연행을 시작했다.
줄 거 리 : 원효대사와 자장대사가 물고기를 먹고 다시 똥을 누어 죽은 물고기를 살리는
　　　　 내기를 했는데, 한 물고기만 살아서 움직이자 두 대사가 서로 살아난 물고기
　　　　 가 자신이 먹은 물고기라고 주장하였다.

아, 오어사?

(조사자 : 네.)

오어사는 그러대요. 원효대사하고 자장대사하고.

(조사자 : 네, 네.)

어 어, 인자(이제) 그 자 그, 중들은 인자, 중은 고구는(고기는) 못 먹는
인자,

'중은 고구를 묵으면(먹으면) 죽은 고구를 먹고, 산 고기를 낳아야 된
다.' 이래가(이래서)

인자 그, 변소 가가지고 그 대변을 보는데, 서로 인자 꼬리치고

"와다닥 와다닥" 그르이(그러니),

"아 저거 내 고기"라꼬.

이래가 그래가 오어사 아입니까? 말 잘……,

(조사자 : 아 그 법사, 대사가 두 명이서 내기를 했군요.)

아, 그 그래 인제 중은,

'죽은 고구는 먹고 산 고기를 낳아야 된다.' 이러거든요.

그래가, 그

"와다닥 와다닥"

꼬리를 치니,

"저거 내 고기"라고,

"내 고기"라고,

화장실을 가가지고 화다닥거리는 그놈이 '내 고기'라꼬.

그래가지고 오어사랍니다.

(조사자 : 아-.)

(청중 : 그래가, 나 오(吾)자 고기 어(魚)자 절 사(寺)자 오어사라 커대요 (하대요).)

(조사자 : 네, 네.)

(청중 : 오어사라꼬.)

피막골의 유래

자료코드 : 05_22_FOT_20100627_KYH_BSY_0003

조사장소 : 경상북도 포항시 남구 오천읍 공설운동장 오천읍한마당(체육대회) '진전리' 마을 천막 안

조사일시 : 2010.6.27

조 사 자 : 김영희, 이선호, 김보라, 백민정

제 보 자 : 박석연, 남, 84세

구연상황 : 제보자가 '오어사의 유래'를 연행한 후 조사자가 그의 인적사항에 대한 질문을 던졌다. 조사자와 제보자 사이에 문답이 오간 후 이야기가 마무리될 즈음 조사자가 마을 이름 유래에 대해 물었다. 제보자가 별다른 이야기는 없다고 대답하자 옆에 앉아 있던 마을 사람이 '피막골'의 바위에서 피 나온 이야기를 들려 주라며 연행을 권하였다. 이에 제보자가 이야기를 연행하기 시작했다. '오천읍한마당' 행사로 인해 각종 노랫소리와 악기 소리가 뒤섞이는 바람에 연행은 시종일관 소란스러운 가운데 진행되었다.

줄 거 리 : 집에 손님이 많이 오는 것이 싫었던 며느리가 어떻게 하면 손님이 오지 않겠냐고 묻자 누군가 묘 자리의 물길을 돌려놓으라 하였다. 시키는 대로 했더니 과연 집안에 손님이 끊겼고 그에 따라 집안도 망하고 말았다.

고거는(그거는) 묘터라요. 시방, 묘가 서쪽에서 고(그), 고, 묘 없을 때 고거 묘를 써 놓으믄은 요(여기) 물이 돌아가(돌아서) 묘하게 요래(이렇게) 됐어요.

집, 자꾸 손님 많으이 그 집 며느리,

"어짜면 손님 안 오냥? 손님 없애도록 해달라." 그니깐은,

"당신, 아무 것도 없고 묘를, 꼭 물로 저쭈로(저쪽으로) 돌리라(돌려 라)." 이라그든.

고(그) 묘로 돌려뿌고는(돌려버리고는), 손님이 일절 안 끊기던 게 손님 끊기곤. 무울(먹을) 게 없으니 안 오는 거 아닙니까. 그래 일절 망했지요. 그랬다 카대. 그런 전설이 있습니다.

길목 지키는 세 호랑이가 있던 삼석바위의 단혈

자료코드 : 05_22_FOT_20100627_KYH_AIS_0001
조사장소 : 경상북도 포항시 남구 오천읍 공설운동장 오천읍한마당(체육대회) '진전리' 마을 천막 안
조사일시 : 2010.6.27
조 사 자 : 김영희, 이선호, 김보라, 백민정
제 보 자 : 안일선, 여, 77세
구연상황 : 안일선 씨는 '삼석바위 전설'을 '도깨비에 홀린 사람' 이야기를 하기 직전에 연행했다. 그러나 '삼석바위 전설'이 바람소리로 인하여 녹음이 불완전하게 되었음을 알아차리고선 조사자가 안일선 씨의 '도깨비에 홀린 사람' 이야기가 끝나고 난 후, '삼석바위 전설'을 한 번 더 연행해 주길 요청했다. 제보자가 귀찮아하는 기색을 내비쳐 조사자가 진전리의 삼석바위에 대해 다시 자연스럽게 질문을 했는데, 이에 곧바로 '삼석바위'에 관한 이야기를 들을 수 있었다.
줄 거 리 : 진전리로 들어가는 길목에 있던 삼석바위는 호랑이 바위였다. 지나가는 사람들의 길을 밝혀 주던 세 마리 호랑이가 있었다고 하는데 삼석바위에 그 세 마리 호랑이가 앉아 있었다고 한다. 일제 강점기 때 도로를 내면서 삼석바위의 혈을 끊어버렸다.

(조사자 1 : 삼성바위(삼석바위)가 진전 가는 길목에 있는데 왜 혈이 끊겼는지?)

거기서 도로 내니라꼬(낸다고) 혈이 끊겼지.

(조사자 1 : 삼성바위 누가 지켜주는 거라구요?)

누가 지키는 게 아이라, 거 마을이, 마을이 생기가(생겨서) 있는데, 바위 밑으로 도로가 나가(나서) 옛날 머시기 머 일제시대. 일제시대 여서(여기서) 산에서 나무 한다꼬 도로를 냈거든.

그랬더니 그거 그 도로는 새 도로가 나이까네(나니까) 그거는('삼석바위'를 가리킴.) 무시하고, 그래 그 삼석바위 그 혈로 끊아뿌고(끊어버리고), 그 바위는 무시하고 바위 뒤로 도로가 났어.

(조사자 2 : 그래서 혈을 끊어갖고 그렇게 됐다?)

(조사자 3 : 그런데 그 바위가 호랑이였다구요?)

호랑이 바위란다. 삼석바위라꼬. 그래가 이름을 삼석바위라꼬 지었단다. 내 알기론 그거밖에 몰라.

(조사자 2 : 할머니, 너무 좋아요.)

(조사자 3 : 그럼 그 바위에는 호랑이가 몇 마리, 그럼 지켜준 거예요?)

세 마리 있었단다. 그러이(그러니) 삼석바위지.

(조사자 3 : 그 세 마리는 형제예요? 호랑이 세 마리?)

몰래(몰라). 형젠지 뭐 뭐 뭐 그 그건 모리지(모르지) 뭐.

(조사자 3 : 착한 사람한테는 불 비춰주고 나쁜 사람한테는 해 끼치고?)

아 그거론, 착한 사람인지 나쁜 사람인지 그거는 모르고 여튼 불 밝혀주고 그랬단다.

여우에 홀린 이야기

자료코드 : 05_22_MPN_20100627_KYH_BSY_0001
조사장소 : 경상북도 포항시 남구 오천읍 공설운동장 오천읍한마당(체육대회) '진전리'
　　　　　마을 천막 안
조사일시 : 2010.6.27
조 사 자 : 김영희, 이선호, 김보라, 백민정
제 보 자 : 박석연, 남, 84세
구연상황 : 조사자가 여우나 호랑이에 관한 이야기 가운데 아는 것이 없냐고 묻자 제보
　　　　　자가 웃음을 보였다. '그런 건 모른다'며 처음에 적극적으로 연행을 나서지
　　　　　않다가 '여우는 사람을 홀리고 호랑이는 사람을 죽인다'고 말하더니 예전에는
　　　　　산에 여우가 많았다는 말로 연행을 시작하였다.
줄 거 리 : 여우가 사람을 홀리기도 하고 깊은 산중에서 호랑이를 골탕 먹이기도 하였다.

　그런데요, 저 여우가 중간에도 우리가 보다시피, 요샌 여우가 없지만
산에 여우가 많이 있었어요.

　요거 인제(이제) 아침으로 밭에를 가면은, 요거 사람 홀리는 기(게) 짝
대기로 때리면 맞을 듯 말 듯 그러면서 살살 가거든. 살아가(살아서) 따라
가, 삐 했삐면(하면) 따라가고 따라가면 요(여기) 요러고.

　그래가(그래서) 호랭이(호랑이) 델꼬(데리고) 가가지고, 산 깊은 산골로
데리가면(데려가면) 마, 풀풀 이키(이렇게) 나무 뛰(뛰어) 넘고 마, 고래서
(그래서) 애를 믹있다(먹였다), 고래.

　여우가 그래 굴었어.

도깨비에 홀린 사람

자료코드 : 05_22_MPN_20100627_KYH_AIS_0001
조사장소 : 경상북도 포항시 남구 오천읍 공설운동장 오천읍한마당(체육대회) '진전리'
　　　　　마을 천막 안
조사일시 : 2010.6.27
조 사 자 : 김영희, 이선호, 김보라, 백민정
제 보 자 : 안일선, 여, 77세
구연상황 : 오천읍으로 간 조사자 일행은, 읍내에서 '오천읍한마당'이라는 체육대회가 진
　　　　　행 중이며 이 때문에 마을에는 남아 있는 사람들이 거의 없다는 사실을 확인
　　　　　하고 체육대회가 열리는 공설운동장으로 향했다. 일행 중 세 명의 조사자는
　　　　　운동장 안쪽 편에 위치한 진전리 천막을 발견하곤 뒤편에 앉아 구경하고 있
　　　　　던 안일선 씨에게 다가갔다. 조사의 취지를 설명하고 이야기를 청하자, '삼석
　　　　　바위' 이야기를 연행해 주었다. 그러나 바람이 불어 녹음 상태가 고르지 못한
　　　　　바람에 더 이상 조사를 진행하지 못하고 기계에 바람막이 방편을 마련한 후
　　　　　다시 이야기를 청하였다. 그러자 안일선 씨가 도깨비에 홀린 사람 이야기를
　　　　　들려주었다. 바람이 세게 불고, 축제장에서 들리는 음악소리와 여러 잡음으로
　　　　　인해 시끄럽고 어수선한 상황에서 조사가 진행되었다.
줄 거 리 : 어느 날 밤, 시장에서 돌아오던 한 남자가 도깨비에 홀려 갑자기 도랑으로 내
　　　　　려가겠다고 나섰다. 주변 사람들이 소리를 지르고 고함을 쳐서 겨우 데리고
　　　　　돌아왔는데 그 남자는 여전히 정신이 없었다.

　사, 사, 사람이 시장 갔다가 밤길로 가거든. 밤길로 가는데 한 사람이
왠지 자꾸 알로(아래로) 내려가더래. 또랑가로(도랑가로).

　'그래, 왜 절로(저리로) 가노?' 싶어 가지고 묻지.

　'볼일 보러 가는가?' 싶어가 가만 있었다만 저 우로(위로) 가도 울로(위
로) 올라가도 사람이 안 나타나가, 나중에 보이까네(보니까),

　그 알로 "누가 오라 칸다." 카면서

　그 쪽으로 "내려간다." 카는 기라.

　"아이다." 캄명(하면서)

　그래,

"오너라, 오너라." 카며,

고함을 지대가(질러서) 그래 가주고 잡아 왔다 카더라. 자러 왔다 카더라.

정신이 없더란다, 사람이. 정신이 마. 같이 동료들이 가는데도 정신이 이래 가뿌고(가버리고).

그래 잡아가주고 그래 온 적도 있어.

그래가, 사람이 얼굴이 이래(이렇게) 가지고 글터란다(그렇더란다).

(조사자 : 아, 그래가주고.)

같이 가는데도 글터란다.

(청중 : 유산댁이가 잘 알지?)

그 전에 와(왜), 박연무 와 그 홀래(홀려) 가주고 그래가 얼마나 욕 봤노?

창부타령

자료코드 : 05_22_MFS_20100627_KYH_JTS_0001
조사장소 : 경상북도 포항시 남구 오천읍 공설운동장 오천읍한마당(체육대회) '문덕 12
리' 마을 천막 안
조사일시 : 2010.6.27
조 사 자 : 김영희, 이미라
제 보 자 : 전태생, 남, 1930년대 생
구연상황 : 전태생 씨가 풍물을 치다 마을 천막 안에서 쉬는 틈을 타 조사자가 그에게
다가갔다. 그는 갑자기 생각난 듯 6·25 노래를 부르더니 조사자가 민요를
권하자 '창부타령'을 부르기 시작했다.

> 아니-아니- 놀지는 못하리라
> 함경이남이 하선심하야
> 해가져도 아니오고
> 일월이 하 심심하여
> 내감정을 모르누나
> 얼씨구나좋구나 지화자가좋네
> 이렇게좋다가는 깜낭켔네

[웃음]
뭐 딴 노래 좋은 게 있지만은.
(조사자 : 창부타령 원래 되게 길잖아요.)
네 길지. 그라믄(그러면) 이절(2절)이 있지.
(조사자 : 네, 그럼, 해 주세요.)

> 아니아니 노지는 못하리라

해가지는 저문날에
온갖단장하고선 어데가노
첩의집을 가실라면은
나죽은꼴 보고가소
첩의집은 꽃밭이요
나의집은 연못이오
꽃과나비는 한철이건만
연못의금붕어는 사시장초

[조사자가 세 번째 절(3절)도 불러주기를 요청하자 크게 웃고선 40초간 잡담을 나누었다. 조사자가 거듭 요청하자 창부타령을 이어 불렀다.]

이히-- 아니놀지는 못하리라
아니서지는 못하리라
직무능산 반월봉에
해다진다꼬 설워마라
지는해는 오리정에
다시돋아 오건만은
한번가신 우리낭군
돌아올줄 모르느냐
얼씨구절씨구 지화자가좋아
아니놀지는 못하리라

여(여기)살짝 젊은날에
늙은부모 우리부모
한이되고 막지겨운데
화려한 자장암(오어사에 있는 자장대사의 암석을 가리킴.) 모셔가소

그감상 발로밑에
팔보살림을 모셔놓고
이르기도 하올적에
이미하물을 기다리며
나---어 혜---- 에혜--------
관세음보살

4. 장기면

증편 한국구비문학대계 • 경상북도 포항시

▌조사마을

경상북도 포항시 남구 장기면 산서리

조사일시 : 2010.1.26, 2016.1.27
조 사 자 : 김영희, 이미라, 황은주, 이선호

묘봉산 동남과 만리성산 동쪽으로 흐르는 계곡을 따라 형성된 새터와 서화, 감재산 북동쪽 월산 마을, 이 세 마을을 합쳐 산서리라 부른다. 이 마을을 가로지르는 하천들은 모두 장기천으로 흘러든다. 마을은 비교적 넓게 분포되어 있지만 거주 인구는 많지 않다. 인근에 효자각이나 서원, 사당 등이 많아 전통 문화나 예법에 대한 인식이 비교적 강한 편이다.

새터는 비교적 최근에 생긴 마을로 최국원(崔國元)이라는 사람이 영덕에서 옮겨와 터를 잡은 곳으로 알려져 있다. 경주 장포 최국원을 기리는 구산재(龜山齋)와 같은 일문인 최학진(崔鶴振)의 효자각이 있다. 월산(月山)은 초승달이 산을 지나 나타나는 데서 이름이 붙여진 함월산(含月山)이라는 산과 음월곡(陰月谷)이라는 골짜기가 있어 유래한 이름이다.

산서리 정중앙에 자리한 마을은 서화(瑞花)다. 예전에 매화나무에 얽힌 전설이 전해내려왔다고 하는데 상서로운 꽃이 있는 곳이라고 해서 붙여진 이름이라 한다. 제보자 김준우 씨는 마을 인근에 기산이라는 높은 산이 있는데 그 생김새가 묘하고 산 정상에 백두산 천지 같은 물이 찬 분화구가 있는 모습이 상서로운 꽃과 같다 하여 붙여진 이름이라고 설명하였다. 덧붙여 그는 바로 그 못에 신선이 살았다는 전설이 있으며 그 아래 '매타곡'이라는 골짜기 역시 상서로운 곳으로 신선이 살았다는 이야기를 전해 들은 적 있다고 말했다. 또 인근 나곡뜰이라는 지역에 '망매(岡梅)'라는 지명이 있는데 매화와 매화 뿌리가 떠내려가지 말라고 지은 이름이라고 한다.

마을의 대성(大姓)은 경주 김씨 일문이다. 마을 전체에 60가구 정도가 살고 있는데 반 이상이 경주 김씨 일가 사람들이라고 한다. 김알지의 후손으로 신라 왕손의 뒤를 잇고 있다는 자부심이 강하다. 고려 예조판서를 지낸 수은 김충한(金沖漢)과 서계 김응장(金應章)이 모두 이들의 선조인데 이들을 추모하는 서산서원이 마을에 있다. 특히 김응장은 마을의 입향조(入鄕祖)로 임진왜란 때 난을 피해 피난을 왔다가 산서리에 정착하여 그 후손들이 지금까지 세를 이루고 살게 되었다.

처음 마을에 터를 잡았던 김응장은 고생을 많이 했다고 하는데 대략 그 시기가 400년 전으로 예상된다. 경주 김씨 후손들이 자랑스러워하는 선조로는 조선 후기 영조에게서 왕이 직접 하사한 효자각을 받은 김시상(金時相)이 있다. 경주 김씨를 비롯한 마을 사람들이 가장 즐겨 연행하는 이야기 역시 김시상의 효행담이다. 경주 김씨 일문이 아니더라도 마을 공동체 구성원 대부분이 이름난 문인과 관료들을 많이 배출한 고장이라는 자부심을 갖고 있다.

경상북도 포항시 남구 장기면 읍내리

조사일시 : 2010.1.26, 2010.1.27
조 사 자 : 김영희, 이미라, 황은주, 이선호

읍지(邑誌)에 따르면 장기현은 신라시대 지답현(只畓縣)으로, 경덕왕 때에는 의창군(義昌郡) 속현이었다고 한다. 그러던 것이 고려시대에 이르러 현재 이름으로 바뀌어 경주부의 속현이 되었다. 고려 공양양 때에는 장기현에 감무(監務)를 두어 바다 방위의 요충지로 삼았고, 조선 태종 때에는 무신 중 높은 벼슬의 관직을 부임케 하여 장기를 근거지로 바다 경계를 강화했다고 한다.

고려 현종 때 현재 이름인 '장기'로 이름이 바뀌면서 그 경계가 북으로는 대보면, 남으로는 경주시 양남면 하서리 인접 지역이 되었다. '장기'는 위아래로 길게 뻗은 지역인데, '장(長)'이라는 글자가 이와 같은 지역의 형태에서 유래했다는 설이 있다. 또한 지역 내 마산(馬山)이라는 지명이 있고 장기읍성 남쪽에 용마산이 있을 뿐 아니라 이곳에 말과 관계가 깊은 말 목장이 있었기 때문에 지역 이름에 '마(馬)자'가 들어간 것으로 추정하기도 한다.

18세기에는 장기현에 읍내면(邑內面), 서면(西面), 북면(北面)의 세 개 면에 86방(縣內面 35坊, 西面 15坊, 北面 36坊)이 설치되어 있었다. 그러던 것이 19세기에 이르러 3면 37리(縣內面 13리, 西面 10리, 北面 14리)로 변경되었다. 1895년에는 장기현이 장기군으로 개칭되어 동래부(東萊府)에 소속되었으며 이때에는 3면 49리가 관할 지역으로 포괄되었다. 1896년에 이르러 13도제(道制) 실시로 장기군이 경상북도의 관할 지역이 되었으며 1906년에는 경주군 북도면(北道面 : 현 陽北面)과 남도면(南道面 : 현 陽南面)이 장기군에 편입되었다. 또한 이때 장기군 북면(北面)이 내북면(內北面)과 외북면(外北面)으로 나뉘어 장기군은 총 6개 면 지역을 관할하게 되었다.

1912년에는 6면 135리를 관할하게 되었다가 1914년 행정구역 통폐합 때 현내 · 매북 · 외북 · 서면 4개 면을 통합하여 창주면(滄州面)을 만들면서 현내면(縣內面) 12동을 통합하여 지금과 같은 형태의 장기면이 되었다. 이때 봉산면(峯山面) 일대는 영일군의 관할이 되고 내남면과 양남면은 경주군의 양북면과 양남면으로 변경되었다. 1934년에는 장기면과 봉산면(峯山面) 2개 면을 지행면(只杳面)으로 통합하고 그 아래 23리를 두었는데 그때부터 면사무소가 현재 읍내리에 위치하게 되었다. 그러던 것이 1991년에 지역 주민들 사이에 옛 명칭을 회복하고자 하는 운동이 일어나면서 지행면(只杳面)을 장기면(長鬐面)으로 고치게 된 것이다.

장기면은 바다에 인접해 있어 오늘날에도 전략상 요충지일 뿐 아니라 관광지로도 이름이 높다. 경주시와 인접한 지역으로 포항시의 최남단에 자리잡고 있으며 총 14.5km의 긴 바다를 낀 어촌 12개 마을과 농촌 21개 마을, 총 33개의 행정구역 마을이 장기면에 소속되어 있다. 어촌에는 우렁쉥이나 미역이 풍부하고 해풍이 부는 내륙에서는 산딸기(복분자)가 많이 생산된다. 특히 읍내리에 위치한 장기읍성은 우리나라에서 유일한 성문 3개의 읍성으로 국가 사적 제386호로 지정되어 있다. 또한 그밖에도 곳곳에 향교와 서원이 분포되어 있다.

읍내리는 현재 장기면의 면소재지로 예부터 이 지역의 중심지였던 만큼 현재에도 장기읍성과 장기향교 등의 유적지가 남아 있다. 특히 장기읍성은 과거 읍지에 따르면 석축의 둘레가 2980척이고 높이가 10척이며 우물이 4개고 못이 2개인, 제법 규모가 큰 성으로 알려져 있다. 장기읍성은 장기면의 진산인 동악산의 동쪽 산등성이에 자리잡고 있는데 이 읍성 안 고을을 예부터 성내라 불렀다고 한다. 성내 마을은 동서로 나누어 동부리와 서부리로 불렀는데 동부리가 현 읍내리에 속하고 서부리는 현재 서촌리에 해당된다.

읍성의 남쪽으로 뻗은 산을 용마산이라고 하고 이 산 아래 마을을 용전이라 부른다. 용전 동편에 죽성과 하성 마을이 있고 죽성과 용전 마을 사이에 서원 마을이 있다. 죽성은 대나무가 많아 마치 성처럼 둘러싸여 있다고 해서 붙여진 이름이라 하며 하성은 성내 저자거리에 있던 시장이 옮겨지면서 새로운 장터가 되었던 곳이다. 서원 마을은 우암 송시열 선생이 유배를 왔던 일을 되새겨 선생을 기리는 '죽림서원'을 1707년에 건립하였는데 이 서원이 있는 마을이라 하여 붙여진 이름이다.

여성 노인회관 뒤편 산등성이에 있는 느티나무에 동제를 모시는데 정성이 지극하여 조사자들이 먹을거리를 들고 갔을 때 노인회장님이 가장 먼저 동신님께 인사를 해야 한다며 먹을 것을 조금 나누어 느티나무로 올라갈 정도였다.

장기면 읍내리 동목   장기면 읍내리 마을회관

장기면 읍내리 연행현장

읍내리는 총 162세대 389명이 거주하는 것으로 면사무소에 기록되어 있는데 이 가운데 남성이 187명, 여성이 202명으로 비교적 남·여 비율이 크게 차이 나지 않는 편이다. 인구의 대부분은 70대 이상의 고령 인구며 남·여가 함께 모이지 않고 서로 내외하여 장기면 노인회관을 주로 남성들이 사용하고 읍내리 마을회관을 여성들이 노인회관으로 사용하고 있다.

경상북도 포항시 남구 장기면 임중 2리

조사일시 : 2010.1.27
조 사 자 : 천혜숙, 김영희, 이미라, 황은주, 이선호, 김보라, 백민정

영취산 남동 기슭에 자리한 마을로, 예전에 십 리 가까이 이어지던 숲이 있었다 하여 '임중(林中)'으로 불린다. 숲 남쪽의 안골 마을이 임중 1리고 북쪽 하천변 마을이 임중 2리다. 임중 1리가 더 오래된 마을이며 토박이 거주 비율 역시 임중 2리에 비해 더 높은 편이다. 임중 2리는 하천변을 개간하여 새로 만든 장터가 있었다 하여 '새장터'라 불리기도 한다.

임중 숲은 과거 마을 주민들의 자랑거리였다고 하는데 지금은 사라져 자취를 찾아볼 길 없다. 다만 장기중학교 안에 몇 그루 고목이 남아 있을 뿐이다.

임중리에는 고려 충선왕 때 오도안찰사를 역임한 오방우(吳邦佑) 공을 제향하는 덕림서원과 효자 김사민(金士敏)을 기리는 효자각이 있다. 효자각은 마을 입구에 자리잡고 있는데 여성 제보자들의 경우 그 유래를 잘 모른다고 대답하였다. 마을 내에서 토박이 주민과 이주민들 사이에 보이지 않는 알력 관계가 있는 듯 보였다. 다른 마을에 비해 주민들 사이에 자신이 살고 있는 마을에 대한 자부심이 강한 편이었고 반촌(班村)으로서의 자긍심 또한 강하게 느껴지는 마을이었다. 그래서인지 토착과 이주 여부를 둘러싼 문제가 다소 민감한 사안 중 하나로 보였다.

임중 2리 마을회관에서 만난 제보자들은 대부분 여성들이었는데 임중 1리와 임중 2리에 거주하는 주민들이 함께 모여 있었다. 임중 1리를 옛날 동네, 임중 2리를 새 동네라 부르기도 했는데 임중 1리에서는 당제를 지내는 데 반해 임중 2리에서는 당제를 지내지 않는다고 했다. 임중 1리는 안 동네로 불리고 임중 2리는 바깥 동네로 불리기도 한다. 임중 1리 거주자와 임중 2리 거주자 사이에도 보이지 않는 경계가 존재하고 있는 것 같았다.

여성과 남성 사이의 경계도 비교적 강한 편이어서 여성 제보자들은 마을의 역사나 인근 지명의 유래, 당제 지내는 과정 등에 대해 거의 알고 있는 바가 없었다. 이것들은 모두 바깥 어른, 곧 남성들의 몫이었기 때문이다. 다만 옛날 고을 원님이 임중에 들어올 때 사는 것이 너무 한심해서 울면서 들어왔다가 떠날 때는 푸근한 인심 때문에 다시 울면서 떠난다는 이야기, 인근 고석사가 영험하다는 이야기, 영등제나 신주단지를 모시던 시절 이야기 등을 조사자에게 들려주었다.

장기면 임중 2리 연행현장

▌제보자

김분외, 여, 1933년생

주 소 지 : 경상북도 남구 장기면 읍내리
제보일시 : 2010.1.26
조 사 자 : 김영희, 이미라, 황은주, 이선호

포항시 감포면에서 출생하여 강원도 삼척
으로 옮겨가 18세까지 살았다고 한다. 한국
전쟁 당시 1·4 후퇴로 내려와 읍내리에 정
착하였다. 이야기판에 가장 먼저 자리잡고
앉았으며 이야기 연행에도 적극적이었다.
다른 사람들이 연행을 할 때도 적극적으로
개입하여 자신의 의견을 들려주려 애썼다.
<등불을 들고 길을 안내해 주는 도깨비>,

<도깨비에 홀린 사람>, <집 지킴이를 잡고 망한 집>, <좆쟁이를 만난
경험담> 등의 이야기를 연행하였다.

제공 자료 목록
05_22_MPN_20100127_KYH_GBW_0001 등불을 들고 길을 안내해 주는 도깨비
05_22_MPN_20100127_KYH_GBW_0002 도깨비에 홀린 사람
05_22_MPN_20100127_KYH_GBW_0003 집지킴이를 잡고 망한 집
05_22_MPN_20100127_KYH_JDR_0001 좆쟁이를 만난 경험담

김준우, 남, 1933년생

주 소 지 : 경상북도 포항시 남구 장기면 산서리
제보일시 : 2010.1.26
조 사 자 : 김영희, 이미라, 황은주, 이선호

포항시 남구 장기면 산서리에서 태어나 자란 인물로 경주 김씨 66대손이다. 자신이 속한 가문에 대한 자긍심과 가문 공동체 일원으로서의 집단적 정체 의식이 강한 인물로, 스스로를 신라 26대 진평왕의 후손으로 소개하기도 하였다. 자신의 선조인 김알지에 대해 길게 언급하기도 했는데 "알에서 태어나고 금궤에서 태어났다"며 자랑스럽게

말하기도 하였다. 또한 신라 마지막 왕인 경순왕의 아들이 경주 본관을 정식으로 받으면서 자신들의 가문이 본격적으로 시작되었음을 자랑스럽게 천명하기도 하였다. 또한 경순왕이 자신에게서 39대 선조가 된다는 사실을 거듭 강조하기도 하였다.

가문에 대한 자랑을 길게 늘어 놓았는데 본인은 종손이나 장손이 아니지만 큰형이 선조를 모신 서산서원 밑에 살고 있다는 사실을 언급하기도 하였다. "굽은 나무가 산천을 지킨다"는 말이 있듯이 본인 또한 고향을 지키고 있음에 자부심을 갖고 있는 듯 보였다. 그와 더불이 요사이 젊은 사람들이 고향을 지키려 하지 않음을 안타깝게 여기고 있었다. 가을 벌초 때조차 제대로 모이지 않는 현실을 개탄하기도 하였다. 이어서, 선친이 설립하고 자신이 육성회장을 지내기도 한 산서초등학교가 다닐 아이들이 없어 폐교된 현실을 안타깝게 말하기도 하였다.

조상 가운데 신라의 왕들뿐 아니라 현재 서산서원에 모셔진 고려 때 충신 김충한(金沖漢)이나 입향조(入鄕祖)인 김응장(金應章), 영조 때 효성이 지극하다 하여 왕에게 직접 효자각을 하사받은 김시상(金時相) 등의 이야기도 자랑스럽게 들려주었다. 제보자는 조상을 지극히 섬기면 복을 받는다고 믿고 있었는데 자신의 손자들이 공부를 잘 하는 것도 본인이 조상을 잘 섬겼기 때문이라고 생각하고 있었다.

흥미로운 것은 제보자가 본인의 조상들을 자랑스럽게 생각하면서도 경주에 가서 왕들의 무덤을 보고 지배자로서 덕을 쌓지 못했다는 생각을 했다는 말을 덧붙였다는 사실이다. 그는 큰 무덤들을 보고 백성들을 얼마나 고달프게 만들었을지 생각했다며, 어떤 왕이나 나라도 백성 없이는 존재할 수 없다는 점을 잘 알아야 한다는 사실을 강조하였다.

제보자는 어려서부터 인근 서산서원 내 서당에 다니면서 한학 교육을 받았고 집안 어른들에게도 한문을 많이 배웠다. 아버지가 산서초등학교 설립자이며 집안 내 교육에 대한 열의가 높아 어려서부터 많은 교육적 혜택을 받을 수 있었다고 말했다. 이런 배경 때문에 그는 지금까지 시제를 내 한시를 짓는 등의 글쓰기 활동을 계속하면서, 부탁을 받아 축문을 짓거나 제문을 쓰는 등의 일을 하고 있었다. 이와 같은 능력 덕분에 그는 신광면 냉수리에 있는 사당에서 참봉 직위를 받았으며, 이 때문에 마을에서는 '참봉'으로 불리기도 했다. 또한 그는 서원에서 글씨를 배운 탓에 서예에도 조예가 깊은 편이었다.

슬하에 3남 1녀를 두었는데 자녀들은 모두 외지로 나가 부부 두 사람만이 고향집을 지키고 있다. 자녀들에게 고향집으로 들어올 것을 권유하고 있기는 한데 아직까지 별다른 반응은 없는 편이라고 말했다. 그는 젊은 사람들이 산서에 들어와 살지 않으려 하는 까닭을 이해한다고 말했다. 이런 이야기를 반복하면서 그는 산서가 몹시 외진 산골이며 그렇기 때문에 발전이 없다며 개탄하기도 하였다.

조사자가 고석사나 용마산 등의 유래에 대해 묻자 그는 위치나 간단한 내력은 들려줄 수 있어도 유래담은 들려줄 수 없다고 말했다. 인근 지명에 대한 간단한 설명을 덧붙이기는 해도 이야기에 남다른 재주가 있는 것 같지는 않았다. 다만 자신의 선조인 효자 김시상이 호랑이의 비호를 받았다는 이야기만큼은 또렷하게 기억하여 조사자에게 들려주었다.

제보자는 처음 장기면 노인회관에서 만났을 때에도 장구를 치며 노래를 부르고 있었다. 특히 장구나 꽹과리 등의 악기를 신명나게 잘 치는 것으로 인근에 이름이 나 있었는데 작은 체구에 고령임에도 불구하고 장구를 치며 뛰어노는 모습이 청년 못지 않았다. 신명이 많아서인지 장구를 치는 소리에 힘이 있고 노는 모습에 기운이 넘쳤다.

이야기를 들려줄 때에도 목소리에 힘이 있고 말투에 조리가 있었다. 많은 이야기를 하지는 못했지만, 마을 주변 지명 유래에 대한 이야기나 자신이 속한 경주 김씨 집안 이야기를 열심히 들려주었는데 조사자의 조사 취지에 적극 동감하면서 한자를 직접 써서 보여주는 등의 열의를 드러냈다. <효자 김시상 이야기>와 함께 <노랫가락>을 연행하였다.

제공 자료 목록
05_22_FOT_20100126_KYH_KJW_0001 효자 김시상 이야기
05_22_MFS_20100126_KYH_KJW_0001 노랫가락

박수기, 여, 1937년생

주 소 지 : 경상북도 포항시 남구 장기면 임중 2리
제보일시 : 2010.1.27
조 사 자 : 천혜숙, 김영희, 이미라, 황은주, 이선호, 김보라, 백민정

택호는 두전댁이다. 머리가 일찍 하얗게 세서 실제 나이에 비해 조금 더 나이가 들어 보이는 인물이었다. 울산에서 나고 자란 인물로, 24세에 임중 2리로 시집을 왔다. 슬하에 아들 둘, 딸 둘을 두고 있다. 농사 짓고 통조림 공장 다니면서 자식들을 모두 다 키워냈다고 자랑스럽게 말하기도 하였다.

혼자 나서서 연행을 이어가는 성격은 아

니었지만 다른 사람이 연행을 할 때 매우 적극적으로 호응하면서 청중으로서의 역할을 충실히 수행하였다. <모심기 소리>와 <고석사 영험>에 대한 이야기 연행에 적극 참여하였다.

제공 자료 목록
05_22_FOS_20100127_KYH_BSG_0001 모심기 소리

박정희, 여, 1935년생

주 소 지 : 경상북도 포항시 남구 장기면 임중 2리
제보일시 : 2010.1.27
조 사 자 : 천혜숙, 김영희, 이미라, 황은주, 이선호, 김보라, 백민정

택호는 성동댁이다. 경주에서 태어나 자란 인물로, 스물 살 무렵 경주 김해 김씨 일문에 며느리로 들어갔다가 22-23세에 임중 2리로 이주해왔다. 스스로 이주민이라는 의식이 강한 편이어서인지 아는 노래인데도 먼저 나서려 하지는 않았다. 노래를 많이 알고 있고 이야기도 곧잘 하는 편이었는데 연행판을 주도할 만한 위치에 있지는 못하는 듯 보였다. 박정희 씨가 이야기를 할 때 다른 사람들이 끼어들거나 '제대로 못할 거면 아예 하지 말라'며 타박을 하는 이들도 있었다.

역시 노래를 잘 부르고 많이 아는 박종구 씨가 연행을 할 때 주거니 받거니 하면서 노래를 계속 이어간 인물도 박정희 씨다. 특히 다른 노래를 부를 때는 잘 나설 수 없었지만 모심기 소리를 할 때면 다른 사람이 나서기 전에 먼저 치고 나와 자신의 노래를 이어나갔다. 목소리 청도 좋고 발음도 명확한 편이어서 차분히 조사를 이어가면 많은 노래를 부를 수 있을

것 같았다.

박정희 씨는 처음부터 조사에 적극적이었다. 맨 처음 조사자를 맞이하여 이야기를 시작한 것도 박정희 씨였고 여러 사람들이 조사에 응하지 않고 화투 놀이에 열중할 때도 얼른 놀이판을 접고 이야기나 노래를 들려주어야 한다고 극구 주장한 인물도 박정희 씨였다.

이주민이라 옛날 역사는 잘 모른다고 하면서도 찬찬히 이야기를 이어가며 고석사나 고을 원님, 영등 할매나 인근 지명에 대해 자신이 아는 이야기를 풀어냈다. 이름 때문에 마을에서 별명이 대통령이라며 우스갯소리를 하기도 하였다. <울고 왔다 울고 가는 고을 원님>, <영등할매 내력>, <고석사 영험>, <모심기 소리>, <쌍금 쌍금 쌍가락지>, <노랫가락>을 연행하였다.

제공 자료 목록

05_22_FOT_20100127_KYH_BJH_0001 울고 왔다 울고 나간 고을 원님
05_22_FOT_20100127_KYH_BJH_0002 영등할매 내력
05_22_FOT_20100127_KYH_BJH_0003 고석사의 영험
05_22_FOS_20100127_KYH_BJG_0001 쌍금 쌍금 쌍가락지
05_22_FOS_20100127_KYH_SSR_0001 모심기 소리
05_22_MFS_20100127_KYH_BJH_0001 노세 노세 젊어서 놀아

박종구, 여, 1930년생

주 소 지 : 경상북도 포항시 남구 장기면 임중 2리
제보일시 : 2010.1.27
조 사 자 : 천혜숙, 김영희, 이미라, 황은주, 이선호, 김보라, 백민정

택호는 신전댁이다. 경북 성주군 월항면 장산동에서 7남매 중 맏딸로 태어났다. 조부가 남동생에게 글을 가르쳐줄 때 옆에서 곁눈으로 글을 배웠다. 그러다가 동생이 읽지 못하는 것을 옆에서 외웠더니 여자가 글 배

우면 쓸데없다고 두드려 맞았다. "책가방 들고 파닥파닥 대고 그렇게 가고 싶더라." 라며 학교를 가지 못한 설움을 표현했다. 어렸을 적에 영민하여 "면서기 오면 지가 말할라 캤다."라는 말도 들었다고 한다.

21살에 장기면 산서리에 살던 월성 김씨 집안의 외며느리로 시집을 왔다. 15세에 해방을 맞아 전쟁이 한창이던 때 결혼을 했다.

젊어서부터 노래를 잘 하기로 유명했다. 칭칭이 앞소리를 매기면 끝이 없었고 젊어서는 노래를 잘해 염소를 상으로 받기도 하였다. 지금은 기억력이 쇠퇴하고 숨이 가빠 노래를 잘 부르진 못하지만 여전히 여러 편의 노래 가사를 기억하고 있었다. 그러나 곡조를 붙여 노래를 부르지는 못하고 대부분의 노래를 읊조리듯 가사를 새겨 내려갔다.

젊은 시절에 친구들과 어울려 다니며 노래도 많이 불렀고 <춘향전>, <장끼전>과 같은 소설도 많이 읽었다. 특히 <춘향전>은 '춘화'라고 말하면서, 즐겨 읽었던 기억을 되새기기도 하였다. 제보자는 예전에 이들 이야기책을 노래로 불렀다고 말했다. <화전가> 등의 가사도 좋아했다고 말했는데, 특히 이들 가사의 노랫말이 유구하고 뜻이 깊다고 거듭 강조하였다.

마을에서 노래 잘 하기로 이미 알려져 있어서 조사자들이 찾아갔을 때 모두들 제보자를 추천하였다. 그러나 숨이 가쁘고 기억력이 쇠퇴해서인지 선뜻 나서려 하지 않았다. 그러다 박정희 씨 등이 노래를 부르기 시작하고 몰입해 있던 화투놀이를 정리하게 되자 하나둘 자신의 레퍼토리를 풀어 놓기 시작했다.

주로 민요를 연행했는데, 연행한 자료로는 <정서방네 맏딸애기>, <화투 뒤풀이>, <언문 뒤풀이>, <쌍금쌍금 쌍가락지>, <모심기 소리>가 있다.

제공 자료 목록
05_22_FOS_20100127_KYH_BJG_0001 쌍금쌍금 쌍가락지
05_22_FOS_20100127_KYH_BJG_0002 정선달네 맏딸애기
05_22_FOS_20100127_KYH_SSR_0001 모심기 소리
05_22_MFS_20100127_KYH_BJG_0001 언문 뒤풀이
05_22_MFS_20100127_KYH_BJG_0002 화투 뒤풀이

신순람, 여, 나이 미상

주 소 지 : 경상북도 포항시 남구 장기면 임중 2리 마을회관
제보일시 : 2010.1.27
조 사 자 : 천혜숙, 김영희, 이미라, 황은주, 이선호, 김보라, 백민정

　조사자들이 처음 임중 2리 마을회관을 방문했을 때 많은 여성 노인들이 모여 화투 놀이에 열중해 있었다. 조사자들이 조사 취지를 설명하고 조사를 시작하자 그 중 몇 명이 관심을 보이기 시작했다. 그 중 신순람 씨는 많은 민요를 부르지는 못했지만 조사 활동에 매우 적극적으로 참여한 연행자 가운데 한 명이었다.

　민요를 많이 부른 것은 박정희 씨, 박종구 씨, 박수기 씨 등이었지만 연행판의 흥을 돋우고 민요 연행을 이끌어낸 것은 신순람 씨였다. 궂은 날씨로 시작된 조사는 비가 오는 중에도 지속되었다. 비 오는 소리가 점차 커지자 연행자 일부가 귀가했는데 방안이 소란스러워진 탓에 조사 분위기가 다소 느슨해졌다. 이를 염려한 조사자가 모심기 소리를 하자고 제안하면서 분위기를 다시 모으기 시작했는데 청중들이 갑자기 모심기 노래를 잘 하는 사람이 있다며 신순람 할머니를 노래판의 가운데로 밀어 넣었다. 사람들의 추천과 격려에 자신감이 붙은 신순람 씨가 힘차게 박수를 치면서 노래를 부르기 시작했다. 청중들도 신나서 박수를 치며 따라 불렀다. 신순람

씨는 "좋다. 잘한다."라는 추임새를 넣기도 하고, 어깨춤도 추면서 노래판의 흥을 돋웠다. 박정희 씨, 박수기 씨, 박종구 씨 등이 다함께 사설을 이어가며 노래를 불렀는데 특히 박정희 씨가 많은 노래를 불렀다.

여러 사람이 연행에 참여하면서 신순람 씨가 약간 머뭇거리자 박정희 씨, 박종구 씨 등이 한 번 부르기 시작하면 따라가며 받쳐줄 테니 불러 보라고 부추겼다. 이에 서로 노래를 이어 불러가며 서로 다른 가사를 맞춰 보기도 하였다.

제공 자료 목록
05_22_FOS_20100127_KYH_SSR_0001

양문금, 여, 1931년생

주 소 지 : 경상북도 남구 장기면 산서리
제보일시 : 2010.1.26
조 사 자 : 김영희, 이미라, 황은주, 이선호

조사자들이 처음 산서리 마을회관을 찾아갔을 때 마을회관 안에는 남녀가 함께 화투놀이에 열중하고 있었다. 모여 앉은 사람들 한켠에 양문금 씨가 앉아 있었는데 조사자들을 반겨주었다. 조사 취지를 설명하자 주변이 소란스럽고 산만한 와중에도 이야기를 하나둘씩 들려주었다.

구변이 좋은 편이었고 여성 제보자인데도 마을 인근 지명 유래나 입향조에 대한 이야기를 많이 알고 있었다. 연행을 하면서 주변 사람들을 끌어들이기도 하고 우스갯소리를 건네며 연행 분위기를 이완시키는 능력을 보여주기도 하였다. <납딱바리를 본 경험담>, <허재비를 본 경험담>, <효자 김시상 이야기> 등을 연행하였다.

제공 자료 목록
05_22_FOT_20100127_KYH_YMG_0001 효자 김시상의 효행담

05_22_MPN_20100127_KYH_YMG_0001 납딱바리를 본 경험담
05_22_MPN_20100127_KYH_YMG_0002 허재비를 본 경험담

엄원생, 남, 1923년생

주 소 지 : 경상북도 포항시 남구 장기면 읍내리
제보일시 : 2010.1.26
조 사 자 : 김영희, 이미라, 황은주, 이선호

장기면 산서리 출생으로 현재는 읍내리에
거주하고 있다. 이야기 연행에 적극적으로
나서지는 않았으나 알고 있는 이야기는 많
은 듯 보였다. 자신이 아는 이야기가 나오면
주저하지 않고 연행에 나섰는데 연행 집단
내에서 연행을 주도하지는 않았다. 정진영
씨 등이 연행을 할 때 쉽사리 끼어들어 자
신의 이야기를 풀어내려 하지는 않았으나
마을 지명 유래를 설명하는 과정에서 자신이 아는 대목이 나오면 주저하
지 않고 이야기를 들려주려 애썼다. <금곡 용바위 전설>을 연행하였다.

제공 자료 목록
05_22_FOT_20100126_KYH_UWS_0001 금곡 용바위 전설
05_22_FOT_20100126_KYH_JJY_0004 읍내리 자연마을들의 지명 유래

정두리, 여, 1924년생

주 소 지 : 경상북도 포항시 남구 장기면 읍내리
제보일시 : 2010.1.26
조 사 자 : 김영희, 이미라, 황은주, 이선호

개인정보를 구체적으로 밝히지 않아 고향 등을 확인하진 못하였다. 민

요도 여러 곡조 알고 있었고 이야기도 어느 정도 연행할 수 있는 듯 보였으나 본인이 먼저 나서 연행을 하려 들진 않았다. 다만 다른 사람들이 연행에 나섰을 때 본인이 아는 노래거나 이야기면 적극적으로 연행에 동참하였다.

제공 자료 목록

05_22_MPN_20100127_KYH_GBW_0001 등불을 들고 길을 안내해 주는 도깨비

05_22_MPN_20100127_KYH_JDR_0001 좃쟁이를 만난 경험담

05_22_FOS_20100127_KYH_CSL_0002 모심기 소리 (2)

05_22_MFS_20100127_KYH_JDR_0001 방귀쟁이 노래

정임순, 여, 1934년생

주 소 지 : 경상북도 포항시 남구 장기면 읍내리

제보일시 : 2010.1.26

조 사 자 : 김영희, 이미라, 황은주, 이선호

청하면 미남리 태생으로 장기면 임중리로 시집을 와서 시부모를 모시다가 1년 후 읍내리로 들어왔다. 현재 57년째 읍내리에 살고 있기 때문에 스스로 토박이 주민과 다를 바가 없다고 하였다. 슬하에 7남매를 두고 있으며 남편과 사별 후 혼자 살고 있다. 자식들은 모두 장성하여 외지로 나가 살고 있고 현재 읍내리에서는 혼자 거주하고 있다.

친정이 윤택한 편은 아니었지만 딸이라고 박대하지는 않아 학교도 잠

시 다닐 수 있었다고 하였다. 한글도 이미 깨우쳤고 셈도 빨라 마을의 고령 여성 제보자들 사이에서 비교적 식자층에 속하는 인물로 알려져 있었다. 성격도 좋은 편이어서 마을 사람들과 두루 잘 지내고 있으며 현재 여성 노인회 회장을 맡고 있다.

제보자 본인이 이야기판에 먼저 나서려 하지는 않았지만 조사 취지에 적극 동조하면서 이야기를 이끌어내려 애썼다. 사람들에게 직접 전화를 하여 마을회관에 모이게 하고 조사자들을 대신하여 사람들에게 조사 취지를 설명하기도 하였다. 조사자들에게 마을회관에서 자라며 적극 권하면서 잠자리와 식사거리 등을 보살펴 준 것도 정임순 씨였다. 성격이 깔끔하여 부엌 살림이나 회관 살림에 정성을 많이 기울이는 듯 보였다.

이야기판에 모인 사람들이 조금씩 주저하거나 조사 취지를 잘 이해하지 못하면 스스로 나서 직접 상황을 설명하고 이야기나 노래를 많이 들려주어야 한다며 사람들을 독려하기도 하였다. 다른 사람들이 이야기를 연행할 때에도 적극적으로 동조하거나 자신의 경험과 기억을 덧보태기도 하였다.

발음이 정확하고 이야기를 엮어내는 자질도 갖추고 있어 여러 편의 이야기를 조사자들에게 들려주었다. 처음부터 이야기 연행에 적극 나선 것은 아니었으나 분위기가 형성되고 다른 사람들이 주저하자 본인이 이야기를 아는 사람들을 끌어들이며 연행에 직접 나섰다. <독산과 뱃물개의 지명 유래>, <죽어 용이 된 문무왕>, <여자 살리려고 호랑이와 싸우다 죽은 도붓장수>, <숯을 밟고 망한 금곡 부자>, <고석사 석불의 영험>, <변신한 여우를 고추로 물리친 총각>, <술 취한 장꾼을 깨워 준 호랑이> 등의 이야기를 연행하였다.

제공 자료 목록
05_22_FOT_20100127_KYH_JIS_0001 죽어 용이 된 문무왕
05_22_FOT_20100127_KYH_JIS_0002 여자 살리려고 호랑이와 싸우다 죽은 도붓장수

05_22_FOT_20100127_KYH_JIS_0003 숯을 밟고 망한 금곡 부자
05_22_FOT_20100126_KYH_CSL_0001 독산과 뱃물개의 지명 유래
05_22_MPN_20100126_KYH_JIS_0001 고석사 석불의 영험
05_22_MPN_20100126_KYH_JIS_0002 변신한 여우를 고추로 물리친 총각
05_22_MPN_20100127_KYH_JIS_0003 술 취한 장꾼을 깨워 준 호랑이

정진영, 남, 1928년생

주 소 지 : 경상북도 포항시 남구 장기면 읍내리
제보일시 : 2010.1.26
조 사 자 : 김영희, 이미라, 황은주, 이선호

읍내리에서 나고 자란 토박이 주민으로, 마른 체구에 걸걸한 목소리를 소유하고 있다. 12대 선조가 입향조(入鄕祖)로, 임진왜란 때 읍내리로 피난을 와서 정착한 이후로 그 후손들이 터를 잡고 살고 있다. 예전에 노인회장을 지내기도 했는데 연행 현장에 모인 사람들 사이에서 마을의 유식한 사람이나 웃어른으로 대접받고 있는 것으로 보였다.

시종일관 이야기판을 주도하면서 이야기를 이어나갔는데 정진영 씨가 이야기를 할 때면 다른 사람들이 거의 끼어들지 않았다. 주로 지명 전설을 연행했는데 책을 통해 보았다며 항상 이야기의 출처를 밝히려 애썼다. 건조하고 명확하며 딱 부러지는 듯한 말투였는데 확신에 찬 어조 때문에 이야기 내용에 대한 신뢰를 더 높일 수 있는 듯 보였다.

<들어올 때 울고 나갈 때 울었던 장기 원님>, <쌀 나오는 국구암 전설>, <귀향지였던 장기면>, <읍내리 자연 마을들의 지명 유래> 등의

이야기를 연행하였다.

제공 자료 목록
05_22_FOT_20100126_KYH_JJY_0001 귀양지였던 장기면
05_22_FOT_20100126_KYH_JJY_0002 쌀 나오는 국구암 전설
05_22_FOT_20100126_KYH_JJY_0003 들어올 때 울고 나갈 때 울었던 장기 원님
05_22_FOT_20100126_KYH_JJY_0004 읍내리 자연 마을들의 지명 유래

최순례, 여, 1926년생

주 소 지 : 경상북도 포항시 남구 장기면 읍내리
제보일시 : 2010.1.26
조 사 자 : 김영희, 이미라, 황은주, 이선호

읍내리에서 나고 자란 인물로 어릴 때 학교에 다닌 적은 있으나 중퇴했다고 한다. 그러나 공부에 대한 열정이 남달라 야학으로 공부를 마쳤으며 고령의 여성 제보자들 가운데 드물게 한글을 깨쳤다. 연령에 비해 발음이 정확하고 기억력도 뛰어난 편이었다. 여성 제보자들 사이에서 '유식한 어른'으로 통하고 있었다.

이야기 연행에도 재능을 보였지만 민요도 잘 불렀다. 조사자들이 묻는 질문마다 성실하게 답변해 주었으며 70대의 비교적 젊은 제보자들이 잘 알지 못하는 옛 이야기와 옛 노래를 많이 알고 있었다. 생활 민속에 대한 지식도 풍부하여 조사자들의 궁금증에 충실한 답을 주었다.

이야기판의 중심에 나서지는 않고, 한 쪽에 조용히 앉아 있었지만 자신이 나서야 하는 순간을 정확하게 알고 있었다. 이야기 흐름이 끊기거나 사람들이 이야기와 노래 가사를 잘 기억해내지 못할 때, 자신이 아는 것

과 다르게 이야기하거나 노래할 때 조용히 나서 딱 부러지는 말투로 자신의 목소리를 높였다. 이야기판의 흐름이 끊기지 않도록 적절히 배려하는 모습을 보였으며 자신의 연행이 끝난 후에도 주변에 앉은 사람들에게 농담을 건네며 화기애애한 분위기를 유지해 나갔다.

자신의 이야기에만 몰입하지 않고 다른 사람이 이야기할 때에도 적극적으로 반응하면서 추임새를 넣거나 함께 노래를 불러 주었다. 다른 사람들이 노래를 하다가 가사를 잘 기억해내지 못하면 조용히 가사를 불러 주기도 하였다. 최순례 씨의 연행에 청중들의 호응이 가장 높았다. 정임순 씨와 함께 <죽어 용이 된 문무왕>과 <독산과 뱃물개의 지명 유래>를 연행하였으며, <모심기 소리>, <노랫가락 (1)>, <청춘가> 등을 부르기도 하였다.

제공 자료 목록

05_22_FOT_20100127_KYH_JIS_0001 죽어 용이 된 문무왕
05_22_FOT_20100126_KYH_CSL_0001 독산과 뱃물개의 지명 유래
05_22_FOS_20100127_KYH_CSL_0001 모심기 소리 (1)
05_22_FOS_20100127_KYH_CSL_0002 모심기 소리 (2)
05_22_MFS_20100127_KYH_CSL_0001 노랫가락 (1)
05_22_MFS_20100127_KYH_CSL_0002 노랫가락 (2)
05_22_MFS_20100127_KYH_CSL_0003 청춘가

황보후남, 여, 1926년생

주 소 지 : 경상북도 포항시 남구 장기면 읍내리
제보일시 : 2010.1.26
조 사 자 : 김영희, 이미라, 황은주, 이선호

대구에서 출생하여 방산으로 시집을 왔다가 읍내리에 들어와 살게 되었다. 연행판에서 최고령자였다. 이야기 연행에 적극적으로 나서지는 못했지만 '옛소리'로 불리는 민요는 많이 알고 있는 듯 보였다. 건강이 좋지

않고 기운이 없어 노래 부르기에 적극 참여 하거나 자발적으로 나서기는 어려웠지만 민요의 사설을 기억해내 읊조려주려 애쓰는 모습이 역력하였다.

다른 사람들이 노래 사설을 들먹거릴 때마다 자신이 아는 만큼 참여하려 하거나 잘못 이야기되는 부분을 자기 관점에서 바로 잡으려 애썼다. 최고령자인 만큼 다른 사람들이 잘 알지 못하는 노래를 많이 알고 있는 듯 보였는데 조사자가 베틀노래를 아냐고 묻자 선뜻 나서서 가사를 읊조려 주었다.

기운이 없고 노래를 할 만한 호흡이 되지는 못했지만 가사만큼은 정확하게 읊조려주려 하였다. 처음에 생각나는 대로 <베틀노래> 가사를 읊어 주었는데, 조사자가 다른 소리가 섞여 제대로 녹음되지 않았으니 다시 한 번 해 보자고 제안하자 주저하지 않고 <베틀노래>의 가사를 다시 읊어 주었다. 기억력이 좋아 사설을 잘 기억하고 있었다.

일반적으로 <베틀노래>는 70대 여성 제보자들이 부르는 노래와 80대 이상의 고령 여성 제보자들이 부르는 노래의 사설이 다르다. 연행자들은 이를 '신식 베틀노래'와 '옛 베틀노래'로 구분해서 말하기도 하는데, 제보자 역시 '옛날 베틀노래'라며 이 노래를 들려주었다. 좌중에 모인 사람들도 들어보지 못한 노래라며 몹시 신기해 하였다. 목소리에 힘이 없고 발음은 정확하지 않았지만 가사는 정확하게 기억하고 있는 듯 보였다.

제공 자료 목록
05_22_FOS_20100127_KYH_HBH_0001 베틀노래

효자 김시상 이야기

자료코드 : 05_22_FOT_20100126_KYH_KJW_0001
조사장소 : 경상북도 포항시 남구 장기면 산서리 김준우 씨 자택
조사일시 : 2010.1.26
조 사 자 : 김영희, 이미라, 황은주, 이선호
제 보 자 : 김준우, 남, 78세
구연상황 : 조사자가 근방에 효자이야기가 없었냐고 묻자 이 이야기를 구연하기 시작했다. 제보자는 구연하는 동안 계속해서 이야기에 대한 설명을 덧붙이려 하였으며, 이야기 구연이 끝난 후에는 효자 김시상을 모시는 제사에 관해 이야기를 들려주었다.
줄 거 리 : 효자 김시상이 삼 년 동안 시묘살이를 할 때 호랑이가 와서 그를 보살펴 주었다. 그의 어머니가 편찮으실 때에는 손가락 두 개를 잘라 그 피를 먹여 살렸다고 하며, 이 일을 통해 효자각을 하사받았다. 이런 까닭으로 이후 후손들이 제사를 지낼 때 반드시 출천대효(出天大孝)라는 문구를 축문에 넣고 있다.

효자 카는(하는) 뭐시는 바로 내인테(나한테) 9대조 되는 할아버진데, 에, 인자 이름은, 함자는 시상이라 그래요. 때 시(時)자, 때 시자에다가 인자 서로 상(相)자.

인자, 이제 인자 그, 그분이 영조 때에 아주 효성이 지극하다 그래가지고요. 그 저 임금님이 하사해가지고 그저 효자각을 현재, 그저 현재 우리가 수호하고 있어요. 지금도.

(조사자 : 어디, 산서에요?)

산서에, 그 바로 저 요서(여기서) 거리가 한 삼백 메다(미터) 떨어져 있나? 거게 인자 효자각을 이래 했는데, 왜 인자 효자 명명을 국가에서 받았는가 하만은(하면은).

에 시자 상자 그분이 상주가 돼가주고, 참 그저 시묘 삼 년이라고 해가

주고 삼 년 동안은 자기 어른 묘 옆에 가가주고 움막을 지어 놓고 집에 일절 기거를 안 하고.

(조사자 : 아, 시묘살이를 하셨구나.)

했는데, 에, 시묘살이를 했는데 심지어 인자 글때(그때)만 하더라도 인자 여 산림이 울창했더란 말이지. 호랑이가 범이, 호랑이가 와가주고 수호를 해 줬다, 너무도 이 정성이 지극하다 이래가지고 그 인자 딴 짐승이 와가(와서) 사람을 해치지 마라, 그러한 이치겠지.

호랑이가 와 가지고 수호를 해주고 그러자 인자 그 어른이 모친이 인자 사는데 부친상에 인자 그랬고.

모친이, 여덟 살 먹어가지고 부친 잃고, 음 모친 저 저 병석에 누워 있을 적에 이 손가락을 이 두 개를 끊었대요. 두 개를 끊어가 우리는 참 것도 모르지.

두 개를 끊어가지고 운명할 무렵에 어머니 입에다가 그 피를 갖다가 흘려가 그 인자 재차 재생이 됐는데, 재생해가지고 죽을 무렵에 그 인자 피를 흘려가지고 그랬기 때문에 모친을 살려가지고 오 년 동안을 그 저, 더 연명을 했대요.

그래가 인자 그 소이(소위) 말하기를 여기 인자, 에, 국가에서 명명하기로 인자 '정효각'이다 이래 인자 명명해가지고 이래 뭐야, 했는데, 뭐 그 분, 그 어른이 지금 말하자면 그만큼 부모에게 효도하고 천하대효(天下大孝)라고.

우리가 인제 일년 일차에 음력 오월 단옷날이 그 할아버지한테 제사를 바칩니다. 효자 할아버지, 제사를 바치는데 출천대효다 이래가주고(이래서) 우리 축문도 그 내가 이리 작문을 했는데 출천대효라고 축을 이르고 우리가 인자 일년 일차에 우리 자손들이 여기 있는 우리 자손들이나마 한 수십 명 되지. 다 그 모여 가지고 숭배를 하고 사모를 하고 그 하고 제사 지내고 있지요.

울고 왔다 울고 나간 고을 원님

자료코드 : 05_22_FOT_20100127_KYH_BJH_0001
조사장소 : 경상북도 포항시 남구 장기면 임중 2리 마을회관
조사일시 : 2010.1.27
조 사 자 : 김영희, 이미라, 황은주, 이선호
제 보 자 : 박정희, 여, 76세

구연상황 : 모심기 소리가 끝난 후 제보자들은 더 이상 다른 노래를 기억해내지 못했다. 마을 안에서 노래 잘 하기로 소문난 할머니에게 노래 부르기를 권했으나 놀이에 열중하느라고 연행판에 참여하지 않았다. 마을 어귀에 있는 효자각에 대한 이야기나 마을의 역사, 지명의 유래 등에 대해 물었으나 조사자에게 맨 처음 관심을 보인 여성들이 모두 토박이 주민이 아니어서인지 답변을 하지 못했다. 그러던 중 제보자가 생각난 듯 성내 살던 고을 원님이 들어올 때 울고, 또 나갈 때도 울었다는 이야기를 들려주었다.

줄 거 리 : 임중 2리 안쪽 마을인 성내에 고을 원님이 살았다. 고을 원님이 성내 들어올 때 고을이 너무 외지고 가난해서 자기 신세를 한탄하며 울고 들어왔다고 한다. 그런데 나갈 때는 고을에 너무 정이 들어서 다시 울고 나갔다는 이야기가 전해져 온다.

옛날에 인자, 여 저, 고을 원님이 여그 살았거든.

(조사자 : 네, 네.)

저 성내라 카는(하는) 데 있는데. 그 인자 원님이 옛날에 인자 거 들어올 때 하도 여 마 오이, 마 너무나 허술해가지고 그래 인자 울고 들어왔거든.

들왔는데 인자 쫌 살다 보이까네 하도 발전이 잘 되고 인심도 좋고 해서 마 이래 놓이까네 나갈 때 또 울고 나갔어. 원님이 울고 들왔다가 울고 나갔어.

(조사자 : 하하. 네. 살기가 좋아서요?)

(청중 : 그래 전설이 있다. 원님.)

[말의 끝소리를 흐림.]

지금도 저 성내라꼬 여기 있는데, 읍내 저 위에 산 마을이 있는데 거기서 공자님 모시(모셔) 놓고 일 년에 한 번씩 제사 모신다.

영등할매 내력

자료코드 : 05_22_FOT_20100127_KYH_BJH_0002
조사장소 : 경상북도 포항시 남구 장기면 임중 2리 마을회관
조사일시 : 2010.1.27
조 사 자 : 김영희, 천혜숙, 이미라, 황은주, 이선호, 김보라, 백민정
제 보 자 : 박정희, 여, 76세

구연상황 : 새로운 조사자들(천혜숙, 김보라, 백민정)이 연행 현장에 참여하였다. 청중과
　　　　　 조사자들 조금씩 인원 이동이 있었으나 박정희 씨가 주도하는 이야기 연행
　　　　　 분위기는 계속 이어졌다. 박정희 씨는 많은 이야기를 알고 있지는 않았는데
　　　　　 조사 취지에 적극 동조하고 열심히 이야기를 들려주려 애썼다. 당제를 지내냐
　　　　　 고 조사자가 묻자 박정희 씨는 지내지 않는다고 대답했는데 옆에서 놀이에
　　　　　 열중하던 다른 사람들이 당제를 지낸다고 말했다. 그러자 박정희 씨는 자신은
　　　　　 일종의 신세대인 새 동네에 살아서 몰랐는데 오래된 마을인 안 동네에서는
　　　　　 지내는 모양이라고 대답하였다. '세준단지'를 모시냐고 조사자가 묻자 박정희
　　　　　 씨는 당제는 지내지 않아도 '세준단지'는 자신도 모셨다고 대답하였다. 또 시
　　　　　 어머니에게 물려받아 '성주단지'도 모셨다고 대답하였다. 그러나 '세준단지'
　　　　　 나 '성주단지'를 모시는 뜻은 자신도 알지 못한다고 말했다. 이어 조사자가
　　　　　 다른 동네에 갔더니 '영등할매'를 모시더라고 말문을 열었다. 그러자 제보자
　　　　　 가 영등할매의 내력에 대한 이야기를 풀어냈다.
줄 거 리 : 영등할머니가 검은 옷을 입고 며느리를 데리고 내려오면 바람이 불고 분홍
　　　　　 옷을 입고 딸을 데리고 내려오면 날씨가 좋다.

(조사자 : 요 윗동네 가니까 영등할머니도 모시고 그러셨다고.)

아, 영등? 그래, 그거두 모셨지(모셨지).

(청중 : 지금은 안 하지만 옛날에는 다 모셨지.)

지금은, 음, 지금은 안 한 지 몇 들어서, 한 그거 인자 한 이십 년 세월
도 더 흘렀지 싶으다. 그거 버린 지가. 그런데.

(조사자 : 옛날 어른들이 영등할머니가 누구라고 그러시던가요?)

[웃음]

그것도 모르고, 그것도 뜻도 모리고. 그저 영등할머니라 카이 할머닌

줄 알지.

뭐 비 올 때는 뭐 며느리 델꼬(데리고) 까만 옷 입히가 내려온다 카고. 봄에 따뜻하이 바람이 불고 이럴 때는 딸 델꼬 분홍 치마 입히가 델꼬 내려온다 카고.

(조사자 : 딸래미가 역시나 예뻐서.)

[웃음]

(청중 : 비 오믄, 비 오믄, 바람 불믄 딸 델꼬, 비 오믄.)

[말소리가 뒤섞임.]

그래 인자, 영등이라 카는 그런 것도 솥에 밥 해 놓고 뭐 반찬 여러 가지 해 놓고, 또 그거 떡도 하고 이래 가지고 인자 솥에다 수저를 이래 수북이 마카(모두) 꼽아 놓더라고. 꼽아 놓고.

(조사자 : 네.)

식구 수대로.

(조사자 : 네.)

그래 인자 끄리미로57) 해가 인자 반찬하고 밥하고 다 이래 담아가 이래-가 뭉치가 인자 어데 갖다 이래 선밥이라 카는 걸 이래 갖다 얹혀 놓고 이라더라고.

(조사자 : 선밥이라고 해요?)

그런 걸 어른들이 하데. 응, 선밥.

(청중 : 고기는 사올 때마다 고거부터(거기부터) 먼저 한 마리 헐고. 그래 마지막 할 때는 다 너라가(내려서) 찢어가지고 인자.)

(조사자 : 네.)

---

57) 한 소쿠리에 다 담는다는 뜻이다.

고석사의 영험

자료코드 : 05_22_FOT_20100127_KYH_BJH_0003
조사장소 : 경상북도 포항시 남구 장기면 임중 2리 마을회관
조사일시 : 2010.1.27
조 사 자 : 김영희, 천혜숙, 이미라, 황은주, 이선호, 김보라, 백민정
제 보 자 : 박정희, 여, 76세
구연상황 : 영등할머니에 관한 이야기가 어느 정도 마무리되었을 때 조사자가 다시 인근
에 있는 고석사에 대해 질문을 던졌다. 그러자 박정희 씨가 선뜻 반응을 보였
는데 주변에 앉아 있던 여러 청중들이 끼어들어 적극적으로 이야기를 나누기
시작했다. 고석사의 영험함에 대한 이야기가 어느 정도 일단락되었을 때 박정
희 씨가 멋쩍게 웃으며 자신은 스무 살이 좀 넘었을 때 이 마을로 옮겨와 마
을 역사에 대해서는 잘 모른다고 말했다. 이야기가 어느 정도 일단락된 후에
도 청중 가운데 한두 사람이 계속 고석사의 영험이 사실이라는 말을 반복하
였다. 특히 절 앞을 지나가던 소발자국이 들러붙곤 했다는 말을 강조하였다.
줄 거 리 : 고석사는 경주 불국사보다 먼저 생긴 절로, 불국사가 작은집이라면 고석사는
큰집이라 할 수 있다. 고석사의 영험함이 강해서 지나가던 소의 발자국이 들
러붙어 움직일 수 없을 정도였다고 한다. 그런데 고석사의 돌을 다듬고부터는
그런 영험이 사라졌다.

(조사자 : 여기 그 예전에 보니까, 그 오는 길에 보니까 고석사라고 절
이 하나 있던데.)

아, 고석사 절?

(조사자 : 네.)

(청중 : 고석사 있어요.)

(조사자 : 절이 그 유래가 깊은 절이라고.)

그 절이 전통 있는 절이라 카데. 경주 불국사, 있는 절 카고 요기 인자,
불국사 절 카믄 이 절이 먼저 생깄어. 고석사 절이.

(조사자 : 생기기는?)

먼저 생깄는데 인자 고석사하고 불국사하고 고기 인자 우리가 숩게(쉽
게) 말하믄 그 큰집 작은집 택이래.

(조사자 : 음.)

(청중 1 : 그래이. 옛날에 그 절이,)

(청중 2 : 불국사 작은 집이다.)

(청중 1 : 돌이 지대로 주까(솟아) 올라왔는데,)

(조사자 : 예.)

(청중 1 : 그거 안 따뜸을(다듬을) 때는,)

(조사자 : 예.)

(청중 1 : 그 동네 사람이 소를 타고 이래 가믄,)

(조사자 : 예.)

(청중 1 : 마 그 앞을 지금, 지내가믄 소가 발을 까딱까딱한단다.)

(조사자 : 아-.)

(청중 1 : 몬 지내갔다데.)

(조사자 : 영검해서(영험해서)?)

(청중 1 : 예. 그런데, 그 소, 따듬고부터는 그만한 영검이 없다 캐.)

아, 고석사 절에?

(청중 1 : 예. 예, 예. 그 따뜸아뿌고부터는 그 영검이 없다 캐.)

(조사자 : 아-.)

그래.

(청중 1 : 그래 따뜸았다가 요새 또 새로 바까(다시 곧바로) 깎아가 그래 해 놨잖아. 고석사 절에 보믄. 돌 지끔 해 놨잖아. 밑에도 돌이 솟까(솟아) 올라온단다, 돌이.)

[발음이 다소 불분명함.]

효자 김시상의 효행담

자료코드 : 05_22_FOT_20100127_KYH_YMG_0001
조사장소 : 경상북도 포항시 남구 장기면 산서리 노인회관
조사일시 : 2010.1.27
조 사 자 : 김영희, 이미라, 황은주, 이선호
제 보 자 : 양문금, 여, 80세

구연상황 : 마을회관에서 사람들이 화투를 치는 와중에 연행되었다. 바로 옆에서 화투를
　　　　　치고 제보자만 이야기를 연행하는 상황이었기 때문에 상당히 소란스럽고, 분
　　　　　위기 또한 산만하였다. 주변 환경은 다소 열악했지만 제보자는 적극적으로 이
　　　　　야기 연행에 임했다.

줄 거 리 : 효자 김시상이 나무를 해서 눈이 어두운 어머니를 공양하며 사는데, 하루는
　　　　　나무를 팔아 쇠고기를 사서 지게에 걸쳐 놓은 것을 솔개가 와서 채어 갔다.
　　　　　그런데 집에 돌아와 보니 고깃국이 상에 올라 있었다. 어찌된 일인지 알아보
　　　　　니 쇠고기를 채어간 솔개가 집에 떨어뜨린 것이었다. 또 부친상을 당해 시묘
　　　　　살이 할 때는 범을 타고 집을 오갔는데, 이는 모두 동지섣달에 딸기가 먹고
　　　　　싶다고 하는 아버지를 위해 딸기를 구할 정도로 효자인 김시상을 하늘이 알
　　　　　아보았기 때문이었다.

　효자, 효자 할배가 살았거든. 살았는데 여 산서 올 적에는 효자 할배가
자석(자식)으로 들꼬(데리고) 여 골짜기로 들어오니 칡 강당풀로 헤씨가
(헤치고) 효자 할배가 들왔다고요. 칡 강당풀로 헤씨가 여기 들어와가 우
리 마을로 살렸다고.

　그래가 그 효자 할배가 여 말(마을)에 전부 자손이라고요. 자손이고 저
건네 효자 할배 뭐시가 있다고요. 제당이, 제당이 있고 하는데.

　그 할배가 세상 베,[58] 세상 베, 할배가 할매가.

　[옆에서 화투를 치는 사람들에게 물어 본다.]

　할매가 눈 어두봤지(어두웠지). 할매가 눈 어두버가지고 그 자석이 저
거 천 날 만 날 나무 한 짐 해가 할배를, 팔아가 고기를 사 묵고.

---

[58] 세상을 버렸다는 의미인 듯. 잠깐 기억하고 있는 내용이 엉켜서 착각을 일으킨 듯
　　하다.

[청중이 갑자기 큰소리로 제보자의 말을 끊으며]

(청중 : 할배를 팔았나, 나무를 팔았지.)

나무를 한 짐 지고 가가 팔아가 할배를 내(계속) 대접하고 저거 눈이 어두버가 그래가 맨날 거슥하고.

한분으는(한번은) 나무로 팔아가 저 시장에 가가 소고기를 사가지고 지게 까막밭에다 해 놓으이 그 그거 뭐고 갔다 오이까네 까막밭에 소고기가 없어. 없으이까네 그 집에 오이까네 인자 온다. 그징(거의) 아부지 반찬이 없어 와 보이까네 국이 상에 얹쳤거든(얹혀 있거든). 소고기국이.

원채 저 역사가 효자가 지적하이 그거 솔비(솔개)가 옛날 하늘에 사는 솔비가 까막밭에 삐끼가주고(벗겨서) 집에 가져가 와가지고 삐끼가주고 국 끓여 먹고.

그래고 그 할배가 그 뭐고, 돌아가시가주고 산에 가가 뭐고? 식모('시묘'를 잘못 발음한 것으로 보임.)로 삼 년을 살았다고요.

○○ 지아가 식모로 사니 온통 효자 뭐시라이까 식모로 살아가지고, 범이 집에 올 때 범이, 여그(여기) 역사로 책이 다 있는데 어디 있는지 몰따(모르겠다). 범이 업고 집에 한 번썩 들고 오고. 삼 년을 마 집에 안 오는 기라. 저그 아버지한테. 삼 년을 지키느라고. 그리이까 범을, 범을 타고 범이 온천에 효자를 지키이까네 범으로 저기 삽적끌에 갖다가 집에 갔다가 타고 올라가고 그러는 거는 내가 알아요.

그거는 책에 나왔으까네. 효자 할배가 책에.

그래 인제 동지 섣달에 할아버지가 딸기 먹고 잡다고(싶다고) 카거든(하거든). 복분자 딸기. 복분자 딸기 먹고 저와가지고(싶어서) 동지섣달에 저 골짜게 딸밭이라 카는 데 있거든. 우리가. 거 동지섣달에 가이(가니) 딸이(딸기가) 마 발갛게 익어가 따다다가 아부지를 디리(드려). 얼매나 효자 뭐시고 그게 그지? 동지섣달에도 복분자가 그 할배 눈에 비고(보이고). 전부 계시.

나는 그거는 들았어(들었어). 그거는 듣고 효자 할배가 그르이까네. 역사가 우리 여그 전부 그 할배 자손이라고, 여그 우리가 전부.

금곡 용바위 전설

자료코드 : 05_22_FOT_20100126_KYH_UWS_0001
조사장소 : 경상북도 포항시 남구 장기면 읍내리 마을회관
조사일시 : 2010.1.26
조 사 자 : 김영희, 이미라, 황은주, 이선호
제 보 자 : 엄원생, 남, 88세
구연상황 : 청중들이 정진영 씨에게 용바위 전설에 대한 이야기도 하라고 하자 곧 연행을 시작하였다. 정진영 씨가 '그냥 물이 거까지 치올라왔다는 전설이 있다.'며 간단히 언급하고 지나가려 하자, 제보자가 받아서 이야기를 시작하였다.
줄 거 리 : 집에 손님이 너무 많이 와서 걱정인 사람이 용바위를 깨면 손님이 끊길 것이라는 이야기를 듣고 그 바위를 깼더니 그 자리에서 피가 나왔다. 지금도 그 자리에는 핏자국이 있어 붉게 보인다.

그 금곡 드가는 데.

(청중 : 입구에.)

용바우라고, 용의 바위가 있거든.

(청중 : 옛날 그 전설이 있더구만. 그 이야기 해 보이소.)

예, 전설이요. 그 자손이 손님이 하두(하도) 마이(많이) 와가(와서) 걱정을 해가(해서) 이래가(이래서)

"어째 그 우리 집에 손(손님) 때문에 못 사이까네 어예노꼬(어떻게 할까요)?" 물으니까,

"그 용암(龍巖)을 깨뿌면(깨버리면) 손님이 안 올 기다(거다)."

이래가 그걸 깨가 피가 나왔다 그러더라.

그걸 깨이(깨니) 완전히 산 형체가 똑 용 아가리 떡 벌린 거처럼 방구

가(바위가) 이래가(이렇게) 물려가 있어요. 있는데.

현재 가 보만(가 보면) 깨져부렀어요.

(청중 : 깨졌고, 현재 보만(보면) 그 멀리서 보만 벌겋게 옛날에 피 나온 자국이.)

그 전설에 피가 나왔다 그기라. 그런 전설이 있어요.

죽어 용이 된 문무왕

자료코드 : 05_22_FOT_20100127_KYH_JIS_0001
조사장소 : 경상북도 포항시 남구 장기면 읍내리 여성경로당
조사일시 : 2010.1.27
조 사 자 : 김영희, 이미라, 황은주, 이선호
제보자 1 : 정임순, 여, 78세
제보자 2 : 최순례, 여, 85세
구연상황 : 조사자가 장기산성에 대해 외침과 관련된 질문을 하자 제보자가 이 이야기를 구연하였다. 장기산성에 관한 이야기는 알지 못하고 문무왕에 대한 이야기는 들은 것이 있다고 하면서 이야기를 시작했다. 문무왕이 죽어 용이 되어 바다를 지킨 이야기와 경주 물길을 터 준 이야기가 합쳐져 있다. 후자는 최순례 씨가 보태 준 것이다. 청중의 잡담으로 분위기가 무척 소란했다.
줄 거 리 : 왜적이 괴롭히자 문무왕은 그들이 오지 못하게 자신의 묘를 바다에 써 달라고 했다. 그래서 그 시신이 바다 속 돌함에 안치되었는데 그 후 문무왕의 넋이 나라를 지켰다. 경주가 큰물이 지면 바다가 되곤 하자, 문무왕은 자신이 죽으면 그 머리를 바다 속에 넣어 달라고 했다. 그러자 용이 되어 경주의 물길을 터주었다.

저 문무왕 그거는 우리 저 저 저 뭐고 ○○둑에 가만은(가면) 있어요. 있어. 거게는 알지요? 안 가 봤지요?

(조사자 : 예. 얘기해 주세요.)

안 가 봤지요? 그거는 뭐 쇠를 걷으러 일본에서 댕깄는갑데(다녔던가

봐). 총 만든다고, 거두러(걷으러) 댕기는데 그래 인제 옛날에는 이때.

[주변소리에 묻혀 청취 불능]

그런 얘기 하시더라만.

그랬는데 댕기며 그래 놔둬 놓이 인제 뭐, 총알 만든다고 쇠를 걷으러 댕기니까, 쇠로 그거도 했는갑데, 못 걷으러 오게로(오게).

그래, 인제 그 문무왕이 죽거들라가(죽거들랑) 언제든지 거그 바다에서 두가(바다에 둬 다오), 이래가 바다에 썼다.[59]

(제보자 2 : 그래 그 신체가.)

물이 안 드간다(들어간다) 그래.

[아래 부분은 제보자 2가 계속 구연한 것이다.]

(제보자 2 : 바다 그 신체가 그 돌 속에 함이 돼가 있는데, 경주가 우리 포항 가머(가면) 와(왜) 그 산 안 있는교? 강 있는데. 그기 옛날에는 꼭 맥헤가(막혀서) 경주가 바다가 됐어. 바다가, 비가 오만 바다가 되고 그래 돼 놓이까네, 그래 그 인자 그 장군이 돌아가시면, "내 목을 쳐가 거 갖다 옇으면(넣으면) 용이 돼가, 용이 돼가 그걸 치뿌래야(쳐버려야) 경주가, 물이 글로 내려온다."고.)

여자 살리려고 호랑이와 싸우다 죽은 도붓장수

자료코드 : 05_22_FOT_20100127_KYH_JIS_0002
조사장소 : 경상북도 포항시 남구 장기면 읍내리 여성경로당
조사일시 : 2010.1.27
조 사 자 : 김영희, 이미라, 황은주, 이선호
제 보 자 : 정임순, 여, 78세
구연상황 : '호랑이에게 도움 받은 경험담' 등 호랑이에 관한 짧은 경험담들이 오갔다.

---

59) 바다에 묘를 썼다는 뜻이다.

호랑이가 있었다는 고딧골의 위치에 대한 조사자의 질문에 답변 대신 이 이
야기를 연행하였다.

줄 거 리 : 일제시대 때 흥해에 기운이 센 장사가 있었는데, 하루는 길을 가다 보니 쑥대
밭의 호랑이가 여자를 잡아다가 희롱하고 있었다. 장사는 그 여자를 구하기
위해 호랑이와 싸웠고, 그 덕분에 여자는 호랑이로부터 도망칠 수 있었다. 그
런데 마을로 돌아간 여자는 그 싸움을 마을에 알리지도 도움을 청하지도 않
았다. 호랑이와 사투 끝에 돌아온 도붓장수는 결국 사흘 후에 죽었다.

우리 클 때, 일제 시대 때다. 그때 흥해 사람인데 아주 장군이라. 그래
기운도 씨고(세고) 그런 사람인데.

인제 저 저 쑥대밭이라고 있어, 양옥[60]이라는 데. 거게 가는 데 인제
도부하러[61] 댕깄는가(다녔던가) 부라(봐). 그럼 인제 뭘 하로 댕깄는가
커먼은 곡식 겉은(같은) 거 가오고(가져오고), 뭐 이래 가가는 거(가져가
는 것).

그랬는데, 가다가 하이(하니) 그 아저씨가 흥해 사람인데 인제 거어로
갔어. 가이 저 쑥대밭에는 호랑이가 있단다. 있는데, 동네는 이 밑에 있고
한참 올라가야 되는가 봐.

여자가 머리를 감다갈랑(감다가) 호랭이잩에(호랑이에게) 마 물리가주고
(물려서), 따라 그 산에 갔어.

가 봐 놓이, 흥해 사람이 쪼매(조금) 그러이(그러니),

"무서브시더(무서워), 무서브시더."

케싸미(하면서) 야단이더라고. 그랬는데, 흥해 사람이 가 있는데.

옛날에 스타키라 카나 스태키라('staff'를 잘못 발음한 것으로, 지팡이를
의미함.) 카나, 와(왜) 이래 흔들미(흔들면서) 댕기는 선무 작대기매로(막대
기처럼) 이런 거(것). 그걸 흔들민서(흔들면서) 가다가이 여자를 하나 델다

---

60) 지명인 듯하다.
61) '도붓장수'로 다녔다는 뜻으로, 여기서 '도붓장수'는 물건을 팔러 다니는 행상을 의미
한다.

(데려다) 놓고,

　[한 쪽 손을 위로 들면서]

　한 짝 다리를 요러이꺼네(요렇게 하니),

　"허허허." 윗고(웃고)

　[다른 쪽 손을 위로 들면서]

　또 한 짝 다리를 이러이까네,

　"허허허." 윗고.

　그래 우리 쪼맨흘(어릴) 때라. 우리 여남은 살 묵았을(먹었을) 땐데.

　또 이래고 또 이래고 허허허허, 여자 혼을 뺐어.

　빼 놔놓고, 빼다 하이그래는 남자가 가다가 가만 생각해.

　'저 여자를 살리주나. 마 죽게 놔두나.'

　그래 가다가 생각해보이 '안 되겠다' 싶어가, 이 남자가 가가주고 호랭이를 작대기로 가주고 들고 때렸어.

　때릴라꼬 그러미 한 늠은 이리 가고 저 늠은 저 밤새도록 싸왔어(싸웠어). 밎(몇) 시간을 싸왔어.

　그래가 싸우다가 하이꺼네는, 그래 이 여자만 있었으모(있었으면) 남자는 살았는 기라. 남자는 사는데, 이 여자로 막 그랬다 카이께네.

　이 남자하고 둘이 호랭이하고 싸우는데 이 여자는 저거 집에 가뿌렸는 기라. 저거 집에 가가 그 이애기를 해줬으모(해줬으면) 살 긴데, 그 이애기를 안 해 주고 마 지는(저는) 지대로 집으로 돌와뿌렸는(돌아와버린) 기라.

　동네, 그랬이마 몇 집만 어불라(어울려) 살렀는데.

　그래가 남자가, 도부하러 가던 사람이 다부(다시) 집에 왔어.

　그래가 인자 여자로 그래가 이랬다고 이카이, 마 밤새도록 밤낮없이 삼일로,

　"저 호랭이 봐라. 저 호랭이 봐라. 사람 살리도라, 저 호랭이 봐라."

　그카다가(그러다가) 죽아뿌렸어. 삼 일 만에.

숯을 밟고 망한 금곡 부자

자료코드 : 05_22_FOT_20100127_KYH_JIS_0003
조사장소 : 경상북도 포항시 남구 장기면 읍내리 여성경로당
조사일시 : 2010.1.27
조 사 자 : 김영희, 이미라, 황은주, 이선호
제 보 자 : 정임순, 여, 78세

구연상황 : '여자를 구하려고 호랑이와 싸우다 죽은 도붓장수' 이야기가 끝난 후 청중들의 잡담으로 이야기판은 한동안 어수선했다. 그 와중에 조사자가 효자에 관한 이야기가 없냐고 묻자 제보자가 이 이야기를 시작했다. 구연이 진행되는 동안에도 청중들의 잡담으로 이야기판은 줄곧 소란스런 분위기가 지속되었다.

줄 거 리 : 금곡에 사는 부자가 손님이 너무 많이 찾아와 고민이었다. 탁발을 온 스님에게 고민을 이야기하며 해결책을 묻자, 숯을 밟아주면 손님이 오지 않는다고 하였다. 스님이 시킨 대로 숯을 밟았더니, 부자의 집에 손님이 끊겼고 살림도 망해 버렸다.

금곡에 옛날에 좀 괜찮게 묵고 사는 사람이 하도 마 손님이 온다고.

스님이 뭐 동냥하러 오이, 저 그거 하라 커더라(하더라) 카데.

"저 우예모(어떻게 하면) 손님이 안 오는교? 손님 안 오마 내 동냥은 얼매라도(얼마라도) 줄 모앵이이(모양이니), 손님 좀 안 오게 해 주소."

캐가, 많이 주고 나이까네, 그래 인자,

"그래거들랑(그렇거들랑), 손님 안 올라 커며요, 숯틀 아제(알지)? 숯껑. 그거를 땅아(땅에) 놔놓고 오면가면 내(계속해서) 밟았뿌고 나마 손님이 안 옵니다."

그거를 밟고 나이까네 손님이 하나도 없고 살림이 몽땅 망해뿠다(망해 버렸다).

[청중의 잡담으로 잠시 소란스러워졌다.]

그래 되지, 그지요? 그래 이 숯 때는 거 그거 밟지 마라 이칸다.

(조사자 : 숯을 못 밟게 했다구요? 어른들이요 옛날에?)

아, 숯 못 밟게 하지요.

귀양지였던 장기면

자료코드 : 05_22_FOT_20100126_KYH_JJY_0001
조사장소 : 경상북도 포항시 남구 장기면 읍내리 마을회관
조사일시 : 2010.1.26
조 사 자 : 김영희, 이미라, 황은주, 이선호
제 보 자 : 정진영, 남, 83세
구연상황 : 이야기판을 구성하면서 가장 먼저 연행된 이야기로, 읍성에 관한 이야기를 묻
자 연행이 시작되었다. 제보자가 이야기를 시작하자 청중들이 하던 이야기를
멈추고 제보자의 말에 집중하기 시작했다.
줄 거 리 : 장기면은 옛날에 귀양지로 유명했다. 우암이나 다산이 귀양 오기도 한 유서
깊은 곳이다.

여 읍성이 상당히 오래됐어요. 옛날에 여 군 소재지고 그 면사무소 앞
에 성덕비가 마이(많이) 있죠?

예. 있는데, 현감도 두 개 있고, 관찰사, 관찰사가 두 개 있고, 현감 두
개 저 비(碑)가 있는데 그 비를 일러 보만(읽어 보면) 그 옛날에 상당히
여 유서 깊은 곳이라.

불모지라. 아주 뭐 첩첩산중이라. 귀양 귀양곳이라 옛날로 말하만.

아 외지, 그 우암 선생이 여 유배돼 왔고, 그 다음에 정다산, 오 개월인
가 육 개월인가 귀양했는데 옛날에 여 상당히 말이야, 여 뭡니까? 아주
여 불모지고 아주 여 마.

개발이 말이요, 요즘에 개발돼 글치(그렇지), 여어는(여기는) 귀양곳이
야. 한마디로 말해서 하고 그 유명한 역사적 인물이 이까지 귀양 온다 카
이까네 유명한 곳 아이요(아니요)?

쌀 나오는 국구암 전설

자료코드 : 05_22_FOT_20100126_KYH_JJY_0002

조사장소 : 경상북도 포항시 남구 장기면 읍내리 마을회관
조사일시 : 2010.1.26
조 사 자 : 김영희, 이미라, 황은주, 이선호
제 보 자 : 정진영, 남, 83세
구연상황 : 용바위 전설을 구연한 후에 조사자가 읍성에 관한 이야기를 묻자 갑자기 연
　　　　　 행을 시작하였다. 구연의 막바지에 청중들이 끼어들어 각자 자신들이 들었던
　　　　　 이야기 내용을 보태기도 하였다.
줄 거 리 : 국구암은 신라 때 고승이 피난한 곳이다. 그 곳에는 꼭 한 사람이 먹을 분량
　　　　　 의 쌀이 나오는 바위가 있었다. 한 중이 욕심을 내서 쑤셨더니 더 이상 쌀이
　　　　　 나오지 않고 물만 떨어지게 되었다.

　　그 여 임진왜란 때 말이야 여 국구암이라고 인제 있어요.

　　내가 실제 들어가 봤는데. 들아가만(들어가면) 박쥐가 마, 하마 마, 말
도 못해요. 그 중이 신라에 말이야, 아주 고승이 거어(거기) 와서 피난했
다 그런 말이 있어요. 부처, 부처상도 있고.

　　한 사람이, 중 한 사람이 거어서 기거를 했는데, 그거 뭐 전설이지. 고
구멍이 있는데 똑, 맹, 아 한 사람이 밥해 먹을 정도 살이(쌀이) 똑똑 떨
어졌다.

　　(조사자 : 쌀이.)

　　그래서 나중에는 마 좀 마이(많이) 나올 수 없나 카고 마 들쑤셔부렀더니,

　　(청중 : 들쑤시니 나올 턱이 있나. 물이 똑똑 떨어졌대요.)

　　쌀 나오던 데, 쑤셔뿌이까 물만 똑똑 떨어지지.

　　그런 전설이 있어요. 국구암이라고.

　　(조사자 : 국구암이요?)

　　국구암, 나라 국(國)자.

들어올 때 울고 나갈 때 울었던 장기원님

자료코드 : 05_22_FOT_20100126_KYH_JJY_0003
조사장소 : 경상북도 포항시 남구 장기면 읍내리 마을회관
조사일시 : 2010.1.26
조 사 자 : 김영희, 이미라, 황은주, 이선호
제 보 자 : 정진영, 남, 83세
구연상황 : 국구암 전설의 구연이 끝나자 청중 가운데 한 분이 이 이야기를 기억해 냈다.
다른 사람이 이야기하려고 하는 것을 정진영 씨가 말을 끊으며 연행을 시작
하였다. 연행이 끝난 후에 엄원생 씨가 이야기 내용을 해설해 주기도 하였다.
줄 거 리 : 장기에 오는 원님들이 들어올 때는 산골이라 오기 싫어 울지만, 다른 곳으로
전근가게 되어 나갈 때는 이곳의 인심 때문에 아쉬워서 울었다고 한다.

옛날에 여 장기라 그는(하는) 곳이 상당히 유서 깊은 곳이라.

에 처음에 고을 원님이 고을 살러 와서 정이 들어가주고, 처음에는 '이
런 첩첩산골에 어예(어떻게) 지내고 으이(어찌) 고을로 살고 갈꼬.' 꼬 말
이야, 울고 들어왔다는 기라.

그래 가마 보이(가만히 보니) 산수 좋고 뭐 정자 좋고 참 여 인심 좋거
든. 살아 보이 정이 들어가지고 또 딴, 딴 말이야, 전근돼 갈 때는 또 울
었다는 기라.

장기원님이 들어올 때 울고 나갈 때 울었다.

(조사자 : 들올 때 울고 나갈 때 울고.)

그렇지, 그 참 전설이요.

(청중 : 장기곳에 살기도 좋고 좋다 이 뜻이라. 그 나갈 때는 너무도 인
심도 좋고 공기도 좋고 이러이까네, 인자 그런 말이 있데요.)

읍내리 자연마을들의 지명 유래

자료코드 : 05_22_FOT_20100126_KYH_JJY_0004

조사장소 : 경상북도 포항시 남구 장기면 읍내리 마을회관

조사일시 : 2010.1.26

조 사 자 : 김영희, 이미라, 황은주, 이선호

제보자 1 : 정진영, 남, 83세

제보자 2 : 엄원생, 남, 88세

구연상황 : '들어올 때 울고 나갈 때 우는 장기원님' 이야기의 연행이 끝나고, 조사자가 용전 지명 유래를 물었다. 그 질문에 대한 답으로 연행이 시작되었다. 연행 도중 엄원생 씨를 비롯한 청중들이 너도나도 끼어들어 자신이 아는 지명 관련 이야기를 보탰다. 이 이야기를 끝으로 당일 조사를 마무리했다.

줄 거 리 : 장기면 주변의 지명 유래에 관한 이야기다. 용전 용마산은 용이 말을 타고 가는 형상이고, 서원마는 서원이 있던 자리이며, 뱃물은 홍수가 났을 때 배를 대었던 곳이어서 그 이름들이 유래되었다.

바로 용전이 인자 용마산이라고. 용이 인자 이래 말 타고 가는 그런 형상이라 캐서(해서) 용마산이라. 거어가(거기가) 용전이라.

거 우에(위에) 보만(보면) 마을이,

(조사자 : 서원마 이런 게 있는 걸로 봐서는.)

[조사자의 질문을 끊으며]

서원마는 고 밑에,

(청중 : 서원마는 용전 밑에.)

옛날에 거어 서원이 있었는데,

(청중 : 서원마는 서원마을 카는데, 지금도 있어요.)

(조사자 : 그 서원은 언제 없어진 건가요?)

에 한창, 그 그 머야?

(조사자 : 서원 철폐할 때?)

예. 철폐할 때, 대원군 시절에, 그때 마 없앴다 하더라고.

(조사자 : 읍내리는 여기 읍내리 행정구역 이름이고, 자연마을 단위 이름도 있잖아요?)

예. 자연마을 이름 뭐 많지.

(조사자 : 어떤 게 있나요?)

자연마을 여 뭐 많다고요.

(청중 : 삼십삼 개동.)

(조사자 : 그러니까요. 이름을 한번 불러 주세요.)

삼십삼 개동인데 지금 옛날에 뭐 전해 온 마을 이름이 많다꼬. 인제 말하만 용전 카는(하는) 거, 서원말, 인제 여 구석골.

(보조 제보자 : 마현 카는 데도.)

마현.

(청중 : 구석골, 명장골.)

[청중들 가운데 한 명이 지명 하나를 이야기할 때마다 제보자와 그 외 청중들이 따라하였다.]

(청중 : 명장골, 마현, 교동 뭐.)

이름 많다꼬. 많지 뭐.

삼십삼 개 마을이 다 이얘기할라 카만(이야기하려고 하면).

(조사자 : 마현은 뭐 말 마(馬)자 쓰나요?)

말 마자라.

(조사자 : 뭐 모양이 그래서 그런가요?)

마현동 커는 데 그게, 에, 저 경기도 가면 거어도 마현이 있어요. 에.

[생각이 안 나는 듯, 잠시 구연을 멈췄다.]

(제보자 2 : 한 동네에 마현이 시(세) 군데라. 저 저, 명전, 교동, 또 두 골인가.)

(청중 : 옛날에는 명전, 교동 그걸 따만.)

(제보자 2 : 예, 전골.)

(청중 : 전골하고 마.)

(제보자 2 : 전골, 명전, 교동이 마현에 마.)

(청중 : 그 동네지 뭐. 여기 있으이 알 수가 있나?)

(제보자 2 : 산서도 마, 삼서도 새터가 신기동이거든. 서화실, 신기동, 월산.)

[제보자 2의 이야기 도중 제보자가 다른 지명을 조사자에게 이야기하였다.]

이 바다 ○○ 죽하라고.

(조사자 : 죽하요?)

아래 하(下)자, 죽하동이라고. 뱃머리끼라꼬. 뱃멀 카는 거는 뱃멀에 배를 댔다고 뱃멀.

(청중 : 뱃머리라.)

(제보자 2 : 거어 배를 댔다 이거라. 바다, 배로. 그래가 인자 바다 이만치 왔다 이 말이라, 옛날에는.)

독산과 뱃물개의 지명 유래

자료코드 : 05_22_FOT_20100126_KYH_CSL_0001
조사장소 : 경상북도 포항시 남구 장기면 읍내리 여성경로당
조사일시 : 2010.1.26
조 사 자 : 김영희, 이미라, 황은주, 이선호
제보자 1 : 최순례, 여, 85세
제보자 2 : 정임순, 여, 78세
구연상황 : 경로당에 모여 있던 여러 분들이 동제와 가신에 관한 이야기를 하면서 이야기판의 분위기가 자연스럽게 만들어졌다. 앞서 한 차례 간단히 들려주었던 이야기를 조사자의 요청으로 다시 연행하였다. 최순례 씨가 먼저 이야기를 시작하였으며, 정임순 씨가 적극적으로 연행에 개입하였다.
줄 거 리 : 독산은 옛날 어떤 어른이 산을 짊어지고 오다가 큰물이 나서 그곳에 내려 놓아 독산이 되었다. 뱃물개는 큰물이 졌을 때 땅이 배를 댈 만큼만 남아 있었다고 하여 붙여진 이름이다.

그래 독산 저, 여 들게(들에) 저 할매바우 있는 데 지내가면은.

(조사자 : 독산이요?)

들 복판에 이래 큰 산이 있니더. 있는데, 있는데, 인자 ○○ 옛날 어른

이 이래 지만(쥐면) 테가 잘록해가 있다 카데.

산이, 우리는 몬(못) 올라가도. 짊아지고 마 오다가 마 큰물 오이까네 마 그다(거기다) 뇌뿌러(놔버려) 놓이 요래 산도 이래 잘록하다 카데.

짊어지고 오던 ○○. 그래가 그다 뇌뿌래이 독산이 됐는 기라.

(조사자 : 그럼 뱃머리는, 뱃머리는 아까 그…….)

(제보자 2 : 뱃물개는 고게서(거기서) 보면은, 그 산에서러 보면은 동네가 있심더. 동네가 있는데 그거는 인자 뱃물이라 캅니더.)

옛날에 인자 뱃물개라 카는 데는.

(제보자 2 : 배를 갖다 댔다 카데.)

배 하나 댈 만치(만큼) 땅이 남아가 마 큰 파도가 쳐가 마 애할(안할) 말로 무슨 지진이나 나듯이 그랬지.

(청중 : 물이 많애져가지고.)

그래 배 하나 댈 만침 해가 뱃물이라 카고. 미인재는 미인 한 사람 설만해가 미인재라 카고. 옛날 말이.

(제보자 2 : 미인재는 어데를 미인재라?)

저 미인재라고 있니더.

등불을 들고 길을 안내해 주는 도깨비

자료코드 : 05_22_MPN_20100127_KYH_GBW_0001
조사장소 : 경상북도 포항시 남구 장기면 읍내리 여성경로당
조사일시 : 2010.1.27
조 사 자 : 김영희, 이미라, 황은주, 이선호
제보자 1 : 김분외, 여, 78세
제보자 2 : 정두리, 여, 86세
구연상황 : '톳재비'가 실제로 있었냐는 조사자의 물음에 응해 구연해 준 것으로, 제보자
가 연행하는 동안 정두리 씨가 줄곧 맞장구를 치면서 호응했다.
줄 거 리 : 밤에 산길을 가다 보면 도깨비가 등불을 켜서 안내를 해주다가, 마을 가까이
오면 사라져버린다. 도깨비가 나타나는 골짜기에서 6·25 때 사람들이 많이
죽었다고 한다.

그전에 와 여 용전에 와 저그 아저씨 태봉댁이 카는(하는) 거, 그 저 산
과수원 안 있었나?

그 뭐 저녁 답에(저녁 무렵에) 밤에 내려오만,

(제보자 2 : 도깨비 옛날에 있었다.)

또깨비, 또깨비라.

(청중 : 그래 도깨비.)

등불로 내 태가지고('등불을 계속 피워서'의 의미임.), 저쪽으로 등비닐
로 이래 오만(오면) 이래 새장댁이 집이 안 있는교? 내도록 등불로 써가지
고(켜서) 내(줄곧) 앞선다 그데(그러데).

[청중 가운데 한 명이 계속해서 제보자의 말을 되풀이한다.]

앞서가주고 가는데, 그래가주고 여쪽(이쪽) 동네쯤 오만 그게 마 없어
진다 카데.

(제보자 2 : 그게 와 이카는가 하만, 우리 아들이.)

(조사자 : 길을 안내해 주는 거다만요.)

길을 안내해 주는강 똑.

(제보자 2 : 그래, 질(길) 안내해 준다고 자꾸 그래.)

등불로 써가지고.

(제보자 2 : 앞에 자꾸만 질 안내해 준다고 그랜다.)

그래 저녁에 과수원에 갔다가, 이얘기를 했쌓데. 과수원에 갔다가 느까(늦게) 이래 오만, 이래 앞서가주고.

(제보자 2 : 그래 우리 다 가모(가면), 지는 언제 없어졌는지 모르고.)

옛날에 와, 옛날에 와, 6·25 때 거어 사람 마이 죽었다 카데.

그 꼴짝에(골짜기에) 보만 겂을 내고 있었는데, 거서러(거기서) 등불로 써가지고 나온다 카데.

나오만 이쯤 새장댁이 이쯤 오만은(오면) 살(슬그머니) 사라지고 없더란다. 사라지고.

도깨비에 홀린 사람

자료코드 : 05_22_MPN_20100127_KYH_GBW_0002
조사장소 : 경상북도 포항시 남구 장기면 읍내리 여성경로당
조사일시 : 2010.1.27
조 사 자 : 김영희, 이미라, 황은주, 이선호
제 보 자 : 김분외, 여, 78세
구연상황 : 길 안내해 주는 도깨비 이야기에 이어 연행했다. 연행하는 동안 계속해서 청중이 호응해 주었다.
줄 거 리 : 신상문 씨네 시어른이 골짜기에 살았는데 술에 취해 장기숲을 지날 때 도깨비에게 홀려 가시밭으로, 언덕으로 끌려 다녔다. 그 어른이 그때 혼이 나가서 결국 얼마 되지 않아 죽었다.

신상문네 와(왜) 저 신상문네 시어른, 와 저 꼴짝에 ○○ 안 살았나.

영감이 술만 처 내(늘) 채가주고(취해서) 장기숲 이래 가믄(가면). 마 또 깨비한테 마 홀리가주고(홀려서).

마 이래 자기 마음도 아인데(아닌데), 내 가시밭으로 이런 데로, 마 마, 언덕으로 마 델꼬 갔다(데리고 갔다) 커데, 사람을.

(청중 : 술로 취해가 그렇지.)

그래 그기 헛비가(헛것이 보여), 헛비가 그런 모양이라. 이래 이래 홀리 가가주고 마 까시밭에, 뭐 언덕에 이래 가가주고 마 하만은(아주 많은) 사람 혼을 빼는 기라.

혼을 빼가 그 사람 결국에는 안 죽았는교? 그 혼이 나가가.

집지킴이를 잡고 망한 집

자료코드 : 05_22_MPN_20100127_KYH_GBW_0003
조사장소 : 경상북도 포항시 남구 장기면 읍내리 여성경로당
조사일시 : 2010.1.27
조 사 자 : 김영희, 이미라, 황은주, 이선호
제 보 자 : 김분외, 여, 78세
구연상황 : 조사자가 구렁이에 관한 이야기를 알고 있느냐고 물었다. 청중 한 분이 요즘
         은 그런 게 없다고 하자, 제보자가 그런 것이 있다면서 이 이야기를 시작하였
         다. 구연 도중 청중의 개입이 적극적이었다. 이야기 주인공을 알고 있는 청중
         들은 다른 기억이나 의견을 내놓기도 했다.
줄 거 리 : 평등에 사는 오상문 씨 집에 하루는 귀가 달린 집지킴이가 쌀 단지를 빙빙
         휘감고 있었다. 그 집 안주인이 그것을 동네 뱀꾼을 시켜 잡았더니 그 집이
         망해버렸다. 지킴이를 잡은 그날 밤 그 새끼 구렁이들이 온 집안을 돌아다녔
         다. 견디다 못해 이사를 하게 되었는데, 어디 가서 물어 보니 솥부터 걸어 놓
         고 개를 데리고 가라고 하였다. 시킨 대로 했지만, 이사 온 후 그 개가 바로
         죽어버렸다. 그 안사람한테 직접 들은 이야기이다.

그 전에 심상문네 그라던데, 심상문네 아이고 내 얘기 잘, 오상문이, 저 저 평등에 살잖나.

한분으는(한번은), 새터에 사는가? 한분으는, 한분으는 그 갈두발 걸에 (무슨 말인지 정확히 알 수 없다.) 커다란, 그 귀 달린 구렁이도 있는가? 귀 달린 찌꺼미(지킴이), 구리이가(구렁이가) 쌀단지에,

[손을 빙빙 돌리며]

빙빙 감기가(감기어) 있더라 커데.

(청중 : 몰라 난 그 소리는 못 들었다.)

언제.[62] 그 저 오상문이 그 여자가 그라더라. 그런데 그거로 저 동네사람이, 그거를 죽여, 잘 잡아가는 사람이 있다 커데, 뭐 묵을라고(먹으려고), 약 한다.

그래 와가 델꼬(데리고) 와가 잡았다네.

그래가 마 그 집에서 망했어. 오상문이네가요. 망해가 그래 마 어데 가 물으이까네 그카더란다.

마 그날 저녁에 마 마, 처마 끝으로 마, 구리이가 새끼 구리이가 마, 장독간에 마 빙빙빙 도더란다. 그저 우예(어떻게) 알아가, 그래 그 실지라(실제라) 그거는.

그래가 하두 못 전디가(견뎌서),

(청중 : 오상문이, 오상문이. 오진호 씨 그 저 달(닭, 닭장)에 들어앉았다 카더라. 달에. 달구통에 들어가 있어가주고 닭 잡아 묵을라 캐가(먹으려 해서) 그랬다 카데.)

언제, 쌀 단지에 뱅뱅 돌아가 있더란다. 그거를 내한테 얘기를 하는데. 우리 집 옆에 고 안 살았나.

그런데 겁이 나가지고 그 어데 가 물으이까네, 그러이 인자 솥부텅 갖

---

62) 강하게 부정하는 의미의 말이다.

다가 요 요 요, 이사 왔잖아. 솥부텅 갖다가 걸어 놓고 이사갈 땔랑 개로 한 마리 델꼬 가라 카더란다.

그날 저녁에 이사 오면서러 인자 오상문이 저 여자가 인자 개로 델꼬, 먼지(먼저) 델꼬 왔어.

(청중 : 어디로 이사 갔는데?)

[이야기 주인공이 어디서 어디로 이사했는지에 대해 의견이 분분하여 구연이 1분가량 중단되었다.]

그 개로 잡아왔는데 사람이 오만(오면) 사람이 그카이까네 개로 데리고 이사 가라 카데. 그 개가 죽었다 카데, 이사 와가주고, 그 집에서.

납딱바리를 본 경험담

자료코드 : 05_22_MPN_20100127_KYH_YMG_0001
조사장소 : 경상북도 포항시 남구 장기면 산서리 노인회관
조사일시 : 2010.1.27
조 사 자 : 김영희, 이미라, 황은주, 이선호
제 보 자 : 양문금, 여, 80세
구연상황 : 효자 김시상의 효행담에 이어 연행되었다. 납딱바리를 보았냐는 질문에 응해 이야기가 시작되었다. 이야기를 연행하면서 소란스러운 주변 환경 때문인 듯 몸짓으로 이야기를 설명하려 하기도 했다. 연행이 끝난 후 호랑이를 본 경험 담을 덧붙이기도 했다.
줄 거 리 : 제보자가 산에 나물 캐러 갔을 때 일이다. 제보자의 바로 밑에 고양이 같은 것이 있어 쫓아내려고 돌을 던졌다. 산으로 도망간 납딱바리가 흙을 퍼부었 다. 나중에 같이 나물을 캐러 간 동서가 그 고양이 같은 것이 납딱바리라고 설명해 주었다.

저 건네 산에 우리가 그때 나물하러 갔거든. 나물하러 가이까네, 인자 그래 나물하는 데는 산에 어둑어둑하다.

우리가 사람, 그 산에는 우리가 아홉이 갔다 마 처자들까정. 아홉이 갔

는데 우리 인자 우리집안의 형님이, 형님하고 둘이 있다이까네.

내 밑에 고양이 긋은(같은) 게 요래 요래 있어요. 있는데 나는 그 고양인 줄 알고 '왁' 카미, 돌미까(돌맹이를) 던지까네, 안 가.

그래디만은 그래가 인자 고양이라고 던지이까네 그거는 산에 가뿌는(가버린) 기라. 그 형님이 그거는 산으로 가가 흘로(흙을) 막 퍼줏는(퍼붓는) 기라.

납딱바리 그 그러이까네 내려와가주고 우리 형님이 그러는 기라.

"아이고 동서야 그기 범이다. 호랑이다. 그런 거는 ○○○를 봐야 되는데, 동서가 돌로 던지고 고양이라 카이까네."

그거 내가 흘로 막 퍼짓는(퍼붓는) 기라. 내 잎으로(곁으로) 우리 잎으로 막 퍼짓는 기라. 혼자 가만 범한테 물리간다고(물려간다고), 물려가뻔다고.

그래 나는 그런 경험도 있고, 호랭이는 나는 두 번 봤어요.

허재비를 본 경험담

자료코드 : 05_22_MPN_20100127_KYH_YMG_0002
조사장소 : 경상북도 포항시 남구 장기면 산서리 노인회관
조사일시 : 2010.1.27
조 사 자 : 김영희, 이미라, 황은주, 이선호
제 보 자 : 양문금, 여, 80세
구연상황 : 시간이 지나자 혼자 이야기를 계속하던 제보자가 조금 지친 듯한 모습을 보였다. 적극적으로 이야기를 들려주려 했던 처음의 모습과는 달리 목소리도 작아지고, 주변의 눈치를 보더니 그만하자는 기색을 비치기도 하였다.
줄 거 리 : 서구라는 사람이 아버지 산소에서 하얀 소복을 입고 똥물을 든 허재비가 올라가는 것을 보았다고 한다.

그거 서구 와, 저거 아부지 산소에 가이까네. 새벽에 그거 산소대가 가

이까네.

물동이 지고 알위로(아래위로) 하얗게 그 비녀 지르고, 그거 허재비가 올라가더라 카더구만.

서구가 그러고는 물동이에다가 똥물로, 똥물로 한 동이 싣고 바가치(바가지) 해가, 비녀로 살(살짝) 찌르고 저거 아부지 산소에 새벽에 살 밭둑으로 갔더라 카데. 그거는 허재비다.

좆쟁이를 만난 경험담

자료코드 : 05_22_MPN_20100127_KYH_JDR_0001
조사장소 : 경상북도 포항시 남구 장기면 읍내리 여성경로당
조사일시 : 2010.1.27
조 사 자 : 김영희, 이미라, 황은주, 이선호
제보자 1 : 정두리, 여, 86세
제보자 2 : 김분외, 여, 78세
구연상황 : 장기숲과 관련한 이야기가 이어지면서 장기숲에 관한 전설이 없느냐는 조사자의 질문에 응해 연행되었다. 제보자는 연행에 앞서 청중들의 주의를 환기시키면서 소란스러운 좌중을 정리한 후에 좆쟁이에 대한 설명으로 이야기를 시작하였다. 도중에 김분외 씨가 자신이 들은 경험담을 덧붙이기도 했다. 연행이 끝날 무렵 좆쟁이와 관련된 경험담들을 늘어놓는 바람에 좌중이 소란해졌다.
줄 거 리 : 장기숲의 빨래터에는 허재비가 나타나곤 했다. 우리는 그것을 좆쟁이라고 했다. 산삼이 화한 것이라고 하는 좆쟁이는 남자나 할머니 앞에는 나타나지 않고, 젊은 새댁이 빨래 씻으러 가면 나타났다. 나도 좆쟁이를 만나서 혼비백산하여 빨래를 씻는 둥 마는 둥하고 집으로 쫓겨 온 적이 몇 번 있다.

내 이야기를 들아 바라(들어 봐라).

빨래를 여 씻거든. 여어 씨이만(씻으면) 그래 저 여자들이 젊은 시댁들이(새댁들이) 빨래 안 씻나?

헛재비 텍이지,[63] 남자가 나오만 참 ○○ 물에 가 있거든.

그래 참 우리가 식겁을 하고[64] 빨래를 안 씻고 달라아가 오고.[65] 그래고(그리고) 우리 달라오만 허재비가 없어진다.

(제보자 2 : 삼베로 옷에만 걸치고 밑에는 잘 안 보이(보여).)

그래 그런데 뭐가, 얼굴도 잘 안 비고(보이고).

(제보자 2 : 그런데 그기 산삼이, 산삼이 화해가(化해서) 그래 된 기라.)

그거사 우리사 마이(많이) 봤다.

(제보자 2 : 그거는 우리 시누부가 그러더만. 한 분 가가지고 그 그 머시매이들(머슴아들) 가만(가면) 나타나질 않는다 카데. 여자만 나타난다.)

할매이들도 가만(가면) 안 오고 각시들이 가야.

(제보자 2 : 각시들이 가야, 쪼맨핸(조그마한) 어린애라도 데리고 가만 안 나타나.)

그 탱주가(탱자가) 많았거든. 탱주, 탱주 낭기라고(나무라고) 이래 있거든. 숲이 거서러(거기쯤) ○ 있었는데, 그 탱주를 따러 가믄 또 젊은 각시들 따라가만 또 끼(기어)나와가, 탱주 따다가, 우리는 간 크다. 시바 머고 저기 저기 뭐고, 막 시바 뭣이로 커미 쪼자뿔라,[66] 뭐 희안한 기.

(제보자 2 : 우리 시누부도 봤다더라.)

우리는 마이(많이) 봤다고.

(청중 : 그렇게 말했는교?)

그래 내사 그랬는데. 그거 아거든(알거든). 빨래 씻그러 가만, 빨래 씻그러 가가 대가리, 대가리도 없고 뭐가 이래 흔드는데,

그런데 막 씨발끄 막 방맹이로 대가리 때리뿔라 마. 그래도 속으로는 무섭아가(무서워서).

---

63) '젊은 새댁들이 빨래 씻으러 오면 헛재비가 나타난다'는 의미이다.
64) '혼줄이 나게 놀랐다'는 의미이다.
65) '도망해 오고'의 의미이다.
66) 심하게 다툰다는 의미이다.

그래놓고 빨래를 진동갠동(씻는 둥 마는 둥) 희안하게 씻거오만 어른들이,

"니는 빨래를 왜 이래 씻거 오냐?" 카만,

"좆쟁이가 나와가, 뭐."

그때는 우리는 좆쟁이라 캤다. 그래가 마 쎄가(혀가) 빠지게 왔다 카이. 그래가 내 몇 번 쪼짓겨(쫓겨) 왔데이.

(제보자 2 : 우리 시누부도 빨래 씻다가 그래가주고 마 덜 씻고 마 마.)

암만 간이 크도, 그기 나와가 허연 기 나와가 흔들아 봐라. 빨래고 뭐고 마 마, 갠동진동 씻고 뚜드리 팰라 캐고 씨이고, 마 마 쎄가 빠지게 집으로 오만 어른은 또,

"그기 좆쟁이다. 개않다(괜찮다). 씻고 오니라."

캐도 간담이 그래 애지간, ○○○○.

[좆쟁이가 나타나던 곳에 약물이 있었다는 이야기를 하는 중에 좌중이 소란스러워졌다.]

고석사 석불의 영험

자료코드 : 05_22_MPN_20100126_KYH_JIS_0001
조사장소 : 경상북도 포항시 남구 장기면 읍내리 여성경로당
조사일시 : 2010.1.26
조 사 자 : 김영희, 이미라, 황은주, 이선호
제보자 1 : 정임순, 여, 78세
제보자 2 : 최순례, 여, 85세
구연상황 : 할매·할배 바우에 관한 이야기를 간단히 하고 나서 제보자가 고석암도 있다면서 이야기를 시작하였다. 이번에는 최순례 씨가 정임순 씨의 이야기에 적극적으로 참여하고 호응해 주었으며, 다른 영험담을 보태기도 했다.
줄 거 리 : 옛날 고석사에 돌부처가 있었는데 말을 타고 가면 그 앞에서 말의 발이 땅에 붙어 지나갈 수 없었다. 고석사를 세우면서 땅을 넓히기 위해 그 돌부처를 쪼

아내던 할머니가 갑자기 죽고 말았다. 또 일을 하던 인부가 개고기를 먹고 그 자리에서 즉사하는 등의 영험이 있었다.

옛날에 그거 저 돌씨(돌) 겉이(같이) 뭐시, 그 뭐라 캐노(하느냐) 돌에 그거 기리(그려) 놨는 거 뭣인교(무엇이지요)? 와 돌이 그게 이래 돌이.

(제보자 2 : 부처님이.)

이래 돌이 그랬는데 부처님이 됐잖애요. 부처님이 기랬어요.[67] 보고 기 랬는데.

이래 말로 타고 가다가, 타고 가다가 그 딱 뭐 저질았껄라(저질렀을 걸)[68] 아매(아마).

(청중 : 발이.)

딱 드라(달라) 붙었지. 다라(달라) 붙어가 못 가구로(가게) 맹긋지(만들 었지).

(청중 : 하이튼 못 갔다 커는 소리는 들리더라. 인지는, 그기 인지는 마.)

그때 옛날에는 영험 있었다니까.

(제보자 2 : 원캉(워낙) 그 부처님이 돌, 그 오새(요새) 그 돌이 참 그 뭐 산다, 큰 바룩(정확한 의미를 알 수 없음.) 있는데, 있는데.

(제보자 2 : 옛날에, 아주 옛날에 인자 땅이 작아가주고 이 밑에서러 돌 은 이래가주고 인자 쪼자가주고(쪼아서) 쪼자가, 인자 더 해 묵을라고 쪼 지미('농사지을 땅을 개간하며'의 의미인 듯함.), 그 돌로 인자 찍아삣어 (찍어버렸어).

찍아뿌래 놓이(찍어버려 놓으니) 그 할매가 그 자리에서 돌아가시고 여 그(여기) 피가 철철 흘러, 그거만치(그만큼) 영검(영험) 있었어, 그 돌이.

그래가 인제 절로 서우면(세우면서) 거 거 뭐시라 가살(가설[69]) 다 해

---

67) '그려져 있어요'라는 뜻이다.
47) 뭔가 잘못된 일을 저질렀으리라는 추측의 의미로 말한 것이다.
69) 假設. '임시로 설치함'이라는 뜻이다.

놓고, 꼭대, 대들보를 할라 카다가 그 인자 대목이 그 마을에 내려와가주
고 개를 잡아 잡샀어(잡쒔어).

개 잡아논 걸, 탕을 뭐 잡샀던동 마 그래, 그 자리에서 직사(즉사)를, 그
만침(그만큼) 인자 영검이 있았어요. 거어가 우리 고석사에.

변신한 여우를 고추로 물리친 총각

자료코드 : 05_22_MPN_20100126_KYH_JIS_0002
조사장소 : 경상북도 포항시 남구 장기면 읍내리 여성경로당
조사일시 : 2010.1.26
조 사 자 : 김영희, 이미라, 황은주, 이선호
제 보 자 : 정임순, 여, 78세
구연상황 : 여우가 사람으로 변신한 이야기가 있냐는 조사자의 질문에, 청중 가운데 한
분이 그런 얘기는 흔히 있다고 관심을 나타냈다. 그러자 제보자가 바로 받아
서 그런 얘기가 구룡포 쪽에 있었다고 하면서 연행을 시작하였다.
줄 거 리 : 구룡포 쪽에서 있었던 일이다. 한 총각이 가족들과 방에 있었는데 한 여자가
방안으로 들어왔다. 인물이 참했으나 발뒤꿈치가 없는 여자가 뒷문으로 나가
면서 총각에게 눈짓을 했다. 여우인 줄 안 총각은 따라 나가 고추로 여자의
눈을 문질러버렸다. 그러자 여자는 "아이고 내 눈이야."라면서 여우로 변해
도망쳤다.

여그(여기) 있었는 게 아니고 구룡포 쪽에서 그 어드메서(어디쯤에서)
이래(이렇게) 오는데 발디치(발뒤꿈치가)가 없다 커데. 발디치가 없답니다.

무실이 아부지가 클 때 총각 찍에(적에) 인제 방에 이래 있다이께네, 인
제 숙모들하고 마카(모두) 이래 안 앉아가 있나.

앉아 있는데 뒤에 이래 들어오더란다. 앞에 요 속 들오더란다. 들오는
데 보이꺼네는, 아 형수네들도 마카 있는데 들어오거들랑, 보이꺼네는 발
디치가 없더란다.

인물도 참하고 요래 얼굴도 그거한데, 발디치가 없더라 칸다.

(청중 : 근데 여수가(여우가) 화(化)했나(변신했느냐)?)

예. 그기 인자 눈질을(눈짓을) 해가(해서) 뒷문으로 나갔어. 뒷문으로 나가 뒤에 문 딱 잠갔부고(잠궈버리고) 앞에 인제 나와가주고 인자, 고추로마 갖다다가 막 그 했다 카데.

그래이꺼네 지 딴에는(제 딴에는) 맵았겠지(매웠겠지). 예수는(여우는) 매부면(매우면) 못 산다 커데. 그래서 나오면서,

"아이고, 내 눈때기('눈'의 속된 말.), 아이고 무시라('푸념하는 소리'의 경상도 방언.) 아이고 내 눈때기 무시라." 카미 나갔대.

(청중 : 여수가 인자 그래가 나갔구만.)

여수로 화해가 나갔다 카더랍니다.

술 취한 장꾼을 깨워 준 호랑이

자료코드 : 05_22_MPN_20100127_KYH_JIS_0001
조사장소 : 경상북도 포항시 남구 장기면 읍내리 여성경로당
조사일시 : 2010.1.27
조 사 자 : 김영희, 이미라, 황은주, 이선호
제 보 자 : 정임순, 여, 78세
구연상황 : 문무왕 관련 이야기 연행 후 잡담이 오가다가 호랑이에 관한 이야기가 없냐는 조사자의 질문에 제보자가 이 이야기를 시작했다. 연행 도입부에서 한 청중의 시숙 되는 분이 이러한 경험을 했음을 환기하면서 이야기를 시작하였다. 이를 통해 실제 이와 같은 일을 경험했다고 말하는 사람이 더러 있어 그것이 인근에 회자되었던 것을 짐작할 수 있다.
줄 거 리 : 까막골에서 장 보러 갔다가 술에 취해 길에서 잠든 사람이 있었다. 이때 호랑이가 꼬리를 물에 적셔 깨워서 그 사람이 집에 안전하게 갈 수 있도록 도와주었다고 한다.

와(왜) 집에 시숙인교? 시아바씬교(시아버지예요)? 집에 시아바씨지 싶으다. 몰래(몰라). 어이,70) 와 월산 저 골짝에 살았다 커데.

(청중 : 시숙.)

어 저 까막골이라 카든가 살았다 카데. 미느리가(며느리가) 어데 살았
다 커데요. 살민서, 어 사는데.

그 전에 저 내가 밤뱀71)에서 노친들이 이야기 하는 걸 내가 들었는데.

뭐 저 호랑이가, 장보러 오모(오면), 저 가다가 술 잡숫고 가다가 질께
(길가에) 눕았이모(누웠으면),

[청중들이 이야기의 주인공이 살던 곳에 대해 이야기하느라 구연이 잠
시 중단되었다.]

(청중 : 까막골이라 카데.)

까막골이라 카더라.

그래가 ○○○○. 데리고 가마 데러오고 그랬는데.

그래 거게 중간에 가다가 눕았이모(누웠으면), 그 찬물에다가, 얼은 물
에다가 꽁다리를(꼬리를) 적시가(적셔서), 암만 들쑤셔도 안 인나이께로(일
어나니), 꽁다리로 그 저 물에다 적시가지고 얼굴에다 탁탁 친단다.

쳐가주고 데려다 주고.

---

70) 동의를 구하는 뜻으로 한 말이다.
71) 인근 지명을 가리킨다.

모심기 소리

자료코드 : 05_22_FOS_20100127_KYH_BSG_0001
조사장소 : 경상북도 포항시 남구 장기면 임중 2리 마을회관
조사일시 : 2010.1.27
조 사 자 : 김영희, 이미라, 황은주, 이선호
제 보 자 : 박수기, 여, 74세
구연상황 : 조사자들이 오후 3시경 마을회관으로 갔을 때 할머니들이 한 방에 모여 놀이를 즐기며 휴식을 취하고 있었다. 조사자가 조사 취지를 설명하고 마을에 관한 이야기를 물어보자 몇몇 여성 제보자들이 반응을 보였다. 한 모퉁이에서 다수의 여성 노인들이 담소를 나누며 놀이를 즐기고 있었기 때문에 조사 초반 좌중은 대체로 산만하고 소란하였다. 그러나 조사 취지를 이해한 몇 명의 여성들이 자신이 아는 노래나 이야기를 들려주려 하였다. 조사자가 모를 심을 때 부르던 노래를 들려 달라 하자 한두 제보자가 노래를 시작하려 하였다. 연행을 시작한 제보자가 토박이 인물이 아니어서인지 노래를 시작하려는 찰나 놀이를 즐기던 청중 가운데 1인이 노래하지 말라며 가로막고 나섰다. 그러나 제보자가 뜻을 굽히지 않자 '잘하면 한 번 해 보라'며 더 이상 연행을 가로막지 않았다. 대신 '중간에 잘라 먹지 말고 옳게 하라'는 당부를 잊지 않았다. 제보자는 연행에 앞서 노래를 부르면 캠코더와 녹음기에 들어가는 것인지 확인한 후 노래를 부르기 시작했다. 한 마디 노래가 끝난 후 제보자는 계속 노래를 부르고자 했으나 더 이상 기억나는 모노래가 없는 듯 보였다. 노래를 잘하는 한 사람에게 모노래를 해 보라며 권했으나 놀이에 열중하고 있는 터라 연행판에 쉽사리 끼어들지 않았다. 베틀 노래 등의 노래를 계속 권유했으나 나이가 많고 노래를 잘하는 할머니가 놀이에 열중하여 연행에 집중하지 못하는 상황이 지속되었다.

(조사자 : 하나 해 주세요, 할머니.)

하나 해 주라꼬?

물길로처지렁청('청청'을 늘여 부른 말) 헝골아(허물어)놓고

쥔네양반은 어딜갔노

문에야(문어야)대전북(대전복) 손에들고

[청중들이 박수 치며 추임새를 계속 넣음.]

첩으야방에나 놀라(놀러)가네

(조사자 : 얼-쑤. 계속해 주서야지, 할머니 한 자락 하셨잖아요.)

[웃음]

네. 내보고 자꾸 또 그거 했던 거 또 하고 또 하고 이래야 되나, 딴 거 딴 거 해야 되나?

(청중 1 : 2절.)

(청중 2 : 얼마나 긴데, 그래.)

[여러 사람이 동시에 발언하여 말소리를 구분하기 어려움. 청중들은 계속 노래를 이어가라 권유함.]

이거는 2절 그기 없고. 계속 했던 거 또 하고 또 하고 그래야 되나?

(청중 1 : 계속 달아 가지고.)

[말소리가 뭉개짐.]

(조사자 : 할머니 하실 수 있는 것 같은데, 왜?)

쌍금쌍금 쌍가락지

자료코드 : 05_22_FOS_20100127_KYH_BJG_0001
조사장소 : 경상북도 포항시 남구 장기면 임중 2리 마을회관
조사일시 : 2010.1.27
조 사 자 : 천혜숙, 김영희, 이미라, 황은주, 이선호, 김보라, 백민정
제보자 1 : 박종구, 여, 81세
제보자 2 : 박정희, 여, 76세

구연상황: 앞의 노래가 끝나고, 마을에서 모심기 소리할 때 앞소리를 매기던 사람에 대한 이야기가 오고 갔다. 조사자가 조사 초반부에 제보자가 '쌍금쌍금 쌍가락지' 가사를 잠깐 읊어주던 것을 떠올리고 다시 한 번 불러 보자 제안하였다. 그러나 앞 이야기의 여운이 남아 제보자와 청중들은 마을에서 상여소리를 하던 어른에 대한 대화를 이어갔다. 그러다가 이제 시간이 너무 늦었다며 제보자들이 서둘러 자리를 정리하려 하였다. 조사자가 다시 한 번 '쌍금쌍금 쌍가락지'를 불러 보지 않겠냐며 제안하였다. 그러자 제보자가 숨이 가빠 노래를 하기 힘들다며 조심스레 거절의 뜻을 내비쳤다. 처음부터 조사에 적극적이었던 박정희 씨가 '그럼 내가 먼저 시작할 테니 뒷부분을 이어 보라'며 제안하였다. 대신 박정희 씨는 '내가 아는 것은 앞 대목뿐이니 꼭 뒷부분을 이어야 한다'고 박종구 씨에게 당부하였다. 이에 용기를 얻은 박종구 씨가 한 번 불러볼 테니 시작을 해 보라고 말문을 열었다. '같이 하면 할 수 있을 것 같다'며 박종구 씨도 연행의 뜻을 내비쳤다. 약속대로 박정희 씨가 자신이 기억하는 앞 대목까지만 노래를 부르고 멈추자 곧바로 박종구 씨가 노래를 이어갔다. 그러나 숨이 차서 길게 노래를 이어 부르지는 못했다. 가쁜 숨 때문에 노래 역시 제 곡조대로 부르지 못하고 읊조리듯 이어나갔다. 노래 가사는 더 알고 있는 듯 보였으나 갑자기 많은 노래를 부른 탓에 더 이상 노래를 부를 기운이 남아 있지 않은 것 같았다. 함께 앉아 있던 다른 사람들도 '나이 많은 분이 너무 무리했다'며 조사자를 만류하여 더 이상 조사를 이어가지 못했다. 이 노래를 마지막으로, 연행 현장을 정리하였다.

제보자 2 쌍금쌍금 쌍가락지

　　　　호작질로 닦아내여

　　　　먼데보니 달일레라

　　　　잣테(곁에)보니 처널레라

　　　　그처녀야 자는방에

　　　　숨소리도 둘일레라

　　　　말소리도 둘일레라

　(제보자 2 : 나 고거밖에 모린다.)

제보자 1 홍쌀바신[72] 오라버님

그런말쓰 마옵소서

(청중 : 좀 크게 해라.)

[동시다발로 여러 사람이 말을 하는 바람에 소리가 뒤섞여 분간할 수 없음. 제보자가 갑자기 조금 더 큰 소리로 노래를 부르기 시작함.]

동풍이 디리부니
풍기73)드는 소리로다

[설명하며]

애민 소리 해가지고. 풍기 드는 소리라고 남의 남자 와가(와서) 잤다고 그래 했거든.

(청중 : 고마 해라.)

[웃음]

정선달네 맏딸애기

자료코드 : 05_22_FOS_20100127_KYH_BJG_0002
조사장소 : 경상북도 포항시 남구 장기면 임중 2리 마을회관
조사일시 : 2010.1.27
조 사 자 : 천혜숙, 김영희, 이미라, 황은주, 이선호, 김보라, 백민정
제 보 자 : 박종구, 여, 81세
구연상황 : 먼저 조사자 4명(김영희, 이미라, 황은주, 이선호)이 오후 3시경 마을회관으로 갔다. 할머니들이 한 방에 모여 놀이를 즐기며 휴식을 취하고 있었다. 조사자가 조사 취지를 설명하고 마을에 관한 이야기를 물어 보자 몇몇 여성 제보자들이 반응을 보였다. 한 모퉁이에서 다수의 여성 노인들이 담소를 나누며 놀이를 즐기고 있었기 때문에 조사 초반 좌중은 대체로 산만하고 소란하였다.

---

72) 엄격하고 까탈스럽다는 뜻이다.
73) '풍속이나 풍습에 대한 기율'로 특히 남녀가 교제할 때의 절도를 이르는 말이다.

그러나 조사 취지를 이해한 몇 명의 여성들이 자신이 아는 노래나 이야기를 들려주려 하였다. 그러던 중 나머지 조사자들이 마을회관에 도착하였다. 조사자가 잠깐 동안이나마 조사에 집중할 것을 청하자 흔쾌히 놀이판을 정리하고 여성 제보자들이 연행판에 모여 앉았다. 조사자가 '쌍금쌍금 쌍가락지'나 'ㅇ선달네 맏딸애기' 등의 노래를 아냐고 묻자 다른 사람들은 잘 모르는 눈치를 보였는데 유독 박종구 씨만이 자신이 아는 노래라는 듯 반응을 보였다. 제보자는 익숙하게 불러오던 노래라는 듯 자신감 있는 태도로 연행을 이어나갔다. 다만 숨이 가빠 노래를 길게 이어갈 수 없는 점을 박종구 씨 스스로 안타까워하였다. 연행판에 모여 앉은 이들도 연장자인 박종구 씨의 노래에 귀를 기울이며 찬사를 아끼지 않았다.

[숨이 가빠 곡조를 붙여 노래로 부르지는 못하고 가사를 읊조림. 조사자가 천천히 하시면 된다고 계속 격려함.]

> 서울이라 장안안에
> 정서방네 맏딸애기
> 어잘났다 소문났네

(조사자 : 네, 좋습니다.)

> 내리가던 신감사야
> 올라가는 후감사야
> 인간구경 하러가세

그래, 그거 있다.
그거 할까?
(조사자 : 네, 좋습니다.)
곡조는 못 맨데이.[74]
(조사자 : 네, 괜찮습니다.)

---

74) 곡조는 붙일 수 없다는 뜻이다.

미안한데 책 읽듯이 그래 한데이.

(조사자 : 네.)

(청중 1 : 길게 빼소.75))

　　서울이라 남대문에
　　서울이라 남대문에
　　정서방네 맏딸애기
　　어잘났다 소문났네
　　내려가는 후감사야
　　올라가는 신감사야
　　인간구경 하러가세
　　한번가도 몬(못)볼레라
　　두번가도 몬볼레라
　　삼사시(세)번 걸어가니
　　서른세칸 마루끝에
　　허리넘중76) 나와섰네

하구, 지데이(길다).

(조사자 : 네, 괜찮습니다.)

(조사자 : 네, 더 하셔야죠.)

(청중 1 : 질거든 지게 하소.)

[웃음]

　　허리넘중 나와 섰네

그래.

---

75) 사설을 길게 이어가라는 뜻이다.
76) '중간 조금 너머'라는 뜻이다.

(청중 1 : 여 또 동가리(토막)를 갖다 붙치(붙여).

있다. 아주 지다(길다).

(청중 1 : 고 밑에 동가리를 갖다 붙치.)

(청중 2 : 옛날에 소설책, 일라(읽어) 놓이까네 그 형님 저, 그런 거 잘 한다. 와 저게, 옛날에 장화홍련이, 심청전, 권익중이, 머 능라도 한양 오백 년 전. 옛날에 소설책이 많이 있거든. 우리도 그거로, 옛날에는 텔레비 없을 때는 내 책을 그래 읽었다꼬. 그래 읽었는데.)

[청중 2와 말소리 겹침. 설명하는 어투로 다시 읊조리기 시작.]

그래 그거를 했거든. 저저, 선 보는 택이라. 선 봐갖고 중신이 됐어. 그래,

> 시집온동(시집온 지) 삼일만에

그래 고로 중매가 됐어.

> 시집이라 가고보니
> 시집온동 삼일만에
> 시아바씨(시아버지) 하시는말씀
> 어제왔던 새며늘아
> 아래왔던 새며늘아
> 논을맬래 밭을맬래

부잣집에 그래 간 사람이, 논을 맬래 밭을 맬래?

"아이고 아버님요. 밭이라고 맬랍니더." 그래.

> 불같이라 더운날에
> 뫼(묘)같이라 지선밭을[77]

---

77) '묘에 덤불 우거지듯이 풀이 짙게 우거진 드센 밭을'이라는 뜻임.

　　　　한골매고 두골매고
　　　　삼사시(세)골 걸어매니
　　　　다른점심 다나오는데

저예 점심 안 나와. 점심 먹으러 집에 왔거든? 시아바씨 하는 말씀이,

　　　　어제왔던 새며늘아
　　　　아래왔던 새며늘아
　　　　밭이라고 몇골맸노

하이, 고런 이야기를 했어.

　　　　불같이 더운날에
　　　　뫼같이라 지선밭을
　　　　한골매고 두골매고
　　　　삼사시골 걸어매이
　　　　다른점심 다나오는데

저희 점심, 밥 먹으러 왔다 카이.
"밥 먹으로 왔습니다." 커이,

　　　　어라이년 물리치라(물리쳐라)
　　　　그거사나(그딴 것을) 일이라꼬
　　　　점심찾고 새참찾나

그란다. 고 며느리, 시아마니(시어머니) 역시 그래공, 맏동서 역시 다 고론(그런) 말 하거든.
　　(조사자 : 네, 이제 반복되는 거죠)
　　응, 그래. 시누부(시누이)도 그 말 하고, 이래 놔 놓이.

그거꺼정 할라 카믄은(하려 하면은) 밤새도록 한다.

[청중 웃음]

그래, 그 말 하이. 신랑 하나 보고 시집을 갔는데. 저거 방에 들어가니, 신랑은 턱 이래 갖고 책상 위에 올라 앉아가지고 붓글씨를 쓰고 있거든.

　　　　못땠더라(못됐더라) 못땠더라
　　　　너거(느그)엄마 못땠더라
　　　　못살래라 못살래라

네 너거 집에 못 산다 카거든.

　　　　갈래갈래 나는갈래

오던 길로 다부(다시) 돌아갈라 카거든. 그래 신랑한테 하이께네 신랑이 하는 말이,

　　　　앉아라보자 임을보자
　　　　서라보자 글에보자

시집올 때랑 판이 다르거든. 속이 써게(상해) 가지고.

(조사자 : 얼굴이 상했구나.)

　　　　손목이라고 쥐어보니
　　　　줌78)밖에 쥐던손목
　　　　줌안에 드는구나
　　　　허리라고 들고보니
　　　　알흠79)밖에 들던허리

---

78) '한 손 안에'라는 뜻이다.
79) '한 아름 안에'라는 뜻이다.

알흠밖에 드는구나

카미(하며). 마, 못 살겠다 카이. 갈라만은(가려면은) 가라무나 캤거든.
그래,

갈라만은 가라무나
밀창문은 밑채리고
찰창문은 찰태리고

자개 농을 열어가지고 그 아홉 폭 명주치마를 해가(해서) 왔거든. 명주
치마를 해가 와가 그걸 가지고.

한폭따서 바랑짓고
두폭따서 전대짓고
또한폭은 고깔짓고

마, 중으로 들어갔어. 바랑 짓는다 안 카더나. 중으로 들어가이.

한모랭이 돌아가니

[제보자와 조사자 사이에 앉아 있던 청중이 자리를 바꾸면서 노래가 너
무 길다며 우스갯소리를 했는데 청중 모두 제보자의 뛰어난 기억력에 칭
찬의 말을 아끼지 않았다.]
(청중 2 : 저만치만 알아도 그만키로 이야기 잘할따.)

한모랭이 돌아가니

친정집이 비이거든.

친정동네 보이구나

> 두모랭이 돌아가니
> 친정삽짝이 보이구나

한 모랭이 돌아가이께네 그래 대사, 중이 있거든. 그래,

> 대사님요 대사님요
> 요내머리 깎아돌라

카거든. 깎아 줘야 중이 되거든. 깎아 달라 카이. 그래 대사가 머리를 깎아, 어응.

> 깎기사 깎지만은

머라(뭐라) 칼(할) 사람 없냐고 물으니께네(물으니), 그래, 조선천지 다 댕기도 낼 머라 칼 사람 없다꼬. 머리 깎아 돌라 캤거든.

머리 깎아 돌라 카이, 이기 깎았어. 요새 그리 깎으이, 이쪽 처마가(치마가) 다 젖어뿐다. 눈물이 나가지고.

대강 빠자뿌고(빠뜨리고).

[웃음]

치매를, 마, 옷을 다 베맀어. 눈물이 흘러 가지고.

그래가 가이, 친정집에 들어가도. 이 집에 시수(시주) 좀 할라 카니께네. 친정에 드가가지고(들어가서).

> 좁쌀을 줄까
> 보쌀을 줄까
> 멀줄꼬 카이(무얼 줄까 하니)
> 좁쌀이라 주십시오
> 자잔한(자잘한)거 그걸주십시오

좁쌀로 주더래.

그, 자루를 전대 집었다고 집었는 기 밑은 안 남으코(남았고), 웃만(위에만) 한 기래.

[청중 몇 사람이 노래 가사에 대한 의견을 나누었으나 소리가 작고 뒤섞여 분간하기 어려움.]

그거 밑은 웃만 한 기라. 부주미(부어주며), 올케가 주거든. 부주미, 다 흘러버렸어.

(청중 3 : 그거 줍는다고 시간 다 가뿌리.)

(청중 4 : 얘기 옇지(넣지) 말고 가만 있거라.)

그거를 쏟아뿄다. 다 흘러뿌이 아우, 친정어마씨가,

"저게 있는 저 스님은 우리 딸이 흡사하다." 카거든.

"어구 모친요. 조선천지 다 댕기봐도 같은 사람 쌨다(많다)." 카거든.

그래,

"빗자루를 줄까? 쓸어 담아라꼬. 머를 줄꼬?" 카거든.

저븐가치를(젓가락을) 줄라 캤어.

밤중이 됐다. 밤중이 돼 놓으이 그래 학생이, 남동생이 학교 갔다 가방을 울러 매고 오미,

"아, 저게 있는 저 스님은 우리 누님 흡사하다." 캉케 또.

> 학생학생 그말마라
> 조선천지 다댕기만
> 같은사람 쌨다

카고 이 집에 좀 자자 카거든. 자자 카이, 어마씨도 내 방에 와 자거라. 남동생도 내 곁에(곁에) 자라 카거든.

다 치와(치워)부리고 난 소여물 삼그는(만드는) 데, 거라도 재워 주면

고맙게 자고 가겠다고 카더라고(하더라고). 거어 재워 쳤어.

재워 주미, 새벽밤중 되이 나오디만은(나오더니만은) 시누부, 저거 올케들이 하는 말이, 그래, 머라 카노. 애 다루는 거. 시누부라꼬예. 클 때 애를 믹있던(먹였던) 모앵(모양)이래. 그래 놓으이,

"깨소금 열두 단지보다 더 꼬시다(고소한다)." 하더래.

(청중 1 : 시누부인지 알았는가?)

알았지. 어엉. 그래 이기 나와 가지고 밤중 여서 고요하다 싶어가지고.

> 우리엄마도 날모르네
> 우리아버지도 날모르네

하소연했거든. 마당에 나와 가지고 하이. 그래 올케가 나와 가지고 그런 말 하드라.

아이고 많이 빠갔데이. 발표도 몬 한다. 와 그러노 하믄.

[조사자 웃음]

그래가 밭 매고 올 때,

(조사자 : 네.)

맏동서라 카는 사람이 받드는 기,

> 어제저녁 먹던 썪은(섞은)밥을
> 사발국에 발라주네
> 숟가락이라 카는거는
> 부잣집 몇년묵은
> 몽당숟가락을 나를주네

장도 막 그렇고, 많이 있다.

고만한다(그만한다).

모심기 소리

자료코드 : 05_22_FOS_20100127_KYH_SSR_0001
조사장소 : 경상북도 포항시 남구 장기면 임중 2리 마을회관
조사일시 : 2010.1.27
조 사 자 : 천혜숙, 김영희, 이미라, 황은주, 이선호, 김보라, 백민정
제보자 1 : 신순람, 여, 나이 미상
제보자 2 : 박정희, 여, 76세
제보자 3 : 박종구, 여, 81세
제보자 4 : 박수기, 여, 74세
구연상황 : 날씨가 점차 많이 흐려지기 시작했지만 노래판에 집중한 까닭에 비가 오는
          줄 모르고 잡담이 긴 시간 동안 이어졌다. 점차 밖에 비 오는 소리가 커지자
          청중들 몇몇이 황급히 집으로 돌아갔다. 소란한 가운데 조사자가 모심기 소리
          를 하자고 제안하였다. 그러자 청중들이 모심기 소리를 잘 하는 사람이 있다
          며 신순람 할머니를 노래판의 중간으로 밀어 넣었다. 자신감이 붙은 신순람
          할머니는 경쾌한 박수를 치면서 노래를 부르기 시작했다. 청중들도 신나서 박
          수를 치면서 함께 따라 불렀다. 박정희 씨, 박수기 씨, 박종구 씨 등이 다함께
          사설을 이어가며 노래를 불렀는데 특히 박정희 씨가 많은 노래를 불렀다. 박
          종구 씨는 연배가 있어서인지 다른 사람들이 잘 알지 못하는 노래 가사를 부
          르기도 하였다. 박종구 씨가 노래를 부를 때는 다른 사람들이 잘 끼어들지 않
          으면서 그녀의 연행을 돕기 위해 나서곤 하였다. 연행자들은 서로 노래를 이
          어 불러가며 서로 다른 가사를 맞춰 보기도 하고 조사자들에게 가사에 담긴
          뜻을 소개해 주기도 하였다. 또한 모심기 소리를 부를 때 느끼는 슬픔과 회한
          의 감정에 대해 의견을 나누기도 하였다. 노래판에서는 시종일관 자지러지는
          웃음소리와 흥겨운 추임새가 떠나지 않았다.

[제보자가 박수를 치며 노래를 시작하자 제보자 2를 비롯한 여러 청중
이 함께 부르기 시작했다.]

제보자 1 심게맹게(진경 만경) 넓은들에
         쟁피(창포)훑누나 저마누래
         날마다꾀(나를 마다하고) 가신임게(가신 임에게)

오나가나 쟁피로세

됐는교?

(조사자 : 예. 또.)

(제보자 2 : 또.)

(청중 1 : 더 해라.)

더 하라꼬?

(조사자 : 생각나는 대로, 사설을. 다 한 번.)

몬 한다.

(조사자 : 천천히, 천천히.)

[제보자가 머뭇거리는 사이 제보자 2가 노래를 시작하자 다른 사람들이 함께 부르기 시작했다.]

제보자 2 이논바닥에 모를심어

　　　　장잎이피어도 장홰로다

　　　　우리야부모님 산소등에

　　　　소를심아도 정자로다

이런 것은 많이 알지. 모심기 노래.

(청중 2 : 모른다.)

(제보자 3 : 그래.)

(제보자 2 : 또 해라.)

보자, 보자. 뭐 있더라.

(제보자 2 : 하믄 따라할게.)

(제보자 3 : 이 물꼬 저 물꼬 헝글어 그것 또 해라.)

예?

(청중 1 : 생각키거든(생각나거든) 해라.)

(제보자 2 : 또 해라.)

예?

(청중 1 : 생각키거든 불러라.)

(제보자 3 : 또 해라. 이 물끼 저 물끼 헝클어 놓고 해라.)

[청중 가운데 한 사람이 노래를 시작했으나 제보자의 노래가 계속 이어 지고 청중들이 제보자의 노래를 따라 부르자 곧 수그러들었다.]

제보자 1 이물끼(물길)저물끼 다헐어놓고
　　　　쥔네(주인)양반은 어딜(어딜)갔노

　그리고 이 절(2절)에는,

　　　문어야대전복 손에들고
　　　첩의야집에도 놀러갔네

　잘한다―.

[제보자 스스로 신나게 추임새를 넣으며 마무리하였다. 곧바로 이어서 제보자 2가 노래를 시작하자 다른 사람들이 함께 부르기 시작했다.]

제보자 2 해다졌네 해다졌네

[제보자가 계속 흥이 올라 큰 소리로 '좋다―'를 외침.]

　　　영해영산에 해다졌네
　　　빵긋방실 웃는애기
　　　못다보고 해다졌네

[웃음과 박수소리가 계속 이어졌다. 제보자와 청중들은 모두 흥에 겨워 노래를 함께 불렀다. 박정희 씨의 노래에 이어 제보자가 곧바로 받아 노

래를 이어갔다.]

제보자 1 초롱아초롱아 양사초롱
　　　　　임오님방에다 불밝혀라
　　　　　임도눕고 나도눕고
　　　　　저초롱불을 누가끄지

　잘한다. 어-
[곧바로 이어서 제보자 2가 노래를 시작하자 다른 사람들이 함께 부르기 시작했다.]

제보자 2 장사야장사야 화애장사[80]
　　　　　너젊어진(짊어진)것이 무엇이냐

[제보자가 계속 흥이 올라 큰 소리로 '휴우후-' 하며 괴성을 외쳤다. 제보자가 스스로를 가리키며 '혼자 좋으네'라고 웃으며 말했다.]

　　　　　자나잔버들 시당시게(시당시기. 버드나무 가지를 엮어 만든 수
　　　　　납함.)
　　　　　온갖만물이 다들었네

[제보자가 흥에 겨워 큰 소리로]
　좋다--.
(제보자 3 : 좋다-. 아이고.)
(청중 1 : 끝났다--.)
(제보자 3 : 모심기 노래 부르다가 모심기 한 거 같다.)
[말이 채 끝나기도 전에 공백 없이 제보자 2가 곧바로 이어서 노래를

---

80) 꽃무늬가 있는 버들고리 통에 물건을 담고 다니며 물건을 파는 장사꾼을 가리키는 말로, 일명 '화기장수'를 뜻한다.

시작했다.]

　　　해다지고야 저문날에
　　　어드메소-녀가 울고가노
　　　부모야형제를 이별을하고-
　　　갈곳이없어서 울고가네

제보자 1 [박수를 치며]
　　　양산-81)통도(양산에 있는 통도사를 가리킴.) 뒷골목에

　[제보자 2가 약간 다른 가사로 불렀으나 소리가 뒤섞이고 뭉개져 확인
불가함.]

　　　알배기처녀82)가 나누었네(누워 있네)

　[제보자 2가 '총각아'로 시작하는, 약간 다른 가사로 불렀으나 소리가
뒤섞이고 뭉개져 확인이 불가함.]

　　　났(낮시)간총각 양산총각
　　　알배기처녀를 낚아내소

　(청중 1 : 아이고.)
　[크게 웃으며]
　잘한다-.
　(청중 1 : 아이고.)
　인자 됐는교?

----

81) 경상남도 양산을 가리킨다.
82) '속이 꽉 찬 상태'를 의미한다. 성숙할 대로 성숙한 처녀의 상태를 암시하는 비유적인
　　표현이다.

[청중과 제보자가 다 함께 크게 웃음.]

(청중 1 : 그것도 함 불러 봐라. 너무 잘 부르더라. 청춘가.)

[제보자 2가 곧바로 이어서 박수를 치며 노래를 부르자 다 함께 따라 불렀다.]

제보자 2 서울갔더나 선본님요

　　　우리선본임 안오시나

　　　오기사야 오지만은

　　　칠성판83)에 실려오네

[제보자가 곧바로 이어서 박수를 치며]

제보자 1 이물끼 저물끼

(제보자 2 : 그 안직(아직) 더 해야 되는데.)

　　　다헐어놓고

　　　쥔네야양반은 어데갔노

[제보자 1이 곧바로 이어서 박수를 치며]

(제보자 2 : '일산대84)는 어데 두고 칠성판이 웬 말이고' 하고.)

그리고 뒤에는?

[가사가 떠오르지 않는 듯 제보자가 잠시 머뭇거리며 힘들어하자 청중 가운데 한 사람이 곧바로 이어 부르며 노래 연행을 다시 주도하였다.]

청중 1　문에야대전복 손에들고

[웃음]

---

83) '관(棺) 속 바닥에 까는 얇은 널조각,'으로 죽음을 의미한다.
84) '해가리개'를 뜻하는 말로, 결혼식의 화려한 복식 가운데 하나를 가리킨다.

      첩의야방으로 놀러갔네

[웃음]

(제보자 3 : 그거는 했지 싶으다. 아까 했다, 그거.)

(청중 1 : 그래. 또 해라.)

[청중들이 다 함께 웃으며 아까 한 걸 또 했다고 입을 모아 말하였다. 이에 제보자 1이 노래를 시작하였다.]

제보자 1 저무나점도록(저물도록) 사귄친구

    잘 한다~

        해다빠지네(해 다 빠지니)

[청중들 모두 다함께 웃음.]

(제보자 2 : 거들어라.)

[제보자 2가 한 쪽에서 좀 전에 자신이 불렀던 노래의 가사를 조사자 일행에게 되새겨 주며 그 뜻을 설명하였다. '오시기야 오시지만 칠성판에 실려 온다'는 대목을 누차 강조하며 슬픈 노래라고 말하였다. 제보자 3의 노래 소리와 뒤섞였다.]

제보자 3 행주치마를 입에물고
      골목골목이 다드가노

(제보자 3 : 모 숨구구로(모를 심느라고) 해 저물도록 다같이 놀다가. 맞제?)

[말이 채 끝나기도 전에 제보자가 노래를 부르기 시작함.]

제보자 1 바람이불었다 청사도풍

꼬틀(꽃을)보고도 지나가네

꽃이사야 곱다만은

남의꽃에다 손을대이

잘 한다. 후루루루-. 히히히.

[제보자 1이 추임새를 넣으며 웃음. 청중들도 다 함께 웃음.]

(제보자 3 : 노래는 절대로 거짓말 없다.)

(조사자 : 그러니까요.)

[곧바로 이어서 제보자 2와 제보자 4가 노래를 부르기 시작하였는데, 서로 조금 다른 가사로 불렀다. 앞부분에 노랫소리와 말소리가 뒤섞였다.]

제보자 4 머리야좋고 지잘난처녀

　　　　울뽕낭기(울뽕나무)

[청중들 사이에 노래로 모심기 다했다는 우스갯소리가 오갔다.]

　　　　울뽕줄뽕 내따줌세

　　　　백년언약을 나캉맺자

인자 됐지요?

(청중 2 : 옛날에 모숨기 노래가 가지가 많다.)

(제보자 3 : 얼마나 많으노? 그런데, 그거로.)

(제보자 2 : 처음부터 이래 차근차근 순서대로 그거로 모린다꼬. 그냥 하면 따라서 몇 마디 하고 치아뿌고(치워버리고) 이래 놓이.)

[청중들 사이에 여기저기서 잡담이 오갔다.]

(조사자 : 모 찔 때 부르는 노래도 있죠? 모 찔 때.)

(제보자 2 : 모 찔 때 노래 그거는 모린다.)

있겠지.

(제보자 3 : 모 찔 때 부르는 노래 있어.)

모 찔 때 이 노래가 억수로 좋은 기 있더라꼬.

(조사자 : 기억나십니까?)

(제보자 3 : 밀치고 닥치고.)

[제보자 4가 곡조를 살려 다시 불렀다. 앞서 모심기 소리와는 곡조와 박자가 달랐다.]

밀치고닥치고 다구다잡아도 굴채라

[웃음]

(청중 2 : 아이구야, 잘한다.)

[청중들이 잘한다고 감탄하였다.]

(제보자 2 : 잘하네. 난 형님 하는 건 못 들었다. 예, 예.)

(조사자 : 또, 또 있습니까?)

(제보자 3 : 그것밖에 못 배왔다.)

(조사자 : 일하는 속도가 달라서, 그죠? 박자가 달라요.)

[청중들 사이에 모찌는 노래와 모심기 노래의 차이, 아침·점심·저녁에 부르는 가사가 다른 모심기 노래의 특징 등에 대한 대화가 잠깐 오갔다. 다들 모찌는 노래보다 모심기 노래를 더 많이 불렀다고 입을 모았다.]

(제보자 2 : 그래, 모심기 노래 이거를 순서대로 처음부터 차곡차곡 이래 하면 참 재밌는데.)

(조사자 : 아침 노래 다르고 점심 노래 다르고 저녁 노래 다르고.)

(청중 1 : 먼자(먼저, 이전에) 보이 잘하데.)

[점심에 부르는 모심기 노래에 대한 의견이 설왕설래 오갔다.]

(청중 1 : 점심 노래는 점심 반티 나오는 노래고.)

(제보자 3 : 낮에 나오는 노래 그거나 해라.)

[여러 청중의 말소리가 뒤섞임.]

(제보자 3 : 응. 니가 한다 카믄 다 한다이가.)

(조사자 : 점심 이고 오는 노래 있잖아요. 기억 안 나십니까?)

[여러 청중이 이구동성으로]

(제보자 3 : 와(왜) 안나.)

[제보자 2와 제보자 3이 동시에 노래를 시작하고 다른 사람들이 따라 불렀다. 두 사람의 노래 가사가 조금 달랐으나 큰 차이는 없었다.]

제보자 2, 제보자 3

　　더디도다

(조사자 : 네, 맞습니다.)

　　더디도다
　　점심밥그가(점심밥 그것) 더디도다
　　아흔아홉칸 정지칸에
　　돌고돌아왔더니 더디도다

　　모시야적삼 반적삼에
　　분통같은 저젖보소
　　많이-보면은 병이되고
　　담뱃씨만치만 보고가소

[웃음]

(청중 3 : 남의 젖을 자꾸 보면 병에 걸리나?)

(청중 4 : 남의 젖을 자꾸 보믄 병이 들어가 되나?)

(제보자 2 : 담뱃씨 고거 와 잘 문디 겉다. 잘 비-지도(보이지도) 안 한다.)

[좌중 웃음]

(조사자 : 그라고 인제 다 끝나고 해거름에 하는 소리도 있죠?)

(제보자 2 : 그래.)

(조사자 : 저녁 나절에. 퐁당퐁당 뭐 이런 거.)

(청중 3 : [부정하는 뜻을 담아]어어어.)

(조사자 : 수제비.)

(청중 3 : 그건 아이고. 퐁당퐁당 아이고.)

(제보자 2 : [부정하는 뜻을 담아]어어어. 그거는 점심 시간에 하는 거고.)

(청중 4 : 수제비는 있고.)

(제보자 2 : 사우야 판에 다 올랐다 카는 거.)

(조사자 : 사우야 판에 다 올랐네, 그거 점심 노래, 점심 소리에요?)

(제보자 2 : 점심 시간에. 어. 사우야 판에 찰수제비.)

(조사자 : 그게 점심 소리예요?)

(제보자 2 : 어.)

(조사자 : 그 노래도 함 보시죠.)

(제보자 2 : 해라, 우일아. 난 잘, 잊아뿌리가 잘 모린다.)

(청중 3 : [부정하는 뜻을 담아]어어어.)

(제보자 2 : 난 잘 모린다.)

(청중 3 : [곡조 없이 읊조리듯]퐁당퐁당 찰, 찰, 찹쌀수제비.)

(조사자 : 맞아요, 맞아요.)

(제보자 2 : 사우야 판에(상에) 다 올랐네.)

[마디 끝부분에 다같이 참여하여 같이 읊조림.]

> 현미야(에미야)늙은이 어델가고
> 딸이야도둑년 맽겨놨노.

[청중들이 동시다발로 발언을 시작하여 말소리 뒤섞임.]

(제보자 2 : 그래.)

(조사자 : 아, 그게 해거름 소리가 아이고 점심 소리에요?)

(제보자 2 : 어. 점심 소리.)

(조사자 : 예, 예, 예.)

(제보자 3 : 해거름에는 인자, 그거 한다.)

(제보자 2 : 해 다 졌네, 해 다 졌네. 운해 역산에 해 다 졌네.)

(청중 2 : 해거름 했제?)

(조사자 : 네, 하셨어요.)

(제보자 2 : 방긋방긋 웃는 아기 못 다 보고 해 다 졌네.)

(청중 2 : 골골마중 연기 나는 거 그거도 했나?)

(제보자 3 : 해 다 졌네, 해 다 졌네. 방실방실 웃는 아기 몬 대 보고 해 다 졌네 칸다꼬.)

(제보자 2 : 그래.)

[청중들의 말이 채 끝나기도 전에 박정희 씨가 노래를 시작했다. 노래가 시작되자 나머지 사람들이 모두 따라 불렀다. 여러 사람의 노래 소리가 뒤섞였다.]

제보자 2 오늘이해가야 어찌나됐노
　　　　　골목골목이 연기나네
　　　　　우리야임으는 어디를가고
　　　　　연기낼줄을 모리던고
　　　　　해다지고야 저문날에
　　　　　어드메소-녀가 울고가네
　　　　　부모야형제를 이별을하고
　　　　　갈곳이없어서 울고가네

(제보자 2 : 이거 아까 했지 싶다.)

(청중들 : 응. 했다.)

[웃음]

(조사자 : 네, 중간에 하나만.)

(제보자 2 : 그케 순서를 모른다 카이.)

[웃음]

(청중 5 : 넣고 넣고 해 봐라. 자꾸 해 놔라.)

[웃음]

(청중 5 : 한 마디 대. 춤 써라, 써라. 춤도 한번 춰삐라 마.)

[제보자 1이 갑자기 노래를 시작했다.]

제보자 1 서월(서울)갔더나 선본임요

　　　　　우러이(우리)선본임 안오더나

　　　　　오기사야 온다만은

　　　　　칠성판에도 얹쳐오네

　　　　　일산댈라야 어데두고

　　　　　영정패가 웬말이고

　잘한다ー 아ー.

　[웃음]

　[제보자 1이 노래를 중단하고 추임새를 넣자 제보자 2가 다음을 이어 불렀다.]

제보자 1 산판댈라야 엇다두고

　　　　　칠성판이 웬말이고

　(제보자 2 : 이거 먼저 하고 영정대 그걸 하는데.)

[다같이 웃음. 여러 사람이 동시에 발언을 시작하여 말소리가 뒤섞임. 노래 가사의 순서를 되새기는 내용과 노래 부르기에 대한 평가가 주요 내용이었다.]

(청중 5 : 그래 놓고 숨이 가빠 죽을라꼬 후 카는구만.)

(제보자 2 : 이 노래 듣고 모 숨구면(심으면) 눈물 난데이.)

모심기 소리 (1)

자료코드 : 05_22_FOS_20100127_KYH_CSL_0001
조사장소 : 경상북도 포항시 남구 장기면 읍내리 여성경로당
조사일시 : 2010.1.27
조 사 자 : 김영희, 이미라, 황은주, 이선호
제 보 자 : 최순례, 여, 85세
구연상황 : 아침이 되자 여성경로당에서 묵은 조사자 일행의 안부를 염려하여 세 분이 찾아왔다. 이 세 분이 다시 이야기판을 만드는 데 적극적으로 나서서 전화로 사람을 모으기 시작하였다. 열 분 남짓한 여성들이 모여 이야기판이 조성되었는데, 처음에는 나서는 사람이 없다가 한 사람이 모심기 소리의 앞 소절을 시작하자 제보자가 생각난 듯 부르기 시작했다. 연행 도중 청중들이 박수를 치거나 추임새를 넣는 등 적극적으로 호응하였다.

이물끼(물꼬)저물끼 흘헐어놓고
문에야(문어야)대전북(대전복) 손에들고

[청중 한 분이 잘 한다고 추임새를 넣었다.]

첩우야(첩의)방에 놀라(놀러)갔네

[청중들의 추임새 소리가 여기 저기 뒤섞였다.]

양산통도

[제보자가 구연 중에 박수를 치기 시작했고 청중 한 분이 따라 불렀다.]

큰절뒤에
알배기처녀가 나앉았네
낚아내자 낚아내자

뭐고 그 마자(마저) 잊아뺐네(잊어버렸네).
[갑자기 가사가 막힌 듯 구연을 멈추었다가 이내 생각이 난 듯 다시 불렀다.]

낚수대로(낚싯대로) 낚아내자

칸다 캐(한대 해).
(청중 : 뭐가 낚아 내리요?)
낚수대로.

모심기 소리 (2)

자료코드 : 05_22_FOS_20100127_KYH_CSL_0002
조사장소 : 경상북도 포항시 남구 장기면 읍내리 여성경로당
조사일시 : 2010.1.27
조 사 자 : 김영희, 이미라, 황은주, 이선호
제보자 1 : 최순례, 여, 85세
제보자 2 : 정두리, 여, 86세
구연상황 : 청중 가운데 한 명이 가사의 앞부분을 말하면서 이런 것도 있다고 하자, 제
         보자가 바로 노래를 부르기 시작하였다. 정두리 씨가 같이 불렀다. 청중 몇
         명이 박수를 치며 박자를 맞춰 주었고, 제보자도 손을 흔들면서 신명나게 불
         렀다.

이물끼(물꼬)저물끼

[제보자 2가 같이 부르기 시작하였다.]

헐허라(헐어)놓고
주인네양반은 어데로(어디로)갔나
문에야(문어야)대전북(대전복) 손에들고
첩의방으로 놀라(놀러)갔다

손치는델랑(곳일랑)

[가사가 막힌 듯 주변에 물었다.]

(제보자 1 : 낮에 오라 커니? 손치는 델리 낮에 오고 뭐 하는 데는 가만 밤에 오라고?)

(청중 : 아, 손치는 데 카만 낮에 오라 카나? 그게 무슨 말이고? 손 오나라('오너라'를 잘못 발음한 것으로 보임.) 카는 거는 낮에…….)

(제보자 1 : 손치는 카만 낮에 가가 그카고 뭐하는 데는 밤에 오라 칸다 그거도 다 잊아부랬다.)

[청중들이 크게 웃는다.]

베틀노래

자료코드 : 05_22_FOS_20100127_KYH_HBH_0001
조사장소 : 경상북도 포항시 남구 장기면 읍내리 여성경로당
조사일시 : 2010.1.27
조 사 자 : 김영희, 이미라, 황은주, 이선호
제 보 자 : 황보후남, 여, 85세
구연상황 : 두 편의 '노랫가락' 연행이 끝난 후 연행 현장에 모인 이들이 함께 '타향살이'를 비롯해 여러 곡의 트로트 가요를 신명나게 불렀다. 한쪽에서 가요 부르기가 계속되는 가운데 청중 몇 명이 제보자에게 베틀노래를 해 보라고 권하였다. 연행에 앞서 청중들이 가사의 앞부분을 제보자에게 환기시키기도 했다.

첫 번째 부른 노래가 트로트 부르는 소리에 묻혀서, 다시 청해 들었다. 이 분의 기억력에 대해 청중은 찬탄하였고, 오래된 베틀노래 사설이 갖는 가치에 대해서도 모두 깊은 감명을 받았다.

베틀놓자 베틀놓자
옥난강에 베틀놓자
베틀몸은 두몸이요
이내몸은 한몸이라
베틀다리 사다린데
이내다리는 두다리요
잉엣대는 삼형제요
눌림대는 호불애비(홀아비)

[제보자가 가사가 막힌 듯 갑자기 연행을 멈추자 청중들이 웃는다.]

삐걱삐걱 용두마리
신세타랑을(신세타령을) 하는구나

[숨이 찬 듯 3초가량 연행을 멈추고 숨을 고른 후 다시 시작하였다.]

꾸벅꾸벅 꾸벅대는
헌신짝을 목을매여
올라가면 내팔자야
너라오면(내려오면) 내팔자야
안지랑이에 앉인양은
옥황선녀 앉인듯고
북 나들는(나드는)것은
번개치는 나든걸고

[다시 리듬을 붙여 연행한다.]

　　바디진자 치는소리
　　하늘에 옥황선녀
　　장부바닥 치는걸고(치는 것 같고)

그래 뭐 그, 뭐고

　　뱃대야 널찌는(떨어지는)소리
　　구시월 시단풍에
　　떡가랑잎 널찐(떨어진)듯고(듯하고)
　　한필두필 짜가주고

[말로 읊기 시작함.]

　　서방님바지저고리 말꼬나이(마르고나니)
　　다(닷)자서치 남았는거
　　애기적삼 막아보까(만들어볼까)
　　애기적삼 막아보까

(청중 : 이건 첨 듣니더.)
[말로 한다.]

　　끝동으는 가지꽃을
　　따다가 끝동대고

뭣이, 뭐로.
[다시 리듬을 붙여 구연한다.]

　　외꽃을랑 지석대고

찔레꽃은 동정달고
봉사꽃은 고름달고

해가주고,
(청중 : 그런 것도 있는가베.)

서울이라 남대문에
걸아노니(놓으니)
눈치바람에 다떨아지고

[다시 노래로 한다.]

석자서치 남았는거
줌치기나(주머니나) 지아(지어)보세

(청중 : 잘하신다!)

해로(해를)따가(따서) 겉을대고
달로(달을)따다 안을대고
무지개라 선두리고(두르고)
조모씨라 감침놓고

[다시 말로 읊는다.]

집에가서 동정맹글아(만들어)놓오이(놓으니)
눈치바람에 다떨어졌다

노랫가락

자료코드 : 05_22_MFS_20100126_KYH_KJW_0001
조사장소 : 경상북도 포항시 남구 장기면 산서리 김준우 씨 자택
조사일시 : 2010.1.26
조 사 자 : 김영희, 이미라, 황은주, 이선호
제 보 자 : 김준우, 남, 78세
구연상황 : 김준우 씨가 자신의 생애에 관한 이야기를 하고 난 후 연행하였다. 평소 풍물
치는 것을 좋아했다는 제보자의 이야기에 조사자가 '노랫가락' 같은 것은 하
지 않았냐고 묻자 노래를 부르기 시작했다.

명사십리 해당화야
꽃진다고 설워마라
명년삼월 돌아오면은
너는또다시 피련만은
우리인생 한번가면
다시오기 어려워라
얼씨구좋아요 절씨구
아니놀고 못하리라

노세 노세 젊어서 놀아

자료코드 : 05_22_MFS_20100127_KYH_BJH_0001
조사장소 : 경상북도 포항시 남구 장기면 임중 2리 마을회관
조사일시 : 2010.1.27
조 사 자 : 김영희, 천혜숙, 이미라, 황은주, 이선호, 김보라, 백민정

제 보 자 : 박정희, 여, 76세

구연상황 : 연행 상황이 다소 산만하게 흘러가는 와중에도 박정희 씨만은 조사자에게 집
중하고 있었다. 영등할머니에 관한 이야기가 어느 정도 마무리되었을 때 조사
자가 다시 인근에 있는 고석사에 대해 질문을 던졌다. 그러자 박정희 씨가 선
뜻 반응을 보였는데 주변에 앉아 있던 여러 청중들이 끼어들어 적극적으로
이야기를 나누기 시작했다. 고석사의 영험함에 대한 이야기가 어느 정도 일단
락되었을 때 박정희 씨가 멋쩍게 웃으며 자신은 스무 살이 좀 넘었을 때 이
마을로 옮겨와 마을 역사에 대해서는 잘 모른다고 말했다.

내가 그럼 함, 하나 할게, 노랫가락.

[웃음]

(조사자 : 쉽게 하시면 돼요.)

[웃음]

노세노세 젊어서놀아

늙고병들면 못노나 니

화무른(화무는) 십일홍이요

달도차면은 기우나니-

인-생은- 일장춘몽이

아니놀기는 못하리라

[웃음]

노랫가락은 이기 노랫가락이다. 그래 하는 거.

언문 뒤풀이

자료코드 : 05_22_MFS_20100127_KYH_BJG_0001

조사장소 : 경상북도 포항시 남구 장기면 임중 2리 마을회관

조사일시 : 2010.1.27

조 사 자 : 천혜숙, 김영희, 이미라, 최은주, 이선호, 김보라, 백민정
제 보 자 : 박종구, 여, 81세
구연상황 : '정서방네 맏딸애기'로 시작하는 시집살이 노래를 길게 연행한 제보자에 대한
청중들의 칭찬이 끊이지 않았다. 제보자와 살아온 과정에 대한 이야기를 나누
다가 제보자가 예전에 소설책을 많이 읽었다는 말을 꺼냈다. 전에 한 번 들어
본 적이 있는지 청중 가운데 한 사람이 소설 이야기 가운데 하나를 노래로
불러 달라 청했다. 제보자가 전에는 부를 수 있었는데 지금은 기억이 나지 않
는다고 답했다. 제보자가 더 젊었을 때는 '칭칭이' 앞소리를 끝도 없이 매길
수 있었다고 과거를 추억하였다. 또한 '언문 뒤풀이' 같은 것도 많이 불렀다
고 말했다. 조사자가 '언문 뒤풀이'를 들려 달라 청하자 제보자가 숨이 가빠
노래를 부를 수가 없다고 대답하였다. 청중들이 '쾌지나 칭칭 나네' 후렴구를
이어 불러줄 테니 한 번 해 보라며 제보자를 부추겼다. 후렴구를 부르는 동안
잠깐 호흡을 고를 수 있기 때문이었다. 경상도 지역에서 '칭칭이'는 여러 사
설에 얽혀 들어가는 가장 대중적인 민요 가락이라 할 수 있다. 박종구 씨가
조심스럽게 '언문 뒤풀이'를 시작하자 가만히 있던 청중들이 두세 소절 뒤부
터 '칭칭이' 후렴구를 손뼉 치며 부르기 시작했다. 힘겨워하던 제보자도 기운
을 얻어 끝까지 노래를 이어나갔다. 노래를 부르는 동안 흥겨움과 웃음이 시
종일관 사라지지 않았다. 제보자가 노래를 마지막까지 불러 끝마치지 못하고
중단하자 박정희 씨를 비롯한 몇 사람이 다른 노래로 넘어가지 말고 '언문 뒤
풀이'를 끝까지 불러 주라고 제안하였다. 그러나 제보자는 더 이상 가사가 잘
기억나지 않는 듯 다른 노래를 부르려 하였다.

기억이응 집을짓고

[청중 가운데 한 사람이 크게 후렴구를 부름.]

쾌지나칭칭 나네
지긋지긋이 사자더니(살자더니)

[조사자를 비롯하여 청중 몇 사람이 함께 후렴구를 부름.]

쾌지나칭칭 나네
이을심사 불결하야

[청중 모두 다함께 손뼉치며 후렴구를 불러나감.]

쾌지나칭칭 나네

이옥다지 허다한데(많기도 많은데)

쾌지나칭칭 나네

이행으로 갈까말까

치나칭칭 나네

가갸거겨 사자더니

쾌지나칭칭 나네

가련하도다 우리낭군

쾌지나칭칭 나네

거지없이도(그지없이도, 가없게도) 되었구나

쾌지나칭칭 나네

고교구규 하얐구네

쾌지나칭칭 나네

고생하시던 우리 낭군

쾌지나칭칭 나네

하기도 짝이없네

쾌지나칭칭 나네

나냐너녀 하자꾸나

쾌지나칭칭 나네

날아가는 오랑캐야

쾌지나칭칭 나네

너와나와 짝을짓자

쾌지나칭칭 나네

너녀누뉴 하얐더니(하였더니)

쾌지나칭칭 나네

노자노자 젊어놀아

쾌지나칭칭 나네

늙어지면 못노나니

쾌지나칭칭 나네

다댜더뎌 하얐더니

쾌지나칭칭 나네

다정하도다 우리낭군

쾌지나칭칭 나네

도됴두듀 하얐더니

쾌지나칭칭 나네

화투 뒤풀이

자료코드 : 05_22_MFS_20100127_KYH_BJG_0002

조사장소 : 경상북도 포항시 남구 장기면 임중 2리 마을회관

조사일시 : 2010.1.27

조 사 자 : 천혜숙, 김영희, 이미라, 최은주, 이선호, 김보라, 백민정

제 보 자 : 박종구, 여, 81세

구연상황 : 앞에 부르던 '언문 뒤풀이'를 완전히 마무리하지 못한 채 더 이상 가사를 기
억해내지 못하던 제보자가 "다른 거 할까?"라며 말문을 열더니 '화투 뒤풀이'
를 한 번 해 보겠다고 나섰다. 구연 도중에 가사가 잘 기억나지 않는지 중간
중간에 청중들에게 노랫말을 물어보기도 하였다. 노래가 끝나고 어디서 노래
를 배웠냐고 묻자 제보자가 어릴 때 친구들과 어울려 다닐 때 같이 부르며
놀았다고 대답하였다. 다음에 가사가 더 잘 기억나면 많은 노래를 불러주겠다
고 약속하기도 하였다. 다음에 오면 <장끼전>이나 <춘향전> 같은 소설도
읊어줄 수 있다고 강조하였다.

정월이로다

정월송악 달밝은데 달맞이가자
이월이로다
이월매조 설한풍에 꽃이피었네

(청중 2 : 아이구 잘한다.)

삼월이로다
삼월사쿠라[85] 산란한데

[가사가 기억나지 않는 듯 잠시 멈춤.]
뭐 좋다.
(조사자 : 네.)
[청중 가운데 한 사람이 가사가 맞지 않다는 투로 이야기를 꺼내자 부
정하는 투로 대답하고 자신이 한 것이 맞다고 주장함.]
어어어. 그 맞다.
(청중 1 : 삼월 사쿠라 산란한데 사월 흑싸리 허사로다.)
(청중 3 : 노래로 불러야지.)
이거 노래로 해야지.
(청중 3 : 그래.)
(청중 1 : 오월 난초 나비 날아 목단,)
오, 오.
(청중 2 : 사월, 사월 해야지.)
머, 좋다. 어응. 그거 맞다.

사월이로다

[청중들에게 물으며]

---

85) 'さくら'로 벚꽃을 의미함.

사월 목단이가?
(청중 2 : 사월 흑싸리.)

　　사월흑싸리 성화전에 고운얼굴로
　　이싸리저싸리 꺾어들고 용왕전가자
　　오월이로다
　　오월난초 피었구나 저건네저산에
　　온갖산초 만갖화초 만발하였네
　　유월이로다
　　유월,

[청중들에게 물으며]
머고(뭐고)?
(청중 2 : 유월 목단 아잉교?)
(조사자 : 유월 목단, 오월 난초.)
[청중들이 서로 가사를 가르쳐 주려 하고, 조사자들은 이를 보고 웃음.]
(조사자 : 유월 목단 맞습니다.)
(청중 3 : 난초 했다. 유월 목단.)
(조사자 : 유월이로다, 다시.)

　　유월이로다
　　유월목단 고운얼굴 유람을가자
　　칠월이로다

[혼잣말로]
이가 빠져 올케(제대로) 안 된다.

　　칠월홍싸리 홀로누워

[혼잣말로]

슬프단다 오늘

　팔월이로다
　팔월공산 달밝은데 요람을가자
　구월이로다
　구월국화 단장하네 홀로피었네
　시월이로다
　시월바람 모진바람

[다시 물으며]

머라 카노?

(청중 1 : 시월 단풍 모진 바람.)

　시월단풍 모진바람 불어오누나
　동짓달이라
　오동에도 때를맞춰 춤을추노라
　섣달이로다
　섣달의 일년열두달 마지막달엔
　늙은총각 늙은처녀 시집을가네

[좌중이 모두 박수를 쳤다.]

(청중 2 : 아이구 잘한다. 이제 그만 시키세이.)

방귀쟁이 노래

자료코드 : 05_22_MFS_20100127_KYH_JDR_0001

조사장소 : 경상북도 포항시 남구 장기면 읍내리 여성경로당
조사일시 : 2010.1.27
조 사 자 : 김영희, 이미라, 황은주, 이선호
제 보 자 : 정두리, 여, 86세
구연상황 : 조사자가 우스갯소리를 알고 있냐고 묻자 다 잊어버렸다고 하다가 이런 거는
있었다고 하면서 방귀쟁이 노래를 연행해 주었다. 노래를 부르면서도 계속 잊
어버렸다며 사설만 빠르게 읊어 주기도 하였다.

다 잊아뺐다.
[말하듯이 구연함.]

　　　앞에가는 저가스나
　　　방구통통 끼지마라
　　　○○머리 니서방온다

[기억이 나지 않는다고 연행을 멈추자, 조사자가 다시 불러 달라고 요
청하면서 10초가량 지연됨.]

　　　앞에가는 저가스나
　　　방구통통 끼지마라

(조사자 : 노래로, 노래로.)

　　　○○○○ 니서방온다
　　　서방단지 꿀단지

또 뭐고 그,
[제보자가 주위에 가사를 물으며 웃자 청중들도 다같이 웃는 바람에 연
행이 중단됨.]

(조사자 : 찬찬히 해 보소. 찬찬히, 찬찬히.)

앞에가는 저가스나

방구통통 끼지마라

서방단지 꿀단지

노랫가락 (1)

자료코드 : 05_22_MFS_20100127_KYH_CSL_0001
조사장소 : 경상북도 포항시 남구 장기면 읍내리 여성경로당
조사일시 : 2010.1.27
조 사 자 : 김영희, 이미라, 황은주, 이선호
제 보 자 : 최순례, 여, 85세
구연상황 : '청춘가'의 연행이 끝나고 잠시 동안 잡담이 오가던 중에 갑자기 최순례 씨가
연행을 시작하였다. 제보자는 박수를 치며 청중들의 주의를 환기시켰고, 이에
호응하여 청중들도 박수로 박자를 맞춰주었다.

저건네 저논둑에

백년초를 숨았더니(심었더니)

백년초는 간곳이없고

일년초가 분명하다

이산저산 양단간에

슬피우는 두견새야

날과같이 임을잃고

이리○○ 슬피운다

노랫가락 (2)

자료코드 : 05_22_MFS_20100127_KYH_CSL_0002

조사장소 : 경상북도 포항시 남구 장기면 읍내리 여성경로당

조사일시 : 2010.1.27

조 사 자 : 김영희, 이미라, 황은주, 이선호

제 보 자 : 최순례, 여, 85세

구연상황 : '노랫가락 (1)'을 부른 후 제보자가 청중에게 "인제 다 갈 곳은 한 곳뿐이라."
는 말을 했다. 나이가 많아 모두들 생을 마감할 날이 멀지 않았다는 뜻의 말
이었다. 청중들은 웃으며 잡담을 이어갔다. 이때 한 청중이 TV에 좋은 노래
가 더 많다고 하자, 다른 한 분이 TV를 켜려고 했다. 조사자가 할머니 노래
를 육성으로 듣고 싶다고 만류하였고, 노래가 자꾸 있냐는 푸념 섞인 말도 들
리는 가운데, 제보자가 노래를 시작하였다.

참백수야 푸른가지

높다하여 ○○마라

녹이공산 님들아

시절에한장을 왜모리노(왜 모르냐)

우리야님은 어데를(어디를)가시고

○○시절을 모리던고(모르던가)

날부리네(부르네) 날부리네

십팔세춘향이 날부린다(날 부른다)

노들강변 앞에다(옆에다)끼고

버들잎자꾸 날부린다

청춘가

자료코드 : 05_22_MFS_20100127_KYH_CSL_0003

조사장소 : 경상북도 포항시 남구 장기면 읍내리 여성경로당

조사일시 : 2010.1.27

조 사 자 : 김영희, 이미라, 황은주, 이선호

제 보 자 : 최순례, 여, 85세

노자노자 젊아(젊어)노자
늙어삐면은(늙어버리면) 못노나니

[청중 한 명이 잘한다고 추임새를 넣었고, 한 분이 같이 부르기 시작하
였다.]

어제까지 청춘○○
오늘백발이 더욱섧다
어제야도 소년이만은(소년이런만은)
오늘백발이 되었네

5. 죽장면

▌조사마을

경상북도 포항시 북구 죽장면 가사리

조사일시 : 2010.1.28, 2010.2.21
조 사 자 : 천혜숙, 이선호, 김보라, 백민정

가사천을 따라 길게 자리잡은 마을이다. 1914년 행정구역 통폐합 때 가사, 웃각단, 갈밭, 독골 등의 자연마을을 합쳐 가사리가 되었다. 그 가운데 가사는 크다고 하여 '큰마'라고도 불리었다. 백여 호 넘는 대촌이었으나 지금은 많이 줄어들었다. 한말 산남의진에 가담했던 구한서, 김석하 의사의 출생지이기도 하다. 지금은 대부분 농업에 종사하며, 몇 집이 고로쇠물을 채취하고 있다.

흥해 배씨가 설립하고 단양 우씨가 당을 모시고, 경주 김씨가 터를 잡았다고 하여, 지금도 동제에서는 "배씨 배판에 우씨 골목에 김동지 나라 임네, 가사고을 백여 호 36성받이 각각 잘 되게 해달라"고 빈다. 웃각단 다리목에 있는 500년 된 느티나무가 동신목이다. 매년 정월 보름에 지내던 동제를 근래에 와서 8월 보름으로 바꾸어 지낸다.

예전부터 이 마을은 솥의 명산지였다. 현재 갈밭의 '큰가매골', '작은가매골'과 같은 지명이 그러한 역사를 말해 주고 있다. '독골'의 지명이 있는 것을 보면 사기그릇도 구웠던 것으로 짐작된다. 능성 구씨들이 처음 마을에서 솥을 굽기 시작하였다고 하며, 후에 월성 손씨와 경주 배씨가 이었다고 하는데, 지금은 그 명맥이 끊어졌다. 당시 전라도의 쇠를 가져와서 솥을 만들었다고 한다. 마을의 80대 이상은 풀무 친 경험이 있거나, 그것을 본 경험이 있다. 가사 가마솥은 서말지, 두말지, 한말지반의 세 종류가 있었는데, 잘 깨어지지 않고 또 밥맛이 뛰어나 전국적으로 명성이 높았다고 한다.

서울 기생들도 가사솥이 좋은 것을 알아서, "삼합소 고방정자에 가서 시조 한번 불러봤으면, 두마 참나무로 불 땔 때서 가사 서말찌 솥에다 찰밥 한번 해 먹어봤으면" 하는 소망을 노래로 불렀다는 말이 전한다. 고방정자는 마을 앞 하천인 '삼합소'에 있던 '고반정(考槃亭)'을 일컫던 말이다. 느티나무 그늘이 좋아서 많은 사람들의 휴식처가 되었을 뿐 아니라, 마을의 놀이문화가 꽃피었던 곳이기도 했다. "고방정자 삼년이면 벙어리도 말 배운다.", "고방정자 삼년이면 장승도 걸음 걷는다."는 향언이 고방정자 주변에서 이루어졌던 놀이와 풍류의 문화를 대변한다.

　　초군(樵軍)이 많기로도 유명한 마을이었다. "가사조끼 놋조끼 가사초군 놋초군"이란 향언이 전하고 있어 가사 초군의 명성을 짐작하게 한다. 머리 수건을 틀어쥔 모습이 가사 초군의 상징이었다. 인근에서 억세기로도 유명했을 뿐 아니라, 모여 놀고 신도 삼고 하는 '가사초당방'의 위세를 따를 동네가 없었다고 한다. 마을 앞뒤산으로 나무하러 간 초군들이 부르는 어사용이 온 마을에 울려퍼졌던 것을 대부분의 마을분들은 기억하고 있다. 현재 시 문화재인 '지게행상놀이'는 바로 그 초군들의 문화적 산물이다. 농한기 때 스무 명이 넘는 초군들이 산에 나무하러 가서는 지게로 상여를 꾸며놓고 상주 역할을 정해서 "나무하러 가자 남짝공, 꼴 비러 가자 꼴짝공"하며 놀았던 놀이전통이다. 중년에 사라졌던 것을 최상대 씨와 정만희 씨가 중심이 되어 복원하여 민속경연에 출품한 것으로 현재 포항시 문화재로 지정되어 있다.

　　그 밖에도 가사리는 민속전통이 아주 강한 마을이라 할 수 있다. 오월 단오가 되면 솔밭 사장터와 웃단에다 그네를 맸다. 그네 매는 일은 안강어른(고 김웅 씨)이 주로 했으며, 그 분이 타계한 후로는 최상대 씨가 그 역할을 이었다. 또 정월 보름과 팔월 보름이면 풍물패가 가가호호를 다니며 축원해 주는 '마당밟이'를 했다. 그리고 정월 보름에는 남녀 할 것 없이 얼기미(어레미)에다 창호지를 깔아 찰밥 한 숟갈 씩 얹어서는 동쪽으로 가는 방앗간에 모여 앉아 먹었다. 그렇게 해야 검버섯이 안 핀다, 또는 장가를 먼저 간다는 속신이 있었다. 이 마을에서 채록된 '어사용'과 '불미노래'는 대부분의 마을분들에게 아주 친숙한 노래로, 이 마을의 문화 및 생업적 배경과 직결된 구비문학 자료라 할 만하다.

경상북도 포항시 북구 죽장면 지동리

조사일시 : 2010.1.28, 2010.2.2, 2010.2.3, 2010.2.21, 2010.2.22
조 사 자 : 천혜숙, 이선호, 김보라, 백민정

  죽장면 지동리는 31번 국도변에 있는 마을로, 앞으로는 자오천이 흐르고 뒤로는 대숲과 낮은 산들이 마을을 둘러싸고 있는 전형적인 배산임수 형국이다. 웃지들과 아랫지들의 두 자연마을이 있으며, 웃지들의 30호, 아랫지들의 40호, 그리고 마을 입구의 삼거리 쪽에 사는 2호를 합해서 모두 72가구가 살고 있다. 지들 또는 지동은 자호천변에 '지치(芝草)'가 무성하여 붙인 이름이다. 논농사 외에도 사과농사와 담배농사를 하고 살아 온 전형적인 농촌 마을이다. 주로 70세 이상의 노인들이 대부분이다. 주로 인접한 기계면과 통혼을 많이 했다.

  지동의 입향조는 낙지공(樂芝公) 최팽수(崔彭壽)로, 경주 최씨 관가정과 7세손이다. 임란 때 경주에서 이 마을로 이주해 온 것으로 알려졌다. 낙지공은 입암에서 여생을 보낸 조선 인조 대의 학자 여헌(旅軒) 장현광(張顯光, 1554-1637)의 수제자였다. 여헌 선생의 생몰 연대로 추정해 보면 지들 최씨의 입향은 17세기 초엽으로 보인다. 건너 두들마을에 살던 평해 황씨가 더 먼저 다래 덤불을 헤치고 들어와 개촌했다는 말도 전하고 있어서 마을이 형성된 역사는 더 소급될 수도 있다.

  웃지들이 경주 최씨의 후손들이 세거해 온 동성촌인 데 비해서, 아랫지들은 전주 최씨 몇 집을 제외하고는 각성들이 사는 마을이다. 특별히 웃지들의 경주 최씨를 지동 최씨 또는 지들 최씨라고도 한다. 두 개의 자연 마을은 마을사회의 성격이 다르고 생활권역도 일정한 거리가 있어서 다른 마을처럼 보이지만, 동제를 함께 지내온 역사가 오래 되었다. 아랫지들에 있는 당목은 수령이 4백 년은 족히 넘어 보인다. 동제는 두 마을에서 선출된 3명의 제관이 햇곡 수확이 끝난 음력 9월 14일 밤 12시에 당목 앞에서 지낸다. 제일에는 마을의 개들이 절대 짖지 않는다든지, 또는 제일에는 바람이 아무리 심하게 불어도 촛불이 다 타도록 결코 꺼지지 않는다는 등의 영험담이 전하고 있다. 또한 과거에는 당목에 피는 흰꽃 또는 잎으로 농점을 치기도 한 것을 보면 동신에 대한 믿음이 강했던 것을 알 수 있다. 동장은 대체로 아랫지들과 웃지들이 교대로 맡아 왔다. 현재는 3년 전 처가곳인 이 마을로 이주한 타성이 동장을 하고 있는 것을 보면, 이 마을은 집성촌의 전통을 소중하게 지켜 온 한편으로, 혈연에 집착하지 않는 유연함으로 마을 공동체의 삶을 영위해 왔음을 알 수 있다.

그렇다고 해도 웃지들에 자리잡고 있는 마을회관은 아무래도 지들 최씨들이 중심이다. 마을회관 옆에 있는 낙지정(樂芝亭)과 마을 어구에 세워져 있는 정효각(旌孝閣)이야말로, 웃지들 최씨 문중의 자랑이다. 특히 정효각은 낙지공 어른의 7세손(8세손이라고 알려졌으나 최근 족보가 수정되어 1세가 당겨졌다.) 최진복(崔進福) 공의 효행을 기려서 유림에서 완의(完議)하여 세운 비각이다.

초등학교는 주로 죽장면 소재지에 있는 죽장초등학교나 기계면에 있는 정자초등학교 분교를 다녔다. 중학교 이상은 포항이나 대구로 나가는 경우가 많았다. 마을 앞을 지나는 31번 국도를 통해 대구행 버스가 2회 운행된다. 버스환승제가 시행된 후로 마을 입구의 삼거리에서 포항으로 나가는 버스를 쉽게 이용할 수 있게 되었다. 가벼운 생필품 장만을 위해서는 죽장면 소재지의 입암장을 이용하기도 하지만, 이제는 포항의 상설시장이나 슈퍼마켓을 이용하는 일이 용이해졌다. 종래 10회 운행되던 대구행 버스가 아침 저녁 2회로 준 것도 그 때문이다.

국도 맞은편에 있는 자호천 너머에는 지들 최씨의 문중산이 자리를 잡고 있다. 그리고 그 산의 높은 기슭에 아기장수를 태어나게 한 집안의 묘터가 위치해 있다. 웃지들의 주민들은 대부분 한 집안의 친척관계여서 생활문화의 오랜 공유가 확인된다. 마을의 이야기문화가 활발한 것도 당연하고 자연스러운 결과이다. 특히 이 마을의 아기장수 이야기는 한 집안에서 실제로 일어난 일에 대한 문중의 집단기억이다. 이 이야기를 들려준 마을분들은 "바로 유산댁 시조모 이야기"라고 하면서, 아기장수를 눌러 죽인 안반이 아직도 그 집에 있다고 했다. (집이 잠겨 있어 직접 확인하지는 못했다.) 그런가 하면 그 아기장수의 죽음이나 사후 행방에 대해서는 여전히 논쟁이 진행 중이다.

용마가 났다는 용마녀들은 생활상으로는 마을 안어른들이 자주 나물하러 가는 곳이기도 하다. 많은 안어른들은 그 곳에 나물하러 갔다가 납딱바리를 만난 경험을 공유하고 있다. 그 밖에도 정월 대보름, 삼월 화전, 오월 단오, 팔월 계초 등의 세시에 대한 기억이 이 분들에게는 아직도 선명하게 남아 있다. 특히 지금은 끊어졌지만 돼지를 잡고 며칠씩 계속했던 정월 대보름 '구걸' 행사는 그야말로 마을의 축제였다. 이야기판에서 '구걸'이 화제에 오르자 모두 할 말이 많았다. "정월에는 집안에 쇠소리가 나야 좋다"는 속신이 환기되었고, 다시 한 번 해보자는 의견이 나오기도 했다. 신앙이 전제된 이런 민속행사들이 문중 또는 마을공동체 단위로 이루어진 여가생활이기도 했다.

그래서인지 이 마을에서는 마을공동체 단위의 삶과 관련된 경험담이 풍부하게 채록되었다. 또 민속행사가 활발하였던 만큼 노실아재, 평촌아재와 같은 선소리꾼의 계보와 더불어 흥미로운 사설을 지닌 소중한 민요 각편들을 얻을 수 있었다. 무엇보다 연행현장에서 구연된 이야기와 노래 대부분이 마을 주민들에게는 가까운 과거의 삶 속에 선명한 기억으로 자리하고 있는 문화임을 느낄 수 있었다. 마을분들은 조사자 일행을 더없이 환대하고 각별하게 배려해 주었다. 무엇보다 연행현장에서 보여준 적극적인 참여와 호응은 요즘은 보기 드문 사례여서, 조사자 일행에게 강한 인상을 남겼다. 그러한 환대와 호응은 물론 그 분들의 '인간'과 인심에서 우러난 것이었겠지만, 한편으로는 스스로의 문화전통에 대한 강한 자긍심의 한 표현이 아니었을까 생각되기도 한다.

경상북도 포항시 북구 죽장면 지동리 마을회관

경상북도 포항시 북구 죽장면 지동리 정효각

▌제보자

박정태, 여, 1949년생

주 소 지 : 경상북도 포항시 북구 죽장면 지동리
제보일시 : 2010.2.2
조 사 자 : 천혜숙, 이선호, 김보라, 백민정

최일수 씨의 부인으로 택호는 지산댁이
다. 포항시 기계면에서 생장하여, 19세 때
지동 최일수 씨와 혼인했다. 시집와서는 시
아버지, 시동생, 시누이와 함께 살았으며,
혼인 후 바로 첫아들을 얻어 시어른의 사랑
을 받았다. 지동 조사 첫날 마을회관에서 만
났다. 부군인 최일수 씨가 노래를 계속하자
그만하라고 타박을 주면서도 한편으로는 옛
날에 비해 실력이 많이 줄었다며 안쓰러움을 드러낼 정도로 부군의 노래
실력에 대한 자부가 있었다. 우람한 체구에다 음성이 통성이며, 성격도
대범해 보인다. 마을 분들은 이 분이 남자로 태어났으면 장군감이라고들 했
다. 얼핏 퉁명스러운 듯 보이나 이야기를 나누다 보면 솔직하고 질박한 성
품임을 알아차리게 된다. 역시 조사자 일행을 진정으로 배려해 준 분이다.
제공한 자료는 납딱바리를 만난 경험담 두 편이다. 정작 본인은 많은 이야
기를 제공하지는 않았지만 다른 사람의 이야기에 적절하게 개입하고 적극적
으로 호응함으로써 이야기판의 분위기를 흥겹게 만드는 역할을 했다.

제공 자료 목록
05_22_MPN_20100202_CHS_PJT_0001 납딱바리 만난 경험 (1)
05_22_MPN_20100202_CHS_PJT_0002 납딱바리 만난 경험 (2)

이귀선, 여, 1935년생

주 소 지 : 경상북도 포항시 북구 죽장면 지동리
제보일시 : 2010.2.2
조 사 자 : 천혜숙, 이선호, 김보라, 백민정

1935년생으로 기계면 지가리에서 3남 2녀의 둘째로 생장하였다. 19세 되던 해 이곳 지동의 경주 최씨 집안으로 시집 왔다. 남편이 차남이었지만, 시숙이 기북에서 처가살이를 한 데다 시부모가 굳이 차남과 살기를 원해서 기꺼이 모시고 살았다. 그래서인지 시집살이는 고되지 않았다. 시집 온 이후의 삶에 대해서 좋은 기억이 많다. 막내 시누이가 열세 살 때 시어머니가 돌아가셔서 딸처럼 키워서 시집을 보냈다. 슬하에는 모두 2남 4녀를 두었다. 딸부터 낳은 후 아들을 낳았더니 온 문중이 들썩거렸다고 했다. 현재는 모두 성가하여 외지에서 살고 있다. 마을에서 덕국댁이란 택호로 불리는 이 분은 생활사에 관한 기억이 비교적 또렷하고 민속지식이 풍부한 편이다. 시어머니로부터 물려받아서 '세준신'을 지금까지 모시고 있다. 총기가 있어서 시집 온 이후 마을에서 경험한 생활 면면에 대해서 상세하고 정확한 기억을 갖고 있다. 정월 대보름의 '구걸' 행사, 이월 윷놀이, 삼월 화전, 8월 계초에 관한 민속의 상세한 내용을 이 분으로부터 들을 수 있었다. 지동 조사 첫날 마을회관에서 만났다. 시종일관 조사에 관심을 보였고, 조사자 일행을 진정으로 배려해주셨다. 주로 설화 자료를 제공하였는데, 그 범위가 역사적 전설에서부터 동제 영험담, 그리고 도깨비 이야기까지 걸쳐 있는 것으로 보아서 다른 여성 제보자들에 비해서 관심사가 상당히 다양하고 포괄적임을 알 수 있다. 또 직접 노래를 부르지는 않았지만 최일수 씨가 '잡노래'라며 섞어 부르는 청춘가와 노랫가락을 이 분은 분명하게 구분할 수 있는 귀를 가지고 있다. 다른 분들의 노래에 대해 함께 신명을 보이고, 다른 분의 이야기에 대해서도 열심히 개입했다. 더러 논쟁도 불사했던 아주 적극적인 전설 전통의 담지자이기도 했다.

제공 자료 목록

05_22_FOT_20100202_CHS_LGS_0001 홍수를 미리 알고 피신한 초립동이
05_22_FOT_20100202_CHS_LGS_0002 산 이름의 유래
05_22_MPN_20100202_CHS_LGS_0001 새 신부 욕보인 이야기
05_22_MPN_20100202_CHS_LGS_0002 도깨비에게 홀려 온 산을 헤맨 이야기
05_22_ETC_20100202_CHS_LGS_0001 당나무로 풍농 점친 이야기

이동걸, 남, 1940년생

주 소 지 : 경상북도 포항시 북구 죽장면 가사리
제보일시 : 2010.2.21
조 사 자 : 천혜숙, 이선호, 김보라, 백민정

기북면 덕동의 양동 이씨 집안의 5대 독자로 태어났다. 20세가 될 때까지 선비인 부친으로부터 한학을 배웠다. 부친은 이 제보자가 들려 준 이야기의 원천이기도 하다. 3남매의 장남으로 자신은 고졸이면서 여동생을 대학까지 보냈다. 슬하에 1남 3녀를 두었으며, 자식농사에 대한 자부가 강한 편이다. 9년 남짓 풍산금속에 근무하였다가, 퇴직한 후 오동나무 공장을 경영한 이력이 있다. 그 후로 지리산에 들어가 10여 년 동안 많은 선비들을 만났고, 단군종교에 심취하였으며, 당사주와 제갈공명해명법을 공부했다고 한다. 재주가 있으나 역마살이 끼어서

어디서든 10년 이상을 견디지 못했다고 자신의 삶을 자평했다. 그 후 귀향하여 덕동에 살다가 이 마을로 들어온 지는 11년째 난다. 이제 친구도 많아져 이 마을에서 정착하기를 바라고 있다. 이 마을에서는 부인과 함께 자기 소유 580평과 폐교된 가사초등 분교 2,500평에서 농장을 일구고 산다. 유기농법에 관심이 많으며, 주로 장뇌삼과 산나물을 재배한다. 제초제를 밭고랑에 치지 않고 밭둑에만 치는 유기농법을 실천하고 있다. 아직 수확물을 판매하는 단계는 아니고, 친지들과 나누는 정도이다. 포항지역 유도회에 가입하여 출입하고 있고, 그 산하의 한림산악회 회원으로도 활동한다. 한학을 했던 부친, 또는 지리산에서 만난 선비들로부터 구학문을 배웠다는 이 분은 현재 마을에서 많이 아는 분이란 뜻에서 '가사교장'으로 통한다. 한편으로는 '거짓말 박사'로도 불린다고 하니 이야기꾼으로서의 소양을 짐작할 만하다. 노는 것을 좋아하고 이야기와 소리도 즐기고 술도 잘 내서 마을에서 인기가 높다. 어린 시절 부친을 통해 한학을 배운 외에도 여러 곳을 전전한 삶의 이력만큼이나 구비문학 보유량이 풍부하고 내용도 다양하다. 8대조 약남(藥南) 이헌약을 비롯하여 5대 조부, 증조모 등의 문중 인물담을 구연하였고, 한문을 해독해야 가능한 문자유희담을 서너 편 구연했다. 노래는 20대부터 즐겨 배우고 불렀다고 하며, '신고산타령', '포항뱃놈노래' 외에도 '모심기 소리'를 마을 분들과 함께 부르기도 했다. 민속의 개념과 범주에 대한 질문을 불쑥 던지는가 하면, 지역이나 마을 특유의 노래가 사라지고 더 이상 민중이 '자신의 노래'를 부르지 않게 된 현실을 지적하기도 했다. 또한 최상대 씨의 지신밟기 노래나 지게상여놀이의 계승이 중요하다는 것, 그리고 민요의 '개사'(改詞)가 필요한 시대가 된 것을 강조했다. 이 분이 부른 '포항뱃놈노래'도 개사곡이다. 자료 보유량이 뛰어난 동시에 구비문학의 지속과 변용 양면에 대해 분명한 인식과 더불어 지대한 관심을 보인 분이다.

이상태, 남, 1927년생

주 소 지 : 경상북도 포항시 북구 죽장면 가사리

제보일시 : 2010.2.21

조 사 자 : 천혜숙, 이선호, 김보라, 백민정

청하중학교 박창원 교장으로부터 유능한
민요 창자로 소개를 받고, 마을회관에서 만
났다. 이 마을 태생으로 지금까지 농사를 짓
고 살아 왔다. 최상대 씨가 구연하는 동안에
는 줄곧 침묵을 지키다가 이동걸 씨가 판을
주도하는 것을 보면서 이야기부터 구연하기
시작했다. 최고운, 남효온 등의 인물 전설담
과 민담 몇 편을 채록했다. 흥미로운 사설의
'모심기 소리'도 들을 수 있었다. 예전에는 이야기를 한번 들으면 그대로
외었을 정도로 총기가 있었고 사주도 볼 줄 알았는데, 다 잊어버렸다며
애석해했다. 허담이나 음담도 많이 알고 있는 듯했으나, '모두 고약한 소

리'라면서 그 이야기 보따리는 끝내 풀지 않았다. 노래는 <모심기 소리>, <모찌는 소리>를, 이야기는 <최씨 시조가 돼지인 이유(최고운 이야기)>, <과부의 원한을 산 남추강>, <양반가로 시집 간 두릿골 처녀의 지혜>, <호랑이보다 무서운 곶감>, <명년 춘삼월에 보세>, <두루뭉수리 아들을 낳은 까닭>으로 민담을 주로 구연하였다.

제공 자료 목록

05_22_FOT_20100221_CHS_LST_0001 최씨 시조가 돼지인 이유(최고운 이야기)
05_22_FOT_20100221_CHS_LST_0002 과부의 원한을 산 남추강
05_22_FOT_20100221_CHS_LST_0003 양반가로 시집 간 두릿골 처녀의 지혜
05_22_FOT_20100221_CHS_LST_0004 호랑이보다 무서운 곶감
05_22_FOT_20100221_CHS_LST_0005 명년 춘삼월에 보세
05_22_MPN_20100221_CHS_LST_0001 두루뭉수리 아들을 낳은 까닭
05_22_FOS_20100221_CHS_LST_0001 모심기 소리 (1)
05_22_FOS_20100221_CHS_LST_0002 모찌는 소리
05_22_FOS_20100221_CHS_LST_0003 모심기 소리 (2)

임남순, 여, 1941년생

주 소 지 : 경상북도 포항시 북구 죽장면 지동리
제보일시 : 2010.2.2
조 사 자 : 천혜숙, 이선호, 김보라, 백민정

여섯 남매 중 막내로 태어났지만, 두 오빠가 일찍 세상을 떠나 언니들과 함께 산 기억이 더 강하다. 포항시 합덕에서 21세 때 경주 최씨 집안으로 시집왔다. 최승태 씨의 부인으로 마을에서는 덕남댁이란 택호로 불린다. 종가인 큰집이 대구로 이사 가서 대신 문중 손님을 치는 역할을 해야 했다. 담배 및 사과농사와 더불어 논농사를 지어서 자녀들을 교육시켰다. 2남 2녀의 자녀들은 모두 외지에서 살고 있고 지금은 부부만 고향을

지키고 있다. 지동 조사 첫날 마을회관에서
만났다. 입암리에서 바깥어른인 최승태 씨
를 만났다고 했더니 반가워하며 물심양면으
로 조사자 일행을 도와주었다. 이야기판에
도 적극적으로 참여하여, 주로 자신을 비롯
하여, 가족과 이웃에 관련된 경험담을 재미
있게 구연했다. '방귀쟁이 며느리' 이야기로
좌중을 웃음판으로 만들기도 했다.

제공 자료 목록

05_22_FOT_20100202_CHS_INS_0001 방귀쟁이 며느리
05_22_FOT_20100202_CHS_INS_0002 둔갑한 여우 부부의 행악
05_22_MPN_20100202_CHS_INS_0001 납딱바리 만난 경험
05_22_MPN_20100202_CHS_INS_0002 가출한 며느리의 밤길을 지켜준 호랑이
05_22_MPN_20100202_CHS_INS_0003 모친의 저승 경험
05_22_MPN_20100202_CHS_INS_0004 이장하고 망한 집안

최상대, 남, 1926년생

주 소 지 : 경상북도 포항시 북구 죽장면 가사리
제보일시 : 2010.1.28, 2010.2.21
조 사 자 : 천혜숙, 이선호, 김보라, 백민정

　가사리 태생이다. 젊은 시절 객지로 나가 제재소 등의 개인 사업에 종
사하기도 했지만 큰 성공을 거두지 못해 귀향한 후로 줄곧 농사를 짓고
살았다. 4남 4녀를 두었다. 죽장면 내에서 소리꾼으로 널리 알려졌다. 인
근에서는 '문화재'로 일컬어지기도 한다. 어릴 적부터 노래와 춤에 대한
취미가 남달라서 초등학교 1학년 무렵 기계면 달성마을의 변재만 선생으
로부터 노래, 춤, 쇠를 몇 달간 사숙했다. 아들이 '화랭이'가 된다고 모친

이 난리치고 반대해서 그만두었지만 그 후에도 장골의 김씨 어른으로부터 장구와 쇠를 배우는 등 민속음악에 대한 재능과 취미를 키웠다. 12-13세 무렵에 이미 노랫가락과 청춘가를 부를 수 있었고, 창가와 트롯트도 즐겨 불렀다고 했다. 포항 청하중학교의 박창원 교장과 함께 가사리 고유의 '지게상여놀이' 발굴에서 핵심적 역할을 한 분이다.

그 놀이로 전국 규모와 지자체 규모의 민속경연에도 참여한 경험이 있다. 죽장면 고로쇠축제에서 지게상여놀이의 연행을 오랫동안 맡아오다가 고령이 되어 일선에서 물러났다. 죽장면 대표 소리꾼으로 뽑혀 방송출연을 한 경력을 자랑하기도 했다. 노래에 대한 설명을 덧붙이느라 연행시 흐름을 끊곤 해서 아쉬웠다. 이 분의 노래에 대한 이력과 자부를 짐작케 하는 부분이기도 하다. 앞소리와 뒷소리로 주고받는 사설의 의미론적 짝에 대한 인식이 분명하다. 이것을 노래마다 '커리'(켤레/짝)가 있다고 표현했다. 요즘 노래와 가수들이 자기 신명에만 빠져 있음을 비판하면서, 공동의 신명을 만들어가는 풍물이야말로 한국 사람들의 체질에 가장 맞는 것이란 견해를 피력하기도 했다. 그러나 자신이 이름난 소리꾼이라는 자부가 너무 강한 나머지, 다른 분들의 구연이 활발해지는 상황을 다소 불편해 했다. 이번 조사에서는 '모심기 소리', '불매소리', '어사용', '마당밟이 소리(지신밟기 소리)', '청춘가' 외 설화 한 편을 구연했다. 민요 사설은 대부분 민속경연대회에 출연했을 때 듣고 배우거나 테이프를 사서 익혔다고 했다. 이 분의 '마당밟이소리' 사설은 아주 상세하고 풍부하고 특이한 것이었다. 한 거리의 길이가 너무 길어서 모든 거리를 다 채록할 수 없었던 것이 유감이다.

제공 자료 목록

05_22_FOT_20100221_CHS_CSD_0001 세월아 네월아 유래담

05_22_FOS_20100128_CHS_CSD_0001 마당밟이 소리-조왕풀이

05_22_FOS_20100128_CHS_CSD_0002 불매소리(풀무소리)

05_22_FOS_20100128_CHS_CSD_0003 치매 타령 (1)

05_22_FOS_20100128_CHS_CSD_0004 어사용 (1)

05_22_FOS_20100128_CHS_CSD_0005 어사용 (2)

05_22_FOS_20100221_CHS_CSD_0001 치매타령 (2)

05_22_FOS_20100221_CHS_CSD_0002 논매기 소리

05_22_FOS_20100221_CHS_CSD_0003 보리타작 소리

05_22_FOS_20100221_CHS_LST_0002 모찌는 소리

05_22_FOS_20100221_CHS_LST_0003 모심기 소리 (2)

05_22_MFS_20100128_CHS_CSD_0001 청춘가

최승태, 남, 1936년생

주 소 지 : 경상북도 포항시 북구 죽장면 지동리

제보일시 : 2010.1.28, 2010.2.2

조 사 자 : 천혜숙, 이선호, 김보라, 백민정

　1936년생으로 평생을 지동에서 농사를 짓고 살아온 분이다. 담배 농사, 사과 농사, 논농사를 모두 지었다. 본관은 경주이며 슬하에 2남 2녀를 두었다. 자녀들은 모두 외지에 나가 있고, 지금은 부부만 고향을 지키고 산다. 큰집이 대구로 이사 가는 바람에 종손인 사촌형(최승호 전 경북대 교수)을 대신하여 문중의 대소사를 돌보고 있다. 훤칠한 키의 호남형으로 지동뿐 아니라 인근 마을의 역사와 문중들의 전설에 해박한 편이다. 말씀이 간결하고 조리정연한 데다 박학다식하여, 이 분의 이야기에 대해서는 마을 분들이 모두 경청했다. 죽장면 조사 첫날 면소재지 마을인 입암리 마을회관에서 만났다. 화투판이 벌어지는 와중에 한쪽에 조용히 계시는 제보자에게 조사 목적을 설명해드렸더니, 바로 취지를 간파하고 지동의

아기장수 이야기와 최씨 문중의 효자각 이야기를 예로 제시했다. 그리고 는 조사자 일행의 행보를 지동으로 이끌게 하여, 조사 일정 동안 내내 도 움을 아끼지 않으셨다. 마을에서는 동신당과 효자각을 비롯하여 용마가 났다는 용마너들, 산사태를 막기 위해 증조부가 심은 대밭 등을 보여주는 등 안내를 자청하였고, 친절하고 상세한 설명을 보태 주셨다. 특히 제보 자의 친조부모가 주인공인 효자각에 대해서는 강한 자긍심을 드러냈다. 또한 본 조사 작업의 결과물을 직접 확인하고 싶다는 뜻도 분명히 했다. 지동 마을의 역사와 전설, 인근 지명들의 유래담, 지동 최씨 문중 및 다른 문중과 관련된 전설들을 제공하였다.

제공 자료 목록

05_22_FOT_20100128_CHS_CST_0001 뱃고개의 지명 유래
05_22_FOT_20100128_CHS_CST_0002 묘터 잘못 써서 잘못된 아기장수
05_22_FOT_20100128_CHS_CST_0003 지들 최씨 집안의 효자각 유래
05_22_FOT_20100202_CHS_CST_0001 이여송이 혈 지른 핑구재
05_22_FOT_20100202_CHS_CST_0002 지들 마을의 아기장수
05_22_FOT_20100202_CHS_CST_0003 문둥이 남편 고친 현풍 곽씨 열녀
05_22_FOT_20100202_CHS_CST_0004 빈대 때문에 망한 묘각사
05_22_FOT_20100202_CHS_LGS_0002 산 이름의 유래
05_22_MPN_20100202_CHS_CST_0001 처남 말 태우고 걸어간 새신랑
05_22_MPN_20100202_CHS_CST_0002 이장(移葬) 시의 기이한 경험
05_22_MPN_20100202_CHS_CST_0003 구렁이 팔고 망한 집안

최일수, 남, 1938년생

주 소 지 : 경상북도 포항시 북구 죽장면 지동리
제보일시 : 2010.2.2
조 사 자 : 천혜숙, 이선호, 김보라, 백민정

일제시대 일본으로 건너간 아버지로 인해 일본에서 태어나고 자랐다.

그곳에서 초등학교 입학하던 해 해방이 되어 귀국한 후 기계면 인비리에서 잠시 살다가, 열 살 즈음 부친의 고향인 이곳 지동으로 들어와 정착했다. 기계초등학교를 중퇴한 학력이다. 어린 나이에 모친을 사별하고 부친 슬하에서 외롭게 자랐다. 젊어서 외지로 나갔다가 6·25전쟁 후 다시 지동으로 돌아와서 농사와 잡일 등을 하면서 지금까  지 살아 왔다. 자그마한 체구에 항시 웃는 모습이다. 자녀들은 모두 외지에 나가 있고, 지금은 부인과 두 분이 살고 있다. 토속 민요와 신민요의 보유량이 풍부하고 기억력도 뛰어난 분이다. 생업 때문에 여러 곳을 전전하면서 다양한 노래를 듣고 배웠다. 노는 것을 좋아하여 노래를 부르며 밤을 새고 논 경험도 많다. 이제 노래를 부르지 않고 산 지 십여 년은 족히 되었다고 하고 나이 탓에 목청이 가버렸다고 하면서도, 그 시절 부른 노래를 상당 부분 재구해 냈다. 동석한 부인이 친정에서도 남편의 '노래 실력'은 알아준다고 귀뜸해 주었다. 지동 조사 첫날, 웃지들의 마을회관에서 만났다. 웃지들이 지들 최씨 집성촌이어서 모두 한 집안이라고는 하지만, 주로 안어른들이 모여 계신 방에서 유일한 남성으로 참여하여 중요한 자료들을 스스럼없이 적극적으로 제공했다. 모심기 소리, 지신밟기 소리와 같은 토속민요뿐만 아니라, 각설이 타령과 같은 유흥민요, 청춘가나 노랫가락을 포함한 신민요류들을 모두 무리 없이 소화하였다. 사설도 풍부하고 노래실력도 수준급이다. 또한 노래에 대한 관심과 애착이 대단해서 현장에서 잘 기억이 나지 않은 노래가 있으면 밤새 기억을 되살려 기록한 것을 제공해 주었다. 지신밟기소리, 각설이 타령, 모심기 소리 등이 그러한 기억의 재구와 기록을 거쳐 되살아났다. 또 이 분은 청춘가, 노랫가락, 장기타령, 아리랑타령 등을 마구 섞어서 부르면서 장르에 구애받지 않고 짤막한 단위의 소절들을 불러 나가는 것을 '잡스러운 노래', 또는 '잡노래'로 지칭했다. 실제 이 분의 '잡노래'의 구성이나 명명은 오늘날 농어촌 노인 분들이 구연하는 신민요 연행의 실상을 그대로 반영하는 것이기도 하다. 마을의 노실아재가 타계한 이후로 마을의 정월 '구걸' 행사에서 앞소리꾼 역할을 했다. 그때 불렀던 지신밟기 소리를 이번 조사에서 채록했다. 이번에 이 분이 제공한 지신밟기 소리는 노실아제 이전에는 평촌할배, 성도할배 등으로 소급되는 이 마을의 선소리꾼들의 노래 전통을 고스란히 이은 것이다. 이분은 마을 내의 선소리꾼 전통을 담지한 동시에, 외지의 새로운 노래경험까지도 자신의 삶 속에서 충분히 향유해 온 아주 흥미로운 사례라고 할 수 있다.

제공 자료 목록

05_22_FOT_20100202_CHS_CIS_0001 남편 코에서 나온 쥐를 도와주고 부자 된 색시
05_22_MPN_20100202_CHS_CIS_0001 도깨비 경험담
05_22_MPN_20100202_CHS_CIS_0002 죽었다 살아난 집안 어른
05_22_MPN_20100202_CHS_CIS_0003 종고모부의 저승 경험
05_22_FOS_20100202_CHS_CIS_0001 모심기 소리
05_22_FOS_20100202_CHS_CIS_0002 지신밟기 노래
05_22_MFS_20100202_CHS_CIS_0001 잡노래 (1)
05_22_MFS_20100202_CHS_CIS_0002 잡노래 (2)
05_22_MFS_20100202_CHS_CIS_0003 잡노래 (3)
05_22_MFS_20100202_CHS_CIS_0004 화투노래
05_22_MFS_20100202_CHS_CIS_0005 양산도
05_22_MFS_20100202_CHS_CIS_0006 어랑타령

홍수를 미리 알고 피신한 초립동이

자료코드 : 05_22_FOT_20100202_CHS_LGS_0001
조사장소 : 경상북도 포항시 북구 죽장면 지동리 마을회관
조사일시 : 2010.2.2
조 사 자 : 천혜숙, 이선호, 김보라, 백민정
제 보 자 : 이귀선, 여, 76세
구연상황 : 최승태 씨 부부가 함께 홍수로 인해 생긴 지명유래담을 이야기했다. 제보자는
　　　　　 옛날에는 물로 심판했는데, 요새는 불로 심판한다고 서두를 떼면서 이 이야기
　　　　　 를 시작했다.
줄 거 리 : 한 초립동이가 홍수가 날 것을 미리 알고 떡을 많이 샀다. 이상하게 여겨 그
　　　　　 를 따라갔더니, 산정까지 가서는 거기까지 물이 찰 것이라 했다. 결국 거기까
　　　　　 지 물이 올라왔다. 그렇게 해서 인간의 후손이 이어졌다. 따라간 사람도 살아
　　　　　 남았다.

　옛날에 초립쟁이가(초립동이가), 떡을 얼매나 사걸래, '와(왜) 저래 사
노' 싶어가 따라가이까네. 큰 산을, 산으로 산만다이(산만댕이) 여거(여기)
와가(와서) 같이, 같이 따라가노이,

　"물을, 요꺼지이(여기까지) 올 게다." 커미,

　산을 싹 디비(뒤집어) 주더란다.

　산, 그 물이 결국 그까지 올라갔어.

　(조사자 : 그까지 올라왔어요?)

　그래가주 옛날에 사람 머시이는 잇았낸(이었던) 모양이다만은.[86]

　[웃음]

　(조사자 : 그래가지고 사람을 잇았구만요(이었구만요.))

---

86) 사람의 후손을 이었다는 의미이다.

예.

(조사자 : 그래 그 사람은 살아남았고?)

따라간 사람은 살았지.

산 이름의 유래

자료코드 : 05_22_FOT_20100202_CHS_LGS_0002
조사장소 : 경상북도 포항시 북구 죽장면 지동리 마을회관
조사일시 : 2010.2.2
조 사 자 : 천혜숙, 이선호, 김보라, 백민정
제보자 1 : 이귀선, 여, 76세
제보자 2 : 최승태, 남, 75세
구연상황 : '떠내려온 산'이나, '홍수' 관련 이야기가 있는가 물었더니 임남순 씨가 합덕의 산 이름에 얽힌 유래담을 구연하였다. 그러자 최승태 씨가 인근에 있는 유사한 지명들을 떠올렸다. 부인이 먼저 이야기를 시작했고, 최승태 씨가 보탰다.
줄 거 리 : 합덕의 갈미봉은 옛날에 바닷물이 넘어 갈모꼭지만큼 남았다 하여 붙여진 이름이다. 이 인근의 먹대이산은 먹만큼 남아서, 그리고 새가두들은 새 한 마리 앉을 만큼 남았다 하여 붙여진 이름들이다.

제보자 1 : 옛날에 저기 합덕에는 가마 산 이름이 있었는데, 산 이름이 있었는데, 갈미봉은 왜 갈미봉이냐 하면, 옛날에 바닷물이 넘어가주고 그 갈미꼭지만침[87] 남아 있었다고 인자 갈미봉이라고 카고.

합덕 가면 전설 이야기가 또 있을 거예요.

(조사자 : 이 주변에는 없고요?)

예.

제보자 2 : 우리 새가들, 먹대이산 거어는 저거도 뭣이 할 때에 그 뭐 물로, 그거 져가주고[88] 뭣이 할 때 먹만침(먹만큼) 남아가주 먹대이산이라

---

87) '갈모꼭지만큼'의 방언으로, 비올 때 갓 위에 덮어 쓰는 모자인 갈모의 꼭지만큼 남아 있었다는 의미이다.

고 합니다.

(조사자 : 바로 그런 이야깁니다, 먹만침이 무슨 뜻입니까?)

제보자 2 : 먹, 가는 먹.

(청중 : 먹물요, 먹, 먹.)

제보자 2 : 그리고요, 새가두들은 새 한 마리 앉일(앉을) 만침 남았다고 그래, 새가두들이라 카고, 그런 전설 있더라꼬.

옛날에 강물이 넘어가주, 바닷물이 넘어가주 그래 됐다 카데. 그래 됐는데, 그래 그런 전설이 있어요.

이판서 집 셋째 딸의 시제를 푼 총각

자료코드 : 05_22_FOT_20100221_CHS_LDG_0001
조사장소 : 경상북도 포항시 북구 죽장면 가사리 마을회관
조사일시 : 2010.2.21
조 사 자 : 천혜숙, 이선호, 김보라, 백민정
제 보 자 : 이동걸, 남, 71세
구연상황 : 이상태 씨의 '최씨 시조가 돼지인 유래' 이야기가 끝난 후 조사자가 제보자에게 이야기를 청했다. 기억이 잘 나지 않는다며 조심스럽게 이야기를 구연하기 시작했다.
줄 거 리 : 이판서 집 셋째 딸은 절색인 데다 문장으로도 유명하여 한양의 뭇 총각들이 탐을 냈다. 그녀가 총각들에게 이상한 시제를 주었는데, 그 뜻을 풀 수 있는 이가 없었다. 역시 상사병으로 앓아누운 한 총각은 누이의 도움으로, "그믐날과 초하룻날 사이 밤 열두 시에 만나자"라는 시제의 뜻을 풀고 만남이 이루어져 잘 살았다.

인물은 누구 인물인동 확실히는 모르는데. 그래 서울에 한양에 그 이판서 싯째(셋째) 딸이 있었는데 인물도 절색이고 글도 시도 또한 그 유명한

---

88) 큰물, 곧 홍수가 졌다는 의미이다.

여인인데. 참 한양에 있는 일류 총각들이 다 춤을(침을) 흘리고 댕겨도.

그 시제(詩題)를 주는데 시제가 뭐냐 카이께네, 시제를 지내가면 터억 주이꺼네, 오얏나무 가지를 세 개를 딱 뜯어가 던짔뿌고(던져버리고) 가고. 그 다음에는 손바닥을 이래 대가지고 이래 함(한번) 보여주고 이랬뿌고 가고.

[손바닥을 위로 들어 보이면서]

그 다음에는 인제 명경을(거울을) 터억 대가주고 한번 디비댔다(뒤집었다가) 가고. 그러이 저 뜻이 뭐냐 이기라. 그 뜻을 아는 총각들이 아무도 없는 기라.

그런데 이 참 뭐 또 한 총각이 하나 그 아가씨[89]인데 미쳐가주고 집에 오마 병을 앓아 누워 있었는데. 마침 그 누나가 있었는데,

"니 와(왜), 니, 뭐 때밀에(때문에) 병이 들어 누워 있느냐?" 카이,

"아, 그라이라(다른 게 아니라) 이판서 셋째 딸이 얼굴도 월태와용[90]이요. 참 말할 것 겉으면 인물이 달 같고, 으이, 미색이 겸비한 데다가 글꺼지 참 그래 좋으이까네, 내가 마 저어(저기) 아이면 딴 데 장가갈 데도 없고 마 죽겄다." 이카이,

"그거 야 니 뭐 어렵노?" 이카거든.

"누나야, 그거 뭔데?" 이카이꺼네,

"첫째 오얏나무 가지를 세 개를 던짔는 거는 뭐냐 카면은, 아 이지(李枝) 삼지(三指)하이 '이판서지삼녀'(李判書之三女)라. 그래 인자 그 뭐냐 카면 오얏나무 가지를 세 개를 던지는 거는 이판서 집 셋째딸이라, 지를(자기를) 알리는 거고. 그 다음에 인자,"

[숨을 한번 고르고서는]

"손바닥을 이랬다 이래 하이께네 내 나이가 '십오세지과녀(十五歲之過

---

89) 그 셋째딸을 말한 것이다.
90) 월태화용(月態花容)으로 미인의 모습을 이른 것이다.

年)'라 이기라."

[손바닥을 뒤집어 보이며]

내 나이가 열다섯 살이라 이기지.

그 다음에, 그 다음에 명경을 타악, 명경은 이거는 뭐라 카면 달로 치고 이거는 인자 그믐을 치이께네,

[다시 손바닥을 보였다가 손등을 보이면서]

아, 초하룻날이 아이고 그믐날 사이에, 초하룻날 하고 그믐날 사이에 만나자 이거라. 그러이 그믐날 사이에 나를 찾아오면 된다 이거지.

[웃으면서]

인자, 그래 그거를 알고 '회초간지삼공(晦初間之三更)'이라.

회초, 그믐 회(晦) 초하루 초자(初字)지. 그러이까 인자, 그믐날과 초하룻날 사이 밤에 열두 시에 만나자 이 말이라. 그래서 만내가지고 잘 살았다 카는 그 얘기라.

[웃음]

과부의 원한을 산 남추강

자료코드 : 05_22_FOT_20100221_CHS_LDG_0002
조사장소 : 경상북도 포항시 북구 죽장면 가사리 마을회관
조사일시 : 2010.2.21
조 사 자 : 천혜숙, 이선호, 김보라, 백민정
제 보 자 : 이동걸, 남, 71세
구연상황 : 앞의 남추강 이야기 마무리 부분에서 재실터가 있느니 없느니 논란이 있었다. 제보자가 그 이야기를 더 확실히 하겠다며 구연을 시작했다.
줄 거 리 : 남추강이 과거시험을 보러 가던 중 문경의 한 부잣집에서 하룻밤을 유했다. 칙사대접(勅使待接)을 받고 잠자리에 들었는데 밤중에 그 집의 과부가 하룻밤을 허락해달라고 청했다. 밤새 잠자지 못하고 새벽에 길을 나서자 과부가 거듭 청을 했다. 다시 거절하고 길을 나서자 그 과부가 지붕 위에 올라가 보다

가 솔가지덤불에 불을 지르게 하여 타 죽었다. 그 후 남추강은 벼슬도 하고 이곳으로 와서 살다 죽었다. 그를 기리는 정자를 지었지만 손만 대면 사람이 죽었다. 남덕우 장관 시절에 도와달라고 청을 넣었으나 그 사람도 죽었다. 정자도 점차 무너져 지금은 잡초가 우거졌다. 그 여인의 원한이 사무친 것이다.

그기 남추공[91] 선생이 벼슬하러 올라가는 길에, 문경 충청도 땅에 들어섰는 모양이라. 근데 해는 빠지고 저무니까 할 수, 하룻밤 자고 가야 되는데 불이 환하케 키(켜져) 있는 데. 환하케 보이는 데 이래 찾아 드가이께네 이 입 구자(口字) 집인데 마 자알 살더라. 종도 많고 이런 게라.

그러이 찾아 드가이께네 마, 그 집이서 마, 그 웬일인지 마, 달도(닭도) 차고(잡고) 마, 대접을 마, 칙상으로 대접을 하는 기라.[92] 그래가주고 남추공이 대접을 자알 받고 인자 저녁에 누버(누워), 터억 자이께네(자니까).

그 집 여자가 뭐냐카면 과부라. 과분데. 뭐냐하면은 나이 스무 살이 안 돼가 과부가 됐이이, 자, 이 집이 대를 잇아(이어) 줘야 되는 기라. 그 옛날에 정서방 집이든지, 뭐 하이튼 시골 부잣집이든 하이튼 간에.

(청중 1 : 남편 죽어뿌고 대를 잇우먼(이으면) 지(자기) 대(代)가? 남우(남의) 대(代)지.)

그래 대를 잇아 조야(줘야) 되이까네, 신랑은 죽어뿌고 없으이, 천상 할 수 없이 옛날에 씨받이 카는 거 있잖아요.

(조사자 : 총각 보쌈하듯이.)

그래이까네 남추공이 들어왔으이 씨 받으로 왔다 이거라. 자기가 소복을 입고,

"나는 참 실은 내가 스무살 문(먹은) 과분데, 당신이 오늘 저녁에 내 그 청을 들어 돌라."

이카이, 그 꼿꼿한 선비가 텍도 없거든. 안 된다 카거든.

---

91) 추강(秋江) 남효온(南孝溫)을 이른 것으로, 조선 전기 문인이자 생육신 중의 한 사람이다.
92) 칙사 대접, 곧 극진히 대접을 했다는 의미이다.

그래가 좀 거절하이 참. 물러서가 나왔어. 나와가주고 이래 생각하이께
네 밤새도록 잠이 오나?

그래 또 남추강이 이튿날 아침에 또 대접을 자알 받고 또 그래가주고
인자 참, 여비까지 해가 참 많이 돈을 줘 가지고. 막 그래 마지막에 참 새
벽에 일어나가주고 한 번 더,

"참 내가, 원하 참, 부탁하이까네 한 번만 내 청을 들어 돌라."

캐도, 남추강이 안 들어 주거든.

그래가 할 수 없이 인자 아침상을 해가 채려가주고 이래가주고 턱 보
내는데. 젤 첨에는 인자 남추강이 이래 사라지이까네 마당에서 이래 뒷모
습을 보고 있다가 저만침 가이까네 인자, 청이(마루가) 있어, 청 위에 올
라가주고 이래 턱 보이께, 또 가거든. 그래가 저어 안 보일라 카이께네 집
당 만당아,[93] 만당아 그 자기 집 마당 지붕 우에 올러가주고 타악 보는
기라.

그래가 사라졌부고 없으이께네 그 머슴들 종을 시기가주고(시켜서) 자
기 집이 인자 그 나무 해놓은 거 옛날 소깝빼까리, 소깝으로 가주고 인자
해 났는 소깝빼까리가 있어. 그걸 갖다가 마 빼앵 돌아가 불을 질러서 거
어서 타 죽었버리네, 이 여자가.

타 죽었부이, 그래가주고 남추강은 인자 가가주고 인자 벼슬을 해가주
고 인자 급제를 해가 왔단 말이야.

왔는데, 그 이후로 여어(여기) 와가주고 정자도 짓고, 자손들이 이래,
돌아가시기 이래 됐는 기라. 이 정자에 손만 대면 마 사람이 죽는 거야.
사람이 손을, 죽는데. 인자 박정희 대통령 때 남덕우라 카는 경제기획원
장관 겸 부총리 있잖아요. 그때 인자 여기 있는 분이 거 올라가주고,

"사실은 이러이께네 좀 도와달라." 이러이께네,

---

93) '만댕이'로 꼭대기를 의미하는 경상도 방언이다.

"내가 공직에 있을 직에는 절대로 내가 그 부정을 저지르기 싫은 사람이기 때문에 절대로 내가 그럴 수 없다. 그라이께네 내가 여어서(여기서) 나가면 돌보아 줄테니."

그 길로 또 그 사람 그 이야기 해놓고 내려와 죽었부렸어.

(조사자 : 올라갔던 분이?)

또 죽었부렸어. 그래 인자 그래가주고 이 기와집이 이래 있다가, 마 젤 첨에는 뭐 이래 기와 한 장이 무너지다가, 낸중에는(나중에는) 두 장 석 장 다 내려앉고 아무것도 없어져버렸어. 지금은 잡초만 우거졌는데, 여게는 손만 대면은 사람이 죽는 거야. 그 자손들이 죽는 거야. 그래서 그 여인의 원한이 사무쳐 있는 것이 아니냐.

그런데 저 영해 호지말 카는 데 거 가면은,

[마을분이 제보자를 밖으로 불러내는 바람에 잠시 소란해졌다.]

거어가 젤 큰집인데, 큰집이 누구냐 하면은 남석중이라꼬 있는데, 남석중이가 내하고 남매지간인데. 거기에도 뒷산에 올라가면은 뭐냐 카면은 그 출생이 누구냐 카면은 한산 이씨 이색 선생, 그 분이 거어 출생이라. 거기도 역시 가만 그 자리에 손을 대면은 또 안 되는 기라. 그 터가 그런 데가 있는 모양이라. 이 집이도 그렇고 남씨 집도 그런 특색이 있어.

현풍 곽씨의 열불열각

자료코드 : 05_22_FOT_20100221_CHS_LDG_0003
조사장소 : 경상북도 포항시 북구 죽장면 가사리 마을회관
조사일시 : 2010.2.21
조 사 자 : 천혜숙, 이선호, 김보라, 백민정
제 보 자 : 이동걸, 남, 71세
구연상황 : 앞 이야기가 끝난 후 다른 이야기가 없냐고 묻자, 갑자기 생각난 듯 바로 이
          이야기를 시작했다. 박문수와 똑똑한 아이가 대화를 주고받듯이 실감나는 목

소리로 구연했다.

줄 거 리 : 박문수가 현풍 곽씨 동네를 지나가다 이상한 병정놀이를 하는 아이들을 보았
다. 그 가운데 똑똑해 보이는 한 아이를 따라가 그 집에서 하루를 묵었다. 그
날 밤, 칼을 갈아서 과부인 형수를 죽이는 아이의 행동을 보게 되었다. 날이
밝자, 아이는 형수가 자결을 하고 죽어 자신의 집에서 열녀가 났다며 난리를
피웠다. 삼 년이 지나 박문수가 다시 그 아이 집으로 갔다. 열녀비를 세우느
라 잔치를 하고 있었는데, 잔치음식을 얻어먹으러 오는 거지들을 아이가 몽둥
이로 마구 두들겨 팼다. 화가 난 거지들이 그날 밤 열녀각을 불태워 버렸다.
이 모습을 보고 박문수는 아이를 나무랐지만, 아이는 '다 알면서 왜 그러냐'
고 반문했다. 아이는 박문수가 그날 밤의 일을 모두 알고 있음을 이미 간파한
것이다. 말문이 막혀 있는 박문수에게 아이는 열녀각의 현판을 써달라고 주문
했다. 박문수는 궁리 끝에 '열불열각(烈不烈閣)'이라 써 주었다.

어디 이애기고 카먼은 현풍 곽씨 이애긴데. 그때 그 저 암행어사가 누
구냐 카먼 박문수거든. 박문수가 그 인자 현풍 곽씨들 앞을, 동네를, 언자
어사가 돼가주 지내가는데.

여섯 살부터 한 열 살, 열두 살까지가 거어 강변에 대고 참 마 붕알을
(불알을) 내놓고 인자 이래 있는데. 병정놀이를 하는 기라요. 병정놀이를
하는데. 한 일곱 살 내지 여덟 살 무운(먹은) 늠이 머라카는 기 아이라,

"남산에 신장구단(身長柩短)[94]하니, 남산에 신장구단하니, 장례를 하옛
고.[95]" 카이,

"남산에 사람이 죽었는데 시체는 길고 널은 짜린데(짧은데), 장례를 어
예 하면 됩니까?"

꼬 묻거든. 물으이까네, 거어서(거기서) 있던 제일 높은 늠이 붕알을 찌
일 꺼집고 앉아 있다가,

"허어, 을자로 장기하라(장례하라)." 카거든.

"시체를 새 을(乙) 자매로(字처럼) 꾸불랑 꾸불랑 옇어가(넣어서) 장례를

---

94) '身長柩短'으로 시체는 길고 널은 짧다는 뜻이다.
95) '何如잇고'로 '어찌할까요'의 뜻이다.

하라." 카거든.

그래 장례를 하라 카이께로, 거 '하아, 그래가 안 되겠구나' 싶어.

"예(禮)에 하예(何如)잇고, 예에 그런 게 있습니까?"

물었거든. 물으이까네,

"아, 곡례(曲禮)에 있나니라."

굽은 예는 그런 거도 있다 카거든.

[웃음]

예가 멫(몇) 개고 카면. 정례(正禮)가 삼백이고, 곡례(曲禮)가 삼천이라요. 삼천 삼백 가지가, 우리 옛날 예로서는 그런데.

(조사자 : 곡례가 훨씬 많네요.)

그래가주고 인자 그래 곡례에 있나니라 카이께네, '아, 그렇구나' 싶어가지고 그래가주고 이래가주고 마 끝이 났어.

나고 난 뒤에 한 놈이, 보이 쫌 빠릿빠릿한[96] 늠이 있는 기라. 그래가지고 거 마캉(모두) 해가 지부이(지니) 인자 이래 ○○○○ 집으로 가거든. 카이께네 박문수가 인제 시일(슬슬) 따라갔어. 따라가이께네,

"그 야야 야야, 너거(너네) 집에 가 오늘 저녁에 가 하룻밤 자자." 카이,

"아이구, 우리 집보다는 저 저 사람 집에 가, 자들(쟤들) 집에 더 잘 사는 데 저 집에 가소." 카거든.

"아이다. 내 너거 집에 가 자고 싶다." 카거든.

그래 드가이께네, 그 집에도 역시 입 구(口)자 기와집에 연당 아래 별당이 있고 자알 사는 집이라. 그래 인자 들어가이 이놈아가 한 여남은 살 묵은 놈이 말이지. 저녁에 자다가 마, 박문수 얼굴을 이래 시일 한번 보거든. 보고 이라는데, 자는가 안 자는가 두 분(번) 시(세) 분 확인한 뒤에 달빛도 화안한데 나가디만 칼로 이래 살살 갈거든. 칼을 갈디만 거머지고

---

96) '똘똘하고 행동이 날랜'의 뜻이다.

마, 연당 안에 별당아 저거 형수가 인자 과택으로(과부로) 있는 데, 가가 주고 찔러 죽였부고 마, 이래가주고 마 나왔부렸어. 나와가지고 박문수 옆에 터억 자거든.

그래 박문수는 그거 인자 어예어예(어찌어찌) 했다 카는 행동을 다 알고 있는 기라. 알고 있는데 그래 자고 있으이까네, 그래 이늠이 참 큰 죄를 지었는데.

그 이튿날 되이 마,

"아무것이 저 서방이 죽고 난 뒤에 죽을라 카디만은 기어이 자결을 했다. 하, 열녀비를 세워야 된다."

카고, 그래 장례를 치고 야단이거든. 그래가 장례를 치와가 이래 됐는데. 그래가 인자 박문수는 올라갔붰고.

그래 인자 삼년상이 돼가주고 인자 열녀비를 세운다 이거라. 열녀각을 세운다 이거라. 그래가 동네 앞에 열녀각을 세웠다, 턱 하고.

그래가 인자 박문수가 왔어. 오이까네, 이 말이지 마, 잔채를(잔치를) 막 거하게 하고 이라는데. 그래 요새 겉으면 걸빙이(거지), 이거 옛날에 그런 기, 많이 밥 얻어묵는 게 많이 있잖아요. 밥 얻어묵는 것들이 많이 오이까네 마, 이 여남은 그래 인자 한 이삼, 이 년 지냈으이까네 열도오(열댓) 살 됐을 거 아이요. 그래 마 양반집이고 이래 노이 이놈이 마, 걸빙이 겉은 거 오이까네 막 몽딩이로 가지고 전부 뚜디리 패거든. 막 뚜디리패가지고. 그 막, 가우(겨우) 막 저 열녀각을 세우는 세우기는 세워도 마, 그래 갔부고 나이께네 그 날 저녁에 막 걸뱅이들이 몰리와가주고 열녀각을 마 불로 홀랑 질러 다 탔부렸다.

그래 다시 또 모금을 해가지고 열녀각을 세울라고 이래 떠억하는데, 또 박문수가 와가지고 그놈 보고 말이지,

"그래, 니 와 그래 불 지르노?" 이카이께네,

"어르신 뭐 다 알면서 뭐 그라는교?" 이카거든. 그래,

"내가 뭘 아노?" 카이,

"마 치우소 마. 다 알면서 뭐 그래쌓는교(자꾸 그러십니까)?" 이라이,

"어예 그래, 내가 찔러 죽였는데 어예 열녀각이 되노?"

이거라. 가가(그애가). 열녀각이 될 수 없는데 열녀각이 되노?

"그라마 꼭 세워야 할 판이면은 저 어르신네가 강판을(현판을) 써 주소." 카거든.

강판을 써주소. 그래 난감할 꺼 아이라, 박문수가. 그래가 인자, '아아' 생각다가 생각다가 못해가주고 '열불여각(烈不烈閣)'이라. 열녀도 되고 열녀 아인(아닌) 것도 된다.

[웃음]

그래가주고 각을 세워가 마무리를 하고 인자 그런 설화가 있는데. 그 사람이 나중에 인자 곽경자라 카든가, 곽, 하이튼 그 인물이 급제꺼지 하고 낸제(나중에) 이조정랑꺼지 했어. 그런 이야기가 있다 카이.

속임수로 절터에 묘 쓴 약남할배

자료코드 : 05_22_FOT_20100221_CHS_LDG_0004
조사장소 : 경상북도 포항시 북구 죽장면 가사리 마을회관
조사일시 : 2010.2.21
조 사 자 : 천혜숙, 이선호, 김보라, 백민정
제 보 자 : 이동걸, 남, 71세
구연상황 : 제보자의 문중과 서원에 관한 이야기가 길게 이어졌다. 잠시 뜸을 들인 제보자는 "집안 8대조 할배에 대한 이야기를 해주겠다"며 이 이야기를 시작했다. 구연 도중 제보자를 찾는 손님이 와서 이야기판이 잠시 어수선해졌으나, 제보자는 이야기에 몰입하여 구연을 끝냈다. '아무리 터가 좋아도 남을 울리고 취하면 발복을 못하는 법'이라고 이 이야기의 의미를 덧붙여 주었다.
줄 거 리 : 8대조인 약남(藥南)할배는 모친이 돌아가시자 법광사 뒤편에다 묘를 쓰고자 했다. 당시 법광사에 있던 이천 명의 중들이 이를 반대했지만 앞으로는 헛상

여로 유인하고, 진짜 행상은 다른 길로 꾸리고 가서 결국 그 묘터를 차지했다. 화가 난 스님 이천 명이 집으로 쳐들어와 약남할배더러 나오라고 했지만 나가지 않고 버티었다. 결국 중들은 포기하고 떠났다. 이후 약남할배가 귀양살이를 하고 풀려난 후 정포은 집안에서 유사한 일이 일어난 것을 보고 중들의 편을 들었다. 일전에 자신의 행동을 후회하였기 때문이다. 그래서 영천의 포은서원에 세 번 갔다가 세 번 다 쫓겨났다. 더불어 약남할배의 증손자 대까지는 벼슬자리에 있으면서 부를 누렸으나, 그 아랫대부터는 대가 끊기고 발복도 하지 못했다.

그 인자, 우리 집에 얽힌 이 팔대조 할배에 대한 얘기를 하나 하지.

(조사자 : 예, 좋습니다.)

약남,[97) 그 인자,

(조사자 : 약남할배 이야기?)

예. 할배의 그 인자 모친이 돌아가셨거든예. 그 인자 장사를 신광, 저 법광사 뒤에 거기 장사를 지내는데. 그래가 중이 거어 얼마냐 카면은 그 법광사 그 인자 절이 옛날에는 중이 이천 명이었어요. 이천 명이었는데.

(조사자 : 대찰이네요.)

예. 이천 명이었는데 거기 와서 인자 묘를 그 뒤, 뒤에 인자 서야 되는데, 절 뒤에 서야 되는데 중이 몬(못) 쉬그러(쓰게) 하잖아요.

그래가지고 이 어른이 어카모(어쨌냐면), 요새는 탑정 카는데, 덕동에서 보면 재로 가는 데가 있고, 그 담에 한쪽은 어떻노 하면, 저 달성으로 해가지고 신광으로 저쪽으로 들어오는 데가 있어요. 그래 인자 신광으로 해가(해서) 들어오는 데는 마, 그 형상을(행상을) 쫙 꾸메가지고 마, 참 그 사또이이까네(사또니까) 얼마나 잘 해가 들어올 꺼 아입니까? 그라고 진짜로 시체는 어디로 오냐 하면은, 재를 넘어가는 기라.

그래가 중들이 거어 거기 몬 쉬그러 마 이천 명이, 잘 꾸메(꾸며) 오는

---

97) 약남(藥南) 이헌락(李憲洛)(1718~1791)으로 여주 이씨이다. 조선 후기의 문신으로 의금부도사, 함창현감을 지냈으며, 1850년 후손이 간행한 『약남문집』이 전한다.

데 거어다가(거기다가) 인자 막 진을 치고 있는 기라. 있는데 하마(이미) 이쪽에는,

(청중 1 : 묘 다 씨고.)

묘를 다 써가주고 인자, 옛날에 묘 써 놓고 '달개소리'[98]라 카는 게 있어요.

(조사자 : 예, 달구소리 있습니다.)

그거를 하마 하는 기라. 그래 마, 중이 인자 포기를 하고 인자 우리는 인자 장사를 다 지냈지.

지내고 이래 있는데. 그래가주고 인자, 어? 우리가 글때 어디 살았냐 카면은 기북 용기 그 막실 카는 데 살았어요. 살았는데 그때 인자 입 구(口)자 기와집이었는데, 그래 중이 이천 명 중이 인자 거서(거기서) 마 들이, 이십 리에 마 뻗히부렸거든. 그래 인자 한 줄로 서가(서서) 와 보소. 그래 인자 그래가 다 와가주고 마, 이 어른이 사랑방에 이래 앉아있는데 와가주고, 기둥 가에다가 전부 다 밧줄로 묶아가주고,

"우리도 망했으이 너거도(너네도) 망해라."

카고 인자, 그래 어지간히 그래가 넝굴(넘길) 작정으로 하고 어른을 나오라 카거든.

"야 이놈들아, 내가 죽었으면 죽었지 나갈 수가 없다."

그러이까네, 그 참 지주, 제일 중의 제일 우두머리가 나와가지고,

"이 집도, 우리도 이래 됐는데 이 집꺼지 그럴 필요가 뭐 있나? 우리가 돌아서자."

이래가지고 그 사람들 다 갔부렸어요.

그래가주고 인자 세월이 얼마나 흘렀노 카면은, 한 백 년이 흘렀는지 얼마나 흘러가주고.

---

98) '달구소리'를 이른 것으로, 상여소리 가운데서 묘터를 다지면서 부르는 노래이다.

그래 인자 한 백 년 후에 인자 바랑을 둘러 미고(메고), 어떤 그 인자 노(老)스님이, 요새 말하면 남자가 아니고 여자 스님이었지. 스님이 인자 보살 택인데,

"그래 옛날에 함창덕 비(碑)가 어떠노?"[99]

이래 묻드랍니다. 물었는데, 그래이까네 인자, 그 증손자는 벼슬을 급제를 했어요. 머 정언(正言)[100] 하다가 나중에 사헌부 장령(掌令)[101]까지 했어요.

이래놓으이께네, 증조할아버지 대에 뒤빠져가주고,[102] 이 어른은 마, 팥죽만 잡숫고 마,

"세상만사 마냥 뭐든지 다 좋다."

카고. 마 이래했는데도 불구하고, 아들 사형젠데 아들 사형제 전부 뒤가 없었어.[103] 그래가주고 거어는 양재를(양자를) 했거든. 그래가 또 야, 뒤가 없어가주고, 우리 증조부님이 인자 양자를 수물(스물) 세 살에, 아, 아이지(아니지), 하이튼 한 스무 살쯤 무가(먹어서) 양재를 돌왔었는데. 스무 세 살에 마 돌아가셨부렸어, 증조부님이.

그래가 증조부가 돌아가시고 나이까네 우리 또 조부님이 무식해. 할 수밖에, 배우지 못하고 어디 저 할 데 ○○○ 무식해부렸어. 그래도 인자 무식해도 워낙 인자 옛날에 그 벼슬하던 집이,

[손님이 제보자를 찾아와 잠시 어수선해졌다.]

집이 돼 놓으이까네. '아, 이거는 이래가 안 되겠다.' 그래가, 인자 우리 아버님을,

---

99) 약남할배 모친의 묘에 대해 물은 것이다.
100) 조선시대 사간원에서 봉박(封駁)과 간쟁(諫諍)을 담당한 정육품 벼슬이다.
101) 고려와 조선조 감찰업무를 담당하던 사헌부 정사품의 관직이다.
102) 무슨 말인지 명확하지는 않으나 제보자의 증조부대에 와서 일이 잘 풀리지 않게 되었다는 의미이다.
103) 후사가 없었다는 의미이다.

(조사자 : 가르쳤다.)

인자 어디 딴 데 보내가지고도 인자, 공부를 가리쳤어. 그래가 우리 아버님이 인자 참 보면 재주도 있고 이래가지고 마이(마이),

[손님이 이야기를 그만하라고 했지만, 제보자가 거부하면서 다시 어수선해졌다.]

그래가주고 인자 세월이 인자 여류해가지고 그래 인자 그 약남할배가 영천 여어(여기), 인자, 거 내산 카는, 당대 같은 고을원인데. 우리 약남할배는 그때 당시에 채번암104)이 십 년 독장세할 적인데. 번암하고 막교지간105)이어서. 또 어사 인솔할, 할 적에 강원도 삼척에 또 귀향을 갔어요. 귀향을 가셨다가 채번암의 덕택으로 또 풀려나서가, 그래 인자 이 영천 매산 이 집에 가가지고 그 인자 어 갔는데 가가지고 인자 보이, 택도.

그 영천 매산 정씨들도 어떻노 하면은, 정포은 집이잖아요,106) 포은 집인데 그 집하고도 인자 중들하고 인자 그 무슨 그기(그게) 생겼는 모양이라요. 그런데 이 어른이 정포은 선생 집이 편을 안 들고 중들 편을 들었어. 그 왜 그래 들었느냐? 신광, 그 죄가107) 있기 때밀에(때문에). 그래가지고 그 인자 영천 그 포은서원에 가셨다가, 세 번이나 쫓게 나오신 적이 있어요.

[웃음]

---

104) 번암(樊巖) 채제공(蔡濟恭)으로 조선후기 영·정조대 국정을 주도했던 문신이다.
105) 막역한 사이, 곧 절친한 사이를 뜻한다.
106) 포은(圃隱) 정몽주(鄭夢周)의 집안이란 의미이다. 정몽주(1337-1392)는 고려 말기 국정, 외교, 군사 전반에 관여한 문신 겸 학자로, 조선건국 신흥세력에 의해 죽음을 당했다.
107) 이 설화 앞에서 이야기된, 신광사 약남할배 모친 장례 때 법광사 절터를 뺏은 사건을 말한다. 그러나 약남의 묘 역시 신광면 법광계곡에 있다.

상여와 같이 떠내려간 효자 남곡 선생

자료코드 : 05_22_FOT_20100221_CHS_LDG_0005
조사장소 : 경상북도 포항시 북구 죽장면 가사리 마을회관
조사일시 : 2010.2.21
조 사 자 : 천혜숙, 이선호, 김보라, 백민정
제 보 자 : 이동걸, 남, 71세

구연상황 : 죽장면의 '고로쇠 축제'에 관한 이야기가 오가다가 잠시 정적이 흘렀다. 제보
자는 목이 타는지 앞에 놓인 술을 마셨다. 그리고 어릴 적 부친으로부터 들었
다면서, 이 이야기를 구연하였다.

줄 거 리 : 안동에 살던 남곡 선생이 아버지가 돌아가시자 행상을 꾸며서 낙동강을 건너
가려 했다. 낙동강을 건너는 도중 갑자기 내린 소나기로 강물이 불어났다. 상
두꾼들은 상여를 놓아두고 가버렸지만, 남곡선생은 아버지의 상여를 끝까지
잡고 가다가 물에 빠져 죽었다. 그래서 남곡 선생 집안이 효자 집안으로 유명
해졌다.

안동에는 가마 그 김남곡108) 집이라고 있는데. 그 어디냐, 남곡집이가
그 그,

[기억이 나지 않는 듯 얼버무리며]

언제 때 같이 갔던 사람인고 카이 약남할배, 내인테 팔대조 하고 같이
되는 사람인데. 그 집이가 참 효자라고 소문난 집 아입니까?

(조사자 : 예. 그렇습니까?)

그렇지요?

(조사자 : 예.)

알지요?

(조사자 : 그 이야기 좀 해 주십시오.)

그기(그게) 어떠냐 카면, 남곡집이가 아, 돌아가서, 상여를 싣고, 인자

---

108) 조선 후기의 문신으로 안동 예안에서 여생을 마친 안동 권씨 권해(權瑎)(1639-1704)
의 호가 남곡(南谷)인데, 성을 잘못 말한 듯하다. 또 비슷한 시대를 살았던 권상길(權
尙吉)도 안동 권씨이자 호가 남곡이어서 정확히 누구인지 알 수 없다.

돌아갔으이(돌아갔으니) 상여를 해가주고 낙동강을 건네가야 되거든. 각중에(갑자기) 소나기가 떨어졌단 말이야. 그래가,

"상여를 싣고 가자." 카거든.

가자 카는데, 중간에 가다가 마 갑자기 큰물이 내려오이까, 상여를 놓부고 상두꾼도 다 나왔뿌렸단 말이야.

그런데 그 상주가 그 상여를 잡고, 그 큰물을 따라 내려가가지고, 부모도 돌아가셨는데 상주도 죽었단 말이야. 그래가 그 집이 효자집이라고 엄청,

(조사자 : 그 효자로 죽은 그 분이 지금 약남할배 그 세댄가요?)

그 시대 때라. 안동 가가주고 물어보소.

(조사자 : 안동 김씨겠네요, 광산 김씬가요?)

광산 김씨 아니고 안동 김씨일 겁니다. 남곡집이라, 호가 남곡이라, 김남곡이라.

베 짜는 여자와 거지의 동문서답

자료코드 : 05_22_FOT_20100221_CHS_LDG_0006
조사장소 : 경상북도 포항시 북구 죽장면 가사리 마을회관
조사일시 : 2010.2.21
조 사 자 : 천혜숙, 이선호, 김보라, 백민정
제 보 자 : 이동걸, 남, 71세
구연상황: 이상태 씨가 '두루뭉수리 같은 아들을 낳은 까닭' 이야기를 끝내고 부연 설명을 하던 중, 기다리고 있던 제보자가 그 말을 끊고 이야기를 시작했다. "근데 저 둘이 아가씨 보기엔 미안한데……"라며 여성 조사 보조원들에게 양해를 구하고 이 이야기를 구연하였다. 제보자는 음담인 탓인지 이야기 구연 도중 주저하는 기색이 역력했지만, 이야기 내용이 지닌 묘미에 도취된 듯 보였다. 시종 웃으면서 구연했고, 청중들도 자주 웃음보를 터뜨렸다.
줄 거 리 : 한 부인이 가난한 살림 때문에 아랫도리를 제대로 챙겨 입지 못한 채 베를

짜고 있었다. 지나가던 거지가 부인에게 '울타리가 허술하다'고 말했다. 부인은 바깥양반이 서울에 갔다고 답했다. 다시 '울긋불긋하다'고 바꿔 말했으나, 부인은 '수끼풀을 해서 그렇다'고 답했다. 그래도 못 알아차리나 싶어 이번에는 '눈깔이 삐꿈하다'고 했더니, '북 나드는 구멍'이라고 답했다. 부인은 거지의 간접적인 언질을 계속해서 베 짜는 것과 연관된 말로만 받아들이고 동문서답을 한 것이다.

저 둘이, 아가씨 보기엔 좀 미안한데 그 인자 이거 이 이얘기도 인자 재밌는 이얘기야.

어디냐 카면은 저 신광하고 흥해하고 사인동 모르는데, 참 너무 가난하게 살아가주고 베를 짜가주고 팔았부고 지(제) 옷 해 입을 게 없는데,

인자 거지가 이래 떠억 가 보이까네 여자가 베틀에서 베를 짜는데 밑에 게 훤하이 보이거든. 그래가 인제 뭐라 카는 기 아이라,

"울라나이 허술해요."[109] 카거든.

[웃음]

그래 옷을 잘 못 입어가 보이이까네, 아, '울라나이 허술해요' 카이,

"바깥 양반이 한양 갔어요." 카거든.

서울 갔부고 없어 이카는 게라. 그 인자, '울라나이 허술해요' 소리는 집이 쫌 이래 가난하게 살다 보이까네, 나나도 이러이까네, '울라나이 허술해요' 카이. 그런데 그 밑에 꺼 그 보이는 거,

[얼버부리며]

이래, 그 그 음음 하이께네, '울라나이 허술해요' 카이, '바깥 양반이 서울 갔어요' 카거든.

[웃음]

(청중 1 : 그렇지. 그게 이야기 있다.)

그래 인자 이거 또 가마 보이까네,

---

109) 울타리가 허술하다는 의미이다.

(청중 1 : 물건이 나온다.)

"어이 요, 울긋불긋합니다." 카이끼네,

"아 수끼풀로110) 했거든."

인제 그 베 짜는데 수끼풀로 해 노이까네 인자 쫌 울긋불긋하다. 밑에 기(것이) 울긋불긋한데, '그 수끼풀로 했거든' 카거든.

그래도 인자 수끼풀로 했다, '그래도 못 알아채리나' 싶어가주고,

"아, 눈깔이 뻐꿈합니다." 카거든.

[웃음]

그래이께 뭐라는 기 아이라,

"하이고 이거 북111) 나드는 구녕(구멍)이거든요."

[웃음]

북을.

(조사자 : 드나드는.)

왔다갔다 하이까네, 그래 베가 짜여지는 북 나드는 구녕이거든.

최씨 시조가 돼지인 이유(최고운 이야기)

자료코드 : 05_22_FOT_20100221_CHS_LST_0001
조사장소 : 경상북도 포항시 북구 죽장면 가사리 마을회관
조사일시 : 2010.2.21
조 사 자 : 천혜숙, 이선호, 김보라, 백민정
제 보 자 : 이상태, 남, 84세
구연상황 : 잡담이 오가는 중 이상태 씨가 이야기를 하나 해주겠다며 운을 뗐다. 최씨 문중담인 탓인지, 먼저 최상대 씨에게 양해를 구했다. 잘 기억이 나지 않는지

---

110) '수끼'는 '수수'를 가리키는 방언이니, 수수로 쑨 풀을 의미한다.
111) 북은 베틀에서 날실의 틈으로 왔다 갔다 하면서 씨실을 푸는 장치로 배 모양으로 생겼다.

이야기의 흐름이 갑자기 전환되기도 하였다. 책을 본 건 아니고, 이십대에 들은 이야기라고 했다. 이 이야기가 끝난 후에도 청중들 간에 최씨 시조 이야기가 화제가 되었다.

줄 거 리 : 어느 곳에 고을 원님이 부임해 오기만 하면 첫날 저녁에 그의 아내가 없어지는 사건이 계속되었다. 아무도 고을의 원으로 가지 않으려 했지만, 집 없이 살던 가난한 사람이 자원했다. 원으로 부임한 첫날 저녁, 아내의 손을 명주실로 묶고 지켰지만 휙 하는 순간 아내가 사라져버렸다. 명주실을 따라가 보니 바위 밑에서 실이 끊어져 있었다. 바위 문을 열려고 했으나 열 수 없었다. 알고 보니, 오래 묵은 돼지의 짓이었다. 잡혀 간 아내가 돼지에게 제일 무서운 게 뭐냐고 물었더니, 녹비 가죽을 배꼽에다 붙이면 죽는다고 했다. 아내는 마침 녹비 가죽이 붙어 있는 끈을 가지고 있었다. 그것을 녹여 돼지의 배꼽에다 붙였더니 마침내 돼지가 죽고 아내는 풀려났다. 그 후 아내가 아이를 낳았는데, 돼지발을 하고 있어서 밖에 내다 버렸다. 그러나 누군가가 보호해 주어 아이는 죽지 않았다. 하는 수 없이 다시 데리고 와 키웠는데, 아이는 어디론가 가버렸다. 아이는 정승의 집에서 종으로 살게 되었는데, 비상한 재주를 지녔다. 중국의 사신으로 가게 된 정승에게 여러 가지 계책을 가르쳐 주어 죽을 고비를 넘기게 하기도 하고, 통 속에 계란이 든 것을 알아맞히는 등 신통방통한 일들을 펼쳤다. 이 일들을 계기로 정승의 사위 및 조력자가 되었다. 그 아이가 최고운 선생이다. 후에 가야산에 들어갔다고는 하나 어디서 생을 마쳤는지 모른다.

그 저 최고운¹¹²⁾ 선생 이야기 할라 카이까네, 저 사람 때문에 몬(못) 할세.

(청중 1 : 해라.)

(조사자 : 최고운 선생이요?)

예.

(조사자 : 해 주십시오.)

---

112) 고운(孤雲) 최치원(崔致遠)은 신라 말기 이름난 문장가이자 학자이다. 당나라로 유학, 빈공과에 합격하여 그곳의 막료로 활동하다가 신라로 돌아와서 여러 주요 관직을 거쳤다. 만년에는 산천을 유람하다가 해인사에서 말년을 보냈다고 한다. 조선시대에 씌어진 것으로 보이는 작자 미상의 고소설 <최고운전>은 그를 모델로 한 것이다. 이 이야기도 소설 <최고운전>을 대체적 줄거리로 한 것이다.

그거 이야기가 참 긴데.

(조사자 : 예, 괜찮습니다.)

저 고을원을 보내놓으이까네 첫날 저녁에 마 잡아갔뿌고, 잡아갔뿌고 사람이, 늘 여자를 잃겄부거든(잃어버리거든). 그래 누가 뭐 고을원 드갈라 캐야지. 남의 집 사는 사람이 가만 아무것도 없는데, '저어(저기) 드가 가지고(들어가서) 벼슬이나 하나 할 밖에 없다'고 드갔다.

그래 인자 동네사람이 다 모데가(모여서) 인자 불로 놔 놓고 마누라 안 잃겄불라고 지키고 있는 중인데, 뭐 히딱 겉디만은(그러더니만은), 그래 인자 그 머시 할 적에 원이 명주실로 갖다가 마누라 손에 딱 묶어 낳어. 묶어 놓으이, 그래 마 저녁에 마 마누라 잡아갔부렀거든. 잡아가이 마누라 잃겄부렀다.

벼슬을 하나 해 났지만은. 그래 마누라 찾일라고 가마 저 이 줄을 따라 드가이, 어디 방구(바위) 밑에 방구 있는 데 드가가주고는 마 줄이 떨어졌뿌고 없거든.

"아, 이 방구 밑에 있다."

인제 이래가 인자 그 언자 문을 열라고 하이 방구 문을 열 수가 있나? 그래 인자 문을 뚜드리이(두드리니), 이 돼지가 오래 돼가, 인자 그 사람이 돼가 그라는데. 돼지 저런 거는 뭐, 철없는 게래서 무서분(무서운) 거 없다 이라거든.

그래 인자 마누라가 항상 묻는다.

"당신은 무서분 게 뭐고?" 카이까네,

"늑피가죽[113] 젤 무섭다." 이라거든.

그래 인자, 그래 인자 이 색시가 올 적에 저거 아바시가(아버지가) 열쇠고리에다가 늑피가죽을 붙여가 끄내낄(끈을) 해가 줬거든.

---

113) '녹비가죽'을 잘못 발음한 것으로, '녹피'(鹿皮) 곧 사슴가죽을 의미한다.

"아, 그 늑피가죽을 우야면(어떻게 하면) 그 저저 젤 무서불까요?"

"다른 건 천지 무서분 게 없는데 늑피가죽 그게 젤 무서분데, 그거로 녹하가지골랑(녹여서) 마 배꼽에 붙여 놓으면 마 죽는다." 이카거든.

그래 뭐 고마 여자는 들었다. 배꼍에(바깥에) 남편이 와가 이래 사람 소리가 나는데, 이거는[114] 잠들면은 이틀이고 사흘이고 자는데, 자고 일나야 되는데, 그래 늑피가죽을 이거를 녹하갈랑(녹여설랑) 배꼽에다가 딱 붙여가, 죽었부랬거든.

죽으이 인자 문을 열어줬다. 열어주이 들어가 보이, 그래가 잡아다 논 여자들 늙은 거는 한쪽 구딕에(구석에) 마카(모두) 처여놓고 이래 났는데.

그래 나오자 마 그래 덜고(데리고) 나왔는데 나와가 보이까 임신이 됐거든. 그래 임신이 턱 돼가는, 이 임신됐는 거는 뭐 어얄(어쩔) 수도 없고. 어린앨 낳아 놓으이, 낳아 놓으이 돼지란 말이다. 다른 덴 돼지가 아인데 발목이 돼지거든, 발이.

"아이고 갖다 내삐자(내버리자)."꼬.

그거를 모래 북새를 갖다가 이래 파고 놔둤, 눕혀 났다 말이다. 눕혀 놓으이 그래 인자 확인을 하러 가보이까네, 그거를 밤으로 덥혀주고 덥혀주고 이래 뜨사가주고(따뜻해서) 안 죽었는데.

"아이고, 이래 안 되겠다고, 덜고(데리고) 올 밲에(밖에) 없다."

고 덜고 왔거든. 덜고 와가 인자 이래 있는데 쪼매 크이까네 지 갈 데로 갔부거든. 그거 뭐 서울 겉은 데 가가주고 남의 집에 가 인자 불도 옇어주고(넣어주고), 뭐 화로에 불도 담아주고 담배 심부름도 이래 하고 있는데.

이놈의 재주가 천재거든. 천재라. 그래 뭐 글도 안 배워도, 자기 머시기 저저 정승이 그 글로 이르고(읽고) 달고 하이, 보고 이래쌓거든. 그래 인

---

114) 여자를 잡아간 '돼지'를 가리킨다.

자 보고 알았다.

알고는 인자, 정승이 인자 중국으로 사서, 머시길 가라 캤거든.[115] 가라 캐 놓으이,

[생각났다는 듯이]

그래, 그래 머시기가 카는 말이,

"내, 대신 내가 가마." 이카이,

"그래, 가라." 카거든.

"그래, 가마 우야노?" 카이,

"내가 가가지고 뭐시기하고 갈 모양이니깐 내 시키는 대로마 하라꼬." 카거든.

"너 시키는 대로 우에(어떻게) 하노?" 카이,

"그래라. 저 저 중국에 저 저 궁궐에 드가면 아주 문이 크이까네, 도복하고 관하고 뭐든 아주 크게 망글어라(만들어라). 그 못 드가도록 그래 망글어라. 망글면 된다." 이카거든.

그래 망글아가 인자 가는데 그래 인자 드가이(들어가니), 그래 가다가 하이, 인자 그 산에 마고할미로 만냈거든. 마고할미를 만나이,

"니 가면 죽으이 니 내 시키는 대로 하라."꼬.

(청중 2 : 마고할미는 미구(여우)지요?)

미군동 뭐 산의 신령인동 모르지요. 그래가 병을 시(세) 낱을 주거든. 주면(주며),

"그래 이거 드가다가 보면은 마 뱀이를 잡아 옇어가(넣어서) 꽈악 채워 놨으이께이(놓았으니), 그거 디디면 죽는다. 죽으이까 이거 한 병 옇어가 죽이고 드가고. 또 한 군데는 드가다가 또 그 뭐 저기 물이, 깊은 물이 있으이까네, 물에 이 병을 옇었부면(넣어버리면) 물이 깝아지이(줄어드니)

---

115) 아이를 데리고 있던 정승이 중국에 사신을 가게 되었다는 뜻이다.

또 드가고, 또 마지막 병 이거는 문 앞에 가 던지라." 이카거든.

그래가 드갔다. 드가이까네 뭐 천지에 문을 드갈 수가 있어야지. 원창(워낙) 옷을 크게 입어 해 놓으이 그래,

"이거 한국, 조선도 이런데 이 미국, 저저 중국 겉은 데 이게, 문이 이게, 문 뜯어라."고 카이, 문을 뜯어 줬거든. 뜯어 주고는 뭐시기를 하이,

[기억이 잘 나지 않는 듯 잠시 멈추었다.]

나도 뭐 다문 다문 잊어부렜어요.

그래가주고 드가이, 그래 인자.

"들어오라." 캐가 드가이, 인사를 하고 그래 인자 나갈 적에는 갔다가 또 쥑이지 싶우거든. 그래가 머시기 마치 인자 나오는데. 그래 인자 나와가 인자 또 본 집에 왔다. 오이,

"아이, 니가 우에 살아왔노?" 이카거든.

"가마 살아오지 뭐 뭐 죽으까 봐".

그래 인제 그 집이 늘 있는데. 그래 인자 중국서 또 이런 통이 이래 하나 왔는데,

"이 안에 뭐 들었는고 뜯지 말고 알어라." 카거든.

그래 인자,

"아 뭐 이기(이거), 날 사위만 볼라 카면은 이거를 앤(안) 뜯고도 아지를(알지)." 이카거든.

"그래 알면은 사위 볼 게고, 모리면 사위 안 본다."

그래 인자,

"오늘 저녁 한 열두 시쯤 되면은 거 저 머시기 신부를 들루라(들이라)."꼬.

"들루면 내가 알 끼라."꼬.

그래 신부는 들라 놓이, 신부는 저쪽에 가 앉았고 지는 가마 눕어가 있거든. 눕어 있는데 발로가 궤로 이래 꺼어뜩 들어가 이래가 하디만은

그래,

"들고 나가라." 이카거든.

들고 나가는데,

"계란이 들었다." 이카거든.

그래 참 뜯어보이 계란인 게라. '그게 참 알긴 어지가이(어지간히) 안다.' 싶어서 사위를 봤거든. 사위를 보고 그래 사는데, 이거는 뭐 천지에 뭐 모리는 기 없거든. 저 뭐 정승이 뭐 해가 와 모리면은,

"이거 들루라." 이카거든.

들루면 자기가 실실 해가, 이거 뭐라꼬 갈체(가르쳐) 주거든.

그래가 내자에는(나중에는) 어더로 갔노 카면, 가에산을(가야산으로) 마 드갔부렸거든(들어가버렸거든). 드가고는 죽은 데도 없고 아이, 그거 때문에 최씨네들 그 시조가 머시기[116]라 이카거든.

(조사자 : 아, 예 그런 말이 있지요.)

과부의 원한을 산 남추강

자료코드 : 05_22_FOT_20100221_CHS_LST_0002
조사장소 : 경상북도 포항시 북구 죽장면 가사리 마을회관
조사일시 : 2010.2.21
조 사 자 : 천혜숙, 이선호, 김보라, 백민정
제 보 자 : 이상태, 남, 84세
구연상황 : 앞의 이야기가 끝나자마자 "남추공 얘기 한번 하까?"라며 이상태 씨가 구연을 시작했다.
줄 거 리 : 남추강이 서울을 가던 중 주막집에서 하룻밤을 보냈다. 잠자리에 들었는데, 주막집 아주머니가 뒷집의 과부에게 하룻밤을 허락해달라고 청했다. 이를 거절하고 길을 나서니, 과부가 그의 뒷모습을 보려고 지붕 꼭대기에 올라갔다가

---

116) '돼지'를 에둘러 말한 것이다.

그만 떨어져 죽었다. 얼마 지나지 않아 남추강도 병이 들어 죽었다. 그 후 남추강의 후손들이 재실을 만들었는데 그곳에 손만 대면 죽어버리므로 관리할 사람이 없게 되었다. 추강의 책도 만지면 탈이 나므로 재실에 둘 수 없었다. 그 이유가 죽은 과부의 혼이 붙어서 그렇다고 한다. 지금도 재실 터에는 풀이 우거져 있다.

남추공[117]이, 이게 감곡 사람인데. 죽장 감곡 사람인데, 성은 남가고 베슬이(벼슬이) 뭐 추공인동 뭔동 남추강이고.

(청중 1 : 호가 추강이고. 호는 추강이고.)

(청중 2 : 머신 생육신 남효온.)

(조사자 : 남효온 선생.)

그 그런 기 있는교? 있으면 안 하고.

(조사자 : 인물만 제가 압니다.)

그래가 서울로 갔거든. 서울로 무신(무슨) 볼 일로 갔는지.

(청중 2 : 감곡 사람인교?)

그래. 감곡에 남씨. 머실도, 이런 재실도, 고기도(거기도) 아무 손질하는 사람이 없다.

(청중 3 : 재실이 없다.)

없다.

그래가 내려오는데 요새는 여관이지만은 그때는 뭐 저 주막집이거든. 주막집에 터억 누워 자이(자니), 주막집에 아주머이가 소개를 하는데.

"그라이라(그러잖아도), 저 뒤에 있는 과부가 하나 있는데 당신을 보고 머시길 하이,[118] 거 어옛든동(어쨌든지) 하룻저녁 자라." 이카거든.

절대로 반대로 하고 앉았거든. 나기도 인물도 잘났어.

그래 아칙에 인자 나와 간다 카이, 주인집 아주머이가 사정을 했다. 사

---

117) 추강(秋江) 남효온(南孝溫)(1454- 1492)으로 조선 전기의 문신. 생육신의 한 사람이다.
118) '당신을 마음에 들어 하니'의 뜻이다.

정을 하고 이래도,

"절대로 앤(안) 글타(그렇다)." 카고 오거든.

말로 타고 오는데 여자가 처음에 가는데 보이 앤(안) 비이까네(보이니까) 지붕 만당아[119] 올라가 보다가 널쩌(떨어져) 죽어버렸거든.

그 질로(길로) 집에 와가 있으이 병이 나는데, 약도 해도 안 되고 오래오래 시들다가 죽어버렸단 말이다.

죽은 뒤에 남추공 그 머시로 재실로 하나 망글었거든(만들었거든). 재실로 하나 망글어 놓으이, 망글어 놔도 누가 손질할 사람이, 손질하면은 마, 사고가 나 죽었부고. 그게 인자 여자가 혼이 붙어가주고.

그래 지금도 그 아이(아직) 터는 있어도, 터도 없거든. 그 집 있는 데 있고. 그 영덕 그 저 저 영덕 남씨네들 있거든, 있는데. 그 남씨네들 그 머식 책을 보이까네 참 좋다 싶어가 그거를 가주고 가가주고 머식 할라 카이 거도 사고가 나가주고 자꾸 죽으이 책도 이 집에 갖다줬부고.

이 집에 저 여게 저 감곡 한 집 있나, 둣(두어) 집 있나?

(청중 3 : 없다. 인자.)

(청중 2 : 한 집 있어요.)

한 집 있다 카더라.

(청중 2 : 전에 그 방○○ 남정욱씨죠?)

그게 인자 고 재실이 어디 있노 카면은 감실때 고, 고, 먹골 넘어가는 재 앞에 고기(거기) 있었거든. 그 인자 터도 없다. 우리 쪼맨큼할(어릴) 때 댕길 때는 그래도 뭐 집이 어그러져도 있었는데.

(청중 2 : 터는 아직 있니더. 아직 있고.)

터가 있일 턱이 있나. 풀이 나가 마 우거졌으이.

---

119) '만댕이'로 꼭대기를 의미한다.

양반가로 시집간 두릿골 처녀의 지혜

자료코드 : 05_22_FOT_20100221_CHS_LST_0003
조사장소 : 경상북도 포항시 북구 죽장면 가사리 마을회관
조사일시 : 2010.2.21
조 사 자 : 천혜숙, 이선호, 김보라, 백민정
제 보 자 : 이상태, 남, 84세
구연상황 : 이동걸 씨의 이야기를 들으면서 생각이 났는지 앞의 이야기가 끝나자마자 제
　　　　　보자는 "이런 이야기도 있다."며 구연을 시작하였다.
줄 거 리 : 두릿골에 사는 처자가 양반이 많이 사는 안동으로 시집을 가게 되었다. 친정
　　　　　아버지는 시집가서 딸이 천대받을까 염려하였다. 딸은 자세한 설명 없이 도
　　　　　마, 칼, 간장을 챙겨달라고 하고 그것들을 가지고 시집을 왔다. 과연 상놈 마
　　　　　을에서 시집을 왔다고 시가에서 구박이 심했다. 시집을 온 후 첫 제사가 들
　　　　　자, 윗동서들과 함께 음식을 준비하였다. 도마에 고기를 썰고 있는 동서에게
　　　　　자기 집에서는 제사용 도마를 따로 쓴다면서 가져 온 도마를 내놓아 기를
　　　　　죽이고, 장단지에 가서 떠 온 장으로 나물을 볶는 동서에게 자기 집에는 제
　　　　　사용 간장을 따로 쓴다며 가져 온 간장으로 기를 죽였다. 듣고 보니 그럴 듯
　　　　　하다고 여긴 시댁 사람들은 모두 기가 죽었다. 그 후 딸은 구박을 받지 않고
　　　　　잘 살았다.

안강에 그 저, 저 저 저 권씨네 사는 동네, 그 어느 동네고?

(청중 1 : 두릿골.)

두릿골. 두릿골 여자가 처자가 시집을, 안동을 갈라 카는데. 안동은 참
양반이라 말이다.

두릿골도 여어(여기) 바닷가 가깝다고 순 상놈이라 카거든. 그래가 인
자 안동을 시집가는데. '저 안동을 시집보내 놓으면 저 시집을 살라, 못
살라?'꼬 걱정을 하고 보냈는데.

그래 자기 어른이 가마 생각커이(하니) 저거 기가 차거든. 기가 차이,
그 인자 시집 갈 딸이 머라 카는 기 아이라,

"아버지요, 다른 거는 아무것도 뭐 할라꼬 애 씨지(쓰지) 말고. 도매(도
마) 하나 하고 칼 하나 하고, 또 지룽물, 장물, 장물 저, 한 병하고, 고것

만, 시(세) 낱만 그래 해가주고 보따리를 미이(매) 여물게 싸가주고 그 전, 농 안 있는교? 농 밑에 여가(넣어서) 보내 달라."고 카이.

그래 인자 그래가 시집을 갔다. 가이, 까짓것 머 저저 두릿골 그 순 상놈들이라 카고. 두릿골, 여게[120] 대마(대면) 그래도 양반이라 카는데. 바다가 가찹다꼬(가깝다고) 순 상놈이라 이카거든.

그래 삼형제, 저 저 동서 서이 중에 제일 막내이 동서가 됐는데. 그래 가마(가면) 가가(가서), 제사가 드는데. 그래 인자 도매 내가(내서) 괴기를(고기를) 싸리거든(썰거든). 싸리는데.

"에이구, 저 여 양반이라 카디(하더니), 헛일이시더."

"와이(왜)?"

"여기는[121] 개고기도 싸레가(썰어서) 묵고(먹고), 닭고기도 싸레 묵고, 나물도 싸레가 먹는데, 여게 제사 음식을 어이 장만는교?" 이카거든.

그래가 자기가 농 밑에 가가주고 도매하고 칼하고 가아(가지고) 와가(와서),

"여기 장만으소." 이카거든.

그래 가만 생각커이 야코가 죽는다[122] 말이다. 참 그 그럴상하거든(그 럴싸하거든). 생각커이, 개도 잡아먹고 뭐 했는데. 그래가 참 탁, 머시기 아이라 그 며늘 말도 또 옳다 싶어 그랬다.

그라고 또 나물로 볶는데, 장단지에 가가 막 떠가 오거든.

"에이고, 그 우리 만날 떠 묵던(먹던) 데 거어 무신 제사를 지내는교? 그 안 되니더."

지룽물로 가와가주고(가져와서),

"우리는 장물 떠가주고, 제사 지낼 장물은 따로 놔 두고 그래 하니더."

---

120) '여기에'는 이 마을 곧 가사리를 일컬은 것이다.
121) 원래 시댁에서 쓰던 도마를 말한 것이다.
122) 기가 죽는다는 뜻이다.

그것도 참 들으이 그럴상하거든. 처음에는 인간 축에도 안 가는데 뭐 내중에 야코가 파악 죽었거든. 죽어가, 그래가 인자 그 시집을 잘 살았단 다. ○○○○○

(조사자 : 뭐 그런 이야기 좋습니다, 어르신.)

그거 참 실지로 들어보면,

(조사자 : 있을 법한 일입니다.)

그럴 법하든요. 그래가주 그 두릿골서 거 올라가 시집을 잘 살았다고.

호랑이보다 무서운 곶감

자료코드 : 05_22_FOT_20100221_CHS_LST_0004
조사장소 : 경상북도 포항시 북구 죽장면 가사리 마을회관
조사일시 : 2010.2.21
조 사 자 : 천혜숙, 이선호, 김보라, 백민정
제 보 자 : 이상태, 남, 84세
구연상황 : 제보자는 이어지는 이동걸 씨의 이야기가 다소 지루했는지, "뭐 구닥다리 그 런 거 해가 뭐하는교?"라며 농담을 건넸다. 두 분이 선호하는 이야기 장르가 워낙 다르기도 했다. 그래서 제보자가 아까 곶감 이야기를 언급한 게 생각나 서 분위기도 바꿀 겸, 다시 이야기를 청했다. 그러자 기다렸다는 듯이 이 이 야기를 시작했다.
줄 거 리 : 밤중에 소를 훔치기 위해 어느 집 외양간에 들어온 도둑이 '번들번들한 소' 등에 올라타고 몰고 나갔다. 그 '번들번들한 소'는 마침 소를 잡아먹기 위해 외양간에 들어온 호랑이였다. 이때 울고 있는 아이에게 어미가 범이 온다고 겁을 주었지만 울음을 그치지 않다가 곶감을 준다고 하자 그제야 울음을 그 쳤다. 그 말을 들은 호랑이는 곶감이 무서워서 뒤를 돌아보지 않고 도둑을 등 에 태운 채로 계속 내달렸다. 호랑이는 등에 붙은 도둑이 곶감인 줄 알고 밤 새도록 달린 것이었다. 날이 밝아 자신이 탄 것이 호랑이인 걸 알아챈 도둑은 나뭇가지에 매달려 간신히 호랑이 등에서 내리게 되었다.

어린애가, 도독늠이 소도둑힐(소도둑질을 하러) 마구에 드갔그든(들어

갔거든). 외양간에 드갔단 말이다. 외양간에 드가이 번들번들번들한 게 있거든.

'에라이 이놈, 이놈을 몰고 갈 밖에 없다.'고 올라탔단 말이다. 그 호랭이로,

[주전부리가 담긴 그릇을 서로 밀고 당기느라 잠시 지체되었다.]

(조사자 : 그래서?)

범은 소 잡아무로(잡아먹으러) 들어갔단 말이다. 그래 도둑놈이 가마,[123] '번들번들한 소,[124] 이놈을 도둑해 갈 밖에 없다.'꼬 올라탔거든. 올라타이.

마 어린애가 우는데 암만 달래도 안 되거든.

"범 온다." 캐도 울고. 온갖 소리 다 해도 울거든.

"그래, 곶감 주꾸마(주마). 우지 마라." 카이.

범이 가만 생각커이, '이놈 참 곶감이 내카마(나보다) 더 무서운 모양이다.' 싶어가, 그래가 도둑놈은 인자 소가 뭐 어두운 데라노이(곳이라서), 만져보이 번들번들한데 그거를 올라타고 있었단 말이다.

"그래, 곶감 주꾸마, 우지 마라." 카이까네, 마 알라가(아기가) 딱 그치거든.

'야 이늠우 곶감이 내캄 더 무서운 모양이라.'꼬.

도독늠을 태워가 마 니리 달라가는 질이다(길이다) 말이다. 도독늠은 소, 범 덩어리 타고 있고.

그것도 말카(모두) 참 거짓말이지.

(조사자 : 예, 옛날이야기가 그런 게 많습니다.)

그래, 타고 가이, 가만 날이 허붐하이(훤하게) 샜는데 보이까네, 범 덩어리다 탔거든. '에라이 이놈우꺼 이래가 안 될다.'꼬. 날름, 나무로 하나

---

123) '가만히 생각해 보니'를 줄여 말한 것이다.
124) 소를 잡아 먹으러 마침 마굿간에 들어온 호랑이를 이렇게 표현한 것이다.

댈름 검어쥐이까네, 범은 싹 빠져나가고, 낭게(나무에) 매달래가. 그래 범은 등허리에 곶감 붙었다고 그래 내달리는 길이고.

그래 그런 겐데.

(조사자 : 나무등허리 매달려가 살긴 살았네.)

예, 그래가 살았죠.

그런데 그건 마카 그 뭐 어린애들 있는 데 농담하는 소리지.

명년 춘삼월에 보세

자료코드 : 05_22_FOT_20100221_CHS_LST_0005
조사장소 : 경상북도 포항시 북구 죽장면 가사리 마을회관
조사일시 : 2010.2.21
조 사 자 : 천혜숙, 이선호, 김보라, 백민정
제 보 자 : 이상태, 남, 84세
구연상황 : 조사자가 이상태 씨에게 마을에 여성이야기꾼이 계신가 물었다. 특별한 사람이 없다는 대답과 함께, 요즘은 옛날이야기를 잘 하는 사람이 별로 없다고 했다. 그러던 도중 양반가 사랑에서 하는 고약한 소리를 하겠다고 이 이야기를 시작했다. 구연 도중에 청중 한 분이 더 들어오면서 이야기판이 잠시 어수선해지는 듯하였으나, 곧 제보자의 이야기로 주의가 집중되었다.
줄 거 리 : 겨울날 한 가난한 집에 친구가 놀러왔다. 주인은 친구에게 점심이라도 대접한다고 남은 쌀을 긁어모아 우물가로 씻으러 갔다. 워낙 추운 날이라 쌀을 씻던 중에 헐벗다시피 입은 주인의 옷이 얼어 붙어버렸다. 아무리 기다려도 집주인이 오지 않아 나가보았더니 얼음을 녹이려고 입김으로 불고 있었다. 친구가 그 모습을 보고 간다고 했더니, 주인이 '명년 춘삼월에 보세'라고 했다.

저, 못 살아도 친구는 있었어. 친구가, 친구가 지내가면(지나치면서),

"야 ○○○ ○○ 아무것이 집에 있는가?" 하니,

"예."

"집에 있나?"

"이 사람아, 웬일이고?" 카이, 그래 드갔거든.

드가가 친구 왔다고 뭐 할라 카이, 뭐 뭐 점심이라도 해 줄라이 해줄
게 없거든. 쌀로 개와(겨우) 긁으이 한 웅큼 됐는데. 예전에 옷이 어디 있
는교? 옷도 없고. 이래가, 그거로 가주고 마 오새(요새) 같으면 집에 드가
서 씻지만은 우물따물에 가 씻다가 말이시더, 마 얼어 붙어부랬거든.

[청중 한 분이 합류하면서 잠시 구연을 멈추었다.]

그래가 아-무데(아-무도) 아(안) 온단 말이다.

[들어온 청중과 서로 인사를 나누느라 잠시 지체되었다.]

(조사자 : 그래서요 어르신?)

그래가 사랑아 친구가 가만 앉아가 보이, 이놈의 둘이가 나가디(나가더
니) 흔적이 없거든.

안으로 들바다(들여다) 봐도 아무것도 없단 말이다.

그래가 한 부이가(분이), 옷은 헐바시리(헐벗다시피) 입었이이, 밑에 마
얼음에 얼어붙었단 말이다. 자근하만(왠만하면) 그 뭐 가위로 가(가지고)
뭐 끊었부든동 할 낀데. 남자는 엎드려가 불거든. 불고, 이걸 녹쿤는다고
(녹인다고) 분단 말이다.

그래 친구가 가며,

"이 사람 친구 나는 가네."

하이깐, 저 사람 뭐라 카는가 하이,

"명년 춘삼월에 보자." 이카거든.

녹으면 보자고.

"명년 춘삼월에 보세." 이카거든.

그래 그런 이얘긴데.

방구쟁이 며느리

자료코드 : 05_22_FOT_20100202_CHS_INS_0001
조사장소 : 경상북도 포항시 북구 죽장면 지동리 마을회관
조사일시 : 2010.2.2
조 사 자 : 천혜숙, 이선호, 김보라, 백민정
제 보 자 : 임남순, 여, 70세
구연상황 : 바보 이야기 및 방구쟁이 며느리 이야기를 들어보았느냐고 물었더니, 임남순
씨가 어디서 들은 이야기라는 것을 강조하며 이야기를 시작했다. 이야기하는
내내 웃음을 멈추지 않았다. 이야기 도중 한 분이 이야기판에 합류했지만, 임
남순 씨는 자신의 이야기에 집중하였다. 이야기를 끝내면서 청중 한 분과 마
치 실제 있었던 일인 양 농담을 주고받았다.
줄 거 리 : 어느 집의 며느리가 방귀를 뀌지 못하여 야위었다. 걱정된 시아버지가 방귀를
뀌도록 했다. 온 식구들이 집 기둥을 붙들었는데도 며느리가 방귀를 뀌니 집
이 넘어가버렸다. 며느리가 이번에는 반대 방향으로 방귀를 뀌었더니 집이 바
로 섰다. 마침내 며느리의 혈색이 돌아왔다.

이야기데이.

(조사자 : 예, 이야기.)

옛날에 메느릴(며느릴) 봤거든. 메느릴 봐 놓이까네, 밥도 쪼매(조금) 묵
고(먹고) 사람이 차츰차츰 얘비드가거든(야위어가거든). 시아바시가 가만
생각크이 새미느리가 얘비들어간단 말이야.

그래 하루는 불렀어.

"그, 너가 와(왜) 그래 밥을 묵는데 그 얘비노?" 이라이까네,

그 며느리 하는 말이,

"아버님요, 저는 방구를 내 마음대로 시원스레 몬(못) 끼가주고(뀌어서)
이래 얘빕니더(야윕니다)." 이카거든.

"그러면 야야, 그거로 그래가 우야노(어쩌냐)? 마 방구를 함(한번) 끼 봐
라." 이캤거든.

"그럼 아버님요, 저가 방구를 끼면 집이 날아갈 낀데요." 이카거든.

[제보자와 청중 웃음]

"집이 날아갈 텐데요." 이카거든.

"야, 까짓거 뽑들면 되지." 이카거든.

"그면 뽑드세요." 이카거든.

그래 신랑은 앞 지둥(기둥) 붙잡고, 시아바신 뒷 지둥 붙잡고, 시아마신(시어머닌) 정지 기둥 붙잡고, 머 아들하고 마구 뽑들고 있었거든.

마 이구지간125) 한번 탕 끼니 마 집이 실랑 넘어갔뿌거든.

[제보자와 청중들이 다같이 웃음.]

넘어갔뿌이 또 인자,

"아이고 이 집 넘어갔네. 이 어야꼬, 우야꼬." 카이까네.

인자, 인자 그 메느리,

"아버님 이쪽에 와 뽑드소, 내 이쪽에 와 끼께예." 카이.

또 이쪽으로 획 끼니 또 방이 바꼈어.126)

그래, 그래 그 메느리, 방구를 몇 방을 끼고 나이 마 그래 인자 사람이 마 본색이 돌아오고 그 살이 찌고 그래 되더란다.

그래 방구도 이거를 탕탕 끼야 이게 사람이 소화가 잘 되고 되는데, 그 놈의 내색을, 새각시라고 내내 속으로 마 참고 있으이 소화가 안 돼가주고 그래 사람이 죽게 되더란다.

(청중 : 그 집이 인자 잘 살 꺼로?)

아 자손대대로 살던교?

[크게 웃음.]

---

125) '어떻든간에'의 의미인 듯하다.
126) '방향이 바뀌었어'로 집이 바로 섰음을 의미한다.

둔갑한 여우 부부의 행악

자료코드 : 05_22_FOT_20100202_CHS_INS_0002
조사장소 : 경상북도 포항시 북구 죽장면 지동리 마을회관
조사일시 : 2010.2.2
조 사 자 : 천혜숙, 이선호, 김보라, 백민정
제 보 자 : 임남순, 여, 70세
구연상황 : 임남순 씨의 '방귀쟁이 며느리'가 끝나고 나자 최일수 씨가 "꼬불랑 장땡이 이야기 해 달라"고 권했다. 임남순 씨는 낮에 이야기를 많이 하면 못 산다고 망설이다가 자연스럽게 구연을 시작했다. 청중들은 집중해서 들었으며, 이야기 도중 탄성을 지르거나 맞장구를 치면서 재미있게 들었다. 구연이 끝나고 인간으로 둔갑한 여우에 대한 이야기가 이어졌다.
줄 거 리 : 부모를 여읜 두 자매가 구걸을 하며 다니다가 어느 노부부 집에서 저녁을 먹고 잠을 청하게 되었다. 잠들지 않고 있던 언니가 다음날 자매를 잡아먹겠다는 노부부의 이야기를 엿들었다. 이에 잠든 동생을 깨웠지만 동생은 깨어나지 않았고, 언니는 나무 위로 도망쳤다. 동생은 노부부에게 잡혀서 죽었다. 이를 본 언니는 너무 슬픈 나머지 눈물로 장독간을 적시는 바람에 노부부에게 들통이 났다. 다시 도망쳐서 마을사람들에게 이 사실을 알렸다. 동생 고기를 팔러 온 노인을 보고 마을사람들이 몽둥이로 내려치자 백여우로 변하며 쓰러졌다. 이어 집으로 찾아가 할머니도 몽둥이로 쳤더니, 긴 꼬리를 드러내며 쓰러졌다. 할머니 여우는 발뒤꿈치가 없었다.

아주 옛날에 참,

[목을 가다듬으며]

(청중 1 : 에헤이 여어 할매 이야기가 와(왜) 일케 많노?)

[언성을 높이며]

두 자매가 살았는데. '이야기 자꾸 해라' 케싸이까. 이야기를 우야노

(조사자 : 아이, 할머니, 할머니.)

자매가 살았는데, 머 엄마 아빠도 없고 둘 자매가 딱 살았는데.

(청중 1 : 이야기가 많이 들았네요.)

[웃으며]

그래가 배도 고프고 그래가 인자 언니, 언니가 동생을 앞서우고 밥을 얻어묵으러 갔거든. 그래 간다꼬 가이까네 마을이 하나 있는데,

"밥을 쫌 주시오." 카미 가이까네.

그 하얀 늙은이 할매가 한 키가(한 명이) 나와가 밥을 주거든. 주골라가(주고서),

"해나 하마(벌써) 이런데, 저거 참 갈 때도 올 때도 없고 이래가 우야꼬?"

"할머니 기왕에 밥도 줬지만 하룻밤 자고 갑시더." 이라거든.

그카이,

"우리 방이 누추한데 그래 아가씨들 자겠느냐?"꼬,

이래 묻거든. 그래,

"마 할머니 자는 대로 찡껴(끼어) 자면 됩니다." 카고.

(청중 1 : 그 얘기가 좀 지다(길다).)

그래가 인자, 그래가 인자 그 방에 잤다 아이가. 그래 인자 방을 쪼매난(조그만) 거 하나 주는데 불도 각중에(갑자기) 옇으이(넣으니) 춥고, 그래가 둘이 인자 자매가 요래 끌어안고 요래 눕었다 카이까네.

동생은 마 하루 점두룩 고단해가 쿨쿨 잠이 들거든. 언니는 가마(가만히) 생각흐이 참 잠도 안 오고 이래가 있는데, 한 밤중되이 할아버지가 짐을 하나 쿵덕 처박디이만은,

"손님 왔나?" 카맬랑, 할매한테 그카거든.

"아이고, 그래 아이라 손님 한 분 두 분 모다(모아) 났는데 그 낼 아척엔(아침에는) 잡으면 된다." 이카거든.

그게 마 인자 언니 귀에 들오거든. 가마 보이 마 마 참 무섭기도 무섭고, '이제 날만 새면 우리 둘이는 꼽다시(영락없이) 죽는다' 싶우거든.

그래가지고 동생을 꽉 깨꾸이(깨우니), 야는 마 잠을 취해가 자꾸 고시러져(고꾸라져).

(청중 1 : 죽지.)

그래 그래 닭이 '꼭꼭' 우이까네(우니까), 머 밖에서(밖에서) '떠거덕 떠거덕' 그디만은(그러더니만은), 문을 요래 들고 보이까는 영감쟁이 칼을 실실 갈거든.

'아이고 인제 절단났다' 싶어가주고, 마 그래가 이 큰 처자가 그적세는(그때서야) 인자 마 문을 마 떯었다(뚫었다). 뚫어가주골랑 지 동상을(동생을) 암만(아무리) 깨꾸이(깨우니) 마 마 안 깨키거든. 마 안 깨고 아가(아이가) 늘어지는 기라.

그래가 막 이 언니가 막 어에 어에가(어떻게 해서) 문틈을 인자 뚫고 문살을 뿌지고(부수고) 기(기어) 나와가, 갈 데도 올 데도 없고, 뒤에 감나무가 크단하이(커다랗게) 거거(거기) 올라앉아 있었어.

있으이 마 할매는 마 백구탕을 끓이거든(끓이거든). 백구탕을 끓여가주고 마, 아아를 잡는다 이기라(이거야). '지 동상을 잡는다' 이기라.

그래 그 낭기서(나무에서) 얼매나 얼매나 아가 거 울어봐 노니 장고방이(장독간이) 마 허북히(흠뻑) 젖었거든. 그래가 젖고, 인자 아아는, 마 지 동상은 하마(벌써) 잡혔부렸고.

그래가주골랑 장고방 물이 또옥(꼭) 이슬 온 거치리(것처럼) 그래.

"야야 저 비도 안 왔는데 장고방 물이 왜 이리 흐르냐?"꼬,

이 할머니가 그카거든. 그카이까네,

"그 년, 그 한 놈은 달려갔뿌고 없다 카디 낭게(나무에) 치바다(쳐다) 봐라."

영감쟁이가 그카거든. 낭게 이래 쳐다보이 거서 앉어 울거든.

"아이고 저 년 저깄데이." 이카거든.

그래가 인자 그 잡을라꼬 몽둥이를 가주오는 새(사이), 그 처자가 마 담을 휘떡 뛰가(뛰어서) 마 달아났어.

낭게서 널쩌가(떨어져서) 달아나가 또 간다고 가이(가니) 큰 마을이 생

깄어. 그래가 그래 인자 그 마을에 들어갔다. 들어가가주골랑 그래,

"저거 동상은 저기 할매하고 할배하고 저거 동상을 잡아가주 그랬는데, 나는 그래가 낭귀 두고 달러왔다(달아났다)." 이카거든.

그래 그 청년들이 마카(모두) 모댔다(모였다).

"그럴 리가 있나?" 이카믈랑(이러면서),

"그 할매 할배 사기는 사는데 그런 일은 절대로 없을 낀데. 여기 인자 고기 팔러 온다." 이카거든.

그래가주골랑,

"그래 여기 있어 보면 있어 보면 우리 동생이 죽었으니까, 고기 팔러 올란지 모리겠다."

이카이, 청년들이,

"여 할매들 맨날 고기 팔러 온다." 이카거든.

그래가주고 인자 청년들이 인자 몽둥이를 가지고 탁 인자 지딴에는(제 딴에는) 모다가지고, 준비를 해가 있으이 할배가 바소구리다 뻘건 고기를 텅텅 삐지가(썰어서),

"고기 사소, 고기 사소."

카미 니러(내려) 오거든.

그래가 마 동민들이 그 할배를 무조건하고 두들겨 잡았단다. 잡으이까네 허연 예수가(여우가) 돼가주고 마 영감쟁이가 그래 나자빠지거든. 그래 그게 사람이 아이고 예수라. 예수가 예수가 화해가주고 예수가 돼가 자빠지거든.

[청중이 탄성을 지른다.]

그리고 또 할매 잡으로 맞추(곧장) 올라갔단 말이야. 마추 올라이니 할매가 마 동동거리고 있거든. 있는데 할매는 뒤치거리가(뒷꿈치가) 없더라 카네. 여자는, 뒤치거리가 없더란다.

[자신의 발뒤꿈치를 만지면서]

(청중 2 : 예수는 그렇단다, 예수가.)

(조사자 : 이게, 이게 없다구요?)

뒤치거리가 여(여기) 반쯤 없더란다.

그래가 마 그 동민들 다 가 ○○○○ 상을 뚜드리 잡아 놓으이, 암예수가 죽었는데 처매(치마) 밑으로 꽁지가(꼬리가) 마 한 열댓 발 되는 기 디러지고(드리워지고). 그래 그 영감 할마이 천년 묵은 예수가 돼 변해가 그래가 사람을 다 죽이는 기야, 그래.

[웃음]

그래 그때 우리 옛날에 우리 어른들인데 그런 이야기 다 들었다.

세월아 네월아 유래담

자료코드 : 05_22_FOT_20100221_CHS_CSD_0001
조사장소 : 경상북도 포항시 북구 죽장면 가사리 마을회관
조사일시 : 2010.2.21
조 사 자 : 천혜숙, 이선호, 김보라, 백민정
제 보 자 : 최상대, 남, 85세
구연상황 : '명년 춘삼월에 보세' 이야기가 끝난 후 조사자가 이상태 씨에게 다른 이야기를 요청했더니, "양반에게 이런 얘기 해도 될라?"면서 망설였다. 음담패설류인 것 같아 거듭 청했지만 끝내 하지 않았다. 그러자 최상대 씨가 '세월아 네월아 유래'라면서 이 이야기를 시작했다. 잡담이 그치지 않아 어수선한 분위기였지만, 이야기가 진행될수록 청중들은 점차 제보자의 이야기에 집중하였다.
줄 거 리 : 어느 부부가 무남독녀를 화초처럼 곱게 키우고 살았다. 열여섯 살이 되었을 때 갑자기 딸에게 태기가 있었다. 영문을 몰라 열 달을 기다려서 낳기로 했다. 열 달 후에 딸은 베틀의 북과 비슷한 '성계'를 하나 낳았다. 아버지가 이상하게 여겨 장터에 나가 팔려고 했다. 지나던 스님이 대신 병풍을 하나 만들어주겠다며 그 성계를 가져갔다. 열흘 후 병풍을 가지고 온 스님은 아무에게도 보이지 말고 밤이 되면 펼쳐보라고 했다. 아버지가 밤이 되어 병풍을 펼쳐

보니 그 속에서 처녀들이 나와서는 온갖 진귀한 것을 다 보여주고 권하는 것이었다. 그날 이후로 남편이 안방으로 건너오지 않자 이상히 여겨 그 방을 엿본 어머니가 마침내 그 비밀을 알게 되었다. 그래서 남편이 외출한 틈을 타그 방에 들어가서는 병풍을 작대기로 쑤셔버렸다. 남편이 돌아오니 피가 온방에 고여 있었다. 처녀 둘이 나타나 부인이 자기들 눈을 쑤셔 이렇게 되었다며 이별을 고했다. 그 처녀들의 이름이 '세월이', '네월이'였다. 이때 영감이 "세월아 네월아 가지 마라"고 해서 그 말이 노래로 남게 되었다.

그 예전에 무남독녀를 키우는데. 오새(요새) 겉으면 화초밭에 화초지. 꽃으로 이래 키우는데. 그래 인자 열세 살을 넘어간께네,

[청중들의 잡담으로 소란하다.]

뭐 여름 되면 지신 꽂고 뭐 이래 꽂고, 그래 뭐 참 소변보고 접으면(싫으면) 화장실.[127] 그래 그래 한 해 살고 두 해 살고 한 삼 년쯤 살았는데.

처자가 한 열, 열 대여섯 살 묵었는데 보이 아가 임신기가 있는 기라. 천제(천지에) 자기 집에는 일가친척도 아무도 없는데 그 희안하다 캐. 그래가 인자, '이거를 우야꼬(어쩌나)?' 걱정하고 있는 중에, 그 이붓(이웃) 사람도 와 보고. 참 뭐 그 집이라고 뭐 사람이 간 데가,[128] 똑 딸 하나 무남독녀 델꼬(데리고) 영감 할마이 사는데. 그래 참 딸이 임신기가 있이이까네, '그거 고이끼다(괴이하다).' 싶어가.

그래가 이붓 사람도 카는 게라.

"뭐 그 참 애기를 놓던동 어, 낳아봐야 아이까네(아니까) 뭐, 그 임자가 있을 끼이까네, 그놈을 열 달을 배실러가[129] 놓아라(낳아라)."꼬.

○○○○○○ 카고. 그래 열 달을 배 실러가 놓오이. 하루 저녁에는 지(제) 방아(방에) 따리(따로) 자는데 죽는다고 마 자꾸 가움소리가(고함소리가) 나고.

---

127) 잡담이 계속되어 정확한 청취가 어려우나, 귀하게 자랐다는 내용인 듯하다.
128) 별로 남의 사람이 드나들지 않았다는 뜻이다.
129) '뱃속에서 키워서'의 의미이다.

"아이고 아이고." 캐싸.

그래 어마씨가(어머니가) 가 보이, 그래 트고(틀고) 있는데, 그래 어마시가 참 애기를 놓는가 싶어 바라꼬(기다리고) 있자이, 베 짜는 북 겉은 거로 놓는 게라. 똑 베 짜는 북 겉은 거를 놓는데. '그거 참 이상하다.' 천지 이거를 모르는 게라, 아무도 몰라가지고.

인자 가사쭘130) 겉으마 영천 장이 제일 크거든. 그래 그 아바시가 한번은 장날에 그 놈을 속새 오지게131) 옇어가지고 한쪽 희말에다 옇어 놔 놓고, 암만(아무리) 있어도 니(네) 꺼가 내 꺼가 카지도 안 하는데,132) 해 빠질녘 임시에, 참 중 비스름한 사람이, 시님(스님) 비스름한 사람이 지나가마(지나가면서),

"참 좋은 거 났다."고 카거든.

"생전에 이런 거 없는데, 어에 여게 났노?"꼬 그래 카거든.

그래 이 사람이 벌떡 일나가(일어나서) 그 사람을 붙잡아가지고 자꼬(자꾸) 인자 묻는다.

물으이 그래, 그래, 이게 성겐데.

(청중 1 : 그래 성게라 카는 게 있어.)

저저 여자들이 그 임신기 있을 때 화단에 자꾸 오줌을 누마 그런 수가 있단다. 그래가 그거를 언자,

"그래 그 내인테(나한테) 팔래?" 카이까네,

"팔라."꼬.

"가주가라."꼬.

"나 돈은 없고 내가 이거를 가주가가주고(가져가서) 내가 평풍을(병풍을) 하나 맹글어(만들어) 줄 테이니, 그래 주꾸마."

---

130) '가사리쯤'으로 가사마을을 예로 든 것이다.
131) 속새풀로 엮은 소쿠리를 의미한다.
132) '누구도 사겠다고 나서지 않았다'는 의미이다.

"그먼 가주가라."

그래 그거 가주갔는데, 한 열흘이 되이까네 그 사람이 평풍을 해가주고 가사쭘, 우리 집 겉은 데 갖다 주는 기라. 이걸 갖다주고,

"그래, 딴 사람 보지 말고, 내외도 보지 마고[133] 자기 자는 방아 자만 갖다 놓고, 내중 밤중 되거들랑 한 폭씩 히셔(열어) 보라."꼬.

"좌우당간에 이거 딴 사람 보마 안 된다."꼬,

절대 못 보그러(보게) 하고. 그래 자기 방아 갖다 놓고 밤중 되는데 인 자 이래 히셔(열어) 보이, 뭐 평풍 안에 사람이 나와가지고 숲도 보여주고 뭐 뭐 온갖 거를 들이 권하고 그래쌓는다.

그 평풍 갖다 논 후로는 사랑양반이 큰방에 안 오는 게라. '크으, 이상 하다.' 싶어가주고 인자 자꾸 순행을 돈다. 하루 저녁어 가만 보이까네, 캄캄한 밤 오새(요새) 저 머시 저 저 텔레비 돌 듯이 방 불이 번뜩 번뜩 번뜩 그코(거리고) 뭐 그래쌓는데, 그래 춤으로(침을) 사알 발라가주고 문 구멍을 싸알 뚧어(뚫어) 들바다(들여다) 보이, 평풍에서 마 마 여자들이 나 와가 처자들이 나와가, 술로 가주와가,

"할배요, 잡수소." 카고, 권하고 이래.

이늠 시배가 난다.[134] 하루 저녁 보고 그 이튿날 저녁에 보이 또 그라 고 있거든.

그래 영감 어디 갔분 데. 영감 가마 마 방에다 ○○○ 가라뿌고(가려버 리고) 문을 잠가 놓고 이래가 가거든.

그 하루는 영감이 볼 일 보러 갔는데, 작대기를 가주고 문을 뚫버가지 고 콱 쑤씨뿌이(쑤셔버리니) 인자 ○○ 짝을 가라놘(가려놓은) 그게 나자 빠지이 평풍이 있거든. 평풍을 확 뚧벘부랬어. 뚧벘뿌이 그 자리 피가 마 벌거이(벌겋게) 쏟아졌분다.

---

133) '내외간이라도 보이지 말고'로, 부인에게도 보여주지 말라는 뜻이다.
134) '시기가 난다'는 의미이다.

그래 어른이 저 갔다가 어디 갔다가 방아 들어오니까네, 피가 한강이 되가 있는 게라.

그래 인자 앉았으이까네 처자가 서이(셋이) 나와가주고,

"할배, 난 가니더(갑니다)." 카는 기라.

"그래, 와 가노?" 카이까네,

"집에 할매가 우리 나오는 거 보고 눈을 찔러가 전부 우리 눈이 전부 다 피가 나가 이래 있니더." 카는 기라.

암만 붙잡아도 안 되는 게라. 그래 저거 가는 거 보고,

"가지 마라."

이거 하나는 세월이고 하나는 네월인데, 둘이가 가는 거를. 그래가 인 자 영감아,[135]

"세월아 네월아 가지 마라." 카이까네,

그래가 갔부고. 그래가 그게 유행돼가지고 노래가 돼가,

[운을 붙여서 노래로 한다.]

"세월아 네월아 오고 가지 마라. 내 청춘 아까운 청춘 다 늙는다."

그래 나왔다 카데.

뱃고개의 지명 유래

자료코드 : 05_22_FOT_20100128_CHS_CST_0001
조사장소 : 경상북도 포항시 북구 죽장면 입암리 입암 2리 마을회관
조사일시 : 2010.1.28
조 사 자 : 천혜숙, 이선호, 김보라, 백민정
제 보 자 : 최승태, 남, 75세
구연상황 : 입암 2리에 있는 면사무소에 가서 죽장면에 대한 자료와 주요 제보자를 안내

---

135) '영감이'를 잘못 말한 것이다.

를 받고, 면소 근처에 있는 할아버지 경로당으로 가서 조사를 시작했다. 화투판이 크게 벌어지고 있었으나, 조사 취지를 설명하고 화투를 치지 않는 할아버지들께 이야기를 청했다. 제보자가 '논골의 뱃고개 이야기' 같은 것을 해도 되냐고 묻더니 구연을 시작하였다.

줄 거 리 : 죽장에 꿩이 잡히지 않는 고개가 있었다. 하루는 매 장수가 바다에서 훈련한 매를 데리고 와서 모래로 꿩의 눈을 멀게 하여 마침내 잡을 수 있었다. 배꿩을 잡았다고 하여 고개이름을 뱃고개라고 부른다.

뱃고개 커는 거 그거도, 우리가 들을 때는 어예(어떻게) 들었나 하면은.

보통 재를 이 죽장에서를 넘어가면은, 넘어가면은 고 영천 자양이라. 자양 보현동인데. 거게 인제 재 이름이 뱃고개거든.

[한손으로 산을 그리며]

뱃고개라 하는데. 그게 인제 뱃고개, 요새도 거 보면은 어떠노 하면은.

[두 손으로 꿩 덫을 만드는 시늉을 하며]

옛날에 우리 국민학교 댕길 때 여남은 살 먹을 때, 고, 꽁(꿩) 홀깨이136)를 이래 놓으면은 고 대밭에 있는 꽁은 아무래도 잡을 수 없어. 한 마리도 못 잡아.

그래가주고 내에(내내) 머시를 하고 있다가요. 그래가 인제, 옛날에 그 매쟁이, 매 가주고 꿩 잡는 기술을 가주고 인자, 가주오이까네, 꽁이 마, 매를 잡아서 안 돼.

이래가 인제 매쟁이가 한분은(한번은) 또 와가지고 아침 일찍이 인자 매를 띄우이까네 아이 또 매를 말이지, 또 꽁이 와가 매를 잡았부는 기라.

그래가주고 이 매, 매 임자가 어딜 갔는지 어디 가가, 저어 바닷가 매를, 아주 사냥 잘하는 매를 인자 또 구했어. 구해가주고 떠억 매를 띄우이까네, 한 마지끈 올라가디만은 말이지, 매가 마, 쓰러져, 사라졌부는 기라. 그래가주고 있었디이,

---

136) 꿩 잡는 덫을 가리킨다.

[매가 날아오는 모습을 손으로 그리며]

매가 이끈(한참을) 있이이(있으니) 다시 돌아오는 기라.

그래이 매가 여 어옛나 하면은 거게 배꽁이 있어놓으이 매가 못 이기는데. 바다에 가가주고 바닷물로 묻혀가주고, 전설이 그래요, 바닷물로 묻혀가주고 머랭이를(모래를) 몸에 마이 묻혀가 날아 들어왔다 이거라. 들와가지고 사아악 앉으이까네,

[매가 모래를 묻히는 듯한 행동을 하며]

배꽁이 날라들거든. 드이, 이 머래를 털어가 배꽁 눈에 몰개가(모래가) 드가가주고. 눈을 몬(못) 떠가 그래가 매가 인제 배꽁을 잡았다꼬. 그 보통 이야기는 뱃고개, 뱃고개 커는데, 그 머시에는 배꽁이라. 배꽁이 그 인자, 매가 배꽁을 잡았다꼬 그래 그 재 이름을 뱃고개라. 그래가 뱃고개라 합디다.

묘터 잘못 써서 잘못된 아기장수

자료코드 : 05_22_FOT_20100128_CHS_CST_0002
조사장소 : 경상북도 포항시 북구 죽장면 입암리 입암 2리 마을회관
조사일시 : 2010.1.28
조 사 자 : 천혜숙, 이선호, 김보라, 백민정
제 보 자 : 최승태, 남, 75세
구연상황 : 앞의 이야기가 끝나자 청중 한 분이 효자각 이야기를 해야 한다며 옆방에서 한 분을 모셔왔다. 그 어른은 자기 집안의 효자비 내력을 이야기했다(채록하지 않음). 좌중이 계속 효자각이라고 말하자, 최승태 씨가 "그 집안은 비(碑)'가 있을 뿐이고, '각(閣)'은 우리 가문에 있다"고 자랑했다. 그 효자각 이야기를 청했더니 정확히 잘 모른다며, "우리 동네 장군 난 이야기를 하겠다"고 했다. 옆에서 화투판이 벌어지고 있어 다소 산만한 분위기였지만 서너 분 정도가 청중으로 이 이야기의 구연에 참여했다.
줄 거 리 : 마을의 한 집에서 어른이 죽어서 가묘를 해두고 풍수를 불러 묘터를 잡게 했

다. 먹을 것도 없는데 빨리 묘터를 잡아주지 않자 대접에 힘에 부쳤던 부인네들이 부엌에서 불평을 했다. 풍수가 이것을 듣고 괘씸하게 여겨 묘의 방향을 꼬불하게 틀어버렸다. 후에 며느리가 잉태를 하여 아기를 낳았는데, 아기가 나자마자 시렁에 올라가는 등 심상치 않은 일이 일어났다. 집안의 삼 동서가 아기를 안반 밑에다 놓고 올라앉아 죽였다. 안반이 끄덕거릴 정도로 아기는 힘이 셌다. 죽은 아기를 삼태기에 담아 뒷산 대밭의 아름드리 나무 위에다 올려두었는데 천둥이 치더니 그만 사라져버렸다. 용오금에서는 용마가 났다고 하고, 이 산소에서는 아기장수가 났다고 말하는데, 두 곳은 일직선으로 통해 있다.

햇수가 여, 한 이백 년 안 되겠나.

(조사자 : 이백 년요?)

한 이백 년 되는데, 그때는, 요새도 그 산 이름이 장군소거든.

(조사자 : 장군소?)

장군소, 장군소, 장군손데. 그때에는 어옛노(어쨌나) 하면은, 묘를 씰라꼬(쓰려고), 사람이 죽으면은 집 옆에다 건품을 해가 묻어놓고 말이야.[137] 일, 마, 다앗(다섯) 달이면 다앗 달, 일 년이면 일단 묘터 좋을 데 찾을 때까지 묻어 놓는 게라. 집 옆에다, 묻어 놓고 있으이.

(청중 : 토빈[138])

그때는 몬(못) 살아가 말이야, 밥 해, 풍수도 거어 손님 오면은 밥해야 된게, 그대로 갖촤(갖추어) 해 줘야 되거든. 해줄라 그러이, 정지에서는(부엌에서는) 수한(숱한) 욕을 보는 게라. 그 밥 해 줄라 그러면.

그게 운이 안 맞을라 그러이 그렇지. 탁, 몇 개월을 댕기다가요, 고 묘터를 하나 봤어. 봐 놓고 오이까네 정지에서 카는 게라.

"아이구, 천날 만날 댕기고 말이야. 어잉, 해 줄 꺼도 없는데."

[손을 입에 갖다 대면서]

---

137) 가묘를 해 두었다는 의미이다.
138) 토빈(土殯)은 정식으로 장사를 지내기 전 임시로 관을 땅에 묻은 것을 의미한다.

고커로(그렇게) 짱장장장 그러. 부인네들 카는 말이 맞거든. 그래 이놈의 풍수가요, 변소 가는 길게서러(길에서) 그거를 들어버렸는 기라.

그래가주고 묘를 인자 터를 갈고 묘를 쓰는데.

[두 손을 교차하여 묘의 방향을 만들어 보이며]

요새도 가면 산이 이래 됐이면 묘를 요래 쪽바로 서야 될 껜가?[139] 앵묘로,[140]

[검지 손가락을 구부리면서]

꼬꿀랑하이(꼬부랑하게) 요래 써 놨다.

요래 써 놓고 나이까네 메느리 임신이 탁 되는 기라. 임신이 되는데, 그래가주고 인자 임신이 되이까네, 애기가, 달이 차가 애기를 놓으이까네, 애기가 막, 옛날에 실경(시렁),

[두 팔을 위로 올리며]

이래 해놨잖아. 그 위에 마 올라가. 그래 올라갔부이까네 당황할 꺼 아인가배?

그래가 인자 아직까지 삼 동세(동서), 아직까지도 삼 동세라 그러더라꼬. 그 집에 가면 안반이, 밤나무 안반인데.

[안반 두께를 손으로 가늠하면서]

뚤게가(두께가) 이만하거든. 저 넓이 만할 끼야. 그래가 삼 동세가 와가주고 그 아를 끄내랐는(끌어내린) 기라.[141] 끄내라가, 올라앉으이 끄뜩끄뜩 걷더라[142] 이카거든.

그래가 죽여가주골랑, 뒤 큰집, 우리 큰집 대밭이 바로 고 집 뒤에 있어. 대밭에 소동나무가 큰 아름드리가 있는데, 그 옛날에 산대미(삼태기)

---

139) '될 것 아닌가'를 급히 말한 것이다.
140) 똑바르지 않다는 의미인 듯하나, 정확히 알 수 없다.
141) 시렁 위에 올라간 아기장수를 끌어내렸다는 의미이다.
142) 삼 동서가 안반 밑에다 아기를 놓고 그 위에 올라앉았더니 안반이 들썩거렸다는 의미이다.

카는 거, 거어다 담아가 얹어 놓으이꺼네, 안개가 너리찌이고(덮히고) 마,
천둥이 하고 하디만은 그 아가 없더라 그래.

그래 그런 전설이 하나 있어.

(청중 : 그 장군 돼가 올라갔다.)

장군 돼가 갔뿄든동, 그래가 없어. 그 묘를 잘못 모시가주고(모셔서).[143]

(조사자 : 그런 이야기가 정말 좋은 이야깁니다. 저희들이 그런 이야기
들으러 다닙니다.)

(청중 : 맞다. 빼딱하게 서.)

(조사자 : 그게 어느 집안에?)

우리 집들.

(청중 : 최씨. 지동.)

(조사자 : 경주?)

지동.

(청중 : 경주.)

(조사자 : 지동리요?)

고게(거기) 가면은 묘 써 놨는 거 고거 하고. 용, 용오금,[144] 그거 났다
커는 데,

[두 손을 일직선으로 맞붙이면서]

똑바로 탱기거든.[145] 산은 등은 요래 하나 살짝 넘어서도 요래요래 마
주 따악 탱기는데. 그 용오금 카는 데가여, 거게(거기에) 용 나고 여게(여
기에) 장군 났다 이카거든. 이카는데, 그 용오금이,

(청중 : 용이 아이고 용마.)

용마, 그래 용만데. 그 저거 용오금 카는 게 그게 어떠노 하면은, 드가

---

143) 묘를 잘못 썼다는 의미이다.
144) 현지에서 용마의 발자국이 남은 바위를 그렇게 부르고 있다.
145) 줄이 탱기듯이 일직선으로 통한다는 의미이다.

면은 이 문이 저래 바운데(바위인데)) ○○이가 이래 크기(크게) 있거든. 이래 있는데. 드가면 그 자갈이 말이지, 산자갈이 마늘만크로(마늘처럼), 걸자갈,146) 동글동글하다꼬. 마늘 겉은 자갈이 마캉(모두). 물이 촐촐촐촐 나온다꼬. 나오는데,

그 육이오 사변 때 말이야, 고 동네 밑에 사람들이 피란 갔는 게라. 방구가 이거보다도 더 넓다꼬. 그 복판에 인자 물이 나오고. 복판에 그 안에 들어갈라 카이, 어두버가(어두워서) 무서버가(무서워) 안 드가고. 여게서를 이 넓이, 넓이 되는데 이꺼지 더 드가지. 그래되는데, 드가가 동민들이 인제 육이오 때 피란을 갔다꼬. 고 밑에 오반에서 인자 다아 갔는데. 다 피란을 하는데 말이지.

어째가지고 애기 놓은 사람이 그 저녁답에 올라왔어. 그래 애기를 안고. 와 노이 그 물이 안 나오는 게라. 고 머시가 그래 물이 안 나와가 야 단지기다가, 그 아줌마를 니라(내려) 보냈부고. 고 이튿날 아침에 물이 나오거든. 그래이 미신이 없다고도 못해. 그거는 우리가 봤으이까.

(청중 : 그래 부정을 타면 물이 안 나온다 그 말이래?)

모르겠다. 부정을 탔는동 물이 안 나와.

지들 최씨 집안의 효자각 유래

자료코드 : 05_22_FOT_20100128_CHS_CST_0003
조사장소 : 경상북도 포항시 북구 죽장면 입암리 입암2리 마을회관
조사일시 : 2010.1.28
조 사 자 : 천혜숙, 이선호, 김보라, 백민정
제 보 자 : 최승태, 남, 75세
구연상황 : 앞의 이야기가 끝난 후에 제보자는 다시 효자각 이야기를 꺼내면서 증조부

---

146) '거랑의 자갈'이란 의미이다. 용오금은 산인데 거기 있는 자갈들이 모두 마늘처럼 생긴 걸자갈이고 그곳에서 물도 졸졸 나왔다는 내용이다.

이야기를 시작했다. 화투판의 소란이 점점 심해져 조사가 용이하지 않았으므로, 지동마을로 제보자를 찾아 뵐 약속을 하고 마을회관을 떠났다.

줄거리 : 제보자의 증조부가 창병을 앓고 있었는데, 그 아들과 며느리가 소변을 입으로 빨아내는 등 정성을 다해서 십 년 정도 더 사시게 했다. 이를 기려서 관에서 효자각을 내려주었다.

우리 할배는 효부각이 어예가 효부각이 됐노 하면은, 그때는 요새는 몇 개고, 그 저게 팔 개 도라. 팔 개 도 그 인자 그 보만 책에 그 때 내가 책을 일러(읽어) 보이 그렇더라고. 약장 누구, 진사 누구. 그래가 인자 마캉(모두) 그래가 상장을 마캉 니라(내려) 보냈더라꼬. 니라 보냈는데. 우리 할배 할매하고 효부각이고, 효자각도 되지.

그래 두 어른들이 할매 할배가 우리 증조부가, 요새 말하면 그게 뭐고, 그, 그때는 창병이라 그러드라고. 그 꼬치가(고추가) 문드러져 썩어지는 병이라고. 그래가주고 거게서러 쉬가(소변이), 쉬가 나오고 이라는 거를 소지까아 닦아내고,[147] 인자 빨아내고, 입으로가 빨아내고. 이래 해내가주고 한 십 년 간 더 살았다꼬.

그래가주고 인자 효부 효자상 하고 받았거든. 받았는데 상세한 거는 다 인자 잊아부러가주고.

책을 가간 지, 육이오 때 가가주고. 큰집에 가가 있어요. 얼풋(얼핏) 보고 뭐 그렇지. 얼풋 보마. 상세하게 고 뭣이 있다꼬, 보면은. 거 우리 할배는 그래 효자를 받았어요.

이여송이 혈 지른 평구재

자료코드 : 05_22_FOT_20100202_CHS_CST_0001
조사장소 : 경상북도 포항시 북구 죽장면 지동리 마을회관

---

147) 수건으로 닦아냈다는 의미이다.

조사일시 : 2010.2.2

조 사 자 : 천혜숙, 이선호, 김보라, 백민정

제 보 자 : 최승태, 남, 75세

구연상황 : 부인의 전화를 받고 최승태 씨가 마을회관의 이야기판에 합류했다. 지동리의
유래 및 입향시조에 대한 이야기를 한 후, 자연스럽게 '이여송이 혈 지른 평
구재' 이야기를 이어 갔다. 또 지동리 유래에 대한 이야기를 계속해서 들려주
었다.

줄 거 리 : 이여송이 평구현 고개에서 혈(穴)을 지른 후, 거랑에 가서 손을 씻었는데 핏물
이 거랑으로 흘러내렸다. 그래서 평구재가 되었다.

　　그리고 또 우리 동네 전설이 또 뭐가 하나 있노 하면은, 여 바로 보면
은 요 죽장 휴게소 있지요, 요 아이 모 모 못 가, 가 봤는교 죽장휴게소?

　　(청중 : 삼거리, 삼거리.)

　　그 삼거리에서 고개 올라가다 보면은 휴게소, 주유소 하나 있던교?

　　(조사자 : 지나왔나?)

　　거게(거기), 우리 동네 전설이 뭐라 카노(하나) 하면은, 그 재를 평구,
평구재[148]라 카거든.

　　(조사자 : 평구재.)

　　예, 평구재.

　　그래 와 평구재가 됐느냐 하면은, 여운여이가[149] 나와가주고 혈(穴)을
찔렀다 이거라. 그 혈 찌른 자리가 우리가 봐도 이래 보면은 혈 질른 자
리가 표가 완전히 나가(나) 있었는데, 이 도로 닦고 그리 닦아버렸다고.
와(왜) 이번에 도로 확장할 때 닦아버렸는데.

　　그 저게 혈을 지르고 그 저게, 그 머 또 뭐라 카노? 이 나이가 먹으면
곤질된단 말이야.[150]

　　[숨을 고르고]

148) 평구현(坪丘峴)을 말한 것이다.
149) 이여송을 잘못 말한 것이다.
150) 기억력이 흐려졌다는 의미인 것 같다.

이여송이가 혈을 지르고 걸에(거랑에) 턱 내려와 손을 씻걸라(씻으려) 커이까네, 피가 막 콱 엉케가주고(엉겨서). 그래가주고 그 재를 핑구재라. 그래 그 전설에, 그래가 핑구재라요.

(조사자 : 아, 피가, 피하고 관련이 있구나.)

그래 인제 그래 질러 놓고 내려와 걸에 손 씻걸라 그러이까네 피가 여 걸에, 확 이렇게 내려오이까네, 그래가 핑구재라꼬 이얘기했다는 기라, 우리 전설에.

지들 마을의 아기장수

자료코드 : 05_22_FOT_20100202_CHS_CST_0002
조사장소 : 경상북도 포항시 북구 죽장면 지동리 마을회관
조사일시 : 2010.2.2
조 사 자 : 천혜숙, 이선호, 김보라, 백민정
제 보 자 : 최승태, 남, 75세
구연상황 : 마을 동제에 대한 이야기를 하던 중에 지산댁이 고사리를 꺾으러 용마녀들에 올라가다가 구렁이를 보고 놀란 이야기를 했다. 그러자 너도나도 용마녀들에 관한 이야기를 하나씩 보탰다. 덕국댁 할머니가 "용마 나가지고 절로(저리로) 갔다."라고 하자 묵묵히 듣고만 있던 최승태 씨가 이 이야기를 시작했다. 아기장수가 잘못된 원인에 대해 논쟁이 벌어지기도 했다. 이미 죽장면 소재지인 입압마을에서 만났을 때 했던 이야기여서, 서두 부분에 생략이 있다. 그러나 용마에 관한 내용이 보태졌을 뿐 아니라, 전설이 전승되는 현지 분들의 목소리도 보태졌다. 아기장수의 죽음을 며느리의 책임으로 모는 전설 내용에 대해 항변하는 여자 청중들의 목소리가 특히 인상적이었다. 지들 최씨 문중의 한 집안에서 실제로 있었던 일이라고 하는 데다, 모인 청중들이 모두 그 집안 분들이라 이 전설에 대해 잘 알고 있었다.
줄 거 리 : 마을에 아기장수가 났다. 아기를 죽여서 소동나무 위에 올려 두었는데 사라져 버렸다. 그러자 용마녀들에서 용마가 나서 핑구재 쪽으로 뛰어갔다. 핑구재 아래 굽은뜰에 그 용마의 발자국이 남아있었는데, 도로가 새로 나면서 사라졌다. 묘를 잘못 써서 장군과 용마가 만나지 못했다는 설도 있고, 당시 집안의

여자가 풍수에게 밥 해대는 것이 지겨워 쭝쭝거린 바람에 화가 난 풍수가 묘를 틀어 쓰게 했다는 설도 있다.

그래가 뭐 전설은 어떠냐 하면은 저거 용마 나가주고, 인자 그 아아를[151] 큰집 대밭 머시 소동 낭게(나무). 소동 낭기 큰 거 있었두만.

그 인자 증조부 짙에,[152] 만날 신 삼는데 앉아 이야기를 들어 그렇지요.

그래 그 아아(아이) 그래 죽여가주골랑, 그거를 산대미에 담아가 소동 낭기 얹어 놓고 나이, 각중에(갑자기) 안개가 내리찌고 막 천둥을 하고. 그래가 하디만은, 아가 없디만은.

거게 용마가 거어서러(거기서) 띠가(뛰어서) 어디 갔노 하면은, 저 저 저 핑굿재 밑에 그 굽은뜰에 거게 가면은, 우리 인자, 국민학교 댕길 때 거기 용오금, 인자 용마 디더가 자죽이(자국이), 돌이 이래 푹 꺼졌다고. 들바다(들여다) 보면은 말자죽 같은 기 있어. 그래 들바다보고 그랬거든.

(청중 1 : 거어는 안 가 봤다.)

(청중 2 : 여 저 가랑구쪽으로 올라가는 논 우에 비식하이(비스듬하게) 방구(바위) 이래 있는데. 거어가 이런 자죽 그거, 용마 자죽이라고요?)

예. 근데 용마자죽 그, 그 거어도 도로 닦아가 다 허물어 내버리고 없어.

(청중 1 : 나기는 여어(여기서) 나가(나서) 올라가기는 절로(저리로) 울로(위로) 올라갔다 커데.)

(조사자 : 그 절로 카는 데가 지금 어디, 핑굿재인가요?)

핑굿재. 핑굿재 쪽으로 가삐렀다 이래.

(청중 2 : 여어는 왜, 장게수는(장군수는) 장게수라?)

장군 나놓이 장군소지.

---

151) 아기장수를 가리키는데, 죽장면사무소에서 제보자와 만났을 때 이미 구연한 이야기여서 바로 '그 아이'라고 말하면서 시작했다.
152) '증조부 곁에'로, 증조부에게, 또는 증조부로부터의 의미로 말한 것이다.

(청중 2 : 산소는 저게 들이가 장군이 났는데, 그 장군이 성공을 못해 놓으이.)

[잡담이 10초 동안 계속되었다.]

시(時)가 안 맞아가주고. 인자 생불은 장군인데. 우리 이얘기는 그렇거든. 생불은 장군인데,[153] 저 묘를 쓸 때에 앵모만 안 틀고 바르게 썼으면은 장군하고 아아하고(아이하고) 나는 게 시간이 맞았이면은 그걸 타고 가는데, 앵묘를 틀어 놓으이까네 시가 안 맞아가주고. 장군은 나고, 참 나고 말이 늦게 나가주고 그래 그래 그렇다 이카두만은.

(청중 3 : 풍수가 워낙 와가[154] 해 줄라이[155] 힘이 들어가.)

풍수가 들었잖아. 그래가 마 저게 좌향을 쪼매(조금) 틀었다 그카시대(그러시대). 여자들이 입을 대가주고.

(조사자 : 여자가 입을 대서?)

(청중 1 : 그때 없기는 없제. 풍수 델다 놓고 풍수 델다 놓고 안에서러 밥을 해댈라 하이 힘이 든다 아인교? 정지에서 쫑쫑거렸어. 오늘도 안 가고 또 하는강, 또 하는강 주끼이(지껄이니) 그 풍수가 인자 화장실로, 마 요새 말하면 화장실로 가민서 손에.[156])

(청중 2 : 변소가 지이다(길다).)

(청중 3 : 들어봐 놓이, '아이구, 이 집은 마 안 될따' 싶어가주고. 막 산소 디릴(드릴) 때 머 우예가 저질러부렀다.)

(조사자 : 여자가 죄네?)

(청중 2 : 그렇지. 여자가 죄지.)

(청중 1 : 볼 줄 모리는 사람도 가 보머.)

---

153) 태어나기는 장군으로 태어났다는 의미이다.
154) 풍수가 워낙 많이 몰려 왔다는 의미이다.
155) '밥을 해대려나'의 의미이다.
156) 뒷부분의 일부가 청취불능이나, 여자가 불평하는 소리를 풍수가 들었다는 내용을 말한 것이다.

(청중 3 : 그래도 옳게 써주지 왜 그라는데?)

(청중 1 : 그케(그러게). 그래노이 옛날부터 풍수 잘 사는 데 없다 칸다.)

(조사자 : 풍수 잘 사는 데. 맞어. 그런 말 들은 거 같아요. 아이, 재밌네.)

(청중 3 : 얼매나 힘이 드겠노 그래. 근 열흘씩 그래 ○○○○○○ 근 달씩, 마, 달씩 그래 돌아댕기이. 밥을 해줄라 카이 요새같이 있기이 있이 마사 해주지마는, 없기는 없제. 나물죽 쏘대는(쑤어대는) 판에 그래 만날 사랑손님 밥을 해댈라 카이. 여자들도 못 나무라지.)

[웃음]

문둥이 남편 고친 현풍 곽씨 열녀

자료코드 : 05_22_FOT_20100202_CHS_CST_0003
조사장소 : 경상북도 포항시 북구 죽장면 지동리 마을회관
조사일시 : 2010.2.2
조 사 자 : 천혜숙, 이선호, 김보라, 백민정
제 보 자 : 최승태, 남, 75세
구연상황 : '남편 코에서 나온 쥐를 도와주고 부자된 색시' 이야기가 끝나고도, 객귀물림, 명당과 길지에 대한 이야기가 단편적으로 이어졌다. 이때 제보자가 사과를 들고 노인회관으로 들어와서 이야기판에 합류했다. 자기 문중의 이야기는 아니라며 이 이야기를 시작했다. 지들 최씨 문중의 효자각을 지어 준 목수에게 들었다고 했다. 구연 도중 청중들이 잡담을 하여 이야기판이 어수선해지기도 했으나, 이야기가 중반을 넘어가면서 청중들이 흥미를 보이기 시작했다. 몇 분의 청중은 직접 구연에 참여하기도 했다.
줄 거 리 : 현풍 곽씨네 며느리를 봤는데 얼마 되지 않아 그 아들이 문둥이가 되었다. 남편이 차마 부모를 보지 못해서 집을 나간 후 며느리도 시댁에서 쫓겨나다시피 나왔다. 현풍 곽씨는 정처 없이 떠돌던 중에 어느 마을에 들어가 그 마을의 부잣집에서 하룻밤을 묵으며 살 곳을 알아봐 달라고 하였다. 그녀는 그 마을 동장의 도움을 받아 집을 짓고 술장사를 하며 살았다. 그러다 그 집을 들

락거리던 동장의 아이를 낳았다. 그 아이로 술을 담아 두고 현풍 곽씨는 전국의 문둥이들을 불러 잔치를 벌였다. 모인 문둥이들 가운데서 남편을 발견하고는 방에 따로 불러 그 술을 먹이자 남편의 허물이 벗겨지고 병이 나았다. 같이 고향 마을로 돌아오던 곽씨가 동구에서 남편을 먼저 들여보내고 자신은 나무에 목을 매고 죽었다. 드디어 열녀가 되었다.

이거 남의 껀데, 지금 우리가 여어 보통 보면은 현풍 곽씨, 곽씨 커거든(그러거든). 현풍 가만, 현풍 가만 곽씨가 여어 열녀비가 대부 둑에 말이야, 열두 개가 있어. 지금도 가만. 열두 개가 있는데, 고 중에 하나가 진짜 열녀비라. 열녀빈데.

그래가 아들로 장개로(장가를) 보내놓고 나이까네 말이지, 장개를 보내놓고 나이께네,

[구연이 잠시 중단되었다.]

(조사자 : 예. 그래서요?)

아들로 장개를 보내가주고 새애기를, 메느리로 봐 놓고 나이, 메느리를 봐 놓고 난 뒤에 고마(그만) 이 아들이 문둥이가 됐는 기라. 그래가 볼 수가 없어 놓이 아들이.

[좌중이 소란스러워 구연이 잠시 중단되었다.]

그래가주고 아들이 문둥이가 돼 놓이까네, 어른들이, 시어머니 시아버지가 보이까네 그 아주 보기가 핍박하거든. 그래 여 아들이 마 정처 없이 갔대요, 마 색시 봐 두고. 그러이 또 아들 없는 며늘로 두고 보이까네 부모가 또 볼 수가 없는 게라. 자꾸 가라 카는 기라.

"네가 네 갈 데로 가라."

옛날에는 시집가면은 다시 그 친정에는 못 돌아갔거든. 그래가주골랑 우엣나 하면은 이 돈으로 한 보따리 줘가지고 네 갈 데로 가라 이래 놓이, 이 며느리 정처 없이 떠나가는 게라.

가다 가다 저물어가주고 어느, 사람이라 카는 거는 떠나가믄 어느 동네

든지 가만 그 동네 잘 사는 집에 찾아가지 못 사는 집에는 안 찾아가거든. 그래 그 동네에서 제리(제일) 큰 집을 찾아가이까네, 그게 요새는 동장이라 그지만 옛날에는 그 뭐라 걷더라(그러더라)? 그 동장집을 찾아갔어. 찾아가 젊은 색시가 하룻밤 묵어가자 그러이 이 동장이 보이 굉장히 반가운 게라.

"아, 우리 사랑아(사랑방에)."

[청중 두어 분이 옛날에는 동장을 구장이라고 했다는 등의 이야기를 하는 바람에 구연이 잠시 중단되었다.]

"사랑아 저어(저기) 자고 가라."고.

그라이 이 참 아줌마가 하룻밤 자골라(자고서) 이튿날 아침에,

"그래, 내 여 어데 살 수 없나?" 그러이,

"살 수가 있지."

"그러면은 도로변에 말이지, 밭을 하나 사 도가(달라)." 말이지.

"집 짓구로."

그래 돈은 마 시어른이 많이 줘 놓이. 그래 돈을 많이 줘 놓이. 그래가 주골랑 질게다가(길에다), 질까에다가(길가에다), 도로변에다가 집을 잘 졌어(지었어). 저어가주골랑 거서 술장사를 하는 기라. 술장사를 하면설랑, 그러이 또 사람이 남자라 카는 호기심이 또 그렇잖거든. 동장이 거어 자꾸 댕겠는(다닌) 기라, 술집에. 댕기머(다니면서), 이래가주골랑은 마 우예가 애기가 들었는데,[157]

그러이 이 여자가 여 그 애기를 들었는 거를 밤으로 낳아가주골랑 단지에다 옇어가주고, 술로 해 옇었어. 해 옇어가(넣어서) 자기만 알고 탁 놔두고 있는데.

(청중 : 본남편한테, 한테 임신돼가 갔구만.)

---

157) '아기가 들어섰는데'의 뜻으로, 여자가 동장의 아이를 가졌다는 의미이다.

어어(아니). 아이지(아니지). 이장이 그래가. 그래가주고 있으이까네, 심청이 문자맨터로[158] 아줌마가 문디이(문둥이) 잔치를 했는 게라. 잔치를 해가 있이이 암만 있어도 자기 신랑이 안 오는 게라.

그래 하루는 보이 자기 신랑이 탁 왔어. 그래 와가주골랑, 밑에 인자 일하는, 잔치를 하다 보이 일하는 사람떠러(사람더러),

"저 문둥일랑 큰방에 갔다 모셔라. 모셔가 거어 있이면은 내가 저녁에 가 보마."

그래 인자 큰방에 상을 들라주고 난 뒤에 저녁에 가 볼 참인데, 남편이 틀림없거든. 확인하고는 그저 명지옷을 해가 하마(벌써) 신랑 줄라고 놔 돘어. 놓은 거를 내가주골랑 주고, 그래 그 뒤안에 묻어놔 놨는 아아(아기), 그 곰 해놨는,[159] 그 술로 갖다가 한 양푼이 갖다 믹에고(먹이고) 아침에 자고 떡 가 보이, 이 문딩이가 따가리가(딱지가) 얼거져가[160] 마 방에 한방이라.

그래 썰어내뿌고(쓸어내버리고), 그래 그 술로 다 믹이고 그래가 인자 동장잩에(동장에게),

"나는 인지는(이제는) 가이까네 이거는[161] 당신이 하거든 하고. 요랑대로 해라."

그래 둘이서 인자 현풍으로 왔는 게라. 현풍으로 오는데, 그러이 뭐 현풍 거랑에 딱 들어서이꺼네 여자가 뭐 하는 말이 뭐라 카나 하만, 여자가 꾀가 아무래도 남자보다 많거든. 뭐라 카는 게 아이라,

"여보, 당신 먼저 들어가거라. 남, 동네 사람 보기에도 말이지, 둘이 같이 드갈라 그러이 좀 그 머 하잖느냐. 당신 먼저 드가거라." 이라이까네,

---

158) '심청전처럼'의 뜻으로, '심청이 봉사잔치를 해서 아버지를 찾은 것처럼'의 의미이다.
159) '곰으로 고아 놓은'의 의미이다.
160) '떨어져서'의 의미인 듯하다.
161) 자신이 지어 살고 있던 집을 가리킨다.

이 남자가 고마 참말인 줄 알고,

"오냐. 내가 먼저 드가꾸마(들어가마)." 카고 꺼뜩꺼뜩 드갔는 기라.

드가뿐(들어가버린) 새에 그 치마 끄네끼(끈) 그거를 따가주고 걸가에 (거랑가에) 버드낭개다 달아가 목을 매가(매어) 죽었뿠는 게라.

(청중 : 집에 드가지도 안 하고.)

집에 여자는 몬 드가고, 안 드가고. 그러이 그게 인자 그게 인자 열녀 거든. 그게 만약에 그냥 가가주고, 갔이만(갔으면) 열녀비가 안 되지만은 거어 가가 남자 문딩이 곤쳐(고쳐) 놓고 가가, 지는 죽어버렸으이 그게 열 년 게라. 그래 인자 고게 섰는 열두 나(날) 중에 비(碑)가 고 하나가여 진짜 열녀비라. 그 담에 꺼는(것은)162) 삐딱거리마(툭하면) 열녀비, 빼딱거리 마 열녀비.163) 그래가 비각이 열두 개 서가 있다 카는 기라.

그거는 우리 머식이 아이고, 남의 머식.164)

빈대 때문에 망한 묘각사

자료코드 : 05_22_FOT_20100202_CHS_CST_0004
조사장소 : 경상북도 포항시 북구 죽장면 지동리 마을회관
조사일시 : 2010.2.2
조 사 자 : 천혜숙, 이선호, 김보라, 백민정
제 보 자 : 최승태, 남, 75세
구연상황 : 잡담이 지속되고 있던 중에 '빈대 때문에 망한 절 이야기'를 청해 보았다. 최
          승태 씨는 인근 마을의 묘각사가 그러하다고 했다. 잡담으로 인한 어수선한
          분위기가 좀처럼 가라앉지 않았지만 억지로 청해서 들었다. 청중의 개입으로
          이야기가 흥미롭게 진행되는 듯하다가, 결국 화제가 다른 쪽으로 벗어났다.

---

162) '하나를 제외한 다른 것들은'의 의미이다.
163) 열녀비를 받을 만한 행동도 하지 않았는데, 툭하면 열녀비를 받았다는 뜻으로, 모두
    가짜 열녀비임을 말한 것이다.
164) 우리 집안 이야기가 아니고 다른 집안 이야기라는 뜻이다.

줄 거 리 : 신도가 많았던 묘각사는 빈대가 많아져서 망하고 말았다.

　(조사자 : 어디 빈대 때문에 뭐 절이 망했다든가, 이런 이야기는 혹시?)

　그 절이 저 저 저, 용하절이 그랬다 카대.

　(청중 1 : 뭐, 빈대?)

　그 맞어.

　(조사자 : 어디 절이요?)

　용하.

　(조사자 : 용하?)

　(청중 1 : 용하가 빈대가 있었는가요?)

　(청중 2 : 벨(별) 소리 다 들어보겠다.)

　그카지(그러지).

　(청중 1 : 빈대가.)

　빈대가 워낙 많아가주고.

　(조사자 : 빈대가 워낙 많아서 절이 망한 데가 더러 많아요. 용하에 절
이름이?)

　용하사.

　(조사자 : 용하사.)

　(청중 1 : 용하절은 잘 돼가 있다 카던데.)

　[용하절에 전두환 대통령의 친누이가 신도로 있었다는 등의 잡담이 15
초가량 오갔다.]

　(청중 2 : 용하가 묘각사라?)

　묘각사, 묘각사.

　(조사자 : 묘각사.)

　(청중 1 : 아, 용하가 아이고 묘각사.)

　묘각사.

(청중 1 : 거어는 아이(아직) 안 가봤다.)

남편 코에서 나온 쥐를 도와주고 부자 된 색시

자료코드 : 05_22_FOT_20100202_CHS_CIS_0001
조사장소 : 경상북도 포항시 북구 죽장면 지동리 마을회관
조사일시 : 2010.2.2
조 사 자 : 천혜숙, 이선호, 김보라, 백민정
제 보 자 : 최일수, 남, 73세
구연상황 : 저녁식사 시간이 되자 몇 분이 마을회관의 부엌으로, 또는 집으로 자리를 떴다. 남은 너댓 분을 중심으로 이야기판이 재개되었다. 이런 저런 대화가 단편적으로 오가다가 꿈 이야기가 화제가 되었다. 제보자가 갑자기 '이런 얘기도 있잖아요.'라면서 이야기를 시작했다.
줄 거 리 : 어느 비 오는 날 한 부인이 바느질을 하고 있다가, 잠자는 남편의 코에서 나온 쥐가 이리저리 헤매다 마당에 고인 물을 건너지 못하는 것을 보고 자로 다리를 놓아 주었다. 잠시 후 그 쥐가 다시 방으로 오더니 자고 있던 남편의 코로 들어갔다. 잠에서 깬 남편은 어느 곳의 돌무더기 속에 단지가 있었는데 그 안에 은전이 가득 들어있는 꿈을 꾸었다고 했다. 부부가 그 곳에 가서 돌무더기를 파헤치니 꿈에서 본 것과 같이 은전이 가득 든 단지가 있었다. 이렇게 해서 부부는 큰 부자가 되었다.

누구라, 저, 옛날에 이래가 저 색시는 반질하고(바느질하고) 남자는 자는데, 낮잠을 자는데, 반질하다가 이상해가주골랑 이래 보이께네 남자 코에서러 뭐 저기 쥐새끼가 한 바리(마리) 나오더래요.

(청중 : 뭐가 나오노?)

쥐새끼, 생쥐가. 한 바리 나와가주고 방아(방에) 두둘두둘, 나갈 데가 없어가주 뚜둘뚜둘 매다가(헤매다가) 우예가주고 문구녕이 요래 있으이까네 골로로(그 곳으로), 문구녕으로 쏙 나가더래요.

그래 '이상하다' 싶어가지고, 그때는 옛날에 뱎에(밖에) 내다볼라꼬, 왜

저게 살문에다가 종이를 발라 놨는데, 저 유리조각을 요고만하게 해가주
골랑은 요 문에다가 대 놓잖아요. 그러만 뱉에 뭔 이상한 일 있시모(있으
면) 유리문으로 해가, 문 안 열고 유리문으로 내다보고 이랬는데,

그래가 '이상하다' 싶어가주골랑은 그래가 요래 내다보이까네. 그 날도
비가 추적추적 왔다 카데요. 처마 물이 뚜덕뚜덕 널쩌가지골랑은(떨어져
서는) 밑에 앞에 그 저게 마당에 그때 쫄(조르르) 파애가지골랑은,[165] 쫄
있으이 고오를(거기를) 못 건네가가주고.

(청중 : 쥐가?)

예. 못 건너가가주고 올라갔다가 내려갔다가 이래가주고 '신기하다' 싶
어가주고 저 그 저게, 그 색시가 '신기하다' 싶어가주고 바안질하다가(바
느질하다가), 인자 옛날에 자로, 재는 자 있잖아요. 고걸로 딱 건네, 그래
놔 줬대요. 그래가 놔 줘 놓이 고 인자 건네가주골랑, 마, 고 자를 타고
마 건네가가주골랑은 어디라고 갔부는데.

마, 실컷 있다가 그래가주고 '신기하다' 싶어가주고 이래 가지고 바느
질하고 있다가, 실컷 있다가 나이까네, 이래 있다가 보이까네 살(살그머
니) 들어오더래요. 들와가주고 마 신랑 코에다가 마 쏙 드가디만은. 마,
기지개 한숨 떡 쓰더만은,

"아 한숨 잘 잤다." 이카면서, 자고 나서 그 색시한테 이얘기하는 소
리가,

"자는데 그거 참 신기하더라. 꿈을 꾸이 신기하더라." 그래.

그래가,

"우예 꿈을 꿨는데?" 카이,

"어더라꼬 어더라꼬 어느 저 큰 돌다부래기(돌무더기) 속에 드가이까네,
단지가 하나 묻혔는데 그 단지 안에 저 은전이 수북이 들었더라." 이래요.

---

165) 비로 인해 마당 바닥이 패여 빗물이 고인 모양을 형용한 것이다.

그래가주 '그거 이상하다' 싶어가지고 또 이 색시가 인자 그거 쥐가 나와가주고 돌아댕기는 거 보고 또 다리 놔주고 했는 이력사항이 있어가주고. '그럼 어디메고' 싶어가주고. 자기 홍재(횡재) 재수가 있을라이 이런 모양이지. 이래가주골랑은,

"어디메 그렇더노?" 이래가주고,

"그래 가보자." 이라는 기라.

그래 인자 참 자면서 꿈에 인자 갔던 그 자리에 갔대요. 가가주고 다부래기 거 가가주골랑은 이래 둘러팠는데, 단지가 하나 있는데 단지를 그거 참 이래가주고 파가 나오는데, 그걸 파가주고 안 깬다고 파가주골랑은, 드이까네(드니까) 무겁더래요. 무거분데 곱기 들어내가주골라가 뚜껑을 이래 들써보이까네, 거어 은전이 한금(한가득) 들어 있더라네. 옛날 돈이.

그래가주고 그것 가주고 부자 돼가주고 잘 살았다는 뭐 그런 얘기 들은 적 있어요.

(청중 : 옛날 은전이 엽전이겠지.)

엽전이 엽전이나 은전이나 그게 그건데 뭐.

그래가주골랑 그래가주 인자 그기 인자 저 사람이, 꿈, 꿈이 인자 저 사램이 혼이라 카는, 그게.

(조사자 : 생쥐가 혼이다 그지요?)

혼인가 봐요. 그래가,

(청중 : 부인도 우예 자로 또 놔, 놔주고 그랬노.)

그래 그럴라 카이 그렇지요. 가아 집에 운이 있일라 카이.

(조사자 : 부인이 현명한 거지요.)

납딱바리 만난 경험 (1)

자료코드 : 05_22_MPN_20100202_CHS_PJT_0001
조사장소 : 경상북도 포항시 북구 죽장면 지동리 마을회관
조사일시 : 2010.2.2
조 사 자 : 천혜숙, 이선호, 김보라, 백민정
제 보 자 : 박정태, 여, 62세
구연상황 : 덕남댁의 '납딱바리 본 경험담'이 끝나자마자 박정태 씨가 이 이야기를 구연
하였다. 청중들은 각자가 기억하는 납딱바리에 대해 이야기를 서로 주고받았
다. 그래서 이야기가 구연되는 내내 어수선한 분위기가 지속되었다.
줄 거 리 : '납딱바리'라 불리는 짐승이 용마녀들에 사는데, 몇몇 마을 사람들이 이 짐승
을 실제로 봤다고 한다. 이 짐승을 만났을 때는 왔던 길과 반대로 와야 살 수
있다고 한다. 마을의 부호댁 할머니도 팔밭을 매다가 납딱바리를 만나, 뒷걸
음질해서 도망친 적이 있었다.

그럴 때는 방구에(바위에) 어디 방구에, 도랑에 이런 데 돌로 이런 거를
차고 발로 디비드만(뒤집더만). 디비마(뒤집으며), 우리 둘이를 햇띠기,[166]
가이(가니) 보는 기라,

(청중 : 개나 잡아묵고 마.)

둘이 마, 오던 질로(길로) 오만(오면) 마 자아묵는다(잡아먹는다) 캐가주
고, 마 아이고, 아랫마을 꼴째기로(골짜기로) 안 나왔나. 아이고, ○○야,
우린 직접 봤다. 마 이만, 이만한 돌로.

그래 아칙에는(아침에는). 우리 그때 또 핸대배기는[167] 뭐하러 갔던동
몰라. 도랑이 이래 짚부당하이(깊숙하게) 물로 마, 이만한 걸로 마, 돌이
이만한 기라. 발로까(발로) 마 자꾸 디비는(뒤집는) 기라. 요래가(이렇게)

---

166) 빤히 바라보는 모양을 형용한 말이다
167) 마을 인근의 지명이나 정확히 알 수 없다.

마 얏싸래기로[168] 보더라 카이. 똑 개만 한데.

그래 보는 거로 마,

"오던 질로 오면 잡아묵는다." 캐가,

(청중 : 그거는 또 우예(어째) 생각했노?)

생각키더라 카이. 그래가주고,

(조사자 : 아, 오던 길로 오면 잡아먹는다.)

옛날에 우리 아버지가 카데. 그래가 딴 길로 간다 하데. 그래가 마 아랫마을 골째이로(골짜기로) 마 하나도 안 꺾고[169] 쫓게 내려와가.

그래가 그 이튿날 부호떡이가, 밑에 고 팥밭이(팥밭이) 있었어. 강가 산소 우에 바로 거어요(거기요), 팥밭이 있는데, 늘기이가(늙은이가) 팥밭 매로(매러) 가이(가니), 뭐 돌로 자꾸 쪼매(조금) 쪼매씩 퍼짓더란다.[170] 이눔우 할마이가 마,

"뭐가 이카노?" 카미, 자기도 퍼짓붰단다.

그라이 마 마 쫠쫠 퍼붰드란다.

세상아 잡아 믹히까(먹힐까) 뒷바꾸해가(뒤돌아서) 아랫마을까지 왔단다. 뒷걸음쳐가.

[모두 웃음]

뒷걸음쳐가 왔다니더.

그래 재우 씨 그거 보고, 봤다 카던데 뭐. 저 재우 씨 그거로 믲(몇) 분(번) 봤다 카더라.

(조사자 : 왜 뒷걸음질칩니까?)

앞걸음하면 뒤로 따라올까 봐, 보미(보며), 자꾸 자꾸, 그 늘기이 다리도 얼매나 절었노, 그재? 뒤로 걸아가 아랫마을 동네까지 왔단다. 그래가

---

168) 곁눈질하는 모양을 나타내는 부사어이다.
169) 한 숨도 쉬지 않고 한달음에 달렸음을 의미하는 말이다.
170) '돌을 자꾸 조금씩 흩트렸다'는 의미이다.

5. 경상북도 포항시 죽장면 489

재우 씨 그이도 그거 직접 봤단다. 거어 있니더. 방수(防水)하로 마 가마 (가면) 머리 삐쭉삐쭉하디더. 무섭다 커이.

납딱바리 만난 경험 (2)

자료코드 : 05_22_MPN_20100202_CHS_PJT_0002
조사장소 : 경상북도 포항시 북구 죽장면 지동리 마을회관
조사일시 : 2010.2.2
조 사 자 : 천혜숙, 이선호, 김보라, 백민정
제 보 자 : 박정태, 여, 62세
구연상황 : 제보자는 '납딱바리 만난 경험 (1)'에 이어 또 생각이 난 듯이 이야기를 구연
하였다. 청중들의 호응도가 높았다.
줄 거 리 : 평촌 아지매가 고사리를 꺾으러 용마너들에 올라갔는데, 바위 밑에서 납딱바
리가 '쩝쩝' 입맛 다시는 소리를 냈다. 나물을 뜯어 팔아 셋째 자녀를 공부시
킬 때였다. 평촌 아지매는 무서워 않고 가난한 자신의 처지를 말하며 가만히
있으라고 했다. 짐승은 더 이상 소리를 내지도, 아지매를 해치지도 않았다.

평촌 아지매 안 카던교?171) 혼자 그 고사, 고사리가 하두(하도) 있어가 ○○사람하고 그 용마너들 가, 끊으이까네, 방구(바위) 밑에서 뭐가,

"쩝쩝." 이캐가, 평촌 아지매 이캤다 그디더(그럽디다).

"이 짐승아, 이 짐승아, 나는 돈이 포원(抱冤)이 져가 왔다. 가마이 있거라." 카이, 가마이 있더라 카더라.

[청중들 크게 웃음.]

아지매가 직접 와여(와서) 이야기하데. 방구 밑에 뭐 자꾸, 쩝쩝 걸더랍니더. 그래가 아지매가 가만 있거라 캤다 카데.

그때 한참 섯째(셋째) 공부시킨다고야,

(조사자 : 대단한 배짱이네.)

---

171) '이야기 안 합디까?'의 의미이다.

혼자 댕깄다 카이. 섯째 공부시킬라고. 혼자 그래 댕기이(다니니),

(청중 : 나물 끊어가주고 고등학교 시컸다.)

그래 입맛 다시더랍니다. 자묵을라고 입맛 다시더랍니다.

그래가,

(청중 : 그래 그게 인제 속담에 이야기가 있는데, 호성할 팔자는,[172] 호성할 팔자는 그게[173] 인자 사람 뒤에 따리고 뒤에 따라오고, 또 인자 저거 호성할 팔자 아닌 사람은 앞에(옆에). 저기, 앞에 안 서면은(서면) 인자 앞에 안 서면은 앞에 서가주고 인자 곱게, 다치지 마라꼬, 곱게 가라고 인자 전송해 주고 이런다 카데.)

새 신부 욕보인 이야기

자료코드 : 05_22_MPN_20100202_CHS_LGS_0001

조사장소 : 경상북도 포항시 북구 죽장면 지동리 마을회관

조사일시 : 2010.2.2

조 사 자 : 천혜숙, 이선호, 김보라, 백민정

제 보 자 : 이귀선, 여, 76세

구연상황 : 최승태 씨의 '처남 태우고 걸어간 새신랑' 이야기가 끝난 후, 그 이야기에 대한 부연 설명이 이어졌다. 모두가 지들 최씨 집안이라 공유하는 경험담의 범주가 있었다. 흐름을 끊지 않기 위해, 시집와서 있었던 이야기를 청하자 덕국댁이 자신의 경험담을 구연하였다. 청중들은 이야기 도중 자신들의 경험에 비추어 부연 설명을 보탰다.

줄 거 리 : 시집온 새신부는 시댁 식구들이 드나들면 노소에 관계없이 무조건 일어나 인사를 해야 했다. 그게 재미있어서 시집 식구들이 자주 들락거리면서 새신부를 힘들게 했다. 시아버지가 그런 식구들을 나무랬다.

새, 새신부요.

---

172) '호랑이에게 잡아먹힐 팔자는'을 의미한다.
173) '호랑이'를 말한다.

(조사자 : 욕보인 이야기.)

　우리요, 우리 우로는(위로는) 그친(그만큼) 앤(안) 그라더라. 아따, 그럴 직에는(적에는), 하두요 우리 아버님이 여북해가지고(오죽했으면) 이카시더라.

　"야 이놈우 자슥들아, 인자 대강 쫌 댕겨라. 그 어제겉이 온 새사람이 패나(편하나)?" 이카시면서, 문을 탁 열고 그카시미,

(조사자 : 아, 어르신이?)

　예.

　인자 욕보인, 인자, 새사람이라노이 옛날에사 여사라지(예사이지).

　옛날에는 시집와가, 뭐 첫 친정 갔다가 올 딴아(동안) 이래 들어오모 아아나 어른이나 들오모 일나서야 되거든.

(청중 : 일나서야 그게 인사지.)

　서야 되나노이 그거 인제 그게 재미나다고.

(조사자 : 자꾸 들락거리니.)

　나갔다가, 옷도 딴 거 갈아입고 나선다고 인자 또, 그래가주 들어오고. 내 오고,[174] 그 후로는 그치(그만큼) 앤(안) 그라더라.

(청중 : 우리 와가(와서) 그런, 덜하더라.)

　앤(안) 그러더라.

(청중 : 시누부들이 쪼매(조금) 별나 그렇지.)

도깨비에게 홀려 온 산을 헤맨 이야기

자료코드 : 05_22_MPN_20100202_CHS_LGS_0002
조사장소 : 경상북도 포항시 북구 죽장면 지동리 마을회관

---

174) '나 시집 온 후로'의 의미이다.

조사일시 : 2010.2.2
조 사 자 : 천혜숙, 이선호, 김보라, 백민정
제 보 자 : 이귀선, 여, 76세
구연상황 : 최일수 씨의 '도깨비 경험담'이 끝나자마자 덕국댁이 이 이야기를 구연하였
　　　　　다. 다른 이야기들이 보태져 이야기판은 소란하였지만, 다행히 몇 분이 덕국
　　　　　댁의 이야기에 부연 설명을 해 주며 흥미를 표해 주었다.
줄 거 리 : 제보자의 외사촌 형부가 집안 어른의 기전 제사에 가기 위해 재를 넘어가다
　　　　　가 범벅재에서 도깨비에게 홀렸다. 새벽에 그는 상두꾼 같은 형편없는 모습으
　　　　　로 돌아왔다. 그 곳으로 다시 가보니 상자 속의 제수 음식이 온 산에 흩어져
　　　　　있었다.

　　우리는 저거 우리 외사촌 형부, 여거 뭐고 머시기 두현아재 새댁이 막
내이 삼촌, 외사촌 형부거든. 저 외장, 외장조모 저거 옛날에는 기전 채린
(차린) 제사, 인자 돌아가시고 한 일 년, 이 년꺼정(2년까지) 큰 제사를 모
시거든. 인제 큰 제사 모시면 인자 손자나 마카(모두) 이래가 음석을 많이
해가주고 인제 제사 모시는데.

　　상자를, 떡상자를 지고 안에 술로 재가, 저 무슨 재라 카더라. 요기 바
늘실이거든, 바늘실이라.

　　(청중 : 바늘재면 범벅재 아이가?)

　　그래 범벅재라 카더라, 거어.

　　(청중 : 비신재 범벅재 젤 쉽다 카더라 뭐.)

　　그러이 머시기 기전 채리가(차려서) 온다 카는 사람 오지도 가지도 안
하고. 아침에 날이 이래,

　　(청중 : 범벅재 카는 기……. 여 감곡, 고 고가(거기가) 범벅재. 감곡서
넘어가는 데가 범벅재. 거어서 머시기 머여, 바느실로 드가면 감곡 나온
다 카디더.)

　　고거(그거) 넘어가면 기북[175]이라 카이. 그래가지고 머 기전 채리고 온

---

175) 포항시 북구 기북면을 가리킨다.

다 카는 사람이 오지도 안 하고 있디이, 날이 부움하이 다 새가, 아랫도리 명지바지 저고리 상두군겉이 해가주고 상자는 마 젊어짔는데 보이, 히한…….176)

[청중 모두 손벽을 치며 웃음]

(청중 : 고 토째비에 홀랬다.)

그래가 그 이튿날 가보이 온 산을 다 흩치(흩어) 놨다.177)

(청중 : 다 흩쳐봤다.)

그이가 직접 이얘기하더라 카이까.

(조사자 : 갈서간다는 게 무슨 뜻이에요?)

(청중 : 같이, 얖얖이(옆옆이) 이래 간다는.)

옆으로 이래 나서더라 카데. 그때만 해도 산에 짐승이 쫌 있었던 모양이라.

(조사자 : 호성에 갈 팔자가 아니었구나.)

(청중 : 마이(많이) 있었다.)

데러다 주더란다. 동네 잩에(겥에). 가이 불이 또 없어졌부고 동네 지나가 무인지178)에 가이 또 나타나더란다.

(조사자 : 나타나서 보호해 주는구나.)

근데 그래 가자마 얼마나 그래 얼매나마 용을 썼으마 그 옷이 그만치.

(청중 1 : 그런데 호라시(손전등) 불에는…….)

(조사자 : 그래가 친정에 가가 고마 살았습니까?)

이혼해가, 거어 어예 사는교?

---

176) 모습이 형편없었음을 말한 것인데 웃음소리에 묻혀버렸다.
177) 온 산에 제수음식이 흩어져 있었다는 의미이다
178) 무인지지(無人之地)로 인적이 없는 곳을 의미한다.

신들린 김순남 씨의 용한 약물

자료코드 : 05_22_MPN_20100221_CHS_LDG_0001
조사장소 : 경상북도 포항시 북구 죽장면 가사리 마을회관
조사일시 : 2010.2.21
조 사 자 : 천혜숙, 이선호, 김보라, 백민정
제 보 자 : 이동걸, 남, 71세
구연상황 : '절터에 묘 쓴 약남할배 이야기'가 끝난 후 제보자는 살아온 이야기를 들려주었다. 간식을 먹느라 잠시 이야기가 중단되었는데, 갑자기 생각난 듯이 이 이야기를 시작했다.
줄 거 리 : 기독교를 믿는 집안으로 시집온 김순남 씨에게 죽은 시어머니의 혼령이 씌었다. 몸이 자꾸 아파 와서 병원을 찾았더니 수술해야 한다고 했다. 김씨는 수술하지 않겠다고 고집했으나 기독교 신자인 남편은 수술에 동의했다. 수술을 위해 도장을 가지러 집에 다녀오던 남편이 당나무 옆을 지나는데 발이 땅에 붙어버렸다. 그리고 자기도 모르게 "수술하면 죽어"를 세 번이나 외친 후 발이 떨어졌다. 그래서 남편은 병원에서 김씨를 데리고 나왔다. 집에 돌아 온 김씨는 고통을 호소하며 샘물을 찾아달라고 했다. 여러 군데를 다니다가 추운 겨울날 마침내 봉화 명호면에서 안동으로 넘어오는 산꼭대기에서 약수가 나는 샘을 찾게 되었다. 그곳에서 말문이 터진 김씨가 거기 집을 짓고 기도를 하고 살았는데, 사람들이 엄청나게 모여들었다. 스님이 그 약수를 팔기도 하고, 명호면에서도 그 터를 사려고 하는 등, 그 약수터를 두고 분쟁이 많았다. 지금은 어떻게 되었는지 알 수 없다.

거기 가면은 김순남이라 카는, 요새 말하마 점바치라고 카까요(할까요), 김순남이라 카는 분이 있는데, 뭐냐 하면은, 이분이 뭐냐 카먼, 집안이 전부 다 예수교 집안이라. 그런데 어느 날 시어머니가 덮혀부렸어.[179]

(조사자 : 아, 신이 왔구나.)

신이 왔는데, 그래 이 양반이 말이지, 지금도 살아있어요. 본인이 있는데……. 아이고,[180] 봉화 명호면.

(조사자 : 명호면이라고 있습니다.)

---

179) 죽은 시어머니 혼령이 씌었다는 의미이다.
180) 장소 이름이 생각이 나서 한 말이다.

명호면, 아이고, 거기가 명호린가 뭐, 명, 하이튼 명호면은 틀림없고, 그 여자분 이름은 김순남이라. 그래가 그 집에 인자 시집을 갔는데 시어머니가 덮여 씌였부렸는데, 뭐냐 카면, 병이 걸래서(걸려서) 그러이까네 병이 걸레버렸는데(걸려버렸는데).

병원에 입원을 하는데, 입원해 가지고 그 뭐를 받았노 카면은, 의사선생님이,

"무슨 병 무슨 병인데 기양(그냥) 수술을 해야 된다." 이거라.

그런데 김순남 이 사람은 절대로 수술하면 죽거든.

"그래, 수술을 안 한다." 이카이까네,

"그래도 수술해야 된다." 이기라.

그러이까네 신랑이 예수를 믿으이까네 인자 자기도 예수를 믿었는데, 전엔 신랑보고 열 받혔는데, 엄마가 덮여 씌있부렸으이 신랑보고 천날만날 '니'(너)라.

(조사자 : 아, 아들이니깐.)

[웃음]

예, 니이까(너니까).

그래가지고 인자 뭐냐 카면은 수술을 할라 카면은 도장을 찍고 해야 된께네, 그러이까네 신랑이 집에 도장을 가주러(가지러) 갔어. 도장을 갖고 내려오는 길 옆에, 뭐냐 하면은 당수나무가 있어. 당수나무 옆에 와가 주고 떠억 서, 내려오는데 발이 딱 붙고 안 떨어지는 기라.

안 떨어지면서 뭐라 카는 기 아이라, 지(제) 입으로 지도 참 모르고 여 신랑이,

"수술하면 죽어. 수술하면 죽어. 수술하면 죽어."

시(세) 분(번) 그카이까네, 다리가 뚝 떨어지거든.

그래가 도장을 가주고 병원에 왔어. 병원에 가가주고 인자 거 수술, 그러이까네 인자 이 김순남이라 카는 이 여자가 변소 간다 카고 신랑을 복

도서 만나가(만나서),

"내 수술하면 죽으이까네 당신이 여어(여기) 쫌 엎드리라. 내가 담을 뛰어가 넘어 도망을 갈 테이까네."

그래 인자 뭐라 카는 줄 아이라,

"내가 당나무 앞에 넘어오다 가이까네 거어서(거기서) 내가 '수술하면 죽어, 수술하면 죽어' 카더라." 카미,

"그래, 엎드려 넘어가라." 이기라.

그래가주고 인자 피해가주고 엉금엉금 기이가주고(기어서) 집에 왔어. 그래가주 인자 신랑은 마누라 어디 갔뿌고 없는데. 그래도 이래가주고 마, 그 지금까지 들었던 돈 다 지불하고 집에 왔어.

집에 와가 천날만날 아프다고 누워 있으이 마 신랑도 그 하는 기라. 그래가주고는 신랑보고 첫째 뭐냐 하면,

"우물을 하나 찾아라." 이거라.

우물을.

"당신이 여게 있는, 명호면에 있는 우물을 다 찾고 산에 있는 골짜기마다 샘물 있는 곳을 다 찾아라." 이거라.

그래 인자 샘물 있는 곳을 다 찾았어. 찾아도,

"이거도 아이다."

"이거도 아이다."

"이거도 아이다." 카거든.

그때가 어땠노 하마 섣달쯤 됐는데, 젤 추불(추울) 때라. 소한 대한 사이라. 그래가 인자 왜 그렇노 하면은 명호면에서 그 인자 안동으로 넘어오는 데 보만 길에 요래 있는데. 아 안동서 절로(저리로) 넘어가면 좌편이고 또 인자 명호면에서 넘어오면은 우측편이더라고.

내가 거어 가봤어요.

(조사자 : 예, 그렇겠네요.)

거어(거기) 가면 팔부능선이라. 산꼭대기다. 그 길 우에서(위에서) 한 백 미터 되까? 요래밖에 안 돼. 고오(거기) 보이까네 인자 거 인자 팔보능선 이 아귀가 요런 데 거기서 물이 나오는 기라.

(조사자 : 팔부능선, 좀 들어본 것 같은데. 예, 그래서요?)

거 거 거 물이 약물이라요. 지금도 있어요.

(조사자 : 맞아요. 약수라고 들어 봤어요.)

예. 그래가 그 물을 떠다가 신랑이 떡 주이께,

"이 물이 맞다. 날 거기 데려다 돌라." 이기라.

그래가 인자 거어(거기) 갔어.

그래 인자 젤 첨에는 머 그 섣달에 소한 대한 시절이니깐 얼마나 춥겠 어요. 추위가주고 제일, 뭐 딴 거 있나? 주로 말하는 것이 '나무아미타불 관세음보살' 아이라. 그 젤 첨에 얼마나 추워가지고,

[추워하는 시늉을 하며]

"아바바바 아바바바 아바바바, 알바바바."

마 말도 안 되고 이래가주고 인자 이래 하는데, 아이 뭐 두 시간쯤 지 내고 나이까네,

(조사자 : 말문이 터졌구나.)

추분(추운) 기 한 개도 없고 편안하면서도,

[아주 느릿느릿 말하며]

"나무아미타불 관세음보살." 카고 이라는 기라.

그래가 동네사람들은 어떻노 카모, 고마 다 죽었다고 이튿날 뭐 괭이도 가주고 뭐 꺼직데기도(거적데기도) 가주고 뭐 들것도 가지고 올라가이까 네, 사람이요 얼굴이 벌거이(벌겋게) 흰하이(흰하게) 해가주고 앉아가지고,

"나무아미타불 관세음보살." 카고 이래 있다가,

"아이고, 아무개요 올라 오는교?" 이라거든.

그래 인자 저 그곳에서는 거기 인자 물로 받아가주고 정안수 하나 떠

놓고 인자 기도하고 그래가주고 있는데. 지금 가면, 어떻노 카면 오전 약수터보다도 거어 더 사람이 많애요.

(조사자 : 그치.)

예. 그 김순남이라 카는 그 여성분이 거기서 인자 참 그래가주골랑 공을 많이 들이고 이래가주고 인자.

그 또 스님 한 분이 그 물로 갖다가 팔어. 팔고 이래가주고 인자,

(조사자 : 거기 절이 그럼 어디 청량사 절인가?)

청량사 절 아니고요, 명호면에서 태자리로 넘어오는 거, 거 보면, 길, 길에서 얼마 안 돼요. 나도 거어 가봤다니까요.

(조사자 : 예. 그 물을 파신다구요, 스님이?)

예, 예. 파고 그 그 거기에다가 집, 참, 집을 지어가주고, 이 사람이.

(조사자 : 김순남 씨가?)

예, 예. 참 지어가주고 그거를 할라 하이깐 명호면 면장이 뭐냐 카면, 예수교인이라가주고 전부 다 그거를 허가를 안 내줘요. 그래서 내가 글때까지 갈 직에도(적에도) 그 집을 못 지었어요.

그래 명호면에서는 자기네들이,

"이것을 우리인테 팔어라." 카고.

이 사람들은 자기네 땅인께네,

"나는 못 판다." 카고.

이래가주고 대버타가주고(서로 버티느라) 집도 못 짓고 그래 있는데 지금은 어예 돼 있는동 난 몰라요.

두루뭉수리 아들을 낳은 까닭

자료코드 : 05_22_MPN_20100221_CHS_LST_0001

조사장소 : 경상북도 포항시 북구 죽장면 가사리 마을회관
조사일시 : 2010.2.21
조 사 자 : 천혜숙, 이선호, 김보라, 백민정
제 보 자 : 이상태, 남, 84세
구연상황 : 최상대 씨의 '세월아 네월아 유래담'에 이어 이상태 씨가 바로 이 이야기를
　　　　　구연하였다.
줄 거 리 : 한 여자가 두루뭉수리 같아도 좋으니 아들을 갖게 해 달라고 빌었다. 소원대
　　　　　로 아들을 낳았더니 팔다리가 없는 두루뭉수리였다. 빌었던 그대로 이루어진
　　　　　것이다.

　저저 실지로(실제로) 비는 것도 그거 참 뭐시기한데. 정자,[181] 그때 팔
띠기(팔)도 없고 다리도 없고 똑 몸통만 이래 아들로 하나 낳았거든. 그
뭐, 그건 거, 거짓말도 아이고 그 우리 누임이(누님이) 그 그 동네 있는데.
　그래가,
　"귀경은 했냐?" 카이,
　"내가 그 남우 안양반인데 드갈 수 있나?"
　"귀경했나?" 카이,
　"그렇더라." 이카더라.
　"우예(어떻게) 낳았노?" 카이,
　"머심아는 머심안데 다리도 없고 팔도 없고 자래다(자루에다) 이래 옇
어 목에 목에 짜매(잡아매서) 묶아 놓고 그래가주고 키우더라." 이카거든.
　"그래 그거 키우면 우야노?"
　내가 카이,
　"그래 우야노?" 이카더라, 우리 누임이.
　(청중 1 : 그게 오래다.)
　그래 오래다.
　그래가 그 어예(어떻게) 그런 거 낳았노 하면, 그 뭐 아들이 없어가주고

---

181) 그 일이 있었던 마을 이름이다.

불공을 디리러(드리려고) 산에 가가주고 정신을 디리는데, 빌기를 거 아들을 좋은 거 낳아돌라 캤으마 하지마는,[182]

"두루뭉수리 같은 아들이라도 하나 낳아 주마." 카고 이래 빌었거든.

이래 빌어 놓으이 아들로 낳아 노이, 참 두루뭉수린데 아들은 아들인데 다리도 없고 팔도 없고 이래가 마, 지름주마이(기름자루) 옇어가(넣어서), 이래가 서너 살 묵도록 키웠어.

(청중 1 : 열댓 살 됐다.)

그래, 그거는 내가, 나는 앤(안) 봤지만은 우리 누임이 그 동네 있었는데.

(청중 2 : 많이 가깝다.)

(조사자 : 아 여기 이웃에 그런 일이?)

[그런 일이 일어난 곳이 어디인가에 대한 잡담이 오갔다.]

저 저, 정자, 정자.

(청중 2 : 그거는 실화다, 실화.)

그거는 실화라. 우리가 아는데. 나도 그저 이야기만 들었이마 하지만은, 다 이야기는 들었지. 우리 누임이 그 동네 살았거든.

납딱바리 만난 경험

자료코드 : 05_22_MPN_20100202_CHS_INS_0001
조사장소 : 경상북도 포항시 북구 죽장면 지동리 마을회관
조사일시 : 2010.2.2
조 사 자 : 천혜숙, 이선호, 김보라, 백민정
제 보 자 : 임남순, 여, 70세
구연상황 : 지동리 마을 뒷산에 있다는 용마녀들에 대해서 물었더니, 너도 나도 용마녀들

---

182) 낳게 해 달라고 했으면 하지만.

에서 경험한 이야기들을 펼쳐 놓았다. 그 가운데 임남순 씨가 먼저 이야기를 구연하였다.

줄 거 리 : 덕남댁이 동네 처녀 둘과 산나물을 캐러 용마너들에 갔다가, 짐승소리가 들려 나물도 캐지 못하고 혼비백산하여 돌아왔다.

그게 저거 하문은요(한번은요), 우리가 저게, 시집와가주고 얼매 안 돼 가주고 산에 나물하러 가고 싶어가주고 설거지를 하도 하이, 우리 재종(再從) 시누부네들도 요래 요래 인자,

"히야, 나물하러 가자." 이카는 기라요.

아니, 밤새도록 비가 오고 아침에 이제 비가 그쳤는데 안개 자북하이 이제 있었어요. 이런데,

"그면 가까(갈까)?" 카미(하며), 나도 설거지 대충 해 놓고

[커피를 마시고 싶어 하는 최일수 씨와 다른 이야기를 나누느라 잠시 흐름이 끊어짐.]

그래가주고 인자 서이가(셋이) 갔어요, 갔는데. 참 용마널 카는, 그 입새, 입구에 갔어요.

(조사자 : 용마너들.)

안개가 자북하이 있는데 여서 조오(저기) 사람도 잘 안 비는(보이는) 형편인데. 그래, 그 건너 건너가 인제 방간(방앗간) 앞에 뽕나무밭 거거였던(거기였던) 모양이라. 고사리가 났는데 세 가지가 딱딱 벌어진 노란 고사리가 났는데 속새밭에 다문다문 있더라꼬요, 있는데,

(청중 : 그거 맹하니 속새밭에, 그 방간 앞에 옛날에 뽕남밭.)

그래 그 거거라(거기라) 카데. 그래가줄랑 끊으이 인자 우리 종, 인제 재종 시누부 형제가 인자 하나는 처자, 하나는 학교 댕기며 사는데, 안주(아직). 메느리하고, 저저 얼새이 씨하고 둘이, ○○하고 인제 서이(셋이) 인자 갔는데. 나는 그것도 모르고 인자 고사리 끊는다고 인제 이래 끊는다 끊으이, 뭐가 덤풀 밑에,

"꼬오올,183) 꼬오올." 이캐요.

그캐서 나는 멍멍이 우는 텍(격) 대고(여기고), 여사로(예사로) 알았다 카이요, 여사로 알고.

"애씨야, 꼬사리 있제, 열루(이리로) 올라오너라, 한 수 끊어 가자" 카이,

가아(개), 애씨는 알았는 기라, 그 짐승소리를 알았는 기라.

"히야, 누루가자(내려가자)" 이카는 기라.

"야야, 인자 금방 와가주고 가면 우야노(어쩌나)?, 이거 끊어 가자 와, 이실도(이슬도) 있구만은." 이카이까네,

"마 가자."

그캐놓골랑 저거는 하마(벌써), 저 건네 하마 갔부렸데이.

(청중 : 무서버가, 무서버가.)

그 인자 납딱바리184) 소리라 카데예.

(조사자 : 아, 납딱바리.)

(청중 1 : 거어 있디더(있습디다). 거어 있디더.)

어, 그래가 끊으이까네예.

(청중 2 : 우리가 우리 둘이, 서이가(셋이)? 누가 하나?185))

(청중 1 : 아이, 둘이 갔지, 둘이.)

(청중 2 : 그래가 아이고, 햇띠기186) 보구예(보고요), 도랑, 걸로(그리로) 와가예(와서요).)

(청중 1 : 방구에 딱 앉아가.)

(청중 2 : 또옥(꼭) 개 겉더레이(같더라). 우리는 갠 줄 알았다. 우리

---

183) 짐승이 우는 소리를 형용한 것이다.
184) 호랑이과에 속하며 호랑이보다 크기가 작고 산에 사는 야생동물이다.
185) 둘이 아니고 셋이 갔다면 한 사람은 누구인가 물은 것이다.
186) 미동도 않고 빤히 보는 모양을 형용한 말이다.

둘이.)

[납딱바리에 대한 경험담으로 이야기판이 어수선해졌다.]

"액시야, 이게 무슨 소리고?"

나는 짐승소리라고는 텍도 안 하고.

"액시야." 카이,

"왜? 빨리 오너라." 이카더만은,

둘은 거랑 건너가더만. 그래도 막,

"괄 과르르"

소리는 들리고.

(조사자 : 따라오진 안 하고?)

따라오진 않고. 소리는, 그 오지 말라고, 소리는 낸다.

(청중 1 : 여어 오지 마라고 이래 알린다.)

(조사자 : 오지 말라고?)

(청중 2 : 알게(알려). 아나? 알게.)

(조사자 : 알게이?)

그래가 건너가이,

"히야, 그 모서리 납딱바리 섰다. 빨리 가자 빨리 가자." 캐쌓고.

그래 끊지도 못하고 그래 후지께(쫓겨) 니러왔다(내려왔다).

가출한 며느리의 밤길을 지켜준 호랑이

자료코드 : 05_22_MPN_20100202_CHS_INS_0002

조사장소 : 경상북도 포항시 북구 죽장면 지동리 마을회관

조사일시 : 2010.2.2

조 사 자 : 천혜숙, 이선호, 김보라, 백민정

제 보 자 : 임남순, 여, 70세

구연상황 : 박정태 씨가 '평촌 아지매가 납딱바리 만난 이야기'를 하자, 여러 분들이 각
자 자신의 경험을 이야기하는 통에 좌중이 어수선해졌다. 이러한 분위기에서
임남순 씨는 한 친지가 호랑이불을 만난 경험담을 시작했다. 구연하는 내내
분위기가 소란했다.
줄 거 리 : 아들 내외가 한방을 쓰지 못하게 하는 등, 홀시어머니의 시집살이가 몹시 별
났다. 며느리가 결국 시집살이를 참지 못하고 친정으로 가려고 한밤중에 길을
나섰다. 가는 길에 불이 따라나서더니 그 며느리의 옆을 계속해서 지켜주었
다. 호랑이불이었다. 친정 마을 가까이 오자 그 불이 사라졌다.

우리 우리 저게 신행 전에 있을 때 고 옆에 사람이 가사서 시집을 왔는
데,[187] 이놈의 시어마시가 하두 하두 빌나가(별나서), 내외간에 잠을 못
자게 했어.

그래가주고 하룻저녁에는 마 신랑, 군인을 갔다가 휴가를 왔는데 이 저
할마씨가 아들을 며느리방아 안 보내고 자기 데리고 자고 이래가주고, 마
잔소릴 해쌓고, 그랬데이 그랬데이.

그래가주고 인자 이 여자가 인자 마 속이 상해가, 나캉(나와) 한 동갑이
다 카이께네, 그래가주고 밤에 마 친정을 갔어, 막 울면성.

가이까네 호오미[188] 거거(거기) 나서이, 불이 나서더란다. 그기 사람인
데. 그래 불이 나서, 불이 인자 사뭇 갈서가더라[189] 카데.

(청중 1 : 갈서가는 거, 그거는 전송하는 거데이.)

그래 입암[190] 마을에 드가 장대[191] 드가니 또 불이 없어. 불이 없더란
다. 솔암 올로가이(올라가니) 또 나서더란다. 또 나서는데 집꺼정(집까지)
가도 사뭇 갈서가더란다.

그래가 집에 가가주고 '엄마' 카믈랑(하면서) 문을 열고 방문 앞에 풀석

---

187) 가사리 마을에서 시집을 왔다는 말이다.
188) 그 부근의 지명인 듯하나, 정확히 알 수 없다.
189) 옆에서 나란히 가는 것을 의미한다.
190) 죽장면사무소가 있는 마을이다.
191) 지명인 듯한데 정확히 알 수 없다.

엎어지이 이 삼베 적삼이 마 물이 주루루룩 흐리더란다. 얼매나 용을 썼는지.

모친의 저승 경험

자료코드 : 05_22_MPN_20100202_CHS_INS_0003
조사장소 : 경상북도 포항시 북구 죽장면 지동리 마을회관
조사일시 : 2010.2.2
조 사 자 : 천혜숙, 이선호, 김보라, 백민정
제 보 자 : 임남순, 여, 70세
구연상황 : 최일수 씨의 '종고모부가 죽었다 살아난 이야기'에 대한 부연 설명이 웃음 속
　　　　　에서 거듭되었다. 지들 최씨 문중에서는 유명한 이야기인 듯했다. 이야기판의
　　　　　주제가 '죽음'으로 이어지게 되자, 임남순 씨는 모친의 경우도 그랬다면서 이
　　　　　이야기를 구연하였다. 임남순 씨는 그 당시를 떠올리며 감회가 새로운 듯이
　　　　　이야기를 끝내고도 거듭 구연하였다.
줄 거 리 : 모친이 위독하다는 소식을 듣고 친지들이 모두 모였다. 맥박이 조금이나마 뛰
　　　　　는 듯하였으나 바닥에 허리가 붙는 등 죽은 모습과 거의 흡사하여 오일장을
　　　　　준비하였다. 그러나 나흘째 되던 날 죽었다고 여겼던 모친이 갑자기 깨어나,
　　　　　그동안 잠깐 잠이 든 것이라며 꿈 이야기를 해주었다. 돌다리를 건너다가 떨
　　　　　어져 깜짝 놀라 깨었다고 했다.

　몰래(몰라). 그는 뭐 저승 갔던 이얘기인동 아인동(아닌지) 모를따만, 우
리 친정 모친이 그랬다 카이께.

　우리 모친은 그때 신약을 너무 많이 잡사가(잡숴서) 마, 약에 취했부렸
어(취해버렸어).

　(청중 : 마, 여러 가지 잡수면 챈다(취한다).).

　그래 여(여기) 있다하이께는(있다니까는), 전화가 와가주고 뭐, 많이 위
독타고,

　"빨리 올라오라." 카는 기라.

그래가지고 앤(안) 갔나. 저녁차로 갔다 카이. 가이(가니), 편찮애 눕어 있는데(누우셨는데),

마, 참 그 여 허리에 손댄 데가 붙었다 캤는교. 허리가 마, 딱 붙어부랬 어요. 딱 붙고 선전[192]에 그, 그 거어(거기) 있었다.

(청중 : 그래.)

그 와가지고

"아이고 신전댁이, 술 해 옇어라."

그때는 하마해도(아무래도) 초상나면 오일장 해가주고 저 저 머식이 술 도 해 옇고,

(청중 : 술 해 옇고, 뭐 널 짜고 뭐.)

그래가지고,

"술 해 옇어라, 술 해 옇어라."

오산떡이,

"안 된다, 안 된다. 뭐 허리 그렇기 따악 붙고 안 된다, 안 된다." 이캐 쌓대.

마 숨기[193] 맥기 없이 자요. 자는데 하리(하루), 하리 점두룩(저물도록), 밤 하리, 그 이튿날 새복(새벽)에 깼다 카이.

(청중 : 아, 그마이요(그만큼요)?)

예. 새복에 깼다 카이요.

그래가지고 우리 참 대구 형님네도 있고, 다 딸네들 다 연락해가 왔지. 왔는데 보이까네(보니까), 마 마 사람이 마카(마구) 차악 까라져가주고(가 라앉아서) 숨기도 없이 거짐(거의) 맥만 요래 약간 팔닥팔닥 걷고 그래요.

그래가주고 새벽녘에 인자(이제), 참, 술 해 옇어라 카고, 참 그캤다(그 랬다) 캐요. 그캐도 안주(아직), 큰집 오빠 오시디이만은,

---

192) 지명인 듯하나 정확히 알 수 없다.
193) '숨기(氣)'로 숨을 쉬는 기운을 의미한다.

"안주 작은엄마 숨 영 끊지도 안 했다, 맥이 잠깐 뛴다." 카는 기라.

"뛰는데 어이, 뭐 숨도 뭐 숨기 있는 거 보고, 하루 더 기다려 보자." 이카는 기라.

그래 인자 기다려보고, 새벽녘에나 물론 인자 딸네들 마카(모두) 한 서이(셋), 네이(넷) 모여 앉았고 형님들 주무시고 있이이, 그래 입을, 입맛을 똑똑 대요. 입맛을 똑똑 대디이,

"목 마렵다, 물 좀 도가(다오)." 이카시더라 카이,

"아구야꼬(아이구), 엄마 깼데이(깨어났다)." 카므(하며),

그적세나(그제서야) 이래 인자 흔들었다 카이. 흔들어가주고 그 물로 가와가(가져와서) 밥술로 떠 여이(넣으니) 두 모금을 꼴딱 꼴딱 넹기시데(넘기시데).

넹기시디만은, 그래 인자 그 쫌(조금) 있다가 눈을 버이(번히) 뜨시디이만,

"느그(너희) 마카(모두) 와(왜) 왔노?" 이카, 이카시더라 카이요.

마카 집 딸네들이 와가 쭉 둘러 앉았거든.

"너거 마카 와 왔노?" 이카이,

"엄마 죽는다꼬 기빌(기별) 와가 안 왔나?" 카이,

"내가 이지끈(이제껏) 자고 일났다." 이카시는 기라.

밤 하리(하루) 잤지러, 그 이튿날 밤새 또 잤지러, 그 이튿날 사흘로 인자 그래 삐칬는(뻗힌) 기라. 그런데,

"내가 실컷 잤다. 인자 잠이 깨이네." 이카시더라 카이.

그카는데

(청중 : 약에 취했네.)

그래 약에 취했어, 그땐 약에 취했어. 약을 많이, 당약(當藥) 너무 잡샀부맀는(잡숴버린) 기라.

(청중 : 당약, 그 독하데이.)

그래 잡숫고 약에 취해서 그랬는데,

"그래 엄마 자이(자네) 어떻노? 어디 갔다 왔노?" 이카이,

"무신 잠을 그만침 그래 잤노?" 이카이까네,

모도 그카이께네, 이카더라 카이.

"저 내가 야, 그 어데라도 가, 가도 그 마 갑짝(깜짝) 꿈을 깨가, 꿈을 뀌가지고 놀래가 내가 깼다. 다리로 건니다 퉁 널쩠부랬는데(떨어져버렸는데), 갑짝 깨이 꿈이네." 이카시더라 카이요.

그거는 내가 그 소리는 또 우리가 들어봤다.

이장하고 망한 집안

자료코드 : 05_22_MPN_20100202_CHS_INS_0004
조사장소 : 경상북도 포항시 북구 죽장면 지동리 마을회관
조사일시 : 2010.2.2
조 사 자 : 천혜숙, 이선호, 김보라, 백민정
제 보 자 : 임남순, 여, 70세
구연상황 : 최승태 씨의 '시신에 맺힌 구슬을 본 이야기'가 끝나자, 제보자도 비슷한 이야기를 들은 것이 있다고 하며 구연하였다. 청중들이 자주 개입하였고, 내용에 대한 호응도 컸다. 구연이 끝난 후에도 이장에 관한 청중들의 생각과 경험이 단편적으로 이어졌다. 집안이 망한 내용을 구체적으로 이야기한 뒷부분은 사생활 침해라고 볼 수 있어 채록하지 않는다.
줄 거 리 : 제보자의 칠촌 아저씨가 상처하고 가난하게 살았다. 그런데 부친이 돌아가시고 묘터를 구하지 못해 공동묘지에다 모셨다. 그 후로 집안이 불같이 일어서 칠촌 아재의 두 아들들이 모두 크게 출세를 했다. 그러자 칠촌 아재가 공동묘지에 있는 어른의 묘를 이장하려고 나섰다. 재종간에 모여서 묘를 파니, 시신의 수의가 꾀꼬리처럼 선명한 황금빛을 발하였고, 시신에 구슬이 주렁주렁 달려 있었다. 그러나 바로 짚둥우리 같은 연기가 올라오고 김이 서리어 앞을 분간할 수 없을 정도가 되었다. 그러고 나서 그 집이 망했다.

옛날에 친정에 칠촌 아재가, 인제 옛날에는 없어가주고 일찍이 마 할마이, 마누래 저게 상치했붓고(상처해버렸고), 알라(아기) 둘이 형제 놔 두고

상치했붓고, 어마씨캉[194] 그래 있는데,

참 문중에 밥을 얻어믹이듯이 해가 우리 오빠네들이 그래 컸는데,

그래 인자 저 어른이 인자 돌아가서가주고 천지 미(묘) 쓸 데가 없어가 주고 공동묘지에 갖다가 산소를 들었다. 공동묘지에 가 산소를 들여났는데, 어옜거나 그 집이 불 붙듯이……[195]

우리 저게 팔촌 오빠네들이 재주가, 재주가. 만구, 만식이거든. 우리 큰 오빠가 저게 팔촌 오빠가, 저 동산병원에 원장이, 자인(장인) 영감이라요. 대구 동산병원에 자인 영감이고. 둘째 오빠는 남한 일대 지름회사(기름회사), 석유회사 사장 뭐시로, 그래 뭐 얼매나 잘 됐는교?

그래됐는데 우리 칠촌 아재가 하는 소리가 인자 자기 아들도 인자 그마이(그만큼) 됐제, 손자들도 났제,

"그래 내 살 때(살아있을 때) 우리 어른 이장을 해야 된다. 마카 저래 나가가 있으이 손자네들이 뭐 산소를 찾아보겠나? 내 살 때 이장을 해야 된다." 이캐 놔 놓이,

그래 참 재종간에 모대가주고(모여서), 서울, 돈 니라가주고, 이장을 했는 기라. 터를 사가주고. 참 우리 부친하고 모도 산소를 히지끼이(파헤치니) 삼베[196]가 다시, 마 꾀꼬리겉이 마,

[목을 가다듬는다.]

빛이 잽히가 황금빛이 나더라니더(나더랍니다). 참 구슬이 줄줄줄줄, 그 집이 한참 되는 판인데, 좌악 내러가미 맺히고, 인자 점슴을(점심을) 해가 (해서), 일하는 사람들한테 점슴을 해가 지고 올라가이, 마 연개가(연기가) 마 마 짚동겉이 나더란다. 점슴 해가 지고 올라가이까네,

"아이구, 저게 일하는 데 불 났나? 저거 와 저카고(저렇게) 연기가 와

194) '아바시'(아버지)라고 해야 할 것을 잘못 말했다.
195) 불 붙듯이 집안이 일어났다는 의미인 듯한데, 끝부분이 흐려졌다.
196) 망자가 입은 옷, 곧 수의의 천을 말한 것이다.

저케 나노?"

그게 짐(김) 나는 거거든. 짐이라요. 짐인데. 그 잪에(곁에) 일하는 사람은 눈에 서리가 찌가(끼어) 신체를 못 보겠더란다. 그걸 히지끼이까네, 산소를 히지끼이,

그래가 칠촌 아지뱀(아주버님) 뒤로 확 자빠지미,

"아뿔싸, 내가 잘못했다." 카미서러.

(청중 : 놔놨으면 될 거로.)

그래 그 집이 이장하고 쫄딱 망해버린 기라.

처남 말 태우고 걸어간 새신랑

자료코드 : 05_22_MPN_20100202_CHS_CST_0001
조사장소 : 경상북도 포항시 북구 죽장면 지동리 마을회관
조사일시 : 2010.2.2
조 사 자 : 천혜숙, 이선호, 김보라, 백민정
제 보 자 : 최승태, 남, 75세
구연상황 : 예전에는 이 마을에 장난이 심했다는 이야기가 나오자, 좌중이 왁자지껄해졌다. 특히 새식구 욕보이는 장난을 많이 했다면서 시집오면 성가실 정도였다고 했다. 최승태 씨가 한 집안 어른의 사례를 구연하였다. 이야기가 끝난 후에는 신랑 다루기에 대한 기억들이 이어졌다.
줄 거 리 : 홍이 아재가 이 마을로 장가를 들었다가 돌아갈 때, 처남 되는 호제 아재가 자꾸 신랑이 탈 말을 자신이 몰고 가겠다고 했다. 그렇게 하게 했더니 조금 태우고 가다가 새신랑을 내리게 하고 자신이 올라타 신랑에게 말몰이를 시켰다. 꼼짝없이 당한 새신랑은 처남을 태우고 걸어갔다. 자기 집 삽짝이 보이는 데까지 와서야 그 아재는 말에서 내리고 새신랑을 타게 했다. 홍이 아재는 재행 왔을 때 자신이 당한 이야기를 들려주었다.

얼마나 별나가주고 호제이 아재가. 여(여기) 저거 장개(장가) 왔는데, 여 여 죽장에 거어, 홍이였나,[197] 그 아재, 장개 여어 와놓이, 그 아제 와놓

이까네,

　말로 뜨윽 타고 왔는데, 자꾸 하님(하인),[198] 처냄이(처남이) 몰고 갈라카이 말이다.

　"아재, 말 내 몰고 가께요."

　"야야, 니가 어예 몰고 가노? 종 놔둬 놓고." 카이.

　그 때 종이 있었거든요.

　"으으, 아이, 아 내 몰고 가께요."

　"그믄(그러면) 니 몰고 가거라." 카이.

　종 놔두고 말을 몰고 가는 게라.

　가다 여여 저 이장집 앞에 그때 걸이(거랑이) 이렇게 팍 파져 있었는데, 새신랑 보고,

　"니(너), 니러오니라(내려오너라)" 이카거든.

　그래 새신랑이 꼼짝 못하고 탁 니러오는 기라. 니러오이 말 타고,

　"니, 말 몰아라."

　[웃음]

　(청중 : 새신랑 말 몰래가(몰려서).)

　그래가 새신랑 말 몰래가(몰려서), 인자 가는 게라.

　그래가 가믄(가면) 자근하만(어지간하면) 집 근처에 가믄 마 내레가지고(내려서),

　"니, 타라."

　겔(그럴) 겐데, 근데 꼭 삽짓거리(삽짝거리) 다 비일(보일) 듯 말 듯한 데 가가, 말을 세워가 탁 내라가(내려서),

　"니, 타라."고.

　[웃음]

---

197) 장가 온 신랑이 죽장의 홍이 아재였다고 말한 것이다.
198) 처남이라고 할 것을 잘못 말한 것이다.

그래가 인자 몰아다주고.

그래 장개 와가 재행(再行) 와 놓이까네, 그 아재가 인제 재행 와서,

"아, 나, 호제이 조고(저것) 얼마나 못됐다고. 말 처음부터 지 타고 가고 나는 하나도……"

그래가지고 그만침 빌났다고(별났다고), 호제이 아재가.

(조사자 : 호제이 아재가? 재밌네.)

(청중 : 새신랑 그 말, 인자 이제 종, 모종 믹애고(먹이고).)

(조사자 : 말모종을 시켰구나.)

(청중 : 처남은 타고 그래 간다.)

[웃음]

(조사자 : 그 신랑하고는 어떤 관겐데요?)

처남, 남매간.

[좌중 웃음]

이장(移葬) 시의 기이한 경험

자료코드 : 05_22_MPN_20100202_CHS_CST_0002

조사장소 : 경상북도 포항시 북구 죽장면 지동리 마을회관

조사일시 : 2010.2.2

조 사 자 : 천혜숙, 이선호, 김보라, 백민정

제 보 자 : 최승태, 남, 75세

구연상황 : 6·25전쟁 경험담에 대한 이야기가 계속 이어졌다. 제보자가 자신의 경험담을 이야기하다가, 자연스럽게 이 이야기로 넘어갔다. 청중들은 집중해서 들으면서 중간 중간 끼어들기도 하였다. 청중 가운데 한 명이 이어서 비슷한 이야기를 했다.

줄 거 리 : 6·25전쟁 때 돌아가신 할아버지를 좋은 묘터에 모셨다. 그런데 그 묘터가 한씨네 조상묘의 위쪽에 위치해 있었기 때문에 한씨네가 이장하라고 성화를 부렸다. 결국 그 성화에 못 이겨 이장을 하게 되었는데, 묘를 파 보니 묘에서

김이 피어오르고 시신에는 구슬 일곱 개가 달려 있었다. 그 구슬들은 천판을 떼고 난 후 사라져버렸다.

우리 할배는 거 저게 사랑에 계시고 우리 거어 있일 때, 이전 아재네 집 요새 그 마구(마굿간) 있는 데 거어요, 폭탄 떨어져가주고 거어 파옜는데(패었는데). 웅굴겉이(우물같이) 물이 시퍼러이, 그래 할배 기절해가 세상 베맀심다(버렸습니다).

6·25사변 때 내 업고 하다가 마, 호부래비(홀아비) 골짜기 가가주고 인자 세상 베렸거든(버렸거든). 인자 건품으로(가묘 형태로) 인자 그 뒷밭에 그 저 두현 아재네 밭에 거기에 안 묻었디껴? 거 묻어 놨다가.

(청중 : 이장했디껴?)

6·25사변 지나고 인자 그라고 이장했는데, 이장할 때에 할배도 이장할 때에 처음에 어드메 이장했나 하면은 힌디미 여 여 각남다리 해가주고 묘터가 그리 좋았어. 좋았는데 그거 씰(쓸) 적에 한씨네들이 그때는 마 마 한택상이다,[199] 와가(와서) 마마 ○○ 밀았는(밀었는) 데,[200] 와가(와서) 굼불고(뒹굴고) 이랬거든. 그런 거러 우리가 꺼냇부고 썼다고.[201]

쓰고 나이까네 6·25사변 나이 밀려 올라갔붓고, 우리는 괜찮고. 있는데, 그 집들 사(네) 동서가요. 아 그때 삼 동서랬다. 삼 동서가 천날만날 큰집에 와가주고 미(묘) 파내라고.

인자 와 그라노 하마, 보국대 갔부렀거든. 그때 보국대는 여 지방에서 러 해가(해서) 보냈부면 되는데. 그거를 인제 뭐 자기네들 미(묘), 윗대 미 위에 미 쓰고 보국대 갔으이까네,[202] 자꾸 와가주고 파내라고 ○○는 기라, 큰집에.

---

199) 한씨 집안의 누군가를 말하는 듯한데 정확하지 않다.
200) 묘를 쓰려고 터를 밀어둔 곳을 말한다.
201) 묘를 못 쓰게 그 터에 와서 뒹구는 한씨네 사람을 끄집어내고 묘를 썼다는 의미이다.
202) 한씨들이 자기 조상묘 위에 최씨네가 묘를 쓴 탓에 자기 후손들이 보국대에 끌려갔다고 생각한다는 뜻이다.

그때만 해도 ○○짝 그거다. 국민학교 댕길 적에, 그래가 인자, 국민학교 졸업했다. 그래가주고 큰아부지, 산소 쓰는데 오시가주골랑은,

"도저히 못 견디겠다. 파자."

이래가주고, 그래가 인자,

[청중이 갑자기 끼어들어 잠시 말을 머뭇거린다.]

(청중 : 삼동서가 묘를.)

새벽에 와가 카이까네 마 마. 그래가 인자 묘를 파는데 그 묘를 이래 히지끼이까네(파헤치니까) 말이야, 히지낄 때 그때 개남할배가 이쪽 건네(건너)에 있었다는데, 짐이(김이) 그래 나더라 카대.

그 우리는 몰랐는데, 그래가 묘를 파가주골랑은 인제 천판[203]을 저게, 곽을 들어올려가 천판을 띠이까네(떼니까), 그거는 인제 우리도 봤지. 하마 열여섯 살 묵었으이까네. 구실이(구슬이) 꼭 달걀○○ 맺히가주고 주울 내리오민(내려오면서) 일곱 개가 주루룩 달린 게라.

(청중 : 구실이요?)

예, 구실. 제일 굵은 게 제일 우에(위에) 있고, 내려갈수록 잘더라고.

(청중 : 그래 인자 가만 놔뒀시모 그 집은 인자 뭐가 돼도 큰 자석이 하나 나지.)

줄 내려가면서 이래 있는데, 그게 요 천판 떼고 쪼매 있으이 없어졌부랬다. 그래가 마 할배를 이장을 했니더.

구렁이 팔고 망한 집안

자료코드 : 05_22_MPN_20100202_CHS_CST_0003
조사장소 : 경상북도 포항시 북구 죽장면 지동리 마을회관

---

203) 관 뚜껑에 해당하는 널을 가리킨다.

조사일시 : 2010.2.2
조 사 자 : 천혜숙, 이선호, 김보라, 백민정
제 보 자 : 최승태, 남, 75세
구연상황 : 이장(移葬) 때 구슬 본 이야기를 듣고 청중들은 각각 이장에 관한 직접·간접
의 경험들을 떠올렸다. 조사자가 업 때문에 망한 집 이야기를 들어 보셨냐는
질문을 하자 제보자가 이 이야기를 들려주었다.
줄 거 리 : 논골에서 제일 잘 살던 충근이 집에서 할매가 구렁이를 잡아다 팔아버린 후
로 망해버렸다.

　충근이 집이, 충근이 저 저거 여 논골서러(논골에서), 남쪽에서는 제일
잘 살았다고요.

　(청중 : 아 그 집이가요?)

　예. 충근이 저거 엄마 시집오이까네, 집 아래 윗채에 곡석(곡식) 받아다
들라놓고 지둥을(기둥을) 빼뿌러도(뽑아버려도) 집이 안 넘어진다 캤거든.
그만치(그만큼) 잘 살았어. 잘 살았는데, 그 인제 영천영감 천날만날 구루마
끌고 댕기고(다니고) 이랬는데, 손님이 마 마 말도 못하이 그 집에 들어와.

　그래 있는데 구리이가(구렁이가) 만날 이늠 구리이가 한 마리, 마리(마
루) 밑으로 거쳐가, 청을(대청을) 거쳐가 나가고 나가고 해 노이까네, 충근
이 저거 할매가요, 막 그거를 막 자루에 잡아 옇었다(넣었다) 그러데. 구
리이를 자루에 잡아 옇어가 영천 영감 구루마에(바퀴달린 기구에) 실어
영천 가는 데 팔았뿌라 카미(하며) 줘부랬다(줘버렸다) 카데.

　그래 그 구리이 팔았뿌고 그 집이 홀딱 망했뿌고 아무 꼿도(것도) 없어.

　(조사자 : 업이었구나.)

　(청중 : 지껌이다 그지요?)

　그래 그 충근이 집에, 구리이 팔았뿌고 그래가 망했어. 요새는 아무 꼿
도 없어. 그 집이 그래 망했어.

도깨비 경험담

자료코드 : 05_22_MPN_20100202_CHS_CIS_0001
조사장소 : 경상북도 포항시 북구 죽장면 지동리 마을회관
조사일시 : 2010.2.2
조 사 자 : 천혜숙, 이선호, 김보라, 백민정
제 보 자 : 최일수, 남, 73세
구연상황 : 조사자가 도깨비 경험담을 청하자, 덕국댁이 비 오는 날 저녁에 도깨비불을
　　　　　 본 경험을 이야기했다. 홀린 사람은 없었냐고 물었더니, 덕국댁이 자신의 외
　　　　　 사촌 형부가 그런 일이 있었다고 했다. 모두 알고 있는 이야기인 듯 좌중이
　　　　　 웃음을 터뜨렸다. 이어서 최일수 씨가 자신의 장인어른도 그랬다면서 이 이야
　　　　　 기를 구연하였다.
줄 거 리 : 우리 장인어른이 술을 마시고 분리재를 넘다가 도깨비에게 홀렸다. 도깨비들
　　　　　 은 가시밭에서는 물이라고 옷을 걷으라고 하고, 물에 가서는 가시밭이라고 옷
　　　　　 을 내리라고 했다. 장모가 기다리다 찾으러 갔더니, 장인어른은 그곳에서 취한
　　　　　 채 잠들어버렸고, 가지고 오던 음식들은 모두 도깨비들이 먹어버린 상태였다.

　　우리 장인어른도 그랬다 카더라 카이. 우리 장인어른도 그래 저게, 그
때는 장인어른이라 안 카고, 저저 옛날 구식에 인자 인자 이야기를 해가
주골랑, 병장어른이라(빙장어른이라) 이카거든요, 장인어른을 갖다가, 병
장어른이라 이카는데, 인자 우리, 병장어른도 인자 저기 도일에 있던 동
서, 인자 저게 저 그 처형 데려다 주고, 갈 직에(적에) 인자 술로 얼매나
(얼마나) 멕이가주고.

　　장인어른 술로 믹이가(먹여서) 이래가주골랑 인자 술로 채가지고(취해
서) 인자 밤에 저래 늦게 인자, 그 분리재로 넘어가시는데, 그 분래,204)
저 못 안에, 그 전에 그, 그때는 못, 없었잖아요. 못 안에 거어 가는데 토
째비한테 그래 홀래가주골랑 가이, 뭐 저게, 까시밭에 가면은,

　　"여기 물이다, 다리 걷어라." 이카고(이러고).

　　또 물에 가믄은(가면),

─────────────────

204) '분리재'를 급하게 말한 것이다.

"여 까시밭이다, 다리 니라라(내려라)." 이카고,

이래가지고, 홀래가지고 집에도 못 가고, 내자(나중에) 뭐 그래가주고 정신없이 해가, 가다가 술 채가지고 자고 그랬다 이카더만.

(청중 1 : 술 먹고 가다가.)

(청중 2 : 오새는 마 없데.)

[다른 청중 한 분이 다른 도깨비 이야기를 시작하여 분위기가 좀 어수선해졌다.]

이래가 이랬는데 장모가 인자 내자아(나중에) 그 저기 안 오이까, 찾아와가주골랑 그래가주골랑, 야튼(하여튼) 뭐 그래 저 술 믹이, 술 믹이가주고 그래가주고 채가주고 채가주고 눕어(누워) 있이이까네,

마 그 인제 저기 마 저거 머고 음석 하고 가주갔는 거, 그 사람들이[205] 마 그래가주고는 다 떨어가 묵었뿌고(먹어버리고), 다 떨어 묵었뿌고 빈 상(床) 해 놔두고 이랬다 캐쌓던데.

죽었다 살아난 집안 어른

자료코드 : 05_22_MPN_20100202_CHS_CIS_0002
조사장소 : 경상북도 포항시 북구 죽장면 지동리 마을회관
조사일시 : 2010.2.2
조 사 자 : 천혜숙, 이선호, 김보라, 백민정
제 보 자 : 최일수, 남, 73세
구연상황 : 이야기판의 분위기를 환기하기 위해 저승 체험담과 같은 이야기를 알고 있느냐고 물었더니, 제보자는 자신의 종고모부가 그런 경험을 한 것을 들었다고 하면서 이 이야기를 구연해 주었다. 최승태 씨는 '말도 안 되는 소리'라고 일축했으나, 다른 몇 분은 집안 어른의 일이라 들은 적이 있는 양 재미있어 했다. 구연이 끝나고도 두건의 둘레가 '석 자 세 치'가 맞는가에 대해서 한참

---

205) '도깨비들이'라고 해야 하는데 잘못 말했다.

설왕설래했다.

줄 거 리 : 제보자의 종고모부가 죽어서 장사를 치르게 되었다. 망자의 상복 두건을 만들다가 그 치수를 몰라 어른들과 상의하던 중에 죽은 줄로 알았던 종고모부가 "그거는 석 자 서 치"라고 말하면서 일어났다. 일을 도와주러 간 제보자는 초상 치르느라 마련한 술을 실컷 먹었다.

그거 저 송리 우리 고모 아재가 그랬잖아.

(조사자 : 그렇죠? 그런 얘기가 있죠? 그런 얘기 좀 해 주세요.)

그거 해줄라 그이(그러니) 옳게 못 듣고 이래가주골랑.

(청중 : 진짜 갔다 왔는가요?)

예.

(청중 : 뭐 진짜사 안 죽었지. 온히, 숨기(氣)가, 숨기가 오래 있았지. 뭐 그랬이까 봐.)

아이라 그래가주고, 아이라,

(청중 : 참말로 그랬는강?)

그 아이라, 내 저 저 내 저 일할 게 있어가주고 일해 주러 간다꼬 가이께네, 인자 저게 보자 고모 아재는 어디메,

(보조 제보자 : 우리 종고모부, 시종고모부가 그랬다니더.)

(청중 : 말도 안되는 소리다.)

어디 가셨부고 없고, 인자 장사한다고 술 전부 다 받아 놓고, 인자 한창 저 시체를 놔또(놔둬) 놓고 한참 두건 짓고 이라다가,

저 참 두건 짓는 자수를 몰라가주고(몰라서),

"이거 인자 참 두건이 몇 자 뭐 얼매한다 이카드라?" 이카믄서,

"몇 자로 하는공, 이래 끊어가주고 인자 두건을 짓는공?"

이래가주고 이카미서러 어른하고 이얘기하다가 나이 인자,

"그거는 석 자 서 치(세 치)." 카고.

그카고 깨어나더라 카는데 뭐.

그라고 그 술 그요. 메칠(며칠) 있다가 용호 고모부는 놀러가시고 없고,
그거(거기) 일하러 가가주골랑은(가서는) 일하러 가가 술로 얼매나 묵었다꼬

종고모부의 저승 경험

자료코드 : 05_22_MPN_20100202_CHS_CIS_0003
조사장소 : 경상북도 포항시 북구 죽장면 지동리 마을회관
조사일시 : 2010.2.2
조 사 자 : 천혜숙, 이선호, 김보라, 백민정
제 보 자 : 최일수, 남, 73세
구연상황 : 임남순 씨의 '모친의 저승 경험담'이 거듭 구연되자, 최일수 씨가 이야기를
끊고 이 이야기를 구연하였다. 임남순 씨는 이 이야기 도중에도 앞서 구연한
이야기를 다시 짧게 반복하였다. 청중이 모두 동성촌의 한집안인지라, 이야기
속 주인공과 그 가족에 대한 이야기를 나누며 구연이 끝이 났다.
줄 거 리 : 종고모부가 죽었다 깨어나 저승에 대한 경험을 이야기하는 걸 다른 인편에
들었다. 저승에는 열두 대문이 있고, 대문마다 높은 사람들이 앉아 온갖 질문
을 했다. 마지막으로 다리를 건너려는데 아직 올 때가 안 됐다고 떠밀어버리
는 바람에 떨어지면서 깨어났다. 그 후 이웃사람들이 저승 이야기 듣는다고
쫓아다니는 바람에 종고모부는 사흘 동안 잠을 자지 못했다.

그거는 인편으로 걷들어놓이까, 내가 확실하게는 못 들었는데. 저 송리
종고모부,[206] 그칸다 카대. 그래가, 저 뭐 거어(거기) 가이(가니), 저승 가
이까네 뭐, 뭐 저게 어디 저 뭐 참 열두 대문, 대문이라 카디만은(하더니
만) 뭐, 칸칸이 뭐 들어간 데도 많고, 높은 사람들도 마이(많이) 앉았는데,
온갖 질문 다 하고.

이래가 마지막에 가가지고는

"니는 나이 저게……."

[말을 바꾸면서]

---

206) 앞서 이야기한 '죽었다 살아난 집안 어른' 이야기의 주인공이다.

아이 고 중간에는,

"니는 무슨 일 하다가 왔노, 뭐 하다 왔노?" 이카미,

그런 거 온갖 질문 다 하고 이라디이(이러더니), 내자(나중에) 마지막에 가가주고는,

"니는 뭐…….."

[갑자기 기억난 듯이]

그 참 참, 그 다리가 있다 카더더(합디다). 그 다리 건너다가는,

"니는 아직 올 때 멀었다" 카미.

떠밀었뿌러가(떠밀어버려서), 마 널쪘부러가지고는(떨어져버려서는),

(청중 : 그카시더라 카이요.)

널쪘부려가지고 그래 갑짝(깜짝) 깨가주고(깨어서), 그래 놀래가주고, 그래가주고 깨났다 이카거든. 이카더라.

[다리 건너는 대목에서 덕국댁이 앞서 구연한 이야기를 30초가량 반복하였다.]

[제보자가 다시 이야기를 잇는다.]

그래 그도 그래가지고는 그래가지고 깨나 놓이, 그 이웃사람들이 인제 마, 저승갔던 이야기 듣는다꼬 마 며칠, 한 사나흘로 잠을 옳게 못 잤답니다. 하도 그거를 물어싸―서.

[청중 웃음]

(청중 : 그 길로 안 돌아가셨나, 김서방?)

아이라(아니라). 그라고 살았니더. 한참 살았니더.

(청중 : 쪼매, 한 이년 댕겠을(다녔을) 게다. 잔채(잔치) 댕게고 그랬다 카이.)

[청중들이 종고모부인 김서방의 이후 행적과 그 가족에 대한 기억을 나누었다.]

모심기 소리 (1)

자료코드 : 05_22_FOS_20100221_CHS_LST_0001
조사장소 : 경상북도 포항시 북구 죽장면 가사리 마을회관
조사일시 : 2010.2.21
조 사 자 : 천혜숙, 이선호, 김보라, 백민정
제 보 자 : 이상태, 남, 84세
구연상황 : 박창원 교장으로부터 소개 받은 이상태 씨가 마침 마을회관에 들리셨다. 현관에서 담소하고 계시던 이상태 씨를 방으로 모셔서 조사 취지를 설명하였더니, '모심기 소리', '모찌는 소리'를 다 부를 수 있었는데 이제는 다 잊어버렸다면서 내키지 않아 하셨다. 과거에 제보자가 불렀던 '모심기 소리'(박창원 교장 채록본)의 특이한 가사 부분을 상기시켜 드렸더니, 기억이 난 듯 그 부분만 불러 주셨다.

나비야나비야 범나비야
무신꽃트로(무슨꽃을) 좋아하노
명밭골콩밭골 후드러진데
따그랑 땅땅땅
찔레꽃틀 좋아한다

모찌는 소리

자료코드 : 05_22_FOS_20100221_CHS_LST_0002
조사장소 : 경상북도 포항시 북구 죽장면 가사리 마을회관
조사일시 : 2010.2.21
조 사 자 : 천혜숙, 이선호, 김보라, 백민정
제보자 1 : 이상태, 남, 84세

제보자 2 : 최상대, 남, 85세

제보자 3 : 이동걸, 남, 71세

구연상황 : 앞의 모심기 소리가 끝나고 더 계속해 주기를 청했더니, "모찌는 소리도 있지
요"라고 하면서 이 노래를 구연하기 시작했다. 한 소절만 부르고 막히자, 최
상대 씨(제보자 2)와 이동걸 씨(제보자 3)가 차례로 받아서 불렀다.

제보자 1 들아내자(들어내자) 들어내저
　　　　이모판으로 들어내자

그거 또 2절이 또 뭐니라?

(제보자 2 : 에와내자.)

해 봐라. 2절 해 봐라.

제보자 2 에와내자 에와내재이
　　　　이못자리로 에와내자

고고 1절, 2절이고.

(조사자 : 또 없습니까?)

있기사 마이(많이) 있지만은.

제보자 3 이모판을 들어내여
　　　　조선팔도에 노나먹자(나눠먹자)

[웃음]

(조사자 : 어르신 그 사설은 만드신 거예요?)

옛날에 그랬다 카이.

모심기 소리 (2)

자료코드 : 05_22_FOS_20100221_CHS_LST_0003
조사장소 : 경상북도 포항시 북구 죽장면 가사리 마을회관
조사일시 : 2010.2.21
조 사 자 : 천혜숙, 이선호, 김보라, 백민정
제보자 1 : 이상태, 남, 84세
제보자 2 : 이동걸, 남, 71세
제보자 3 : 최상대, 남, 85세
구연상황 : 두 어른(제보자 1, 제보자 2)보다 사설이 더 많다고 자신감을 보이는 이동걸
씨(제보자 3)에게 '모심기 소리'를 청했다. 그러나 첫 부분만 이동걸 씨가 불
렀고, 나머지 사설은 이상태(제보자 1), 최상대(제보자 2) 씨가 주도하여 주고
받는 형태로 구연하였다. 세 분이 합창을 하기도 했다. 마을사람들 대부분
'모심기 소리'와 '어사용'을 잘 불렀다는 말도 들을 수 있었다.

제보자 3 찔레야꽃튼(찔레야꽃은) 장가가고

　　　　석류야꽃트는 요각간다(요객간다)

　　　　만인간아 웃지를마라

　　　　후손바라서 장가간다

　(조사자 : 또 받으시지요. 다른 사설.)

　해가 빠지면은

제보자 1 오늘해가 어이됐노

　　　　골골마다 내가나노(냄새가나나)

　　　　우리야임으는 어덜가고

　　　　저녁할줄을 모르시노

제보자 3 아흐나 아홉칸

　　　　정지안에 돌고나니

　후럼이 그게 그거다.

제보자 3 해는빠지고 저저문날에
　　　　○을입고서 어델가나

제보자 2 상각사나 본체죽어
　　　　울고가는 저처자야
　　　　걸려주소 걸려주소
　　　　알배기처자만 걸려주소

　　[웃음]

　　　　아흔아홉칸 그물따여
　　　　알배기처자만 걸려주소
　　　　사래야길고 반긴밭에
　　　　울뽕따는 저처녀야
　　　　울뽕줄뽕 내따줌세
　　　　백년언약을 나캉하자
　　　　알곰삼삼207) 얽은독에
　　　　쌀을부어도 국화주라

제보자 1 저녁을먹고서 썩나서니
　　　　○○○○ 손질하네
　　　　손친데는 밤에가고
　　　　주모야술집에 낮에야가네

제보자 2 새야새야 부꿈새야(뻐꾹새야)
　　　　니어디가서 자고오나
　　　　휘영아휘청 버들가재

---

207) 잘고 얕게 얽은 자국이 드문드문 있는 모양을 표현한 말이다.

이리흔들 저리흔들 자고왔다
초롱아초롱아 양사초롱
임의방에 불밝혀라
임도눕고 나도눕고
초롱불은 누가끄노
모수야적삼에 반적삼에
분통같은 저젖보소
많이보면 병될께고
손틉만치만(손톱만큼만) 보고가소

[웃음과 잡담이 잠시 이어졌다.]

제보자 2 요논빼미에 모를숨어
　　　잔잎이나도 정잘레라

제보자 1 우리야부모님 산소등에
　　　솔을숨아도 정잘레라
　　　늦어온다 늦어온다
　　　점심참이 늦어온다

제보자 2 아흔아홉칸 정지안에
　　　돌고나니 늦었노라

(조사자 : 늦은 이유가 여러 가지가 있죠?)
처음에 발송되면 할 수 있는데, 마카.

제보자 1 상주야합천에 공결못에
　　　상추를씻느나 저아가씨

제보자 2 잎을랑후리훌쩍 제쳐놓고

　　　　속에속잎을 나를주소

　　　　머리야좋고 실한처자

　　　　울뽕낭게 걸앉었네

　　　　울뽕줄뽕아 내따줌세

　　　　백년언약을 나캉하세

　딸이야 머카고 그거 저 저 처음 기초가 뭐고? 다 잊어무우버려가.

　[제보자 2가 '새야새야 부꿈새야'를 시작하다가 이미 했음을 알고 다른 사설을 부른다.]

　　　　우리야서방은 북만주가고

　　　　밤새우기가 처량하다

　저거 저, 칠성판에 실리 온다 카는 거 처음에 뭐고?

　[서로 기억을 되살리기 위한 대화가 10초가량 계속되었다.]

제보자 1 서울가신 우리선보(우리선비)

　　　　우리선보 안오시나

　　　　오기사(오기야) 오진만은

　　　　칠성판에 실려온다

　(청중 : 슬픈 노랠세요.)

　(조사자 : 고 절도 해보세요.)

　(제보자 2 : 고것도 4절까지 있는데.)

마당밟이 소리-조왕풀이

자료코드 : 05_22_FOS_20100128_CHS_CSD_0001
조사장소 : 경상북도 포항시 북구 죽장면 가사리 마을회관
조사일시 : 2010.1.28
조 사 자 : 천혜숙, 이선호, 김보라, 백민정
제 보 자 : 최상대, 남, 85세
구연상황 : 구연 전 제보자로부터 죽장 '지게상여놀이'에 대해서 들었다. 제보자는 이 놀이를 직접 발굴했다면서 놀이의 배경과 방법에 대해서 상세하게 설명해 주셨다. 그리고 요즘 굴건제복을 입고 이 놀이를 하는 방식에 대해서 비판하고, 행상과 놀이는 다른 것이며 지게상여놀이는 철저히 놀이로 행해야 한다고 덧붙였다. 이어서 가사리에서 정월과 팔월 보름에 청년들이 모여서 '마당밟이(지신밟기)'를 했다면서, 그 과정에 대해서도 설명을 해 주셨다. '마당밟이 소리'를 청했더니 먹고사는 것이 중요하므로 먼저 '조왕' 부분을 불러보겠다면서 이 노래를 시작했다.

어허여루 지신아
지신아바신아 눌루자
정지사방을 눌루자
주방사방을 눌루자
서말지두말지 눌루자
조리쪽배기 눌루자

인자 이래 이래 눌러가지고 인자 하는데, 고거 다 눌린 뒤에는 인자, 인자 뭐시 풀이가 드가거든.
[조왕치장 부분으로 들어간다고 설명을 하고]

상탕에 머리씻고
중탕에 세수하고
하탕에 모욕씻고(목욕하고)

그래가주 인자 뭐시 옷으는(옷은), 무명각자 걸쾌자 카는 거 아지요? 그 걸 입고 그래 우리 참 주모님이 그래 식사한다. 그래 그 담에는 인자 밥을 할 직에(적에)

안솥에 앉힌밥으는
짐도나고 싹도난다
배껕솥에 앉힌국으는
미역국에 땀나고
조피국에 땀난다

그래고

눌루자 눌루자
이집조왕을 눌루자
이집성주를 참,
정지니구직을(부엌네구석을) 눌루자

일절 이래가주 다 한 뒤에는 그적세는(그때는)

[조왕치장에 관한 부분을 다시 반복하느라 잠시 시간이 더 소요되었다.]

부들부들 동백기름
미끌미끌 미지름(기름)
두손받아 싹싹 빌어가주고
반달둥실 꺼전지름(꺼진기름)

그래놓고

니모반듯(네모반듯) 저이마는
삼각산이 불명하고(분명하고)
한일자로 그린눈썹
여덟팔자가 분명하고

그래

두이자로 그린입은
박속겉은 저입은
두이자가 분명하다

이 집 가모가 참 어디 나가디라도 차를 타디라도 교통사고 없애주고,
비행기 타디라도 공중사고 없애주고, 바다, 배로 타디라도 수중버실 없어
주고. 그래,

남인데(남에게) 칭찬받고
산에가마 산각시
들에가마 들각시
그저
지(제)눈에각시 들령들지[208]
일년 있어도
아푼데실푼데(아픈데슬픈데) 없어지고
그각시 좋은각시
만신지절이 앓지말고
요새 불도저맨터로(불도저처럼)
튼튼해가(튼튼하게) 살아주소

---

208) 무슨 의미인지 알 수 없다.

이래가 축원에 드간다 카는 기라.

불매소리(풀무소리)

자료코드 : 05_22_FOS_20100128_CHS_CSD_0002
조사장소 : 경상북도 포항시 북구 죽장면 가사리 마을회관
조사일시 : 2010.1.28
조 사 자 : 천혜숙, 이선호, 김보라, 백민정
제 보 자 : 최상대, 남, 85세
구연상황 : '마당밟이 소리-조왕풀이' 후에 '성주풀이'를 불렀지만 구술로 한 데다 중간
중간 해설이 너무 많아 채록하지 않는다. 옛날에 이 마을 가사리에 큰 솥공장
이 있었다면서 그때 불렀던 '불미소리' 가사를 다시 읊조리는 제보자에게 노
래로 불러 달라고 청해서 들었다. 우는 아기를 달랠 때도 이 노래를 불렀다고
했다.

오호 불미야(풀무야)

이불미가 누불미고(누구풀무냐)

경상도 도불미

이쇠는 어디쇠고

전라도 자랑쇠

이쇠를 녹카서(녹여서)

가매솥으로 맹그까(만들까)

두말지서말지 맹글까

닭계랄것치만(계란같이만) 하여주소[209]

상수뿌리로 나와주소[210]

---

209) 달걀 껍질처럼 매끈하게 만들어 달라는 뜻이다.
210) 곧은 상수리 나무처럼 튼튼하게 만들어 달라는 뜻이다.

치마타령 (1)

자료코드 : 05_22_FOS_20100128_CHS_CSD_0003
조사장소 : 경상북도 포항시 죽장면 가사리 마을회관
조사일시 : 2010.1.28
조 사 자 : 천혜숙, 이선호, 김보라, 백민정
제 보 자 : 최상대, 남, 85세
구연상황 : '어사용'을 부른 제보자는 여자의 신세타령도 있다면서 이 노래를 불렀다.
        '어사용'과 같은 가락이다. 과부의 신세타령이라고도 했다.

그래 인자 '치매타령' 카는 거, 이거는 참 부부간에 자녀들 많이 낳아
놓고, 참 영감이, 신랑이 세상을 베려버렸다. 죽어버렸다 말이다. 요새는
뭐 ○○지만 그때는 뭐 없는 사람 삼 삼고, 아-들(아이들) 헌 옷가지, 이
래 호롱불 써 놓고 집자만(깁자면), 이래 지브민서(기우면서) 생각해 보만,
참 남은 참 부부간에 호화롭게 사는데, 와(왜) 내 팔자는 아-는 이래 낳아
놓고 ○○○○ 같노.

그래 인자 노래로 그래,

> 명년 춘삼월
> 꽃이피만 오실랑가
> 잎이피면 오실랑가
> 쟁쟁우는 어린자슥
> 부모처자 다 버리고
> 고국산천 가신님은
> 명년 삼월
> 꽃이피믄 오실랑가
> 잎이피믄 오실랑가
> 아이고답답 내신세야

어사용 (1)

자료코드 : 05_22_FOS_20100128_CHS_CSD_0004
조사장소 : 경상북도 포항시 북구 죽장면 가사리 마을회관
조사일시 : 2010.1.28
조 사 자 : 천혜숙, 이선호, 김보라, 백민정
제 보 자 : 최상대, 남, 85세
구연상황 : 조사자가 '어사용'을 불러달라고 청하였더니, 고공살이 하는 사람이 3월 아지
랑이 필 때 나무하러 가면서 자신의 신세를 한탄하면서 부른 노래라는 설명
을 한 뒤, 이 노래를 구연해 주셨다.

어사용 카는 거는 참 남의 집에서 고공살이(머슴살이)를 하는 기라. 고
공살이하는데 참 삼월달에 늘받아(내려다) 보이까네 참 아지래이(아지랑
이) 피고, 있는 사람들은 참 옷도 잘 입고 댕기고. 산에 나무하러 턱 가이
까네,

(조사자 : 신세타령이다.)

그래 신세타령이지. 어사용 카는 거는 신세타령이라. 그래 인자 자기가
부르는 게, 구야구야 까마구야.

(조사자 : 노래로 한번, 노래로.)

구야구야 까마귀얘이
반공국에(반공중에) 높이떠서
황혼질에 간다하니
임계신곳 가거들랑
임에소식 전해주소

어사용 (2)

자료코드 : 05_22_FOS_20100128_CHS_CSD_0005

조사장소 : 경상북도 포항시 죽장면 가사리 마을회관

조사일시 : 2010.1.28

조 사 자 : 천혜숙, 이선호, 김보라, 백민정

제 보 자 : 최상대, 남, 85세

구연상황 : '어사용'과 '치매타령'을 차례로 부른 제보자에게 다른 어사용 사설도 있지 않느냐고 물었더니 몇 가지 된다고 했다. 다시 청해서 들은 노래이다.

샛배같은 이내몸에

황소같은 짐을지고

고복태산(고봉태산) 왕래하니

농부된 내팔자야

어떤사람 팔자좋아

부귀영화 누리시고

영화되기 다별인데[211]

나는어째 농부되어

고복태산 왕래하노

치마타령 (2)

자료코드 : 05_22_FOS_20100221_CHS_CSD_0001

조사장소 : 경상북도 포항시 북구 죽장면 가사리 마을회관

조사일시 : 2010.2.21

조 사 자 : 천혜숙, 이선호, 김보라, 백민정

제 보 자 : 최상대, 남, 85세

구연상황 : 가사마을의 동제 및 지게상여놀이에 대해 들었다. 이어서 제보자가 '치매타령'에 대해 설명하기 시작했다. 혼자 된 여자가 고꿀(등잔불)에 불 붙여놓고 헌 옷가지를 기우면서 부른 신세타령이라고 했다. 사설로 읊으려고 하는 것을 조사자가 노래로 불러 달라고 청했다. 지난 번 조사시 들은 것보다 더 긴 사

---

211) 무슨 말인지 정확하지 않다.

설이다. 어린 시절 제보자의 노래 선생이었던 변재만 어른으로부터 배운 노래
라고 했다.

엄동설한 떠난님아

명년춘삼월 꽃이피고

잎이피면 오실랑가

쟁쟁우는 애린자석(어린자식)

애비불러 애미간장

다태우는데 하물며

인생으로서 날러댕긴

새짐승도 짝이있고

어북다리 짚신도

커리가(켤레가) 있건만은

내인생 홀로늙어

아이구답답 내팔자야

정선에가신 낭군은

휴가도 오건만은

우리낭군 언제때나 오실랑가

논매기 소리

자료코드 : 05_22_FOS_20100221_CHS_CSD_0002
조사장소 : 경상북도 포항시 북구 죽장면 가사리 마을회관
조사일시 : 2010.2.21
조 사 자 : 천혜숙, 이선호, 김보라, 백민정
제 보 자 : 최상대, 남, 85세
구연상황 : '모심기 소리'(채록하지 않음)에 이어 바로 구연하였다. 노래를 짧게 부른 후
'논매기 소리'가 불리는 현장에 대해서도 설명해 주었다. 지금은 고인이 된

정자골 황수도 어른이 선소리를 잘 했다는 말도 덧붙였다.

울룰룰 상사디야

카만, 그 담에 인자(이제) 선소리 대는 사람이 카만 인자,

울룰룰 상사디야
이논빼미 논을매여
누캉○○ 묵고사노

카만,

우리조상 부모님께 대접하고
형제간에 우애있고

카만, 그래 인자 선소리 하내이가(하는 이가) 인자, 그 사람은 논 안 매고. 앞에 서가주고 이래 예를 들, 만기로 들고.
(청중 : 기 들고, 앞에 일도 안 하고요. 그런 거 우리 어릴 때 봤어요.)
그 기가 '농사는 천하지대본'이라고 그 인자 기로 그래 써가주고, 농사는 천하지대본이라고 기로 써가(써서) 들고 그래 인자.
(청중 : 앞에는 인자 그래 해나가고 뒤에는 인자 일꾼들이 쫙 따라가미 일해가 나가고. 그라고 인자 하루 종일 해도 되지도(힘들지도) 안 하고, 아주 마, 옛날에 어른들이 그 참 그랬어.)
안 되지(힘들지).

보리타작 소리

자료코드 : 05_22_FOS_20100221_CHS_CSD_0003
조사장소 : 경상북도 포항시 북구 죽장면 가사리 마을회관

조사일시 : 2010.2.21
조 사 자 : 천혜숙, 이선호, 김보라, 백민정
제 보 자 : 최상대, 남, 85세
구연상황 : '모심기 소리'가 끝나고 바로 이어 불렀다. '모심기 소리' 막바지에 "(노래를
할려면) 끝도 없지."라고 하면서 구연을 멈추었는데, 청중 가운데 한 분이
"둘이 다 누버마(누우면) 초롱불은 누가 끄노?"라고 농담을 했다. 조사자가
보리타작할 때 노래는 안 불렀는가 묻자, 조사자의 질문이 끝나기도 전에 말
을 끊으며 구연하기 시작했다.

보리타작할 때는 그거는 뭐 단순한 얼매 안 되거든. 여는 뭐 우리는 그
보리타작하는데, 그거는 안 봤는데, 강동 카는 데 거어는(거기는) 저 인제
여 촌사람들 보리 품 들로(들러) 가가주고 내가 글 때 애(아이) 때 가가
들어보이 인자,

　　오호 호이야
　　이보리를 띠딜겨(두드려서)
　　누구캉나캉 묵고살꼬

후렴으는,

　　들바다서면(들어서면서) 때려주고
　　나바다서면(나서면서) 때려주고
　　비악산이 비묻었다

여 인자 우리는 비악산이 최고 높거든. 그래 인자 하는 거 들었지. 우
리는 인자 그거는 안 해봤고. 글(그) 때는 어리이께(어렸으니까) 도리깨질
을 할 수가 있나.

모심기 소리

자료코드 : 05_22_FOS_20100202_CHS_CIS_0001
조사장소 : 경상북도 포항시 북구 죽장면 지동리 마을회관
조사일시 : 2010.2.2
조 사 자 : 천혜숙, 이선호, 김보라, 백민정
제 보 자 : 최일수, 남, 73세
구연상황 : 지동리 마을회관에 도착하자 마을 할머니들 거의 대부분이 방에 앉아 담소를
나누고 있었다. 신종 플루 예방주사를 맞고 와서 모두 쉬고 있던 참이었다.
조사 취지를 설명하고, 입암리에서 만났던 최승태 씨 이야기를 하면서 효자각
과 아기장수 이야기 등에 대해 물어 보았다. 효자비 주인공과 그 후손에 대한
이야기가 한동안 오갔다. 그러다 조사자가 베틀노래에 대해 묻자 다 잊어버렸
다며 서로 미루기만 하였다. 그때 최일수 씨가 모심기 소리 같은 것이라면 할
수 있겠다며 이 노래를 부르기 시작했다.

물낄랑처정청(물꼴랑청청) 다헐어놓고
쥔네양반은 어덜가노

그카고, 고 인자, 고 앞 짝, 그거는 저게 앞에 선창이고. 뒤에 후창은
인자,

문에야대전부(문어야대전복) 손에들고
첩에방에 놀러갔다

인자 이카믄서 오전에 하는 노래 있고, 오후에, 오후에 하는 노래 있고.
(조사자 : 기억나시는 대로 다 한 번 불러주세요.)
(청중 1 : 다 불러 보소.)
(청중 2 : 모숭기 노래 김서방하고 마 잘 하잖아.)
(청중 1 : 능청능청 머, 머라 캤노?)

능청능청 저베로끝에(저 벼랑 끝에)
무정하구나 우리오빠

또 그거는 인자 선창이고, 후창은,

(청중 : 달아가 해야지. 후창이고 그카지 말고.)

(청중 : 달아가 좀 해라.)

(청중 : 달아가 해야 되지. 난 할 줄 몰라도 이미는(의미는) 다 안다.)

[청중 웃음]

　　　난도죽어서 후세상가서

　　　낭군님한번 심겨보꼬(섬겨볼까)

(청중 : 모시적삼 반적삼이다.)

[한 청중이 이 구절의 의미를 설명한다.]

　　　모수야적삼아(모시야적삼) 반쪼끼에

　　　분통같은 저젖보소

　　　마니야보면은 병날게고

　　　담배씨만큼만 보고가소

(청중 : 싸레진, 싸레지고 광넓은 밭에 명(미영) 따는.)

(청중 : 싸레도 지고 광넓은 밭에 목화 따는 아가씨야.)

　　　싸레야길고도 광넓은밭에

　　　목화따는 저큰아가

또 그카고.

(청중 : 다래야 목화야 내가 따줌세.)

　　　목화야다래는 내따줌세

　　　백년언약은 나캉맺자

(청중 : 거어서 갈캐(가르쳐) 조라.)

(조사자 : 생각나시는 거 또 하나 더.)

거서로(거기서) 이야기를 하이까네 생각이 나가주고 그래 하지. 그 암 말도 안 하면 갑자기 안 생각킨다.

(청중 3 : 자꾸 연연이 하면 하지만은, 몇 년을 안 했는데 그래.)

(청중 4 : 몇 년인가 하마, 몇 십 년을 안 했는데.)

그래가 할 꺼 같으면 차례차례 적어 놓고 오전에 하는 거 고거 인자 전부 다 하고 난 뒤에, 인자 오후에 점심식사 후에 오후에 하는 거, 저녁답에 하는 거 다 있거든요. 그래 인자 그것도 인자 덮어놓고 생각킨다고 해 가주고 아침에 하던 거 저녁에 하던 거 꺼꿀재비(거꾸로) 뒤죽박죽 이래 하면은 그게 안 되잖아요.

(조사자 : 오늘 좀 생각해 놓으셨다가 내일 차례대로 해주세요. 저희들 하루 묵고 갈 꺼니까.)

(청중 : 그것도 있잖아. 찔레꽃은 장개 가고.)

[웃음]

[모노래 가사에 대해 주거니 받거니 했다.]

[보조 제보자가 구연한다.]

> 늦어온다야 늦어오네
> 점슴참이야(점심참이야) 늦어온다
> 열에열두칸 정지밟고
> 점슴참이나 늦어오네

숨 가빠 못 하겠네. 그래, 그래 하는 기다. 그거, 열두 칸 정지칸을 넘다가 보니까, 돌고 도니, 열두 칸 정지를 돌고 도니 점심참이 늦어오네 이카이, 인자 그카고. 그것도 인자 퍼뜩 안 생각킨다.

(청중 3 : 명 잣는 거 그것도 노래 있는데.)

[조사자 : 맞아요. 명잣는 노래도 있습니다.]

[잠시 잡담이 오갔다.]

[보조 제보자가 계속 구연한다.]

이물끼저물끼 열어놓고
쿤네야양반은 어덜갔노
화주설대야 손에들고
첩으방으로 놀러갔네

숨이 가빠 모(못) 할떼이.

(조사자 : 화주설대는 담뱃댄가요?)

담뱃대. 화주설대. 옛날에 노인들 담배, 설대 손 터억 푸우고(피우고), 이카는 거 아이가.

(조사자 : 조금씩 가사 다른 것도 묘미가 안 있습니까? 아까 문어야 전복이라고 그러셨죠?)

문어야 대전부 손에 들고 첩의 방에 놀러갔다.

(청중 : 고게 다가? 그 머시, 첩의 방으는 꽃밭이요, 나의 방은 연못이다. 뭐 그게 더 있다. 반동가리다, 그기.)

(조사자 : 한 번 불러 주세요.)

(청중 : 고게 한 곡, 한 곡이라 카이.)

[40초가량 모심기 소리 사설과 가창방식에 대한 설명이 계속되었는데, 여러 명이 한꺼번에 말해서 청취가 쉽지 않아 채록하지 않는다.]

[계속해서 보조 제보자가 구연한다.]

똠박똠박 찰수지비(찰수제비)
사우야반에 다오르네

머라 카드나(하더냐) 그카고. 저기,

> 쥔네야양반은 어덜가고
> 사우야반에 다오르네

딸애야 아니, 에미야,

> 딸애야여를 맽겨노니
> 사우야반에 다올랐네

[웃음]

근다(그렇다). 맞다. 에미야, 에미야 년은 어델 가고, 사우야, 딸년에 맽게 났노 그거다. 그거는 숩기(쉽게) 말하자면, 딸은 어디 가, 저 저, 어마씨 어디 가고. 딸이 하이까네 전부 인자 자기 신랑판에 많이, 다 얹어, 다 건지(건져) 담았다 이런 뜻이라. 우리도 모심기 노래 많이 배왔는데, 안하이 잊었붔다. 그래서 인자 저기, 저기 안어른은 어디 가고 인자 딸이 인자 해봐 놓이. 자기 신랑판에 다 담았다 이런 뜻으로 이얘기거든요. 이래가 이런 노래도 죽 해야지, 중간 똥가리(토막) 이래 나오면 뭐가 되노?

(조사자 : 괜찮습니다.)

괘않나?

(청중 : 와 저 텔레비에 안 나오더냐? 옛날 어떤 이야기 또 해 놓고.)

(조사자 : 자연스럽게 하는 게 좋습니다.)

(청중 : 형님 한 곡 해보소, 와(왜)?)

[과거의 모심기 기억담들이 40초가량 이어졌다.]

[보조 제보자가 계속해서 구연한다.]

> 해다진다야 해다진다

그커고 머라 카노? 알곰삼삼 고운 처녀 못 다 보고 해가 진다 카노 머라 카나? 입에 돌면 기억이 안 난데이.

(조사자 : 다시 해 보세요. 알곰삼삼.)

(청중 : 저거, 전라도는 모내기 이래, 이래.)

아주버님 잘 할 낀데 왜 안 하노?

['그거는'이라며 다시 노래를 잇는다.]

알곰아삼삼아 고운처녀
어실렁고개를 넘나든다
오면가면 빛만비고
대장부간장만 다녹인다

(조사자 : 무슨 고개로 넘나든다고요?)

어실렁 고개. 해 다 져 가는데 고개를 넘어갔다, 넘어 댕긴다 말이요. 고개를 넘어 댕긴다, 넘어 댕기는데, 일 하는데 넘어 단니면서 대장부 간장만 다 녹인다고.

지신밟기 노래

자료코드 : 05_22_FOS_20100202_CHS_CIS_0002

조사장소 : 경상북도 포항시 북구 죽장면 지동리 마을회관

조사일시 : 2010.2.2

조 사 자 : 천혜숙, 이선호, 김보라, 백민정

제 보 자 : 최일수, 남, 73세

구연상황 : 청중 한 분이 두루마리 가사와 사돈지를 가져와 자랑하는 통에 이야기판이 다소 어수선해졌다. 자연스레 화제가 마을 여성의 생활 속으로 옮겨져, 마을의 정월 대보름 민속과 화전놀이에 대한 이야기를 들을 수 있었다. 다시 마을의 지신밟기에 대한 이야기가 나오자, 제보자가 이 노래를 구연하기 시작하였

다. 이 마을에서는 정월 보름 지신밟기를 '구걸한다'고 했는데, 청중 대부분은 '구걸'행사에 대한 즐거운 기억을 공유하고 있었다. 그래서 구연 도중에도 청중의 개입이 아주 활발했다.

어후여루 지신아
지신지신 밟으자

(조사자 : 눌르자, 노래 좀 해주세요.)

지신지신을 눌루자(누르자)
성주로다 성주로다
성주근본이 어드메고
경상도 안동땅
제비원이 근본일세
제비원에 솔씨를받아
소평대평을 던졌더니
낮이면 태양받고
밤이면 이슬받아
구슬이 점점자라서
황장목이 되었네
황장목이 자라서
대장목이 되었네
남문밖에 남대목아
서문밖에 서대목아
연장망태 둘러미고
대장목 비러가세(베러가세)
한골에 다다르니
까막까치 집을지어

잡상시러워(잡스러워) 못빌레라

　　또한능을 넘어가니

　　신성시러워(신성스러워) 못빌레라

　또 그라다 한 분썩 그카다가, 어후 여루 지신아 카미 쇠 한 번 쿵따 쿵
따 치고, 그거를 인자 쇠 치미 해야 그게 그거 이래 이런 식으로 몬(못)
하거든.

　　이집짓던 아

　　꿈을꾸세 꿈을꾸세

　　아들애기 꿈을꾸세

　　아들애기 놓거들랑

　　정승판사를 점지하고

　　딸애기를 낳거들랑

　　열녀춘향을 열녀춘향을 점지하소

(청중 : 송아지를 놓걸랑 금송아지 낳아주소.)

[다른 청중이 손벽치며 쇠를 치면서 해야 제맛이라고 말한다.]

　　이집에 대주양반

　　동서남북을 가디라도(가더라도)

동, 저기

[사설을 말로 하기 시작한다.]

　　동서남북을 가디라도

　　재수대통을 이아주소(이어주소)

　　또 남의꽃에

남의눈에 잎이되고
남의눈에 꽃이되소
동서남북을 가디라도
남의눈에 잎이되고 꽃이되소

그라면서 인자, 그라면서 인자 전부 저 하고

저산에가면 산재수
들에가면 들재수
물에가면 수중자원

하면서 그런 거 전부 다 하고.
(청중 : 그래 그래 하면 재미있더라.)

그래가 다 하고는 마지막에는, 마지막에는,

잡귀잡신은 물알로

[큰소리로]
왕복만 이로로(이리로)

카고. 장사하는, 장사하는 집에는 가만은 또,

장사라고 하거들랑
천냥만냥 돈이남고
외상은 저리가고
맞돈만 이리오소

카는,
[모두 웃음]

(조사자 : 아, 재밌네.)

그래 인자 고 인자 저기 그 집이 축원해주고 그래 쇠 치고 그래가 한 분썩(번씩) 그래가주 집이 쇠 치고 울리주면은,

(청중 : 쌀 나오제 돈 나오제.)

무당 들이가주골랑(들여서) 굿 한 분 하는 거카미(것보다) 집이, 가정이 더 편타. 이카고,

(청중 : 주방에 드가가주(들어가서) 조왕제 다 했지러. 정제에(부엌에) 드가 울리니 방아도 울리고 마당아도 울리고, 옛날에 보이 그렇데.)

(조사자 : 조왕 하던 거, 기억 안 나십니까?)

조왕에는, 저 부엌에 드가가주고

성주시중도(성주세준도) 눌루자(누르자)
조왕각시도 눌루자
○○○○ 님우정(님의정)
님우정도 눌루자
○○쪽배기도 눌루자

카민서,

큰솥에는 두, 서말지
동솥에는 두말지
큰솥에 저월께야(저올케야)
동솥에 저시누야
사이좋게 지내소
미역국에는 짐나고
조피국에는 땀난다

카민서,

(조사자 : 너무 재미있다.)

부엌에서는 또 그카고 울리주고

(조사자 : 또 장독에는?)

장독에 그 뭐 그렇게 다 할라 카마 지업어가(지루해서) 사람이 그래다…….

(조사자 : 안 지루합니다.)

['구걸'하는 상황에 대한 설명이 길게 이어지는 가운데 한 청중이 다른 사설을 시작해서 권했더니, 다시 제보자에게 미루었다.]

그거는, 그거는 큰 방에

사하모에(사모에) 핑경달고(풍경달고)
핑경소리도 요란하다
쿵닥쿵닥 쿵닥닥
오동장농 백계수(벽계수)
열고닫고 빼다지212)
사하모에 핑경213)
핑경소리도 요란하다

(청중 : 오람담담 담다. 장단이 맞네.)

[웃음]

---

212) '서랍'의 방언이다.
213) '달고'가 빠졌다.

포항 뱃놈의 노래

자료코드 : 05_22_MFS_20100221_CHS_LDG_0001
조사장소 : 경상북도 포항시 북구 죽장면 가사리 마을회관
조사일시 : 2010.2.21
조 사 자 : 천혜숙, 이선호, 김보라, 백민정
제 보 자 : 이동걸, 남, 71세
구연상황 : 전통 또는 민속의 개념과 범주에 대해 관심을 나타내던 제보자는 이제 동네
마다 특색 있는 노래도 없고, 사람들도 가수들 노래를 따라할 뿐 정작 '내 노
래'를 부르지 않는다며 개탄했다. 그러더니 자신이 즐겨 부르는 포항의 노래
라며 이 노래를 불러주었다. 일제시대부터 6·25사변기 즈음에 나온 노래라
고 했다.

옛날에는 포항 그 어촌이라, 상놈이라고 딸을 안 주이,

포항에 뱃놈에
딸을 안주노
와안주노 못준다
왜안주노 못준다
안주는 너거딸은
나의아내가 되어라
나의아내가 되어라
만약에 배를타고
외국유학을 갈때는
후회가 될기다
후회가 될기다

[웃음]

근데, 어느 좌석에서 내가 하문(한번) 이거를 듣고 잊어버리지를 안
했어.

(조사자 : 언제 들으셨어요?)

그거는 내가 한 스무 남 살 먹어서 들었어. 이 친구하고 내하고 동갑인
데, 지금도 뭐냐?

(청중 : 아주 기억력이 좋다.)

그런데 거어서 내가 하나 더 보탰는 게 뭐냐면은, 육이오 동란이 났잖
아요.

그래서 뭐냐 카면은

　　　육군 졸장에
　　　딸을 안주나
　　　왜안주노 못준다
　　　왜안주노 못준다

[큰 소리로 외치듯이]

　　　왜안주노 못준다
　　　안주는 너거딸은
　　　나의아내가 되어라
　　　나의아내가 되어라
　　　만약에 육이오동란이
　　　재발생을 한다면
　　　○○○○ 소리
　　　거듭 날때는
　　　후회가 될기다

그래 딸 줘라 이기라.

[웃음]

그기 인제 일제시대로부터 육이오 동란으로 거쳐 오면서 나온 노래라.

신고산 타령

자료코드 : 05_22_MFS_20100221_CHS_LDG_0002
조사장소 : 경상북도 포항시 북구 죽장면 가사리 마을회관
조사일시 : 2010.2.21
조 사 자 : 천혜숙, 이선호, 김보라, 백민정
제 보 자 : 이동걸, 남, 71세
구연상황 : 이동걸 씨는 소화 '베 짜는 여자와 거지의 동문서답'을 마치고는 노래를 흥얼
거리기 시작했다. 우스개 이야기 덕분에 이야기판 분위기가 더욱 흥겨워졌다.
조사자가 노래를 청하자 이미 맥주 몇 잔을 마신 제보자는 적당히 취기가 오
른 상태에서 흥겹게 이 노래를 불렀다. 자신이 제일 좋아하는 노래라고 했다.

첩첩산중~ 딱따구리는

참나무구녕도 뚫는데

우리집에 저멍텅구리는

그것도그것도 못뚫나(못뚫나)

어랑어랑 어~야

어~야 데야~

내사~ 랑아~

영천읍내 물레방아는

사시사철을 돌구요

우리집의 저영감은

나를안고 도노라

어랑어랑 어~야

어~야 디야~

내사~ 랑아~

청춘가

자료코드 : 05_22_MFS_20100128_CHS_CSD_0001
조사장소 : 경상북도 포항시 북구 죽장면 가사리 마을회관
조사일시 : 2010.1.28
조 사 자 : 천혜숙, 이선호, 김보라, 백민정
제 보 자 : 최상대, 남, 85세
구연상황 : 모인 분들은 옛날 노래들을 잘 안 부르다 보니 금방 기억이 나지 않는다고
         안타까워했다. 조사자가 청춘가나 노랫가락 같은 것도 부르셨냐고 물었더니
         옆에 있던 청중이 최상대 씨가 잘 한다고 거들었다. 제보자는 한 분이 가져다
         준 장구를 치며 신명나게 불렀다. 그러나 도중에 설명을 덧붙이느라 노래가
         자주 중단되었다.

이팔 청춘에

소연몸(소년몸) 되고요

문명의 항구를~

다닦어 갑시다~

청첩(청천) 하늘에~

잡별도(잔별도) 많구요~

[한 청중이 추임새를 넣는다.]

우리네 살림살이~

말소리도 많구나

날따러(날데려) 가거라~

날따리고나 가거라

[노래를 멈추고 설명을 한다.]
그때는 한양 낭군이 젤 좋았다.
(청중 : 장구 갖다 줄까?)

한양에 낭군아~
날따리고 가거라~
따리고 갈맘으는
야마나야마나[214] 있구만
산겉이 태산과 같지만은
연분연 시하라 에헤
몬데리고(못데리고) 가겠네

[말로]
아바씨 있고 어마씨 있고 그런데 어예 지 각시라고 그걸, 놔두고, 데리고 가노?
(조사자 : 야마나야마나 한데 연분?)
연분연 시하에 못 데리고 간다.
(조사자 : 연분연 시하가 뭐죠?)
그거는 인제 층층이 있는 어른들 있으이 그거를 연분연이라 칸다.
(조사자 : 아, 연분연 시하라.)
그래 그 우리 각시는 못 데리고 간다. 그러이 예전에 다 의미있길래 적어 놨지요.
(조사자 : 또, 또 없으세요?)

---

214)'야마나'(やまな)는 '산처럼'의 일본어 표현이다.

에헤~

낙동강 칠백리

뚝떨어져 살어도

임자만 디리고(데리고)

못살겠구~ 나

[청중이 장구를 가지고 들어오면서 잠시 구연이 중단되었다.]

(청중 : 장구를 두드리야 신이 나지. 안 그러면 신이 안 나지.)

[잠시 한담이 오가던 중에 제보자가 장구를 치기 시작하면서 구연이 재
개되었다.]

에헤~

세월아 네월아~

오가지를 말어라

알뜰한 내청춘

다늙어 가노라

[장구 치는 것을 멈추고 다시 설명을 시작한다.]

세월이 가도 내 청춘은 안 데리고 간다고.

[다시 장구를 치며 노래를 부르기 시작한다.]

에헤~

첩첩(청천) 하늘에

잔별도 많구요~

우리네 살림살이 좋다

숭도(흉도) 많구나

잡노래 (1)

자료코드 : 05_22_MFS_20100202_CHS_CIS_0001
조사장소 : 경상북도 포항시 북구 죽장면 지동리 마을회관
조사일시 : 2010.2.2
조 사 자 : 천혜숙, 이선호, 김보라, 백민정
제 보 자 : 최일수, 남, 73세
구연상황 : 지신밟기 노래를 구연한 후, '잡스러운 노래'도 있다면서 바로 구연을 시작하였다. 구연하는 내내 청중은 박수를 치고 박자를 맞추며 농담을 하는 등, 화기애애한 분위기가 지속되었다. 노랫가락인가 청춘가인가 물었더니, 어깨너머로 배워서 덮어놓고 부르는 것이라고 했다. 대부분 노랫가락 곡조로 불렀는데, 제보자는 이런 노래를 '잡노래'라고 지칭했다.

왕대마디 열두나마디
장기야열새로(장구야열쇠로) 다나간다
열칠팔 다른아기는
갈보야기생으로 다나간다

[청중들이 추임새를 넣고 박수를 치기 시작한다.]

디두둥둥둥 둥둥
아니놀지는 못하리라

청춘아시절 홍안시절을
십오세가 ○○○데215)
청춘은남녀 짝을지어
태평가나 불러보자
얼씨구절씨구 지화자좋구나
아니놀지는 못하리라

---

215) '한창인데'인 듯하나, 발음이 불분명하다.

만경장파 흐르난물에

고기나 ○○○○○

자네도 임을못만나

곧은낚시대 임을삼고

요내몸도 임을못만나

○○술잔에다가 눈물삼소

얼씨구나좋다 지화자좋네

요로콤좋다가는 못살것다

(청중 : 좋다!)

수심은 첩첩한데

잠이와야 꿈을꾸지

꿈아꿈아 무정한꿈아

오신님으로(오신님을) 어예보노

일후에 또다시오면

잠든나를 깨워주소

좋다

(청중 : 영감 노래하이 할마이 좋다 칸다.)

[청중 한 분이 웃으며 동석한 제보자의 부인을 가리키며 말하자, 청중
모두 박수를 치며 따라 웃었다.]

잡노래 (2)

자료코드 : 05_22_MFS_20100202_CHS_CIS_0002
조사장소 : 경상북도 포항시 북구 죽장면 지동리 마을회관

조사일시 : 2010.2.2

조 사 자 : 천혜숙, 이선호, 김보라, 백민정

제 보 자 : 최일수, 남, 73세

구연상황 : '잡노래 (1)'이 끝난 후, '잡노래'는 그냥 간단하게 한 곡조씩 하는 것이라고
했다. 그리고 자신은 노랫가락, 청춘가, 장기타령 등의 구분을 하지 않는다고
하면서, 이 노래를 불렀다. 노랫가락 곡조로 불렀다.

포름포름 봄배추는

찬이슬오도록 기다리고

옥에간은(갇힌) 춘향은

이도령오도록 기다린다

얼씨구좋다 지화자좋구나

아니놀지는 못하리라

잡노래 (3)

자료코드 : 05_22_MFS_20100202_CHS_CIS_0003

조사장소 : 경상북도 포항시 북구 죽장면 지동리 마을회관

조사일시 : 2010.2.2

조 사 자 : 천혜숙, 이선호, 김보라, 백민정

제 보 자 : 최일수, 남, 73세

구연상황 : '양산도'에 이어 구연했다. 역시 노랫가락 곡조로 불렀다. 청중 몇 분이 마을
에서 노래를 잘했던 돌아가신 '고래 아지매'에 대한 기억을 떠올렸다.

만첩산중에 고드름은

봄바람에 풀건만은

이내가슴 타는데는

어느누기가(어느누가) 풀어주라(풀어주랴)

화투노래

자료코드 : 05_22_MFS_20100202_CHS_CIS_0004
조사장소 : 경상북도 포항시 북구 죽장면 지동리 마을회관
조사일시 : 2010.2.2
조 사 자 : 천혜숙, 이선호, 김보라, 백민정
제 보 자 : 최일수, 남, 73세
구연상황 : 또 해보라는 청중의 권유에 구연을 시작했다. 제보자는 '화투노래'라고 했다.

　　　정월소학 속속한마음

[갑자기 노래를 중단하고]
이거는 인제 '화투노래' 카는 거다.

　　　이월매조에 맺어놓고
　　　삼월사쿠라 산란한마음
　　　사월흑싸리에 허사로다
　　　오월난초 나던나비가
　　　유월목단에다가 춤을춘다
　　　칠월홍돼지 홀로누워
　　　팔월공산에도 달도밝다
　　　구월국화 굳었던마음
　　　시월남풍에 다떨어졌네
　　　오동지섣달 오시는손님
　　　섣달눈비에 다젖,

[가사가 막힌 듯 노래를 멈추었다.]
뭐고? 다 젖었다 카나, 다 떨어졌다 카나?

양산도

자료코드 : 05_22_MFS_20100202_CHS_CIS_0005
조사장소 : 경상북도 포항시 북구 죽장면 지동리 마을회관
조사일시 : 2010.2.2
조 사 자 : 천혜숙, 이선호, 김보라, 백민정
제 보 자 : 최일수, 남, 73세
구연상황 : 신명이 난 청중이 또 해보라고 권하자, '화투노래'를 불렀다. 제보자는 화투
　　　　　노래는 분명히 구분하고 있었다. 제보자가 부른 다른 화투노래가 있어 채록하
　　　　　지 않는다. 청중들이 총기가 있다고 칭찬을 하자, 제보자는 "양산도 카는 거
　　　　　는"이라며 이 노래를 불렀다. 구연하는 내내 흥이 나는지 몸을 들썩거리면서
　　　　　장단을 맞추었다. 청중은 어느덧 열 명을 훌쩍 넘었다.

　　　　에에에이히요~ 좋다
　　　　앞뒤동산 사쿠라꽃은
　　　　울긋불긋 하~고~
　　　　열칠팔~ 다큰아기
　　　　내품안에 ○○○인다

[청중들이 박수치며 웃는다.]

　　　　어와뚜댕댕 둥게두어라
　　　　나는못 노리~로다~
　　　　니가늙고 내가병들어도
　　　　나는못 노리~로다~

이카면 인제 저,
[어깨를 들썩거리며 장구치는 시늉을 한다.]
장기(장구)도 두땡 두땡땡

어랑타령

자료코드 : 05_22_MFS_20100202_CHS_CIS_0006
조사장소 : 경상북도 포항시 북구 죽장면 지동리 마을회관
조사일시 : 2010.2.2
조 사 자 : 천혜숙, 이선호, 김보라, 백민정
제 보 자 : 최일수, 남, 73세
구연상황 : 한창 놀러 다닐 때는 노래가 끊이지 않았는데 지금은 많이 잊어버렸다고 하
다가, 갑자기 옆 사람을 치면서 이 노래를 부르기 시작했다. 청중의 호응이
대단했다. 노래가 끝난 후 마을 어른들은 조사자 일행에게 노인회관에서 묵을
것을 권하고 저녁식사도 같이 하자고 했다. 몇 분이 집에 가서 저녁 찬거리를
가져오겠다며 자리에서 일어났다.

내가먼저 살자고

옆구리콕콕 찔렀나

니가먼저 살자고

옆구리폭폭 찔렀지

어랑어랑 어허야

에헤야 데야

누가몽땅 내사령아

[청중 크게 웃음.]

신고산이 우루루루

화물차가는 소리에

고무공장 큰애기

벤또가방216) 싸노라

어랑어랑 어허야

에헤야 데야

모두가몽땅 내사랑아

---

216) '벤또'(べんとう)는 도시락을 의미하는 일본어이다.

당나무로 풍농 점친 이야기

자료코드 : 05_22_ETC_20100202_CHS_LGS_0001
조사장소 : 경상북도 포항시 북구 죽장면 지동리 마을회관
조사일시 : 2010.2.2
조 사 자 : 천혜숙, 이선호, 김보라, 백민정
제 보 자 : 이귀선, 여, 76세
구연상황 : 마을의 동제와 동신에 대해서 여쭈어보았다. 덕국댁이 당나무로 농점(農占) 친 이야기를 생각해 냈다. 열 명이 넘게 모인 연행현장은 어수선한 분위기가 계속되었다.
줄 거 리 : 지동리에서는 당나무를 통해 마을의 풍농을 점쳤다. 당나무에 흰꽃이 한꺼번에 피면 그 해 모심기를 한꺼번에 할 수 있다고 믿었다.

그 전에는, 그 전에는, 밑, 아릿당(아랫당) 카는데,

[두 팔을 둥글게 벌리며]

크거든. 나무가 이 이 뭣이가(무엇이) 평수가 많을 게라.

그런데, 그거 옛, 요새는 그 말 없데. 옛날에는 봄으로 꽃이 피면, 한목
(한꺼번에) 몽땅 피마,

(조사자 : 할머니, 더 자세하게 이야기 쫌, 봄으로 꽃이 피면 뭐?)

꽃이 한목에 피마,

(청중 : 잎이 피마.)

어어(아니), 꽃이 폈다(폈다), 하얀 꽃. 하얀 꽃 폈다 카이. 그기 한목
에 확 피뿌만은(피어버리면) 모, 모심기를. 옛날에는 폈다. 요새는 그케
어떤동.

(청중 : 옛날에는 잎이 한목에 몽땅 피마……)

[두 청중이 꽃이 아니고 '잎'으로 들었다며 서로 이야기를 나누는 통에

좀 소란해졌다.]

그래 피면은, 그거 모심기 모심기로, 한목에 한다 카다(그러든가)?

그러고 인자 그게 인자 한목 피면, 그게 인자 모숨기 모형한다(모종한다). 한목 한다 카는 거는 물이 많기 때밀에(때문에) 그렇지, 가무고(가물고) 인자, 가무면 한목에 못 해, 옛날에는. 물로 인자 이래 한 문썩(한 번씩) 하고 또 숨기가(심기가), 차례가 안 되지. 그렇지만 그게 한목에 피면 모숨기가(모심기를) 한목 하고.

인제 치거리(차례), 이래(이렇게) 한 분(번), 한물 이래 피고, 한물 이래 피면은 그래 가물아가지고 인자 그렇지.

(조사자 : 아, 흰 꽃이 그 당나무에 피면은?)

당나무에.

[한 청중이 고추 모종에 대한 이야기를 꺼내는 바람에 분위기가 어수선해졌다.]

(조사자 : 그만큼 영금이(영험이) 있네요? 영금이 있다구요.)

어?

(조사자 : 영험이 있다구요, 할머니.)

영검? 그래. 여(여기) 요새는 몰라도 전에는 ○○ 안 하나. 한목에 마카(모두) 핀다 캐쌓고(하고), 그캐쌓데.

6. 청하면

경상북도 포항시 북구 청하면 신흥리

조사일시 : 2010.2.26, 2010.2.27
조 사 자 : 김영희, 이미라, 황은주

신흥리는 청하면의 동남쪽에 위치한 마을로 옛날에는 호수 지역이었다
고 한다. 1914년 소동(蘇洞) 일부 지역과 흥해군 검단동 일부가 번현(蕃峴)
에 병합되면서 신흥리가 되었다. 원래 마을의 중심지인 번현이 마을 앞
평지로 이동하면서 신주택지가 형성된 탓에 번현마을과 구별하기 위해
신흥이라 불렀다는 설이 있다.

칠포에서 깊은 산길을 헤쳐 나아가면 신흥리가 나온다. 마을 안에 암각
화가 있는데 마을 사람들은 이 바위를 '오줌바위'라고 부른다. '오줌바위'
는 마을 사람들 사이에 매우 영험한 곳으로 알려져 있다. 오줌이 나오듯
이 바위 사이로 물이 조금씩 떨어지는데 이 물을 마시면 병이 낫고 이 물
에 목욕을 하면 피부병이 낫는다고 한다.

마을회관 앞 들판에 당집이 있는데 이 당집에서 구월 구일에 당제를
지낸다. 마을 사람들은 '이씨 터전에 박씨 골막'이라 부르는데 어떤 사람
들은 마을에 처음 자리잡은 이씨와 박씨 부부를 가리키는 말이라고도 하
고 어떤 사람들은 이씨가 먼저 들어와 살다가 나중에 박씨가 들어온 사실
을 기리는 말이라고도 한다.

신흥리는 청하면 일대 지역 가운데 어촌의 성격이 전혀 없고 농촌의
성격이 강한 곳이다. 마을 주민 대부분이 논이나 밭에서 일을 해서 생계
를 이어왔다. 인근 어촌의 주민들도 물일이 없을 때면 신흥리 인근 지역
으로 와서 논일이나 밭일을 함께 했다고 한다. 덕분에 신흥리와 인근 지
역의 '모심기 소리'를 비롯한 일노래들은 상호 교섭 작용이 강한 편이다.

신흥리는 온통 산으로 둘러싸여 있는데 칠포에서도 깊은 산길을 헤쳐 가야 겨우 신흥리에 들어갈 수 있다. 청하면 지역에서도 오지(奧地)에 속하는 편이다. 몇 해 전 산불로 인해 마을 인근 산이 온통 불에 타 마을 주민들이 대피를 한 일도 있다고 했다. 놀이 문화나 생활 문화 역시 산골 마을의 성격이 강했는데 이에 따라 이야기나 노래 연행의 전통도 비교적 지속성이 강한 편이었다.

농촌 마을답게 정월대보름도 큰 명절로 쇠고 있어서 조사자들이 마을을 처음 찾았을 때 하루밖에 남지 않은 대보름을 위해 마을에 거주하는 고령의 여성 제보자들 모두 버스를 타고 읍내에 있는 목욕탕에 단체로 목욕을 가려는 찰나였다. 마을 거주민들 가운데 고령의 남성 제보자는 거의 만날 길이 없었다. 대신 홀로 된 고령의 여성 제보자들이 다수였는데 이들은 여성 동성 집단 특유의 공동체 문화를 형성하고 있다. 특히나 일이 없는 겨울에는 마을회관에 모여 거의 살다시피 하고 있었는데 오랜 세월 가족보다 더 가까이 지내온 탓에 눈짓만 봐도 서로의 감정을 읽을 수 있는 사이가 되어 있었다.

조사 첫날 제보자들은 오후 3시경에 도착한 조사자들을 맞아 약 한 시간가량 흥겹게 노래를 부른 후 버스를 타고 목욕을 떠났다. 정임순 씨를 비롯한 두 사람만이 남아서 조사자들과 마을에 관한 대화를 나누었다. 오후 4시가 넘어서 도착한 여성 연행자들은 모두 집으로 돌아가지 않고 남아서 함께 저녁을 먹었다. 저녁 식사 후 밤 10시가 넘을 때까지 쉬지 않고 웃고 떠들고 춤을 추면서 흥에 겨워 노래를 불렀다. 쉬지 않고 민요를 이어 불렀는데 신명이 오른 연행자들이 일어나 춤을 추며 방안을 빙빙 돌기도 하고 쟁반 등을 엎어 놓고 두드리며 장단을 맞추기도 하였다.

연행자들 몇 명은 조사자들과 함께 회관에서 잠을 청하고 싶어 하였다. 함께 밤을 보낸 후 다음날 새벽 몇 명의 연행자들이 다시 회관을 찾았다. 이튿날은 마침 장날이었는데 몇몇 연행자들은 장에 나가는 것도 포기하고 조사자들과 함께 시간을 보냈다. 열 명이 넘는 연행자들이 아침 식사를 함께 한 후 다시 회관의 넓은 방 안에 모여 앉았다. 몇몇 연행자들은 전날 못 다 부른 노래를 부르기도 했지만 다음날의 연행 분위기는 이야기가 대세였다. 어린 시절 놀던 놀이에 대한 이야기를 하면서는 직접 놀던 모습을 재연해 보이기도 하였다. 신흥리에서의 조사는 스무 명 남짓의 여성 제보자들에 둘러싸여 시종일관 흥겹게 진행되었다.

경상북도 포항시 북구 청하면 신흥리 마을회관

경상북도 포항시 북구 청하면 용두 2리

조사일시 : 2010.2.26, 2010.2.27
조 사 자 : 김영희, 이미라, 황은주

용두리는 청하천 하구인 용산 머리 북쪽에 형성된 마을로, 1리와 2리로 구성되어 있다. 원래는 새마을, 새터, 오두, 허후리 등의 마을이 있었는데 일제강점기인 1914년에 행정구역이 통폐합되면서 용두리가 되었다. 현재 2리에 속하는 새터, 오두, 허후리 등은 모두 오래된 마을들이다.

새터는 월포초등학교 남서쪽에 위치한 마을로, 예전에 오두리의 이좌도라는 인물이 명당터를 찾아와 개척한 마을로 알려져 있다. 후에 서씨들이 세거를 이루고 살았다고 한다.

오두(혹은 오두(鰲頭))는 용두 2리의 가장 크고 오래된 마을이라 할 수 있는데 산기슭에 자리하고 있어 어촌이면서도 산촌의 분위기가 느껴지는 곳이다. 조선조 중엽에는 연안 최대 부촌이었다고 하며 이원량, 오암대사, 학봉 김성일 등이 태어나거나 자란 곳으로 유명하다.

용두 1리나 용두 2리는 해변을 달리는 큰길가에 위치한 마을들인데 해수욕장으로 발달한 월포 인근 마을이라 그런지 최근에 이주한 이들의 비율이 비교적 높은 편이고 마을회관에 모이는 인원도 많지 않았다. 더구나 용두 2리는 조사 당시 마을회관이 신축 공사 중이어서 모여 있는 마을 사람들을 만나기가 쉽지 않았다.

또한 용두 2리는 이가리에서 만난 이한이 씨가 소개한 박금란 씨를 만나기 위해 찾아간 마을이었다. 박금란 씨가 사는 곳은 용두 2리 중에서도 '새터'라 불리는 곳인데 월포초등학교에서 아주 가까운 곳이었다.

용두 2리의 당신(堂神)은 '이씨 터전에 서씨 배판'으로 불리는데 비교적 최근세에 용두 2리에 자리잡은 세거 성씨가 '서씨'였기 때문인 것으로 짐작된다. 예전에는 인근 새마을 등지에서 3년이나 5년에 한 번씩 별신굿을 지내기도 했는데 지금은 거의 유명무실해졌고 용두 2리의 당제도 동민 모두가 참여하는 마을 축제로서의 성격은 약화된 듯 보였다.

경상북도 포항시 북구 청하면 이가리

조사일시 : 2010.2.25

조 사 자 : 김영희, 이미라, 황은주

이가리 마을회관 1

이가리는 1914년 일제 강점기 행정구역 통폐합 때 백암동(白岩洞)과 이기로포(二岐路浦), 소동(蘇洞)과 청진(靑津) 일부 지역을 포괄하여 만든 동네다. 1832년 경 발간된 청하현 읍지(邑誌)에 따르면 관문 동쪽 10리 바깥에 위치한 동네가 백암회리(白巖回里)와 이가노진리(二加老津里), 동쪽으로 각각 12리와 13리 바깥에 위치한 동네가 소동과 청진리로 기재되어 있다.

백암은 바닷가에서 다소 떨어진 안쪽 동네로 황새가 몰려든 데서 연유한 이름을 갖고 있다. 연행자 이송학 씨가 거주하고 있는 동네다. 예전 동네에 살던 주민 다수는 바닷가로 이주하여 정착하였고 농업에 종사하는 소수 주민만이 원래 동네가 있던 위치에서 서쪽 산기슭으로 이동하여 살고 있다. 전에는 도씨와 김씨, 서씨가 세거하던 마을이라고 한다.

이기로포는 옛날 두 기생이 청진과 백암의 갈림길에 터를 잡고 늙도록 살았다는 이야기에서 그 이름이 유래한 것으로 알려져 있다. 이가리는 도씨와 김씨, 두 가문이 각각 길을 갈라 집성촌을 이루고 살다 합쳐진 데서 유래한 것으로 설명되기도 한다. 연행자 이송학 씨는 자신이 사는 백암 마을 뒤에 생겨 합쳐진 마을이라서 '이가리'로 부르는 것은 아닐까 하고 조심스럽게 짐작하기도 하였다.

이가리에서는 일년에 두 번 제사를 지내는데 정월 대보름에 동제를 지내고 9월 9일에 풍어제의 성격을 띠는 별신굿을 지낸다. 풍어제라고는 하지만 두 제사 모두 동민 단합을 위한 마을 축제의 성격이 강한데 별신굿은 경비가 많이 들어 5년에 한 번씩 지내고 있다. 마을 주민들은 이마저도 마을 형편이 어려워지면 건너뛰기도 한다고 설명하였는데, 동해안 별신굿으로 유명한 김석출 씨 일가에 의탁하고 있다고 말했다. 지금은 김석출 씨 조카뻘에 해당하는 김동렬 씨가 별신굿의 주무로 활동하고 있다고 한다.

이가리의 별신굿은 학자들이나 매스컴의 관심을 받을 정도로 유명한데 마을의 젊은 사람들은 별신굿을 계속 지내야 하는지에 대해 상당히 회의적인 듯 보였다. 반면 마을의 노년층은 별신굿에 강한 애착을 보였다. 별신굿과 동제에 들어간 비용과 준비과정을 기록한 책자를 수십 년째 보관하고 있었는데 조사자들에게 이를 보여주며 몹시 자랑스러워하였다. 마을 노인들은 최근 들어 비교적 젊은 사람들이 별신굿과 동제를 주관하면서 예전에 비해 정성이 줄어들고 간략해진 것을 안타깝게 생각하고 있었다.

마을 동신(洞神)은 '도씨 터전에 김씨 골막'으로 불리고 있는데, 예전 기록에 따르면 '김씨 터전에 도씨 골막'으로 동제 신위를 설명하기도 하였다. 도씨와 김씨는 마을에 처음 자리 잡은 두 세거 성씨다. 연행자들은 바닷가 사람들은 어딘가에 의존하고 살아가지 않을 수 없기에 세상이 아무리 변했어도 동신 모시는 일을 소홀히 할 수 없노라고 입을 모았다.

이가리 마을회관 2

마을 동제는 예전과 달리 남녀노소 구분 없이 다함께 참여하여 지내고 있는데, 동민들은 제사를 엄격하게 지내왔기 때문에 마을에 이제까지 큰 탈이 없었다고 믿고 있다. 옛날에는 여성들의 참여 없이 남성들이 음식을 도맡아 했는데 지금은 여성들이 음식을 해서 가져다준다. 제관은 마을에서 깨끗한 사람으로 3-4명을 뽑는데 제일 7일 전에 제당을 청소하는 일로부터 동제를 시작한다. 제관들은 제사를 지내기 3일 전부터는 아예 제당에서 숙식을 해결하는데, 7일 동안 정성을 들이고 3일간 기도를 올린다.

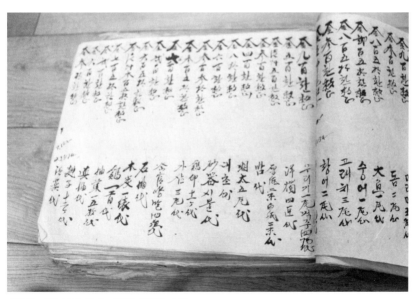

이가리 마을 동제 준비 과정을 기록한 서책

경상북도 포항시 북구 청하면 청진 1리

조사일시 : 2010.2.25
조 사 자 : 김영희, 이미라, 황은주

포항시 2차 조사 둘째 날(2010년 2월 25일) 이가리에서 만난 마을 어른들의 소개로 청진리로 이동했다. 이가리 제보자들이 '청진'에 가면 노래를 많이 들을 수 있을 것이라 하여 이동하였으나 마을회관에 많은 사람이 모여 있지는 않았다. 방 하나에는 나이 많은 80대 후반 이상의 노인들과 남성들이 모여 놀고 있었고, 부엌을 겸하는 다른 방에 70-80대 여성 노인들이 모여 있었다. 조사는 여성 노인들이 모여 앉은 부엌방에서 이루어졌다.

청진리는 1리, 2리, 3리로 나누어져 있는데 세 지역에 100여 가구 이상의 주민이 거주하고 있으며 인구 구성은 대체로 70대 이상의 노인들로 이루어져 있다. 이가리와 마찬가지로 바닷가에 아주 가까이 접해 있는 어촌 마을로, 마을 주민 대부분은 반농반어(半農半漁)로 생업을 이어가고 있다. 예전에는 물질도 많이 하고 고기도 많이 잡히던 지역이었으나 지금은 그 양이 많이 줄어 농사일에 전념하는 사람이 많았다. 남성이 물일을 주로 하고 여성이 밭일을 하는 것으로 알려져 있으나 실제로는 바다나 뭍에서 여성이 하는 일이 많았다.

하우스 농사를 짓거나 특용 작물을 재배하는 곳은 아니어서 비교적 농번기와 농한기의 구분이 명확한 편이며, 농한기에는 잠만 집에서 자고 하루 일과의 대부분을 마을회관에서 보내는 노인들이 많았다. 새로 지은 마을회관에는 별도의 조리 시설이 잘 갖추어져 있어 하루 한 끼 내지는 두 끼 식사를 해결하기에 부족함이 없어 보였다. 회관에서의 부엌일은 주로 60대 여성들이 도맡고 있었다.

1832년경에 간행된 청하현(淸河縣) 읍지(邑誌)에도 관문에서 13리 떨어진 마을로 청진(靑津)이 보이며 마을의 역사는 그보다 더 오래된 것으로 짐작된다. 마을의 입향조가 김씨(金氏)인 것으로 전해 내려오는데 당시 읍지에 청하현 소속의 김씨 문중이 거의 사라진 것으로 기록되어 있다. 청하현은 원래 고구려 아혜현(阿兮縣)이었다가 신라 경덕왕 16년(757)에 해아(海阿)로 이름이 바뀌어 이웃 군인 영현(領縣)에 소속되었다. 고려시대에 지금 이름인 '청하'로 개명되어 경주에 소속되었다가 조선 태조 때에 이르러 '청하현'이 되었다. 조선시대 청하현 동면(東面)에 소속되었던 청진리는 맥문동 등의 약용 작물은 물론, 각종 어패류를 진상하던 곳이었다.

1914년 일제가 행정구역을 개편하던 당시, 현재 청진 1리인 '대곶이'와 흥해군에 소속되어 있던 '푸나리'(현재 청진 2리)와 '보리진'(현재 청진 3리)을 합하여 청진리로 부르기 시작했다. 세 마을은 각각 조금씩 따로 떨어져 있는데, 예부터 청하현에 소속되어 이가리 등의 인근 지역과 교류가 많았던 곳은 청진 1리라고 할 수 있다. 청진 1리의 옛 이름은 '대곶이'인데 대밭이 많아 붙여진 이름이다. 많은 주민들의 말에 따르면, 수십 년 전만 해도 집집마다 대밭이 있었다고 한다.

청진리는 월포만 남단 해안의 돌출 부위에 자리잡고 있는데 3리에 해당하는 보리진이 흥해의 오도리와 마주한 경계 마을이라 할 수 있다. 마을 남서쪽에는 옛날에 봉화를 올리던 구봉산(舊烽山, 해발 104m)이 있는데 마을 사람들은 이를 '묵은봉'이라고 부른다. 예전에는 마을 주민들이 산 밑의 우물에서 물을 길어다 먹었다고 한다. 인근 청진 2리는 '송정리(松亭里)'로 불렸는데 '푸른 나루', '푸른 나리'라고 해서 '푸나리[靑津]'라는 별칭이 붙었다. 청진 3리는 임진왜란 때 왜적을 포위하여 무찔렀다는 전설에 따라 '포위진'이나 '포이포'라고도 불리는데, 보리가 잘 되는 곳이라 해서 '보리진'이라는 이름이 붙기도 하였다.

포항시 일대에서는 마을신[洞神]에 대하여 '○씨 배판에 ○씨 골막'이라고 말하고들 하는데 이곳 청진 1리에서는 '서씨 배판에 김씨 골막'이라 부르고 있었다. 먼저 들어온 성씨가 서씨이고 김씨가 그 뒤에 들어와 마을의 주요 권력을 장악했다는 뜻인데 어떤 이들은 이를 '부부 관계'로 설명하기도 하였다. 현재 마을에서는 '김씨 할아버지'께 제사를 올리고 있는데 부부 관계인 '할배 할매'에게 제사를 올린다고 설명하는 마을 주민도 있었다. 포항시의 기록에서는 달성 서씨 터주에 김해 김씨가 자리를 잡아 김해 김씨를 마을신으로 모시는 것으로 설명하고 있다.

당제는 9월 9일 중양절에 지내는데 마을 사람들 모두 당집과 당제가 오랜 역사를 가지고 있다고 입을 모아 말했다. 예전에는 '장수돌(일명 장군바위)'에 당집이 있어 그곳에서 제사를 지냈는데 지금은 50년 전쯤 마을 어귀로 새로 옮겨 지은 당집에서 제사를 지내고 있다. 새로 지어서인지 당집이 다른 마을에 비해 매우 큰 편이었다.

대부분의 주민들이 당제사는 주로 남성들이 지내고 음식 준비는 여성들이 함께 하는 것으로 설명하였다. 굿은 하지 않고 제사만 지내는데 제사를 마치는 파제 후에 마을 사람들이 다함께 모여 논다고 하였다. 제사 비용은 동답에서 나는 것으로 충당했는데 지금은 집집마다 만 원씩 걷어서 추렴한다고 하였다.

무당을 불러 '대잡이'를 하지는 않지만 마을에서 '깨끗한' 사람을 골라 제관을 맡겼는데 딸이나 며느리가 임신을 하면 제관을 맡을 수 없었다고 한다. 당제를 지내는 동안 임신을 하거나 월경을 하는 여성은 마을 밖에 나가 있어야 하며 예전에 당집이 있던 장군바위에는 절대로 올라가선 안 되다는 금기도 있었다고 말했다. 동네 사람들 가운데 소원이 있는 사람은 장군바위에 가서 빌기도 했다고 한다.

제관이 제사 전에 각종 금기를 지키면서 자신의 몸과 마음을 정갈하게 유지하는 '정신(淨身)'은 보통 동제 일주일 전부터 시작하는데 하루에 한 번씩 목욕을 하고 더러운 것이나 좋지 않은 일을 보거나 듣지 말아야 했다. 상갓집에도 일체 가지 않았으며 화장실을 다녀온 후에도 몸을 깨끗하게 했는데, 지금은 이 모든 일들이 복잡한 일상에 맞지 않아 하루 전부터 정신을 들이는 경우가 많아졌다.

마을 안에는 장군바위 외에도 돌이 많아 '금시', '단추짬', '용디짬', '올기짬' 등의 지명이 많았다. 돌이 넓거나, 돌이 단추 모양이거나 돌에 용의 흔적이 있다고 해서 붙여진 이름이었다. 해안에 바위가 많고 당제를 엄격히 지내는 마을이라 전설류의 이야기를 많이 들을 수 있을 것으로 기대했으나 생각만큼 많은 이야기를 들을 수는 없었다. 마을의 토박이 남성 노인들은 이미 세상을 많이 뜬 상태였고 70대 이상의 고령 여성들은 대부분 다른 마을에서 시집온 사람들이었기 때문이다.

김기허, 여, 1931년생

주 소 지 : 경상북도 포항시 북구 청하면 신흥리
제보일시 : 2010.2.26, 2010.2.27
조 사 자 : 김영희, 이미라, 황은주

　용곡 출생으로 택호가 구일댁이다. 흥도 많고 노래도 잘 불러 조사 처음부터 연행에 적극적으로 나섰다. 술도 한 잔씩 잘 하는 편이라 연행판을 더욱 흥겹게 만들었다. 김기허 씨가 노래를 부르면서 어깨춤을 출 때면 다른 사람들도 가만히 앉아 있기 어려울 정도로 신명이 많은 연행자였다. 자신이 노래를 할 때나 다른 사람이 노래를 할 때 가만히 앉아 있지 못하고 언제든지 일어나 방을 돌며 춤을 추었다.

　<모심기 소리>나 <뱃노래>, <쾌지나 칭칭>, <아리랑>, <노랫가락> 등 사설을 길게 이어가며 부르는 노래를 할 때면 몇 소절을 반복해도 멈추지 않고 몇 십 분씩 노래를 이어갈 정도로 노래를 잘 불렀다. 목소리에 힘이 있고 목소리청도 좋아 남성이었다면 선소리꾼이나 상여소리꾼으로 나서도 손색이 없을 정도였다.

제공 자료 목록
05_22_FOT_20100227_KYH_KGH_0001 나무하기보다 더 어려운 베 짜기
05_22_FOT_20100227_KYH_KGH_0002 베 짜기 마무리하는 데 석 달 걸리다
05_22_FOT_20100227_KYH_KGH_0003 친정아버지에게 양반 삶은 물 내놓은 딸
05_22_FOS_20100226_KYH_KGH_0001 모심기 소리
05_22_FOS_20100226_KYH_KGH_0002 고사리 끊는 소리

05_22_FOS_20100226_KYH_SBS_0001 모심기 소리
05_22_FOS_20100226_KYH_CDN_0001 지신밟기 (1)
05_22_FOS_20100226_KYH_HSD_0001 밭 매는 소리
05_22_MFS_20100226_KYH_KGH_0001 노랫가락
05_22_MFS_20100226_KYH_KGH_0002 어랑타령
05_22_MFS_20100226_KYH_LCR_0001 너영나영 & 창부타령 & 석탄가
05_22_MFS_20100226_KYH_LCR_0002 도라지 타령
05_22_MFS_20100226_KYH_LCR_0003 청춘가 & 노랫가락 & 새야새야

김혜순, 여, 1933년생

주 소 지 : 경상북도 포항시 북구 청하면 이가리
제보일시 : 2010.2.25
조 사 자 : 김영희, 이미라, 황은주

포항시 한노동에서 태어나 월산에서 살다
가 40여 년 전에 이가리로 이주해온 인물이
다. 토박이 주민이 아니어서인지 좌중을 주
도하지는 못했으나 남다른 신명과 노래 연
행 능력을 지니고 있어 노래가 시작되면 어
느새 연행의 중심에 서곤 하였다.

이한이 씨와 주로 노래를 주고받았는데,
다른 사람들이 예전에 부르던 민요의 가사
를 떠올리지 못해 애를 쓰는 사이 어느새 노래를 시작하곤 하였다. 흥이
많아 가만히 앉아서 노래를 부르지 못했으며 어깨를 들썩이거나 일어나
춤을 추기도 하였다. 다른 사람들이 노래를 부를 때에도 박수를 치거나
추임새를 넣어 흥을 돋웠다.

제공 자료 목록
05_22_FOS_20100225_KYH_KHS_0001 뱃노래

05_22_FOS_20100225_KYH_LHE_0001 모심기 소리
05_22_MFS_20100225_KYH_LHE_0001 청춘가 & 창부타령
05_22_MFS_20100225_KYH_LHE_0004 노랫가락 & 창부타령

김후란, 여, 1938년생

주 소 지 : 경상북도 북면 청하면 청진 1리
제보일시 : 2010.2.25
조 사 자 : 김영희, 이미라, 황은주

청하면 청진 1리 대곳이 마을에서 태어나 같은 마을로 시집간 인물로 토박이 주민답게 마을 내력에 대해 잘 아는 인물이었다. 이야기판에 모여 앉은 이들은 모두 여성 연행자였는데 다른 이들이 이야기를 잘 하려 들지 않거나 자신 없어 하는 데 비해 자신이 아는 이야기가 나왔을 때 적극적으로 반응하면서 조사자의 질문에 응답하였다. 다른 사람들이 이야기하는 것을 지켜보며 가만히 기다리다가 잘못 이야기하는 부분이 있는 듯 여겨지면 비로소 입을 여는 신중함을 보이기도 하였다.

나이는 많지 않았지만 토박이라는 사실 때문인지 김후란 씨가 이야기를 이어나갈 때면 다른 사람들도 잘 끼어들지 않고 그녀의 이야기에 귀를 기울였다. 적극적으로 동조하거나 이야기 연행을 격려하는 분위기는 있었어도 그녀의 이야기를 가로막거나 전면적으로 부정하는 분위기는 드러나지 않았다.

예전에 친정아버지가 당제를 주관한 적이 있는데 그때 본인이 임신 중이어서 피신을 해야만 했다. 제사가 9일이었는데 전달 25일에 벌써 딴 곳

으로 옮겨 앉은 기억이 있다. 마을 앞 바다에 있는 바위들을 설명하는 데 열중했는데 특히 돌에 가서 소원을 빌곤 하던 경험을 들려주기도 하였다. 장수돌(장수바위)이나 용디짬에 가서 소원을 빌곤 했는데 마을 여성들이 서로 날짜를 번갈아가며 다른 사람이 기도하는 시간을 피해서 소원을 빌러 가는 풍습이 있었다는 말도 들려주었다.

김후란 씨가 연행하는 자리에는 다른 마을에서 시집온 이봉혜(여, 69세) 씨, 한복선(여, 86세) 씨 등이 함께 앉아 있었다. 이봉혜 씨는 회관 살림을 도맡아할 정도로 적극적인 성격의 소유자였으나 알고 있는 이야기가 많지 않아 쉽사리 이야기판에 끼어들지 못했고 한복선 씨는 아는 이야기는 많은 듯 보였으나 귀가 어두워 소통하기 어려웠다.

제공 자료 목록

05_22_FOT_20100225_KYH_KHR_0001 마을에 장수가 안 나는 이유
05_22_FOT_20100225_KYH_KHR_0002 대곶이 이름 유래
05_22_FOT_20100225_KYH_KHR_0003 장수돌몰
05_22_FOT_20100225_KYH_KHR_0004 바닷가 바위 이름과 인근 지명 유래
05_22_MPN_20100225_KYH_KHR_0001 납딱바리 만난 경험
05_22_MPN_20100225_KYH_KHR_0002 당제의 금기
05_22_MPN_20100225_KYH_KHR_0003 허재비한테 홀린 사람

박금란, 여, 1936년생

주 소 지 : 경상북도 포항시 북구 청하면 용두 2리
제보일시 : 2010.2.25
조 사 자 : 김영희, 이미라, 황은주

용두 2리에서 태어나 같은 마을 남성과 결혼하여 한 번도 마을을 떠난 적이 없는 인물이다. 어려서부터 노래를 잘 하기로 인근에서 이름이 나 여성들이 모여 노는 자리에서 노래를 곧잘 부르곤 했다고 한다. 박금란 씨를 소개한 이가리 거주자 이한이 씨와는 사촌 간으로, 결혼 전 두 사람

모두 또래 여성들끼리 몰려다니면서 노래를 곧잘 부르곤 했다고 이야기하였다.

밀양 박씨로, 결혼할 무렵 시댁이 무척 가난했다고 한다. 남편과 일찍 사별하고 아이들을 혼자 키웠는데 23세경에 지금 사는 집으로 옮겨와 자리를 잡았다고 말했다. 지금은 결혼한 자식들을 모두 내보내고 혼자 살고 있다. 아직 성혼하지 않은 막내아들도 따로 살고 있다고 하였다.

어려서 엄격한 아버지 밑에서 자라느라 외출을 자주 하지 못했는데 노래 부를 거리가 생기면 몰래 나가서 놀다 돌아오곤 하였다고 말했다. 부엌에서 밥을 지으며 노래를 흥얼거리곤 했는데, 젊은 시절엔 한 번 들은 노래의 가사를 절대 잊어버리지 않았다고 자랑하였다. 다만 최근에 지병을 얻어 건강이 나빠지면서 기억력이 급속도로 쇠퇴하고 있음을 몹시 안타까워하였다.

최근까지도 마을에서 단체로 여행을 가거나 단체 목욕 등을 가면 혼자 노래를 도맡아할 정도로 마을의 이름난 노래꾼이었다고 한다. 기억력이 나빠져 예전에 기억하던 노래를 모두 연행할 수 없음을 몹시 아쉬워하였다. 조사자가 민요의 제목을 대면서 물어 보면 대부분의 노래를 알고 있는 듯 보였으나 실제로 부르려 하면 한두 곡절 이상 이어가질 못했다.

자신의 연행에 대한 자존심이 강해 잘 부를 수 있지 않으면 시작하려 들지 않았는데 연행이 뜻대로 되지 않자 몹시 상심하는 듯 보였다. 가장 자신 있는 레퍼토리는 청춘가와 노랫가락이었다. 이들 노래는 모심기 소리 등에 비해 비교적 최근까지 부를 기회가 많았던 노래였던 것으로 보인다.

최근 유행하는 트로트풍의 유행가는 전혀 할 줄 모른다고 말했다. 그리고 옛 '소리'가 이들 노래보다 뜻이 깊고 곡절도 훨씬 맛깔스럽다고 누누이 언급하였다. 박금란 씨는 이들 노래를 민요와 엄격히 구분하고자 했는데 민요는 반드시 '소리'로 지칭하였다.

제공 자료 목록
05_22_FOS_20100225_KYH_BGR_0001 모심기 소리 (1)
05_22_FOS_20100225_KYH_BGR_0002 뱃노래 (1)
05_22_FOS_20100225_KYH_BGR_0003 뱃노래 (2)
05_22_FOS_20100225_KYH_BGR_0004 모심기 소리 (2)
05_22_FOS_20100225_KYH_BGR_0005 권주가
05_22_FOS_20100225_KYH_BGR_0006 아리랑
05_22_MFS_20100225_KYH_BGR_0001 노랫가락
05_22_MFS_20100225_KYH_BGR_0002 청춘가 (1)
05_22_MFS_20100225_KYH_BGR_0003 창부타령 (1)
05_22_MFS_20100225_KYH_BGR_0004 청춘가 (2)
05_22_MFS_20100225_KYH_BGR_0005 창부타령 (2)
05_22_MFS_20100225_KYH_BGR_0006 창부타령 (3)

박분남, 여, 1937년생

주 소 지 : 경상북도 포항시 북구 청하면 신흥리
제보일시 : 2010.2.26, 2010.2.27
조 사 자 : 김영희, 이미라, 황은주

경북 영덕 출생으로, 흥이 많은 제보자였다. 처음 결혼할 때 남쪽으로 시집간다고 친정 마을에서 난리가 났는데 기대와 달리 자꾸 산으로 올라가서 마음이 이상했다고 말했다. 막상 들어와 보니 장에 가려고 해도 고개를 넘어야 하는 산골짜기여서 '나 속았다'는 말을 되뇌며 살았다고 했다. 처음 시집왔을 때 시댁이 너무 가난해서 집이 무척 좁았다고 한다. 방이 좁아 빨리 발을 빼지 않으면 문에 발뒤꿈치를 부딪칠 정도였다고 과거를 회상했다.

　고령의 여성 연행자들 가운데 가장 나이
가 어린 사람이었는데 그래서인지 회관 살
림을 도맡아 하고 있었다. 조사자들의 잠자
리며 식사 준비를 도와준 것도 박분남 씨였
다. 흥이 많아 노래를 잘 불렀는데 다른 사
람들이 노래를 할 때도 춤을 추며 신명을
돋웠다. 유행가를 특히 잘 부른다고 했는데
민요도 곧잘 따라 불렀다.

제공 자료 목록

05_22_FOT_20100226_KYH_BBN_0001 똥 여러 번 눈다는 말 하고 시집으로 다시
　　　　　　　　　　　　　　　　　　쫓겨 간 딸
05_22_FOT_20100226_KYH_BBN_0002 방귀쟁이 며느리
05_22_FOT_20100227_KYH_BBN_0001 보리밥 짓기가 쉬운 줄 아는 영감 길들이기
05_22_FOS_20100226_KYH_KGH_0002 고사리 끊는 소리
05_22_FOS_20100226_KYH_KGH_0001 모심기 소리
05_22_FOS_20100226_KYH_BBN_0001 모심기 소리
05_22_FOS_20100226_KYH_KSD_0001 밭 매는 소리
05_22_MFS_20100226_KYH_KGH_0001 노랫가락
05_22_MFS_20100226_KYH_BBN_0001 창부타령
05_22_MFS_20100226_KYH_LCR_0003 청춘가 & 노랫가락 & 새야새야

박찬옥, 여, 1922년생

주 소 지 : 경상북도 포항시 북구 청하면 신흥리
제보일시 : 2010.2.26
조 사 자 : 김영희, 이미라, 황은주

　신흥에서 태어나 신흥으로 시집을 온 토박이 주민으로 택호가 평장댁
이다. 젊어서부터 지금까지 일손을 놓지 않을 정도로 일 재주가 좋고 부

지런한 성격이었다. 지금도 들로 나가 일을 할 정도로 건강한 편이었다. 논일, 밭일을 많이 해서인지 일노래를 많이 알고 있었다. 모심기 소리나 밭매기 노래를 부를 때면 가만히 앉아서 부르지 못하고 반드시 직접 일어나 모를 심거나 밭을 매는 시늉을 해야만 했다.

목소리에 힘이 있고 살아온 세월의 흔적이 느껴질 만큼 무게가 있었다. 특히 밭 매는 소리를 부르며 구성지게 여음을 이어갈 때면 농투산이 특유의 삶의 결을 느낄 수 있었다. 둘러앉은 여성 연행자들 모두 살아온 세월의 고단함이나 그 무게가 담긴 일노래의 구성진 가락만큼은 박찬옥 씨를 따라갈 사람이 없다는 데 의견을 모으는 분위기였다.

제공 자료 목록
05_22_FOS_20100226_KYH_KGH_0001 모심기 소리
05_22_FOS_20100226_KYH_BBN_0001 모심기 소리
05_22_FOS_20100226_KYH_BCO_0001 후영산 갈가마구
05_22_FOS_20100226_KYH_BCO_0002 오봉산 꼭대기
05_22_FOS_20100226_KYH_BCO_0003 아리랑
05_22_MFS_20100226_KYH_KGH_0002 어랑타령
05_22_MFS_20100226_KYH_BCO_0001 어랑타령
05_22_MFS_20100226_KYH_CDN_0001 베 짜는 아가씨 (1)

신복선, 여, 1925년생

주 소 지 : 경상북도 포항시 북구 청하면 신흥리
제보일시 : 2010.2.26, 2010.2.27
조 사 자 : 김영희, 이미라, 황은주

청하 안심이 출생으로 택호가 안덕댁이
다. 제보자 본인이 설명하길, 안심이는 청하
에서 서정 가는 길목에 있는 마을이라 하였
다. 회관에서 두 번째로 고령자였는데 성품
이 강직하고 괄괄한 편이어서 언제든지 좌
중을 휘어잡았다.

스스로 연행의 중심에 있고자 했으며 이
야기나 노래 연행에서 본인이 중심이 되지
않으면 다소 불편해 하는 눈치였다. 발음이 분명하지 않고 귀도 좀 어두
운 편이었지만 기억력이 좋고 허리도 꼿꼿한 편이었다.

옛 노래를 많이 알고 있었는데 이야기 연행에도 남다른 재주가 있는
듯 보였다. 젊은 시절에는 동네 사랑방에 젊은 새댁이나 동네 처녀들을
모아 놓고 이야기책을 읽어 주기도 했다고 말했다. 그래서인지 이야기
를 많이 알고 있었는데 지금은 많이 잊어버려 안타깝다는 말을 되풀이
하였다.

양반 가문 출신인데다 양반 집으로 시집온 것을 자랑스럽게 생각하고
있었다. 고령의 여성 연행자들 사이에서 이른바 '유식한 어른'으로 통하
고 있었다. 의사소통에 무리가 없다면 좀더 적극적으로 연행에 나설 수
있을 것으로 보였다.

제공 자료 목록

05_22_FOT_20100227_KYH_SBS_0001 춘향이 이야기
05_22_FOT_20100227_KYH_SBS_0002 심청전
05_22_FOS_20100226_KYH_SBS_0001 모심기 소리
05_22_FOS_20100227_KYH_SBS_0001 베틀노래
05_22_FOS_20100226_KYH_SBS_0002 뱃노래
05_22_FOS_20100226_KYH_SBS_0003 도리깨질 할 때 부르던 노래
05_22_FOS_20100226_KYH_KGH_0001 모심기 소리

05_22_FOS_20100226_KYH_LCR_0001 칭칭이 & 화투 뒤풀이 & 생금생금 생가락지
05_22_MFS_20100226_KYH_SBS_0001 청춘가
05_22_MFS_20100226_KYH_SBS_0002 베 짜는 아가씨
05_22_MFS_20100226_KYH_LGJ_0002 노랫가락
05_22_MFS_20100226_KYH_LCR_0003 청춘가 & 노랫가락 & 새야새야
05_22_ETC_20100227_KYH_SBS_0001 우미인가

예칙이, 여, 1928년생

주 소 지 : 경상북도 포항시 북구 청하면 신흥리
제보일시 : 2010.2.26
조 사 자 : 김영희, 이미라, 황은주

경북 영덕 출생으로 택호가 남정댁이었
다. 귀가 어둡고 건강도 좋지 않은 편이어서
다른 여성 연행자들이 살뜰하게 보살피는
사람이었다. 기억력이나 의사소통에도 문제
가 있었는데 다른 사람들이 노래를 부르자
자신도 연행판에 참여하고 싶어 노래를 부
르려 하였다. 그녀가 시종일관 부른 노래는
일제강점기 때 일본인들이 가르친 일본 군

가였다. 다른 노래는 다 잊어버렸어도 그런 노래들만큼은 잊기 어려운 듯
보였다.

제공 자료 목록
05_22_FOS_20100226_KYH_YCE_0001 환갑 노래
05_22_FOS_20100226_KYH_KGH_0001 모심기 소리
05_22_MFS_20100226_KYH_YCE_0001 노랫가락
05_22_MFS_20100226_KYH_LCR_0003 청춘가 & 노랫가락 & 새야새야
05_22_ETC_20100226_KYH_YCE_0001 요렇게 잘난 남편 국군에 가고
05_22_ETC_20100226_KYH_YCE_0002 나라에 바치라고 키운 아들을

이금자, 여, 1937년생

주 소 지 : 경상북도 포항시 북구 청하면 신흥리
제보일시 : 2010.2.26
조 사 자 : 김영희, 이미라, 황은주

작고 다부진 체구에 흥이 많은 인물이었
다. 포항 송도 출생으로 택호는 매암댁이었
다. 남편은 임씨였는데 건강한 편이어서 일
찍 혼자 된 다른 여성 연행자들과 달리 남
편과 함께 살고 있었다.

회관에 모인 여성 연행자들이 모두 버스를
타고 읍내 목욕탕에 목욕을 갈 때, 눈병이
있어 회장과 함께 회관에 남았다. 여성 노인
회 회장을 맡고 있는 최두남 씨와 단짝 친구인 듯 보였다. 조사자들에게 이
런 저런 이야기와 함께 노래를 들려주었는데 여성 노인회장과 마찬가지로
비교적 젊은 세대인 70대인데도 불구하고 민요를 많이 알고 있었다.

작은 체구인데도 목소리가 큰 편이었는데 가끔씩 집에 들러 남편을 챙
기고 돌봐야 함에도 불구하고 곧바로 회관으로 돌아와 노래판에 참여할
정도로 신명이 많았다. 저녁에는 흥이 올라 다른 여성 연행자들과 함께
방안을 빙빙 돌며 춤을 추었는데 다음날에도 아침 일찍 회관으로 찾아와
조사자들이 하루를 잘 묵었는지 일일이 보살펴주었다. 둘째 날은 장날이
라 아침 일찍 장을 보러 나가야 했는데 이 때문에 전날 다 부르지 못한
노래를 이어 부를 수 없음을 안타까워하였다.

제공 자료 목록

05_22_FOT_20100226_KYH_CDN_0002 오줌바위 물로 병 고친 사람

05_22_FOS_20100226_KYH_KGH_0001 모심기 소리

05_22_FOS_20100226_KYH_SBS_0001 모심기 소리

05_22_FOS_20100226_KYH_CDN_0006 뱃노래

05_22_MFS_20100226_KYH_LGJ_0001 도라지 타령

05_22_MFS_20100226_KYH_LCR_0003 청춘가 & 노랫가락 & 새야새야

이송학, 남, 1926년생

주 소 지 : 경상북도 포항시 북구 청하면 이가리

제보일시 : 2010.2.25

조 사 자 : 김영희, 이미라, 황은주

　이가리에서 나고 자란 토박이 주민으로 마을의 웃어른격에 해당한다. 노래보다는 이야기 연행에 재능을 보였는데 이야기 레퍼토리가 풍부하거나 연행 능력이 탁월한 것은 아니었다. 그러나 지명 유래나 마을 당제 내력 등에 대한 질문을 받으면 반드시 자신이 답을 해야 한다는 생각을 갖고 있었고 다른 사람들도 이송학 씨가 이야기를 시작하면 가급적 끼어들지 않으려 했다.

　건강상의 문제로 발음이 또렷하지 않고 말을 빨리 이어갈 수 없었는데 그럼에도 불구하고 마을 역사에 관한 이야기판에서 물러나려 하지 않았다. 다른 사람이 이야기를 시작하는 경우에도 본인이 생각하기에 오류가 있다 싶으면 어김없이 나서 다시 이야기를 이어가려 하였다. 그러나 여성 연행자들이 모여 노래를 부르기 시작하자 슬그머니 자리를 떴다. 연행자들이 좀더 편안하게 노래를 부를 수 있도록 배려한 행동으로 보였다. 또한 본인은 노래 연행과는 어울리지 않는다고 생각하는 듯했다.

제공 자료 목록

05_22_FOT_20100225_KYH_LSH_0001 이가리보다 먼저 생긴 백암마을(백암과 이가리 지명 유래)

05_22_FOT_20100225_KYH_LJG_0002 이가리의 바위 이름 유래

이춘란, 여, 1936년생

주 소 지 : 경상북도 포항시 북구 청하면 신흥리
제보일시 : 2010.2.26, 2010.2.27
조 사 자 : 김영희, 이미라, 황은주

송라 출생으로 연행에 적극적으로 나선 편은 아니었다. 사람들이 모여 앉을 때 언제나 뒤편에 조용히 앉아 있곤 했는데 밤늦은 시간 모두가 흥이 올랐을 때 쟁반을 두드리며 장단을 맞추기도 하였다.

많은 노래를 부를 수 있거나 옛 소리를 많이 기억하는 편은 아니었지만 다른 사람이 노래를 부를 때 함께 뒷소리를 매기거나 장단을 맞출 정도로 흥은 많은 편이었다. 유행가를 잘 부른다고 했는데 다른 고령의 여성 연행자들에 비해 나이가 젊어 일노래를 부른 경험이 많지 않은 듯 보였다.

제공 자료 목록
05_22_FOS_20100226_KYH_SBS_0001 모심기 소리
05_22_FOS_20100226_KYH_LCR_0001 칭칭이 & 화투 뒤풀이 & 생금생금 생가락지
05_22_FOS_20100227_KYH_LCR_0001 생금생금 생가락지
05_22_FOS_20100227_KYH_LCR_0002 방아 찧는 노래
05_22_MFS_20100226_KYH_LCR_0001 너영나영 & 창부타령 & 석탄가
05_22_MFS_20100226_KYH_LCR_0002 도라지 타령
05_22_MFS_20100226_KYH_LCR_0003 청춘가 & 노랫가락 & 새야새야
05_22_MFS_20100226_KYH_KGH_0001 노랫가락

이한이, 여, 1933년생

주 소 지 : 경상북도 포항시 북구 청하면 이가리
제보일시 : 2010.2.25
조 사 자 : 김영희, 이미라, 황은주

이가리에서 나고 자란 인물로, 월포리로
시집을 갔다가 이가리로 돌아왔다. 민요를
많이 알고 있고, 또 즐겨 부르는 듯 보였는
데 노래 한 소절 한 소절을 부를 때마다 신
중한 태도를 유지하였다.

얼핏 보기엔 얌전하고 소극적인 성격의
소유자로 보이지만, 흥이 많아 신명이 오르
면 자기도 모르게 힘찬 목소리로 노래를 이
어나갔다. 다른 사람이 노래를 부를 때에도 자신이 다음에 이어 부를 노
래의 가사를 되새겨 보는 듯했다. 노래의 가사를 찬찬히 떠올려 보았다가
어느 정도 기억이 난다 싶으면 비로소 노래를 부르기 시작했다.

<뱃노래>, <노랫가락>, <모심기 소리> 등 여러 편의 노래를 연행했
는데, 자신과 사촌지간인 박금란(용두 2리 거주) 씨를 조사자들에게 소개
시켜 주기도 하였다.

제공 자료 목록

05_22_FOS_20100225_KYH_KHS_0001 뱃노래
05_22_FOS_20100225_KYH_LHE_0001 모심기 소리
05_22_MFS_20100225_KYH_LHE_0001 청춘가 & 창부타령
05_22_MFS_20100225_KYH_LHE_0002 노들강변
05_22_MFS_20100225_KYH_LHE_0003 양산도
05_22_MFS_20100225_KYH_LHE_0004 노랫가락 & 창부타령

임재근, 남, 1929년생

주 소 지 : 경상북도 포항시 북구 청하면 이가리
제보일시 : 2010.2.25
조 사 자 : 김영희, 이미라, 황은주

이가리에서 나고 자란 토박이 주민으로
나이에 비해 목소리에 힘이 있고 성량이 풍
부했다. 이야기 연행에도 어느 정도 자질을
갖고 있는 듯 보였는데 레퍼토리는 풍부하
지 않은 것 같았다. 자신보다 나이가 많은
이송학 씨가 연행을 할 때면 잘 나서려 하
지 않았다.

전통을 지키는 일에 대한 자부심이 강해,
당제를 지내는 일이나 별신굿을 지켜내는 일, 옛 노래를 부르는 일 모두
가 중요하고 가치 있는 일임을 거듭 강조하였다. 조사 취지에 동조하여
연행에 적극적으로 참여하였고 이야기 연행의 흐름이 어느 정도 일단락
되고 민요 연행이 시작된 뒤에도 자리를 뜨지 않고 간간이 함께 노래를
부르기도 하였다.

노래를 부르거나 이야기를 연행하는 일에 남다른 재주를 드러내지는
못했지만 예부터 전해오는 이야기나 노래를 연행하는 일을 즐겼으며, 또
한 그 일을 중요하게 생각하는 태도를 시종일관 견지하였다.

제공 자료 목록

05_22_FOT_20100225_KYH_LJG_0002 이가리의 바위 이름 유래
05_22_FOT_20100225_KYH_LSH_0001 이가리보다 먼저 생긴 백암마을(백암과 이가
리 지명 유래)
05_22_MPN_20100225_KYH_LJG_0001 장에 간 어른들 마중 갔다 허재비 만난 사람
05_22_MFS_20100225_KYH_LJG_0001 어랑타령

최두남, 여, 1935년생

주 소 지 : 경상북도 포항시 북구 청하면 신흥리
제보일시 : 2010.2.26
조 사 자 : 김영희, 이미라, 황은주

신광면 출생으로 택호가 학계댁이다. 여성 노인회 회장으로 성격이 활달하고 적극적이었다. 팔을 다쳐 부목을 대고 있었는데 아픈 팔을 세워 들고는 시종일관 흥에 겨워 노래를 부르며 춤을 추기도 하였다. 이야기 연행에도 재주가 있고 노래는 신명나게 잘 불렀다.

54년 전 21살 때 결혼을 했는데 남편은 경주 김씨다. 남편이 8남매였는데 시누이는 단 한 명이었다. 결혼하자마자 시집 살림을 도맡아 하느라 고생이 많았다. 밥을 하면 각 식구들마다 한 그릇씩 고봉으로 담아야 했다고 말했다. 시집올 때 형편이 넉넉지 않아 짚신을 신고 왔는데 추워서 발이 너무 시렸다고 말했다.

성격이 활달하고 시원시원한 편이었다. 누구하고든지 쉽게 어울릴 수 있고 다른 사람과 잘 부딪히지 않는 품성의 소유자여서 그런지 여성 노인회 회장으로서의 역할을 훌륭하게 소화하고 있는 듯 보였다. 마을의 고령 여성 제보자들이 회관의 넓은 방에 모여 앉았을 때 저절로 최두남 씨가 구심점 역할을 하고 있었다. 마을 여성 노인들 사이의 관계망이나 상호작용의 장 안에서 사람과 사람을 연결하는 역할을 하면서 언제든지 분위기를 이끌어가는 핵심 인물의 역할을 수행하였다.

처음부터 조사자의 취지에 적극 동조했을 뿐 아니라 무엇이든 하나라도 더 말해주고 하나라도 더 불러주려 애썼다. 조사자가 회관을 방문한 날은 정월 대보름을 앞두고 모든 여성 노인회 회원들이 단체로 버스를 타

고 읍내 목욕탕에 가는 날이었는데 한 시간가량 조사자를 만난 후 목욕하
러 가면서 반드시 기다리라는 말을 잊지 않았다. 회장인 최두남 씨는 이
금자 씨와 남아서 이런 저런 이야기를 들려주었다.

한 시간가량 지났을 때 약속대로 목욕탕에 갔던 할머니들이 집으로 돌
아가지 않고 한꺼번에 회관으로 돌아왔다. 버스에서 내리자마자 모두 목
욕하는 동안 옛 노래에 대한 기억을 되살려냈다며 노래를 들려주겠다고
호언하였다.

간단하게 라면으로 저녁을 때우고 모두들 회관 방에 모여 앉아 밤 10
시가 넘도록 노래를 부르며 즐겨 놀았다. 미처 조사자가 끼어들 새도 없
이 여성 연행자들의 노래가 끊이질 않았다. 늘 그렇게 모여서 노는 것은
아니었지만 신흥은 물일보다 밭일, 논일이 많은 곳이라 그런지 일노래에
모두들 익숙한 듯 보였다. 그래서 조사자들과의 만남을, 신명을 풀어낼
좋은 기회로 삼아 마음껏 노래 보따리를 풀어 놓을 수 있었던 것이다.

제공 자료 목록
05_22_FOT_20100226_KYH_CDN_0001 용산의 용 자국
05_22_FOT_20100226_KYH_CDN_0002 오줌바위 물로 병 고친 사람
05_22_FOT_20100226_KYH_HSD_0001 세 딸 가운데 하루 똥 세 번 눈다는 딸만 시
　　　　　　　　　　　　　　　　　　　집으로 돌려보낸 사연
05_22_FOS_20100226_KYH_CDN_0001 지신밟기 (1)
05_22_FOS_20100226_KYH_CDN_0002 지신밟기 (2)
05_22_FOS_20100226_KYH_CDN_0003 모심기 소리
05_22_FOS_20100226_KYH_CDN_0004 칭칭이
05_22_FOS_20100226_KYH_CDN_0005 월워리 청청
05_22_FOS_20100226_KYH_CDN_0006 뱃노래
05_22_FOS_20100226_KYH_SBS_0001 모심기 소리
05_22_FOS_20100226_KYH_LCR_0001 칭칭이 & 화투 뒤풀이 & 생금생금 생가락지
05_22_MFS_20100226_KYH_CDN_0001 베 짜는 아가씨 (1)
05_22_MFS_20100226_KYH_CDN_0002 베 짜는 아가씨 (2)
05_22_MFS_20100226_KYH_KGH_0001 노랫가락

05_22_MFS_20100226_KYH_BBN_0001 창부타령
05_22_MFS_20100226_KYH_LCR_0001 너영나영 & 창부타령 & 석탄가
05_22_MFS_20100226_KYH_LGJ_0001 도라지 타령
05_22_MFS_20100226_KYH_LGJ_0002 노랫가락

최복순, 여, 1922년생

주 소 지 : 경상북도 포항시 북구 청하면 이가리 마을회관
제보일시 : 2010.2.25
조 사 자 : 김영희, 이미라, 황은주

청하면 이가리 마을회관에서 만난 연행자로, 본인이 직접 연행을 주도
하지는 않았지만 다른 사람이 연행을 할 때 가사를 잘 기억해 두었다가
노래가 끊긴 듯하면 참여하여 한 소절씩 부르곤 하였다. 비교적 나이가
많아 아는 민요가 많은 듯 보였는데 사설 전체가 기억나지 않으면 부르지
않으려는 듯 보였다. 그래서 다른 사람이 연행을 할 때 참여하기만 하였
다. 이가리 마을회관에서 임재근 씨 위주로 이야기 연행이 이어지다가 분
위기가 어느 정도 일단락되었을 때 누군가 노래를 부르자고 제안하였다.
<아리랑>을 한 소절 잠깐 불렀다가 <뱃노래>를 부르기 시작했는데 이
때 연행에 참여하였다.

제공 자료 목록
05_22_FOS_20100225_KYH_CBS_0001 뱃노래 1
05_22_MFS_20100225_KYH_LHE_0004 노랫가락 & 창부타령

최순악, 여, 나이 미상

주 소 지 : 경상북도 포항시 북구 청하면 이가리 마을회관
제보일시 : 2010.2.25
조 사 자 : 김영희, 이미라, 황은주

이가리 마을회관에서의 조사에 가장 적극적으로 참여한 것은 임재근 씨였다. 그는 여성 연행자 가운데 고령자인 이한이 씨의 연행을 유도하기 위해 적극적으로 노력하였는데 평소 아는 민요도 많고 곧잘 부르기도 했던 이한이 씨는 고령의 나이 탓에 사설을 쉽게 떠올리지 못했다. 이한이 씨가 <모심기 소리>나 <노랫가락> 등을 부를 때 기억이 나지 않는 듯 주저하면 옆에 있던 최순악 씨가 나서서 한두 소절씩 노래를 불러 빈 구석을 메워 나갔다.

제공 자료 목록

05_22_FOS_20100225_KYH_LHE_0001 모심기 소리
05_22_MFS_20100225_KYH_LHE_0004 노랫가락 & 창부타령

최윤출, 여, 1924년생

주 소 지 : 경상북도 포항시 북구 청하면 신흥리
제보일시 : 2010.2.26, 2010.2.27
조 사 자 : 김영희, 이미라, 황은주

청하 서정리 출생으로 여성 노인회에서 비교적 나이가 많은 편이라 어른 대접을 받고 있었다. 귀가 어두워 의사소통에 다소 장애가 있었으나 기억력은 좋은 편이어서 옛 노래와 옛 이야기를 곧잘 기억해내곤 하였다. 혼자서 노래 한 편을 이어 부르거나 이야기 한 편을 이어 말하기는 어려웠지만 다른 사람이 연행을 할 때 함께 나서서 적극적으로 도와주었다. 특히 두 번째 날 조사에서 한수동 씨와 함께 어린 시절 놀던 이야기 등을 들려주었다.

제공 자료 목록

05_22_FOT_20100227_KYH_CYC_0001 수수빗자루가 변한 허깨비

05_22_FOT_20100227_KYH_CYC_0002 가물 때 나타나는 이무기

05_22_MPN_20100227_KYH_CYC_0001 술 취해 허재비 만난 이야기

05_22_FOS_20100226_KYH_LCR_0001 칭칭이 & 화투 뒤풀이 & 생금생금 생가락지

05_22_FOS_20100226_KYH_CYC_0001 담방구 타령

05_22_FOS_20100227_KYH_CYC_0001 생금생금 생가락지

한수동, 여, 1929년생

주 소 지 : 경상북도 포항시 북구 청하면 신흥리

제보일시 : 2010.2.26, 2010.2.27

조 사 자 : 김영희, 이미라, 황은주

마을에서 웃어른으로 대접을 받는 인물로 회장인 최두남 씨와 동서지간이었다. 신광 출생으로 나이에 비해 건강하고 기억력도 좋은 편이었다. 다만 목소리에 다소 힘이 없어 노래를 오래도록 길게 이어 부르거나 큰 소리로 노래를 이어가긴 어려웠다. 그럼에도 불구하고 첫째 날 조사 때 밤늦은 시간까지 회관에 남아 흥에 겨운 노래판에 참여하였고 다음 날 아침 일찍 회관으로 와서 전날 못 다 부른 노래와 못 다 한 이야기를 들려주었다.

<정선달네 맏딸애기>처럼 70대 여성 연행자들이 부르기 어려운 민요를 많이 알고 있었고 연행도 곧잘 할 수 있었다. 둘째 날 아침 회관에서 이야기판이 벌어졌을 때 누구보다 적극적으로 나서서 이야기를 들려주었다. 맨 처음 만났을 때부터 조사에 적극적인 것은 아니었지만 시간이 지나면서 하나둘씩 자기 이야기를 조근조근 풀어 놓는 성격의 소유자였다.

제공 자료 목록

05_22_FOT_20100226_KYH_HSD_0001 세 딸 가운데 하루 똥 세 번 눈다는 딸만 시
집으로 돌려보낸 사연

05_22_FOS_20100226_KYH_HSD_0001 밭 매는 소리

05_22_FOS_20100226_KYH_HSD_0002 시집살이 노래

05_22_FOS_20100226_KYH_KGH_0001 모심기 소리

05_22_FOS_20100226_KYH_LCR_0001 칭칭이 & 화투 뒤풀이 & 생금생금 생가락지

05_22_FOS_20100227_KYH_HSD_0001 칭칭이

05_22_MFS_20100226_KYH_KGH_0001 노랫가락

05_22_MFS_20100226_KYH_LCR_0003 청춘가 & 노랫가락 & 새야새야

나무하기보다 더 어려운 베 짜기

자료코드 : 05_22_FOT_20100227_KYH_KGH_0001
조사장소 : 경상북도 포항시 북구 청하면 신흥리 마을회관
조사일시 : 2010.2.27
조 사 자 : 김영희, 이미라, 황은주
제 보 자 : 김기허, 여, 80세
구연상황 : 시집살이하며 고생한 이야기를 하다가 베짜기에 대해 이야기했다. 베를 짜는
일이 힘들어서 나무하는 일과 바꾼 경우도 있었다는 말이 나와, 조사자가 다
시 이야기해줄 것을 요청했다. 이야기가 끝난 후 청중들이 베를 짜는 흉내를
내며 설명해주었다.
줄 거 리 : 남편이 하루 종일 나무하고 돌아왔는데 아내는 베를 하나도 짜 놓지 않았다.
남편이 구박하자 아내가 베를 짜는 것이 얼마나 힘든지 아느냐며 둘이 바뀌
서 해 보자고 했다. 다음 날 아내가 나무하러 가다가 생각해 보니 남편이 베
를 짜 놓을 것 같아서 몰래 집으로 가 신틀을 빼내 숨겼다. 남편이 베를 짜려
고 했지만 신틀이 없어 베를 짤 수 없었다. 아내가 나무를 해서 집에 돌아와
남편을 구박했지만 남편은 아무 말도 하지 못했다.

　옛날에 각시가 저 저거, 저 저거, 저 저거, 저거 베로 짜, 베로 짜고 신
랑은 낭글을(나무를) 하러 가는데, 나무로 해가 오이까네(오니까는) 베 하
나또(하나도) 베 안 짜났다고 얼매나 신랑이 마, 각시로 구박을 하는지.
　"베 안 짜고 뭐했노?"꼬.
　(청중 1 : 적게 했다꼬. 일 적게 했다꼬 뭐카 캤제(뭐라고 했지).)
　베 적게 짰다고.
　"그럼 당신이 베로 짜고 날란(나는) 나무로 하자." 이카이,
　"그래 바꾸자." 캐가,
　그래가 바꽈가(바꿔서) 떡, 인자 각시는 나무지게를 지고 가다가 가마

(가만) 생각하이,

　'저거 놔두면 짜깨고(짤 거고), 저 놈.'

　가마− 지게를 저 밖엘랑 받체(받쳐) 놓고 가만가만 와가(와서) 신랑 모리게(모르게) 마, 신틀(신대) 고고(그거) 이, 이랬다가 이랬다가 해야 그게 벌음(간격)이 벌아야(벌려져야) 저 저거 북을 여야 베가 짜지는데,

　(청중 1 : 고 신 한 쨱(짝)이만 신고 하는, 신이 한 쨱이가 고게 베틀에 달려 있다니까.)

　이 이리 이래 하는 그거로 마 풀아가 나무, 나무지게 찡과가(끼워서),

　(청중 2 : 베투, 베투마리 머 땡기는 거.)

　그래 그거 신대,

　(청중 2 : 신대.)

　그게 신대 애이가(아니냐)? 신대 그거로 풀아가 마, 지게다 얹어가 나무하러 가뿌렀다(가버렸다).

　이놈 이, 남자가 아무리 봐도 베를 짤 수가, 벌음이 벌아야 베로 짜제, 이래 이래 북을 여야(넣어야). 그런데 아무리 봐도 짤 수가 없는 게라. 가마− 생각하, 이거 암만 연구를 해도 안 되고 앞에 늙은, 늙은이를 하나 불라다 대이까네(대니까는),

　"에그 이 사람아, 여그 신대 없어가 베 몬(못) 짠다." 카지.

　그래가 마, 마 내 저 지○ 내(내내) 놓았다.

　하마 각시는 낭글을 한 짐 해갖고 왔다. 해가 오이까(오니까) 베는 하나 또 안 짜 놓고,

　"왜 당신은 베 안 짜 놓고 날 베 몬 짰다꼬 그래 구박하노?"

　뭐라 카이 마 가마− 있다. 알아야 말하제. 알아야 면장질로 하제.

　그래가 마, 구박도 않고 있으이까네, 가마 보이까 그 집서는, 각시는 오디이만은 나무, 나무 하, 한 정지 들여놓고 올라가 신대 살(살짝) 매가(매서) 하마(벌써) 베 짠다.

짜이까네 가마(가만), 그지서는(그제서야) 가가(가서) 보이까네 그 따,
딴 게 하나 있더란다. 이래, 이래, 이래, 이래, 이래, 이래 늦추믄 벌음이
벌여지고 땡기믄(당기면),

(청중 1 : 신 한 쪽이 요래 신고 한 쪽이만 있으믄 요래, 요래 땅가야(당
겨야), 땅가야 요래 딱 벌아준다고(벌려준다고).)

(청중 3 : 땅거믄 땅거믄 허리가 또 요렇게 해지고.)

(청중 1 : 그래.)

(청중 3 : [베 짜는 흉내를 내며] 놔뿌믄(놔버리면) 요래 허리가 척, 이
래 때리고 또 요래가 요랄(이럴) 땐 요래가 탁 때리고, 요래가 탁 때리고
이거 필 때는 제치고, 댕길 땐 또 요래 요래 여가 탁.)

(청중 1 : 빨리 짤 때는야 소리도 자주 나고 재밌어 보이고 그래.)

[베 짜기에 대해 흉내를 내가며 설명해주었다.]

베 짜기 마무리하는 데 석 달 걸리다

자료코드 : 05_22_FOT_20100227_KYH_KGH_0002
조사장소 : 경상북도 포항시 북구 청하면 신흥리 마을회관
조사일시 : 2010.2.27
조 사 자 : 김영희, 이미라, 황은주
제 보 자 : 김기허, 여, 80세
구연상황 : 앞서 베 짜는 이야기에 이어 시집살이할 때 베를 짜는 것이 힘들었다는 대화
를 했다. 해는 넘어가는데 베를 많이 짜지 못해 시어머니에게 야단 들을까 걱
정을 했다는 이야기를 하는 도중에 제보자가 구연을 시작했다.
줄 거 리 : 어떤 사람이 베를 거의 다 짜고 마무리만 남겨 놓은 상황에서 점을 보러 갔
다. 언제 베 짜기가 끝나겠냐고 묻자 점쟁이가 석 달 걸리겠다고 했다. 점이
틀렸다고 여겨 점쟁이에게 욕을 하고 돌아오다가 오줌을 누었는데 뱀에게 발
을 물렸다. 석 달 동안 베를 짜지 못했으니 결국 점쟁이의 말이 맞았다.

그 전에 지동딕(지동댁)이 그 얘기 잘하데.

"구일딕(구일댁. 제보자를 가리킴.)이야, 내 얘기 하까(할까)?"

"어, 얘기해라. 와?"

베로 마깣(마감) 딱 하도, 하도 지겨바가(지겨워서) 마깣을 딱 베 놓고 점을 하라[217] 가이까네(가니까는),

"아이고, 그래 내 언제 베로 다 짤라고?"

점을 하러 가이까네, 점을 하러 가이,

"그 베틀이 삼 년 만에 나가겄다(끝나겄다), 석 달 만에 나가겄다."

"아이 이놈 씨발 점쟁이, 니가 뭐 아노?" 카고 오다가,

오다가 오줌을 누니까 뱀이가 [웃음을 머금고] 발로 물아뿌러가지고(물어버려서)

[청중 웃음]

석 달 만에 나가더란다.

(청중 1 : 아-.)

아따, 그래,

(조사자 : 석 달, 석 달 만에 나갔다는 게 뭐예요?)

[청중 한 명이 마을회관에 들어오면서 어수선해졌다.]

(청중 1 : 세, 세 달.)

(청중 2 : 삼 개월.)

이 달에 나갈 베틀인데,

(청중 2 : 석 달이 삼 개월.)

나갈 베틀인데 이 달에 하도 기어바가(지겨워서) 그것도 날만치로(나만큼) 오지랖 없었지, 뭐. 하도 기어바가 마깣 딱 비어 놓고, 마깣이라는 그기, 마쳤다는, 마쳤다는 그 앞을 딱 베 놓고 점을 하러 가서, 점을 하러

---

217) '하러'를 잘못 발음한 것으로, '보러'의 의미이다.

가이,

(조사자 : 마처 딴다는 게 뭐예요?)

응?

[다들 한 마디씩 답했다.]

(청중 2 : 베 인자 다, 다. 이래 감아 난 베가, 사십 자로.)

한 자나 요래 요만춤(이만큼) 남아 있으믄 고거 인자 얼등(얼른) 짜지 싶아가(싶어서) 마깞 딱 베 놓고 점을 하러 가이까네,

"아이고 여 부인, 이 부인아 저, 저 그 베틀이 석 달 만에 나가겠다."

"에라, 지끄○○ 니가 뭐 아노?" 카고 오다가,

오다가 오줌 누다가 마 뱀이 잔뜩 물려가지고 그만.

(청중 2 : 그래 베를 못 짜고 있으이까 삼 개월이 걸리지.)

그러니까 한 달, 두 달, 석 달 만에.

(청중 1 : 그 점쟁이도 맞히지(맞혔지).)

[웃으면서]

맞혔네.

(청중 2 : 그래. 물려뿌니까네 그래 베를 짤 수 없잖아.)

친정아버지에게 양반 삶은 물 내놓은 딸

자료코드 : 05_22_FOT_20100227_KYH_KGH_0003
조사장소 : 경상북도 포항시 북구 청하면 신흥리 마을회관
조사일시 : 2010.2.27
조 사 자 : 김영희, 이미라, 황은주
제 보 자 : 김기허, 여, 80세
구연상황 : 앞서 박분남 씨가 영감 길들이는 이야기를 하자 이 분위기를 이어받아 김기허 씨가 말문을 열었다.
줄 거 리 : 옛날에는 아무리 가난해도 양반이라 하면 시집을 보냈다. 가난한 양반 집에

딸을 시집보낸 사람이 딸을 보러 갔더니 딸이 물을 한 그릇 주며 양반 삶은 물이라고 했다.

이 이전에는 양반, 상놈을 하도 찾아가 따, 딸로 차, 딸로 아무것도 없어도 양반 집에 치와 놔니까네[218] 뭐 야, 이놈의 양반 솥에 드가나?

뭐 그래가 아바씨가(아버지가) 상놈의 집에 떡 치와(치워) 노니까, 아, 아무것도 없어도 상놈의 집이는 살림 있는 집이 인자 그거 딸 치와라 카고, 인자 양반의 집이는 아무것도 없는데 인자 양반 하나 믿고 딸 치와라 카고.

이래가 양반 집이 딸로 치와 노니 배가 고파 살 수가 있나?

그래 아바씨가 딸네 집에 댕기라(다니러) 왔는데 옥식기에다 물로 한 옥식기 떠가(떠서) 담아가 딱 판에 얹고, 그 물 안 엎시게(엎지르게) 뚜껑이, 뚜뱅이 딱 덮어가 드려 놓으.

"아부지요, 양반 삶았니다."

[조사자를 보며 웃음]

옥식기를 뜯겨(열어) 보니까 물이 한 옥식기라.

"야 이 물맛."

"아부지요, 그거 양반 삶은 물이시다." 카이까네,

아이고 내가.

(청중 1 : 아버지가 옛날에는 저거 암만 없어도 그래 양반 집이 치우믄[219] 그거로 인자 아주 알아주고, 저 바닷가에는 암만 저 바다에 고기 잡고 저런 데는 암만 부자라도 고기 잡는 데 그런 거는 아주 싫어하고, 그 안 보낼라 그라고. 근데 지금은 그런 세월이 없잖아.)

(청중 2 : 요샌 그런 거 없지.)

양반 상놈이 다 없어져뿌렀어(없어져버렸어).

---

218) '치워 놓으니까'로, '시집보내 놓으니까'의 의미이다.
219) '치우면'으로, '시집보내면'의 의미이다.

(청중 2 : 인자 없어져뿌렀어. 전에는 먹는 거 생각해도 그래.)

백정이라 카믄 그거는 개천에도 몬(못) 씬다꼬(쓴다고) 그거 뭐, 뭐, 암만 뭐이 해도 딸 줬나? 요새는 백정이라도 돈만 있으믄 되고.

(청중 1 : 돈만 있으믄 되고. 우리 우리 엊저녁에 춤 추고 안 놀았는교? 놀았는데 옛날에는 그거 그런 거 하믄 절단나지. [웃음] 지금은 안 혼나.)

마을에 장수가 안 나는 이유

자료코드 : 05_22_FOT_20100225_KYH_KHR_0001
조사장소 : 경상북도 포항시 청하면 청진 1리 마을회관
조사일시 : 2010.2.25
조 사 자 : 김영희, 이미라, 황은주
제 보 자 : 김후란, 여, 73세
구연상황 : 조사자가 마을의 지형과 지명에 대해 물었는데 여러 제보자들이 답변을 하는 중에 '장수돌'이라는 바위에 대한 이야기가 나왔다. 지금도 그 바위 위에는 마을 사람들이 함부로 올라가지 않고 예전에는 그곳에 당집이 있었다는 말을 듣고 조사자가 '장수돌'에 대해 다시 물었다. 조사자가 '마을에 장수가 났다'는 이야기를 들은 적은 없는지 묻자 청중 가운데 한 사람이 '장수가 생길 것이라서 그렇게 이름을 지었을 것'이라고 대답하였다. 이에 김후란 씨가 불현듯 생각이 났는지 해당 이야기를 들려주었다.
줄 거 리 : 마을에 우물이 있는데 이 우물물을 먹고 살 때는 마을 사람 중에 장수가 났다. 그런데 소동 김씨 집안에서 우물 위쪽에 묘를 쓴 이후로 마을에 장수가 나지 않았다.

(조사자 : 그 장수돌 이런 거는, 장수가 살았다거나 뭐 이런 얘기는 못 들어보셨어요?)

(청중 1 : 그런 거, 뭐.)

(조사자 : 이 마을에 장수가 있었다거나.)

(청중 1 : 장수가, 뭐 생기, 생긴다꼬 뭐 이름을 그래 지이(지어) 놨는가.

그, 그런 뜻이겠지, 뭐. 옛날에 할아버지들이 마 마카(전부) 지어 놔.)

옛날에 우리 마을에 인자 할아버지들 그러대. 저 우물에, 우리 마을에 우물에, 저 물로 묵을(먹을) 때 그 우에 묘로 안 생길 때는 우리 마을 사람들가, 그래가, 장수가 났다대.

났는데 그 묘로 모르게 밤에 묘를 써뿄거든(써버렸거든). 그래 장수가 안 났대.

(청중 2 : 딴 데(다른 지역) 사람인가 보지.)

(조사자 : 묘를 써서요? 그게 어느 집안 묜데요?)

저 머시 소동 김씨.

(조사자 : 소동 김씨요?)

응.

(조사자 : 요 앞에 있는 묘 말씀하시는 거예요, 입구에? 요, 입구에.)

입구에 말고. 그건 저- 최가 쪽에. 고건 최씨네.

(청중 1 : 월포, 월포 최씨네.)

대곶이 이름 유래

자료코드 : 05_22_FOT_20100225_KYH_KHR_0002

조사장소 : 경상북도 포항시 청하면 청진 1리 마을회관

조사일시 : 2010.2.25

조 사 자 : 김영희, 이미라, 황은주

제 보 자 : 김후란, 여, 73세

구연상황 : 당제 음식 준비나 제사 비용 충당 등에 대한 이야기를 나누다가 어느 정도 대화가 일단락되었을 때 조사자가 마을 이름의 유래에 대한 질문을 던졌다. 마을에 대밭이 많아 마을 이름이 '대곶이'로 불렸다는 이야기를 하면서, 예전에는 마을에 우물이나 도랑도 많고 물이 좋았다는 말을 덧붙였다. 조사자가 논고동이 변해 사람이 되었다는 부류의 이야기를 들어본 적 없냐고 묻자, 좌중에 앉은 이들이 모두 웃기만 하였다. 예전에 들어본 적은 있지만 기억을 하

지 못하거나, 우스꽝스럽고 황당한 이야기라 연행할 것이 못 된다고 여기는 듯 보였다.

줄 거 리 : 옛날에 청진 1리는 '대곳이'라는 이름으로 불렸는데 그 이유는 집집마다 대밭이 있을 정도로 대나무가 많았기 때문이다.

(조사자 : 여기는 옛날에 부르던 이름도 청진이에요?)

청진 일 리.

(청중 1 : 청진 일 리.)

(조사자 : 그러니까 옛날 어른들이 부르는 뒤깟이니, 뭐, 이런……?)

(청중 1 : 대곳이, 대곳이.)

대곳이라.

(조사자 : 대곳이요?)

대곳이.

(조사자 : 왜 대곳이에요?)

여 돌 많다꼬 대곳이라.

[웃음]

(청중 1 : 저, 나는 오이께네(오니까) 시집온께 대밭이 많애가 나는 대곳이라 하능가.)

(청중 2 : 그래, 대밭이 많애 대곳이 맞다.)

(청중 1 : 대, 대밭이 집집이 다 찼다 아이가. 이거 다 쳐뿌고(쳐버리고).)

집집마다 이거 대밭을 다 쳐뿌러가 옛날,

(청중 1 : 집집마다 대밭이다.)

우리 한 열일곱 살, 열여덟 살 묵을 때 마 집집마다 대밭이다. 마카(전부) 우리 다 마카 대밭이 있어.

그리고 우물 대략 몇 집이 마 우물 없지. 전신에 우물 있고, 집집마다 우물 있고 그랬다.

(조사자 : 여기 물이 귀하지는 않았나 봐요.)

(청중 1 : 옛날엔 귀했지.)

옛날엔 귀했지.

(청중 1 : 옛날에는 따라가 물동이 여다(이어다) 묵고 인제는 뭐, 뭐.)

저- 우에,

(청중 3 : 수도가 들오니께네(들어오니까).)

산 밑의 우물 저거, 여다 갖다 묵고 이랬는데 거랑(개천)에 빨래하고 이
랬는데 인제는 거랑도 없애져뿌고(없어져버리고) 그 우물에 물도 인제 한
산하이 안 묵아지고[220] 인제 수도 포항시의 수도 묵는다.

(조사자 : 네. 우물이나 빨래터에 관한 이야기 같은 건 들어 보신 적 없
으세요?)

빨래터에 뭐, 뭐, 우리는 여그는, 저 우리 쪼맨헐(어릴) 때는 인제 거랑
에 저 박서방네가 고모네 거 거랑에 물 있기 따문에(때문에) 거 거랑에 비
많이 오믄 마이(많이) 했지마는 뭐, 한, 우리 한 이십 살 묵을 때는 마카,
저 못에, 논에 못에로 가가지고 빨래,

[한 청중이 빨래 다니던 지명을 거론했는데 소리가 뭉개져서 명확하게
들리지 않음.]

그래, 팔웅답.

[소리가 뒤섞여서 단어를 분간하기 어려움.]

빨래 가가지고(가서) 이라고.

(조사자 : 빨래터에서 뭐 이렇게, 뭐, 뭐, 고동을 만나거나 줍거나 뭐 만
나거나 이렇게 해서 그런 이야기나 이런 건 못 들어 보셨어요?)

그런 거는 뭐, 마카 다 잊어뿌렀지. 아직 가지고 있아지나?

[웃음]

---

220) 물이 줄어들어 마실 물이 많지 않게 되었다는 뜻이다.

장수돌몰

자료코드 : 05_22_FOT_20100225_KYH_KHR_0003
조사장소 : 경상북도 포항시 청하면 청진 1리 마을회관
조사일시 : 2010.2.25
조 사 자 : 김영희, 이미라, 황은주
제 보 자 : 김후란, 여, 73세
구연상황 : 예전에 도랑이나 우물가에서 빨래하던 이야기를 듣다가 조사자가 도랑에 사
　　　　　는 논고동이 변해서 사람이 되거나 하는 이야기를 들어 보지 못했냐고 물었
　　　　　다. 제보자가 웃기만 하고 이야기를 연행하려 하지는 않았다. 전에 들어 보기
　　　　　는 했으나 기억하지 못한다고 말하더니 요사이엔 약을 많이 쳐서 논고동이
　　　　　다 사라져버렸다는 말만 되풀이하였다. 마을 이름 유래에 대해 조사자가 묻자
　　　　　다들 이름은 알지만 유래는 잘 알지 못한다고 대답하였다. 그러나 바위의 이
　　　　　름과 그 유래를 묻자 여기저기서 답변을 이어가기 시작했다. 인근에 유명한
　　　　　바위가 없냐는 조사자의 질문에 청중 가운데 이봉혜 씨가 '바다에 있는 돌'을
　　　　　가리키는 것이냐며 재차 확인하였다. 조사자가 맞다고 대답하자 김후란 씨가
　　　　　이야기를 꺼냈다.
줄 거 리 : 예전에 동네가 처음 생길 때 장수돌몰(혹은 장수돌모래)라는 바위에 당집을
　　　　　짓고 그곳에서 제사를 지냈다. 그런데 바닷가 바위라 불안한 마을 사람들이
　　　　　당집을 지금 자리로 옮겼다. 옛날 마을 어른들이 할배 바위 혹은 할매 바위라
　　　　　불렀는데 어릴 때 그 바위 위에 올라가 놀면 어른들이 혼을 내곤 하였다.

(조사자 : 여기 이름난 바위나 뭐, 산은 주변에 어떤 게 있나요? 이 주
변에요.)

뭐, 뭐,

(청중 1 : 바위 겉은 거는 물에 인제 저,)

(조사자 : 네, 어떤 바위요? 이름이. 저……)

그, 그, 금시라꼬.

(조사자 : 금시요?)

응, 금시라꼬 여, 여, 바다 돌 큰 거 있고.

(조사자 : 금시는 무슨 뜻이에요? 금시라는 건.)

(청중 1 : 돌이잖아.)

돌이 이름이 금시라꼬.

(조사자 : 금시요?)

응. 그 짬이, 짬이.

(조사자 : 아ㅡ. 근데 이유가 있잖아요. 뭐 생긴 게 그렇다든지.)

응 생긴 게,

(청중 1 : 크고. 저,)

돌, 돌 많다꼬.

(청중 1 : 크고 크고 인제 그래 높으다꼬(높다고) 인제 금시라.)

여그 인제 바다횟집 옆에 우리 쪼맨헐(어릴) 때는 고 인제, 글때도(그때
도) 어른들하고 제사를 지냈다꼬. 여 꼴짝, 꼴짝에 할배,

(청중 : 요즘, 요즘은 안 지냅니다.)

할배 살 직에(적에), 요즘은 안 지내잖아.

(청중 1 : 요새는,)

꼴짝에 할배 살 때는,

(청중 1 : 찬ㅡ따ㅡ도(맨땅에도) 지냈잖아.)

그거, 그거 저 당이가 저기 있다가, 저 당이가 저ㅡ 있다가 그 인제 물
가에라꼬[221] 여기 왼겼잖아(옮겼잖아). 왼겨가 여기 이 집을 제로 온
데[222] 그래 인제 그 인제 그 뭐시 장수돌몰이라꼬.

맨날 그, 그, 울 아버지 뭐시기일 때는 꼴짝에 할배 살고 이럴 때는 거
그 방게(바위에) 올라가면

[강조하는 어투로]

야ㅡ단난다. 이놈의 손들 마, 거그 올라가믄 거 할아버지 째매(바위)에
그 뭐하러 올라가노?

---

221) '물가에 있는 것이 불안해서'라는 뜻이다.
222) '제사를 지내왔는데'라는 뜻이다.

[웃음]

(청중 1 : 요새도 낚시하러 온 사람들 올라가데.)

[다른 사람이 끼어들어 소리 뒤섞임.]

(청중 2 : 머시, 전에 여기 한매라 카데.)

(청중 1 : 그래.)

(조사자 : 한뫼요?)

(청중 2 : 할매라 카데.)

(조사자 : 할매요? 할매요, 아님 한뫼요?)

(청중 3 : 할매.)

(조사자 : 할매요?)

(청중 1 : 할매, 할매.)

(청중 2 : 그런데 요새 저 제사(제당)이 없고 찬-따에(맨땅에) 지내나?)

(청중 1 : 찬-따 없다.)

찬-따에다 안 한다.

(청중 1 : 찬-따에 안 하는갑데(하는가 보더라).)

[바위에서 제사를 지낸 것에 대해 잠시 논란이 있었다.]

(조사자 : 여기 바위에 제사를 지낸다구요?)

예. 요 앞에 요, 요,

(조사자 : 그게 당집이 있었는데 옮겼다는 거예요?)

그래, 당집에 옛날에는 그 첨에 맨-, 이 동네가 생길 때 그 당집을 하다가 그래 어른들이 인제 바닷가라꼬 인자 저 여그 인제 모시고.

(조사자 : 그거는 바위 이름이 뭔데요?)

거그 장수돈물이라꼬.

(조사자 : 예?)

장수돌물이라꼬. 우리가 장수돌모래, 장수돌모래 이랬거든.

(조사자 : 장수돈모래요?)

응.

[또박또박 말하는 어투로]

장-수돌몰. 장수.

(청중 1 : 동네, 동네 이름 있듯이,)

장수, 장수돌몰.

(청중 1 : 돌도 이름이.)

돌, 장수돌, 장수돌.

(조사자 : 장수돌이라고 그랬다구요?)

장수돌.

(조사자 : 어-. 그 바위 이름이요?)

응.

(청중 3 : 돌이 참 큽니다. 요 앞에.)

바닷가 바위 이름과 인근 지명 유래

자료코드 : 05_22_FOT_20100225_KYH_KHR_0004
조사장소 : 경상북도 포항시 청하면 청진 1리 마을회관
조사일시 : 2010.2.25
조 사 자 : 김영희, 이미라, 황은주
제 보 자 : 김후란, 여, 73세
구연상황 : 바닷가에 있던 큰 돌인 '장수돌몰'에 대한 이야기가 마무리되던 찰나, 조사자
가 앞서 들은 '금시'라는 바위에 대해 다시 물었다. 제보자는 조사자의 질문
에 답변을 하면서 마을 앞 바닷가에 있는 바위들의 이름을 일러주었다. 제보
자와 청중 모두 어린 시절 바닷가 바위 위에서 놀던 추억이 한두 가지씩 있
는 것 같았다.
줄 거 리 : 금시는 돌이 크고 높고 많다고 하여 붙여진 이름이다. 단추잠은 단추처럼 생
겼다고 하여 붙여진 이름이다. 올구잠은 올구(기러기)가 많이 있다고 하여 붙
여진 이름이다. 너래는 평평하다고 해서 붙여진 이름이다.

(조사자 : 아까 금시라는 건 무슨 뜻이에요? 금시가.)

(청중 1 : 너프고(넓고), 뭐.)

금시가 돌 많고 저, 저, 높으다꼬(높다고). 그래, 인자.

(청중 1 : 높으다꼬.)

(청중 2 : 또 낮인(낮은) 데는 또 너래라 카는데.)

인자 우리 마을에 이 짬이 마카(여기저기에) 있잖아. 돌이 마카 이름이 있거든. 저 너래 있고 또 금시 저거 방구(바위) 저, 저거도 있고. 옛날엔 또 단추잠이 여, 여, 여, 방구 여그다.

(조사자 : 단추, 단추잠⋯⋯.)

단추잠.

(조사자 : 단추잠.)

응. 여, 여, 여 여그는 인제 올구잠이라꼬, 올구잠이 있고, 저짝 저짝에는 용디잠이라꼬. 짬이 이름이 있다꼬.

그래서 우리는 가을 되믄 그 인자 짐돌이나 인자 그 미역이나 갈 때 마카 구지비키를 하잖아. 구지비키를 하믄,

(조사자 : 구지비키가 뭐예요?)

(청중 1 : 뽑이, 뽑이.)

뽑이.

[웃음]

(조사자 : 뽑이가 뭔데요?)

뽑이, 뽑이.

(청중 1 : 저 짬에는 멫이, 이 짬에는 멫이.)

여그, 여그는. 일테.

[웃음]

(조사자 : 아, 서로 나눌 때.)

응.

(조사자 : 니는 저 바위 가라, 나는 이 바위.)

[당연한 걸 묻는다는 듯이]

그래. 이 방게(바위에) 가라, 저 방게 간다.

(청중 1 : 어.)

(조사자 : 맞아, 맞아.)

그 그거를 뽑이를 해가지고,

(청중 1 : 일 번, 이 번.)

일 번 이 번 인자, 찾아가는 거라.

(조사자 : 아ㅡ. 아, 아.)

그, 그러이께네 돌 이름이가 너래, 장수돌모래, 또 금시, 단추잠, 용디
잠, 올구잠에 마카 그랬다.

[청중들 웃음]

(조사자 : 올구잠은 무슨 뜻이예요?)

(청중 1 : 올게, 올게. 기러기 마이(많이) 있다꼬.)

(조사자 : 아ㅡ, 기러기.)

(청중 1 : 기러기 마이 있다꼬.)

[웃음]

여, 여그 인제 바닷가에 선창이가 저래 저래 돼뿌러나서(돼버려서).

(청중 2 : 저래 돼뿌러가지고 돌이 인제 마이……..)

(조사자 : 단추잠은 뭐예요? 단추처럼 생겼다는 거예요?)

(청중 1 : 어, 고, 고래 돌이 있어.)

고래 돌이 생겼다꼬.

(청중 1 : 생겼다꼬.)

(조사자 : 너래는 평평하단 뜻이구요?)

(청중 1 : 옛날에 말, 할아버지들이 이름을 마카 지ㅡ났다.)

금시는, 금시는 인제 방구 많다고 인제.

(조사자 : 용디미는 어떻게?)

용디잠이라꼬 저- 우게 방우(바위) 또 그것도 마 바우 있고.

(조사자 : 용디잠은 왜 그런 거예요, 이름이?)

여, 거, 거, 그 나(나이) 만(많은) 사람들이 이름을 그렇게 지어.

(청중 2 : 마카 그렇게 이름을 지아가 인자 몇몇키씩(몇몇이서) 인자 돌 뽑이를 해가 인자 짬 맽게가(맡겨서).)

(조사자 : 뭐, 용이 살았다거나 이런 건 아니구요?)

그건 아니고.

똥 여러 번 눈다는 말 하고 시집으로 다시 쫓겨 간 딸

자료코드 : 05_22_FOT_20100226_KYH_BBN_0001

조사장소 : 경상북도 포항시 북구 청하면 신흥리 마을회관

조사일시 : 2010.2.26

조 사 자 : 김영희, 이미라, 황은주

제 보 자 : 박분남, 여, 74세

구연상황 : 한수동 씨가 시집살이 노래를 부른 후 조사자가 모여 앉은 여성들의 이름과 나이, 택호 등을 일일이 확인하였다. 시집살이 노래 후 택호 등을 물으며 친정이 어딘지 확인하는 과정에서 자연스럽게 대화 내용이 시집 살던 이야기로 옮겨졌다. 연행자들은 모두 '예전에는 시집가면 아무리 고된 시집살이를 살아도 친정에 못 오게 했다'면서 지난 시절의 고단함을 토로하였다. 그 와중에 앞에 불렀던 노래의 사설 가운데 '떡 삶은 솥에 시어머니 속곳을 삶으니 이도 죽도 풀도 되고 재미만 나네요'라는 구절을 다시 읊기도 하였다. 예전에는 친정으로 돌아가면 '친정 가문에 먹칠 한다'며 친정 부모들이 '시집을 갔으면 그 집 귀신이 돼야 한다'고 시집으로 돌려보냈다는 말을 하다가 박분남 씨가 이야기를 시작했다.

줄 거 리 : 시집간 딸이 배가 고파서 못 살겠다며 친정으로 왔다. 친정 부모가 하루에 몇 번 똥을 싸느냐고 묻자 딸이 몇 번 싼다고 했다. 그 말을 들은 친정 부모가

배고프다는 말은 거짓말이라며 쫓아냈다.

옛날에, 옛날에 그 말도 또 있등가나 와? 그 이야기 해 보소 와.

저 시집가이, 가노이까네,

"아유, 나사 배가 고파 그 집 못 살레라." 카니까네,

아바, 아바씨라 카등가, 어, 엄마라 카다,

"니 하리(하루) 똥 몇 번 누노?" 카이,

"몇 번 눈다." 카이,

딸로 막 쫓아뿌드란다. 똥 누는 거 보고

"니 배고파가 몬 살겄다 하는 거 완전히 거짓말이라." 이거라.

그리께네(그러니까) 마, 마,

"니 당장 가라." 카미,

"그 집이 가 살아라." 카드란다.

배고파 몬 산다 카이 그라드란다.

방귀쟁이 며느리

자료코드 : 05_22_FOT_20100226_KYH_BBN_0002
조사장소 : 경상북도 포항시 북구 청하면 신흥리 마을회관
조사일시 : 2010.2.26
조 사 자 : 김영희, 이미라, 황은주
제 보 자 : 박분남, 여, 74세
구연상황 : 한수동 씨의 이야기에 바로 이어서 연행하기 시작했다. 제보자는 연행하는 도
　　　　　중에 시종일관 웃음을 참지 못했다. 청중도 이야기 중간중간에 끼어들어 연행
　　　　　에 참여하였다. 모두들 이야기를 나누며 한바탕 박장대소했다. 이야기 연행이
　　　　　끝난 후 청중이 '붙잡으소' 하며 집을 잡는 시늉을 했다.
줄 거 리 : 며느리가 얼굴색이 노래져 시아버지가 이유를 물으니 방귀를 참아서라고 답
　　　　　했다. 시아버지가 마음대로 꾸라고 하여 며느리가 방귀를 뀌었다. 며느리 방
　　　　　귀에 집이 한쪽으로 쓰러지려 하자, 시아버지가 반대편으로 가서 한 번 더 뀌

라고 했다. 반대쪽으로 가 한 번 더 뀌니 집이 다시 바로 섰다.

옛날에, 옛날에는 똥도 맘대로, 방구도 몬(못) 뀌고 살아가,

"네가 와 노-라노?" 카이,

[웃음]

"아이구 내가, 아버지요 똥을 못 뀌고……."

[웃음]

"야, 야, 뀌라." 카이까네,

[웃음]

한쪽에서는 뀌-부니까네(뀌니까) 저 머이, 집도 옛날에는 옳잖이(옳지 않게)223) 요새겉이 짓는 게 옳잖은 게 저러로 실(스르르) 몰릴라 카니,

"아이구, 야, 야, 또 저쪽에 가가 뀌라." 카드란다.

[청중과 제보자가 웃음]

옛날에 그런 이야기 하고 우리 살았니더.

(조사자 : [웃으며] 재미있는데요.)

"아이구 야, 야, 야, 고만 고만 저쪽에 가갖고 뀌라." 캐.

집 일라서라꼬(일어서라고).

[웃음]

(청중 : [웃으며] 아버지 저짝에 가 있으소-.)

시아바씨가 인자 하도 노랗다고 그래,

"야, 야, 니 똥 못 꼈다꼬. 실큰(실컷) 실큰 뀌라." 카이,

아이구, 마, 집이 삐딱하게 넘어갈라 카이 시아바이가,

"아이구 야, 야, 야, 저쪽에 가가……."

[웃음]

(청중 : 인자 그래가 펑 뀌니까 다 서드라 카드란다. [웃음])

223) '제대로 하지 않았다'는 뜻이다.

[모두 거짓말이라면서 다들 웃었다.]

(청중 : 아이고 저쪽 붙잡으소-.)

[웃음]

보리밥 짓기가 쉬운 줄 아는 영감 길들이기

자료코드 : 05_22_FOT_20100227_KYH_BBN_0001
조사장소 : 경상북도 포항시 북구 청하면 신흥리 마을회관
조사일시 : 2010.2.27
조 사 자 : 김영희, 이미라, 황은주
제 보 자 : 박분남, 여, 74세
구연상황 : 아침에 회관에서 만나 전날 조사자들이 마을회관에서 잘 잤는지 서로 대화를 나누는 도중에 갑자기 연행을 시작했다.
줄 거 리 : 들일을 하다가도 저녁을 지으려면 집에 일찍 들어가야 하는데 영감이 그것을 모르고 자꾸 들일만 계속 시켰다. 저녁밥을 어떻게 하냐는 할머니 말에 영감이 보리 먹으면 된다고 했다. 할머니가 영감을 길들이려고 늦게까지 들일을 하고 집에 가서 보리쌀과 물 한 그릇을 저녁밥으로 주었다. 다음 날 영감이 집에 일찍 들어가 밥을 하라고 했다.

옛날에 또 신랑이 그랬단다.

옛날에는 일만, 아까 몰래 했거든. 그래 들게(들에) 일만 자꾸 알고 집이 가믄(가면) 여자는 저녁밥을 질라 그러믄 좀 일찍이 들어가야.

[목소리를 높이면서]

보리 그거 찍아가지고(찧어가지고) 물 묻혀가 밥 할라(하려) 캐 봐라(해 봐라).

그래 이놈의 영감이 자꾸 자꾸 들게 일 하는 그것만 욕심을 내고, 밥 하러 갈라 카이 몬(못) 가그로,

"그 밥은 어, 어떻게 할라꼬 그래노?" 카믄,

자기는 숨, 쉽게 하는 말이,

"보리 묵지." 이카거든.

그래가 이놈의 할마이(할머니)가 가마-(가만) 생각하이, '도저히 이 질로(길로) 곤쳐야(고쳐야)[224) 되겠다.' 싶어가, 하루 저녁에는 늦도록 같이 영감하고 같이 일로 했지.

할매가 먼저 가야, 바로 찍아야(찧어야) 그거, 하마 힘이 얼매(얼마나) 드노? 그걸 남자들이 다 모른다니까.

그래가 마 숨, 숨게 줄께미(줄까 봐) 영감이,

"보리 묵지." 이라더라.

진짜 보리를 묵아내나?[225)

그래 하루는 한번은 가마- 생각하이, '이놈의 영감 질로 한번 들여야 되겠다.' 싶어, 다같이 일하고 인자 좋은 듯이 들와가 물 한 그릇 떠 놓고 보리 한 그릇 떠 놓고 저녁에 떡- 채려다 놓으니까네, 그 이튿날에는야,

(청중 1 : 빨리 가라 카제.)

오지 말고 빨리 가가(가서) 저 집이 가가,

(청중 1 : 밥 해라.)

보리 그거 찍아가, 그 보리 몇 번을 찍아야 그 속에 알이 보살(보리쌀)이 나오잖아. 여기 전부 바로 디딜방아로 찍아가 그래 찍잖아. 그 수,

(청중 2 : 보리 찍을 때 그, 그, 저 물 주고.)

물 줘가. 그래야 보리가 찍히지. 우리는 그 보리 그것도 많이 찍아 봤다꼬.

[다들 한 마디씩 하였다.]

(청중 3 : 한 번 물 부어가지고 찍아가지고 내려놨다가, 또 까불라뿌고(까불어버리고).)

---

224) '길들이다'라는 뜻이다.
225) '먹을 수 있겠나'라는 뜻이다.

(청중 2 : 물로 쪼매끔썩(조금씩) 부어가 또 한참 찧다가 또 부어가 이라, 그래가 찍대.)

자기가 보리 묵지 캤기(했기) 땜이라 보리 한 그릇 물 한 그릇 떠다 놔도 할 말이 뭐가 있노? 그래가.

(청중 1 : 제 밭 매다 와가지고 터자가 내라(내려) 놓고 갔다가 와가 그만차(그만큼) 또 물 묻혀가 그래 밥 안 해? 에그-.)

[보리밥 짓는 것이 힘들다는 것에 대해 한 마디씩 하였다.]

춘향이 이야기

자료코드 : 05_22_FOT_20100227_KYH_SBS_0001
조사장소 : 경상북도 포항시 북구 청하면 신흥리 마을회관
조사일시 : 2010.2.27
조 사 자 : 김영희, 이미라, 황은주
제 보 자 : 신복선, 여, 86세
구연상황 : 연행판에 함께 한 이들이 예전 놀이 중 '동에따기'와 '재밟기'를 몸소 재연하며 보여주었다. 춘향놀이에 대해서도 이야기해주었다. 예전에 신복선 씨가 마을 여성들에게 책을 많이 읽어주었다고 말하여, 조사자가 춘향전도 아는지 물었다. 그러자 신복선 씨가 연행을 시작했다. 순서가 다소 뒤바뀌기는 했으나 춘향전의 주요 대목을 잘 기억하고 있었다.
줄 거 리 : 이도령이 춘향이가 그네 타는 것을 보고 반해 둘이 사랑하게 됐는데, 이도령이 과거 보러 한양 간 사이에 판사(신관사또)가 와서 춘향이를 자기 아내로 삼으려 했다. 모진 고문에도 춘향이가 항복하지 않아 감옥에 갇혔다. 춘향이 이도령에게 쓴 편지를 방자가 가지고 가다가 이도령을 만났다. 이도령이 옥중에 갇힌 춘향이를 보고 항복하라고 했는데도 춘향이는 굴복하지 않았다. 판사가 큰 잔치를 열었을 때 이도령이 거지 행색으로 그곳에 왔다. 운봉이라는 사람은 이도령의 정체를 눈치 채고 잘 대해주었다. 판사가 춘향이를 불러내 항복하라 다그칠 때 이도령이 어사출도를 했다. 판사는 말을 거꾸로 타고 달리는 등 정신이 없었다. 이도령이 춘향이 곁에 가자 그제서야 춘향이는 이도령을 알아보고 진작 알려주지 않았던 것에 유감스러워했다. 이도령이 거지 행세

로 찾아왔을 때 구박했던 월매는 딸 낳아 어사 사위 보았다며 춤을 추었다.

[놀이 흉내 내느라 몸을 갑자기 움직인 바람에 숨이 차서 말소리를 잘 이어가지 못하는 상태로 이야기를 시작하였다.]

춘향, 춘향이가 광한루 인자 뭣이 오새는(요새는) 오새는 인자 대학생 뭐, 그 시험 치는, 그때는 인자 뭣이 그거 하리(하러) 안 가나? 뭐고?

(조사자 : 과거?)

(청중 1 : 과게(과거).)

선배(선비)들.

(청중 : 과게 하러.)

과게 하러.

(청중 2 : 과게.)

응, 과게 하러 가는데.

(청중 2 : 요새 국회의원 텍이지.)

그래 이도령이 인자 과게 하러 가미, 이 뒤택이 그런 거로 있고 인자 신쩩이로 하나썩 달고

(청중 3 : 테레비에 많이 안 나오나?)

맞이고 가는데 노래하믄.

그라고 인자 춘향이로 볼 때는 그, 가다가, 과게 하러 가다가, 인자 춘향이로 만내가지고 춘향이가 추천을 타거든. 추천을.

처녀가 추천을 타니까네 원캉 그 처녀가 잘났어. 그 몬났대이 춘향이가. 그래 눈에 마, 반달겉이 비가지고(보여서) 그래 도랑, 도령님 카믄서 들고 가거든. 과게로 가믄, 과게로 가믄 그거 들고 가가 그래,

"방자야, 가다가 행차 물려라." 이카나?

이도령이, 이도령이 그러니까 이도령이

"행차 물려라." 카이까네,

그 행차로 물려가 추천 타는 데 갔거든. 가만가만 가이까네 마, 그 처자 놀래가 마, 통 널찌는(떨어지는) 걸 봤거든. 그러니까네,

"왜 깜짝 놀래고?"

이도령이 그라거든(그러거든).

그래 인자 과게 가뿌고(가버리고), 인자 이거 판사들이 내려와가(내려와서) 춘향이 그거 탐을 내가, 인, 참, 그 결박, 대칼을 이– 큰 거로 씨(씌워) 놓고.

이도령이는 뭣에 가뿌고, 인자 과게 하러 가뿌고.

그래 인자 춘향이가 그 참 그 갇히, 옥에 갇히가(갇혀서), 춘향이 엄매는 월매다. 월매 딸 춘향이거든.

그래 인자 이도령 그게 과게 해가(해서. 급제하여) 인자 내려올 때 춘향이가 옥중에 갇혔단 말이다. 요새는 인자 영창이지. 옥중에 갇히 인자 대칼을 이리– 씨고(쓰고) 앉아가 인자 춘향이 이도령 오도록 기다리거든.

그러니까 인자 그, 그거 인자 오새, 오새 판 겉으믄 대통령챔(쯤) 될 기라. 그런 사램이 인자 그 춘향이를 지 마누래 할라꼬 아–무리 아무리 쳐다봐 달래도 춘향이가 대답을 해 줘야 하제.

그렇게로 해가 춘향이를 잡아내가, 인자 잡아 안 치나?

잡아 칠 때, 그때 인자 춘향이가 편지를 해가 방자로 올려 보내이까네, 방자로 올려 보내이까네 방자가 인자 이도령이 인자 과게 하는 데 올라간다.

인자 올라가이까네 그래 인자 이도령이 과게를 해가 옷도 헐밧이고(헐벗고) 과게를 해가 두루마기도 또닥또닥 집아(기워) 입고.

그 대강만 한다.

그래 집아 입고 인자 내려오면 오이까네 방자가 가만– 보니 이도령이거든. 그래가 마 이도령이라. 그래 인자 편지를 내미이까네 참 저 춘향이 뭣이라, 그 춘향이 이별할 때도 참 그래 해가.

인자 춘향이가, 춘향이가 지가 보이 이도령이 울거든. 눈물 흘리이까네 방자는 안다 말이다. 즈그 뭣인지 알아도. 그래.

"왜 우느냐" 카이,

"그럴 일이 있다." 카드라.

그래 인자 그거를 가지고 오이까네 옥중에 갇혔단 말이다. 갇혔는데 이도령이 인-작(진즉) 와가 '내가 왔다' 캤으믄 옥중에 춘향이가 고상(고생)을 덜할 건데 이도령이 그래,

"왜 뭣이 나라 뭣이를 안 지키고 왜 그래 앉았냐?"꼬.

"내일이라도 나가 항복하라." 한게로(하니까),

이 신랑이. 그래도 몰랬단(몰랐단)[226] 말이다, 옛날에는.

그래 모르고 인자 그래 그 인자 아침에 인자 꺼내 냈다. 칼로 빗겨 내가 항복 받을 줄, 항복 받드로(받으려) 매질로 하고 그래도 춘향이가 항복을 안 했거든.

안 해니까, 그래 인자 잘- 음식, 음식을 채려 놓고 온갖 진미 다 채려 놓고, 큰 잔치를 벌려야 그 춘향이를 지 각시 하거든.

그래 인자 운봉이라 카는 사람이 있거든. 운봉이라 카는 사람이 보이까네, 그래 이도령이 그래가 걸뱅이면치로(거렁뱅이처럼) 드가거든(들어가거든).

옛날에는 어사 했다 카믄은, 어사출도 카믄 절단 나거든.

그래 인자 그 춘향, 이도령이 내려가는데 가가(가서), 그 집이 가가 술한 잔 돌라 카이 운봉은 대강 눈치가 빠르단 말이다. 운봉이 가마- 보이까는, 아매 됐어 사람이. 그래가 술 한 잔 돌라 카니 줘.

일등 기생들이 인자 전-부 술 반찬 해가 잘 빌라꼬(보이려고). 잘 비야믄(보이면), 각시가 되믄 편커든(편하거든). 오새(요새) 치믄 대통령이다. 그래가, 그래가 인자 이도령이 가만- 보고 인자 그래 있고. 그래 그 추,

---

226) 이도령이 어사가 되었다는 것을 몰랐다는 뜻이다.

그 인자 이도령 그게 인자,

"나도 기상년 술 한 번 부아라." 칸게로(하니까),

그 사람이 욕을 하고 마 참 마, 마, 마, 난리 직이거든.227) 난리 직여도 그래 인자 그 운봉이라 카는 사람은 눈치가 좀 빨라서, 빨라가 그래 인자 술을 한 잔 부어주고는, 부어주고 묵고.

인자 그때 춘향이 잡아낸다. 큰 칼 빼, 큰 칼 빼 빗겨가지고 잡아낸다, 잡아내고.

그 월매가 인자 월매 그거는 저 춘향이 어마닌데(어머닌데).

"니가 그래 항복을 하라." 카니께는,

그 항복하라 캐도

"나는 죽어도 항복할 수 없다." 카거든, 춘향이가.

그래가지고 인자 그 이도령이 인자 내려와가 인제 그거 참 지금 인자 엎아(엎어) 놓고 인자 죄를 다수는(다스리는), 죄도 없어도 인자 지 각시 할라꼬 인자 참 패고, 그래도 이 춘향이가 항복을 해야 하거든.

"난 죽어도 항복을 몬(못) 한다." 카이까네,

그래 인자 항복을 몬 한다 카이까네 그래 인자 한창, 한참 항복 받아라 이랄 때,

"그래 어사출도를 불아라(불러라)."

부르이까네, 마 그때 사람이 그때 참 임금, 높은 사람이 마 말로 까꿀로(거꾸로) 타고 달려간다. ○심이 나거든. 말을 까꿀로 타고 인자 달려가고 뭐 앞으로 가미 뒤로 가미, 그래 인자 어사출도로 불러 놨드니마는 그래 인자 그 즉시 춘향이가 마 인자 몬 물아 있지.

그래 있으이까네 그래 이도령이 곁에(곁에) 갔단다. 이도령이 곁에 가가,

"그래 왜 뭣이를 왜 안 하느냐?" 카이까네,

---

227) '난리를 벌이거든'이라는 뜻이다.

그래 가만 보니까 우리 신랭이거든. 그래 인자 춘향이가 그때 유감이 좀 난단 말이다.

'진작 마 나를 알켰으면(알게 했으면) 내가 이런 욕을 안 당핼 겐데(당할 건데).'

그래 인자 해가, 걸뱅이겉이 해가지고 와가 그래놓고 인자 즈그(자기) 장모인테(장모한테) 갔거든. 가이,

"이리 오너라."

향단이라꼬 춘향이 종이, 몸종이 향단이거든 이름이.

"향단아, 그래 밥 한 그릇 해 오라." 카이,

이 이도령이 인자 배고픈 척하고 또 묵고 또 묵고 인자 밥을 부어 내뿌고(내버리고) 또 묵고 또 묵고 그카이까네(그러니까), 그래 인자 월매 그게 인자 그 월매가 춘향이 어마니거든. 월매가 참 어사출도 해가 왔다고 반갑다고 그란게(그랬는데) 걸뱅이라, 마 보이. 순 걸뱅이 돼가 와가 그래가 참말로, 그 그래 인자 얼매나 그 참 도움이 되나?

그래가지고 그래 인자 춘향이가 이도령이 가가 꺼내 건져가지고 춘향이로 인자 살려가, 그래 인자 월매가 춤을 추며, 그래,

"어화 세상 사람들아 아들 놓기 힘쓰지 말고 딸을 놓기 힘을 써라."

그래 보고는 마 끝판에는 우옜는동(어떻게 됐는가).

그 고담이 얼매나 많으노? 그거 다 할 수가 없다꼬 다 했으믄 좋을 건데.

심청전

자료코드 : 05_22_FOT_20100227_KYH_SBS_0002
조사장소 : 경상북도 포항시 북구 청하면 신흥리 마을회관
조사일시 : 2010.2.27
조 사 자 : 김영희, 이미라, 황은주

제 보 자 : 신복선, 여, 86세

구연상황 : 춘향이 이야기에 이어 바로 연행을 시작했다.

줄 거 리 : 심청이가 어머니를 일찍 여의고 동냥젖을 먹으며 자랐다. 심봉사가 심청이를
마중 나갔다가 개천에 빠졌는데 봉은사 화주승이 건져 주었다. 심봉사의 사정
을 알게 된 화주승이 공양미 삼백 석을 부처에게 바치면 눈을 뜰 것이라고
하자 심봉사는 앞뒤 생각하지 않고 그러마고 했다. 때마침 바다에서 무탈하기
를 빌고자 인당수에 열다섯 살 먹은 처녀를 바치려는 뱃사공들이 처녀를 사
려 했다. 심청이가 공양미를 구하기 위해 자신을 팔았다. 이는 옥황상제 부인
이 심청이를 도와주기 위해 그리한 것이다. 심청이는 아버지와 눈물겨운 이별
을 하고 인당수에 몸을 던졌는데, 용궁에 가서 어머니를 만나 잘 지냈다. 그
후 인당수에 연꽃이 떴는데 꽃봉오리 안에 사람이 있어 궁으로 데리고 갔다.
심청이가 자초지종을 말하고서 아버지를 만나기 위해 맹인 잔치를 백 일 동
안 열겠다고 했다. 그때 심봉사는 뺑덕어미랑 같이 살았는데, 맹인 잔치 가는
길에 뺑덕어미가 심봉사를 버렸다. 잔치가 끝나는 날 심봉사가 궁에 도착했
다. 심청이가 아버지를 보고 어떤 물을 눈에 뿌리니 심봉사가 눈을 떴다.

심청이는, 또 중간드딤 하지.

심청이는 그 저 즈그(자기) 어마씨(어머니) 지랄에 죽어뿔고(죽어버리고)
봉사 심봉사가 안고 댕기미(다니며) 이 집이 젖 얻어다 멕이고(먹이고) 있
었거든 그때. 여(여기) 가 젖 얻어다 멕이고 저(저기) 가 젖 얻어다 멕이
키아가(키워서) 나이 십오 세거든, 열다섯 살. 십오 세 돼가지고 마, 그래
인자, 인자 봉사 눈을 뜨게 한다꼬, 즈그 아버지 눈 뜰라꼬 그래 했으이.

인자 심봉사가 마, 딸네미 나가 출원하다가 마 물에, 개천물에 떨아졌
거든. 떨아지니 몽은사(봉은사) 화주승이 카는 사램이 허늘허늘그리고(하
늘하늘거리고) 참 죽장 마 짚고 올라가이, 어떤 사람이 물에 빠져 내 죽는
다고 그라이까네(그러니까는), 그래 인자 몽은사 화주승이 전부 그거로
인자 그래, 여 바랑 망태 벗아 놓고, 심봉사 가는 허리를 풀쳐(훑처) 안고
물에 건졌거든. 물에 건져가, [웃음] 그래 건져가지고 인자 내노니까네(내
놓으니) 그래 물으니,

"내가 심봉사고."

"그래 아들이 있나?" 그라이,

"아들이 없다. 딸 하나 있는데,"

그래 인자 곽, 심봉사 각시가 곽씨 부인이거든.

"곽씨 부인 죽아뿌고 그 딸을 키아가지고 있다." 카거든.

그러이까는 그래,

"공양미 삼백 석으로 불전에 시주하믄,"

그 중이니까네,

"불전에 시주하믄 그 눈 뜨게 해준다." 카거든.

눈 뜨게 해준다 카이 이 마 심봉사가 즈그 딸 팔릴 줄 모르고 마, 그기 했거든.

해 놓이 인자 심청이가 가마– 생각을 하이 공양미 삼백 석이 어딨노? 밥 얻어묵는데. 공양미 삼백 석을 해줄 수 없어가 그래 지가 인자 뭣이로? 간다 카이 수로에, 인자 물에 빠지라 가는, 그거는 인자 큰– 바다에 사람 처자를, 십오 세 처자를 죽여야만 그 인자 사람이 뭣이가 없단다.228) 그래 인자 그 처잘 사가(사서) 간다.

심청이로 사가 갈라 카니 그래 마, 심청이 지가 안 팔렸나? 공양미 삼백 석에 그거 인자 사공들인테 팔려가 어느 날에 간다고 했으이.

그래 옥황상제 부인이 그래 그거로 알고 심청이로 딸을 안 삼았나? 딸을 삼아 공양미 삼백 석을 인자 그 사람이 줬거든. 주고 심청이를 건졌다. 건져 내가 그래 인자 심청이가 인자 몸이 팔려 갈 때, 그거 참 책 보면 눈물 난다. 이건 찔끔찔끔 그치마는(그렇지만).

그래 인자 그 팔려 갈 때, 인자 즈그 아버지는 눈이 어둡지로(어두운데) 팔려 갈라 카이 누가 그래 구완하노? 내 밥을 얻어다 멕이고 빨래 해끼고 (해주고) 이러다가.

---

228) '사람에게 피해가 없다'는 뜻이다.

그래 인자 가게 됐다. 가게 된 그 날짜 와 뱃사공들은 문 앞케 ○○미 그 싸게(빨리) 나오라 칸다. 심소저를 싸게(빨리) 나오라 카이 아바씨(아버지)로 내 보고 갈라커이(가려니) 그리 그리 눈물이 여서 나나?

그래 인자 밥을 잘-해가 인자 아바씨 앞에다 채려 놓고 인자 반찬도 띠아(떼어) 술에(숟가락에) 얹고 카이까네,

"그래 청아, 청아."

인자 심청이라 청아커든('청아'라고 하거든).

"청아, 오늘 뉘 집 제사 지냈느냐? 반찬이 매우 좋구나." 칸다, 아바이가.

그라이까네, 그래 인자 이 마 운다 말이다. 그래 훌쩍훌쩍 소리 나이 마 심봉사가 깜짝 놀래,

"왜 그래 누가 너를 침노로 하드냐? 왜 우노? 그래 청아 왜 우노? 갈쳐 돌라(가르쳐 달라)." 카이,

그래 갈쳐 놓이 우거든(울거든). 인자 갈 판에 운다. 우이까네(우니까는) 그래 인자 심봉사가 자꾸 그라이까네 그래 인자 뱃사공들이 마 참 소리를 지르네, 싸게 오라고 소리.

그때 인자 심봉사가 마 인자, 그거 삼백 석을 누가 주노? 그 옥황상제 부인이 그래 줘가지고 인자 뭣이라 인당수로 가는데, 그래 인자 그 심청이가 그래 인자,

"내가 자꾸 인자 곤란할 때 그래 부친이 암맹(暗盲)하니, 암맹은 눈이 어두분 건데, 그러이까네 내가 부친을 모시 살고 간다."

그래 인자 심소저가 나갈 때 인자 동네 사람들 있는, 동네 사람들 있는 디 인자 말을 하기로,

"암맹하신 우리 부친 우애로(어떻게든) 그래 잘 모셔 돌라꼬, 나는 인당수로 가이."

그래 이 사람들 싸게 심소저를 뱃머리에다 앉차(앉혀) 놓고 북을 둥-둥- 울리면서, 그래 인자 뱃머리 앉차 놓고 인자 죽이, 그 물에 빠졌거든.

뱃머리 앉차 놓고 북을 둥-둥- 울리미 간다. 가이 심소저 간다 배, 뱃머리 앉아가 그래가 그럴 적에 인당수에 다가가 인자 심소저를 인자 거 떤질(던질) 판이라, 물에. 용궁에 떤질 판인데.

그래 인자 심청이가 그 가 마 물에 그래 인자 배, 뱃사공들이 마 뱃머리를 울리고 마, 그래 마 심소저를 떤져뿌리이까네(던져버리니까는), 떤져뿌이 심소저는 물에 빠잤네(빠졌네). 물에 빠지니까 사공들이 다 울고. 이래하이까, 그치 그 우는 것도 들으믄 이상하지. 사공들이 다- 참 울고 그랬는데.

그래 인자 그 어마씨가 죽어가 용궁 용왕님 부인이 돼가 있거든. 그래 임금 각시가 돼가 있는데, 심소저 어마씨가.

그런데 인자 용궁에 내려가이까네 물에 빠졌지만 용궁에 내려가이 그리 참 마 심소저 각시가, 인자 그 부인 오새텍(요새로) 치믄 대통령텍 각시지. 그래 되가 있으이 그래 인자 심소저가 죽으니까네,

[강조하듯 목소리를 높이며]

꽃이, 연꽃이 바다에 뜨더란다.

연꽃에, 인당수에 떠가지고 그래 연꽃을 그 인자 심소저 어마씨가 그래 밤에 만내가 참 젖도 마이(많이) 묵고 어마씨로. 어마씨 만내가 그랬는데. 그래 인자 그 어마씨, 참 그게 아바씨 죄지.

그래 인자 그 뭣이가 화원, 후, 후원에 가믄 꽃, 꽃수술을 마이 해 놓이 꽃에 그래 이런 봉다리(봉오리)에 암만 봐도 사람 살리리란다. 그래 인자 살려가 그래 인자 그 심청이, 심청이가 참 인자 용왕에 가 잘 돼가(돼서) 그래 인자 그 연꽃 속에 있는 기, 인자 처잘 갔다 모셔 놓고 그래 인자,

"왜 이래 됐노?" 카이,

"내가 공양미 삼백 석에 그래 뭣이 잽혜가지고(잡혀가지고) 부친을 물에 건져 살리 그래가 삼백 석을 줘야 부친을 살린다 카이 그래 몸이 팔려 왔다." 카이,

그래 인자

"그럼 어떡해야 부모를 만내노?" 카이,

"내가 석 달 열흘, 백 일로 해서 인자, 맹인 잔체(잔치)로, 봉사 잔체로 석 달 열흘로 맹인 잔체를 한다."

늙은 봉사 젊은, 그 인자 심봉사가 그때는 딸 보내고 뺑덕어미 지냈거든. 뺑덕어미 지내가지고 그 인자 그 참 묵을 것도 많이 주고 인자 사랑해 마이 줬지.

뺑덕어미가 그거로 다- 뺏아 먹어뿌고 심봉사가 게걸○○거든. 요놈 뺑덕어미가 지편이 봉사가 이래- 작지로(작대기를) 짚으면 지는 뺑덕어미는 인자 작지로 몰고 인자 맹인 잔체 간다. 가며 젊은 맹인헌티 가뿌고 이거는 마 내뿐다(내버린다), 봉사를.

봉사를 내뿌이 이놈으 심봉사는 눈에도 안 비고 어딜 가노? 암만 '뺑덕에미, 뺑덕에미' 캐도 뺑덕에미는 간 곳 없다. 그래도 고 갔다. 이 앞에 갔다 톡 나오고 뺑덕어미가 내 이랬거든.

이래가 그래 인자 맹인 잔체 석 달 열흘 해도 아바이 안 와. 석 달 열흘을 해도 아바이가 안 와.

그래가 인자 석 달 열흘 만친(마칠) 날에 심소저가 나와가 인자 끝에 가믄 나날이 나왔지 석달 열흘로, 아바씨 온다꼬. 그래 인자 석 달 열흘로 잔체하는데 만친 날에 아바씨가 딱 와.

그래 와가지고 그래 참 심청이가 인자 아바씨를 인자 잡고 무슨 물이든, 조상수 무슨 물이라 카등가? 그 물을 눈에 뿌리이까네 눈에, 심봉사가 눈을 떠가 그래,

"아이고 심청아, 그래 눈 떴다."꼬,

"눈을 뜨이 니로 보자." 카이.

그래, 그래 하고는 또 또 끝알(끝을) 또 잊아뿐데이.

[무안한 듯 웃음.]

그래가 인자 부모를 만내가지고 그랬는데, 그 심청전은 뜻이 기이더(깁니다).

이가리보다 먼저 생긴 백암마을(백암과 이가리 지명 유래)

자료코드 : 05_22_FOT_20100225_KYH_LSH_0001
조사장소 : 경상북도 포항시 북구 청하면 이가리 마을회관
조사일시 : 2010.2.25
조 사 자 : 김영희, 이미라, 황은주
제보자 1 : 이송학, 남, 85세
제보자 2 : 임재근, 남, 82세
구연상황 : 조사자들이 마을회관에 들어가니 이송학 씨와 임재근 씨가 다른 마을 사람들을 기다리고 있었다. 조사자들이 조사 취지를 설명하자 두 사람이 적극 동조하며 요새 사회 풍조가 새것과 남의 것을 쫓아가느라 정작 우리 것을 놓치고 있다는 말을 덧붙였다. 조사자들이 마을 지명 유래와 당제 등에 대해 질문하자 차근차근 설명하며 말을 이어가다 자신이 살고 있는 백암 마을의 유래를 이야기하기 시작했다.
줄 거 리 : 이가리는 백암 마을보다 뒤늦게 생겼다 하여, 두 번째로 더해졌다는 뜻의 '이가리(二加里)'라는 이름을 갖게 되었다. '백암(白岩)'이라는 지명은 바닷가 바위 위에 새들이 날아와 바위가 하얗게 벗겨진 데서 유래한 이름으로, '흰섬바우'를 한자로 표기한 것이다.

(조사자 : 여기가 이가리인 거는 그 이름 유래가 있나요? 뭐, 특별한, 이가리라고 이름 붙여지게 된……?)

(청중 : 동네 이름 말이가?)

(조사자 : 예, 동네 이름.)

유래는 잘 모르고,

(보조 제보자 : 뭐 유래는 있지만 그거 우리가 잘, 기록이 없으니까, 기록이 없으니까네 문제지.)

우리는 잘 모, 기록이 모르지만은 우리가 추측하건대는 여기 인제, 여기 말고 우리 2구가 저 배암 카는 마을이 하나 있다꼬.

(조사자 : 배암요?)

어, 여 우에. 거기에 한, 요즘은 한, 여남은 집 되지.

(보조 제보자 : 예.)

그래, 한 여남은 사람이 사는데, 옛날에는 그, 한 이십 호 가까이. 그 동네가 먼저 생겼다꼬.

(조사자 : 아, 배암이라는 동네가요?)

어, 우리 [방바닥을 두들기며] 이보담(여기보다) 왜 그 먼저 생겼는지는 우리도 모르는데 이 돌 바닷가에 돌이 그 백암 카는(백암이라고 하는) 돌이 있다꼬. ○든 위에, 백암 카는 돌이 있는데.

그 백암 카는 이유가 그 동네하고 연관성이 있다 이 말이라. 백암 카는 동명.

그니까 우리 이가리보다 먼저 생겼지 않았나ᅳ.

그래서 우리 늦까(늦게) 생겼으니까 두 이(二)자 더할 가(加)자거든. 이가리라 카는 게.

(조사자 : 아, 네, 늦게 생겼다고.)

늦게 하, 더 생겼다꼬. 그건데. 그래가 이가리라 카는 게 아인가. 추, 이거는 우리 인제, 그 글씨에 의거한 추측이다.

[보조 제보자가 말소리를 물고 들어가며]

(보조 제보자 : 근데 또 우리말로 하면은 흰섬바우라. 흰, 희다는 거, 흰. 흰섬바우라 카는데, 그 저 고게 우리말이거든. 또 그거를 가지고 백암이라고 된 데는 바웃돌이 희니께네 흰 백(白)자다 바우 암(岩)자 썼는데 옛날에는 흰섬바우라 캤다꼬. 그게 우리말로.)

바위가 왜 그냐 카믄 저 옛날에 저 뭐, 저거, 바다서 날아오는 새가 있어. 뭐시여, 저, 갈구지라꼬. 까만 새가, 거가 자꾸 또 올라가지고 희, 희져(하얘져), 바우가 희져뿌맀다꼬(하얘져버렸다고).

희졌는 걸 그래 그 바우가 흰섬바윈데 우리 인제 개명을 자꾸, 우리, 한 문 많이 쓰다가 보니까네 거기 인제 백암이 돼뿠다꼬(돼버렸다고). 그런.

이가리의 바위 이름 유래

자료코드 : 05_22_FOT_20100225_KYH_LJG_0002
조사장소 : 경상북도 포항시 북구 청하면 이가리 마을회관
조사일시 : 2010.2.25
조 사 자 : 김영희, 이미라, 황은주
제보자 1 : 임재근, 남, 82세
제보자 2 : 이송학, 남, 85세
구연상황 : 도깨비불 본 사람에 대한 이야기가 끝나고 용이나 이심이에 대한 이야기를 물었는데 거북이를 본 적은 있어도 그런 걸 봤다는 사람들의 이야기를 들은 적은 없다고 답했다. 다시 마을 인근 지형의 이름과 유래에 대한 이야기를 묻자 처음에 이야기판의 분위기를 주도한 것은 이송학 씨였는데 건강상의 문제로 말투가 느리고 말을 좀 더듬거리자 임재근 씨가 바로 받아서 이야기를 이어나갔다. 그러나 이송학 씨도 이야기를 중단하지 않고 사이사이 자신의 견해를 덧붙여 나갔다.
줄 거 리 : 지경두는 용두리와 경계에 있어서 붙여진 바위 이름이다. 대성암은 원래 굵은 돌시루라고 불렸는데, 일제 때 잘못 개명하면서 시루(솥) 정(鼎)자를 쓰지 않고 대성암이라고 붙였다. 교암은 다리처럼 길게 이어져 있어서 붙여진 이름이다. 형제바위는 생긴 모양이나 서 있는 것이 형제 같다고 해서 붙여진 이름이다. 통시잠은 칙암이라고도 하는데, 바위에 화장실처럼 구멍이 뚫려 있어서 붙여진 이름이다.

(조사자 : 이 근처에 조그만 산이나 바위마다 이름들이 다 있잖아요? 여긴 어떤,)

(청중 : 뒤에 저 섬에 가면 집 짓는다 말이야, 저 새로.)

(조사자 : 어떤 이름들이 있나요? 근처에 지명……)

[방안에 모여 앉은 사람들의 말소리가 뒤섞였다가 구연과 녹음이 잠시 중단됨.]

(제보자 2 : 여게 바위 이름?)

(조사자 : 네.)

(보조 제보자 : 저 아까 얘기하던,)

(조사자 : 흰섬바위.)

(제보자 2 : 흰섬바위 있고 고 너메(너머에) 형제암이라꼬, 형제, 형제암. 형제, 형제바위라꼬 있고. 형제바우가 있꼬. ○○○에 있는 건 형제바위고.)

(조사자 : 예.)

(제보자 2 : 고담에 저-기 인제 그 용두리하고,)

(조사자 : 예.)

(제보자 2 : 우리 이가리하고 경계선에,)

(조사자 : 예.)

(제보자 2 : 지금 지, 지, 지경두.)

(조사자 : 지경두요?)

(제보자 2 : 어 어.)

지경, 지경.

(제보자 2 : 지경, 서로 경, 경계에 있다 이 말이야. 지, 따 지(地)자에 지경두.)

글자하고 틀리는 거야, 저거 카믄, 인자.

저그, 지금은 그 바위가 없어졌는데 굵은 돌시루라꼬 있었는데, 돌시리라는 게 정, 정이 돼야 되는데 그거를 갖다가 이름을 잘못 붙였더라꼬. 내가 생각하는 데는.

(조사자 : 돌실이 뭐가 돼야 된다구요?)

굵은 돌시리, 돌시리 카는 거, 시리가 시루 정(鼎)자 아인교?

(조사자 : 아, 시루요?)

네. 시룬데 시루 정자라 안 했고 대성암이라 캐(해) 놨더라꼬.

큰, 큰 돌, 바우, 그기서, 그기 인제, 그게 인자……

(제보자 2 : 고게 지경두 그 다음에 지경두하고 같이 고렇게 있다꼬.)

큰 바우가 있었는데 그게 폭파시켜 없애뿌렀어.

(제보자 2 : 요게 진전암.)

(조사자 : 진전암이요?)

(제보자 2 : 어, 요 [발음이 불문명함.] 진전암. 교암(橋岩).)

(조사자 : 교암요?)

(제보자 2 : 다리. 다리. 쭉 이래 있어서 글코 다리 교(橋)자 교암. 그 담에 저 짝에 우리말로 통시잠이라는 게.)

(조사자 : 네?)

통시잠이라는 게 있어.

(조사자 : 통시참요?)

통시잠이라는 게 그렇거든.

(조사자 : 통시참요?)

[청중들 말소리가 잠시 뒤섞임.]

(조사자 : 통시잠?)

그게 뭐가 많다는 뜻인데.

(제보자 2 : 칙암.)

(조사자 : 칙암.)

(제보자 2 : 통시잠이라 카는 게, 칙암. 우리 마을에는 돌이 그렇다꼬.)

(조사자 : 아. 그 형제바위라는 건 이름이 어떻게 붙여지게 됐나요?)

바위가 형제같이 생겼어.

(제보자 2 : 바우가 똑 형제같이 있다꼬.)

지명을 잘 해 놨어, 하기는. 내가 그 탐구하는 몇 가지 있어.

(조사자 : 돌시루라는 거는 뭐, 시루 모양으로 생겨서?)

시루 모양으로 생겼는데 그거를 가지고 그렇게 바위 이름을, 그러이 마, 마, 일본 사람들이 한, 전부 우리나라 말로, 이거 우리말이거등요.

이거 머시, 굵은 돌시루 카니까네 그러니께 왜놈들이 오가주고(와서) 지명 바꿀라 캤더니 가만 보이 그기 마 마, 대성암이라꼬.

(조사자 : 아, 굵은 돌시루였는데, 원래는.)

굵은 돌시루라 캐야 되는데 우리 그게 그, 마, 그 사람들이 지가 즈그 (자기) 여전히 맘대로 해뿌러가지고(해버려서) 이름을 다 바꿔버린 거 같애.

(조사자 : 통시잠이라는 거는?)

통시라는, 뭐, 아무것도, 옛날에 통시라 카는 게 뭐, 뭐, 많은 거같이 통 짝대기 노-라 카는 거. 변소를 가지고 통시라 카는데 그게 인자.

(제보자 2 : 화장실. 우리말로 하면 화장실. 바위가 이렇게 바위가 요렇 게 뚫렸다고, 바위 우게(위에). 어? 화장실만이로(화장실처럼) 그렇게 돼 있는.)

(조사자 : 뒷간처럼 돼 있다고 해서.)

(제보자 2 : 어, 그렇게 통시, 우리말로는 옛날에 통시라 캤거든. 변소를. 변소 카고. 요즘은 변소 카는 말이 없어지고 화장실 카대.)

(조사자 : 아-.)

그런 거야.

용산의 용 자국

자료코드 : 05_22_FOT_20100226_KYH_CDN_0001
조사장소 : 경상북도 포항시 북구 청하면 신흥리 마을회관
조사일시 : 2010.2.26

조 사 자 : 김영희, 이미라, 황은주

제 보 자 : 최두남, 여, 76세

구연상황 : 조사 다음 날이 정월대보름이라 할머니들이 모두 목욕하러 떠난 후 팔을 다친 최두남 씨와 눈이 아픈 이금자 씨만 마을회관에 남았다. 두 사람이 조사자들과 함께 이야기를 이어갔다. 노래판에서 듣지 못한, 마을에 관한 이야기들을 들을 수 있었다. 근처 산 이름에 대해 묻는 것으로 이야기를 시작했다. 최두남 씨와 이금자 씨가 이야기 연행을 마무리하면서 바위에 옛 사람들이 남긴 글씨가 남아 있다는 말을 덧붙였다.

줄 거 리 : '용산'은 용이 날아 올라간 자국이 있다 하여 이름이 붙여진 산이다.

(조사자 : 용산은 뭐 용이 산다고 그래서……?)

용이, 용이 거 길래가, 옛날에 용이 그거 돼가(돼서) 올라갔다 카데.

(조사자 : 그 산에서요?)

응, 산에서. 근데 용 자죽(자국)이,

(청중 : 용 자죽이 저짝(저쪽)이제?)

용 자죽이, 그래. 용 자죽이 방구에, 큰 방구가 있는데 용이 이래 디디는(디딘) 자죽이 있다 카대. 지금도 있다 카네.

(청중 : 있지.)

오줌바위 물로 병 고친 사람

자료코드 : 05_22_FOT_20100226_KYH_CDN_0002

조사장소 : 경상북도 포항시 북구 청하면 신흥리 마을회관

조사일시 : 2010.2.26

조 사 자 : 김영희, 이미라, 황은주

제보자 1 : 최두남, 여, 76세

제보자 2 : 이금자, 여, 74세

구연상황 : 붓골에 대해 이야기하다가 그 근처에 있는 오줌바위 이야기가 나왔다. 예전에는 오줌바위에서 나오는 물을 떠다 먹었는데 지금은 수질이 좋지 않다는 말이 있어 거의 먹지 않고 있다고 했다. 앞서 오줌바위에 대한 이야기를 다른

연행자들이 간단하게 언급하기도 했는데 바위에서 물이 '똑똑' 떨어지는 모양이 오줌 같다고 해서 붙여진 이름이라고 하였다. 오줌바위는 현재 암각화가 남아 있는 바위로 인근에서는 주술적 공간으로도 활용되고 있다.

줄 거 리 : 어떤 사람이 눈이 멀었는데 오줌바위에서 흘러나온 물을 마시고 눈을 고쳤다.

(제보자 2 : 오줌바위 있다 카는 그게 붓골이…….)

오줌바위 있다 카는 데.

(제보자 2 : [과자를 먹으며 이야기하여 발음이 불분명하다.] 전엔 전부 그 물 갖다 묵었어요.)

지금도 그 물 갖다 먹는다꼬.

(제보자 2 : 그거는 물 병에 담아, 병이 낫는다 말 있는데 저거 우엔(어떤) 사람들 물 우예(어떻게) 먹는다 카믄 그거 뭔가…….)

가가 물 감량(감정)을 해 보고

(제보자 2 : 물이 감량을, 감량해 보니 좀…….)

물이 별로 안 좋다.

근데 옛날에는 그거, 누가 이 눈이 어매(아주) 아파가 눈이 봉사가 됐대. 돼가지고 거그 와가지고 잔뜩 거기로 댕김서(다니면서) 물로 뜸질(찜질)로 하고 물로 씻고 이랬는데, 그 어른 하나만 곤치고(고치고) 그 다음에는 마, 안 곤쳐지드라 이라네.

그 어른이 눈 곤쳤다고 그래.

수수빗자루가 변한 허깨비

자료코드 : 05_22_FOT_20100227_KYH_CYC_0001
조사장소 : 경상북도 포항시 북구 청하면 신흥리 마을회관
조사일시 : 2010.2.27
조 사 자 : 김영희, 이미라, 황은주
제 보 자 : 최윤출, 여, 87세

구연상황 : 조사자가 도깨비불이나 납딱바리를 본 적 있냐고 묻자 연행자들이 있다는 말
만 들었다는 말을 하였다. 연행자들이 조사자에게 오줌바위에 가 보았냐고 물
어 그에 대해 이야기하던 중에 제보자가 이야기를 시작했다.
줄 거 리 : 옛날에 하대리 사는 사람이 장에 갔다가 집에 돌아오는 길에 도깨비불이 옆
에 다가오자 붙잡아서 소 등에 싣고 갔다. 다음 날 아침에 보니 수수빗자루가
있었다. 월경 피가 빗자루에 묻으면 도깨비로 변한다고 한다. 그래서 어른들
이 빗자루를 깔고 앉지 못하게 했다.

그 옛날에 하대리 사람, 저 옛날에 마카(전부) 걸아댕기(걸어다니) 하튼
뭐 있이믄, 소 등에 싣고 저 장에 안 댕겼나?

그래 인제 저, 저거 거랑(개천), 저거 저 인자 올라오니까네 이놈 저거
허재비불(도깨비불)이 마, 마 잩(곁)에 오더란다.

그러는 거를 거 참 저 남자라 노이까네 그거 저거, 겁을 앤(안) 내고 마,
그걸 고놈으로 마, 불로 붙들아가지고,

(청중 : 허재비불로?)

그래 불로, 허재비불로 붙들아가 마 저거 질매(길마)에다 얹어가지고
소, 소 질매에다 얹어가 마, 창창 바루²²⁹⁾ 가지고 묶아가지고 그래가 집
에 갔단다.

(청중 : 그게 불이 얹어지던가?)

그, 그거 묶아내니까네 지가 우예(어찌) 다 달라가노(달려가나)?

그래가지고 묶아가지고 그래 집에 가가지고 보이까, 아침에 보이까, 뭐
이놈 뭐가 이래 참 그라노(그런가) 싶어가 보이 뭣이 모지랑빗자릴래란다
(몽당빗자루더란다). 수꾸빗자리(수수빗자루). 그게 저거 그거 피가 묻었더
란다.

옛날에는 여자들 경도 있는 사람들 그거 저거 빗자루 겉은 그런 거 몬
(못) 깔고 앉구로 그 어른들이 그라대(그러대). 그래 참 그거 묻아 놓으믄

---

229) '밧줄'의 경상도 사투리이다.

그게 허재비가 된단다.

　　그래가 그 모지랑빗자릴래란다. 빗자리(빗자루) [웃으며] 그게 그러더란다.

가물 때 나타나는 이무기

자료코드 : 05_22_FOT_20100227_KYH_CYC_0002
조사장소 : 경상북도 포항시 북구 청하면 신흥리 마을회관
조사일시 : 2010.2.27
조 사 자 : 김영희, 이미라, 황은주
제 보 자 : 최윤출, 여, 87세
구연상황 : 오줌바위에서 나오는 물에 대해 이야기했다. 청중들이 오줌바위는 날이 좋을 때와 날이 가물 때 물이 나오는 곳이 다르다는 말을 들려주었다. 조사자가, 날이 가물면 '깡철이'가 어떻게 해서 그렇다는 말을 들어 보지 않았는지 묻자 최윤출 씨가 이야기를 시작했다.
줄 거 리 : 날이 가물 때 횃불을 들고 산으로 가 이무기를 쫓는 행위를 하면 비가 온다. 이무기가 지나가면 시퍼런 불이 뻗어나갔다.

　　(조사자 : 옛날에는 깡철이(이무기)가 어떻게 하면 가물다 이러지 않았어요?)

　　응, 꽝철이가 인자 참 밤으로 날 되-게 가물믄(가물면) 꽝철이 그 뭐, 어느 거는 용이 못 되믄 그래, 저거, 꽝철이가 된다 카데.

　　그래가 인자 그게 밤으로 여그 날아댕기믄 그래 저, 참 비 돼 오고 날이 가물믄 그 산에 저 꽝철이 후치라(쫓으러) 댕기고(다니고) 그랬다.

　　(청중 : 불 놓고, 불 놓고 그거 안 놓는 동네는 비가 안 와.)

　　(조사자 : 아, 불을, 불을 이렇게 횃불을 들면……?)

　　응, 불을, 시퍼런 불이 이래가 마 착- 뻗치고(뻗어 나가고) 그랬다.

　　(조사자 : 아, 깡철이가 지나가면요?)

　　응, 지내가믄 시퍼런 불이 착- 뻗쳐 나갔드래.

세 딸 가운데 하루 똥 세 번 눈다는 딸만 시집으로 돌려보낸 사연

자료코드 : 05_22_FOT_20100226_KYH_HSD_0001

조사장소 : 경상북도 포항시 북구 청하면 신흥리 마을회관

조사일시 : 2010.2.26

조 사 자 : 김영희, 이미라, 황은주

제보자 1 : 한수동, 여, 82세

제보자 2 : 최두남, 여, 76세

구연상황 : 박분남 씨의 이야기(<똥 여러 번 눈다는 말 하고 시집으로 다시 쫓겨 간 딸>)에 바로 이어서 연행했다. 두 이야기의 줄거리는 비슷한데, 한수동 씨의 이야기가 좀더 자세하다. 한수동 씨는 박분남 씨의 이야기를 듣고 미진하다고 느껴 자신이 이야기를 새로 연행하기 시작한 듯 보였다. 빠진 대목이 있을 때 최두남 씨를 비롯한 청중이 끼어들어 이야기 내용을 덧붙여 주었다. 방안에 모여 앉은 이들이 모두 아는 이야기인 듯 보였다.

줄 거 리 : 시집 간 세 딸이 친정에 와서 배고파 못 살겠다고 말했다. 한 딸이 누워서 명주실 한 꾸리를 감는 만큼 시집살이가 고되다 하니 친정 부모가 그렇겠다고 했다. 맏딸은 사흘에 한 번 똥을 눈다고 하여 친정 부모가 배고프겠다고 했다. 나머지 한 딸이 하루에 세 번 똥을 눈다고 하자 친정 부모가 너는 괜찮겠다고 말했다.

딸이 서인데(셋인데), 딸이 서인데, 시집 가서

"배가 고파 못 산다." 카이,

"니 똥, 하리(하루) 똥을 멫 번 누노?" 카이,

"시(세) 번 눈다." 카드란다.

그 또 하나는,

"니는 시집을 얼만침(얼마만큼) 디요230)?" 카이까네,

"명주꾸리 하나 감는 만침(만큼) 디다." 카드란다.

그 눕아가(누워서) 명주꾸리 하나 감아봐라 얼매나 디노? 이놈의 대짜 명주꾸리.

(청중 : 명주꾸리, 새댁이, 아제(알지)? 실이 아제(아주) 가늘잖아.)

---

230) '힘들다'는 뜻이다.

(제보자 2 : 그래 맏딸애기 불라다 물으니까네 사흘 만에 한 번 눈다 카등가.)

눕아가지고 그거를 함바,[231] 한나 꾸리 하나 감으니까 참 되게 디거든.

"참, 니는 디다." 카대.

맏딸이는 물이까네,

"똥 하리 세 번[232] 눈다." 카이,

"니는 배고프다." 카고,

딸 서이로 그라더란다. 하난,

"똥 시이(세 번) 눈다." 카이,

"배고파도 니는 괜않다(괜찮다)." 카드란다.

(조사자 : 아, 똥 세 번 누면 먹은 게 많다는 거죠?)

어.

(제보자 2 : 그래. 맏딸이는 물으니까 사흘 만에 똥 눌동 말동 카니까네 니는 불쌍타 카드란다.)

하난, 눕아가 명주 명주꾸리 하나 감아 봐라. 그거 얼매나 디요? 명주꾸리 하나 감는 만침 디다 카드란다.

---

231) '가득'이라는 뜻이다.
232) 맥락상 '사흘에 한 번'이라는 뜻이다.

납딱바리 만난 경험

자료코드 : 05_22_MPN_20100225_KYH_KHR_0001
조사장소 : 경상북도 포항시 청하면 청진 1리 마을회관
조사일시 : 2010.2.25
조 사 자 : 김영희, 이미라, 황은주
제 보 자 : 김후란, 여, 73세
구연상황 : 연행현장의 분위기는 구렁이와 도깨비 등에 대한 이야기로 이어졌다. 날이 흐
리면 그런 걸 보는 일이 잦다는 이야기를 하다가 조사자가 도깨비 이야기를
들어 본 적 있냐고 물었다. 이야기판은 자연스레 자신이 전해들은 도깨비 경
험담에 대한 이야기로 분위기가 흘러갔다. 청중 가운데 한 사람이 이가리의
어떤 사람이 술에 취해 길을 걸어오다가 도깨비한테 홀려 물에 빠진 적이 있
다는 이야기를 하자, 빠진 못의 이름을 거론하다 곧바로 김후란 씨가 자신이
직접 '납딱바리' 만난 경험에 대한 이야기를 시작했다. 이야기 연행이 끝난
후에도 예전에는 호롱불을 켜서 허채비나 도깨비, 혹은 도깨비불 같은 것을
보는 일이 많았는데 지금은 가로등불 때문에 길이 환해져서 그런 걸 보는 일
이 없다는 등의 말이 이어졌다. 요새 사람들은 도깨비의 존재를 믿지 않는다
는 이야기를 하다가 '납딱바리'의 정체에 대한 논의가 잠깐 이어졌다.
줄 거 리 : 밤늦게 돌아오는 아버지를 마중 나갔다가 납딱바리를 만났다. 납딱바리가 모
래를 파헤쳐 김후란 씨 일행에게 퍼부었다. 일행은 무서워서 서로 끌어안고
가만히 있었다.

두갈233)에, 두갈에 또 그때 두갈에 우리 아버지 저거 벌이(돈벌이) 때
가믄, 두갈에 절로(저리로) 가믄, 두갈에는, 저 두○○에 절로 가믄, 납딱
바리 마, 마, 마, 마, 사람들한테 막 사람 젙(곁)에234) 멀갱이(모래 알갱이)
를 막 퍼붓고 그랬데이.

---

233) 마을 인근 지명을 가리키는 듯하다.
234) '사람에게'라는 뜻이다.

(조사자 : 납딱바리가 뭐예요?)

납딱바리라고 짐승들 있어.

(청중 1 : 고기뿐 아이라 ○○○○에도 그랬다 카데.)

아이고 그래가지고 우리 거, 거, 거, 쪼맨(조그만)할 때, 그거.

(청중 2 : 납딱바리 ○○에 있다 카드라.)

응. 거, 거, 아버지가 볼일 보러 가가(가서) 술 잡숫고 큰일에 갔는데, 오시는데 마중을 갔다가, 막- 뒤에도 때리고 앞에도 때리고 정신을 모르길래 두 동싱(동생)이랑 가만- 서가(서서) 끌어안고 섰다 카니께네, 막 하-얀 백가지맨이로(백가지처럼)235) 고런 기.

(청중 1 : 백가지 그렇다 카드라.)

그래.

(청중 3 : 하얀 것 겉은 거.)

하얀 백가지가 요만한 게 왔다가 갔다가 마, 막.

(청중 4 : 옛날에 짐승들 많았제.)

겁을 내가 가만- 또 서이(셋이) 서 있으니께네 막- 멀깅이236)카믄 사람 곁에 마, 마,

[무언가를 퍼붓는 동작을 함.]

퍼붓대. 아이고, 그래가 아이고 동상 이래가 안 되겠다 하고.

당제의 금기

자료코드 : 05_22_MPN_20100225_KYH_KHR_0002
조사장소 : 경상북도 포항시 청하면 청진 1리 마을회관

---

235) '백가지'는 사나운 산짐승의 한 부류, 혹은 하얀 강아지를 가리키는 말이다. 고양이 만 한 크기로 새끼 호랑이와 유사한 짐승으로 인식하는 듯하다.
236) '모래'의 사투리를 잘못 발음한 것으로 보인다.

조사일시 : 2010.2.25

조 사 자 : 김영희, 이미라, 황은주

제 보 자 : 김후란, 여, 73세

구연상황 : 청중들이 모두 착석하여 어느 정도 분위기가 정돈되었을 때 이야기판의 흐름을 만들기 위해 조사자가 마을 당제에 대해 질문을 던졌다. 처음에는 노인회장에게 이야기를 미루다가 한두 사람씩 이야기판에 끼어들기 시작했다. 9월 9일에 당제를 지낸다고 말하다가 갑자기 청중들 사이에 당신(堂神)의 성(姓)이 김씨인지 서씨인지 등에 대한 논란이 일었다. 모두들 정확한 것은 이장에게 물어 봐야 한다고 말했다. 조사자가 아는 대로 이야기해 달라고 하며 당제 지내는 과정에 대해 하나둘 질문하기 시작하자 제보자가 말문을 열었다. 조사자와 제보자 사이에 제주로 뽑힌 사람이 어떻게 정성을 들이는지에 대한 질문과 응답이 오가다가, 갑자기 생각난 듯 제보자가 본인의 아버지가 제주로 당제를 모시던 시절 이야기를 들려주었다. 이야기가 어느 정도 일단락되자 새로지은 당집이 훌륭하다는 말을 자랑 삼아 하다가 당제 음식 준비하던 시절 이야기를 추억담으로 들려주었다.

줄 거 리 : 예전에 당제를 지낼 때 제주로 뽑힌 사람은 일주일간 정성을 들였다. 김후란씨의 아버지가 제주로 뽑혔을 때 딸인 본인이 임신을 하고 있었다. 아이가 나올 날이 며칠 남았는데도 당제 지낼 때 아버지가 동네 뒤에 있는 선방에 가피신해 있으라며 동네 밖으로 내보냈다.

(조사자 : 그, 뭐, 제관은 어떻게 뽑는 거예요, 옛날에는?)

옛날에는 다, 머시, 저, 여, 맑고.[237] 그 상주도 안 되고, 딸이 임신해도,

(조사자 : 안 되구요?)

그 제사를 몬(못) 지내고, 그 집 메느리(며느리)가 아-(아이) 가직에도 (가져도) 안 되고. 얼라(아이) 누을(낳을) 달에 동네 사람 부인이 알라 가지래도 그 달에 아-를(아이를) 놓을라 카믄 딴 데 나가야 되고, 그랬다.

(조사자 : 그면 옛날에 뭐 대를 잡아서 뽑는다거나 그런 건 아니고, 깨끗한 사람을 골라서.)

응. 깨끗한 사람.

---

237) '깨끗한 사람'이라는 뜻이다.

(조사자 : 정신은 며칠 동안 들이시는 거예요?)

정신은 일주일.

(조사자 : 일주일요? 화장실 갔다가 또 씻고 이렇게요?)

응. 그리고 하루 한 번썩 목욕 가고.

(조사자 : 하루 한 번썩 목욕 가구요. 그, 그러면 그게 지금도 그렇게 지내시는 거예요, 아니면 지금은……?)

응, 지금도. 지금도 인자,

(청중 1 : 지금은 옛날에 저, 저, 대면(비교하면) 마이(많이) 쫌 후해졌지.238))

마이 후해졌지.

(청중 1 : 인제 젯날 하루만 정신 드리고. 고 사람은 인제 딴 데 가가(가서) 인제 [목소리가 작아 알아듣기 어려움.] 자꾸 이래 안 주깨고.239))

내가 전에 성미에 알라 가지라 갔다(갔더니) 울 아버지 제사 안 지낼라 대(지내려 하더라). 딸이라도. 딸이라도 우리 저, 친정아버지가 딸이라도 애 가지믄 안 된다꼬. 그 달에 누울 달에다이가.240)

그래 제사 9일 날에 지내고 스무 닷새날 나 도(낳아도) 제사 지낸 날 저녁엘랑 저 선방 올라가가 있거라 하데요.

[웃음]

(조사자 : 선방에요?)

예. 여, 여, 동네

(청중 2 : 피신해 가가 있거라.)

피신 나가.

(조사자 : 그런 방이 있었어요?)

---

238) '간소해졌다'는 뜻이다.
239) 돌아다니면서 지껄이거나 허튼 짓을 하지 않는다는 뜻이다.
240) '낳을 달이었잖아'라는 뜻이다.

그, 그, 그 [주변 소음으로 잘 듣기 어려움.]

(청중 2 : 쫓겨 가가.)

그랬다고.

허재비한테 홀린 사람

자료코드 : 05_22_MPN_20100225_KYH_KHR_0003

조사장소 : 경상북도 포항시 청하면 청진 1리 마을회관

조사일시 : 2010.2.25

조 사 자 : 김영희, 이미라, 황은주

제 보 자 : 김후란, 여, 73세

구연상황 : 조사자가 도깨비 이야기를 들어 본 적 있냐고 묻자 청중들 사이에 도깨비의
         존재 여부를 두고 논란이 벌어졌다. 어떤 이들은 직접 보았다고 말하기도 하
         고 어떤 이들은 다른 사람이 보았다는 이야기를 들은 적이 있다고 말했다. 또
         다른 이들은 그런 건 있을 리가 없다는 입장을 드러내기도 하였다. 허재비란
         다 거짓말이라는 이야기가 오가는 와중에 제보자가 자신이 들은 이가리 사람
         이야기를 연행하기 시작했다.

줄 거 리 : 이가리에 사는 북산네 영감이 술에 취해서 집으로 돌아오다가 장바곳에서 허
         재비한테 홀려 물에 빠졌다.

(조사자 : 옛날에 뭐, 도깨비나 허깨비 얘기 같은 건 못 들어 보셨어요?
자랄 때.)

(청중 1 : 아이고 허재비도 상-(많이) 났지, 아이고, 허재비 뭐,)

[웃음]

(청중 2 : 허재비가 허깨빈동 뭐, 뭐, 뭐. 그 옛날에는 허깨비도 많이 났
다 하지.)

(청중 1 : 우리 아들 영감 허재비믄 거짓말이라 카는데. 거짓말로 허재
비라 칸다. 허재비가 어디 껀데 이런다.)

(청중 3 : 이, 이, 이 우에, 이 우에 못에 장단에 났다 카드마는.)

(청중 4 : 그래.)

이 우에 못에.

(청중 4 : 장바곳에, 장바곳에는.)

(청중 3 : 그래, 그래.)

그래 불이 환─하게 이리 감길 때 매, 있다가도.

[확신에 찬 어조로]

(청중 3 : 그래.)

살─ 살.

(청중 2 : 사람이 홀레가지고(홀려서) 따라갈 수도 있고.)

이가리 저, 저, 저, 머시기 옛날, 옛날에 그거,

(청중 2 : 누고?)

(청중 3 : 북산네 영감.)

북산네 영감.

(청중 3 : 그래.)

두가리에 저그 들어가 술 취해갖고 오, 오다가 그 불에 허재비한테 홀려가 그 넙뚝한(넓적한) 디 널짜가(떨어져서),

(청중 3 : 요새는 참 허재비 어뎄노(어디 있노), 그래.)

[청중이 동시다발로 한 마디씩 말하여 소리가 뒤섞임.]

(청중 2 : 요새는 참,)

여름에, 여름에,

(청중 2 : 요새는 전신이 불이잖아요. 가로등이 그만큼 생겼잖아. 옛날에 부, 옛날에 호랑불 세 놓고(켜 놓고) 살 때 그 불이 어디 있었노?)

(조사자 : 그게 무슨 못이라구요, 할머니?)

그 못이 있았는데 저, 저, 마카, 저, 여, 여가,

(조사자 : 이름이 뭐였는데요?)

여거? 장바곳이라꼬.

(조사자 : 장마곶이요?)

장바곶.

(조사자 : 장바곶?)

응.

장에 간 어른들 마중 갔다 허재비 만난 사람

자료코드 : 05_22_MPN_20100225_KYH_LJG_0001

조사장소 : 경상북도 포항시 북구 청하면 이가리 마을회관

조사일시 : 2010.2.25

조 사 자 : 김영희, 이미라, 황은주

제 보 자 : 임재근, 남, 82세

구연상황 : 마을 당제와 신주단지에 관한 대화가 길게 이어지다가 마을에서 노래를 잘
하던 인물에 대한 이야기로 이어졌다. 조사자가 도깨비 이야기를 들어 본 적
이 있느냐고 묻자 함께 앉아 있던 이송학 씨는 허무맹랑한 이야기라는 식으
로 반응을 하면서 연행하려 들지 않았는데 임재근 씨는 선뜻 나서며 자신이
전해들은 이야기를 들려주려 하였다. 임재근 씨는 시종일관 조사에 적극적이
었는데 지명 유래 등을 물었을 때는 아는 이야기가 없어 적극적인 청중의 역
할을 하다가 도깨비 경험담에 대한 이야기가 나오자 자신이 알고 있는 이야
기를 할 수 있어서인지 적극적으로 나서서 연행을 시작했다. 연행이 끝나고
곧바로 이어서 조사자가 용이나 이심이에 대한 이야기를 알고 있느냐 물었는
데 아는 이야기가 없다고 답했다.

줄 거 리 : 옛날에 장에 간 어른들을 마중 나간 세 사람이 허재비를 보고 싶어 했는데
정작 허재비불이 나타나자 깜짝 놀라 도망왔다는 이야기를 들은 적이 있다.
내가 직접 본 것이 아니라 믿을 수는 없다.

(조사자 : 옛날에 여기 자랄 때 도깨비 이야기 같은 거는 못 들어 보셨
어요?)

아, 허깨비.

(조사자 : 아, 허깨비.)

허깨비는, 이야기야 있지.

(조사자 : 어떤 이야기 들어 보셨어요? 허깨비는.)

(청중 : 그기 우린 잘 모르고.)

(조사자 : 그래도 들어 보신 이야기, 그러면.)

(청중 : 내, 내가 나이 팔십이 넘어서 아직 본 예도 없고.)

[웃음]

(조사자 : 그래도 들어 보시긴 하지 않았을까요, 어릴 때.)

응, 들었지.

(조사자 : 어떤 이야기 들어 보셨어요?)

장에 마짐이(마중을) 가가주고(가서), 서(셋)이 가가주고.

저, 그 저 학지리 살았을 직(적)에. 내가 마 저-, 옛날에는 흥해까지 여가 이십 리시더(리입니다). 이십 리 되는데, 저 장에 갔다가 안 오이께네 마중 갔다이께네.

마중 갔다, 마중 가다 저 저 2구에 거 다 가면 웅덩이, 저 저 파란 웅덩이, 저기 파란 웅덩이가, 거 가면 파란 웅덩이가 있는데. 그 저 가다가 밤이 되이께네 불이 뻔-하더라 카는(하는) 거라. 그러니까 불이 뻔-하는 거를 그거를 누가, 옛날에는 밤에 있시믄 허재비불이라꼬.

누가 한 사람이 허재비 함 봤으믄 캤는데(했는데) 히떡 카더니 앞으로 오더라 하는 거라.

앞에 와가주고 그래 사람 서이가 돼가주고 도망 왔다 카는 그런 얘기는 들-았지.

그래 그 사람은 그 사람들은 봤지만은, 우리도 그 사람들 봤다는 거를 인정을 안 해. 왜냐믄 내가 안 봤으니까네.

[웃음]

술 취해 허재비 만난 이야기

자료코드 : 05_22_MPN_20100227_KYH_CYC_0001
조사장소 : 경상북도 포항시 북구 청하면 신흥리 마을회관
조사일시 : 2010.2.27
조 사 자 : 김영희, 이미라, 황은주
제 보 자 : 최윤출, 여, 87세
구연상황 : 도깨비불 이야기가 끝난 후 마을 사람들이 술 마신 경험으로 대화가 이어졌
다. 그때 최윤출 씨가 이야기를 시작했다.
줄 거 리 : 하대리 가는 길에 개천이 있는데 도깨비불이 나타나곤 했다. 남자 어른들이
술을 마시고 밤에 올 때 허재비가 나타나 붙들고서 물로 들어갔다. 가시밭에
도 데리고 가 온몸이 다 긁히고 옷도 해졌다.

그 인제는 허재비 그것도 없고 마, 옛날에는 참 그에 저, 저, 그거 하대
리 건너가는 그 거랑(개천), 우리 클 때 보믄(보면) 마, 불이, 시퍼런 불이
고 저 올라갔다 내려갔다 이래.

그래 뭐 누가 참, 남자들 장-아(장에) 갔다 오믄 술이 취해가지고, 옛날
어른들 술 잡숫고 참 그 허재비짓을 왜 하나?

그래가 올러오믄(올라오면) 그래 그 놈의 허재비가 붙들고 인제 물에
들어갈 땔랑(때는) 다리 내려라 카고, 인자 까시밭에(가시밭에) 갈 땔랑 여
저거 다리 올려가 카고 그래 참 그래가 갔단다.

가이(가니) 뭐 다리 내라노이(내려놓으니) 이놈의 뭐, 뭐, 또 옷, 또 다
베레뿌제(버려버리지), 또 가시밭에 가니 다리 내라노이 다 긁헤가지고(긁
혀서) 옷도 다 [웃음] 지어뿔고(해져버리고).

그래가지고 참 어른들 술 잡숫고 그래 밤으로 그래 댕기믄(다니면) 그
래, 그랬단다.

요새는 뭐 그런 사람 있나?

모심기 소리

자료코드 : 05_22_FOS_20100226_KYH_KGH_0001
조사장소 : 경상북도 포항시 북구 청하면 신흥리 마을회관
조사일시 : 2010.2.26
조 사 자 : 김영희, 이미라, 황은주
제보자 1 : 김기허, 여, 80세
제보자 2 : 신복선, 여, 86세
제보자 3 : 한수동, 여, 82세
제보자 4 : 박찬옥, 여, 89세
제보자 5 : 이금자, 여, 74세
제보자 6 : 예칙이, 여, 83세
제보자 7 : 박분남, 여, 74세
구연상황 : 예칙이 씨가 '환갑노래'를 부른 후 청중들이 다 함께 '모심기 소리'를 길게
불러 보자며 의견을 모았다. 청중 가운데 누군가 '땀북납작 해 보지'라고 하
여 노래가 시작되었다. 한 곡씩 끝날 때마다 가사에 대해 이야기했다. 한 사
람이 시작하면 다른 이들이 뒤따라 부르고, 각자 다른 노래를 동시에 불러 가
사를 알아듣기 어려운 때도 있었다. 신복선, 한수동, 박찬옥, 이금자, 예칙이,
박분남이 보조 제보자로 참여했다.

(청중 1 : 땀북 납작 해 보지.)

(청중 2 : 땀북 납작. [웃음])

(청중 1 : 땀북 납작 [웃음] 있잖아.)

(청중 3 : 그래 길게 하소, 길게요. 노래 잘하는 이 그래 하소.)

제보자 4 땀북납작 찰수지기(찰수제비)
　　　사우야판에 다올랐네

(청중 4 : 그래도 바쁘다.)

헤미야-여는 어델가고

[말하듯이 가사만 읊었다.]

딸이야도둑년 맽겼던고

(제보자 4 : 하이고 나 숨이 가빠 몬 하겠데이.)

제보자 5 땀북땀북241) 찰수지기
사우야판에 다올랐네
헤미야-여는 어델가고
사우야

[연행을 끊으며 청중이 가사를 교정해 주었다.]

딸이야도둑년 맽겼던고(맽겼던고)

(조사자 : 딸이야 뭐라구요?)
(청중 : 딸년을 도둑년 맽겠다고.)
(조사자 : 아, 네.)
(청중 4 : 즈그 신랑,)
(청중 5 : 찰수지기가 사우 판에 다 올라간다 말 아이가? 그래 딸이야 도둑년 맽게 났다. 딸이 즈그 신랑만 자꾸 떠 멕이가(먹여서).)
(청중 4 : 헤미는 어디 가뿌고(가버리고).)
(청중 5 : 헤미야 년은 어딜 가고 그칸다.)
(청중 6 : 암만 그래도 끝을 못 낸다.)
(제보자 4 : 인자 숨이 가빠가…….)
[두 사람의 목소리가 겹쳤다.]

---

241) 모를 떼는 모양과 수제비 떼는 모양을 표현한 말이다.

(청중 6 : 아이고 마카(전부) 마카 잊아뿠다.)

　　　　이물끼저물끼 허헐어놓고

(청중 : 잘한다, 잘한다.)

[잠시 머뭇거리다가]

　　　　쥔네야양반은 어들가나
　　　　문에(문어)야대전북(대전복) 양손에들고
　　　　첩으야방에 놀러갔네

[노래를 부르는 도중 한쪽에서는 다른 모노래 가사에 대해 대화를 나
눴다.]

(청중 : 다 했나?)

[다같이 웃음]

(청중 : 다 했니더. 하씨요(하시오).)

제보자 6 샛별같은 저밥고리
　　　　영해야영덕 너른들게(들에)
　　　　점슴참(점심참)이 늦어온다

제보자 4와 제보자 6
　　　　아흔아아홉칸 열두칸정재(부엌)
　　　　돌고나ー니 늦어오네

(제보자 4 : 어와, 또 잊아뿌렀다.)

또 저기 뭐…….

(제보자 4 : 샛별 겉은,)

(청중 : 샛별 겉으믄 저 박고리 해라.)

[다같이 웃음]

제보자 4 샛별겉은 저박고리-
　　　　반달겉이도 떠들오네
　　　　땀북땀북

[개에게 밥 주기 위해 나가는 사람에게 박분남 씨가 모심기 소리 하는
데 한 끼 늦게 줘도 된다며 눙쳤다. 20초가량 연행이 중단되었다가 재개
되었다.]

　　　　사래야길고도 장찬밭에
　　　　목화따는 저큰아가
　　　　목화야줄화야 내따줌세
　　　　백년언약을 맺어보세

　　(제보자 7 : 그 차례를 알아야제.)

제보자 3과 제보자 4
　　　　이논바닥에 모를심어
　　　　장날

[제보자의 구연 도중 청중이 가사를 교정해 주었다.]

　　　　장잎이휠휠 장회로세
　　　　우리야부모님 산소등에
　　　　솔을심어도 정자로세

[최두남 씨가 자꾸 서로 엇갈려 불러 따라 부르기 힘들다며 웃었다.
"이 논바닥에~"라고 노래를 시작했는데 청중이 '찔레꽃은 장개 가고'라

는 다른 가사를 부르라고 하였다. 두 종류 가사가 섞여 조사자가 다시 불러 달라고 요청했다.]

제보자 3과 제보자 4

찔레야꽃으는 장가로가고
석류야꽃은 요각간다
만인간아 웃지를마라
귀동자볼라꼬 하였노라

(청중 5 : 뜻을 알겠제, 이거? 애기 놀라꼬(낳으려고). 애기 놀라꼬 간다 안 카나 그래.)
[웃음]
[다른 모심기 소리의 가사를 30초가량 읊어보다가 각자 다른 가사로 노래를 불렀다. 최두남 씨가 '모시야 적삼'으로 시작하는 노래를 불러 보자고 하여 몇 사람이 잠깐 부르다가 다시 다른 연행자가 처음부터 제대로 이어 불렀다.]

제보자 2과 제보자 7

모시야적삼 반말쩜에
분통같으난 저젖보소

[노래가 계속 이어지는 동안에도 청중들 사이의 일상적인 대화가 지속되었다.]

많이보면은 병이되고
손톱만침만(손톱만큼만) 보고가소

(청중 : 옛날에 그래 했지, 손톱만침만.)

(제보자 2 : 한 육십 년째 나니더(납니다).)

　　처남처남 사촌처남
　　느그누님 뭐하드냥
　　모시적삼 등박더냥
　　삼선보선을 볼박드냥

[노래가 이어지는 동안 청중들은 노래 가사의 내용을 조사자에게 설명하였다.]

　　등도볼도 아니라박고
　　자형오기만 기다린다

　　구경오소 구경오소
　　이런구경을 와요

[웃음]
[신복선 씨가 갑자기 일어나 모 내는 시늉을 하며 노래를 부르자 좌중이 웃음바다가 되었다.]

　　이논바닥에 모를숨어
　　장잎이훨훨 장해로세

(청중 5 : [방바닥 자리를 가리키며] 안덕댁이요, 여그도 심아라 카이, 여그도.)

　　우리야부모님 산소나등에
　　솔을심어서 장해로세

(청중 : 아이고 잘한데이. 박수나 치자.)

[박수를 쳤다.]

(조사자 : 할머니도 한 번 더 하신다면서요?)

(청중 : 해 봐라.)

(제보자 6 : 목소리가 허전해가.)

[여기저기서 한 마디씩 하였다.]

제보자 6 요렇게 잘난남편 국군에 가고

[청중 웃음]

(제보자 6 : 이래 하면 안 되나? 60년째 난다, 그거.)

제보자 2와 제보자 7

　　　해는지고 저무는참에

　　　어떤아소년아 울고가노

　　　부모야형제를 잊어를가고

　　　갈곳이없어서 울고간다

　　후유─

[30초간 연행이 중단되었다가 조사자가 '월워리 청청'을 요청했는데 아직 남은 사설이 있어서인지 연행자들이 모심기 소리를 계속 불렀다.]

　　　아까운내청춘을 다넴기고(넘기고)

　　　남으백발을 왜맡았노

　　　앞동산도 울고울고

　　　뒷동산도 울고울고

　　　호접쌍쌍 날아들고

　　　반공중에 좋다리냐

지지배배 노래하고

[대화 소리에 노래 소리가 묻혔다.]

　　　푸린(푸른)장마 버들숲에
　　　금빛옷을 차리고입고
　　　개굴개굴 우는모습
　　　봄을따라 그렸구나242)

[노래 후반부로 갈수록 박자가 조금씩 빨라지면서 '모심기 소리'와 다른 노래로 옮겨가는 듯 보였다.]

[최두남 씨가 '월워리 청청'을 하자고 말하는 사이에 누군가 들어와 '모심기 노래'를 하라고 했다. 그 사이에 신복선 씨가 다른 노래 사설을 모심기 소리 곡조에 실어 불렀는데, 청중 한 명이 옆에서 같이 부르며 가사를 일러 주었다.]

제보자 2 엄마엄마 울엄마야

[다른 가사로 불러 소리가 섞임.]

　　　바늘같은 내신세야
　　　부산연락 고동소리
　　　고향생각이 절로난다

　좋다아, 어이.

[박찬옥 씨가 집에 가겠다며 일어서자 청중이 더 놀다 가라며 말렸다. 이에 박찬옥 씨가 노래를 부르며 일어났다.]

---

242) '그렸구나'라는 뜻이다.

제보자 4 간다간다 내가돌아간다.

얼럴러데리고 내가돌아가네.

(제보자 4 : 이런 친굴 내뿌고(내버리고) 가면 섭섭해가 쓰나?

[청중이 박수를 치며 같이 불렀다. 신복선 씨가 뒤를 이었다.]

제보자 2 이팔청춘아 소년들아

백발보고 웃지마라

어젯날이 청춘인데

오늘날백발이 가소롭다

고사리 끊는 소리

자료코드 : 05_22_FOS_20100226_KYH_KGH_0002
조사장소 : 경상북도 포항시 북구 청하면 신흥리 마을회관
조사일시 : 2010.2.26
조 사 자 : 김영희, 이미라, 황은주
제보자 1 : 김기허, 여, 80세
제보자 2 : 박분남, 여, 74세
구연상황 : 조사자가 고사리 뜯는 노래를 문자 여기저기서 가사를 이야기하였다. 한쪽에
서는 신복선 씨가 계속 도리깨질을 설명하고, 그 와중에 한수동 씨가 노래를
시작했다. 소리가 섞여 잘 듣지 못해 다시 해 달라고 했으나, 제대로 하지 못
하자 제보자가 자기가 해주겠다고 나섰다. 도중에 노래가 잠시 막히기도 했는
데 청중들이 가사를 가르쳐주기도 하고 그렇게 맞추면 된다고 격려하기도 하
였다. 노래로 부르다가 가사만 읊기도 하였다.

일로 오소, 일로 오소, 일로 오소. 내가 하께(할게).

(청중 1 : 저 가소. 그래, 절로(저리로) 가소.)

(조사자 : 네, 해 보세요.)

천하, 뭐꼬?

[잠시 머뭇거리다 연행을 시작했다.]

제보자 1 첫달울어 했는(지은)밥이

　　　두해울어 먹을먹고

　　　셋달울어 신발신고

　　　셋달울어 신발신고

　　　나서가니 산에올라

[가사를 바꿔 다시 불렀다.]

　　　올라가는 올고사리

　　　느려오는 늘고사리

　　　줌줌이 꺾어담아

　　　시북보에 귀를맞차

[가사가 생각나지 않아 잠시 멈췄다.]

제보자 2 이리저리 끊고나니

　　　한바구니 넘는구나

(제보자 2 : 그래 맞차(맞춰) 하면 되지, 뭐.)

[제보자가 이어 불렀다.]

제보자 1 남쪽에 남도령요

　　　서쪽에 서처자야

　　　남도령 밥은

　　　삼년묵은 찐쌀밥이고

　　　서처자 밥으는

십년묵은 찐쌀밥이고

[가사를 말하듯이 읊었다.]
남도령, 남도령하고 인자 서처자하고 만내가(만나서) 치매 벗,
[다시 노래로 불렀다.]

치매(치마)벗아 평풍치고
꼬사리 끊어놓고
처매(치마)벗아 팽풍을치고
남도령 밥은
서처자가 묵고
서처자 밥은
남도령 묵고

그래.
[노래 가사에 대해 이야기가 오갔다.]

뱃노래

자료코드 : 05_22_FOS_20100225_KYH_KHS_0001
조사장소 : 경상북도 포항시 북구 청하면 이가리 마을회관
조사일시 : 2010.2.25
조 사 자 : 김영희, 이미라, 황은주
제보자 1 : 김혜순, 여, 78세
제보자 2 : 이한이, 여, 78세
구연상황 : 앞서 청춘가와 노랫가락을 다같이 합창하고, 모여 앉은 이들이 조금씩 흥이
          올라 얼굴이 빨갛게 상기된 채로 숨을 고르고 있을 때 임재근 씨가 예전에
          세월 좋을 때는 정월 초하루부터 2월 20일까지 남자와 여자로 나뉘어 실컷
          놀았는데 지금은 그런 문화가 없어져 아쉽다는 말을 하였다. 그래도 모두들

오랜만에 소리를 부르니 기분이 좋다는 말을 계속 이어갔다. 그러다 조사자가 '아까 뱃노래를 두 곡 부르고 말았으니 조금 더 해 보자'는 말을 하였다. 말이 떨어지기가 무섭게 뱃노래를 부르기 시작했다. 두 제보자가 번갈아 가며 한 곡씩 부르다가 마지막에는 각자가 다른 가사로 동시에 불러 노래를 알아듣기 어려웠다. 청중들이 다 함께 신명이 올라 박수를 치며 노래를 함께 불렀다.

제보자 1 에야노야노야 에야노야노 어기어차

　　　　　뱃놀이 가잔다-

　　　　　니가죽고 내가살면

　　　　　무엇이 되느냐-

　　　　　한강수 깊은물에

　　　　　빠져나 죽-지요

　　　　　에야노야노야 에야노야노 어기어차

　　　　　뱃놀이 가잔다

　　[뒷소리를 길게 이어 빼서 다음 사람이 받을 수 있게 연결해주었다.]

제보자 2 저건네 저산이

　　　　　왜 무너졌느냐

　　　　　신작로 될라꼬

　　　　　참 무너졌구나

　　　　　에야노야노야 에야노야노 어기어차

　　　　　뱃놀이 가잔다

　　　　　창천 하늘에

　　　　　잔별도 많고요

　　　　　요내맘 내가슴에

　　　　　수심도 많노라

　　　　　에야노야노야 에야노야노 어기어차

뱃놀이 가잔다

[김혜순 씨와 이한이 씨가 다른 가사로 불렀다.]

제보자 1 우리가살면은 [두 종류의 노래 가사 겹침.] 사느냐
　　　○○에들어가서 ○쓸아지노라
　　　에야노야노야 에야노야노 어기어차
　　　뱃놀이 가잔다

　　아이고 덥다.

모심기 소리 (1)

자료코드 : 05_22_FOS_20100225_KYH_BGR_0001
조사장소 : 경상북도 포항시 청하면 용두 2리 박금란 씨 자택
조사일시 : 2010.2.25
조 사 자 : 김영희, 이미라, 황은주
제 보 자 : 박금란, 여, 75세
구연상황 : 조사자가 제보자와 외종사촌간인 이한이 씨(이가리 거주)에게서 소개를 받고
　　　찾아왔음을 이야기하고서 노래를 요청했다. 처음에 혹시 이야기도 잘 하시냐
　　　묻자 이야기는 전혀 할 줄 모른다며 난색을 표했다. 그러나 노래만큼은 잘 불
　　　러서 젊은 시절에도 여기저기 불려다니며 노래를 많이 했다는 이야기를 들려
　　　주었다. 사촌언니인 이한이 씨와도 많이 어울려 다니며 노래를 불렀다고 말했
　　　다. 이한이 씨도 노래를 곧잘 불렀는데 박금란 씨는 이한이 씨가 적극 추천한
　　　인물이었다. 모심기 노래부터 시작해 보겠다며 노래를 불렀는데 오랜만의 연
　　　행이라 잘 이어지질 않았다. 앞에 부른 것은 '연습 삼아 해 본 것'이라는 사
　　　실을 누차 강조하면서 어느 정도 완성도 있는 노래를 부를 수 있기를 강력히
　　　희망하였다. 기억이 잘 나지 않아 중간중간 노래가 끊겼으며 여러 종류의 노
　　　래가 뒤섞이기도 하였다. 이 모심기 노래 한 편은 마지막 소절이 생각나지 않
　　　아 잠시 머뭇거렸다가 다시 처음부터 불렀다. 한 소절을 부른 후에 반드시 노
　　　래 가사에 대한 설명을 덧붙였다. 마지막 대목에서 노래가 중단되어 조사자가

누구에게 노래를 배웠냐고 묻자 젊은 시절 노래를 잘 부르고 가사도 잘 기억했음을 다시 한 번 강조하였다. 부친이 엄격하여 놀러 다니기 어려웠음에도 불구하고 노래하는 자리에는 반드시 갔다고 말했다. 요사이에도 마을에서 관광을 가면 자신이 노래를 도맡아 부르곤 한다고 하였다. 다만 최근에 건강이 좋지 않아 기억력이 떨어졌다는 말을 덧붙였다.

모심기 소리 한 번 해 볼게요.

> 땀북-땀북- 수지기(수제비)[243]야
> 사우(사위)야판(상)에도 다올랐네
> 우리야부모님은 어들(어딜)가고

뭐, 그것도 또 잊아뿌랐네(잊어버렸네).
(조사자 : 천천히 하시면 돼요.)
사-, 아, 사우야 판에 다 올랐네 카네.
이게 잊아뿌랐다. 2절이가 잊아뿌랐다. 요 한 게 2절이거등예.
(조사자 : 네. 이게 맨 처음에 땀북땀북 그 다음이 뭐예요?)

> 땀북-땀북- 수지기여-
> 사우야판에도 다올랐네

카는 이거거등요(이거거든요).

> 우리야부모님은 어들가고
> 집찾-을줄 와몰랐노

옛날에는 나도 이거 참- 참 잘한다꼬도 하고 요 콩쿨대회에도 마이(많이) 다니고 이랬는데 이거도(이것도) 하는 거도 안 하이까네 가다 뿌이(하다 보니) 걸려요.

---

243) 수제비처럼 모를 떼서 심는 것을 가리키는 말이다.

[노래 가사에 대한 설명을 하다가 다른 이야기로 대화 분위기가 흘러가서 2분 30초가량 노래 연행이 중단되었다. 기억이 잘 나지 않는다며 기억을 더듬기 위해 몹시 애쓰는 듯 보였다. 다른 노래는 어떻겠냐며 조사자에게 제안을 하기도 했는데 조사자가 일단 모심기 노래 한 편을 완성하자는 기색을 보이자 부르던 소절을 완성하기 위해 노력하였다. 기억을 더듬으며 앞에 부른 노래의 가사를 되짚어 주었다. 또한 젊은 시절 노래를 많이 불렀으며 당시에는 노래를 잘 불렀다는 사실을 강조하였다. 노래가 이어지지 않아 조사자가 마을 지명에 대해 묻자 잠시 답변을 하다가 사촌언니는 몇 곡이나 노래를 불렀냐며 물었다. 조사자가 모심기 노래를 불러보라며 청하자 다시 노래를 이어갔다.]

　　　　서울이라 앞마당에
　　　　우케○디께244) 새앉았네
　　　　임보라꼬 앉인(앉은)새를
　　　　후여-후친들245) 없을소냐

이게 인제
(조사자 : 후여 후친들 없을소냐.)
없어져 날아간다 이거지. 후여 후치면은 없을소냐 카는 거는 날아간다 이거지.
[다시 2분 30초가량 구연이 지연되었다. 조사자가 모심기 노래를 계속해 보자며 권하자 다시 노래를 이어갔다.]
(조사자 : 모 심는 노래를 좀더 해볼까요? 많잖아요, 되게.)
그래.

---

244) 앞마당 위쪽에 있는 무언가 근처에 앉았다는 뜻이다.
245) '내쫓는다 한들'이라는 뜻이다.

서울이라 금대밭에

금비들기가 새,

[가사가 생각나지 않아 잠시 머뭇거렸다.]

금비들기가 알을낳네

그알이저 알이 내자식이면

금년과게(과거)를 내가하지

뱃노래 (1)

자료코드 : 05_22_FOS_20100225_KYH_BGR_0002

조사장소 : 경상북도 포항시 청하면 용두 2리 박금란 씨 자택

조사일시 : 2010.2.25

조 사 자 : 김영희, 이미라, 황은주

제 보 자 : 박금란, 여, 75세

구연상황 : 박금란 씨가 '모심기 소리'에 이어 '노랫가락'과 '청춘가'를 짤막하게 이어 부른 후 조사자가 '뱃노래'를 불러 달라 청했다. 조사자를 처음 만났을 때 박금란 씨가 자신이 잘 부를 수 있는 노래 가운데 하나로 꼽았고, 또 인근에서 쉽게 들을 수 있는 노래였기 때문이다. 제보자는 건강 상태 때문에 기억력이 쇠하여 노래를 계속 이어가지 못했다. 때문에 여러 노래들을 짤막짤막하게 이어 붙여가며 생각나는 대로 불러주었다. 또한 해당 노래는 각 노래들이 서로 어떻게 다른지 알려주기 위한 목적으로 연행된 성격이 강했기 때문에 특징이 드러날 만한 한 대목만 부르고 다음 노래로 넘어가는 형식으로 연행되었다.

또 저거, 저거 에야라야노야 카는 거 이거는 뱃노래고.

(조사자 : 뱃노래도 해주세요, 할머니.)

응?

(조사자 : 뱃노래도 해주세요. 뱃노래.)

[조사자가 손장단을 두드리기 시작했다. 손장단에 맞춰 제보자의 노래

가 이어졌다.]

> 에야라야노야- 에야라야노
> 어기여차 뱃놀애(뱃놀이)가잔다
> 상상도 마루에
> 북소리 둥-둥-
> 불쌍한 심청이가
> 음당술(인당수를) 가노라
> 에야라야노야아-아아- 에야라야노
> 어기여차 뱃놀애가잔다

요게 뱃노래고.

뱃노래 (2)

자료코드 : 05_22_FOS_20100225_KYH_BGR_0003
조사장소 : 경상북도 포항시 청하면 용두 2리 박금란 씨 자택
조사일시 : 2010.2.25
조 사 자 : 김영희, 이미라, 황은주
제 보 자 : 박금란, 여, 75세
구연상황 : 앞서 '뱃노래'를 불렀는데 이는 '뱃노래'가 어떤 노래인지 알려주기 위한 것
이었다. 조사자가 다시 한 번 '뱃노래'를 불러 달라 간청하자 이번에는 제대
로 불러야 한다고 생각했는지 한 번 더 같은 대목을 부르며 노래를 시작하였
다. 제보자는 연신 요새 나오는 노래는 잘 부를 수 없지만 옛날 노래는 많이
알고 잘 불렀다는 말을 반복하였다. 그는 옛날 노래가 최근에 가수들이 부르
는 노래보다 훨씬 좋다고 말했다. 그러나 '뱃노래' 역시 가사를 잘 기억하지
못해 길게 이어 부르지는 못했다.

[조사자와 제보자가 함께 손장단을 맞추며 같이 불렀다.]

에야라야노야- 에야라야노 어기여차

뱃놀애 가잔다

상상도- 마-루-에

북소리 둥-둥-

불-상한(불-쌍한) 심청이가

음당술(인당수를) 가노라

어에야디어라-

[조사자가 추임새를 넣었다.]

에야라야노 어기여차

뱃놀애 가잔다

그런 게 이게 인제 뱃노래고.

노래가 진짜로 참, 기억이 잘 안 난다. 옛날에는 진-짜 참 모리는(모르는) 노래가 없는데, 글코(그리고) 이것도 또 자꾸 하면 되는데 안 하잖아?

모심기 소리 (2)

자료코드 : 05_22_FOS_20100225_KYH_BGR_0004
조사장소 : 경상북도 포항시 청하면 용두 2리 박금란 씨 자택
조사일시 : 2010.2.25
조 사 자 : 김영희, 이미라, 황은주
제 보 자 : 박금란, 여, 75세
구연상황 : 박금란 씨가 "이제 다 되지 않았냐"고 물었다. 조사를 처음 시작할 때 부르다 만 모심기 소리가 있어 조사자가 이를 다시 요청하였다. 그러자 제보자가 노래를 시작했는데 기억이 잘 나지 않아 길게 이어 부르지는 못했다.

[조사자가 손장단을 두드리기 시작했다.]

　　　이물끼저물끼-

[노래를 잠시 멈추고]
이거 이 모심기 소리가?

　　　이물끼저물끼- 다헐어놓고-

[잠시 멈추었다가]

　　　사우야-양-반은 어딜갔노

또 고 어딜 잊아뿌랐다(잊어버렸다).
[잠시 멈추었다가]
아이고야 참 희한하데이. 내가 참 다 잊아뿌랐다.
[조사자가 웃으며 연신 괜찮다고 말함.]
안 하이까 마 안 되는가 봐.

권주가

자료코드 : 05_22_FOS_20100225_KYH_BGR_0005
조사장소 : 경상북도 포항시 청하면 용두 2리 박금란 씨 자택
조사일시 : 2010.2.25
조 사 자 : 김영희, 이미라, 황은주
제 보 자 : 박금란, 여, 75세
구연상황 : 조사를 처음 시작할 때 부르다 만 모심기 소리가 있어 이를 다시 요청하였
　　　　　다. 그러나 제보자는 채 두 소절을 다 이어 부르지 못하고 중단하고 말았다.
　　　　　예전에는 누구보다 더 많은 모심기 소리를 알고, 또 누구보다 더 잘 불렀는
　　　　　데 지금은 전혀 기억이 나지 않는다고 말했다. 제보자가 자신이 노래를 길게

이어 부르지 못하는 상황을 안타깝게 여기며 연신 미안한 기색을 내비쳤다. 그러면서 조사자에게 뭘 더 하면 되냐고 물었다. 조사자가 생각나는 대로 부르면 된다고 대답하였다. 조사자가 어릴 때 부르던 노래가 뭐냐고 묻자 제보자가 '청춘가'를 많이 불렀다고 답했다. 마을 사람들이 모여서 놀거나 단체 여행을 떠날 때 제보자가 노래를 도맡아 부른다는 말을 듣고 조사자가 혹시 '권주가'를 아는지 물었다. 역시 길게 이어 부르지는 못했지만 아는 노래라고 하면서 흔쾌히 불러 주었다. 대신 제대로 부르는 걸로 생각하지는 말고 한 번 들어 보기만 하라고 말했다. 제보자가 노래 연행을 잠시 멈추었을 때 조사자가 "애들 재울 때 부르던 자장가는 모르냐"고 물었다. 제보자가 그런 건 잘 모른다고 답했다. 마지막에 제보자가 노래 가사를 다시 한 번 되새겨 주었다.

잡으시오 잡으라시오
이술한잔을 잡으시오
이술은 술이아니라
묵고(먹고)놀자는 동백주라―

카는 거 이게 인제 권주가.
[잠시 멈추었다가]
(조사자 : 애들…….)
[다시 이어 부름.]

이술은 술이아니라
묵고놀자는 동백주라―

[잠시 멈추었다가]
카는 거.

아리랑

자료코드 : 05_22_FOS_20100225_KYH_BGR_0006
조사장소 : 경상북도 포항시 청하면 용두 2리 박금란 씨 자택
조사일시 : 2010.2.25
조 사 자 : 김영희, 이미라, 황은주
제 보 자 : 박금란, 여, 75세
구연상황 : 제보자가 자신의 생각만큼, 조사자의 기대만큼 많은 노래를 잘 부르지 못하는
　　　　　상황을 답답하게 여기는 것 같아 조사자가 잠깐 화제를 돌렸다. 이가리에 가
　　　　　서 제보자의 사촌 언니인 이한이 씨(이가리 거주)를 만났던 이야기를 들려주
　　　　　며 그녀의 사진을 보여주려 찾고 있는데 갑자기 생각났다는 듯이 제보자가
　　　　　'아리랑'을 부르기 시작했다. 두 절을 불렀는데 곡조가 조금 달랐다. 앞에 부
　　　　　른 것은 근방 지역에서 흔히 들을 수 있는 노래로, 타령조로 여러 절을 이어
　　　　　가며 부르는 노래인 반면 뒤에 부른 것은 일제 강점기 레코드판으로 취입되
　　　　　기도 했던 신민요 '아리랑'이었다. 조사자는 지역마다 '아리랑'의 가사나 곡
　　　　　조가 다르다는 사실에 대해 질문을 던졌는데, 제보자는 지역에서 부르는 '아
　　　　　리랑'과 흔히 널리 알려진 '아리랑' 노래가 다르다는 사실을 강조하는 내용의
　　　　　답변을 하면서 두 노래를 연달아 불렀다. 노래 연행을 끝낸 후, 제보자가 노
　　　　　래를 혼자 부르면 잘 안 되는데 다같이 어울려 부르면 잘 부를 수 있다고 말
　　　　　했다. 마을에서 다같이 놀러갔을 때 본인이 노래를 계속 불렀는데 사람들이
　　　　　'팁'을 많이 주었다고 하였다. 자신은 그 돈을 가지지 않고 사람들에게 맛있
　　　　　는 것을 사 주었다며 자랑스러워하였다. 제보자가 조사자들을 대접하기 위해
　　　　　일어나면서 연행이 중단되었다.

울넘에(너머) 담넘에 임숨아(숨겨)놓고
호박잎이 난들난들[246] 임생각난다
아리랑- 아리랑 아라리요- 어으-
아리랑 고개를 넘어간다

　참 노래도 한창 클 때는 하마(아주) 잘했다. 했구만은 인지는 마 영-
파이다.[247] 안 하니까네.

---

[246] 호박잎이 바람에 흔들거리는 모양을 묘사한 의태어이다.

[20초가량 구연이 중단되었다. 이가리에서 찍은 외사촌언니의 사진을 보여드리자 '언니가 맞다'며 기뻐하였다. 잠시 숨을 고르고 다시 노래를 부르기 시작했다. 조사자들이 장단을 맞추기 시작했다.]

(조사자 : 아리랑도 여러 가지가 있죠, 마디가? 소리가?)

응.

아리랑 아리랑 아라리요
아리랑 고개로 넘어간다
나를 버리고 가시는님은-
십리도 몬가고 발병난다

카는 이게 아리랑, 아리랑 하고, 또 보자.

모심기 소리

자료코드 : 05_22_FOS_20100226_KYH_BBN_0001
조사장소 : 경상북도 포항시 북구 청하면 신흥리 마을회관
조사일시 : 2010.2.26
조 사 자 : 김영희, 이미라, 황은주
제보자 1 : 박분남, 여, 74세
제보자 2 : 박찬옥, 여, 89세
구연상황 : 저녁이 되면서 노래판의 분위기 한창 달아올라 흥에 겨워 노래를 하던 중에 모두 힘에 겨워 잠시 숨을 고르게 되었다. 그 사이 노래를 시작하려 했으나 목소리가 작아 끼지 못했던 신윤출 씨에게 조사자가 모심기 소리를 한 번 해 보라며 권했는데, 막 시작하려던 찰나 작은 목소리를 듣지 못한 박분남 씨가 먼저 소리를 이었다. 여러 명이 각자 추임새를 넣고, 한쪽에서는 대화를 나눠 소란스러운 가운데서 구연이 이뤄졌다.

---

247) '별로 좋지 않다'는 뜻이다.

(조사자 : 할머니가 이제 논 매는 소리 하나 하세요, 매면서.)

[신윤출씨가 '땀북땀북' 하면서 노래를 시작했는데 목소리가 너무 작아 제보자가 듣지 못하고 노래를 시작했다.]

제보자 1 이논바닥에 모를심어

　　　　　　장잎이훨훨 장해(장화)로세

[한쪽에서는 대화를 나누고 여러 명이 각자 추임새를 넣어 소란스러운 가운데 박찬옥 씨가 노래를 이었다.]

제보자 2 해미야여는 어데를가고

　　　　　　딸이야도둑년 맽겠든고(맡겼던고)

[웃음]

후영산 갈가마구

자료코드 : 05_22_FOS_20100226_KYH_BCO_0001
조사장소 : 경상북도 포항시 북구 청하면 신흥리 마을회관
조사일시 : 2010.2.26
조 사 자 : 김영희, 이미라, 황은주
제 보 자 : 박찬옥, 여, 89세
구연상황 : 지신밟기 노래가 끝나고 서로 이 노래, 저 노래 하라고 대화를 하는 사이에 한 청중이 노래를 시작했다. 박찬옥 씨가 그 뒤를 이어 노래를 불렀는데, 방 바닥을 쓸며 밭일 하는 흉내를 내면서 노래를 불렀다. 예전에 밭을 맬 때 부르던 노래라고 말했다. 예전부터 최근까지 박찬옥 씨가 동네에서 가장 밭일을 많이 한 사람이라고 청중들이 입을 모아 말했다. 박찬옥 씨는 계속해서 밭을 매는 시늉을 하면서 노래를 불렀다.

[서로 노래하라고 권하는 사이에 한 청중이 노래를 시작했다.]

후영산가리 갈가마구야~

(청중 1 : 맞다, 맞다-.)
[제보자가 노래를 이어 불렀다.]

간다간다 나는간다
아랫논에 갈가마구
윗논에~

[청중 웃음]

갈가마구야
날아가지 마라
저 갈가마구

[청중 1이 이었다.]

후영산가리 갈가마구야~

[대화 때문에 15초가량 구연이 중단되었다.]

갈가마구 날아간데이
저저구름위 날아간데이-
저~

돌아갈 땐, 이래 돌아간다. 돌아가.
(청중 : 후여- 후여-.)

후영산아 갈가마구야

(청중 3 : 후여-.)

아랫논에 앉지말고
윗논에 앉거라
휘여- 후영산아

(청중 3 : 후여, 후여.)
[청중 1이 뒷소리로 이었다.]

얼럴러 상사디야

[제보자가 춤을 추며 노래를 부르자 청중도 웃으며 박수로 호응했다.]

얼씨구나 좋다
절씨구나야 좋다
지화자자 절씨구나
아니노면 무엇하리

(청중 4 : 잘한다, 잘한다.)
내가 이래도야, 내가 이래 보지 마세.
[청중이 또 다른 노래를 하라고 권하였다.]

오봉산 꼭대기

자료코드 : 05_22_FOS_20100226_KYH_BCO_0002
조사장소 : 경상북도 포항시 북구 청하면 신흥리 마을회관
조사일시 : 2010.2.26
조 사 자 : 김영희, 이미라, 황은주
제 보 자 : 박찬옥, 여, 89세

구연상황 : 앞서 제보자가 '후영산 갈가마구'를 부른 뒤 청중이 바로 이어 요청했다. 노래를 시작하자 청중들도 잘 아는 노래인 듯 박장대소하였다. 제보자가 구연을 시작하고 뒤따라 노래를 요청했던 청중이 같이 불렀다. 오랜만에 부르는 노래라 노래 사설이 잘 생각나지 않는 듯 앞서 부른 노래에 비해 목소리가 작고 기운이 없었으며 군데군데 발음이 뭉개지는 대목이 많았다.

(청중 1 : 오, 오봉산 꼭대기나 한 번 해 봐라.)
[어깨춤 추며 구연을 시작하였다.]

오봉산 꼭대기
에루화 돌배나무에
가지가지 꺾어서
에루화

[두 사람이 다른 가사로 불렀다.]

○○만 나노라
에헤야 데헤야
영산○○에 봄바람

[두 사람이 다른 가사로 불러 소리가 뭉개짐.]

오봉산 꼭대기
구름이 뭉게뭉게
가을 단풍에
에루화 다떨어졌구나
에헤야 데헤야

[가사를 잊어버린 데다 서로 다른 가사로 불러 소리를 분간하기 어려움.]

봄바람

(청중 2 : [한쪽에서 대화를 나누었다.] 물레질 할 거 다 해가(해서) 갔는데.)

(조사자 : 이건 뭐에요, 무슨 노래에요?)

오봉산 꼭대기.

(조사자 : 오봉산 꼭대기요?)

어.

(청중 3 : 그건 민요, 노래.)

아리랑

자료코드 : 05_22_FOS_20100226_KYH_BCO_0003
조사장소 : 경상북도 포항시 북구 청하면 신흥리 마을회관
조사일시 : 2010.2.26
조 사 자 : 김영희, 이미라, 황은주
제 보 자 : 박찬옥, 여, 89세
구연상황 : '어랑타령'을 부르다 마지막 소절에서 뒷소리를 부르지 않고 "아리아리랑 붙일까"라고 말하더니 이내 모두들 '아리랑'을 부르기 시작했다. 한 곡 더 부르려는데 김기허 씨가 끼어들어 노래가 다시 '어랑타령'으로 이어졌다.

또 아리아리랑 붙이까?

아리아리- 쓰리쓰리- 아라리요
아리아리 고개를 넘어가네
아까분(아까운) 청춘은 다띠아불고(떼버리고)

[말하듯이 읊으며]

인지는 이도저도 몬(못)하고
갈길이 한군데밖에 없는데

[청중 웃음]

갈길이 없어도 가야만되고

(청중 : 갈 때는 남의 코도 잊고 간다고. [웃음])
[다시 음을 붙여 노래로 불렀다.]

갈길이 없어도 가야만되구요
남의코도

[한 청중이 다른 노래를 시작해 구연이 중단되었다. 이어 붙인 노래는
'어랑타령'이었다.]

모심기 소리

자료코드 : 05_22_FOS_20100226_KYH_SBS_0001
조사장소 : 경상북도 포항시 북구 청하면 신흥리 마을회관
조사일시 : 2010.2.26
조 사 자 : 김영희, 이미라, 황은주
제보자 1 : 신복선, 여, 86세
제보자 2 : 이금자, 여, 74세
제보자 3 : 최두남, 여, 76세
제보자 4 : 이춘란, 여, 75세
제보자 5 : 김기허, 여, 80세
구연상황 : 마을에 대해 간략히 묻고 예전에 불렀던 노래를 불러 달라고 했다. 모심기 소
리, 베틀노래 등을 불렀다고 답하며 베틀노래 한 소절을 부르다가 그만두었
다. 신복선 씨가 예전에 일하면서 노래를 어떻게 불렀는지 설명을 하자 다들
노래로 부르라며 재촉했다. 돌아가며 한 마디씩 하고, 한 사람이 시작하면 같

이 뒤따라 불렀다. 이금자 씨, 최두남 씨, 이춘란 씨, 김기허 씨가 보조 제보자로 참여했다.

제보자 1 이논바닥에 모를심어
　　　　　장잎이훨훨 장해(장화)로세

또 그래 하고.

　　　　　땀북땀북248) 찰수지기(찰수제비)
　　　　　사우야판에서 다올랐네

그걸 우애(어찌) 다 하노?
[웃음]
(조사자 : 다 해야죠, 그래도. 생각나는 대로 하시면 돼요.)
[청중이 다른 가사를 일러 주자 부르기 시작했다.]

　　　　　이물끼(물꼬)저물끼 다헐아놓고
　　　　　쥔네(주인네)야양반은 어들갔노

아이, 니 해라. 목 아파 몬(못) 하겄다.
(조사자 : 번갈아 가면서 하셔야죠, 번갈아 가면서.)
[한 청중이 노래를 같이 부르기 시작했다.]

　　　　　모시야적삼아 시적삼에

[제보자가 끼어들어 '반적삼에'라고 불렀다.]

　　　　　샛별같으나

---

248) 모를 떼는 모습과 수제비 떼는 모습이 비슷함을 표현한 말이다.

[제보자가 끼어들어 노래가 끊기자 청중이 제보자에게 노래하라고 한 마디씩 했다. 그러다가 최두남 씨가 노래를 시작했다.]

제보자 3 모시야정삼(적삼) 시정삼에
　　　　반

[가사를 잊어버려 잠시 멈췄다가 다시 이었다.]
(청중 : 최고다.)

　　　분통같으나 저젖보소
　　　많이보면은 병이나되고
　　　손톱만침만 보고가소

(청중 : 좋다.)

제보자 2 사래야질고야

　[잠시 머뭇거렸다.]
　(제보자 2 : 뭐, 뭐 잊아뿠다(잊어버렸다).)
　[잠시 머뭇거렸다.]

　　　사래야질고도 장천밭에
　　　목화야따는 저큰아가

(제보자 2 : 목화 숙활랑 내 따, 아인교?)
　그래 해라.
　[청중들 사이에 노래 가사를 둘러싸고 잠깐 언쟁이 벌어졌다. 제보자가 생각난 듯 자신있게 나서자 이내 소란이 사그라들었다. 이금자 씨가 노래를 마저 이었다.]

내따줌세

백년아언약을 나캉(나랑)하세

(청중 : 몇 곡 들아갔잖은교?249))

(조사자 : 예? 모 숨구는 노래는 많아요, 되게. 많이 해 주셔야죠.)

또?

(조사자 : 예.)

[잠시 생각하다가]

머리야좋구 잘난처녀

연밥낭게에(나무에) 걸앉았네

연밥줄밥은 내따주마

백년허락을 언약할소

(청중 : 좋다.)

좋제?

이물끼저물끼 헝헐어놓고

쥔네야양반은 어들갔노

쥔네야양반은

(제보자 2 : 뭐꼬?)

(청중 : 문에야교?250))

(청중 : 어들 가고)

(청중 : 문에(문어)야 대장부)

문에야

---

249) '들어가지 않았는가'라는 뜻이다.
250) '문어 아닌가요?'라는 뜻이다.

[한 청중이 같이 불렀다.]

　　　대전북(대전복) 손에들고
　　　첩으야방에야 놀러갔네

[한 청중이 나가면서 잠시 구연이 중단되었다.]
그러고 또 있제?
(청중 : 많지요, 그거.)
(청중 : 지신아 지신아 지신아 밟자.)
(청중 : 지신아 밟자.)
(청중 : 시-작.)
[청중들이 '지신밟기' 노래를 부르자고 하여 새로 노래를 시작하려던 찰나 제보자가 생각난 듯 모심기 소리를 이어 불렀다.]

제보자 1 이논바닥에 모를심어
　　　장잎이훨훨 장해로세
　　　우리야부모님 솔을숨거(심어)

[제보자가 잘못 부르자 한 청중이 뒤를 이어 불렀다.]

　　　솔을숨어서(심어서) 정자로다

그래.
[청중들이 노래 가사에 대해 다들 한 마디씩 하였다.]
(조사자 : 우리야 부모님 산소에 솔을 심어 어떻게 한다구요?)
(청중 : 그래, 정자로다 이카미.)
(조사자 : 아, 솔을 심어 정자로다.)

　　　상주야합천 공갈못에

싱추(상추)심는 저큰아가

(청중 : 저 꺼떡거리는 거 봐라. [웃음])

　　　속에속잎을 날로주세

맞제?
(조사자 : 예. [웃음] [김기허 씨에게] 할머니도 하실 수 있죠?)
(청중 : 한 번 해줘라.)
(제보자 5 : 내가?)
[다들 김기허 씨에게 한 곡 부르라고 했다.]

제보자 5 장사야-장사야-

(제보자 5 : 그 뭔 장사라 캤노?)
[노래가 잠시 끊긴 사이 여기저기서 '장사 장사 황해장사'로 이어지는
모심기 소리 대목을 각자 다른 사설로 읊어대기 시작해 방안이 한동안 소
란했다.]

　　　장사장사 황해장사
　　　네걸마진(네 짊어진)거이 무엇인냥
　　　오리도리 시당시게
　　　온갖잡물이 다들었네

(청중 : 좋-다-.)
(조사자 : 할머니도 금방 뭐 버들, 뭐 하다 말으셨잖아요?)
(청중 : 잊어뿌렀나?)

제보자 4 이물꺼저물끼 허헐어놓고

쥔네야양반은 어들갔노
문에야대전북(대전복) 손에들고
첩으야방에 놀러갔네

(제보자 4 : 이후야-.)
(청중 : 잘 한다-.)
(청중 : 한 잔 디려라.)

볼작시면 볼작시면
이방치장을 볼작시면

[제보자가 다음 가사를 간단하게 읊으며 다른 사람에게 이어가라 말했다. 자신은 목이 말라 더 부를 수가 없다고 말했다. 그러나 청중들은 지신밟기 노래를 부르고 싶어했다.]

샛별같은 저요강은
발처마당(발치마다) 던져놓고

베틀노래

자료코드 : 05_22_FOS_20100227_KYH_SBS_0001
조사장소 : 경상북도 포항시 북구 청하면 신흥리 마을회관
조사일시 : 2010.2.27
조 사 자 : 김영희, 이미라, 황은주
제 보 자 : 신복선, 여, 86세
구연상황 : 제보자는 예전에 책을 많이 읽었다고 했다. 그 중에 '우미인가'도 재미있었다면서 짧게 읊어주었다. 그러다가 한 번 웃고 나서는 갑자기 베틀노래를 시작했다. 전날 집으로 돌아가서 베틀노래를 잘 못한 것이 생각났다고 했다.

베틀을놓아 베틀을놓아

그래,

용두마리 두통비게
호부

저거
[가사가 틀린 듯 다시 시작하였다.]

눌림대는 호불애비
잉앳대는 삼형제라

그래 인자,

신나무를 신을신고
올렸다가 내랐다가
자금자금 다짜여서

[말하듯이]

낭군님옷을 지어볼까

이것도 다 했는데 그것도 다 잊아뿌고(잊어버리고) 어지(어제)는 아무리
해도 안 나오더라꼬.
[웃음]

뱃노래

자료코드 : 05_22_FOS_20100226_KYH_SBS_0002

조사장소 : 경상북도 포항시 북구 청하면 신흥리 마을회관
조사일시 : 2010.2.26
조 사 자 : 김영희, 이미라, 황은주
제 보 자 : 신복선, 여, 86세
구연상황 : 조사자가 정선달네 맏딸애기 노래의 내용을 일러 주며 물었으나 모른다고 했
다. 조사자가 노래를 참 잘한다며 연행자들을 칭찬하자, 다른 마을 사람들이
더 잘할 것이라고 말했다. 자신들은 교통편이 여의치 않아 마을 밖에 나가도
돌아올 차 시간 걱정에 늘 쫓겼으며 이 때문에 다른 마을 사람들을 만나거나
노래를 배우러 다닐 수가 없어 새로운 노래를 배울 수 없었다고 말했다. 조사
자가 '그래도 다른 어떤 마을보다 노래를 잘한다'고 격려하며 뱃노래를 불러
달라 요청했다. 신복선 씨가 먼저 시작하자 다들 뒤따라 같이 불렀다.

(조사자 : 뱃노래도 하실 수 있지 않아요?)

(청중 : 뱃노래 하지.)

(조사자 : 에야노야노야 하는 거.)

(청중 : 에야루야노야 하는. 뱃노래 한다.)

  에야루야루야 에야루야루 여기어차
  뱃놀이 가잔다
  만경 창파에 ○○○

[한 청중이 제보자가 알고 있는 가사와 다른 것으로 불렀다.]

  들려오는 노소리
  처량도 하구나
  에야노야노야 에야루야노 어기여차
  뱃놀이 가잔다
  니가죽고 내가살면은
  열녀가 되누나
  한강수 깊으진물에

같이나 죽잔다

에야루야루야 에야루야루 어기어차

뱃놀이 가잔다

도리깨질 할 때 부르던 노래

자료코드 : 05_22_FOS_20100226_KYH_SBS_0003

조사장소 : 경상북도 포항시 북구 청하면 신흥리 마을회관

조사일시 : 2010.2.26

조 사 자 : 김영희, 이미라, 황은주

제 보 자 : 신복선, 여, 86세

구연상황 : 보리타작 노래도 했느냐고 묻자, '소리처럼 가사가 슬프지 않고 도리깨 했다
는 것뿐'이라고 대답했다. 노래가 끝난 후 도리깨질 흉내를 내면서 다시 가사
를 불러 주었으나 마디마디 끊겼다.

(조사자 : 그 보리타작 할 때도 하시던 노래 있지 않아요? 타작할 때.)

(청중 1 : 그 뭐 하는 노래?)

(조사자 : 타작할 때, 보리타작할 때.)

(청중 2 : 보리타작 할 때? 그 칠 때, 할 때.)

(청중 3 : 그 도리깨질 할 때.)

(청중 4 : 그거는 그 소리맨자로(소리처럼) 슬프지도 안 하고 뭐 도리깨
했다고 뭐 이라데(이러더라).)

에헤헤야 도리깨 밑에 방아루야

에헤헤야 도리깨 밑에 방아루야

이리가까 저리가까

이래 했거든.

환갑 노래

자료코드 : 05_22_FOS_20100226_KYH_YCE_0001
조사장소 : 경상북도 포항시 북구 청하면 신흥리 마을회관
조사일시 : 2010.2.26
조 사 자 : 김영희, 이미라, 황은주
제 보 자 : 예칙이, 여, 83세
구연상황 : '칭칭이'가 끝난 후 청중이 제보자에게 환갑 노래를 부르라고 요청했다. 예전
에 종종 불렀는데 노래가 길어서 그만 부르라고 한 적도 있다고 한다. 노래로
하지는 못하고 사설만 읊었다. 처음에 소란스러워서 소리를 잘 들을 수 없어
다시 해 달라고 요청했다.

[가사를 읊었으나 소란스러워서 다시 반복하였다.]

화초동동 내아들아
일월요지 내메늘아(내 며느리야)
일월같은 내손자야

(청중 1 : 크게 해라, 크게.)
(청중 2 : 크게 안 해도 됐-다. 여 나온다.)

만고일색 내딸이야
남산호월(호걸)- 내사우야
가지가지도 영화로세
이렇게좋을줄 내몰랬다
어화세상 친구들아

(청중 1 : [곡조에 얹어 노래 부르듯이] 어화 세상 친구들아, 저 마 글
읽지 싶다.)

오늘같

(청중 2 : 마 됐다.)

(청중 1 : 길게 뻗쳐 보소.)

다부(다시) 하까?

> 어화세상 친구들아
> 오늘같이 좋은날에
> 많이많이 놀아주소

목소리가 이래가지고.

(조사자 : 그냥 사설만 읊어 주셔도 돼요. 힘드시니까.)

[조사자가 힘들어 하는 제보자를 위해 노래 부르지 못하면 사설만 읊어도 된다고 말했다. 조사자가 무슨 노래냐고 묻자 제보자를 비롯한 청중들이 '환갑 노래'라고 하였다. 조사자가 정확하게 녹음되지 않은 일부 가사를 다시 확인하였다.]

다부(다시) 한 번 할까?

(조사자 : 네, 하세요.)

(청중 1 : 길게 빼가 한 번 해 봐라.)

(청중 2 : 뒷도 없고 그래 놔이(놓으니).)

> 화초동동 내아들아
> 일월요지 내메늘아
> 일월같은 내손자야
> 만고일색 내딸이야
> 남산호걸- 내사우야

[청중 한 명이 '호걸-' 하며 제보자를 흉내 내자 다들 크게 웃었다.]

> 가지가지도 영화로세

이렇게좋을줄 내몰랬다

가지가지도 영화로세

이렇게좋을줄 내몰랬다

어화세상 친구들아

오늘같이 좋은날에

많이많이 놀아주소

(청중 : 좋구나.)

(청중 : 박수나 치자.)

[웃으며 박수를 쳤다.]

칭칭이 & 화투 뒤풀이 & 생금생금 생가락지

자료코드 : 05_22_FOS_20100226_KYH_LCR_0001

조사장소 : 경상북도 포항시 북구 청하면 신흥리 마을회관

조사일시 : 2010.2.26

조 사 자 : 김영희, 이미라, 황은주

제보자 1 : 이춘란, 여, 75세

제보자 2 : 한수동, 여, 82세

제보자 3 : 신복선, 여, 86세

제보자 4 : 최윤출, 여, 87세

구연상황 : 단체 목욕을 갔다 돌아온 여성 연행자들이 한두 곡씩 노래를 부르기 시작하
면서 연행판의 분위기가 조금씩 달아올랐다. 모여 앉은 이들이 서로 노래를
잘 한다고 칭찬하는 가운데 조사자가 다같이 '칭칭이'를 불러 보자고 제안하
였다. 처음에는 여러 사람이 각자 노래를 불러 잘 들을 수 없었다. 연행 중간
에 최두남 씨가 다른 사람 노래가 끝난 후에 자신의 노래를 이어 붙이자고
제안하였다. 그 뒤로 여러 사람이 부르는 노래가 질서 있게 이어졌다. 한수동
씨는 노래를 부르며 어깨춤을 추기도 했다. '칭칭이' 앞소리 사설을 '화투 뒤
풀이', '생금생금 생가락지' 등의 다른 노래 사설로 이어갔다. 맨 뒷부분 사설

은 한수동 씨가 앞소리를 매겼다. 청중이 다함께 뒷소리를 따라 불렀다. 한수동 씨, 신복선 씨, 최윤출 씨가 보조 제보자로 참여했다.

(조사자 : 칭칭이 한 번 해 봐요, 칭칭이.)

제보자 1 칭이야칭칭 나네

제보자 4 노자노자 젊어서노자
　　　　　칭이야칭칭 나네

[여러 사람이 각자 노래를 불러 노래 소리가 겹쳤다.]

　　　　　칭이야칭칭 나네

[주변이 소란스러워지자 20초가량 구연이 중단되었다.]

　　　　　칭이야칭칭 나네

제보자 3 이월매조에 맺아놓고
　　　　　칭이나칭칭 나네
　　　　　삼월
　　　　　사월흑싸리에 구사로다
　　　　　칭이나칭칭 나네
　　　　　사월

[여러 사람이 다른 가사로 불렀다.]

　　　　　칭이나칭칭 나네
　　　　　유월목단에 앉았구나

(청중 : 남이 끝나거든 붙여라.)

[최두남 씨가 계속해서 다른 사람 노래가 끝나면 자신의 노래를 이어 붙이라고 말했다.]

    칭이야칭칭 나네

[여러 사람이 다른 가사로 불러 소리가 겹쳤다.]

제보자 1 팔월공산에 달밝은데
    칭이나칭칭 나네
    구월국화 굳은마음

[여러 사람이 각자 다른 사설로 동시에 불러 소리가 뒤섞였다.]
또 이래 한다.
[다같이 웃음]

    칭이나칭칭 나네

(조사자 : 시월이에요, 이제.)

    시월단풍에 떨어졌다
    칭이나칭칭 나네

(조사자 : 이제 십일월, 십일월.)
[조사자가 청중과 함께 뒷소리를 매김.]

    동지섣달 오신손님
    쾌지나칭칭 나네
    섣달눈비에 갇혔구나
    쾌지나칭칭 나네
    얼씨구나 절씨구나

쾌지나칭칭 나네

젊을직에 놀아보자

쾌지나칭칭 나네

나도어제 청춘이러니

쾌지나칭칭 나네

오날나도 백발이될세

쾌지나칭칭 나네

뒷동산에 살구꽃이

쾌지나칭칭 나네

삼월달에 만발하고

쾌지나칭칭 나네

우지말고 저기,

[노래 부르다 청중 한 명을 보고 웃으며 가사를 바꿨다.]

형님이 웃네

[다같이 웃음]

쾌지나칭칭 나네

우리야연대는 사쿠라(さくら)[251]였네

쾌지나칭칭 나네

[다른 사람의 노래 소리와 겹쳤다.]

누라(누구라) 하노

쾌지나칭칭 나네

---

251) '벚꽃'의 일본어이다.

얼씨구나 놀아보자
쾌지나칭칭 나네
젊안시절에 놀아보자
쾌지나칭칭 나네
송화도한철 매화도한철
쾌지나칭칭 나네
우루야(우리야)청춘도 언제까질다[252]
쾌지나칭칭 나네

[잠시 머뭇거렸다가 청중 한 명이 '생금생금 생가락지'라고 부르자 곧 구연을 시작했다.]

생금생금 생가락지
쾌지나칭칭 나네
호닥질로 닦아내어
쾌지나칭칭 나네
먼데보니 달일레라
쾌지나칭칭 나네
잡(곁)에보니 처잘레라
쾌지나칭칭 나네
그처자야 자는방에
쾌지나칭칭 나네
숨소리도 둘일레라
쾌지나칭칭 나네
말소리도 둘일레라

---

252) '언제까지겠느냐'는 뜻이다.

쾌지나칭칭 나네

멩지(명주)석자 목을매어

쾌지나칭칭 나네

댓잎겉은 팔을묶고

쾌지나칭칭 나네

자는듯이 가였으나253)

쾌지나칭칭 나네

원망말고 원망마라

쾌지나칭칭 나네

요만침(이만큼)정줄을 내몰랐다

쾌지나칭칭 나네

앞산에도 묻지말고

쾌지나칭칭 나네

뒷산에도 묻지말고

쾌지나칭칭 나네

연테밭(연꽃밭)에 묻어주소

쾌지나칭칭 나네

연테꽃이 피거들랑

쾌지나칭칭 나네

날만(나로)이게(여겨) 돌아보소

쾌지나칭칭 나네

누른비가 오걸랑아

쾌지나칭칭 나네

삿갓때기 들라주소(들어주소)

---

253) '갔구나'를 잘못 발음한 것으로 '죽었구나'라는 뜻이다.

쾌지나칭칭 나네

팔방비가 오거들랑

쾌지나칭칭 나네

삿갓때기 덮아주소

쾌지나칭칭 나네

오는사람 가는사람

쾌지나칭칭 나네

눈물한쌍 지와주소

쾌지나칭칭 나네

이팔청춘 소년들아

쾌지나칭칭 나네

백발보고 웃지마라

쾌지나칭칭 나네

어제백발 오늘청춘

청춘이다. 오늘 청춘 돼뿌렀다(돼버렸다). 인자 다 했니다(했습니다).

쾌지나칭칭 나네

제보자 3 오늘날이야 백발되나

쾌지나칭칭 나네

아이코섭섭하고 섭섭하다

쾌지나칭칭 나네

제보자 2 쾌지나칭칭 나네

서른아홉 열아홉살에

쾌지나칭칭 나네

첫장가로 갈라커니(가려 하니)

쾌지나칭칭 나네

앞집이 궁합보고

쾌지나칭칭 나네

뒷집이 책력보고

쾌지나칭칭 나네

책력에도 몬(못)갈장가

쾌지나칭칭 나네

궁합에도 몬갈장가

쾌지나칭칭 나네

내가세와(세워)254) 가는장가

쾌지나칭칭 나네

한고개를 넘어서니

쾌지나칭칭 나네

까막까치 진동하네

쾌지나칭칭 나네

두고개를 넘어서니

쾌지나칭칭 나네

여우새끼가 진동하네

(제보자 2 : [숨이 가쁜 듯 구연을 잠시 멈추고] 아이고 숨 가빠 몬 하겠다.)

[잠시 멈췄다가 다시 노래를 이어갔다.]

또한고개 넘어서니

---

254) '내가 직접 중매를 서서'라는 뜻이다.

쾌지나칭칭 나네
편지한장 날아왔네
쾌지나칭칭 나네
한손에 받아들고
쾌지나칭칭 나네
양손에 피아보니
쾌지나칭칭 나네
부고로세 부고로세
쾌지나칭칭 나네
신부죽은 부고로세
쾌지나칭칭 나네
앞에가는 종막들아
쾌지나칭칭 나네
뒤에오는 우리부친
쾌지나칭칭 나네
돌아서소 돌아서소
쾌지나칭칭 나네
오든질(길)을 돌아서소
쾌지나칭칭 나네
이왕지사 왔는길에
쾌지나칭칭 나네
내나한번 까여보자
쾌지나칭칭 나네
첫째문을 열고보니
쾌지나칭칭 나네
상두꾼들 띠두르네

쾌지나칭칭 나네

둘째문을 열고가니

쾌지나칭칭 나네

중동들이 꽃을딴다

쾌지나칭칭 나네

셋째문을 열고가니

쾌지나칭칭 나네

목수대목 널로짠다

쾌지나칭칭 나네

넷째문을 열고가니

쾌지나칭칭 나네

삼베도폭 들랑날랑

쾌지나칭칭 나네

장인장모 나를막고

쾌지나칭칭 나네

[신복선 씨와 청중 한 명이 일어나 춤을 추기 시작하였다.]

신부방을 들여가서

쾌지나칭칭 나네

신부방을 들어서니

쾌지나칭칭 나네

방글방글 피는얼굴

쾌지나칭칭 나네

어이저리 씨러졌노(쓰러졌노)

쾌지나칭칭 나네

나줄라꼬(나 주려고) 비인(빚은)술을

쾌지나칭칭 나네

상두꾼에 많이씨소

쾌지나칭칭 나네

나줄라꼬 지인(지은)밥을

쾌지나칭칭 나네

중동꾼에 많이씨소

쾌지나칭칭 나네

나줄라꼬 이룬떡을

쾌지나칭칭 나네

삼오때나 많이쓰소

쾌지나칭칭 나네

○○땅을 버렸으니

(제보자 2 : 하마, 요거 내가 까꿀로(거꾸로) 해뿌렀어.)

[웃음]

쾌지나칭칭 나네

네귀반듯 장판방에

쾌지나칭칭 나네

당신홀로 왜눕아서

(청중 : 좋다-.)

쾌지나칭칭 나네

둘이비는 도톰비게

쾌지나칭칭 나네

당신홀로 왜눕았노

쾌지나칭칭 나네

네귀반듯 모비단이불

쾌지나칭칭 나네

당신홀로 왜덮았노

쾌지나칭칭 나네

(제보자 2 : 내가 고리 좀 까꿀로(거꾸로) 해뿌렀는데.)

[웃음]

장인장모 하는말씀

쾌지나칭칭 나네

이왕지사 왔거들랑

쾌지나칭칭 나네

불간지복(굴건제복屈巾祭服) 하고가소

쾌지나칭칭 나네

하룻밤도 몬잔몸이

쾌지나칭칭 나네

불간지복이 웬말이고

쾌지나칭칭 나네

나는가네 나는가네

쾌지나칭칭 나네

울으(우리)집을 나는간다

(제보자 2 : 아이고 숨 가빠 더 몬 한다. 아이고, 아이고 숨 가빠 인자 몬 한다.)

[청중들이 박수를 쳤다.]

(청중 : 그만 합시다.)

(청중 : 재차야-.)

(조사자 : 할머니 이거 맨 처음이 뭐였어요? 시작이.)

(제보자 2 : 서른아홉 열아홉 살.)

(조사자 : 예?)

(제보자 2 : 서른아홉 열아홉 살에 첫 장가로 갈라커니(가려 하니) 앞집이 궁합 보고 뒷집이 책력 보고 책력에도 몬 갈 장가 궁합에도 몬 갈 장가로 지가 서고 가이 한 고개 하마 넘어서이 편지가 한 장 날아온다 말이다. 그게 신부 죽은 부고라꼬. 그게 궁합에도 몬 갈 장가로 지가 세워 가이 하마,)

(청중 : 단디 뭐, 뭐,)

(제보자 2 : 자 이거 마시소.)

(조사자 : 그래가지고 나중에 맨 끝이 '나는 가네 나는 가네' 이게 끝이에요?)

(제보자 2 : 그래. 그 내가 까꿀로 해가지고 좀 저게, 저, 몇 가지 빠자뿌랐다(빠져버렸다).)

(청중 : 형님, 저, 저거, 명창일세. 정신 좋다.)

[청중이 처음 들어보는 노래 길게 잘한다고 칭찬하며 박수를 쳤다. 청중의 칭찬이 이어지자 한수동 씨가 가사의 일부를 한 번 더 읊었다.]

(조사자 : [제보자에게] 아까 하신 게 화투 뒤풀이 같은 거죠? 이게 일월이, 정월이 뭐예요, 할머니?)

예?

(조사자 : 아까 소리가 막 섞여가지고, 화투 뒤풀이잖아요, 그죠?)

그래, 이는 저거 화투 뒤풀이데이.

(조사자 : 사설만 한 번 읊어봐요. 정월.)

정월, 이월, 삼월, 사월, 끝까지.

(조사자 : 그러니까, 앞부분에 소리가 막 섞였는데 사설만 한 번 읊어 보자구요. 정월은 어떻게 해요?)

(청중 : 정월 송하 속속한 그래……)

아, 그, 그래 붙이라꼬?

(조사자 : 아까 소리가 막 섞여가지고. 정월 뭐예요?)

[가사를 말하듯이 읊으며]

정월송하 속속한임은
이월매조에 맺었구나
삼월사쿠라 산란한마음
사월흑싸리 떨어졌다
오월난초 나비가되어
유월 목단에 앉았구나
칠월홍돼지 홀로누워
팔월공산에 달밝는데
구월국화 굳은마음
시월단풍에 떨어져버렸다
동지섣달 오신손님
섣달눈비에 갇혀버렸다

(조사자 : 아, 이게 화투 뒤풀이인 거죠?)

그래, 그래, 드간다.

생금생금 생가락지

자료코드 : 05_22_FOS_20100227_KYH_LCR_0001

조사장소 : 경상북도 포항시 북구 청하면 신흥리 마을회관

조사일시 : 2010.2.27

조 사 자 : 김영희, 이미라, 황은주

제 보 자 : 이춘란, 여, 75세

구연상황 : 전날 '쾌지나 칭칭' 노래를 할 때 제보자가 앞소리로 '생금생금 생가락지' 가사를 불렀다. 소리가 제대로 녹음되지 않았으니 다시 불러 달라고 조사자가 요청했다. 이춘란 씨가 쑥스러운 듯, "뭘 알고 하는 것도 아니고 생각나는 대로 한 것"이라면서 처음에는 모른다고 거절했다. 노래로 부르지는 않고 가사만 읊어주었다.

　　생금생금 생가락지
　　호닥질로 닦아내고
　　짙(곁)에보니

[가사를 잊어버려 다시 읊었다.]

　　짙(곁)에보니 처잘레라

야?

(청중 : 먼 데 보니 달일레라 곁에(곁에) 보니 처잘레라)

그래. 이봐라 할매카만(할머니보다) 몬하지, 봐라. [웃음]

　　먼데보니 달일레라
　　곁에(곁에)보니 처잘레라
　　그처자야 자는방에
　　숨소리도 둘일레라(둘이어라)
　　말소리도 둘일레라

또, 또, 뭐라 카등가.

　　말소리도 둘일레라

멩지(명주)서,

멩지석자 목을매어

댓잎(대나무잎)같은 칼로물고

자는듯이 죽고지라

　그건 뭐해 그래든동. 그래 죽고지라 카고. 그리고 뭐, 뭐, 뭐 그 적어가
지고 뭐.

방아 찧는 노래

자료코드 : 05_22_FOS_20100227_KYH_LCR_0002
조사장소 : 경상북도 포항시 북구 청하면 신흥리 마을회관
조사일시 : 2010.2.27
조 사 자 : 김영희, 이미라, 황은주
제 보 자 : 이춘란, 여, 75세
구연상황 : '생금생금 생가락지' 연행이 끝난 후 조사자가 방아 찧을 때 부르던 노래는
　　　　　 없는지 물었다. 한참 동안 대답이 없다가 생각난 듯 시작했다. 노래로 하지
　　　　　 않고 가사만 읊었다.

방아방아 물방아야

쿵쿵찧는 물방아야

너의힘이 장하구나

[가사가 생각 안 난 듯 반복하며 되새겼다.]

너의힘이 장하구나

백옥같은

[가사가 생각 안 난 듯 반복했다.]

백옥같은 흰쌀을

한섬두섬 찍어(찧어)내니

아매, 그것도 또 밥 해 묵고 또 뭐가 있지요? 그래 그거 있는데 그것도 또 모르니까네요. 모르니까 말도 몬(못) 하니더(합니다).

[웃음]

모심기 소리

자료코드 : 05_22_FOS_20100225_KYH_LHE_0001
조사장소 : 경상북도 포항시 북구 청하면 이가리 마을회관
조사일시 : 2010.2.25
조 사 자 : 김영희, 이미라, 황은주
제보자 1 : 이한이, 여, 78세
제보자 2 : 최순악, 여, 나이 미상
제보자 3 : 김혜순, 여, 78세
구연상황 : 두셋씩 모여 대화를 하는 중에 임재근 씨가 예전에는 모심기 소리도 많이 했다고 말했다. 조사자가 한 번 불러 달라고 하자 제보자가 노래를 시작했다. 한 곡이 끝나면 제보자들이 다같이 기억을 더듬어 노래 가사를 맞춰 보았다. 임재근 씨는 노래를 같이 부르며 가사를 설명해주었다.

제보자 1 이논-바닥에 모를숨가(심어)

　　　　장잎이훨훨 장해(장화)로세

　　　　우리야부모님 산소등에

　　　　소를숨가도 정자로세

(청중 2 : 잘한다. [웃음])

(청중 1 : 앞에 하는 사람 있고, 뒤에 하는 사람…….)

(조사자 : 뒷소리는 뭐에요? 이거 뒷소리는.)

(청중 1 : 인자 뒤에, 인자 후, 후렴이제. 앞에, 앞에, 앞에 머시는 모숨기, 모를 숨글 적에 논바닥에 모 숨구면은 장해고 그 담에 자기가 조상들 묘에 옆에 인자 도리솔 카는 거 있잖애? 그거 삥 돌아서는 그거는 정자가 되고.)

(청중 2 : 점심 밭으로 나온다 카는 그거 하라. 노래해라.)

[임재근 씨 웃음]

(조사자 : 모심기 노래는 사설이 길잖아요?)

(청중 2 : 어? 어? 점심 밭으러 나온다 카는 그거 해라.)

[한바탕 웃으면서 서로 "니 해라"고 권유했다.]

(조사자 : 그 점심밭이 나온다, 이게 아침, 점심, 저녁 노래가 다 다르잖아요, 그죠?)

(청중 1 : 모숨기 노래는 앞에 사람 하나 부르면 고 담에 받아야 되는데.)

[임재근 씨가 답하는 도중에 한쪽에서는 노래 가사를 되짚어 보며 대화를 나눠 다소 소란스러웠다. 서로 다음 노래를 이어가기 위해 자신이 아는 노래 가사를 되짚어 보는 중이었다. 기억이 잘 나지 않는다며 안타까워하면서도 조금씩 가사를 완성시켜 가는 듯했다.]

(청중 3 : 해는 빠져 저문 날에, 뭐 뭐라 카드노?)

(청중 4 : 어떤 행상 울고 가노.)

[가사를 확인하면서 여러 사람이 제보자에게 한 번 하라고 했다. 제보자가 다 잊어버렸다고 거절하자 다들 요새는 노래를 하지 않아 잊어버린다면서 대화를 나눴다. 청중 가운데 한 사람이 '이 물끼 저 물끼 해 봐라'고 권하는 중에 제보자가 갑자기 노래를 시작했다.]

　　　모시야적삼 시적삼에
　　　분통같으나 저젖보소

많이야보면 병이나되고
　손톱만치만(만큼만) 보고가소

[한바탕 웃으면서 소란스러운 사이에 최순악 씨가 노래를 시작했다.]

제보자 2 석류야꽃으는 장개(장가)가고오-

[노래를 잠시 멈추자 청중이 다 함께 호탕하게 웃음.]

　찔레야꽃으는 시집가고

(제보자 2 : 아이고, 숨 가빠 몬(못) 한데이.)
(조사자 : 무슨 꽃이 시집간다구요?)
[최순악 씨가 말하듯이 가사만 읊음.]
(제보자 2 : 석류꽃은 장개가고 찔레꽃은 시집가고, 만인간아 웃지 마라 귀동자 볼라꼬 시집간다.)
(청중 : 그래, 그래. 맞다. 맞다.)
[청중들이 노래 가사를 읊으며 서로 맞춰 보았다. 조사자가 '읊지 말고 불러 달라'고 하여 최순악 씨가 연행을 시작했다.]

　이물끼(물꼬)저물끼 다헐아놓고
　줜네(주인네)야양반은 어덜갔노
　문에(문어)야대전북(대전복) 양손에들고
　첩으야방으로 들어갔네

[청중이 계속해서 간간이 웃음을 이어갔다.]
(청중 1 : 이게,)
(청중 2 : 또 잊아뿌라지네(잊어버려지네).)
(청중 1 : 옛날에 양반은, 그런 참 양반이 얼매만치(얼마만큼) 좋았는동

일을 시케(시켜) 놓고 놀러 갔다 하거든. 그래 우리는, 우리 민족이 그 때문에…….)

[청중들이 제보자가 노래 잘한다고 칭찬하는 사이에 김혜순 씨가 약간 빠른 속도로 가사를 읊었다.]

(제보자 3 : '초롱 초롱 영사초롱 임으 방에 불 밝혀라 임도 눕고 나도 눕고 저 불 한 쌍 누가 껐노' 카는 거 이거 모숨기 소리 아이가? 맞제?)

(청중 1 : 그래. 그것도 그래 아예 잊아뿌려진다 카이꺼네. 이거 모숨기 소리다.)

(청중 2 : 맞습니다. 모심기 소리는 뭐시가, 저 뭐시가 후렴이 있고.)

(청중 1 : 아이가?)

[모심기 노래의 가사에 대해 설왕설래 이야기가 오가는 사이에 조사자가 노래로 불러 달라 청하자 김혜순 씨가 노래를 시작했다.]

(조사자 : 금방 그것도 해 주세요, 할머니.)

제보자 3 초롱초롱 영사초롱
　　　　임으방에 불밝혀라
　　　　임도눕고 나도눕고
　　　　저불한쌍을 누가껐노

　　모심기 소리다. 부르니까 생각이 나네.
　　[웃음]

지신밟기 (1)

자료코드 : 05_22_FOS_20100226_KYH_CDN_0001
조사장소 : 경상북도 포항시 북구 청하면 신흥리 마을회관
조사일시 : 2010.2.26

조 사 자 : 김영희, 이미라, 황은주
제보자 1 : 최두남, 여, 76세
제보자 2 : 김기허, 여, 80세
구연상황 : 박찬옥 씨가 모노래를 부르다가 숨이 가빠 한 소절 부르고 그만두었다. 앞서
지신밟기 앞소리가 잠깐 나와 지신밟기 노래로 넘어갔다. 청중들은 다른 노래
가 이어지는 도중에도 계속해서 지신밟기 앞소리를 부르고 싶어 하였다. 제보
자가 '시작' 하고 노래를 부르기 시작하자 모여 앉은 이들이 다같이 뒤따라
불렀다. 가사가 생각나지 않아 잠시 멈추면 다른 사람들이 이어 주기도 했다.
그러다 보니 두 종류의 가사로 각각 부르는 상황이 벌어지기도 하였다. 주로
제보자와 김기허 씨가 한 소절씩 번갈아 가며 불렀는데, 한 팔을 들어 어깨춤
을 추며 장단을 맞추기도 했다. 해당 작품의 연행은 여러 사람이 다함께 연행
에 참여하여 주요 제보자와 보조 제보자, 청중들 사이의 구분이 거의 어려운
조건 하에서 이루어졌다.

제보자 1 시작.

제보자 1 어루화신아 지신아
지신아밟자 성주야
성주본이 어데요
성주본이 어데요
경상도 안동땅
제비원이 원일레라
제비원에다 소식을받아
소평대평 던져놓고
밤이되면 이슬맞고
낮이되면 볕을보고
한해두해 키운낭기(나무)
황장목이 되었구나
황자목 되었이면
청자목이 되었구나

[서로 다른 노래 사설이 잠깐 뒤섞임.]

자꾸 갖다 붙이-라. 자꾸 우리가 틀리제.

제보자 2 앞집이 김대목아

　　　뒷집이

[한 청중이 끼어들어 "황자목이 되었으면 청자목이 되었구나"라고 불렀다.]

　　　이대목아

　　　청자목이 되었으면

　　　조리지동(도리기둥)이 되영하다(됨직하다)

[가사가 틀렸다면서 잠시 논란이 일었다.]

　　　앞집이 김대목아

　　　뒷집이 이대목아

　　　둥그리박자 박대목

(청중 1 : 아이다.)

아이고 또 싸게(재빨리) 그리 붙여뿌이까(붙여버리니) 내꺼징(나까지) 마.

[다같이 웃다가 누군가 "어서 해라."고 말하자 제보자를 비롯한 여러 사람들이 다시 노래를 시작하였다.]

제보자 1 버들유자 유대목

　　　둥그리박자 박대목

　　　앞집이 김대목아

　　　뒷집이 이대목아

　　　시렁시렁 톱집(톱질)이야

[노래 가사에 대한 이야기가 청중 사이에 오갔다.]

　　　　한낭글(나무를) 빌러가니

[한쪽에서는 다시 노래 가사에 대해 이야기하였다.]

제보자 2 비러가세 비러가세
　　　　이집성주 올리러가세
　　　　한낭글 쳐다보니
　　　　황새덕새가 새끼를치고
　　　　또한낭글 쳐다보니
　　　　까막까치 집으로쳤네

[두 사람이 다른 가사로 노래를 불렀다.]

제보자 1 이나무저나무 다제쳐놓고
　　　　황재목(황자목)을 비라(베러)가세
　　　　탱구자(튕기자) 탱구자
　　　　먹줄을 탱구자

[가사가 생각나지 않았는지 잠시 머뭇거렸다.]
(청중 : 그래.)

　　　　굳은255)낭근(나무는) 굳게자고(재고)
　　　　곧은낭근 곧게자고

[한 청중이 다른 가사로 노래를 불렀다. 제보자가 잊어버렸다면서 구연
을 중단하였다.]

---

255) '굽은'을 잘못 발음한 것이다.

지신밟기 (2)

자료코드 : 05_22_FOS_20100226_KYH_CDN_0002
조사장소 : 경상북도 포항시 북구 청하면 신흥리 마을회관
조사일시 : 2010.2.26
조 사 자 : 김영희, 이미라, 황은주
제 보 자 : 최두남, 여, 76세
구연상황 : 최두남 씨가 앞서 지신밟기 노래를 하다 말았기에 조사자가 다시 불러 달라
고 했다. 지신밟기를 어떻게 했는지 이야기하고서 노래를 시작했다. 한 소절
씩 끝날 때마다 꽹과리 소리를 흉내 내며 불렀다. 제보자가 조금 부르다 노래
를 그만두려 했는데 조사자가 노래 중간부터 꽹과리 소리를 흉내낸 입장단을
맞추겠다고 약속한 후에 연행이 계속되었다. 제보자는 자리에 누워서 불렀다.

(조사자 : 아까 참, 지신노래도 하다가 마신 거예요, 다?)

응. 나 다 모린다. 그거 많-다.

지신 노래 우리 여 동네 모대가(모여서) 노믄(놀면) 깽(꽹과리)만 지치고
장구 치고 그래가 지신 인자, 그라믄 보름에는 술 한 동이썩 해놓고 그
인자 지신 밟아 돌라꼬(달라고), 인자 해 돌라꼬 인자 동네 신청 해 노믄
(놓으면) 청년들이 온다.

청년들 오믄 깽 마케(전부) 둘라 매고 인자 집안, 인자 집안에 쇗소리
내가믄(내면) 잡귀신이 없다꼬 그래 좋다꼬 그래 집집이 다 해대이, 마,
술 한 동이썩 내고 하는 사람은 돈도 내고 살(쌀)도 내고, 이래가 죽- 허
니 해노, 마리(마루)에 채리 놓고 술 한 동 갖다 놓고 그래 와가 해 돌라
카미(하며) 돈도 떤져 놓고 이라믄(이러면), 그래 영감쟁이들이, 영감쟁이
아이다, 청년들이다. 죽- 와가 깽메 치고 장구 치고 쇠 치고 와가 그러-
첨에 시작을,

> 떠루화 지신아
> 지신밟자 성주야

카며 깨갱댕댕댕 카믄서

　성주본이 어데요
　성주본이 어데요
　경상도 안동땅
　제비원이 원일레라

카믄 또 깨개개개개 치거든.
[웃음]

　제비원에다 솔씨를받아
　소평대평 던제(던져)놓고

그래 또 깨갱갱갱
[조사자가 꽹과리 소리를 흉내 내어 장단을 맞추자 웃으며]
그래.
[웃음]

　낮에는 볕을보고
　밤에는 이슬맞아

(조사자 : 깨갱깨갱 깽깽)

　한해두해 키운낭기(나무)
　정자목이 되었구나

(조사자 : 깨갱깨갱 깽깽)

　정자목이 되었이면
　도리지둥(도리기둥)이 되었구나

(조사자 : 깨갱깨갱 깽깽)

[조사자가 장단 맞추는 소리에 웃으며 잠시 구연을 멈췄다.]

그래 한 해 그 문세(문서)가 이런- 종이 한 장에다 거쥬(거의) 아았구만(알았더만) 그만 잊아뿠다(잊어버렸다).

(조사자 : 하던 거 조금만 더 해 주세요, 할머니. 깨갱은 저희가 할게요.)

[다같이 웃음]

(조사자 : 정자목이 되었구나 그 다음에요.)

[한 소절이 끝날 때마다 조사자가 꽹과리 소리로 장단을 맞췄다.]

    정자목이 되었이믄
    도리지둥이 되었구나

(조사자 : 깨갱깨갱 깽깽)

    비라(베러)가세 비라가세
    창,
    정자목을 비라가세

(조사자 : 깨갱깨갱 깽깽)

    앞집이 이대목아
    뒷집이 김대목아

(조사자 : 깨갱깨갱 깽깽)

    둥거리박자 박대목
    버들유자 유대목

(조사자 : 깨갱깨갱 깽깽)

날랜(날랜)도치(도끼) 둘라메고
황자목을 베러가자

(조사자 : 깨갱깨갱 깽깽)

한낭글(나무를) 쳐다보니
까막까치가 새끼로치고

(조사자 : 깨갱깨갱 깽깽)

그 새끼 쳤는데 그걸 못 비가(베어서) 그건 또 인자 제쳐 놓고,

또한낭글 쳐다보니
황새덕새가 새끼로쳤다

(조사자 : 깨갱깨갱 깽깽)

그중에도 한나무를
지어보세

(조사자 : 깨갱깨갱 깽깽)
[웃으면서]
그래 한다.
(조사자 : 이제 나뭇가지밖에 안 벴잖아요? 나무 베고 이제.)
나무 베고 많다. 지다(길다). 이런 책자가 한 책자이다.
(보조 조사자 : 집 지어야지요, 이제.)
(조사자 : 아니, 일단 먹줄을 대야지. 그렇죠?)
그래, 그래.
(보조 조사자 : 아, 자르는 것부터.)
[구연을 다시 시작하였다.]

실근실근 톱집이야

실근실근 톱질이야

(조사자 : 깨갱깨갱 깽깽)

비어오는사람 미러주고

앞으로가는사람 땅가(당겨)주오

(조사자 : 깨갱깨갱 깽깽)

굳은낭근(나무)

[가사를 바꿔서]

탱구자(튕기자) 탱구자

먹줄을 탱구자

(조사자 : 깨갱깨갱 깽깽)

굳은낭근 굳게비고

자든(작은)나무 작게비고

(조사자 : 깨갱깨갱 깽깽)

그래가 인자 집을 짓는다.

[옛날에는 따라다니며, 앞장서서 많이 했는데 잊어버렸다고 하였다. 중간중간 빼먹은 내용이 많은 것을 안타까워하면서 제대로 하지 못할 바에는 하지 않겠다는 태도를 드러냈다. 조사자가 예전에 하던 만큼 해내지 못해도 다시 해 보자며 간곡히 설득하였다. 지신밟기 하던 때 포수로 따라다니며 장난을 치기도 했다고 말했다. 조사자가 집이라도 지어 보자고 웃으며 말하자 제보자가 다시 노래를 부르기 시작했다.]

그래가 그 집 지어가지고 또
[말하듯이 읊어 주었다.]

　　　한칸이로 옥녀주고
　　　한칸이로 선녀주고
　　　선녀옥녀 잠들어놓고
　　　첩으야방에 놀러가자

그렇다. 그리 마이(많이) 했다. 마이 했고만은. 인자,
[다시 가사를 읊으며]

　　　볼작시면 볼작시면
　　　방치장을 볼작시면
　　　오동장농 객개수
　　　밀고닫고 반닫이야
　　　샛별겉은 저요강을
　　　발체(발치)마다 밀쳐놓고
　　　용두마리 두툼비게

머리에 인자,
[가사만 읊어줌.]

　　　둘이비는 두툼비게
　　　머리마다 던져놓고
　　　무자이불 피어놓고

뭐 그래 했는데 인자 다 [웃음] 잊아버렸다, 마이 했는데.
(조사자 : 기억 많이 하시는 것 같은데. 무자이불 던져 놓고 그 다음에

는요?)

응? 그래 놓고 인자, 그 다음에 또 뭐고?

(조사자 : 베개, 이불.)

그래 베개, 이불,

[읊는 어조로]

　　　오동장롱 객개수

　　　밀고닫고 반닫이여놓고

그래,

　　　샛별겉은 저요강을

　　　저발치에 떡-놔놓고

둘이 비는 두툼비게 말이다,

　　　용두마리

용두마리라 카는 거는 짤르게(짧게) 졌다. 짤르게 져서

　　　용두마리 두툼비게

인자 발, 여, 머리 머리 놔 놓고 그래, 인자 무자이불 그거 인자 펼쳐놓고 그래, 방치장이 어떻드냐 그렇더라꼬 인자. 그랬다.

그때는 마 어불려(어울려) 한 잔 묵어(먹어) 노면(놓으면) 잘- 놀았구만은 마 인자 잊아뿌고 어느 게 앞에 가는동 뒤에 가는동 모리겠다(모르겠다).

[웃음]

모심기 소리

자료코드 : 05_22_FOS_20100226_KYH_CDN_0003
조사장소 : 경상북도 포항시 북구 청하면 신흥리 마을회관
조사일시 : 2010.2.26
조 사 자 : 김영희, 이미라, 황은주
제 보 자 : 최두남, 여, 76세
구연상황 : 지신밟기 노래가 끝난 후 모 찔 때 소리도 있지 않느냐고 조사자가 묻자 제
보자가 모 심을 때 부르던 노래의 가사를 읊어주었다. 처음에는 노래로 하지
않고 가사만 읊어주다가 흥이 나자 노래로 부르기 시작했다.

(조사자 : 모 찔 때도 소리가 따로 있지 않아요?)

어?

(조사자 : 모 찔 때.)

모 칠 때?

(조사자 : 모 찔 때. 모, 모.)

모 찔 때?

(조사자 : 예, 처음에 찔 때.)

응.

[노래로 하지 않고 말하듯이 읊어 주었다.]

　　　이물끼(물꼬)저물끼 헝헐어놓고
　　　쥔네양반은 어들갔노
　　　쥔네양반 큰,

[잠시 머뭇거리다가]
큰 댓석대 이렇게 지고

　　　쥔네(주인네)양반은 댓석대거지고
　　　첩으야방에 놀러가고

그, 그래 노래 다 하고.

(조사자 : 그게 모 찌는 소리예요, 할머니?)

응, 응, 모, 모 숨글 때.

[방바닥을 두드려 박자를 맞춰 가면서 노래로 부르기 시작했다.]

이물끼저물끼 헝헐어놓고
쥔네야양반은 어들갔노
쥔네야양반은 대전복들고
첩으방에 놀라갔네

[웃음]

첩으야방은 꽃밭이요
본처방은 연못이라

카믄 그래 연못이라. 큰어마씨 방으는 연못이고 첩으야 방은 즈아버지
꽃밭이라.

그래, 그래 하고.

했는데, 그것도 마이 있구만은 그거 모린다. 어느 게 앞에 가는동 뒤에
가는동…….

칭칭이

자료코드 : 05_22_FOS_20100226_KYH_CDN_0004

조사장소 : 경상북도 포항시 북구 청하면 신흥리 마을회관

조사일시 : 2010.2.26

조 사 자 : 김영희, 이미라, 황은주

제 보 자 : 최두남, 여, 76세

구연상황: 자장가를 아는지 물었으나 듣기는 했어도 기억하지 못한다고 했다. 자장가는 예전에 할머니들이 많이 불렀다고 대답하였다. 덧붙여 '이후야'로 시작하는 노래는 논 맬 때 하던 소리였다고 말하였다. 그렇게 하루하루 보내면서 고된 노동과 고단한 삶을 견뎌냈다고 말했다. 보리밥도 제대로 먹을 수 없었던 가난한 시절이었음을 회상하였다. 가난하던 시절 이야기를 들려주며 웃음을 잃지 않았다. 놀 때 '칭칭이'도 하지 않았느냐고 조사자가 묻자 최두남 씨가 노래를 부르기 시작했다.

(조사자 : 놀 때는 뭐 칭칭이 같은 것도 하셨어요?)

예, 칭칭이도 하고

(조사자 : 칭, 칭, 칭이나 칭칭나네 이런 거?)

응, 쾌지야 칭칭나네.

치지랑칭칭 나네
노자노자 젊어서노자
칭이나칭칭 나네
늙고병들믄 못노나니
칭이나칭칭 나네

[조사자가 후렴구를 함께 불렀다.]

그래 이 노래 또 칭칭이 대 하는 기, 이것도 많-다. 많다, 여러 가지다. 그 재밌다, 이기 노믄(놀면), 우리 노믄.

월워리 청청

자료코드 : 05_22_FOS_20100226_KYH_CDN_0005
조사장소 : 경상북도 포항시 북구 청하면 신흥리 마을회관
조사일시 : 2010.2.26
조 사 자 : 김영희, 이미라, 황은주

제 보 자 : 최두남, 여, 76세

구연상황 : 조사자가 '월워리 청청' 노래를 아는지 물었는데, 처음에는 잘못 알아듣고 모른다고 했다. '워너리 청청'을 말하느냐고 되묻더니, 예전에 강강술래 하듯이 여자들이 손잡고 놀면서 부르던 노래라고 대답하였다.

(조사자 : 월워리는 뭐예요?)

어?

(조사자 : 월워리라는 거. 월워리라는 거.)

월워리가?

(조사자 : 월워리라는 노래도 있다던데? 월워리.)

몰라, 그거는 모리겄다, 월워리가 뭔지. 워너리 청청?

(조사자 : 예, 워너리, 월워리 청청.)

워너리 청청, 우리 클 때.

(조사자 : 그건 뭐예요?)

클 때, 요새 들아믄(들으면) 그, 그 노래 애이가(아니가)? 그 뭐고? 요새 와, 저거, 그거 강강술래 하듯이.

(조사자 : 예.)

강강술래 하듯이 그래 놀았다. 워너리 청청 똑(딱) 강강술래라. 그래 클 직(적)에 그랬다.

(조사자 : 아.)

우리 손 잡고,

　　　워너리 청청
　　　청청 하늘에
　　　잔별도 많다
　　　워너리 청청
　　　저기 가는

저 처녀는

워너리 청청

그래 했다.

뒷 머리도

좋-구나

워너리 청청

그, 그런, 그런 잡소리 다 해갖고 했다.

뱃노래

자료코드 : 05_22_FOS_20100226_KYH_CDN_0006
조사장소 : 경상북도 포항시 북구 청하면 신흥리 마을회관
조사일시 : 2010.2.26
조 사 자 : 김영희, 이미라, 황은주
제보자 1 : 최두남, 여, 76세
제보자 2 : 이금자, 여, 74세
구연상황 : 월위리 청청이 끝난 후 뱃노래를 아는지 물었더니 최두남 씨가 먼저 '뱃노래'
를 시작했다. 한 마디 부른 후에 이금자 씨가 청소를 하다가 다시 마을회관
방 안으로 들어오면서 뒤를 이어 불렀다. 노래가 끝난 후 '불매노래', '고사리
노래' 등을 물었으나 가사만 한 소절씩 읊어 보다 중단하였다.

(조사자 : 뱃노래 같은 건 여기 별로 안 하셨죠? 뱃노래는.)

뱃노래는 그, 저, 이, 뱃노래는 인자 노래로 했는 거지. 노래로.

(조사자 : 뭐…….)

제보자 1 에야루야루야 에야루야루 어기어차

뱃놀이 가잔다

간다 못간다

얼마나 울었노

에야루야루야 에야루야루 어기어차

뱃놀이 가잔다

니가죽고 내가살면

몇백년 사느냐

에야루야루야

그래, 그리 노래했다.

[이금자 씨가 들어오며 '에야루야루야'라며 이어 불렀다.]

제보자 2 에야루야루야 어기어차

뱃놀이 가잔다

날가고 달가고

공산에 달가고

우리낭군 될사람은

하나도 없노라

[웃음]

에야루야루야 에야루야노 어기어차

뱃놀이 가잔다

니가죽고 내가살면

몇만년 사느냐

한강수 깊은물에

빠져나 죽잔다

에야루야노야 에야루야노 어기어차

뱃놀이 가잔다

우수리 달밤에

○○○ 들고요

짜린(짧은)골묵(골목) 진(긴)골묵

임찾아 가노라

에야루야루야 에야루야노 어기어차

뱃놀이 가잔다

(제보자 2 : 아이고 숨 가쁘다.)

뱃노래 1

자료코드 : 05_22_FOS_20100225_KYH_CBS_0001

조사장소 : 경상북도 포항시 북구 청하면 이가리 마을회관

조사일시 : 2010.2.25

조 사 자 : 김영희, 이미라, 황은주

제 보 자 : 최복순, 여, 89세

구연상황 : 이야기 연행이 어느 정도 일단락되고 조사자가 모여 앉은 이들에게 노래를
불러 달라 청했다. 옛 소리를 들려 달라 하자 남성 제보자들보다 여성 제보자
들이 적극적으로 나섰다. 여성 제보자 한 사람이 무슨 노래를 불러야 하나고
문자 옆에 있던 임재근 씨가 사투리가 나오는 노래를 불러야 한다고 답했다.
이에 여성 연행자들이 먼저 '아리랑'을 불렀는데 '아리랑 아리랑 아라리요 아
리랑 고개로 넘어간다 나를 버리고 가시는 님은 십리도 못 가서 발병 난다'까
지만 부르고 멈추자 청중 가운데 한 사람이 '에야라야노야'를 부르자고 제안
하였다. 제보자가 한 소절씩 부를 때 청중은 "잘한다", "좋다"라며 추임새를
넣어주었고 뒷소리를 함께 불렀다.

에야라야노 어기어차

뱃놀이 가잔다

청춘은 밑에다

소지병(소주병) 달구요

○○○ 숲속에

임찾아 가거든

에야라야노야 에야라야노 어기어차

뱃놀이 가잔다

나를 베리고(버리고)

가시는 임이는

십리도 몬가고

발병이 난단다─

에야라야노야 에야라야노 어기어차

뱃놀이 가잔다

담방구 타령

자료코드 : 05_22_FOS_20100226_KYH_CYC_0001
조사장소 : 경상북도 포항시 북구 청하면 신흥리 마을회관
조사일시 : 2010.2.26
조 사 자 : 김영희, 이미라, 황은주
제 보 자 : 최윤출, 여, 87세
구연상황 : 베틀노래와 베틀에 대한 이야기를 하던 중에 좌중 가운데 한 사람이 최윤출
씨에게 갑자기 '담방구 타령'을 해 보라고 권했다. 아마도 평소 제보자가 즐
겨 부르는 노래인 듯했다. 청중들도 제보자가 잘한다면서 자꾸 노래를 권했
다. 예전에 많이 불렀지만 지금은 가사를 많이 잊어버려 길게 이어 부르지는
못했다. 청중들이 생각나는 대로 해도 된다 했으나 제대로 해야 된다면서 더
이상 부르지 않았다.

　(조사자 : 할머니 담방구 타령 한 번 해주세요, 그럼. 담방구 타령. 들고
싶어요. 아무도, 못 들어 봤어요, 포항에서는.)

왜 담방구 타령도 저 그 왜 저거,

(청중 1 : 동래야 울산에 담방구란다.)

(청중 2 : 그래.)

[웃음]

그렇다.

(청중 3 : 담방구 잘하는데.)

잊아뿌랐다 카이(잊어버렸다니까).

(청중 4 : 나도 머, 머, ○○ 끊겨가 몬(못) 한다.)

(조사자 : 가사만 읊어줘 보세요, 그럼.)

(청중 1 : 동래야 울산에 담방구야.)

    구야구야 담방구야

    동래남산에 담방구야

    은을주라나 남았느냥

    금을주라나 남았느냥

오매 잊아뿌랐다.

[다같이 웃음]

생금생금 생가락지

자료코드 : 05_22_FOS_20100227_KYH_CYC_0001

조사장소 : 경상북도 포항시 북구 청하면 신흥리 마을회관

조사일시 : 2010.2.27

조 사 자 : 김영희, 이미라, 황은주

제 보 자 : 최윤출, 여, 87세

구연상황 : 이춘란 씨가 '생금생금 생각락지' 가사를 읊어준 후, 제보자가 이제는 다 잊어버렸다고 하면서도 생각난 듯 가사를 읊어주었다.

생금생금 생가락지

호닥질로 닦아내어

곁에(곁에)보니 처잘레라

멀리보니 달일레라(달이어라)

그처자야 자는방에

숨소리도 둘일레라

말소리도 둘일레라

머시,

[가사가 막힌 듯 잠시 멈추었다가]

댓잎같은 칼을물고

뭐, 저거,

멩지(명주)천대 목을매고

댓잎같은 칼을물고

죽고지라 죽고지라

뭐, 하이, 그것도 저거 엄청이 지다.

(청중 : 예, 곡절이 많은데.)

그래 마 고런 밖에 모른다. 다 잊아뿌고(잊어버리고).

(청중 : 많은데도 모린다(모른다).)

밭 매는 소리

자료코드 : 05_22_FOS_20100226_KYH_HSD_0001

조사장소 : 경상북도 포항시 북구 청하면 신흥리 마을회관

조사일시 : 2010.2.26
조 사 자 : 김영희, 이미라, 황은주
제보자 1 : 한수동, 여, 82세
제보자 2 : 박분남, 여, 74세
제보자 3 : 김기허, 여, 80세
구연상황 : 앞서 모심기 소리가 끝날 때쯤 청중들이 '후여-'라는 추임새를 넣었다. 김기
허 씨가 '후영산가리 갈가마구'를 부르라면서 먼저 시작했다. 앞서 박찬옥 씨
가 같은 노래를 부를 때 쭈그려 앉아 밭을 매는 시늉을 했는데 모두들 밭을
맬 때 부르던 노래라고 말했다. 뒤이어 제보자가 노래를 부르자 박분남 씨가
익살스럽게 뒤를 이었다. 앞소리 곡조는 '후영산 갈가마구'인데 뒷소리는 '어
랑타령' 후렴구로 이어졌다. 이에 따라 모두들 자연스럽게 곧바로 뒤이어 '어
랑타령'을 불렀다.

[청중이 '후여- 후여-' 불렀다.]

(제보자 3 : 후-영산 가리 갈가마구야 해라.)

제보자 3 후-영산가리 갈가마구야

제보자 1 후-영산아 갈가마구야
　　　　높이뜨면 서낭재 눈떨리고-

[청중들 웃음]

　　　　낮게뜨믄 속샛피게 자지끊기고

(제보자 2 : 문서도 많데이.)

　　　　워- 어-

[이어 박분남 씨가 타령조로 불렀다.]

제보자 2 서울아지매 다가뿌믄

[청중들 웃음]

이제 서울간다
서울아지매 다가뿌믄
우리는 혼자노난다

[청중들이 웃으며 '어랑타령'으로 뒷소리를 받았다.]

어랑어랑 어어야
얼씨구 어허야
요것도 몽땅내사랑

[박분남 씨가 이어 불렀다.]

요것도 몽땅내사랑
어이둥둥 내사랑

(제보자 2 : 어이구 덥아라이(더워라).)
[웃음]

시집살이 노래

자료코드 : 05_22_FOS_20100226_KYH_HSD_0002
조사장소 : 경상북도 포항시 북구 청하면 신흥리 마을회관
조사일시 : 2010.2.26
조 사 자 : 김영희, 이미라, 황은주
제 보 자 : 한수동, 여, 82세
구연상황 : 앞서 조사자가 '진주난봉가'를 불렀는데, 청중이 그처럼 긴 노래를 배우지 못
했다는 대화를 하던 중에 제보자가 시집살이와 연관된 노래가 생각났는지 가
사를 읊기 시작했다.

(청중 1 : 테레비에 보이까네, 테레비에 보이까네 그래 곡조가 그래 나오데, 그자? 그래 나오드라. 그래 일라 주드라.)

[제보자가 가사만 읊었다.]

> 형님형님 사촌형님
> 시집살이 어떻든공
> 오리도리 도리짓게
> 밥담기도 버겁드라
> 쪼끄맨헌(자그마한) 시동상들
> 말하기도 버겁드라

카고,

> 쪼끄맨헌 시동상
> 말하기도 버겁더라

카이, 그래, 그래, 참 노래하고.
(조사자 : 시집살이 노래죠, 그게?)
응.
(청중 1 : 시집살이 노래다.)
응. 시집살이 노래, 시집살이 노래.
(청중 2 : 오리도리판에 수저 놓기도 버겁더라. 그거도 괘않다(괜찮다).)

칭칭이

자료코드 : 05_22_FOS_20100227_KYH_HSD_0001
조사장소 : 경상북도 포항시 북구 청하면 신흥리 마을회관
조사일시 : 2010.2.27

조 사 자 : 김영희, 이미라, 황은주
제 보 자 : 한수동, 여, 82세
구연상황 : 조사자가 전날 저녁에 '정선달네 맏딸애기'류의 노래를 불러주셨는데 가사를
제대로 알아듣지 못했다고 말하며 다시 한 번 불러 달라 청했다. 한수동 씨가
힘들다는 기색을 내비치자 청중들이 칭칭이 소리로 매겨 보라 하였다. 그리하
여 청중들이 뒷소리를 받아주기로 하고 제보자가 노래를 시작하였다. 제보자
에게 노래 제목을 물었더니 모른다고 했다. 오라버니 환갑 때 종질녀가 부르
는 것을 들었다고 했다.

서른아홉 열아홉살에
쾌지나칭칭 나네
첫장가로 갈라커니(가려 하니)
쾌지나칭칭 나네
앞집이 궁합보고
쾌지나칭칭 나네
뒷집이 책력보고
쾌지나칭칭 나네
책력에도 몬(못)갈장가
쾌지나칭칭 나네
궁합에도 몬갈장가
쾌지나칭칭 나네
내가세와(세워)²⁵⁶⁾ 가는장가
쾌지나칭칭 나네

아이고 내가 숨이 가쁘다.
[웃음]

첫모롱지(모롱이) 오르서니(올라서니)

---

256) '내가 직접 중매를 서서'의 의미로 추측된다.

쾌지나칭칭 나네

편지한장 날아

아, 잘못 했다.

[앞의 가사를 틀렸다 하여 다시 불렀다.]

첫모롱지(모퉁이) 돌어서니(돌아서니)

쾌지나칭칭 나네

까막까치 진동하네

두모롱지 돌여서니

여구(여우)새끼 진동하네

쾌지나칭칭 나네

삼시257)고개 넘어서니

쾌지나칭칭 나네

편지한장 날아왔네

쾌지나칭칭 나네

한손에 받아들고

쾌지나칭칭 나네

양손에 피아보니(펴 보니)

쾌지나칭칭 나네

부고로세 부고로세

쾌지나칭칭 나네

신부죽은 보고(부고)로세

쾌지나칭칭 나네

앞에가는 종말들아

---

257) '세 번째'라는 뜻이다.

쾌지나칭칭 나네

뒤에오는 울으(우리)부친

쾌지나칭칭 나네

오든길을 돌여서소(돌아가소)

쾌지나칭칭 나네

이왕지사 왔는길에

쾌지나칭칭 나네

내나한번 가여보까(가서 볼까)

쾌지나칭칭 나네

첫째문을 열고가니

쾌지나칭칭 나네

상두꾼들 즐비있네

쾌지나칭칭 나네

둘째문을 들고보니

쾌지나칭칭 나네

중동꾼이 꽃을딴다

쾌지나칭칭 나네

셋째문을 열고가니

쾌지나칭칭 나네

목수대목 널로짠다

쾌지나칭칭 나네

넷째문을 열고가니

쾌지나칭칭 나네

삼베도포 들락날락

쾌지나칭칭 나네

장인장모 하는말씀

쾌지나칭칭 나네

신부방을 들여가소

쾌지나칭칭 나네

신부방을 들여가니

쾌지나칭칭 나네

방긋방긋 웃는얼굴

쾌지나칭칭 나네

어이저리 씨려졌노(쓰러졌노)

쾌지나칭칭 나네

네귀반듯 장판방에

쾌지나칭칭 나네

당신홀로 왜눕았노

쾌지나칭칭 나네

네귀반듯 모비단이불

쾌지나칭칭 나네

당신홀로 덮았

[숨이 가쁜 듯이 구연을 멈추고]
아이 숨이 가빠서.

쾌지나칭칭 나네

둘이비는 도톰비게

쾌지나칭칭 나네

당신홀로 왜빘느냐(벴느냐)

쾌지나칭칭 나네

나줄라꼬(주려고) 지인(지은)밥을

쾌지나칭칭 나네

상두꾼에 많이씨소(많이 쓰소)

쾌지나칭칭 나네

나줄라꼬 지인(빚은)술을

쾌지나칭칭 나네

상두꾼에 많이씨소

쾌지나칭칭 나네

나줄라꼬 이룬떡을

쾌지나칭칭 나네

삼오때나 많이씨소

쾌지나칭칭 나네

나는가네 나는가네

쾌지나칭칭 나네

울으집을 나는간다

쾌지나칭칭 나네

장인장모 하는말씀

쾌지나칭칭 나네

이왕지사 왔거들랑

쾌지나칭칭 나네

굴간지복(굴건제복屈巾祭服) 하고가소

쾌지나칭칭 나네

하로밤도 못잔몸이

쾌지나칭칭 나네

굴간지복이 웬말이냐

[웃으며]

쾌지나칭칭 나네

(청중 : 잘한다.)

[웃으며]

아이고 뭐 끝이다. 몬 한다. 아이고 숨 가빠라.

노랫가락

자료코드 : 05_22_MFS_20100226_KYH_KGH_0001
조사장소 : 경상북도 포항시 북구 청하면 신흥리 마을회관
조사일시 : 2010.2.26
조 사 자 : 김영희, 이미라, 황은주
제보자 1 : 김기허, 여, 80세
제보자 2 : 이춘란, 여, 75세
제보자 3 : 박분남, 여, 74세
제보자 4 : 최두남, 여, 76세
제보자 5 : 한수동, 여, 82세
구연상황 : 신복선 씨가 장난스레 노랫가락 한 곡 부른 후 바로 이어서 제보자가 노래를
　　　　　 불렀다. 제보자는 어깨춤을 추며 노래를 부르고 신복선 씨와 한수동 씨는 일
　　　　　 어나 춤을 추기도 했다. 청중은 박수를 치며 노래를 함께 불러 흥을 돋웠다.
　　　　　 한 곡이 끝나고서는 모두 일어나 춤을 추며 함께 불렀다. 한 사람이 시작하면
　　　　　 다른 이들이 뒤따라 같이 부르고, 한 곡이 끝나면 가사에 대해 이야기를 나누
　　　　　 며 생각나지 않는 가사를 함께 되짚어 보기도 했다. 이춘란 씨, 박분남 씨, 최
　　　　　 두남 씨, 한수동 씨가 보조 제보자로 참여했다.

제보자 1 청룡황룡이 노든곳에는

　　　　　비늘이얼가져(얽어져) 추억이요

　　　　　우리야청춘의 노든곳에는

　　　　　님곁이남아서 ○○다

　　　　　얼씨구 절씨구 지화자좋다

　　　　　아니야 놀고야 무엇하나

　　　　　갑오중에는 ○○가고

　　　　　만경창파에 돛대가고

비둘기잡아 술안주하고

국화주걸러야 권주가하자

얼씨구좋다 지화자좋다

아니아니 놀고서 내몬산다(내 못 산다)

(청중 : 좋-다.)

제보자 1과 제보자 4

[두 사람이 다른 가사로 노래를 불렀다.]

매화도한철 국화도한철

우리야청춘도 ○○○

내살아도 ○○○

달떨어져서 좋다-

내몬살리라

제보자 4 간다 못간다

얼마나 울었노

정거장 마당에

한강수 되누나

(청중 : 좋-다.)

(청중 1 : 한 마디 해라.)

간다 못간다요

얼마나 울었노

정거장 마당에 좋-다

한강수 되노라

          모두가 잊어라 꿈일런가
          모두가 잊어라 꿈일런가

제보자 2 헤에 저건네 저산이

    [두 사람이 다른 가사로 노래를 불렀다.]

          오동지 섣달에 얼씨구나
          배꽃만 피는구나

    (청중 : 좋-다.)

          술과 담배는 좋-다
          내심정 알구요
          한품에 든임은 좋-다
          내심정 모른다

    (청중 : 좋-다.)

제보자 3 ○○○ 열매는
          사꾸라(さくら) 열맨데
          바람만 불어도 좋-다
          툭 떨어지노라

          천길이 만길이-
          뚝떨어져 내살아도
          ○○○달 떨어져서 좋-다
          내 몬(못)살이로다

    (청중 : 좋-다.)

제보자 2 헤에-

　　　울으야 연나는
　　　사꾸라(さくら) 연난데
　　　단풍만 들어도 좋-다
　　　뚝 떨아지노라

　　(제보자 2 : 좋-다.)

　　　에헤-
　　　○○ 춘향의 달이
　　　동동 밝구요
　　　이내도 동○이 좋-다
　　　저절로 가노라

　　(청중 : 좋-시다.)

　　　간다 못간다
　　　얼마나 울었노
　　　정거장 마당에 좋-다
　　　한강수 되노라

　　(청중 : 좋-다.)

제보자 4 보리밭에 원수는-

　　　기보리가 원수요
　　　사람밭의 원수는 좋-다
　　　중신애비가 원수로다

　　　사랑이 중하냥

(청중 : 좋-다.)

　　금전이 중하냥

　　금전의 원수는

　　다사랑이 원수로다

제보자 2 사람은 늙으면

　　보기나 싫고요

　　호박은 늙으면 좋-다

　　○○이도 좋구나

　　새끼야 백발은

(청중 : 아이고 잘한데이.)

　　썰(쓸)곳이나 있거니와

　　우리에 백발은 좋-다

　　왜썰곳이 없느냐

(청중 : 좋-다.)

제보자 4 술과 담배는-

　　내심줌(심정)을 아는데

　　한품에 든임은 좋-다

　　내심정 왜모르나

(청중 : 좋-다.)

　　무정한 기차는

　　소리없이 가는데

[최두남 씨가 앉아 있는 사람들에게 일어나 같이 춤추며 노래하자고 하면서 연행이 중단되었다.]

　어야- 슬스리-
　잘 넘어가는데
　찬물에 냉수는 좋-다
　중치가 맥힌다

　우연히 싫드냐-

(청중 : 좋-다.)

　누구말 들었노
　날만 본다면 좋-다
　생짜를 왜놓느냐

(청중 : 좋-다.)
[10초가량 연행이 중단되었다.]

　칠래동 팔래동
　상겹사 자주댕기
　보릿대도 아니먹고 좋-다
　날받이 왔구나

(청중 : [조사자에게] 한 마디 하씨요(하시오).)
[조사자가 노래 부르듯]

　할머니 할머니
　노래도 해주시고

저희도 흥이나서 어이 좋-다

참 고맙습니다

(제보자 2 : 박수-.)

제보자 3 산이 높아야

골시나(골이나) 깊지요

조그만한 나의속이 좋-다

얼마나 깊을소냐

(청중 : 좋-다.)

너가 날만첨(나만큼)

생각을 한다면

가시밭이 천리라도 좋-다

신벗고 따르리라

[농담이 오고가 약 20초가량 구연이 중단되었다.]

우리야 오빠는 야-

해달산 갔는데

우리야 올케는 좋-다

바람이 살랑살랑

[조사자가 같이 불렀다.]

성님성님- 시집살이가-

고초 당초보다 좋-다

맵고도 맵-습디다

제보자 5 형님형님 사촌형님

　　　시집살이가 어떻드노

　　　오리도리 도릿반에

　　　수저놓기도 힘들드라

　　　떡국메는 시누부야

　　　말하기

[숨이 차 구연을 멈추면서 구연이 20초가량 중단되었다.]

[구연이 재개되자, 제보자가 먼저 시작하고 한수동 씨가 뒤따라 같이
불렀다.]

제보자 1과 제보자 5

　[숨이 차는 듯한 어투로]

　　　물없는 고랑내

　　　곡(谷)은 무슨곡

[청중이 노래하는데 숨이 가쁘다며 웃었다.]

[숨이 차는 듯한 어투로 장난삼아 불렀다. 곡조가 빠르게 바뀜.]

　　　돈없는 총객이

　　　장개는 무슨장개

　　　에빼빼 정좋다

　　　삼년묵은 장독에

　　　토실토실 돋아서

　　　너하고 내하고

　　　정이나 ○○노자

　　　에빼빼 정○○야

어랑타령

자료코드 : 05_22_MFS_20100226_KYH_KGH_0002
조사장소 : 경상북도 포항시 북구 청하면 신흥리 마을회관
조사일시 : 2010.2.26
조 사 자 : 김영희, 이미라, 황은주
제보자 1 : 김기허, 여, 80세
제보자 2 : 박찬옥, 여, 89세
구연상황 : 앞서 박찬옥 씨가 아리랑을 부르던 중에 제보자가 노래를 시작했다. 도중에
         조사자가 노래를 시작하자 다들 곧 뒤따라 불렀다.

제보자 1 갈때 가더라도

        간단 말마소

        있는정 없는정

        다 떨어진다

        어랑어랑 어어야

        어야 디어라

        요것도 몽땅내사랑

   [청중이 후렴을 따라 불렀다.]

        요것도 몽땅내사랑

        얼씨구 좋구나

제보자 2 얼씨고 절씨고

        지화자자 절씨구

제보자 1

   [조사자가 시작하자 같이 불렀다.]

        석탄백탄 타는데

연기만 퐁퐁나구요

요내가슴 타는데

연기도짐도(김도) 안난다

어랑어랑 어-야

어야 디어라

요것도 내사랑이로다

제보자 2 떡삶은 솥에다가

시어마이 속곳을삶으니

[중간에 제보자가 끼어들었다.]

제보자 1 떡삶은 솥에다가

시어마씨 속곳을삶으니

풀도되고 이도죽고

짐(김)이만 폴폴나더라

어랑어랑 어-야

어란다 디어라

요것도 몽땅내사랑

노랫가락

자료코드 : 05_22_MFS_20100225_KYH_BGR_0001

조사장소 : 경상북도 포항시 청하면 용두 2리 박금란 씨 자택

조사일시 : 2010.2.25

조 사 자 : 김영희, 이미라, 황은주

제 보 자 : 박금란, 여, 75세

구연상황 : 노래에 자신이 있다며 모심기 소리를 시작했는데 가사가 잘 기억나지 않아
노래가 계속 끊겼다. 본인이 연행한 노래가 마음에 들지 않았는지 좀더 자신

있게 부를 수 있는 노래를 들려주고자 하였다. 그래서 시작한 노래가 '노랫가락'이다. 그런데 이 노래도 본인이 생각한 만큼 잘 부르지는 못해서 노래를 끝낸 후에도 '건강이 좋지 않아 기억력이 떨어지고 노래 부르기가 쉽지 않다'는 말을 반복하였다.

내가 머시기 저거, 저거 노랫가락 한번 해 보까?

얼씨구나 절씨구
아니 노지(놀지)를 못하리로다
아니 소지(소리)를 못하리로다
달게달게 자든잠을
흔들흔들이 깨와(깨워)놓고
말한마디 몬(못)전해보고
간다말이 웬말이냐
할말은 태상질망정(태산일망정)258)
말안들아줄까봐 염려로구나

내가 옛날에는 참, 좀 했어요.
요즘으는 자-꾸 신경을 이래 마, 자꾸 쓰니까네 이 몸도 괘안했는데(괜찮았는데) 아 근래 좀…….
(조사자 : 지금도 잘 하시는데요.)
[1분가량 구연이 지연되었다. 예전에는 노래를 잘 불렀는데 건강이 나빠지다 보니 기억력도 쇠퇴해졌다며 몹시 안타까워하였다. 한동안 탄식하다가 갑자기 생각난 듯 노래를 부르기 시작했다.]

노들강변 비둘기한쌍
푸른콩잎을 입에다물고

---

258) '태산같이 많아도'라는 뜻이다.

암놈은물어다 숫놈을주고

숫놈은물어다 암놈주고

암놈의숨넘에(넘어) 지지는소래(소리에)

청춘의가슴은 울구가고

늙은가수는 담봇짐259)이라

얼씨구 절씨구 지화자좋네

아니아니 놀지를 못하리로다

아니 소지를 못하리로다

달게달게 자든잠으는

흔들흔들이 깨와놓고

말한마디 몬(못)전해보고

간단말이 웬말이냐

할말은 태상질망정

말안들아줄까봐 염려로구나

얼씨구 절씨구 지화자좋네

아니아니 놀지를 못하리로다

아니 소지를 못하리로다

청춘가 (1)

자료코드 : 05_22_MFS_20100225_KYH_BGR_0002

조사장소 : 경상북도 포항시 청하면 용두 2리 박금란 씨 자택

조사일시 : 2010.2.25

조 사 자 : 김영희, 이미라, 황은주

---

259) '계속해서 봇짐을 쌌다 풀었다 하며 돌아다닌다'는 뜻이다.

제 보 자 : 박금란, 여, 75세

구연상황 : 앞서 박금란 씨가 '노랫가락'을 불렀는데 조사자가 그 노래를 '노들강변'이라 부르는지 '청춘가'라 부르는지 물었다. 그러자 박금란 씨가 '청춘가'는 다른 것이라며 노래를 시작하였다.

청춘가는,

청천 하늘에~
잔별이 많구요~
요내야 가슴에- 얼씨구
수심도 많노라

이게 청춘가고.

창부타령 (1)

자료코드 : 05_22_MFS_20100225_KYH_BGR_0003

조사장소 : 경상북도 포항시 청하면 용두 2리 박금란 씨 자택

조사일시 : 2010.2.25

조 사 자 : 김영희, 이미라, 황은주

제 보 자 : 박금란, 여, 75세

구연상황 : 앞서 '뱃노래'를 한 곡 부른 뒤 바로 이어서 불렀다. 조사자들이 노래 제목을 확인하는 질문을 자주 하자 노래를 구별할 수 있도록 "청춘가는", "에야라야 노야 카는 거는", "얼씨구나 카는 거는"이라고 하면서 하나씩 불러 주었다. 연행한 노래 가운데 해당 노래가 제보자의 가장 자신 있는 레퍼토리인 것으로 보였다.

얼씨구나 카는 거는,
[조사자가 손장단을 두드리기 시작했다.]

얼씨구나 절씨구

아니 노지를(놀지를) 못하리로다

아니 소지(소리)를 못하리로다

달게달게 자든잠을

흔들흔들이 개와(깨워)놓고

말한마디 몬(못)전해보고

간단말이가 웬말이냐

할말은 태산질망정(태산일망정)[260]

말안들어주까봐 염려로구나

얼씨구 절씨구 지화자좋네

아니아니 놀지를 못하리로다

문을열고 내다보니

중이와야(와서) 염불을하네

댓마두사여 댓마리사요[261]

댓마리사면은 아들보네

아들을놓이면(놓으면) 금자동이요

딸을놓이-면은 옥자동이라

금자동이냐 옥자동이냐

고이고이 기른자식을

진자리에는 엄마가눕고

마른자리에 나를눕혀

일모종사[一夫從事]를 왜못하구야

삼오역신에 몸이되어

남의임을 내임을삼고

---

260) 태산같이 많아도
261) 중이 와서 시주쌀을 댓말 정도 내놓으라고 말하는 것을 가리킨다.

주야장창[晝夜長川] 수심걱정

나는언지나(언제나) 금붕어되어

정든님낚싯대 걸려나주나

얼씨구 절씨구 지화자좋네

아니아니 놀지를 못하리로다

아니 소지를 못하리로다

인자 됐어요?

(조사자 : 아니요, 할머니 많이 해주셔야 되는데요.)

[제보자가 부끄러운 듯 웃으면서 잠시 노래를 중단하였다. 목이 마른
듯 물을 한 모금 마시기도 하였다. 구연이 10초가량 지연되었다.]

배떠나는 인천부두에

푸른물결만 남아있고

손님떠난 저방안에는

담배꽁초만 남아있고

임떠나가신 저방안에는

한숨에눈물만이 남아있네

얼씨구 절씨구 지화자좋네

아니 노지 못하리로다

아니 소리를 못하리로다

갈 때

[가사를 잊어버린 듯 "뭐야"라며 잠시 노래를 멈추었다.]

갈 때- 가더라도

간단말 마시오 아-

있는정 없는정 얼씨구

다 떨아지노라(떨어지노라)

에~

구름달 넘어갈때

몸부름(몸부림)을 쳤더니

금단추 매만이도(매만져도) 얼씨구

슬스리(설설이) 도노라

청춘가 (2)

자료코드 : 05_22_MFS_20100225_KYH_BGR_0004
조사장소 : 경상북도 포항시 청하면 용두 2리 박금란 씨 자택
조사일시 : 2010.2.25
조 사 자 : 김영희, 이미라, 황은주
제 보 자 : 박금란, 여, 75세
구연상황 : 앞서 '얼씨구나'로 시작하는 노랫가락을 부른 뒤 바로 이어서 불렀다.

에~

상상두 마루에~

북소리 두둥둥

불쌍한 심청이 얼씨구

음당술(인당수를) 가노라

에~

갈때 가디라도

간단 말마시오

있는정 없는정 얼씨구

다 떨아지노라

[잠시 멈추었다가]

에~
봄인동(봄인지) 가을인동 아~

[조사자가 추임새를 넣음.]

이내나는 몰랐더니

[조사자가 추임새를 넣음.]

뒷동산 화초가 얼씨구

[조사자가 추임새를 넣음.]

날 알려주노라

(조사자 : 얼쑤.)
이런 거는, 인제 요 하는 거는 청춘가라.

에~

[잠시 멈추었다가]
뭐, 뭐를 또 생각 안 나노?

에~
바람도 살랑살랑~
구름도 모길몽실~
산란한 내맘이~ 얼씨구

[조사자가 추임새를 넣음.]

더 산란하구나

이거 노래, 옛날 노래 와, 소리 와, 하나도 이거, 요즘은 천-(전부) 사랑에 대해 가지고 나오고 마카(전부) 이런 게 나오제? 작사 작곡 이래 나오는데, 옛날에는 이거, 마카 소리, 노래 겉은 게 마카, 좀 옛날 머시가 좀 그렇게 뜻이 깊으고, 노래도,

(조사자 : [적극적인 동조의 뜻을 내비치며] 네.)

듣기도 좀 좋고.

(조사자 : [적극적인 동조의 뜻을 내비치며] 네.)

그렇다꼬.

(조사자 : 할머니, 잘 하시고 계세요.)

[조사자와 제보자가 다같이 한바탕 호탕하게 웃음. 조사자가 후렴구를 따라 부를 테니 같이 뱃노래를 불러 보자고 제안하였다.]

창부타령 (2)

자료코드 : 05_22_MFS_20100225_KYH_BGR_0005
조사장소 : 경상북도 포항시 청하면 용두 2리 박금란 씨 자택
조사일시 : 2010.2.25
조 사 자 : 김영희, 이미라, 황은주
제 보 자 : 박금란, 여, 75세
구연상황 : 조사자가 밭을 매거나 나물 캘 때 부르던 노래는 없냐고 물었더니 "나물 캐러 간다고 아장아장 걸어가니"로 시작하는 노래를 불러주었다. 한 절을 다 불렀는데 이는 일제강점기에 강홍식 씨가 불러 대성공을 거둔 "처녀 총각"이라는 노래였다. 이어 제보자는 옛날 노래를 많이 알았으나 부를 기회가 없어 거의 다 잊어버렸다고 말했다. 일할 때 부르는 노래를 아는지 계속 물었으나 제보자는 모른다며 난색을 표했다. 물일 할 때 하는 노래를 물었더니 자신은 모르며, 자신이 사는 마을은 반촌(班村)이기 때문에 그런 노래를 부를 수 없다고 대답하였다. 아울러 바닷가에 사는 사람들이 억센 반면 반촌 사람들은 그

와 기질이 다르다는 사실도 강조하였다. 조사자가 일노래 가운데 몇 가지를 조금씩 불러가며 이것저것 물으니 모두 후렴구만 조금씩 기억하고 있었다. 조사자가 제보자에게 가장 잘 부를 수 있고 즐겨 부르는 노래가 뭐냐고 물으니 "청춘가"라고 대답하였다. 제보자는 "청춘가"가 곧 "장구타령"이라고 설명하며 노래를 시작하였다.

[조사자가 손장단을 맞추기 시작했다.]

얼씨구나 절씨구
아니 소지(소리)를 못하리로다
아니 놀지를 못하리러라
왜때리노 왜때리노
니가나를 왜때리노
배고프면은 밥안주나
목물어보면262) 술안주나
내가너를 때릴젝에는(때릴 적에는)
아프라꼬 너때렸나
사랑에넘쳐 때린것은-
부대부대(부디부디) 유감마오

카는 이게 인제 머시기, 장구타령.

창부타령 (3)

자료코드 : 05_22_MFS_20100225_KYH_BGR_0006
조사장소 : 경상북도 포항시 청하면 용두2리 박금란 씨 자택
조사일시 : 2010.2.25

---

262) '목이 마르면'이라는 뜻이다.

조 사 자 : 김영희, 이미라, 황은주
제 보 자 : 박금란, 여, 75세
구연상황 : 자장가나 강강술래를 아느냐는 조사자의 질문에 박금란 씨는 모른다고 답했
다. 조사자가 '칭칭이'나 '아리랑' 같은 것을 부르지 않았냐고 묻자 그런 것은
하지 않았고 젊어서는 '청춘가'를 많이 불렀다고 말했다. 하지만 그나마도 많
이 잊어버렸다면서 안타까워하였다. 노래가 끝날 무렵, 조사자가 사진을 찍자
제보자가 사진을 찍지 말라며 노래를 중단하였다. 조사자가 찍은 사진을 카메
라 액정을 통해 보여주자 반색하며 사진이 비교적 잘 나왔음을 기뻐하였다.
제보자가 조사자에게 사진을 당장 확인할 수 있냐고 물었는데 조사자가 그럴
수 없다고 답했다. 이후 건강 이야기를 하다가 마을 상황에 대한 대략적인 이
야기를 듣고 연행판을 정리하였다.

[조사자들이 장단을 맞추기 시작했다.]

바람불어 눕은(누운)나무
눈비와여(와야) 일어나나
눈비와여 눕은나무는
바람분들이(분다고) 일어나리
송지(松枝)같이 굳은내몸을
매를친들이(친다고) 흩아가리[263]
얼씨구절씨고 지화자좋네
아니아니 놀지를 못하리로다
아니 노지를 못하리로다

문을열고 내다보니
중이와여 염불하네
댓마두사여 댓마두사요[264]
댓마두사면은 아들놓네(아들 낳네)

---

263) '내 의지를 꺾을 수 있겠냐'는 뜻이다.
264) 중이 와서 시주쌀을 다섯 말 정도 내놓으라고 말하는 내용이다.

아들을놓이면은 금자동이요

딸을놓면은 옥자동이라

금자동이냐 옥자동이냐

고이고이 기른자식을

진자리에 엄마가눕고

마른자리에 나를눕혀

일모[一夫]야종사(從事)를 왜못하고서

삼오역신에 몸이되어

남의임을 내임을삼고

주야장차[晝夜長川] 수심걱정

나는언지나(언제나) 금붕어되어

정든님낚싯대 걸려나주나

얼씨구절씨구 지화자좋네

아니아니 놀지를 못하리로다

아니 소지를 못하리라

밀창들창 창문을열고

침자질(바느질)하는 저큰아가(처녀)

고개만살짝이 돌아보소

옥양목주적삼 연분홍치마

산들이봄바람 상겹사자주댕기

봄나비앉아 춤만추네

얼씨구절씨고 지화자좋네

아니아니 노지를 못하리로다

아니 소지를 못하리로다

임은가고 봄은오니

꽃만피어도 임의생각

앉아생각 눕아(누워)생각

잠든생각이 일반이요[265]

얼씨구절씨고 지화자좋네

아니 노지 못하리라

서울이라 냉기없어[266]

죽절비네를(비녀로) 다리났네(났네)

그다리저다리 건넬라하니

후야허여 없을소냐

얼씨구절씨고 지화자좋네

아니 서지를 못하리로다

안지 소지를 못하리로다

아따 나 그것도 하면 자꾸 나오는데.

(조사자 : 이게 장구타령이죠, 할머니?)

예.

[모여 앉은 이들이 다함께 웃음]

산은점점 첨봉[267]이요

물은점점이 백골시[268]라

산천초목은 목슬한데[269]

---

265) '앉아서나 누워서나 잠들어서도 임 생각이 한결같다'는 뜻이다.
266) '넘어갈 곳 없어'라는 뜻이다.
267) '첩봉(疊峰)'을 잘못 발음한 것으로 보인다.
268) '백 개의 골짜기'라는 뜻이다.
269) 산천초목이 우거져 있음을 가리키는 말인 듯하다.

뒷동산 두견새야

누를(누구를)잃고 슬피우노

새벽(새벽)동자 찬바람에

날같이 임을잃고서

니그리도 슬피우나

얼씨구절씨고 지화자좋네

아니아니 놀지를 못하…….

비디오 찍어가 어디 내놀라 하나?

창부타령

자료코드 : 05_22_MFS_20100226_KYH_BBN_0001
조사장소 : 경상북도 포항시 북구 청하면 신흥리 마을회관
조사일시 : 2010.2.26
조 사 자 : 김영희, 이미라, 황은주
제보자 1 : 박분남, 여, 74세
제보자 2 : 최두남, 여, 76세
구연상황 : 제보자가 유행가 한 곡을 부른 후 조사자가 삼 삼을 때 부르던 노래가 있냐고 물었다. 잘 모른다고 답하면서, 바닷가에 사는 사람들이 노래를 더 잘 해서 모 심을 때 노래를 가르쳐 달라고 한 적이 있다고 했다. 그때 배웠던 노래라며 제보자가 먼저 가사의 일부를 읊고난 후 노래로 불렀다. 곡조도 사설도 정확하게 기억하지 못했는데 청중 가운데 한 사람이 '창부타령'으로 부르는 노래라고 말하였다.

제보자 1

[노래로 하지 않고 가사를 읊었다.]

흘러흘러 흐르는물에

　　　　뿌리없는 낭기(나무)서여(서서)
　　　　그낭게(나무에) 열매가맺어

카는 그런 거를 우리 갈쳐 주드라(가르쳐 주더라). 그 우리 배아도(배워
도) 잊아뿌렀다(잊어버렸다).
(청중 1 : 시곤이 할마이다, 그게.)
예.
(청중 1 : 그게 시곤이 할마이다.)
(청중 2 : 아이다, 시곤이 할마이 아이다.)
[노래로]

　　　　흘러흘러 흐르는물에
　　　　뿌리없는 낭기(나무)서여(서서)

[노래를 부르는 동안에도 노래를 가르쳐 준 사람의 정체에 대해 대화가
오갔다.]

　　　　그낭게(나무에) 열매가맺어

이래 안 하드라.

제보자 2 흘러흘러 흐르는물에
　　　　뿌리없는 낭기서여
　　　　가지는 열두가지

[노래에 관하여 이야기를 나누는 소리에 노래 소리가 묻혔다.]

　　　　그낭게 열매가맺어
　　　　열매○○을

[한 청중이 끼어들어 함께 불렀다.]

이르리라

(제보자 2 : 월성리라 이라데. 열매 이름은 월성리라예.)

어랑타령

자료코드 : 05_22_MFS_20100226_KYH_BCO_0001
조사장소 : 경상북도 포항시 북구 청하면 신흥리 마을회관
조사일시 : 2010.2.26
조 사 자 : 김영희, 이미라, 황은주
제 보 자 : 박찬옥, 여, 89세
구연상황 : 앞에서 '후-영산 갈가마구'를 부르다가 자연스럽게 '어랑타령'의 후렴구를 뒷
소리로 이어 붙였다. 그러자 모두들 다함께 '어랑타령'을 부르기 시작했다.
두 번째 가사에서 제보자가 사설을 노래로 부르지 않고 장난스럽게 말로 이
어 청중이 한바탕 크게 웃었다. 노래하는 도중에 한 청중이 다른 노래의 사설
을 읊다가, 뒷소리를 하지 않고 "아리아리를 붙일까"라고 말했다. 이렇게 해
서 모여 앉은 청중들이 또 다시 다함께 '아리랑'을 부르기 시작했다.

○○○ 왜다지네미
신작로 내든니
되지못한 저박고리
두리둥실 떠나가노

[청중도 함께 불렀다.]

어랑어랑 어어야 어-야디야
몽땅 내 사랑인데-
내가사믄 한오백년사나

[청중 웃음]

오늘 죽을동 내일 죽을동 모리는데(모르는데) 까불라거린다.

[청중 웃음]

뿌리기나 함분(한번) 많이 까부라 보자.

[촬영, 녹음하는 것에 대해 대화를 나눴다. 노래를 부른 사람들이 "우리 서울 돈 벌러 간다."며 노래를 부르지 않은 사람에게 장난스레 타박하면서 50초가량 연행이 중단되었다.]

(청중 : 삼수갑산 구렁칭칭 꽃 겉은 날 내삐고(내버리고) 돈 벌러 간다 카드이(하더니).)

> 삼수갑산 구렁청칭
> 얼마나 좋아

[다같이 불렀다.]

> 꽃겉은 날베리고(버리고)
> 돈 벌라갔노

또 아리아리랑 붙이까?

청춘가

자료코드 : 05_22_MFS_20100226_KYH_SBS_0001
조사장소 : 경상북도 포항시 북구 청하면 신흥리 마을회관
조사일시 : 2010.2.26
조 사 자 : 김영희, 이미라, 황은주
제 보 자 : 신복선, 여, 86세
구연상황 : 조사자가 모여 앉은 이들의 이름과 나이를 일일이 확인하느라 약 6분 정도의 시간이 흘렀다. 노래판이 어느 정도 정리되면서 최두남 씨와 이금자 씨를 제

외한 나머지 여성들이 모두 목욕탕으로 떠날 채비를 하였다. 이날은 정월 대보름을 앞두고 마을 할머니들이 단체로 목욕을 하는 날이었기 때문이다. 자리를 털고 일어나기 전에 최두남 씨가 '청춘가'를 부르자고 제안하더니 갑자기 '시작'을 외쳤다. 그러자 신복선 씨가 노래를 부르기 시작했다. 신복선 씨는 늙으니 서럽다는 말을 하던 차에 '청춘가'가 생각난 듯 보였다. 노래를 끝낸 후 '그래도 영감 있을 때가 좋았다'는 말을 잊지 않았다.

(청중 1 : 자 우리 음악, 생음악 청춘가 함 돌려돌라(들려주라) 카자. 시-작. 자, 해라. 청춘가 하자.)

(청중 2 : 해라, 머이(먼저) 치소.)

　　　작년갔던 봄으는 언제가고
　　　새봄이 돌아오는데
　　　인간백발이 닥쳐오니
　　　서글프고도 가소롭고
　　　어들(어딜)간들 좋을소냥
　　　이래도한철 저래도한철

국화도 한철 매화도 한철 그렇다.
[웃음]

　　　사랑앞에다 국화를심어
　　　국화주되자 정든님오니
　　　국화주걸러서 권주가하고

그때 세월 좋았지. 인제는 마 넘어갔잖아? 그래 그때 세월 좋았지. 영감 오면 술 주고. 얼매나 좋노?
[웃음]

베 짜는 아가씨

자료코드 : 05_22_MFS_20100226_KYH_SBS_0002
조사장소 : 경상북도 포항시 북구 청하면 신흥리 마을회관
조사일시 : 2010.2.26
조 사 자 : 김영희, 이미라, 황은주
제 보 자 : 신복선, 여, 86세
구연상황 : 조사 다음날이 정월대보름이라 마을 할머니들이 모두 목욕탕으로 갔다. 목욕
        탕에서 할머니들이 돌아온 후 다시 연행판이 벌어졌다. 제보자가 목욕탕에서,
        또 차를 타고 돌아오면서 노래 가사를 떠올려 보았다고 말해 좌중의 웃음을
        자아냈다. 제보자가 생각한 것은 '베틀노래'라고 했는데 예전에 부르던 '베틀
        노래'와 신민요인 '베 짜는 아가씨'가 뒤섞여 생각난 듯 보였다.

베틀을놓아 베틀을놓아
옥난강에다 베틀을놓아

(청중 1 : 그건 애이다(아니다). 그거는 저거, 저…….)

베짜는 아가씨
한숨에 수심만 지는구나
밤이,

[가사를 바꿔]

밤에짜면 일광단이요
낮에짜면은 야광단이라
일광당야광단 다짜가주-
낭군님와이샤츠나 지어보세

그래 베틀노래 그게 해 노인께로(놓으니까).
(청중 2 : ○○ 잘 한니더(합니다).)
했나?

(청중 2 : 예.)

그래. 잘했다.

(청중 2 : 했습니다. 나도 그캐(그렇게) 해 낳지 싶아.)

[웃음]

한 웅큼 해 낳나? 또 해라…….

(조사자 : 끝이 아니잖아요, 할머니?)

(청중 2 : 나도 일광단 월광단. 틀리네 내캉(나랑).)

[웃음]

(조사자 : 끝이 아니잖아요, 할머니? 와이셔츠를 지어놓고 끝이에요?)

목이 가나?

노랫가락

자료코드 : 05_22_MFS_20100226_KYH_YCE_0001

조사장소 : 경상북도 포항시 북구 청하면 신흥리 마을회관

조사일시 : 2010.2.26

조 사 자 : 김영희, 이미라, 황은주

제 보 자 : 예칙이, 여, 83세

구연상황 : 연행자들이 동네마다 할머니들도 많고 특히 칠포에 가면 노래 잘 하는 사람들도 많은데 어떻게 우리 마을에 들어왔는지 신기하다고 말했다. 잠시 쉬는 사이에 조사자가 아기 어를 때 부르던 '불매(풀무) 노래'를 아는지 물었다. 발로 바닥을 치며, 양손을 펼쳐 오르락내리락 하는 풀무질 흉내를 내가면서 불렀으나 한 소절만 부르고 말았다. 긴 노래인데 다 잊어버렸다고 했다. 그때 예칙이 씨가 나섰다.

또 내 한 마디 하께요(할게요).

(청중 1 : 하시오. 곳곳지 곤 나오네.)

서울이라 연못안에

연꽃같은 울엄마야

부모정도 좋지마는

자슥정을(자식 정을) 어이띠고가노(어떻게 떼고 가노)

불쌍하신 울아버지

찬풀속에 묻어놓고

(청중 1 : 형님 총기 있데이.)

어린동생 우난(우는)눈물

한강수 되리오

(청중 2 : 다 했나?)

(청중 1 : 마 다 했데이.)

도라지 타령

자료코드 : 05_22_MFS_20100226_KYH_LGJ_0001
조사장소 : 경상북도 포항시 북구 청하면 신흥리 마을회관
조사일시 : 2010.2.26
조 사 자 : 김영희, 이미라, 황은주
제보자 1 : 이금자, 여, 74세
제보자 2 : 최두남, 여, 76세
구연상황 : '베 짜는 아가씨' 노래가 끝난 후 조사자가 나물 캐러 갔을 때 부른 노래는 없었냐고 물었더니 도라지 타령을 부르기 시작했다. 여러 사람이 다함께 참여하여 노래를 이어 불렀다.

(조사자 : 저기, 나, 나물 캐러 가서도 하는 노래 있잖아요? 그런 건 어떤 거 하셨어요? 나물 캐러.)

(청중 1 : 나물 캐러 가도 뭐 노래 하나 뭐 거.)

[다들 '도라지, 도라지'라고 말하며 '도라지 타령'을 갑자기 부르기 시작했다.]

제보자 1과 제보자 2

　　도라지 도라지 백도라지

　　심심 산천에 백도라지

　　한두 뿌리만

(청중 2 : 잘 한다─.)

　　캐어도

　　내바구니 반쭝(반쯤)만 되노라

　　에헤요 에헤요 에헤요

　　에야라난다 지화자자 좋다

　　니가내간장 스리슬슬 다녹이네

[제보자 2가 시작하고 여러 사람이 같이 불렀다.]

제보자 2 나무 하러 간다꼬요

　　요핑계 저핑계 다대고

　　총각 낭군 어드메

　　삼오지(삼오제) 지내라 왜가나

　　에헤야 에헤요 에헤요

　　에야라난다 지화자자 좋다

　　니가내간장 스리살살 다녹인다

[제보자 1이 시작하고 같이 불렀다.]

제보자 1 동백따러 간다꼬

동백이나 따지

동백나무 밑에서

히야까시(ひやかし)270)는 왜하노

[히야까시라는 말에 다들 웃었다.]

에헤요 에헤요 에헤야

에야라났다 지화자자 좋다

니가내간장 스리살살 다녹인다

노랫가락

자료코드 : 05_22_MFS_20100226_KYH_LGJ_0002

조사장소 : 경상북도 포항시 북구 청하면 신흥리 마을회관

조사일시 : 2010.2.26

조 사 자 : 김영희, 이미라, 황은주

제보자 1 : 이금자, 여, 74세

제보자 2 : 신복선, 여, 86세

제보자 3 : 최두남, 여, 76세

구연상황 : 도라지 타령을 부르다 끝날 즈음 신복선 씨가 곧바로 이어서 부르기 시작했
다. 도라지 타령과 장단이 같아 바로 붙여 부른 듯 보였다. 신복선 씨는 흥에
겨운 듯 어깨춤을 추면서 노래를 부르기 시작하였다. 돌아가며 한 마디씩 부
르고 중간중간 "좋다", "잘한다"며 추임새를 넣어 흥을 돋웠다. 노랫가락이
끝나갈 무렵 석탄가 한 대목을 노랫가락으로 이어 붙여 불렀다.

[신복선 씨가 어깨춤 추며 부르기 시작했다.]

제보자 2 이산저산 도라지꽃은

동남풍바람에 다날리고

---

270) '희롱'을 뜻하는데, 주로 남자가 여자를 희롱하는 것을 가리키는 말이다.

(청중 : 어이 좋고.)

    십오전짜리 준주사댕기
    처녀머리끝에 다날린다
    얼씨구좋아 절씨구좋아
    아니 노지는 못하리라

(제보자 2 : 한 번 했다.)
(조사자 : 양산도는.)

제보자 1 울도담도 없느나집에

(청중 : 좋-다.)

    꽃겉은처녀가 들랑날랑
    낚숫대로 낚아나내나
    실잣는물레로 잣아내나
    얼씨구나좋다 지화자좋다
    아니 놀고 못하리라

제보자 2 처남처남 사촌처남
    늙은누님 뭐하드냥
    옥앵목바지

[가사를 바꿔서 다시 불렀다.]

    옥앵목적삼 등박드냥
    삼선보선(버선)을 볼박드냥
    등도볼도 아니나박고

자형오들만(오기만) 기다린다

(제보자 2 : 아이 좋다.)

제보자 1 삼사월 미나루깡에
　　　　미나리따는 저큰아가
　　　　처녀볼라꼬 떤진돌이
　　　　처녀손목이 맞았구나
　　　　맞인손목 마주잡고
　　　　훌쩍훌쩍 우는소리
　　　　대장부심간을 다녹인다

(제보자 3 : 잘한다─. 재차야.)

　　　　얼씨구나 지화자좋다
　　　　아니 놀고 못 하리라

제보자 3 높은산에는 눈날리고
　　　　낮인산에는 재날린다
　　　　억수장마 빗바람에
　　　　대천한바닥 물미워라²⁷¹⁾

(청중 : [다른 청중에게] 그것도 들오라 캐라.)

제보자 1 금아금아 봉산금아
　　　　느거어머니(너희 어머니) 어딜갔노
　　　　삼천아○○○ 일을갔소
　　　　언제서나 오실라등가

---

271) 대천 바닥이 모두 물에 잠긴다는 뜻이다.

ㅇㅇㅇ에 학이앉아

학이머래(머리에) 꽃이피어

그꽃꺾어나 손에다들고

늦인봄에 내갈끄마

얼씨구나 지화자좋다

아니 놀고 못하리라

제보자 3 아니-아니 놀지는 무엇하나

하늘같아신 높은사람

[어깨춤을 추면서]

하회(하해)같이도 깊은사람

칠월대화 가문날에

빗발같이도 반긴사람

당명황(唐明皇)에는 양귀비요

이도령에는 춘향이라

일년간 삼백육십일에

하루만못봐도 몬(못)살겠네

니나노 닐니리야 닐니리야 니나노

얼싸좋다 얼씨구좋아

벌나비 이리저리훨훨

꽃을찾아서 날아든다

(제보자 3 : 좋-다.)

제보자 1 포릉포릉 봄배추는

찬이슬오도록 기다리고

(제보자 3 : 좋-다.)

　　옥에갇힌 춘향이는
　　이도령오들 기다린다

(제보자 3 : 막걸리 내가 다 묵아났다(먹었다). 얼매 취해는동(취했는지).)

　　얼씨구나 지화자좋다
　　아니 놀고 못하리라

제보자 3 에-
　　봄들었네 봄들었네

[어깨춤을 추며]

　　삼천리 이강산에 봄들었네
　　푸른것은 버들이요
　　누른(누런)것은 꾀꼬리라
　　황금같은 저꾀꼬리는
　　황금청산을 왕래나하고

[가사가 막힌 듯 잠시 머뭇거리다가]

　　왕래나 하고
　　백설같은 흰나부는
　　잠자리밭으로 날아든다
　　니나노 닐니니라 닐니리야 니나노-
　　얼싸좋다 절씨구좋다
　　벌나비 이리저리훨훨

꽃을찾아서 날아든다

(제보자 3 : 아이 좋다.)

제보자 1 석탄백탄 타는데

(제보자 3 : 좋다.)

연기만 폴폴나구요

요내간장 타는데는

연기도짐도(김도) 안나요

에헤야 에헤야 에헤야

얼씨구나 지화자좋다

[청중들이 나갈 준비하느라 주변이 소란스러워졌다.]

너영나영 & 창부타령 & 석탄가

자료코드 : 05_22_MFS_20100226_KYH_LCR_0001

조사장소 : 경상북도 포항시 북구 청하면 신흥리 마을회관

조사일시 : 2010.2.26

조 사 자 : 김영희, 이미라, 황은주

제보자 1 : 이춘란, 여, 75세

제보자 2 : 김기허, 여, 80세

제보자 3 : 최두남, 여, 76세

구연상황 : 막걸리를 마시면서 대화하는 사이에 이춘란 씨가 노래를 시작했다. 한 사람이
노래를 시작하면 다른 사람들이 뒤따라 같이 불렀다.

[3박자 세마치장단의 빠른 노래를 한 소절 다같이 불렀다.]

제보자 1 지-녁-에 우는새는

임이그려 울-어요

낮-이-나 밤이밤이나

두리둥실노세요

낮이낮이나 밤이밤이나

참사랑이로다

(청중 : 좋-다.)

[사소한 대화를 나눈 후 박분남 씨가 유행가를 부르면서 연행이 지연되었다. 앞에 부른 노래와는 다른, 4박자의 '노랫가락'을 이어 불렀다.]

내딸죽고 내사우야

울고갈길을 너왜왔노

이왕지사 왔거들랑

발치잠이나 자고가소

(청중 : 좋-다.)

저-가도 대장분데

발치(발치)잠이가(잠이) 웬말이요

얼씨구 절씨구 지화자좋다

아니

[청중의 대화 때문에 구연이 중단되었다.]

제보자 3 울도담도 없느나집에

꽃같은 처녀가 들랑날랑

낚숫대로 낚아나내나

실잣는물레로 잣아내나

얼씨구나 지화자좋다

아니 놀고 못하리라

(청중 1 : 잘한다.)

(청중 2 : 잘하고. 또 해라. 또 받아라.)

　　　포릉포릉 봄배추는

　　　잔이슬 오도록 기다리고

　　　옥에갇힌 춘향이는

　　　이도령오도록 기다린다

(청중 2 : 잘한다. 내가 하는 게 문제라. 이것도 노래라고 갖다가 앞에 대는데.)

　[다같이 웃음]

(청중 3 : 그래 노래 한 번 해라 말이다.)

제보자1 간다못간다 얼마나울었노

　　　정거장마다 에헤 좋-다

　　　한강수 되고나

　좋-다.

제보자 3 오동동춘향이 ○○를 밟고요

　　　이내동생 가이- 좋-다

　　　저절로 나는구나

제보자 2 꿈아꿈아 무정헌꿈아

　　　왔었던이도령 와(왜)보내노

　　　일구엘랑(이후엘랑) 오시거들랑

잠든나를 깨와주소
얼씨구나 지화자좋다
아니 놀고 못하리라

(제보자 2 : 잘한다.)
(청중 2 : 잘한다-. 최고 잘한다.)

청룡화룡이(황룡이) 노든(놀던)곳에는
비늘이얼가져(얽어져) 추억이요
울으야(우리야)청년아 노든곳에는
추억이남아 얼씨구나

앉아, 앉아, 앉아시믄 되지. 다 해, 다 해, 다 했나?
(청중 4 : 그래 다 했다.)
(청중 5 : 해, 해라.)
나로 하라 카나?
(청중 5 : 그래.)

제보자 1 물속 ○빈엔
잔돌도 많구요
이내 가슴에는 좋-다
희망도 많구나

(청중 : 좋-다.)
[다같이 불렀다.]

석탄백탄 타는데
연기만 퐁퐁나구요

요내가슴 타는데는

연기도짐도 안난다

에헤야 에헤야 에헤야

에야라났다 지화자자 좋다

니가내간장 스리살살 다녹인다

도라지 타령

자료코드 : 05_22_MFS_20100226_KYH_LCR_0002
조사장소 : 경상북도 포항시 북구 청하면 신흥리 마을회관
조사일시 : 2010.2.26
조 사 자 : 김영희, 이미라, 황은주
제보자 1 : 이춘란, 여, 75세
제보자 2 : 김기허, 여, 80세
구연상황 : 앞서 '노랫가락'에 이어 '석탄가'를 부르곤 잠시 쉬었다가 바로 이어서 불렀
다. 제보자가 먼저 시작하자 다들 박수를 치며 함께 불렀다.

제보자 1 도라지 도라지 도-라지

심심 산천에 백도라지

한두 뿌리만 캐어-도

대바구니 반짬(반쯤)만 되노라

에헤요 에헤야 에헤야

에야라난다 지화자자 좋-다

니가내간장 스리살살 다녹인다

제보자 2 ○○ 안에 큰-고기

꼬리만 살살 치고요

옹글 밖에 큰아기

바가치(바가지) 장단만 치노라

에헤야 에헤야 에헤야

에야라난다 지화자자 좋-다

니가내간장 스리살살 다녹인다

제보자 1 물을 이러 가면은

물이나 펑펑 뜨지요

○○○ ○○○ ○○○

바가치 장단만 치노라

[여러 사람이 서로 다른 사설로 동시에 불러 소리가 뒤섞였다.]

에헤요 에헤야 에헤야

에야라났다 지화자자 좋-다

니가내간장 스리살살 다녹인다

(청중 : 좋-다.)

청춘가 & 노랫가락 & 새야새야

자료코드 : 05_22_MFS_20100226_KYH_LCR_0003
조사장소 : 경상북도 포항시 북구 청하면 신흥리 마을회관
조사일시 : 2010.2.26
조 사 자 : 김영희, 이미라, 황은주
제보자 1 : 이춘란, 여, 75세
제보자 2 : 이금자, 여, 74세
제보자 3 : 신복선, 여, 86세
제보자 4 : 김기허, 여, 80세
제보자 5 : 박분남, 여, 74세

제보자 6 : 한수동, 여, 82세

제보자 7 : 예칙이, 여, 83세

구연상황 : 도라지 타령이 끝난 후 바로 이어서 불렀다. 이춘란 씨가 먼저 한 곡 부르고 돌아가며 한 곡씩 불렀다. 한 사람이 시작하면 다들 박수로 박자를 맞춰가며 함께 불렀다. 가사가 막히면 다른 사람이 뒤를 이어 부르기도 했다. 그 때문에 여러 사람이 각자 아는 가사로 불러 노래 소리가 뒤섞이는 경우도 많았다. 한 노래가 끝나면 한 마디씩 하기도 하고 몇 곡을 번갈아가며 연달아 부르기도 했다. 마지막에 부른 노래의 박자가 제주도 노래와 비슷하다는 말이 나와 뒤이어 '감수광'이라는 유행가를 불렀다.

제보자 1 청천 하늘에

　　[웃으며 한 마디씩 하였다.]

　　　　잔별도 많구요

　　니 해라. 목이 안 된다. 목, 목, 숨이 가쁘다.
　　(청중 : 인자 숨이 가빠 노래도……)

　　　　돌려라 돌려라-
　　　　청춘가 돌려라-
　　　　보기좋고 듣기좋은 좋-다
　　　　청춘가 돌려라

제보자 2 울도담도

　　[목이 막혀 노래가 끊기자 다들 웃었다.]

　　　　울도담도 없느나집에
　　　　꽃같은처녀가 들랑날랑
　　　　낚숫대로 낚아나낼까
　　　　실잣는물레로 잣아낼까

　　　　얼씨구나 절씨구
　　　　지화자자 돌려볼까

[노래 가사에 대한 대화 소리에 노래가 묻혔다.]

　　　　경상도 열네짝 씰(쓸)곳이없고
　　　　삼시구 열네짝 먼저주소
　　　　얼씨구 절씨구 지화자좋네
　　　　아니놀고 못살레라

　　좋-다
[이어 김기허 씨가 곡조를 바꿔 불렀다.]

제보자 4 기차는 가자꼬
　　　　굽이굽이 치느요
　　　　임은 날잡고 좋-다
　　　　낙녹을(落淚를) 하노라
　　　　임아임아 날잡지말고
　　　　저지는저해를 잡으나다오-

　　　　삼사월 미나루(미나리)깡에
　　　　미나루 캐는

[다른 사람의 노래에 휘말려 가사를 건너뛰었다.]

　　　　던진돌에 처녀손목이 맞았구나
　　　　맞은손목

(제보자 5 : 마, 그, 그, 그런 거 좀 이해해 줘예지요.)

제보자 5 치마치마 유똥치마

　　　　　우리엄마해주든 유똥치마

　　　　　유똥치마 다떨어지니

　　　　　우리엄마정도 다떨어졌다

　　　　　얼씨구나 좋다 절씨구나

　　　　　아니노지를 못하리라

제보자 2 콩밭에우는- 수제비가 우리고요

(청중 : 비둘, 비둘기가 원수라 캤다.)

어? 아이다. 맞다.

[아무 때 붙이면 된다면서 다들 한 마디씩 하였다.]

좋다. 아무 때 붙이면 되지.

　　　　　보리밭에 원수는

　　　　　고슴도치가 원수고

　　　　　우리한테 원수는 좋-다

　　　　　중시래비(중신애비)가 원수로다

　　　　　새끼야 백발은

　　　　　씰(쓸)곳이 있는데

　　　　　사람에 백발은 좋-다

　　　　　씰곳이 없구나

요건 맞제?

　　　　　간다 못간다

　　　　　얼마나 울었노

정거장 마당에 좋-다

한강수 되누나

(제보자 1 : 뭐 하꼬? 뭐 하꼬? 얼릉 해라.)

제보자 2 우편 배달부야

급살병 맞었나

우리낭군 소식이 좋-다

무소식이로다

좋다.

(청중 : 좋다.)

(청중 : 좋기는 좋다.)

[다 잊어버렸다면서 한 마디씩 하여 약 25초가량 구연이 중단되었다.]

제보자 2 바람불고 비오는날에

나를두고 문닫았나

당신올줄 알았더라면

등불써가(켜서) 마중가지

제보자 4 얼씨구나 지화자좋다

아니놀지 못하리라

(청중 : 잘한다.)

바람불어 굽은남기는

눈비가온들 일어나나

[김기허 씨가 다른 가사로 불러 소리가 뒤섞였다.]

우리나라 태극기들면
우리나라도 만세부른다 얼싸
얼씨구좋다 지화자자좋네

(청중 : 잘한다-.)

아니놀고는 못살레라

(청중 : 잘한다.)

[박분남 씨가 취재하러 올 줄 알았으면 적어 놓을 걸 그랬다면서 말하는 동안 구연이 시작되었다. 김기허 씨가 노래를 이어갔다.]

○○○ 불러
임온줄 알고요
종달새 울걸랑 아이 좋-다
봄온줄 아시요
임은가고 봄은오니
꽃만피어도 임의생각
앉아생각 누워서생각
임의생각이 절로난다
얼씨구절씨구 지화자좋다

[박분남 씨가 끼어들어 연행이 중단되었다.]

(제보자 5 : 그 그거 잘하드이 와? ○○○ 임은 가자꼬 뭐 낙록을 한다 카등가 그거 있잖아? 아니 임은 날 잡고 낙록을 하고.)

(청중 : 말은 가자꼬.)

(제보자 5 : 그래 말은 가자꼬 굽이(굽을) 치고. 말은 말은 가자꼬 굽이를 치고 임은 날 잡고 낙록을(落淚를) 한다 카는 그것도 있대.)

(제보자 4 : 임아 임아 날 잡지 말고 지는 해를,)

제보자 3 ○○○은 계절마다
　　　　말은가자고 굽을치고
　　　　정든 임은

날 잡지 말고 칸다 카등가 고마 잊아뿌렀다.

제보자 4 임아임아 날잡지말고
　　　　지는저해를 잡아다오

제보자 3 산이 깊으면
　　　　골시나(골이나) 깊지요
　　　　조그만한 여자속이 에루화
　　　　깊을수 있느냐
　　　　높은산에는 눈날리고
　　　　낮은산에는 재날리고
　　　　억수장마 빗바람에
　　　　개천한바닥 물미워라

(제보자 2 : 좋-다.)

　　　　○○ 외삼촌요
　　　　내면좀 봐주소
　　　　일본이나 동경이나 좋-다
　　　　내○ 살라니더

(청중 : 맞다.)
[이금자 씨가 나가려는 흉내를 내자 김기허 씨가 붙잡으며 노래를 불렀다.]

제보자 4 가지마오 가지를마오
나를두고 가지를마오

(청중 : 좋다.)

에-
억새밭에 바람소리는

(청중 : 좋다.)

멜로디소리가 처량하고
갈대밭에 장구소리는
이내심정에 춤을춘다

(청중 : 얼싸.)

얼씨구돈다 절씨구돈다
아니놀고 무엇하나

제보자 2 포릉포릉 봄배추는
잔이슬오도록 기다리고
옥에갇힌 춘향이는
이도령오도록 기다린다
얼씨구나 지화자좋다
아니놀고 못하리라

잘 한다.

제보자 3 저기가는 저구름아
눈들았나(들었나) 비들았나

눈도비도 아니들고
○○○캉 들았구나
얼씨구좋아 정말좋아
아니 노지는 못하리라

기차는 가자꼬
굽이굽이를 치고요
친구는 날잡고 좋-다
낙록을(落淚를) 하구나

제보자 4 임아임아 날잡지말고
지는저해를 잡으나다오

좋다.
(제보자 5 : 얼매나 참하게 잘 받노?)
(청중 : 좋-다. 잘한다.)

소천당세 모신낭게(나무에)
높고낮으나 그네줄매어

[여러 사람이 함께 불렀다.]

임이타면 내가슴밀고
내가타면은 니가밀어
여보당신 줄끊지마라

[두 사람의 노래가 섞였다.]

줄떨아지면 정떨아진다

아이 좋다~.
[김기허 씨가 이어 불렀다.]

　　치마치마유똥치마
　　울엄마해주던 유똥치마
　　유똥치마 떨어지면
　　울엄마정도 떨어진다

(청중 : 아이고 잘 논다.)

　　얼씨구나 절씨구나
　　지화자자 좋을시고

제보자 6 암놈이물어다 숫놈을주고
　　　　숫놈이물어다 암놈을준다
　　　　늙은과부는 한심을하고(한숨쉬고)
　　　　젊은과부는 밤봇짐싼다

제보자 3 ○○중에는 ○○가고
　　　　만경창판(만경창파)에 돛대가고

제보자 4 기러기잡아 술안주하고
　　　　국화주걸러 권주가하고

(제보자 3 : 좋다~.)

　　얼씨구 절씨구 지화자

제보자 2 꿈아꿈아 무정한꿈아
　　　　왔었던임을 와(왜)보내노

일후엘랑(이후엘랑) 오시거들랑

잠든나를 깨와주소

얼씨구나 지화자좋다

아니놀고 못하리라

제보자 3 바람불여 누은낭기(나무)

이비온다

(제보자 3 : 뭐라카노?)

(청중 : 예, 예, 맞니더(맞습니다), 맞니더.)

(제보자 3 : 그래 말 마이(많이) 잊아뿌랐네. 아이고 웬수야.)

[다같이 웃음]

제보자 4 바람불어 누은낭기(나무)

눈비가온다꼬 일어날까

배가고파 지은밥이

임이온다꼬 먹어질까

얼씨구절씨구 지화자좋다

아니놀고서 무엇하리

제보자 2 콩밭에비둘기 콩민고살고야-

우리

뭐라고, 잊아…….

우리야 청춘은 좋-다

나를믿고 살았다-

(청중 : 좋-다.)

날가고 달가고
세월이 다가고
아까분(아까운) 내청춘 좋-다
다 늘아지노라

좋-다.

제보자 5 나날이 다달이

(청중 : 잘 한다.)

편질랑 마시고
일년에 한번씩으로 좋-다
날 보러오세요

좋-다.

에-
나나(나가나) 앉이나(앉으나)
유정(有情)님 만나서
이리갈까 저리갈까 좋-다
친구찾아 내갈까

[연행이 잠깐 끊겼다.]
(제보자 4 : 아니 놀고나 무엇하리)

평마 잘자라도
돈자랑 말아라

(청중 : 좋다.)

　　　　돈 떨어진다면- 좋-다
　　　　백수에 건달이다

제보자 2 기차떠난 철둑가에는

제보자 4 철까치두까치 울고있고

　　[다같이 웃음]
　　그래 붙여야 된다.
　　(제보자 2 : [웃음] 와(왜) 내 노래할라 카는데(노래하려고 하는데), 그, 그)

제보자 5 이방안에 담배꽁초만 남아있다

　　(제보자 2 : 뭐, 아무 붙여가 하믄 되지.)

제보자 3 ○아정아 떠나는배는
　　　　　　철까지두낱만 남아있고
　　　　　　임떠난 이방안에
　　　　　　한심수심만 남아있다

　　얼씨구 좋다, 절씨구 좋다.

제보자 4 총각떠나든 방안에
　　　　　　연애편지만 남아있고

　　(청중 : 잘 한다.)

　　　　　　우루(우리)임떠나든 저방안에는
　　　　　　한숨수심만 남아있네
　　　　　　얼씨구 절씨구 지화자좋다

아니야 놀고서 무엇하리

(청중 : 좋다.)

제보자 7 우리오빠는 ○○가시고
뒷동산,
뒷동산댓잎은 칼춤을추노라

(청중 : 좋다.)

제보자 1과 제보자 3

[곡조가 바뀌었다.]

새야새야 파랑새야
녹두밭에 앉지마라
녹두꽃이 떨어지면
청포장사 울고간다

제보자 3

[신복선 씨가 박자를 점점 천천히 하여 부르며]

녹두꽃이 떨어지면
청포장사가 울고간다

아이고 숨 가빠라. 숨 가빠.

새는새는 낭게(나무에)자고
쥐는쥐는 궁게(구멍에)자고
어제왔던 새각시는
신랑품에 잠을잔다

우리같은 딸네들은

엄마품에 잠을잔다

얼씨구 절씨구

지화자자 정말 좋다

꼭 제주도 사람 제주도 노래 겉다.

[다들 웃음]

(청중 : 똑 제주도 노래 겉제?)

청춘가 & 창부타령

자료코드 : 05_22_MFS_20100225_KYH_LHE_0001

조사장소 : 경상북도 포항시 북구 청하면 이가리 마을회관

조사일시 : 2010.2.25

조 사 자 : 김영희, 이미라, 황은주

제보자 1 : 이한이, 여, 78세

제보자 2 : 김혜순, 여, 78세

구연상황 : 조사자가 노래를 요청하자 '청춘가'나 '창부타령'을 하라면서 서로를 추천했다. 모여 앉은 사람들이 선뜻 노래를 시작하지 못하고 서로에게 미루면서, '뱃노래'처럼 서로 주고받으며 부를 수 있는 노래는 비교적 수월한 반면 '청춘가'처럼 한 사람이 계속 이어서 불러야 하는 노래는 숨이 차서 힘들다는 이야기를 나누었다. 청중들이 모두 이한이 씨에게 '노래를 잘 하니 한번 해 보라'며 권했다. 오랜 만에 부르려니 가사가 잘 생각나지 않는다던 이한이 씨가 가사를 혼자 곰곰이 떠올려 보는가 싶더니 이내 노래를 시작하였다. 이한이 씨가 먼저 시작하고 김혜순 씨가 이를 받아 서로 번갈아가며 노래를 불렀다. 제보자 두 사람은 노래를 끝내고서, 막상 노래를 부르기 시작하니 조금씩 기억이 되살아난다고 말했다.

제보자 1 청천 하늘에-

잔별도 많구요

요내야 가슴에- 얼씨구

수심도 많-노라

(청중 : 좋구나.)

(조사자 : 왜 하나만 하고 마세요?)

제보자 2 배고파 지으난(지은)밥은

이도많고 돌도많다

이많고 돌많은것은

임이없는 탓이로다

얼씨구씨구 절-씨구나

아니놀지는 못할레라

제보자 1 아니--- [목청껏 길게 빼서 부름.]

아니 노지 못하리라

한분(번)왔다- 돌아갈길은

만물의조상도 많건만은

우리인생 한분가면은

다시오기는 전히(전혀)없네

얼씨구- 지화자좋네

아니노-지는 못하리라

제보자 2 와때리노-

[청중들이 '좋다'를 외치며 계속 추임새를 넣음.]

와-때리-노

치고박고 와때리노

내가너를 때리나니게(때리는 것이)

아프라꼬 때리는냐

사랑에 넘치는마음

잡을수없어 내때렸다

유감마라 유감을마라

부디부디- 유감마라

인지라도(이제라도) 밤미가(밤이)되면

슬-스리(설설이) 풀어져서

얼씨구씨구씨구씨구씨구씨구

해라.

제보자 1 아니~ 닐니리야

아니 노지는 못하리라

앞동산은 푸른청(靑)자요

뒷동산은

[가사가 생각나지 않았는지 잠시 머뭇거렸다.]

가지가지가지 돋아져여

굽이굽이는 내천(川)자라

얼씨구 지화자좋네

아니노지는 못하리라

(제보자 2 : 좋-다-. 됐다-.)

노들강변

자료코드 : 05_22_MFS_20100225_KYH_LHE_0002
조사장소 : 경상북도 포항시 북구 청하면 이가리 마을회관
조사일시 : 2010.2.25
조 사 자 : 김영희, 이미라, 황은주
제 보 자 : 이한이, 여, 78세
구연상황 : 모여 앉은 청중들이 청춘가를 부르고 나서 갑자기 부르려니 기억이 잘 안 났
는데 노래를 부르니 조금씩 생각이 난다는 이야기를 나누었다. 조사자가 아쉬
우니 더 불러 달라고 하자 제보자가 한 마디 하겠다고 나섰다. 제보자가 노래
를 시작하자 청중들도 박수를 치며 함께 노래를 불렀다. 모두들 절로 흥에 겨
워 이후부터는 노래를 길게 권하지 않아도 각자 자신이 아는 노래 보따리를
풀어 놓기 시작했다.

그럼, 내 저거 한 번 하께(할게).

노들강변에 봄버들
휘휘늘어진 가지에다가
무정세월 한허리를
칭칭둘러서 매여나볼까
에헤-요- 봄버들도-
못잊을- 이로-다
흐르는 저기저물만
흘러흘러서 가노-라

[웃음]

양산도

자료코드 : 05_22_MFS_20100225_KYH_LHE_0003

조사장소 : 경상북도 포항시 북구 청하면 이가리 마을회관

조사일시 : 2010.2.25

조 사 자 : 김영희, 이미라, 황은주

제 보 자 : 이한이, 여, 78세

구연상황 : 임재근 씨가 어랑타령을 부른 후 조사자가 양산도도 불러달라고 했는데, 옆에
있던 제보자가 노래를 시작했다.

에에히요~

우리가 살면은

몇만년 사~나~

한분열차 죽으면

황천을 간~다

에에라디어라 두둥구디어라

나는 못노리-라

얼렁질을 하야도(하여도)

나는 못노리-라

노랫가락 & 창부타령

자료코드 : 05_22_MFS_20100225_KYH_LHE_0004

조사장소 : 경상북도 포항시 북구 청하면 이가리 마을회관

조사일시 : 2010.2.25

조 사 자 : 김영희, 이미라, 황은주

제보자 1 : 이한이, 여, 78세

제보자 2 : 최순악, 여, 나이 미상

제보자 3 : 김혜순, 여, 78세

제보자 4 : 최복순, 여, 89세

구연상황 : 마을회관 방안에 모여 앉은 이들이 계속해서 '모심기 소리' 가사를 이것저것
기억해내려 애썼다. 그러나 모두 작은 도막만 기억해낼 뿐 한 곡절이라도 완

성하기가 쉽지 않자 '모심기 소리'를 부르던 분위기가 이내 가라앉았다. 그러는 와중에도 이한이 씨는 혼자 곰곰이 노래 가사를 되새겨 보는 듯 보였다. 그러더니 갑자기 '노랫가락'을 불러 보겠다며 나섰다. 혼자 이 노래의 가사를 되새겨 보고 있었던 모양이었다.

제보자 1

그럼 내 노랫가락 한 마디 하께(할게).

배고파 지으난(지은)밥은
이도많고서 돌도많네
이많고 돌많은밥은
임이없는 나탓이로세-
언지나(언제나) 유정(有情)님만나서
이도없는밥 안가(앉혀)보리

(청중 : 요새는 이도 저도 아예 안 나온다. [웃음])

(조사자 : 할머니는 노래를 대하는 태도가 영 진지하신데요. [웃음])

[청중이 한 마디 하자 웃음이 터져 나왔다.]

(청중 : 여그 남자도 잘하는 사람 있기는 있는데 요새 아파가 누워 있다. 저 ○○○.)

(조사자 : 그 분이,)

하나 또, 여 끝에 한 마디 허까(할까)?

장미가 곱다나해도
끊고보면은 까시로세

[가사가 생각나지 않는지 이한이 씨가 노래를 멈췄다.]

[여러 사람의 목소리가 뒤섞여 누구의 발화인지 구분해내기 어렵다.]

(청중 : 잊아뿌랐나(잊어버렸나)?)

(청중 : 에이고, 너 소리 잘한다.)

[청중들 웃음]

(청중 : 잊아뿌랐나? 마 잊아뿌랐다.)

[제보자 웃음]

(청중 : 저래진다 카이꺼네.272))

(청중 : [소리 겹침] 잊아뿌지.)

인자 딴 소리 해야 되었어, 안 됐어.

(청중 : 딴 소리 해라.)

(청중 : 반만 해라.)

소리가 많이 있는데 다 잊아뿌랐어.

(청중 : 다- 잊아뿌라지, 그래.)

(청중 : 우리는 ○○○ 다 잊아뿌노? 아이고.)

(제보자 2 : 청춘가나 해라.)

제보자 2 청천 하날에는

　　　　잔빌도 많구요~

　　　　요내야 가슴에

["얼싸", "좋다" 두 추임새 섞임.]

　　　　수심도 많구나

　　　　놀다가 가시요

　　　　저두고 가시오

　　　　저달이 뜨거든-

　　　　놀다가 가시오

---

272) 저렇게 된다니까.

[김혜순 씨가 시작하고 제보자도 박수를 치며 같이 불렀다.]

제보자 3 갈길이 바빠서-

[소리가 뒤섞임.]

　　　○○○○○니 바쁘시면서 얼씨구
　　　연애를 걸었네
　　　니죽아도 내몬(못)살고
　　　내죽아도 내몬살고
　　　없는한정 한탄말고
　　　있는정을 변치말자
　　　얼씨구 절씨구
　　　아니 노지를 못하리라

　　　저건네 남산밑에
　　　나무하는 저도령아
　　　온갖잡목을 다비어도
　　　저송들랑(소나무들일랑) 비지마라
　　　금년길러 내년을길러
　　　옥문에 물이들면
　　　옥당청년을 낚을라요
　　　낚으면은 열녜로다
　　　못낚으면은 상사로다
　　　열녀상사 골을매야
　　　골풀이를 맺어보자

(제보자 3 : 아이 좋다-. [웃음])

제보자 4 엄마엄마 울엄마야

　　　　바늘간데 실안가나

　　　　부산연락 고동소리

　　　　고향생각이 절로난다

　　　　얼씨구 절씨구

　　　　아니놀고 무엇하리

　　　　○○맞인 연개(연기)나고

　　　　동네맞인 ○○○○

[기억이 엉켜서인지 말소리를 뭉갬.]

거꾸로다.

[앞 대목에 이어서]

　　　　우리임은 어들(어딜)가고

　　　　전화할지를 모르는고

　　　　얼씨구 절씨구

　　　　아니 놀고 무엇하리

　　　　○중산 [청중 웃음] 만경풍에

　　　　바람이분다꼬 씨러질까(쓰러질까)

　　　　상사꽃겉이 굳은내맘이

　　　　매를친다고 허락하리

　　　　얼씨구 지화자좋네

　　　　아니 놀지는 못하리라

(청중 : 좋다. 또 해라.)

(조사자 : 아까 하겠다면서요?)

[웃음]

인자 그럼 내 또 하나,

>> 배떠는 부두항구에
>> 파도물결만 출렁출렁
>> 임떠나는 내가슴에는
>> 밤송○끝으만 남았구나
>> 얼씨구 지화자좋네
>> 아니 노지는 못하리라

제보자 2 포롱포롱 봄배추는
>> 잔이슬오들(오길) 기다리고
>> 옥에갇힌 저춘향이는
>> 이도령오들만(오기만) 기다린다
>> 얼씨구 절씨구
>> 아니 놀지를 못하리라

(청중 : 잘하네. 잘한데이.)

(조사자 : 구룡포기, 앞에 뭐에요? 춘향이 말고 앞에 구룡포에요? 구룡 구룡?)

이, 이도령 오들 기다린다.

(조사자 : 아니, 춘향이 말고 고 앞에 거요.)

포롱포롱 봄배추. 잔 이슬 오들 기다리고. 옥에 갇힌 저 춘향은 이도령 오들.

[포롱포롱 다음 가사가 무어냐는 질문에 여러 사람이 동시에 대답하였다.]

(조사자 : 포롱포롱)

(청중 : 봄배추)

(조사자 : 봄배추.)

(청중 : 어.)

[다함께 웃음]

어랑타령

자료코드 : 05_22_MFS_20100225_KYH_LJG_0001
조사장소 : 경상북도 포항시 북구 청하면 이가리 마을회관
조사일시 : 2010.2.25
조 사 자 : 김영희, 이미라, 황은주
제 보 자 : 임재근, 남, 82세
구연상황 : 할머니들의 노래가 시작된 후, 마을 지명 유래 등을 연행하던 이송학 씨는 자리를 떠났으나 임재근 씨는 자리에 남아 함께 노래를 불렀다. 조사자가 이런 저런 민요의 제목을 들면서 혹시 아냐고 계속 묻는 사이에 할머니들이 '개성 난봉가'라는 노래가 있었는데 지금은 전혀 기억이 나지 않는다는 말을 하였다. 조사자가 혹시 '어랑타령'은 부르지 않았냐고 묻자 임재근 씨가 바로 노래를 시작하였다.

(조사자 : 어랑타령 한 번 해 봐 주세요, 어랑 어랑 하는 거.)

　　　어랑타령이 나기는
　　　정상도(경상도)경산서 나구요
　　　이내몸이 나기는
　　　이가리서 났노라
　　　어랑어랑 어어야 어어야두야
　　　이것도 내사랑아

카는 거.

베 짜는 아가씨 (1)

자료코드 : 05_22_MFS_20100226_KYH_CDN_0001
조사장소 : 경상북도 포항시 북구 청하면 신흥리 마을회관
조사일시 : 2010.2.26
조 사 자 : 김영희, 이미라, 황은주
제보자 1 : 최두남, 여, 76세
제보자 2 : 박찬옥, 여, 89세
구연상황 : 삼 삼을 때 부르던 노래가 있냐고 물었더니 베 짤 때 부르던 노래를 할 줄 안
　　　　　다고 답했다. 다른 사람이 삼 삼을 때도 노래를 했다고 답하여 불러 달라 했
　　　　　으나 잊어버렸다고 했다. 앞서 다른 노래를 부를 때부터 여성 연행자들이 '베
　　　　　짜는 아가씨'를 불러 보자고 말하던 차였다. 이 노래는 몇몇 연행자가 '베틀
　　　　　노래'라고 했지만 일명 '베 짜는 아가씨'로 불리는 신민요였다. 다른 연행자
　　　　　몇몇은 '베틀노래'는 다른 노래라고 말하기도 하였다. 노래가 잠시 끊길 때
　　　　　박찬옥 씨가 후렴을 붙여 다들 웃었다.

　　(조사자 : 일단 베 짜는 아가씨 할까요?)

　　응?

　　(조사자 : 베 짜는 아가씨 먼저 해 보고.)

　　(제보자 2 : 그자(그러자). 막 하자, 다 하잖아.)

　　(청중 1 : 베 짜는 그기 아나, 머.)

제보자 1 　베짜는 아가씨

　　　　　　틀틀이 수심만 기노라

　　　　　　베짜는 아가씨

　　　　　　베틀노래 수심만 기노라

　　　　　　늙은이가 짜면 월광단

　　　　　　젊은이가 짜면 일광단

제보자 1과 제보자 2

　　　　　　일광단 월광단 다짜여놓고

낭군님 바지저고리나 해여주고(해서 주고)

제보자 2 얼-씨구 절씨구나

　　　 아니 놀지는 못하리라

[청중 웃음]

베 짜는 아가씨 (2)

자료코드 : 05_22_MFS_20100226_KYH_CDN_0002
조사장소 : 경상북도 포항시 북구 청하면 신흥리 마을회관
조사일시 : 2010.2.26
조 사 자 : 김영희, 이미라, 황은주
제 보 자 : 최두남, 여, 76세
구연상황 : 약 1시간 동안 세준, 영등, 무당 등에 대해 이야기를 나누다가, 앞서 '베 짜는
　　　　　 아가씨' 노래를 다 부르지 않았으니 다시 불러 달라고 요청했다. 제보자는
　　　　　 '베 짜는 아가씨~' 노래를 부르면 총각들이 따라 부르기도 했다고 말했다.
　　　　　 이금자 씨가 한 소절을 부르자 이어서 제보자가 불렀다.

[이금자 씨가 먼저 노래를 시작했다.]

　　　 베짜는 아가씨
　　　 베틀에 수심만 하누나

카는 거 다 몬 한다.
[제보자가 이어 불렀다.]

　　　 베짜는 아가씨 사랑노래
　　　 베틀에 수심만 지노라
　　　 낮에 짜면은 일광단이요

밤에 짜면은 월광단이요

월광단 일광단 다때리놓아

낭군님 와이셔츠나 지어볼까

캄(하면서) 그러대.

[웃음]

우미인가

자료코드 : 05_22_ETC_20100227_KYH_SBS_0001
조사장소 : 경상북도 포항시 북구 청하면 신흥리 마을회관
조사일시 : 2010.2.27
조 사 자 : 김영희, 이미라, 황은주
제 보 자 : 신복선, 여, 86세
구연상황 : 제보자는 예전에 마을 부녀자들이 책을 읽어 달라고 밤마다 찾아와 조르면
         밤늦게까지 책을 읽어주는 일을 했다고 말했다. 많은 소설책을 읽고 외웠는데
         그 책을 다 팔아버려 아쉽다면서, '우미인가'도 외웠는데 다 잊어버렸다고 했
         다. 내용을 다 기억하지는 못했으나 한 대목을 연행하였다.

(청중 1 : 그전에 이얘기책 본다꼬 밤새 들앉아가지고. [웃음])

익중전, 머 심청가, 우민, 우민가(우미인가).

(청중 1 : 참 듣기 좋드라.)

그거 많이 있았는데. 우민전(우미인전)도, 우민가도 쪼매 외, 외왔는데
그것도 모르고 인제는.

(청중 3 : 저, 저, 봉전딕(봉전댁)이는 그거 누구 다믄 쥐뿌렀다(쥐버렸
다) 카, 갖다 팔았다 카등가.)

대왕님 그것도 재밌는데.

(청중 4 : 봉전댁이가 그거 있았등가요?)

(청중 3 : 있었다.)

[한쪽에서 이야기책에 대한 대화가 계속되었다.]

　　　팔년풍진 다지내도
　　　한번실수 없었더니

그 때 인자, 실수가 있어가지고 인자, 가는데 그거 인자, 각시를 하나 줬거든. 그 각시 줬는데 그래, 인자, 그 각시가 그래, 인자, 말머리를 후어잡고(휘어잡고)

대왕님 대왕님
까막까치는 짐승돼가(돼서)
우예(어찌)그대왕 따라갈란가는
이내몸은 사람돼
대왕따라 못간다

꼬 그 책도 재밌었는데 우민가(우미인가)도. 그것도 다 잊아뿌고. 하마 몇 십 년이 흘러갔는데 잊아뿌지.

[웃음]

요렇게 잘난 남편 국군에 가고

자료코드 : 05_22_ETC_20100226_KYH_YCE_0001
조사장소 : 경상북도 포항시 북구 청하면 신흥리 마을회관
조사일시 : 2010.2.26
조 사 자 : 김영희, 이미라, 황은주
제 보 자 : 예칙이, 여, 83세
구연상황 : 모여 앉은 이들이 뱃노래를 짧게 부른 후 원래 긴 노랜데 조금밖에 못 부른다며 아쉬워하는 사이에 제보자가 갑자기 노래를 시작했다.

요렇게 잘난남편 국군에 가고

[청중들이 크게 웃음.]

나홀로 긴긴밤을 어이 새우리

빠르고 정촉한 우리의 남편

나라에 바친목숨 할수 있으요

(조사자 : 이거 일제시대에 배우신 노래죠?)

(청중 : 응.)

(조사자 : 일본 사람들이 가르쳐준······.)

일본들 노, 일본 사람 노래.

(조사자 : 예, 맞아요. 옛날 왜정 때 노래죠, 할머니?)

응.

나라에 바치라고 키운 아들을

자료코드 : 05_22_ETC_20100226_KYH_YCE_0002

조사장소 : 경상북도 포항시 북구 청하면 신홍리 마을회관

조사일시 : 2010.2.26

조 사 자 : 김영희, 이미라, 황은주

제 보 자 : 예칙이, 여, 83세

구연상황 : 예칙이 씨가 불현듯 자기 오빠 군대 갈 때 노래를 해 보겠다고 나섰다. 제보
자가 자주 불렀던 노래인 듯 청중들이 '가사가 많이 빠져서 그렇지, 슬픈 노
래'라고 했다. 제보자는 주로 식민지 시기에 배운 노래를 많이 불렀다. 노래
가 끝난 후 청중도 함께 일제시대 배운 노래 한 소절을 일본말로 같이 부르
기도 했다. 청중들이 일본 노래 가사에 대한 이야기를 나누었다.

울 오빠 군대 갈 직에(적에) 하마(아마? 벌써?) 팔십 년 된 그-(그것) 하
께요(할게요).

(조사자 : 아, 노래가요? 아, 옛날에 학도병 가실 때.)

옛날에.

(조사자 : 음. 해 보세요, 할머니. 무슨 노래인지.)

나라에 바치라꼬 키운 아들을

끝나는 싸움으로 배웅을 할제

눈물을 흘릴소냐 우는 얼굴을

깃발을 흔들었다 새로 ○○에

죽어서 돌아오는 내 얼굴보다

살아서 돌아오는 너를 보았지

용감한 내아들의 충의 충성을

전병의 어머님을 자랑해 줄나

(조사자 : 이게 그 왜정 때 노래예요, 그죠?)

그 하마 팔일, 팔십 년 전이라 그캐(그렇게).

(청중 1 : 빼가지고 그래 하른 이게 듣기 좋은데.)

(청중 2 : 남정댁이가 이래- 마이(많이) 빼고, 참 어수와가미 하른 그거다. 실프다.)

그거 마카(전부) 잊아뿌.

(청중 2 : 실프다, 그것도.)

7. 흥해읍

증편 한국구비문학대계 ● 경상북도 포항시

▌조사마을

경상북도 포항시 북구 흥해읍 오도 2리

조사일시 : 2010.2.27
조 사 자 : 김영희, 이미라, 황은주

오도 2리가 속한 '흥해(興海)'는 먼 옛날 선사시대에 바다에서 해일이 일어나 흥해 전체가 물에 잠겨 큰 호수로 변했다는 데서 유래한 이름이라는 설이 있다. 반만 년 동안 호수였던 곳을 동편의 곡강(曲江) 어귀에 있는 산맥을 끊어 호수의 물을 조절함으로써 평야 지대를 만들어 마을을 세웠다는 것이다. 이 때문에 '흥해'는 가뭄에도 물 걱정이 없는 지역이라고 말하기도 한다. 습기가 많고 항상 바다와 함께 흥한다 하여 '흥해(興海)'라는 이름이 붙여졌다고 주장하는 이들도 있다.

흥해읍에는 선사시대 때부터 사람이 살았던 것으로 짐작된다. 칠포리 일대에는 선사시대 암각화나 고인돌 등의 유적이 많이 남아 있다. 신라시대 쌓은 것으로 추정되는 성 또한 칠포리 일대에 그 흔적을 남기고 있다.

삼한시대 이곳은 '다벌국(多伐國)'의 영역이었을 것으로 추정되는데 삼국시대에는 신라의 영역에 속했다. 신라의 '퇴화군(退火郡)'에 소속되었던 흥해 일대 지역은 통일신라시대 경덕왕 16년(757)에 의창군(義昌郡)으로 개칭되어, 인근의 임정현(후의 영일현), 기립현(후의 장기현), 안강현, 신광현, 기계현, 안강 일부 지역 등을 포괄하게 되었다.

통일신라 말기에 남미질부성(南彌秩夫城)과 북미질부성(北彌秩夫城)으로 나뉘었던 이곳을, 고려 태조 13년(930)에 두 지역을 통합하여 흥해군(興海郡)으로 부르기 시작했다. 고려 현종 9년(1018)은 경주부에 소속되었으며, 공민왕 16년(1367)에는 국사 배천희(裵千熙)의 고향이라 하여 지군사(知郡事)로 승격되었다. 조선시대 흥해군은 종4품의 군수가 관할하는 지역으로 여전히 경주부에 속해 있었다.

18세기에는 아래에 8개 면(東部・西部・北上・北下・東上・東下・南・西面)을 두게 되었으며 이 8개 면은 다시 99개 리(동부면 14리, 서부면 13리, 북상면 14리, 북하면 13리, 동하면 12리, 동상면 12리, 서면 5리, 남면 16리)로 나뉘었다. 1895년에는 동래부의 관할 지역이 되었다가 1896년에 다시 13도제가 실시되면서 경상북도 41개 군의 관할 지역이 되었다.

1906년에는 경주군에 속해 있던 기계면, 신광면, 북안면 일부가 흥해군에 편입되었으며 이로 인해 관할 행정 구역이 11개 면 197개 리동으로 확대되었다. 일제강점기였던 1914년에 행정구역이 통폐합되면서 흥해군은 흥해면, 달전면, 곡강면, 신광면, 기계면, 포항면(동상면지역) 등 6개 면으로 분할되었고, 이때 흥해면은 동하면, 동부면, 서부면 지역의 리동을 5개 동으로 통폐합하여 관할하게 되었다. 그러던 것이 다시 1917년에 흥해면의 매산동이 곡강면에 편입되면서 흥해면은 14개 동을 관할하게 되었다.

1956년 이후 흥해면과 곡강면을 통합하여 의창면(義昌面)으로 개칭했다가 1957년 달전면 일부 지역을 의창면에 편입시키고 의창면이 다시 1973년에 의창읍(義昌邑)이 되었다. 1983년에 와서 의창읍은 다시 본래의 이름을 되찾아 흥해읍(興海邑)으로 개칭되었으며 부분적인 행정구역 개편 과정을 거쳐 현재에는 법정 마을 30개 리, 행정구역 단위 58개 리를 관할하는 읍이 되었다.

흥해읍에 속한 오도(烏島)는 바닷가에 인접한 마을로 대대로 물일을 하여 생계를 이어온 지역이다. 바닷물이 들이칠 때면 마을에 물이 찰 정도로 바다와 가까운데, 지금은 관광산업이 발달하고 요식업소도 많이 들어와 있지만 과거에는 반농반어(半農半漁)의 노동으로 생계를 유지하였다. 오도 사람들은 농사일을 할 때면 청하면과 인접한 지역으로 이동하여 농사일을 해왔다고 하며, 이를 통해 청하와 흥해 지역을 나누는 경계 주변에 거주하는 사람들 사이의 일노래가 활발한 교섭 작용을 일으킬 수 있었던 것으로 추정된다.

1914년 행정구역 통폐합 때 한가심이, 검댕이, 섬목으로 불리던 자연마을들을 통합하여 '오도'라 개칭하였다. '오도'라는 이름은 바닷가에 위치한 3개의 크고 검은 바위섬이 자리잡고 있는 데서 유래한 것으로 알려져 있다. 한가심이는 큰 나루터가 있다 하여 붙여진 이름이며 '금당'으로도 불리는 '검댕이'는 '검단(檢丹)'이라고도 하는데 예전에 비구니들만 사는 절이 있어 붙여진 이름이라는 설도 있다.

'한가심이'에서 만난 제보자들은 현재 오도 2리는 '한가심이'와 '금당'으로 나누어 부른다고 말했다. 두 마을은 사실 한 마을이라 해도 문제가 없을 만큼 가까운 거리에 있는데 가까운 곳은 채 50m도 되지 않는 거리에 있다. '한가심이'와 '금당'은 이렇게 가까이 있으면서도 각각 따로 모여 당제를 지내는데 두 마을을 구분·구획하는 중심선에 '당신'과 '당제'가 있다.

'한가심이'와 '금당'은 각각 따로 당집을 세우고 다른 당을 모시고 있다. 거리상으로는 가까운 마을이고 이미 한 마을로 서로 왕래하고 소통하며 지내고 있지만 예부터 다른 신으로 모셔왔기 때문에 여전히 그 전통을 이어가고 있는 것으로 보였다. '한가심이'는 구월 초이렛날 제사를 지내고 '금당'은 구월 초여드렛날 제사를 지내고 있다. 서로 당신에 대해 전혀 알지 못할 만큼, 가까운 거리에 있으면서도 다른 문화권을 형성하고 있었다. 같은 맥락에서 정월대보름날 아침 '금당'에서는 지신밟기를 하지만 '한가심이'에서는 지신밟기를 하지 않는다.

마을 사람들은 바다 앞에 있는 검은 색 바위를 '오도(烏島)'라고 부른데서 마을 지명이 유래된 것이라 믿고 있다. 예전에는 마을에 황씨가 먼저 터전을 잡았기 때문에 '황계동'이라 불렀다고 말하기도 하였다. '한가심이'에서는 당신을 '황씨 터전에 정씨 골막'으로 부르기도 하고 '황씨 터전에 유씨 골막'으로 부르기도 한다. 이제는 그 전통이 잊혀져 정확한 내막은 알지 못한다고 말했다. 어떤 제보자들은 두 성씨가 처음 마을에 터전을 잡은 부부의 성씨를 가리키는 것이라 말했고 또 다른 제보자들은 마을에 처음 들어온 성씨를 순서대로 가리킨 것이라 말하기도 하였다.

'한가심이'에서는 '금당'의 당신(堂神) 내력을 정확히 모른다고 했는데 중요한 것은 두 마을 모두 여전히 정성을 다해 당제를 모시고 있다는 사실이다. 두 마을의 당집은 마을의 이쪽 끝과 저쪽 끝에 자리하고 있는데 실제 거리는 그다지 멀지 않은 편이다. 그러나 당제를 지내는 활동을 중심으로, '금당'과 '한가심이' 마을 사이에 어느 정도 명확한 경계선이 그어져 있는 듯 보였다. 현재 '한가심이' 사람들은 오도 2리 마을회관에 주로 모여 공동체 생활을 이어가고 있고 '금당' 사람들은 오도 2리 어민회관에 모여 주요 마을 활동을 전개하고 있다.

포항시 북구 흥해읍 오도리 앞바다

▌제보자

김금란, 여, 1926년생

주 소 지 : 경상북도 포항시 북구 흥해읍 오도 2리
제보일시 : 2010.2.27
조 사 자 : 김영희, 이미라, 황은주

오도 2리에서 함께 노래를 불러준 최윤옥
씨와 같은, 칠포 출생이었다. 인근에서 칠포
여성들은 소리를 잘 하기로 이름이 나 있는
데, 김금란 씨 역시 칠포 출신답게 노래를
많이 알고 또 잘 하는 듯 보였다. 그러나 조
사 당일에는 건강이 몹시 좋지 않아 노래를
먼저 나서 적극적으로 부르려 하지 않았다.
대신 다른 사람들에게 적극적으로 노래를
권하고 자신이 권한 사람이 노래를 부르면 함께 따라 불렀다. 그러다 노
래를 주도적으로 불러 가던 사람이 가사를 잊으면 자신이 나서 노래를 이
어 부르기도 하였다.

<노랫가락>이나 <뱃노래>, <아리랑> 등의 노래를 모두 따라 불렀는
데 건강이 좋을 때는 자신이 주도적으로 노래를 이끌어 갈 만한 능력을
지닌 것으로 보였다. 몸이 좋지 않은 상태였지만 조사 막바지에는 흥이
올라 일어나 춤을 추며 다른 사람들의 노래를 북돋우기도 하였다.

제공 자료 목록
05_22_FOS_20100227_KYH_KGR_0001 뱃노래
05_22_MFS_20100227_KYH_KGR_0001 아리랑
05_22_MFS_20100227_KYH_KGR_0002 노랫가락
05_22_MFS_20100227_KYH_LSR_0001 노랫가락

서남득, 여, 1922년생

주 소 지 : 경상북도 포항시 북구 흥해읍 오도 2리
제보일시 : 2010.2.27
조 사 자 : 김영희, 이미라, 황은주

칠포에서 나고 자라 흥해읍 오도 2리 한 가심이 마을로 시집온 인물이다. 마을에서 노래를 잘하기로 소문이 났는데 조사 당일에는 조사자의 끈질기고 적극적인 권유에도 불구하고 노래를 전혀 부르려 하지 않았다. 목 상태가 좋지 않고 기억력이 많이 쇠퇴했기 때문이라고 말했는데 자신이 원하는 만큼, 혹은 자신의 기량만큼 노래를 부를 수 없을 바에는 아예 시작도 하지 않으려는 성격을 갖고 있기 때문인 것으로 보였다.

대신 다른 사람들이 노래를 부를 수 있도록 장구 장단을 계속 쳐주었는데 장단에 힘과 기교가 넘쳤다. 장구 가락을 통해 리듬에 능숙한 제보자의 역량을 짐작할 수 있었다. 나이에 비해 건강해 보였고 춤도 잘 추는 편이었다. 다만 다른 사람들이 자신이 잘 아는 노래를 부를 때조차도 입을 열지 않을 만큼 강단이 있고 고집이 센 인물로 보였다.

제공 자료 목록
05_22_MFS_20100227_KYH_KGR_0001 아리랑

서순연, 여, 1931년생

주 소 지 : 경상북도 포항시 북구 흥해읍 오도 2리
제보일시 : 2010.2.27
조 사 자 : 김영희, 이미라, 황은주

홍해읍 오도 2리 한가심이 마을에서 나고 자라 같은 마을로 시집간 인물로, 키가 크고 시원시원한 성격의 소유자였다. 성격이 활달하고 나서기 좋아해 다른 사람들이 사설을 기억해내려 애쓰며 머뭇거리는 사이 먼저 노래를 부르기 시작하곤 하였다. 많은 노래를 부를 수 있건 없건 간에 일단 노래를 시작하고 보는 인물이었다.

홍이 많아 본인이 노래를 부를 때나 다른 사람이 노래를 부를 때 가만히 앉아 있지 못했는데 어깨춤을 추며 신명을 올릴 때는 보는 사람마저도 흥에 겨울 정도였다. 조사 초반부터 시종일관 조사에 적극적으로 참여하여 노래를 이어 불렀다. 자신이 처음부터 끝까지 이어 부를 수 있는 노래는 많지 않았는데 일단 먼저 시작을 하거나 다른 사람이 부르다 잠시 중단한 틈에 자신의 사설을 풀어 놓기도 하였다.

<노랫가락>, <월워리 청청>, <어랑타령> 등의 노래를 불렀는데 키가 크고 몸동작이 큰 데다 목소리 또한 시원스러워서 남성 제보자가 노래를 부르는 것 같았다. 또한 장난기가 많고 짓궂어서 다른 사람들이 노래를 부를 때 재미난 추임새를 넣거나 장난스런 타박을 하기도 하였다.

제공 자료 목록
05_22_FOS_20100227_KYH_SSY_0001 월워리 청청
05_22_FOS_20100227_KYH_KGR_0001 뱃노래
05_22_MFS_20100227_KYH_SSY_0001 청춘가 (1)
05_22_MFS_20100227_KYH_SSY_0002 청춘가 (2)
05_22_MFS_20100227_KYH_OBT_0001 노랫가락
05_22_MFS_20100227_KYH_CYO_0001 창부타령

서연예, 여, 1934년생

주 소 지 : 경상북도 포항시 북구 흥해읍 오도 2리
제보일시 : 2010.2.27
조 사 자 : 김영희, 이미라, 황은주

청하면 용두리 새말에서 태어나 자란 인물로 마을에서는 '순이엄마'로 불렸다. 조사 당일 목이 쉬어 큰 소리로 노래를 부르진 못했는데 워낙 목소리 청이 좋아 멀리까지 울려 퍼지는 노랫소리를 들을 수 있었다.

일반적으로 다른 마을에서 남성들이 정월 대보름 지신밟기 선소리를 매기는 데 반해 흥해읍 오도 2리 금당 마을에서는 여성이 선소리를 매기고 있었다. 바로 서연예 씨가 선소리꾼이었는데, 바닷가 마을에서 여성들의 주도적 역할이 돋보이는 문화와 연관이 있어 보였다.

목소리 상태가 좋지 않아 조사 당일 선뜻 노래를 부르려 하지 않았는데 워낙 여러 사람이 한 번 불러 보라고 권하는 바람에 마지못해 나서는 듯 노래를 부르기 시작했다. 그러나 일단 노래를 부르기 시작한 후로는 자신의 흥에 겨워 목 상태는 완전히 잊어버린 듯 보였다.

한둘이 씨와 <모심기 소리>, <뱃노래>, <노랫가락>, <월워리 청청> 등을 주고받으며 불렀는데 특히 지신밟기 앞소리를 잘 불러주었다. 지신밟기 앞소리를 부를 때 악기 장단 소리에 목소리가 묻히지 않을 만큼 소리가 크고 울림이 좋았다.

제공 자료 목록
05_22_FOS_20100227_KYH_SYY_0001 지신밟기
05_22_FOS_20100227_KYH_HDE_0005 뱃노래
05_22_MFS_20100227_KYH_HDE_0002 아리랑

오분택, 여, 1936년생

주 소 지 : 경상북도 포항시 북구 흥해읍 오도 2리
제보일시 : 2010.2.27
조 사 자 : 김영희, 이미라, 황은주

방어리에서 태어나 자란 인물로, 바닷가 출신답게 비교적 젊은 나이에도 불구하고 민요를 많이 아는 듯 보였다. 목소리도 크고 흥이 좋아 노래를 곧잘 따라 부르곤 했는데 80대 제보자들에 비해 많은 노래 가사를 기억해내진 못하였다. 70대 제보자들은 상대적으로 80대 이상의 고령 제보자들에 비해 일노래 등을 부를 기회가 많지 않아서, 소위  '소리'로 불리는 민요보다는 유행가가 더 익숙한 세대라고 할 수 있다.

오분택 씨는 다른 마을의 70대에 비해 옛 소리를 많이 아는 편이었다. 노래를 잘 하는 이들이 노래를 부르다 가사가 잘 생각나지 않아 잠깐씩 끊길 때면 한 마디씩 자신의 레퍼토리를 풀어내기도 하였다. 옛 노래를 부를 기회가 많지 않아 레퍼토리가 풍부하지 않을 뿐이지, 노래 자체는 잘 부를 수 있는 역량을 갖춘 인물로 보였다.

제공 자료 목록
05_22_FOS_20100227_KYH_OBT_0001 모심기 소리
05_22_FOS_20100227_KYH_KGR_0001 뱃노래
05_22_FOS_20100227_KYH_CYO_0002 뱃노래 (1)
05_22_MFS_20100227_KYH_OBT_0001 노랫가락
05_22_MFS_20100227_KYH_KGR_0001 아리랑

이순란, 여, 1923년생

주 소 지 : 경상북도 포항시 북구 흥해읍 오도 2리
제보일시 : 2010.2.27
조 사 자 : 김영희, 이미라, 황은주

　이가리에서 태어나 오도 2리 한가심이 마을로 시집온 인물이다. 감기 등으로 건강 상태가 좋지 않은 상황이었는데 노래를 하고자 하는 의지만큼은 다른 사람이 따라오기 어려운 정도였다. 목이 쉬어 잘 부르지 못하면서도 다른 사람이 노래를 부를 때면 항상 같이 불렀다.

　이가리 역시 바닷가 마을이라 여성들이 노래를 잘하는 편인데 제보자 역시 많은 노래를 알고 있는 듯 보였다. 목소리가 잘 나오지 않고 크게 부를 수는 없어도 다른 사람들이 잘 알지 못하는 사설을 많이 알고 있었다. 나이도 많은 편이라 건강 상태가 조금만 더 좋았더라면 많은 옛 노래를 들을 수 있었을 것이다.

　노래판을 주도하고 싶어 했는데 목소리가 크지 않아 노래 연행을 이끌어 갈 수는 없었다. 의지만큼 몸이 따라주지 않아 몹시 답답해 하는 것 같았다. 노래를 크게 부를 수는 없어도 기억력은 좋은 편이어서 많은 민요 사설을 기억하고 있었다. 그러나 다른 사람들의 노래 소리에 묻혀 자신의 목소리를 내지 못했다.

제공 자료 목록

05_22_FOS_20100227_KYH_KGR_0001 뱃노래
05_22_FOS_20100227_KYH_CYO_0002 뱃노래 (1)
05_22_FOS_20100227_KYH_CYO_0003 모심기 소리 (2)
05_22_FOS_20100227_KYH_CYO_0004 월워리 청청

05_22_MFS_20100227_KYH_LSR_0001 노랫가락

05_22_MFS_20100227_KYH_KGR_0001 아리랑

05_22_MFS_20100227_KYH_CYO_0002 청춘가

05_22_MFS_20100227_KYH_CYO_0005 뱃노래 & 어랑타령

최윤옥, 여, 1930년생

주 소 지 : 경상북도 포항시 북구 흥해읍 오도 2리

제보일시 : 2010.2.27

조 사 자 : 김영희, 이미라, 황은주

칠포 출생으로 마을 여성 노인회 회장을 맡고 있었다. 현재 오도 2리 안에서도 한가심이라는 마을에 살고 있다. 처음 마을회관에 조사자들이 들어섰을 때 조사자 일행을 반갑게 맞아주며 조사 취지에 적극적으로 동조하였다. 조사자의 이야기를 듣고 마을 여성 여러 사람에게 회관으로 나오라고 직접 연락을 하기도 하였다. 노래판을 형성한 것도 모두 최윤옥 씨의 노력 덕분이었다.

평상시에도 노래를 즐겨 부른다고 말했는데 흥이 많아 가만히 앉아서 노래를 부르지 못했다. 즐겨 부르는 노래 레퍼토리가 다양한 듯 보였는데 조사 당일에는 컨디션이 좋지 않아 자신의 기량을 맘껏 발휘하지 못해 몹시 아쉬워하였다. 조사 당일 감기에 걸려 목소리가 잘 나오지 않고 몸 상태도 좋지 않았는데, 그럼에도 불구하고 가장 많은 노래를 불렀다. 나중에 흥이 오르자 일어나 춤을 추며 노래를 부르기도 하였다.

칠포 출신 여성들은 인근에서 노래를 잘 하고 잘 놀기로 이름이 나 있었는데 최윤옥 씨를 만난 후 왜 칠포 여성들이 노래 잘 부르기로 유명한

지 알 수 있었다. 칠포 여성들은 '칠포 오구들이'로 유명하다. 칠포에 대해서는 인근에서 누구나 '칠포 처자 오구들이 간다'는 말을 알고 있을 정도다.

이 '오구들이'는 칠포 여성들이 빨래하러 빨래터에 모였을 때 하는 놀이를 가리키는 말이다. 물일을 직접 나가지 못하는 여성들이 고기잡이 하는 남성들을 흉내내며 노는 것인데, 바가지를 두들기며 장단을 맞추고 그에 따라 노래를 부르면서 춤을 추는 놀이라고 할 수 있다. 이때 여성들은 물가에서 장난을 치거나 나뭇잎을 들고 춤을 추기도 했다고 한다.

최윤옥 씨에게서 '칠포 오구들이'에 대한 이야기를 자세히 들을 수 있었다. 실제 칠포에 갔을 때는 '오구들이'라는 말만 들었지 그 내용에 대한 자세한 설명을 들을 수는 없었다. 칠포 여성들은 다른 마을로 시집을 가고 다른 마을 여성들만이 시집와서 살고 있었기 때문이다. '칠포 오구들이'에 나선 여성들은 대부분 시집온 기혼 여성들이 아니라 결혼 전의 미혼 여성들이었던 것으로 짐작된다.

최윤옥 씨는 '모심기 소리', '월워리 청청', '칭칭이', '뱃노래' 등 비교적 긴 사설로 이어 가는 노래들을 들려주었다. 건강 상태가 좋았더라면 더 많은 노래를 부를 수 있었을 것으로 짐작된다. 감기에 걸린 탓에 숨이 가빠 길게 소리를 뺄 수 없는 상황에서도 다른 사람이 부르는 노래까지 따라 부르며 신명에 겨워하는 모습이 인상적이었다.

제공 자료 목록
05_22_FOS_20100227_KYH_CYO_0001 모심기 소리 (1)
05_22_FOS_20100227_KYH_CYO_0002 뱃노래 (1)
05_22_FOS_20100227_KYH_CYO_0003 모심기 소리 (2)
05_22_FOS_20100227_KYH_CYO_0004 월워리 청청
05_22_FOS_20100227_KYH_CYO_0005 칭칭이
05_22_FOS_20100227_KYH_CYO_0006 오구들이
05_22_FOS_20100227_KYH_CYO_0007 뱃노래 (2)

05_22_FOS_20100227_KYH_KGR_0001 뱃노래
05_22_MFS_20100227_KYH_CYO_0001 창부타령
05_22_MFS_20100227_KYH_CYO_0002 청춘가
05_22_MFS_20100227_KYH_CYO_0003 베 짜는 아가씨
05_22_MFS_20100227_KYH_CYO_0004 어랑타령
05_22_MFS_20100227_KYH_CYO_0005 뱃노래 & 어랑타령
05_22_MFS_20100227_KYH_KGR_0002 노랫가락

추복순, 여, 1940년생

주 소 지 : 경상북도 포항시 북구 흥해읍 오도 2리
제보일시 : 2010.2.27
조 사 자 : 김영희, 이미라, 황은주

방어리 출생으로 비교적 젊은 나이인데도
옛 노래를 많이 알고 있었다. 노래판을 한둘
이 씨와 서연예 씨가 주로 이끌어가긴 했어
도 사이사이 끼어들어 자신의 레퍼토리를
풀어냈다. 바닷가 마을에서 자란 탓에 <뱃
노래> 등의 노래를 곧잘 불렀다. 목소리 청
이 좋고 노래에 힘이 있었다.

제공 자료 목록
05_22_FOS_20100227_KYH_HDE_0005 뱃노래
05_22_MFS_20100227_KYH_HDE_0002 아리랑
05_22_MFS_20100227_KYH_HDE_0003 노랫가락 (2)

한동례, 여, 1937년생

주 소 지 : 경상북도 포항시 북구 흥해읍 오도 2리
제보일시 : 2010.2.27

조 사 자 : 김영희, 이미라, 황은주

청하면 월포리에서 태어나 오도 2리 한가
심이 마을로 시집온 인물이다. 나이가 비교
적 젊어 <모심기 소리> 등의 옛 노래를 많
이 알지는 못했다. 그러나 노래판에 함께 하
고자 하는 의지가 강하고 다른 사람들과 어
울리기를 좋아하여 장단을 맞추며 함께 노
래를 불러주었다. 다른 사람들이 노래를 할
때면 추임새를 넣기도 하고 가사를 잘 기억
해내지 못할 때면 자신이 아는 만큼 가사를 일러주기도 하였다.

제공 자료 목록
05_22_FOS_20100227_KYH_HDR_0001 뱃노래
05_22_MFS_20100227_KYH_OBT_0001 노랫가락

한둘이, 여, 1931년생

주 소 지 : 경상북도 포항시 북구 흥해읍 오도 2리
제보일시 : 2010.2.27
조 사 자 : 김영희, 이미라, 황은주

오도 2리 가운데서도 금당 마을에 거주하는 인물로, 금당에서 태어나
같은 마을 남성과 결혼하여 지금껏 살아오고 있다. 흥해읍 오도 2리에 들
어가기 전에 조사자들이 방문한 마을이 청하면 신흥리였는데 신흥리 여
성 제보자들이 한결같이 꼭 만나 보라고 추천한 인물이었다. 나중에 자세
한 내막을 들어 보니 오도 사람들이 농사를 지으러 신흥리 쪽으로 와서
함께 논일, 밭일을 하곤 했는데 함께 일을 할 때 <모심기 소리> 등을 구
성지게 잘 불러 인근에서 노래 잘 하기로 이름이 난 터였다.

신홍리에서 들은 대로 오도 2리에 가자마자 조사자들이 '김태봉 씨 모친'을 찾았는데 금당 마을회관에 가서야 한둘이 씨를 만날 수 있었다. 금당 마을회관에 가기 전에 한가심이 마을회관에 조사자들이 들렀을 때 '김태봉 씨 모친' 이야기를 했는데 이 때문에 미리 연락을 받은 한둘이 씨가 회관에서 조사자들을 기다리고 있었다. 두 마을은 다른 마을이라 하기 어려울 정도로 가까이 자리하고 있는데, 마을 회관 사이의 거리가 채 100m도 되지 않았다. 정확하게 말하면, 한가심이 여성 노인들은 오도 마을회관에 모이고 금당 여성 노인들과 비교적 젊은 남성 노인들이 금당 쪽에 위치한 어민회관에 모이는 것이었다. 한 마을 사람으로 어울려 지내고 있지만 그럼에도 불구하고 서로 생활 경계의 차이가 조금은 있는 듯 보였다.

한둘이 씨는 <모심기 소리>, <담바구 타령>, <뱃노래>, <노랫가락>, <월워리 청청>, <아리랑> 등 많은 노래를 들려주었다. 기억하는 노래도 많고 발음도 정확한 편이었다. 목소리 청이 좋고 소리가 컸으며 노래에 힘이 있었다. 음색이나 노래하는 목소리에 실린 힘은 마을의 선소리꾼으로 통하는 남성 제보자들에게 비견할 만하였다.

흥도 많은 편이어서 가만히 앉아서 부르지 못하고 일어나 춤을 추거나 손장단을 맞추며 노래를 불렀다. 다른 사람이 노래를 할 때에도 어깨춤을 추거나 추임새를 넣었다. 사설을 이어가는 소리가 구성질 뿐 아니라 가끔씩 내지르는 소리는 가히 일품이었다.

제공 자료 목록
05_22_FOS_20100227_KYH_HDE_0001 모심기 소리
05_22_FOS_20100227_KYH_HDE_0002 칭칭이

뱃노래

자료코드 : 05_22_FOS_20100227_KYH_KGR_0001

조사장소 : 경상북도 포항시 북구 흥해읍 오도 2리 마을회관

조사일시 : 2010.2.27

조 사 자 : 김영희, 이미라, 황은주

제보자 1 : 김금란, 여, 85세

제보자 2 : 최윤옥, 여, 81세

제보자 3 : 서순연, 여, 77세

제보자 4 : 이순란, 여, 88세

제보자 5 : 오분택, 여, 75세

구연상황 : 이순란 씨가 '뱃노래'를 짧게 불렀으나 더 이상 노래 연행이 이어지지 않았
다. 최윤옥 씨가 '어랑타령'을 한 곡 부른 후 잠깐 사이를 두고 이순란 씨가
다시 한 소절을 이어 불렀다. 노래는 다시 뱃노래로 이어져 다른 사람들도 한
곡씩 돌아가며 불렀다. 앞소리가 시작되면 청중들도 박수 치며 뒤따라 함께
부르기도 했다.

제보자 1　○○○ 금수는

　　　　　배따라 가구요

　　　　　장부의 큰꿈은

　　　　　뒤따라 가노라

　　　　　에야라야노야 에야라야노 어기여차

　　　　　뱃놀이 가잔다

제보자 2　○○○ 백발은

　　　　　씰(쓸)곳이 있는데

　　　　　인간의 백발은

씰곳이 없구나

에야라야노야 에야라야노 어기여차

뱃놀이 가잔다

제보자 3 돌백이 돌옆에

도라지 꽃도○

나비가 앉아서

○○○ 줍노라

에야라야노야 에야라야노 어기여차

뱃놀이 가잔다

[서순연 씨가 구연하는 동안 제보자가 '호박잎에 난들난들 임 찾아 가구요'라는 내용의 다른 가사로 노래를 불렀다.]

제보자 4 오동추 달밤에

(청중 1 : 아싸-.)

○○○ 돌고요

(청중 2 : 오늘 잘 논데이.)

이리갈까 저리갈까

갈등만 하구나

에야라야노야 에야라야노 어기여차

뱃놀이 가잔다

제보자 5 당신이 날만침(나만큼)

생각을 한다면

가시밭에 천리라도
날찾아 오지요
에야라야노야 에야라야노 어기여차
뱃놀이 가잔다
아실아실 춥거들랑
내품에 들고요
비게(베개)가 낮거들랑
내팔을 비어라

[청중 한 명이 흥에 겨워 "내 팔을 더 비어라"며 호응했다.]

에야라야노야 에야라야노 어기여차
뱃놀이 가잔다

(청중 1 : 좋-다.)

제보자 1 ○○○○○고
멩태(명태)도 고기라
○살름(살림) 살기가
영걸이 났구나
에야라야노야 에야라야노 어기여차
뱃놀이 가잔다

아이고 숨 가쁘네.
[웃음]

월워리 청청

자료코드 : 05_22_FOS_20100227_KYH_SSY_0001
조사장소 : 경상북도 포항시 북구 홍해읍 오도 2리 마을회관
조사일시 : 2010.2.27
조 사 자 : 김영희, 이미라, 황은주
제 보 자 : 서순연, 여, 80세
구연상황 : '뱃노래' 한 소절이 끝난 후 조사자가 모여 앉은 여성들에게 '월워리 청청'을
       불러 달라 요청하였다. 제보자가 이내 노래를 시작했지만 전체 가사가 생각나
       지 않는 듯 한 마디만 부르고 중단하였다.

(조사자 : 월워리 청청 같은 것도 하지 않나요? 월워리 청청.)

월워리 청청
청청 하늘에

[청중들도 박수를 치며 같이 부르기 시작했다.]

잔별도 많다
월워리 청청
이내 가슴에
수심도 많다
월워리

(청중 1 : 한 마디씩 미기씨요(매기시오).)

청청
청청 하늘에

[청중 웃음]

잔별도 많구요

(청중 1 : 장 그것만 허구요?)

(청중 2 : 아까 했다 아이가.)

(청중 3 : 했나?)

(청중 1 : 한 마디씩 미게야, 미게 주제(매겨 주지).)

지신밟기

자료코드 : 05_22_FOS_20100227_KYH_SYY_0001

조사장소 : 경상북도 포항시 북구 흥해읍 오도 2리 어민회관

조사일시 : 2010.2.27

조 사 자 : 김영희, 이미라, 황은주

제 보 자 : 서연예, 여, 77세

구연상황 : 조사자가 민요 연행을 요청하자 다음날 정월대보름 아침에 예정되어 있는 '지신밟기' 노래를 불러 주었다. 다른 마을과 달리 오도 2리 금당마을에서는 '지신밟기' 선소리를 매기는 일부터 '지신밟기'를 주도하는 일을 모두 여성들이 맡고 있었다. 서연예 씨는 마을에서 '지신밟기' 선소리를 매기는 사람으로 알려져 있었는데 조사 당일 감기 때문에 목이 쉬어 뒤로 물러나 있다가 사람들이 잘못 부르는 것을 듣고 '똑바로 다시 해야 한다'면서 노래 연행을 주도하기 시작했다. 뒤따라 한둘이 씨도 앞소리를 함께 불렀다. 처음에 사설을 엮어 가기 쉽게 하기 위해 연행자들이 '칭칭이' 뒷소리로 노래를 이어 가려 하였는데 이를 못마땅하게 여긴 서연예 씨와 한둘이 씨가 정식으로 다시 나선 것이었다. 연행에 참여한 이들 중에는 50~60대의 젊은 여성들도 있었는데 모두 '지신밟기' 선소리를 어느 정도 알고 있는 듯 보였다. 모두 다함께 손뼉을 치며 노래를 불렀는데 나중엔 참여한 이들이 괴성을 지르고 박수를 치며 웃는 바람에 연행을 차분히 이어갈 수 없을 정도였다. 노래 중반에 이르자 뒷소리를 받던 청중들이 흥에 겨워 큰 소리로 웃고 떠들었다. 후반부로 갈수록 박수소리가 점점 커졌고 처음에 못하겠다던 서연예 씨도 갈수록 목소리를 높여 노래를 불렀다.

[청중이 먼저 노래를 시작했다.]

어화화신아 지신아

지신아밟자 성주야

쾌지나칭칭 나네

(청중 1 : 하씨요, 빨리.)

○○나온 제비가

쾌지나칭칭 나네

솔씨한개 물어다가

쾌지나 칭칭나네

떤졌네(던졌네) 떤졌네

뒷동산에다 떤졌네

쾌지나 칭칭나네

파이다.273) 인제 바리(바로) 하자.

(청중 2 : 그래, 그래, 바리 하자.)

(청중 1 : 나오거든 시-작 하믄 나오거든.)

목이 이래가 안 된다.

(청중 2 : 그래.)

어루화신아 지신아 지신아밟자 성주야

[노래가 끊겼다.]

(청중 1 : 뒤에서 지신아 밟자 카거라. 느그는(너희는) 어루 화신아 지신
아 캐주라(해 줘라).)

(보조 제보자 : 그래.)

[연행에 참여한 이들이 모두 손뼉을 치며 함께 노래를 따라 불렀다.]

---

273) '잘못되었다'는 뜻이다.

눌리자 눌리자

이집이터전을 눌리자

어루화신아 지신아

지신아밟자 성주야

이집테전(터전)을 삼길라(삼기려)[274]하니

테전근본을 알아야제

어루화신아 지신아

지신아밟자 성주야

경상도 안동땅

제비원○에 솔씨받아

어루화신아 지신아

지신아밟자 성주야

강남에 날아온제비

솔씨한장을 물어다가

어루화신아 지신아

지신아밟자 성주야

떤졌네(던졌네) 떤졌네

뒷동산에다 떤졌네

어라화신아 지신아

지신아밟자 성주야

낮이는 태양받고

밤이되면 이슬맞아

어루화신아 지신아

지신아밟자 성주야

---

274) '만들려'라는 뜻이다.

앞집이 김대목아

뒷집이 성대목아

어루화신아 지신아

지신아밟자 성주야

날랑도치(날랜 도끼) 둘러매고

황장목으로 비라(베러)가자

어루화신아 지신아

지신아밟자 성주야

한남그로(나무를) 빌라(베려)하니

까마구까치가 새끼를치고

어라화신아 지신아

지신아밟자 성주야

또한남그로 빌라하니

황새들새가 새끼를치고

어라화신아 지신아

지신아밟자 성주야

전혀없네 전히없네

할라(하려)보니까 전히(전혀)없네

어라화신아 지신아

지신아밟자 성주야

앞지동(기둥)도 여덟개요

뒷지동도 여덟개요

어루화신아 지신아

지신아밟자 성주야

이팔이십육 열여덟개

삼오깎아 세와놓고

[보조 제보자가 일어나 춤을 추기 시작함.]

어루화신아 지신아
지신아밟자 성주야
양모에 핑경(풍경)달아
핑경소리가 요란하다
어루화신아 지신아
지신아밟자 성주야
한칸일랑 옥녀주고
한칸일랑 선녀주고
어루화신아 지신아
지신아밟자 성주야
지었네 지었네
초가삼간을 지었네
어루화신아 지신아
지신아밟자 성주야
한칸일랑 옥녀주고
또한칸일랑 선녜주고
어루화신아 지신아
지신아밟자 성주야
옥녀야 잠들거라
선녀방에 놀러가자
어라화신아 지신아
지신아밟자 성주야
선녜야 잠들거라
옥녀방에 놀러가자

어루화신아 지신아
지신아밟자 성주야
옥녀선녀 잠들아놓고
첩으야방에 놀러가자
어루화신아 지신아
지신아밟자 성주야
정월달에 뜨는살은
이월한식에다 풀아주고
어루화신아 지신아
지신아밟자 성주야
삼월달에 뜨는살은
사월초파일에 풀아주자
어루화신아 지신아
지신아밟자 성주야

[뒷소리 받던 사람들이 흥에 겨워 춤추고 소리 지르고 웃기 시작했다.]

오월달에 드는살은
유월한○에다 풀아주고
어루화신아 지신아
지신아밟자 성주야
칠월달에 드는살은
팔월대보름에 풀아주자
어루화신아 지신아
지신아밟자 성주야
구월달에 드는살은

시월○○에다 풀아주고
어루화신아 지신아
지신아밟자 성주야
동짓달에 드는살은
섣달그믐에다 다풀어뿐다
어루화신아 지신아
지신아 자 성주야
이공덕이로 들일라그거를랑(들이거들랑)

[뒷소리 받던 사람들이 흥에 겨워 춤추고 소리 지르고 웃어 노래를 이어가지 못했다.]

이거 우예든동 다 잊아뿌렀다.

[청중은 흥에 겨워 소리 지르며 웃었다.]

우리경로당 우예든동아(어떻든지야)
성공성취를 시게(시켜)주고

(청중 2 : 그래.)

만복일랑 다 일로 오고

(청중 2 : 잡구 잡신일랑 물알로 가고 만복일랑 요로-.)

[노래로 불렀다.]

잡구잡신일랑 물로가고
만복일랑아 이로(이리로)오고

[모든 사람들이 소리 지르며 박장대소하였다.]

모심기 소리

자료코드 : 05_22_FOS_20100227_KYH_OBT_0001

조사장소 : 경상북도 포항시 북구 흥해읍 오도 2리 마을회관

조사일시 : 2010.2.27

조 사 자 : 김영희, 이미라, 황은주

제 보 자 : 오분택, 여, 75세

구연상황 : 조사자가 오도 2리의 마을 구성에 대해 질문하는 사이에 제보자가 한쪽에서 노래를 시작했다. 손장난을 하며 무심한 듯 노래를 불렀다.

　　　징게야맹게야(김제만경) 너른들에

　　　점심바구니 떠다오네

　　　니가무슨아 반달이고

　　　초생달이 반달이네

모심기 소리 (1)

자료코드 : 05_22_FOS_20100227_KYH_CYO_0001

조사장소 : 경상북도 포항시 북구 흥해읍 오도 2리 마을회관

조사일시 : 2010.2.27

조 사 자 : 김영희, 이미라, 황은주

제 보 자 : 최윤옥, 여, 81세

구연상황 : 앞 노래에 이어 최윤옥 씨가 곧바로 연행하였다. 원래 조사자가 '모심기 소리'를 한 번 해 보자고 했는데 최윤옥 씨가 '노랫가락' 사설을 먼저 떠올렸는지 '노랫가락'을 한 번 부른 후 '모심기 소리'를 한 마디 불러주었다. 이순란 씨가 모심기 소리를 해 보라며 적극적으로 권유하였다.

　　(청중 1 : 여-가 노래가 한 마디 해 줘라, 어이?)

　　(청중 2 : 그래, 모숨기 소리도 하고 모노래도 하고 함 해 줘라.)

　　(조사자 : 예, 모심기 소리 한 번 해주세요, 모심기 소리.)

　　(청중 2 : 모심기 소리 해라.)

[제보자가 시작하고 모두 같이 불렀다.]

이물기저물기 허헐어놓고
쥔네야양반은 어들갔노
문에야대전복 손손에들고
첩으야방으로 놀라가세

(청중 : 이후야-, 후-, 후-.)
[웃음]

뱃노래 (1)

자료코드 : 05_22_FOS_20100227_KYH_CYO_0002
조사장소 : 경상북도 포항시 북구 흥해읍 오도 2리 마을회관
조사일시 : 2010.2.27
조 사 자 : 김영희, 이미라, 황은주
제보자 1 : 최윤옥, 여, 81세
제보자 2 : 오분택, 여, 75세
제보자 3 : 이순란, 여, 88세
구연상황 : 마을회관에 모인 여성 연행자들이 정월대보름인 조사 다음날 마을 전체 행사
가 있다고 말했다. 연행자들은 장구 치며 놀 예정이라 다음날 왔으면 더 좋았
을 것이라는 말을 잊지 않았다. 조사자가 '뱃노래'를 불러 달라고 요청하자
서남득 씨가 장구를 치기 시작했다. 서남득 씨는 모인 사람 가운데 최고령자
였는데 장구를 매우 잘 쳤다. 예전에는 노래도 잘 불렀다고 하는데 조사 당일
에는 노래를 부르려 하지 않았다. 장구 가락에 맞춰 최윤옥 씨가 노래를 부르
기 시작하자 서남득 씨가 더욱 흥겹게 장구로 장단을 맞춰주었고 청중들이
뒷소리를 받아주었다. 나중에는 장구 소리 때문에 가사가 잘 들리지 않자 청
중들이 장구를 치지 말라고 하여 노래가 끊겼다.

(조사자 : 뱃노래 같은 건 못 하세요?)

(청중 : 왜 모(못) 해요?)

(청중 : 한다.)

(조사자 : 해주세요. 에야노야노나 하…….)

(청중 : 어, 한다, 한다, 한다.)

(청중 : 뱃노래 있지.)

제보자 1 에야라야노야 에야노야노 어기여차
　　　　뱃놀이 가잔다
　　　　○○는 고꼬러워
　　　　야마도 다같이

좋-다.

　　　　○○도 고꼬러워
　　　　○○도 ○○파
　　　　에야라야노야 에야노야노 어기여차
　　　　뱃놀이 가잔다

해라.

제보자 2 가신 님
　　　　나를 버리고

마 잊아뿌랐다. [웃음]

　　　　네가 날만침(나만큼)
　　　　생각을 한다면
　　　　가시밭이 천리라도
　　　　날찾아 오리라

에야라야노야 에야라야노 어기여차

뱃놀이 가잔다

[웃음]

제보자 3 이당 속에

육천아 갈보야

대장부 심간을

다녹여 주노라

에야라야노야 에야라야노 어기여차

뱃놀이 가잔다

[제보자가 노래를 부르려는데 청중이 끼어들어 끊겼다.]
(청중 : 장구는 치아뿌라(치워버려라). 멀라꼬(뭐하려고).)

모심기 소리 (2)

자료코드 : 05_22_FOS_20100227_KYH_CYO_0003
조사장소 : 경상북도 포항시 북구 흥해읍 오도 2리 마을회관
조사일시 : 2010.2.27
조 사 자 : 김영희, 이미라, 황은주
제보자 1 : 최윤옥, 여, 81세
제보자 2 : 이순란, 여, 88세
구연상황 : 앞서 뱃노래를 부를 때 최윤옥 씨가 노래를 시작하려다 끊겨 다시 요청했으나 부르지 않았다. 청중들이 '소리를 하라는데 생각이 안 난다'고 하면서 옛노래인 민요는 '소리'고 최근 대중가요는 그냥 '노래'라고 말했다. 청중 가운데 누군가 '요새 노래 말고 옛날 노래를 부르라'고 하자 최윤옥 씨가 '모심기 소리'를 시작했다.

제보자 1 못시(모시)야 저삭시(색시)정삼에(적삼에)

이거 목이 아파 간다.

[다 함께 부르기 시작하였다.]

　　　분통같으나 저젖보소
　　　많이야보면은 병이되고
　　　손톱만침만 보고가소

[웃음]

(청중 : 또 해라.)

(청중 : 많이 보면 와(왜) 병이 드던동(드는지)?)

(청중 : 너무 많이 봐가.)

(청중 : 아이고, 모심기 소리)

[청중들의 말소리가 뒤섞임.]

목 아파 몬(못) 합니다. 안 나옵니다. 목이 이, 이래 해도 마, 마, 아파가.

[제보자 2가 노래를 시작하고 한편에서는 대화를 나누었다.]

제보자 2　상주야갑산 공골못(공갈못)에
　　　　생추(상추)야씽그는(씻는) 이른아가
　　　　겉에야잎은 젖혀놓고

(청중 : 잘한다―.)

(청중 : 누가 구순 노인이라 하노?)

　　　　속에속잎을 나를주소

(청중 : 옛날 노래라 할매들보고 하란다.)

[제보자 2가 나이가 많은데도 불구하고 노래를 잘한다며 청중들이 입을
모아 칭찬하면서 여러 제보자들의 나이를 두고 한동안 대화가 이어졌다.]

월워리 청청

자료코드 : 05_22_FOS_20100227_KYH_CYO_0004
조사장소 : 경상북도 포항시 북구 흥해읍 오도 2리 마을회관
조사일시 : 2010.2.27
조 사 자 : 김영희, 이미라, 황은주
제보자 1 : 최윤옥, 여, 81세
제보자 2 : 이순란, 여, 88세
구연상황 : 한바탕 노래를 부른 후 조사자가 뒷소리를 받아주겠다고 하며, 앞서 못다 한
'월워리 청청'을 다시 불러 달라고 요청했다. 제보자가 노래를 시작하면 청중
이 뒤따라 불렀는데, 같은 가사가 반복되자 제보자가 노래를 멈추었다. 청중이
뒷소리만 하겠다고 하자 비로소 최윤옥 씨가 다시 노래를 부르기 시작했다.

(조사자 : 아까 월워리 하신다면서요?)

야?

(조사자 : 월워라 할까 그러셨잖아요?)

월워리 할라 캤는데 이 목이 안 가가지고[275] 따라 부르질 못하네.

[청중의 말과 소리 겹침.]

(조사자 : 후렴을 저희가 하면 되잖아요? 잠깐 쉬면서.)

(청중 1 : 끝만 내씨요(내시오), 우리가 따라갈 테이.)

제보자 1 월워리 청청

[가사가 생각나지 않았는지 잠시 머뭇거린 사이 청중들이 부르기 시작
했다.]

    청천 하늘에

그거 마 아이다. 그거 했으니까네 딴 소리 해야제.

[제보자가 했던 것이라면서 노래를 멈춘 사이 청중들이 노래를 이어갔다.]

---

275) 목 상태가 좋지 못해서.

월워리 청청

(청중 1 : 울랑은(우리는) 월워리 청청만 해주자. 여그 참 내걸랑.)
그래. 이거는 아무거나 붙여도 되거든.
[청중들이 노래를 하라고 했다.]

　　월워리 청청
　　하날같은 샛서방이
　　월워리 청청
　　태산같은 병이들어
　　월워리 청청
　　치마로팔고 금자를잽혜(잡혀)
　　월워리 청청
　　액맞아 뿌랬구나(버렸구나)
　　월워리 청청

[제보자가 가사를 잊어버려 다른 사람이 이어 받았으나 소리가 작아 알
아듣기 어려웠다.]

　　월워리 청청

[노래가 이어지지 않자 제보자 2가 불렀다.]

제보자 2 정든님간지 내몰랬네(몰랐네)
　　월워리 청청

[웃음]
(청중 2 : 마카(전부) 잊아뿌라 몬(못) 한다.)
(청중 3 : 마카 잊아뿌라가지고.)

(청중 2 : 옛날에는 마카 잘했구만.)

칭칭이

자료코드 : 05_22_FOS_20100227_KYH_CYO_0005
조사장소 : 경상북도 포항시 북구 흥해읍 오도 2리 마을회관
조사일시 : 2010.2.27
조 사 자 : 김영희, 이미라, 황은주
제 보 자 : 최윤옥, 여, 81세
구연상황 : '월워리 청청' 연행이 끝난 후 조사자가 '칭칭이'도 불러 달라 요청하자 제보
　　　　　자가 노래를 부르기 시작했다. 청중들이 박수 치며 뒷소리를 받아주었다.

(조사자 : 칭칭이도 같은 거예요? 이렇게 하는…….)

(청중 1 : 에, 칭칭이도 해라.)

(청중 2 : 앞소리 땜에…….)

(청중 3 : 앞소리.)

　　　쾌지나칭칭 나네

　　　새야새야 붉은새야

　　　쾌지나칭칭 나네

　　　너어드메(어디서) 자고왔노

　　　쾌지나칭칭 나네

　　　흔들흔들 버들잎에

　　　쾌지나칭칭 나네

　　　흔들흔들 자고왔다

　　　쾌지나칭칭 나네

　　　다했구나 다했구나

[어깨춤을 추며]

　　쾌지나칭칭 나네
　　고무구찌 신는발로
　　쾌지나칭칭 나네
　　올쭐올쭐 꿀레나주소
　　쾌지나칭칭 나네

마 다 했다. 뭐, 뭐, 문장인동 인자 다 잊아뿌고(잊어버리고). 다 잊아뿌
라 몬 한다.
　[청중들 웃음]
　(청중 4 : 잊아뿌러 몬(못) 한데이.)

오구들이

자료코드 : 05_22_FOS_20100227_KYH_CYO_0006
조사장소 : 경상북도 포항시 북구 흥해읍 오도 2리 마을회관
조사일시 : 2010.2.27
조 사 자 : 김영희, 이미라, 황은주
제 보 자 : 최윤옥, 여, 81세
구연상황 : 제보자의 고향이 칠포라는 말에 칠포에서 하는 '오구들이'에 대해 물었다. 제
　　　　　보자가 '오구들이' 한 번 해주겠다며 불렀다.

　　엔토마이다 엔토마이다
　　어-야 엔토마이다
　　어-야 엔토마이다 어-야
　　땡게라(당겨라) 붙예라
　　땡게라 붙여라

어-어야 엔토마이다

[웃음]

(조사자 : 아, 그, 그런 게 오구들이 할 때 멸치잡이 할 때 하는⋯⋯.)

[여기저기서 대답했다.]

(청중 1 : 어 멸치잡이 할 때.)

(청중 2 : 그물 당길 때.)

(청중 3 : 월포리도 '어-야 어-야' 이래 하대. 땡길 때는. 그래 하던데. 것도 치, 칠포는 그, 그래 하네.)

(조사자 : 후리 그물 당기는 소리도 따로 있다 그러던데. 후, 후리 그물 당길 때는 어떻게 하는⋯⋯.)

후리 당길 때는 그거는 모르는데 월포리 며루치(멸치) 잡는 거하고 칠포 며루치 잡는 거하고 틀리네.

(청중 4 : 후리도 아는 거 보이께 이데(여기) 사람이네.)

[웃음]

(조사자 : 아니요, 들어서, 들어서.)

(청중 5 : 듣고 이런 거 하러 다닝께는(다니니까) 아는 거지.)

(청중 6 : 치후후후----야 허고 이러지. 며루치 많이 들오믄.)

(조사자 : 많이 들어오면요?)

많이 들오믄.

뱃노래 (2)

자료코드 : 05_22_FOS_20100227_KYH_CYO_0007
조사장소 : 경상북도 포항시 북구 흥해읍 오도 2리 마을회관
조사일시 : 2010.2.27

조 사 자 : 김영희, 이미라, 황은주
제 보 자 : 최윤옥, 여, 81세
구연상황 : '칠포 오구들이'에 대해 이야기하다가 칠포 사람들은 빨래하러 가서도 부르는
노래가 있다고 했다. 이렇게 대화를 나누는 동안에 제보자가 노래를 시작했
다. 노래를 잇도록 제보자가 다른 사람들을 재촉했으나 다들 목이 아파서 부
르지 못한다고 했다. 노래 도중 한쪽에서는 대화를 나누고 청중 몇몇은 뒷소
리를 같이 부르기도 했다.

[대화 소리와 노래가 겹쳐 알아듣기 어려웠다.]

> 야노야 좋-다 에야노야노 어기여차
>
> 뱃노래 가잔다
>
> 니가 죽고
>
> 내가 살면은
>
> 무엇을 하느냐 좋-다
>
> 양잿물 사다묵고
>
> 같이나 죽잔다

(청중 : 좋-다.)

> 에야노야노야 좋다
>
> 에야라야노 어기어차
>
> 뱃노래 가잔다

아이고 목이 아파 몬한데이(못한다).
[한쪽에서는 대화를 나누기 시작했다.]

> 일본 동경이
>
> 얼마나 멀어서 어이 좋다
>
> 꽃 겉은(같은)

날 베리고

연락선 타느냐

에야노야노야 좋-다

에야노야노 어기어차

뱃노래 가잔다

뭐, 딴 거 묻지 마고 노래나 하씨요(하시오), 마.

[청중들 웃음]

빨리 하라꼬. 목이 아파 몬한다.

(청중 : 마, 그만침(그만큼) 했음 됐다. 목 아프구로.)

뱃노래

자료코드 : 05_22_FOS_20100227_KYH_HDR_0001

조사장소 : 경상북도 포항시 북구 흥해읍 오도 2리 마을회관

조사일시 : 2010.2.27

조 사 자 : 김영희, 이미라, 황은주

제 보 자 : 한동례, 여, 74세

구연상황 : 조사자가 '베틀노래'를 불러 보라며 권하자 최윤옥 씨가 '베틀노래' 한 대목
을 읊조리기 시작했다. 그러나 목 상태가 좋지 않아 계속 이어가질 못했다.
조사자와 최윤옥 씨가 대화를 나누는 사이 불현듯 제보자가 '뱃노래'를 부르
기 시작했다. 제보자가 한 소절 부르자 다같이 따라 불렀다.

에야라야노야

(청중 : 뱃노래 아이가?)

그래, 뱃노래 하라꼬.

[대화하는 중에 청중들이 노래를 이어가 대화가 끊기고 다시 노래를 시
작했다.]

에야라야노 어기여차

뱃놀이 가잔다

일본 동경이

얼마나 좋아서

꽃같은 날버리고

연락선 타느냐

에야라야노야 에야라야노 어기여차

뱃놀이 가잔다

[한쪽에서는 대화를 나누고 있어 노래가 이어지지 않았다.]
또 받아라.

모심기 소리

자료코드 : 05_22_FOS_20100227_KYH_HDE_0001
조사장소 : 경상북도 포항시 북구 흥해읍 오도 2리 어민회관
조사일시 : 2010.2.27
조 사 자 : 김영희, 이미라, 황은주
제 보 자 : 한둘이, 여, 80세
구연상황 : 제보자가 '노랫가락'을 부른 후 생각이 안 난다며 머뭇거리자 한 청중이 '모
심기 소리'를 하라고 말했다. 제보자가 조사자에게 '모심기 소리'를 해도 되
냐고 물어, 조사자가 그렇다고 대답하자 흔쾌히 노래를 부르기 시작했다. 제
보자가 먼저 첫 소절을 시작하면 청중들이 함께 따라 불렀다. 가사가 생각나
지 않아 잠시 멈출 때면 청중들이 민요 사설을 조금 일러주기도 했다. 제보자
가 노래를 몇 소절 부르다가 힘들다며 멈추었다. 예전에는 쉬지 않고 연달아
길게 부를 수 있었는데 나이가 들면서 노래 부르는 일도 힘겹다며 아쉬워하
였다.

(청중 1 : 모숨기 소리 해라, 모숨기 소리. 여 아까 모숨기 소리 해라 하데.)

모숨기 소리도 되나?

(조사자 : 예.)

(청중 1 : 땀북 땀북, 그 해 보소.)

그래.

　　땀북-땀북 찰수지기(찰수제비)~

　　사우야판(상)에다 다올랐네

　　해미야도둑년은 어드로(어디로)가고-

　　딸이야해-미로 멕엤던고(먹었던가)

　　땀북-땀북 이논뺌에다 모를숨어-이

　　장잎에훨훨 장해로다(장하도다)

아이고 그것도 다 잊아뿌라(잊어버려) 모리겠데이(모르겠다).

[청중 웃음]

(청중 1 : [노래 부르듯이] 사우야 도둑놈이 어디 갔노?)

[청중이 함께 따라 부르기 시작했다.]

　　이물께(물길)저물끼 헝헐아(헝클어)놓고-

　　쥔네야양반은 어델 갔노

　　문에(문어)야대전북(대전복) 손에들고

　　첩으야방으로 놀라간다

[제보자가 잠시 머뭇거림.]

(청중 2 : 징게 멩게 너른 들께 해라, 또.)

　　징게야맹게 너른들게(넓은 들에)

　　점슴참(점심참)이나 늦아오네(늦게 오네)

　　파, 샛별같은 저박골에

반달같이도 떠도오네

니가야무슨아― 반달이고―이

초생달이가 반달이지

인제 고만하자. 디다(힘들다).

[다같이 웃음]

칭칭이

자료코드 : 05_22_FOS_20100227_KYH_HDE_0002

조사장소 : 경상북도 포항시 북구 흥해읍 오도 2리 어민회관

조사일시 : 2010.2.27

조 사 자 : 김영희, 이미라, 황은주

제 보 자 : 한둘이, 여, 80세

구연상황 : '모심기 소리'가 더 생각나지 않아 고민하고 있던 차에 조사자가 '칭칭이'를
요청했다. 그러자 제보자가 흔쾌히 노래를 시작했다. 청중들은 박수로 장단을
맞추며 뒷소리를 받아주었다.

(조사자 : 칭칭이 한 번 해 볼까요, 할머니? 칭칭이.)

칭칭이?

(조사자 : 예.)

어, 칭칭이도 해, 하, 칭칭이도 하, 불라(불러) 넣을라꼬?

(조사자 : [웃음] 예.)

쾌지나칭칭 나네

놀고놀고 놀어보자

쾌지나칭칭 나네―

아이고, 그것도 앞소리 다 잊아뿌렀다(잊어버렸다).

[청중 웃음]
우야꼬.(어쩔꼬) 와 이…….
[청중들이 잠깐 대화를 나눔.]

    달아달아 밝은달아
    쾌지나칭칭 나네
    이태백이 노든달아
    쾌지나칭칭 나네
    저-게저-게 저달속에
    치나 칭칭나네
    계수나무 박혔구나
    치나 칭칭나네
    금도끼를 찍어내야
    쾌지나칭칭 나네
    옥도끼를 다듬어서
    쾌지나칭칭 나네
    한칸첩칸 집을지어
    쾌지나칭칭 나네
    한칸일랑아 선네(선녀)를주고
    쾌지나칭칭 나네
    한칸일랑아 선네를주고
    쾌지나칭칭 나네
    울려주소 울려주소
    쾌지나칭칭 나네
    칭자께앞소리로 울려주소
    쾌지나칭칭 나네

먼데사람은 보기도좋고

쾌지나칭칭 나네

잩(곁)에사람은 듣기도좋고

치나칭칭 나네

또 누가 대줘라. 아이고, 아야.

(청중 1 : 순자네 형님 하씨요, 얼릉.)

(청중 2 : 머를 해라꼬, 내가 목이 일른데(이런데).)

긍께 여기 목만 안 잽혔이믄(잠겼으면) 잘- 할 건데. 목이 잽혜뿌리(잠겨

버렸으니).

(청중 3 : 그럼 내일 우예노(어떡하노)?)

그케 말이다. 내일 일을 우예노?

(청중 3 : 내일 한둘이 하지 뭐.)

이기 내 한둘이 할 줄 알았어야지. 다 이제 까묵어뿌랐는디, 몬 한다.

[다음 날 있을 정월대보름 지신밟기에 대한 대화로 넘어갔다.]

담방구 타령

자료코드 : 05_22_FOS_20100227_KYH_HDE_0003

조사장소 : 경상북도 포항시 북구 흥해읍 오도 2리 어민회관

조사일시 : 2010.2.27

조 사 자 : 김영희, 이미라, 황은주

제 보 자 : 한둘이, 여, 80세

구연상황 : 마을의 당제에 대해 이야기하다가 지명에 대해 여러 질문을 했는데 모여 앉
은 여성 연행자들이 잘 알지 못한다는 반응을 보였다. 조사자가 다시 노래에
대해 묻자, 예전에는 산이든 물이든 어디 가서든지 노래를 불렀는데 지금은
거의 다 잊어버렸다고 대답하였다. 조사자가 산에서 나무할 때 부르던 노래를
아냐고 물으면서 '구야 구야 갈가마구야'라고 읊으니, 한둘이 씨가 생각난 듯

담방구 타령의 앞 소절을 부르지는 않고, 읊조려주었다.

(조사자 : 산에서 나무할 때 부르시던 노래도 있어요?)

어, 산에 나무하면서도……

(조사자 : '구야 구야 갈가마구야' 하는 그……)

[노래로 부르지 않고 가사를 읊어주었다.]

> 구야구야 담방구야
> 동네월산 담방구야
> 낮으로는 태양맞고
> 밤으로는 이슬맞아
> 팼네(폈네)팼네 잎이팼네

그, 그것도 알았는데 다 잊아묵었다. 어느 모르는 거 있어? 다 잊아뿌랐어, 인제.

(조사자 : 그게 담방구 타령인가요?)

예.

생금생금 생가락지

자료코드 : 05_22_FOS_20100227_KYH_HDE_0004

조사장소 : 경상북도 포항시 북구 흥해읍 오도 2리 어민회관

조사일시 : 2010.2.27

조 사 자 : 김영희, 이미라, 황은주

제 보 자 : 한둘이, 여, 80세

구연상황 : 한둘이 씨가 이런저런 민요의 가사를 기억하려 애썼으나 토막토막 생각날 뿐 전체 가사가 떠오르지 않아 노래를 부르지는 못했다. 조사자가 물 길 때 부르던 노래는 생각나지 않냐며 묻자 제보자와 주위 사람들이 한두 마디 생각난 듯 읊다가 '다 잊어버렸다'며 중단하였다. 조사자가 '생금생금 생가락지'도

불렀냐고 묻자 한 도막 가사를 읊어주었다. 처음 한 소절은 가사만 읊어주었는데, 뒤에 노래로 불렀다. 제보자가 먼저 시작했는데 나중에 서봉순 씨도 함께 불렀다.

(조사자 : 생금생금 생가락지 이런 것도 하셨어요?)
그래

생금생금 생가락지
화닥질(호작질)로 닦아내야

카는 그것도 알았다. 그것도 불렀다.
[웃음]
[청중들의 잡담이 뒤섞임.]
[노래로 부르며]

생금생금 생가락지
화닥질로 닦아내야

[노래 가사가 맞지 않다며 청중 몇 사람이 말소리를 섞었으나 제대로 이어지지는 못했다.]

먼데보니 원일레라
잩(곁)에보니 처잘레라
얼씨구나 절씨구나
지화자 좋네
아니놀지 못하리라

[노래 가사가 맞지 않다며 다른 청중이 개입하였으나 노래를 이어 부르지는 못했다.]

뱃노래

자료코드 : 05_22_FOS_20100227_KYH_HDE_0005

조사장소 : 경상북도 포항시 북구 흥해읍 오도 2리 어민회관

조사일시 : 2010.2.27

조 사 자 : 김영희, 이미라, 황은주

제보자 1 : 한둘이, 여, 80세

제보자 2 : 서연예, 여, 77세

제보자 3 : 추복순, 여, 71세

구연상황 : '생금생금 생가락지' 노래를 끝까지 부르지 못해 한둘이 씨를 비롯한 여러 여
성 연행자들이 몹시 아쉬워하였다. 계속 가사를 생각하려 애썼지만 노래를 이
어가지는 못했다. 요새는 민요보다 가요를 많이 불러 노래 가사를 많이 잊어
버렸다고 말했다. 조사자가 '그럼 뱃노래나 한 번 불러 볼까요?'라고 묻자 흔
쾌히 응해 주었다. 서연예 씨와 한둘이 씨가 번갈아 가며 부르다가 끊기면 추
복순 씨가 뒤를 이었다. 한 사람이 노래를 시작하면 다른 이들이 같이 불렀으
며 간혹 두 사람이 다른 노래 가사를 동시에 부르기도 했다. 청중은 박수를
치며 뒷소리를 받아주었다.

(조사자 : 좀 쉬었으니까 뱃노래나 좀 해 볼까요? 에야노야노야.)

[웃음]

어.

(조사자 : 훌륭한 뒷소리들 계시니까.)

[다같이 웃음]

제보자 2 에야디어차- 에야라야노 어기어차

　　　　뱃놀이 가잔다

　　　　일본- 동경이

　　　　얼매나 좋아서

　　　　꽃겉은 날버리고

　　　　돈벌라(벌러) 가느냐

　　　　에야노야노야 에야노야노 어기어차

　　　　　뱃놀이 가잔다

　　　　　니가— 죽어질
　　　　　생각을 할랴든
　　　　　○○○ ○○
　　　　　○○ ○○

제보자 1과 제보자 3

　[제보자와 추복순 씨가 다른 노래 가사로 동시에 불러 소리가 뭉개짐.]

　　　　　에야라야노야 에야노야노 어기어차
　　　　　뱃놀이 가잔다

제보자 2 날을 버리고
　　　　　가시는 저님은
　　　　　십리도 못가고
　　　　　발병이 나누나
　　　　　에야라야노야 에야노야노 어기어차
　　　　　뱃놀이 가잔다
　　　　　니가죽고 내살면
　　　　　무엇 하나
　　　　　한강수 깊은물에
　　　　　빠자(빠져) 죽지요
　　　　　에야라야노야 에야노야노 어기어차
　　　　　뱃놀이 가잔다
　　　　　치구치는 파도소리
　　　　　태산을 울리고

조꼬만은(조그마한) 저뇬석(녀석)은

날을 울리네

에야노야노야 에야노야노 어기어차

뱃놀이 가잔다

제보자 3 치고치고 치는파도는

태산을 울리고

조고만은(조그마한) 여자속이

깊을수 있나요

에야노야노야 에야노야노 어기어차

뱃놀이 가잔다

해라.

(제보자 1 : 또 붙이줘라.)

제보자 2 바람아 불어라

[제보자 1이 다른 가사로 뒤따라 불러 제보자 2가 잠시 머뭇거렸다.]

강풍아 붙지를 말어라

단숨에 날아서

달마중 갑시다

에야노야노야 에야노야노 어기어차

뱃놀이 가잔다

또 해라.

제보자 1 새끼야 백발은

씰(쓸)곳도 있그마는

사람에 백발은
썰곳도 없구나
에야노야노야 에야노야노 어기어차
뱃놀이 가잔다

또 해 봐라.
(청중 : 우리사(우리가) 할 지(줄) 아나?)
해봐라.

제보자 2 날을 버리고
가시는 저님은
십리도 못가고
발병이 났구나
에야노야노야 에야노야노 어기어차
뱃놀이 가잔다

(청중 : 우수리 달밤에 해라.)

우수리 달밤에
꾀꼬리 울고요
이리갈까 저리갈까
갈길이 없구나
에야노야노야 에야노야노 어기어차
뱃놀이 가잔다

제보자 1 시어마씨 잔-소리
설빗상 같구요
우리○○ 소리는

내가삼(가슴) 불리네

에야노야노야 에야노야노 어기어차

뱃놀이 가잔다

[제보자가 노래를 더 이어 가려는데 서연예 씨가 노래를 시작했다.]

제보자 2 기차는 가자꼬

목메어 우는데

저님은 날을붙잡고

낙루(落淚)을 하누나

에야노야노야 에야노야노 어기어차

뱃놀이 가잔다

제보자 1 시어마씨 죽고났고

추석을 해놔이

○○○○ 노니

시어마씨 생각나네

에야노야노야 에야노야노 어기어차

뱃놀이 가잔다

저건네 저산이

왜무나(무너) 졌느냐

○조질 내가라꼬

네무너 졌구나

[청중이 한쪽에서 크게 웃으며 대화를 나눠 뒷소리를 받아주지 못했다.]

에야노야노야 에야노야노 어기어차

뱃놀이 가잔다

흘러가는 물은

잡을수 있건마는

이내청춘 늙어가는건

못잡게 되네요

에야노야노야 에야노야노 어기어차

뱃놀이 가잔다

치구치는 저파도

태산을 울리고

쪼꼬만은(조그마한) 저욘석은

날을 울린다

에야노야노야 에야노야노 어기어차

뱃놀이 가잔다

강원도 차입에는

돛대힘 댕기고

울쿈네 공복수는

가방님 댕긴데이

에야노야노야 에야노야노 어기어차

뱃놀이 가잔다

(청중 1 : 이차 인제 나왔다.)

(청중 2 : 인제 됐다.)

됐다. 아고고고. 인제 됐다.

아리랑

자료코드 : 05_22_MFS_20100227_KYH_KGR_0001

조사장소 : 경상북도 포항시 북구 흥해읍 오도 2리 마을회관

조사일시 : 2010.2.27

조 사 자 : 김영희, 이미라, 황은주

제보자 1 : 김금란, 여, 85세

제보자 2 : 이순란, 여, 88세

제보자 3 : 오분택, 여, 75세

제보자 4 : 서남득, 여, 89세

구연상황 : 서남득 씨가 장구를 잘 친다 하여, 잠시 장구 치는 것을 들었다. 장구만 치고 노래를 하지 않아 청중이 노래도 한 마디 하라고 했다. 장구 장단에 맞춰 김금란 씨가 일어나 춤을 추었고, 노래하기 싫다던 서남득 씨가 장단에 맞춰 아리랑을 불렀다. 그 후 세 사람이 한 곡씩 불렀다. 그러나 장구 소리 때문에 가사를 알아듣기 어려웠다.

제보자 4 아리랑 아리랑 아라리요

　　　　아리랑 고개로 넘어간다

　　　　나를 버리고 가시는님은

　　　　십리도 못가고 발병이나네

　　[청중이 함께 불렀다.]

　　　　아리랑 아리랑 아라리요

　　　　아리랑 고개로 넘어간다

제보자 1 나를 버리고 가시는님은

　　　　십리도 못가고 발병난다

아리랑 아리랑 아라리요

아리랑 고개로 넘어간다

울넘에(너머) 담넘에 임숨가(숨겨)놓고

호박잎이 난들난들 임찾아간다

아리랑 아리랑 아라리요

아리랑 고개로 넘어간다

[이순란 씨가 이어 불렀는데, 녹음기로부터 멀리 떨어져 있는 데다가 장구 소리가 뒤섞여 말소리를 분간하기 어려움.]

제보자 2 ○○○○○○○○이나 가세

○○에있다가 장가도 못가네

아리랑 아리랑 아라리요

아리랑 고개로 넘어간다

[제보자와 청중이 춤을 추기 시작하였다.]

제보자 3 울넘에 담넘에 임숨가놓고

처마밑에 난들난들 임찾아간다

아리랑 아리랑 아라리요

아리랑 고개로 넘어간다

["내일 왔으면 좋았을 것"이라는 말들이 오갔다. 노래 연행이 끝난 후에도 서남득 씨가 계속 장구 장단을 두드리다가 사람들이 대화에 집중하자 곧 멈추었다.]

노랫가락

자료코드 : 05_22_MFS_20100227_KYH_KGR_0002

조사장소 : 경상북도 포항시 북구 흥해읍 오도 2리 마을회관

조사일시 : 2010.2.27

조 사 자 : 김영희, 이미라, 황은주

제보자 1 : 김금란, 여, 85세

제보자 2 : 최윤옥, 여, 81세

구연상황 : 예전에 최윤옥 씨 손자가 오도리 할머니들이 부르는 민요를 녹음해서 서울로
가져가려 했다는 이야기를 하다가 제보자가 노래를 시작했다.

제보자 1 포롱포롱 봄배추는

찬이슬오들만(오기만) 기다리고

옥에갇힌 춘향이는

이도령

(청중 1 : 아이고 잘한다. 이 빠져도 잘……)

오-들만 기다리고

(청중 : 좋-다.)

얼씨구나좋다 지화자좋다

아니놀고 몬하리라

[이를 빼서 노래가 잘 안 된다는 말에 모두들 웃었다. 10초가량 연행이
중단되었다.]

제보자 2 노들강변 비둘기한쌍

암놈물어다 숫놈을주고

숫놈을물어다 암놈주고

니술잔은 밑을가고

내술잔은 우(위)틀가여

백년살자꼬 언약한것이

하리(하루)아침걸에 다무나졌다(무너졌다)

좋-다. 목 아파 몬(못) 하겠다.

청춘가 (1)

자료코드 : 05_22_MFS_20100227_KYH_SSY_0001
조사장소 : 경상북도 포항시 북구 흥해읍 오도 2리 마을회관
조사일시 : 2010.2.27
조 사 자 : 김영희, 이미라, 황은주
제 보 자 : 서순연, 여, 80세
구연상황 : '노랫가락'에 이어 '모심기 소리'를 부른 후 제보자가 곧바로 이어서 불렀다.
　　　　　연행 현장에 모인 이들이 모두 박수를 치며 따라불렀다.

에헤-이요-

(청중 : 좋-다.)

[웃음]

누여라 봄첨아

가지를 마-라

아까분 내청춘

다 늙은-다

[다같이 부름.]

어여라 노여라

나는 못노리-라

하리깔레를 하야도

[노래로 하지 않고 강조하는 말투로]

안놀고는 몬(못)산다

에야라 종이되어라

아주 못노-리라

하리깔레가 저물아져도

나는 못노-리-라

해라.

(청중 : 뭐 하라꼬?)

노래를 하든, 소리를 하든.

(청중 : 여 형님, 아지매 안 하나?)

에헤이-요-

나를 가자고

우비를 치-고

저님은 날잡고

낙룰(落淚를) 하-구나

에하라 데여라

아주 못노-리라

○○○이를 하야도

나는 못노-리-라

어이, 좋다.

청춘가 (2)

자료코드 : 05_22_MFS_20100227_KYH_SSY_0002
조사장소 : 경상북도 포항시 북구 흥해읍 오도 2리 마을회관
조사일시 : 2010.2.27
조 사 자 : 김영희, 이미라, 황은주
제 보 자 : 서순연, 여, 80세
구연상황 : '노랫가락'에 이어 '모심기 소리'와 '백발가', '노랫가락'을 다시 이어 부른 후
기다렸다는 듯이 제보자가 앞에 끊어진 소리를 이어 불렀다.

　　　에헤이요--
　　　세월아 봄철아
　　　가지를 마-라-
　　　아까분 내청춘
　　　다 늙는--다
　　　어여라 노여라
　　　나는 못노-리-라
　　　하리깔레가 저물아져도

　[노래로 하지 않고 강조하는 어투로]

　　　안놀곤 몬(못)산다

　[웃음]

노랫가락

자료코드 : 05_22_MFS_20100227_KYH_OBT_0001
조사장소 : 경상북도 포항시 북구 흥해읍 오도 2리 마을회관
조사일시 : 2010.2.27

조 사 자 : 김영희, 이미라, 황은주
제보자 1 : 오분택, 여, 75세
제보자 2 : 서순연, 여, 80세
제보자 3 : 한동례, 여, 74세
구연상황 : '노랫가락'에 이어 '모심기 소리'와 '백발가'를 부른 후 잠깐 동안 연행자들끼
리 연행을 미루더니 제보자가 곧바로 앞에 부르던 '노랫가락'을 이어 불렀다.
연행 현장에 모인 이들이 모두 박수를 치며 따라 불렀다.

(청중 : 노래 또 해라. 노래하구로, 또.)

무슨 노래?

(조사자 : [웃으며] 지금 하신 거요.)

노래가 니 해라 카믄 갑자기 나오는교?

제보자 1 이팔이 청춘에요

　　　소년아 못되고

　　　백발이 ○○○

　　　반대를 말어라

(청중 : 좋-다.)

　　　우리가 이렇게-

　　　한곳에 노다가

　　　깜깜 사방은

　　　밤꽃은 지노라

　　　당신은 반드시오-

　　　본처가 있어도

　　　아리숙한 여자는-

　　　알고도 소소한데

갈때 가디라도
간단말 마시오
있는정 없는정
다떨아 지노라

[잠시 노래가 멈춘 사이에 노래 한 마디 하라고 서로 권하였다.]

니가 날만치요
사랑을 한다면-
가시밭에 천리라도- 얼씨구
날찾아 오리요

(제보자 2 : 좋-다.)
좋-다.

제보자 3 이거리 ○거리-
고개짓 할적에
부슥한 살림살이
내몬(못) 살이로다

(청중 : 좋-다.)

제보자 2 달게달게 자든잠을-
흔들흔들이 깨와놓고
말한 마디도
몬전해 보고-
가신단말이가 웬말이냐
얼시구- 지화자좋네

아니노지를 못하리라

(청중 : 좋-다.)

노랫가락

자료코드 : 05_22_MFS_20100227_KYH_LSR_0001
조사장소 : 경상북도 포항시 북구 흥해읍 오도 2리 마을회관
조사일시 : 2010.2.27
조 사 자 : 김영희, 이미라, 황은주
제보자 1 : 이순란, 여, 88세
제보자 2 : 김금란, 여, 85세
구연상황 : '노랫가락'을 부르다가 '모심기 소리'와 '청춘가' 등의 노래를 이어 불렀는데 기다렸던 이순란 씨가 다시 '노랫가락'을 이어 불렀다. 여러 사람이 계속 노래를 이어 부르는 상황에서 자신이 노래를 부를 수 있는 잠깐의 공백을 기다린 듯 보였다. 김금란 씨가 제보자의 노래를 이어 불렀는데 김금란 씨는 조사 당일 치과 치료를 받은 상태여서 다소 힘들어하였다.

제보자 1 불밝혀라 불밝혀라

　　　　　청사초롱아 불밝혀라

　　　　　님두눕구요 나도눕고

　　　　　접을거리가 되겠느냐

　　　　　얼씨구 절씨구

　　　　　아니노지를 못하리라

(청중 : 꿈에 놀아 뵈디라고. 꿈에 놀아 비더라꼬.)
[한쪽에서 대화하는 도중에 보조 제보자가 노래를 시작하였다. 앞부분을 듣지 못해 다시 해 달라고 하였으나 노래를 계속하였다.]

제보자 2 그네를 볼라꼬 돌질(돌팔매)하네

그네를 손목에 맞있구나(맞혔구나)

맞인손

[호흡이 가빠 목소리가 잠겼다.]

소쩍새 울음소리

젊은놈 가슴에 성화로다

(청중 : 좋-다.)

창부타령

자료코드 : 05_22_MFS_20100227_KYH_CYO_0001
조사장소 : 경상북도 포항시 북구 흥해읍 오도 2리 마을회관
조사일시 : 2010.2.27
조 사 자 : 김영희, 이미라, 황은주
제보자 1 : 최윤옥, 여, 81세
제보자 2 : 서순연, 여, 80세
구연상황 : 마을의 당(堂)에 대해 이야기한 후 조사자가 '모심기 소리'부터 하자고 했는
데, 제보자가 '국악'부터 하자며 이 노래를 부르기 시작했다. 제보자가 두 곡
을 부른 후 연행자들 사이에 서로 노래하라며 실랑이가 벌어졌다. 그 사이 제
보자가 다시 노래를 시작했다. 그러자 옆에 앉았던 서순연 씨가 한 마디 해주
겠다며 나섰다. 그 후 자리에 함께 한 사람들이 한 마디씩 돌아가며 노래를
부르기 시작했다. 제보자가 어깨춤을 추며 노래를 부르자 다들 흥에 겨워 함
께 춤을 추기도 하였다. 한 소절을 부를 때마다 청중은 '아이 좋다'며 추임새
를 넣으면서 분위기를 돋웠다.

제보자 1 아니- 아니 노지를 못하리라

(청중 : 좋다.)
[제보자가 노래를 시작하고 청중들이 손뼉을 치며 박자를 맞춤.]

한날(하늘)겉은 샛서방님에

초상같이 정든○○

금자로팔고 치마를○○

젤로예쁘게 약을지와

청동화레다(청동화로에다) 약얹애(얹어)넣고

북방쑥은 손에들고

모진놈으 잠이들어

서방님 숨간질[276] 나몰랐네

아주까리 봄바람 불지마라

(청중 : 아이고 잘한데이.)

아까분 내청춘 다넘어간다

좋-다.

[웃음]

(청중 : 함 분 더 해라. 재차야-.)

(조사자 : 이어서 하셔야지요. 다른 분들이 좀 이어주셔야지요.)

그래 딴, 딴 분들 좀 넣어 줘라.

(청중 : 한 번 더 하시요.)

재차, 뭐, 뭐.

(청중 : 한 번씩 더 해라, 또.)

더 하라꼬? 니 해라, 와.

새야새야 붉은새야

어드메서 자고왔노

---

276) '숨이 끊긴 줄'이라는 뜻이다.

수양수양 버들잎에
흔들흔들 자고왔나

(청중 : 좋-다.)

손그리바(그리워) 죽는이불러
은하수앞에 묻어주고
임그리바 죽는이불러
길상여앞에다 묻어주고
얼씨구절씨고 지화자좋구나

[다같이 합창]

아니 노지를 못하리라

(청중 : 좋-다.)

[서로 노래하라고 실랑이하면서 약 1분 30초 동안 연행이 중단되었다.
도중에 들어온 서남득 씨에게 한 번 하라고 권하였으나 거절하였다.]

(청중 : 한 마디 더 하시오. 마 한 마디 더 하시오.)

아니- 아니 노지를 못하리라
밭을떠니 여덟시요
배떠나면은 언제와나
인제가면 언제나오나
금강산 상상풍에
펭화(평화)가됐거든 오셔들라
평풍(병풍)에 기르든(그리던)닭이
두활개를 툭툭툭치고

짜른(짧은)목을 길게다빼고

꼬꼬하거든 오실랑가

얼씨구나 정-말좋다

달뜨거든 둘이가자

둘이가다가 서이(셋이)되면은

지게다 쌀에다 절단난다

석자수건 목에다걸고

총각둘이 뒤따랐다

좋-다.

(제보자 2 : 내 한 마디 해 주께.)

(청중 : 예, 예, 하시요. 한 마디 하시요.)

(제보자 2 : 옛날 소리 마이(많이) 잊아뿌고(잊어버리고) 뭐 아나?)

(청중 : 그케 말시다(그러게 말이다).)

(청중 : 마, 마, 아는 대로 하시오.)

(청중 : 구십 노인이 뭐.)

(청중 : 연세 많은 노인들이 저래, [노래 소리와 겹침.])

제보자 2 ○○리밑에 꽃겉은처녜(처녀)

　　　　진(긴)치마 둘라(둘러)입고

(청중 : 크게 하시요.)

(청중 : 좋-다.)

　　　○○술떠다 옆에놓고

　　　잔체술(잔치술)갖다 초상치고

　　　총각낭군아 말물아보자

(청중 : 구십 노인 노래하는 거 봐라.)

신구월도 길긴몬하고
삼십상주가 웬말이냐

(청중 : 잘한다-.)
(청중 : 구십 노인이 그만 하면 잘한다.)
(제보자 2 : 여 목이 마카(전부) 영 안 간다.)
[발음 불분명]

청춘가

자료코드 : 05_22_MFS_20100227_KYH_CYO_0002
조사장소 : 경상북도 포항시 북구 흥해읍 오도 2리 마을회관
조사일시 : 2010.2.27
조 사 자 : 김영희, 이미라, 황은주
제보자 1 : 최윤옥, 여, 81세
제보자 2 : 이순란, 여, 88세
구연상황 : '월위리 청청'이 끝난 후 잠시 대화를 나누는 사이에 한쪽에서 갑자기 제보자
　　　　　가 노래를 부르기 시작했다.

제보자 1 에헤이요-

간다 가노라 내가 돌아간--다
○○에 널데리고 내가 돌아간--다
어여라 노여라 아주 몬(못)노리-라
하리깔래가 ○여도 나는 몬노-리--라
돌백이 돌옆에 도라지 꽃-은-
나비가 앉아서

[나비 날개짓으로 춤추며 강조하는 어투로]

춤을 춘다

[청중들이 웃음.]

제보자 2 에헤이요-

　　　올케야 올케야 ○강물로○

　　　만동초 쓰던병을 내가 던지리오

아이고 모르겠다.

(청중 : 고마 잊아뿠다(잊어버렸다).)

[웃음]

베 짜는 아가씨

자료코드 : 05_22_MFS_20100227_KYH_CYO_0003

조사장소 : 경상북도 포항시 북구 흥해읍 오도 2리 마을회관

조사일시 : 2010.2.27

조 사 자 : 김영희, 이미라, 황은주

제 보 자 : 최윤옥, 여, 81세

구연상황 : 모심기 소리가 끝난 후 서로 나이를 비교하며 이야기를 나눴다. 서남득 씨에
　　　　　게 '베틀노래'나 '생금생금 생가락지'를 부를 줄 아느냐고 물었으나, 고개만
　　　　　저을 뿐 답을 하지 않았다. 다른 사람들도 노래는 알지만 가사를 잊어버리고
　　　　　목이 아파서 부를 수 없다고 했다. 제보자가 한 소절 시작했는데 결국 목이
　　　　　아파서 노래로는 부르지 못하고 가사만 읊어주었다.

(조사자 : [서남득 씨에게] 할머니 할 줄 알면 한 번 해주세요, 베 짜는
아가씨.)

(청중 1 : 거 목 아파 하겠나?)

(청중 2 : 그것도 안 하니 다 잊아뿌랐다.)

(조사자 : 같이 하시면 되죠. 같이. 시작하시면.)

해라.

(청중 3 : 저 기수 엄마 해줘라.)

그 내 목이 아파 몬(못) 한다.

(청중 4 : [소리 겹침] 따라 하고.)

(청중 5 : 따라 하구로, 하시요.)

　　베짜는 아가씨

　　사랑노래 베틀

　　수심만 치노라

[연행을 멈추며]

아이고, 말 안, 안 나와 몬 한다, 안 나온다.

(청중 5 : 뭐 안 나와? 목 쉈는가 어옜는고(어쨌는고) 카믄 그하믄 이거 뭐, 이리 나올라 캐도 뭐…….)

[웃음]

여, 여 하긴 하는데 감기가 채가 몬 한다.

(청중 6 : 잊아뿌랐다.)

[여기저기서 잊어버렸다며 한 마디씩 하였다.]

(조사자 : 여기 가사는 기억하시는 것 같은데.)

(청중 7 : 그거 안 하니까네 잊아뿌랐지.)

(청중 8 : 이런 노래는 잘 안 하니까,)

(조사자 : 네.)

(청중 8 : 잘 안 하니.)

다 잊아뿌랐으니. 잘 안 하니까. 해라.

[가사를 읊어주었다.]

밤에 짜면은 유광단이오

낮에 짜면은 월광단이오

일광단 철광단 다제쳐놓고

울오빠 와이샤츠로 짜나보자

어랑타령

자료코드 : 05_22_MFS_20100227_KYH_CYO_0004

조사장소 : 경상북도 포항시 북구 흥해읍 오도 2리 마을회관

조사일시 : 2010.2.27

조 사 자 : 김영희, 이미라, 황은주

제 보 자 : 최윤옥, 여, 81세

구연상황 : '뱃노래'가 이어지지 않자 최윤옥 씨가 '어랑타령'도 옛날 소리니 불러주자고
하면서 노래를 먼저 시작했다. 한 곡 부른 후 잠깐 사이를 두고 이순란 씨가
뒤를 이었다. 그 후 다른 사람들도 한 곡씩 돌아가며 불렀다. 청중 가운데 어
떤 이들은 뒷소리를 '몽땅 내 사랑이로다'라고 불렀다.

어랑타령 한 번 해줘라, 어랑타령. 이, 그거이 안즉(아직) 옛날 특, 소리
아이가.

어랑어랑 어어야

어야 디어라

몽땅내 사랑이냐

강원도 콩밥을랑

내가더 묵아낼(먹을)챔(참)에

본낭군 싫걸랑

내밑에 줄줄따려라(따르라)

어랑어랑 어어야

어-야 디어라

모두다 내사랑이로다

가다마(かたま) 우에는

스님이 신작로놀구요

금바야 시옷씨가마

에올만 금방지구나

어랑어랑 어어야

어-야 디어라

모두다 내사랑이로다

뒤따라 또 해줘라. 엄머야 얄궂어라. 뒤따라 자꾸 해줘. 시쿠지(시키지)
말고.

[웃음]

뱃노래 & 어랑타령

자료코드 : 05_22_MFS_20100227_KYH_CYO_0005
조사장소 : 경상북도 포항시 북구 흥해읍 오도 2리 마을회관
조사일시 : 2010.2.27
조 사 자 : 김영희, 이미라, 황은주
제보자 1 : 최윤옥, 여, 81세
제보자 2 : 이순란, 여, 88세
구연상황 : 제보자가 어랑타령을 부르고 나서 이순란 씨가 뱃노래를 짤막히 불렀다. 바로
　　　　　 이어서 다시 제보자가 어랑타령을 불렀다.

제보자 2 사랑을 모리고

　　　　　가누나 그대는

　　　　　임이가 아니라

백년의 원술세

[청중 한 명이 '맞다'라고 말하며 호응하였다.]

에야라야노야 에야라야노 어기여차
뱃놀이 가잔다

[뱃노래 구연이 끝나고 곧바로 제보자가 어랑타령을 부르기 시작했다.]

제보자 1 험한기차 삼십육칸에
정든이칸카이(정든님 칸칸마다) 싣고요
임죽어 못오매

[가사를 잊은 듯 얼버무렸다.]

돌아가노라

[어깨춤을 추며]

어랑어랑 어어랑
어-야 디여라
몽땅내 사랑이로다
떡젙은(찌던) 솥에다
시어마이 속겉(속곳)을삶아서
이도죽고 풀도죽고
재미만 솔솔나구나
어랑어랑 어어야
어-야 디야
몽땅내 사랑이로다

밥묵고 싫걸랑

개나불라(불러) 주고요

본낭군 싫걸랑

내밑에 줄줄따르라

어랑어랑 어어야

어-야 디야

모두다 내사랑이로다

[크게 웃는 소리와 대화 소리에 노래 소리가 묻혔다.]

해라 또.

[청중들이 크게 웃으며 이야기하는 사이에 한쪽에서 앞소리를 시작했는데 웃음소리에 노래 소리가 묻혔다.]

[보조 제보자가 이어 노래를 불렀는데 노랫소리와 말소리가 뒤섞인 데다 녹음기에서 멀리 떨어진 자리에서 노래를 시작하여 소리가 제대로 녹음되지 않았다.]

제보자 2 ○○○○ 칸칸이신고요

가○○○○○○ 삼각산이떠난다

어랑어랑 어어야

어-야 디야

모두다 내사랑이로다

노랫가락 (1)

자료코드 : 05_22_MFS_20100227_KYH_HDE_0001

조사장소 : 경상북도 포항시 북구 흥해읍 오도 2리 어민회관

조사일시 : 2010.2.27

조 사 자 : 김영희, 이미라, 황은주
제 보 자 : 한둘이, 여, 80세
구연상황 : 인근에 있는 오도 2리 마을회관에 갔더니 오도 2리 안에서도 '한가심이'로
불리는 작은 마을 사람들이 모여 있었다. 그곳에서의 조사를 마치고 50미터
정도 떨어진 어민회관으로 이동하였다. 오도 2리 어민회관에는 오도 2리 안
에서도 '금당'으로 불리는 마을 사람들이 모여 있었다. 남·여가 섞인 한 무
리의 사람들이 화투 놀이에 열중하고 있었고 여성들을 중심으로 다음 날 있
을 지신밟기와 대보름 음식을 준비하고 있었다. 청하면 신흥리에서 노래를 잘
하는 사람이라고 소개를 받은 한둘이 씨가 어민회관에 있어 그녀를 중심으로
노래판이 벌어졌다. 조사자가 조사 취지를 설명하자 한둘이 씨가 '노래하려니
떨린다'라고 하면서 무슨 노래를 할지 잠시 고민하는 기색을 내비쳤다. 조사
자가 '모심기 소리' 같은 것을 불러 달라 하자 먼저 생각하고 있었던 듯 '노
랫가락'을 부르기 시작했다. 한둘이 씨는 마을에서 노래를 잘 하기로 이름난
사람이라, 모여 앉은 이들이 모두 어서 빨리 노래를 시작하라며 그녀를 재촉
하였다. 한둘이 씨는 한번 노래를 시작하자 망설임 없이 이어나갔는데 목청이
크고 시원스러웠으며 소리에 힘이 있고 기개가 넘쳤다.

이, 이까지 와가지고 나한테 해라 카니 하긴 내가 하지만, 머, 머가, 머시.
(청중 1 : 마 하시요. 손바닥 쳐줄게요.)
[청중과 조사자가 다 함께 웃음.]
어이? 손바닥?
(청중 1 : 어.)

　　아니~
　　아니노지는 못하리라
　　아니서지는 못하리라

[청중과 조사자가 함께 박수를 치며 박자를 맞추었다.]

　　모등(묏등)에 닭이앉아

[청중이 "좋-다"라고 외치며 호응했다.]

공산에 달이뜨야(떠서)

(청중 : 좋-다.)

우중(雨中)수풀에 손님을발라(불러)
학을불러야 문답(問答)하지

(청중 : 좋-다.)

아-무리 춘란일색에
사쿠라(さくら)[277] 수그리 불지마라
아주까리 봄바람 불지마라
알뜰한 우리청춘 다늙는다
얼씨구 아니아니
아니놀지를 못하리라
어머님의- 살을빌래(빌려)
아버지의 뻬(뼈)를빌래
조상님네다 명을타고
하늘님에다 복을타야

(청중 : 좋-다.)

서~

아이쿠 그거 또 잊아뿌랐다(잊어버렸다), 또.
[제보자와 청중이 다함께 웃음]

얼씨구나좋네 절씨구나좋네

---

277) '벚꽃'을 뜻하는 일본어이다.

아니노지를 못하리라

(청중 : 좋-다.)

(청중 2 : 잘 한다-.)

아이고, 또 해라 크나?

아리랑

자료코드 : 05_22_MFS_20100227_KYH_HDE_0002
조사장소 : 경상북도 포항시 북구 흥해읍 오도 2리 어민회관
조사일시 : 2010.2.27
조 사 자 : 김영희, 이미라, 황은주
제보자 1 : 한둘이, 여, 80세
제보자 2 : 서연예, 여, 77세
제보자 3 : 추복순, 여, 71세
구연상황 : 지신밟기 노래가 끝나고서 한동안 노래에 대해 대화를 나눴다. 한둘이 씨에게
'월워리 청청'도 하실 수 있느냐고 묻는 사이에 서연예 씨가 노래를 시작했
다. 곧 한둘이 씨가 뒤따라 같이 부르다가 나중에는 한둘이 씨가 주로 불렀
다. 서연예 씨는 뒷소리를 받아주었고 간혹 한둘이 씨의 노래가 끊기려 하면
이어받아 부르기도 했다. 한둘이 씨는 시종 어깨춤을 추며 노래를 이어갔고,
청중들은 박수를 치며 흥에 겨워 뒷소리를 받아주었다. 한둘이 씨가 그만하자
고 말을 꺼내자 추복순 씨가 마지막으로 한 곡을 부르고 끝냈다. 한둘이 씨는
'아리아리랑 쓰리쓰리랑 아라리요'로 후렴을 불렀는데, 여기서는 뒷소리를 받
아주던 청중의 가사로 적었다.

(조사자 : 월워리 청청 이런 것도 하시지 않아요?)

그래 그것도 그때 잘했는데 그것도…….

(청중 : 그것도 하씨요(하시오), 마.)

다 잊아묵아뿌렀다(잊어먹어버렸다). 하다가.

[한둘이 씨에게 노래를 청하는 사이에 서연예 씨가 먼저 노래를 시작했다.]

제보자 2 아리아리랑 쓰리쓰리랑 아라리가났네
　　　　아리랑 고개고개로 잘넘어간다

[두 종류의 노래 가사를 각자 불렀다.]
(청중 : 니 잘났나 나 잘났나.)

　　　문경새재,

[다른 노래를 부르려다 앞 사람이 부르던 노래를 한둘이 씨가 이어 불
렀다. 여기서부터 한둘이 씨가 주도적으로 노래를 이어 나갔다.]

제보자 1 니잘났나 나잘났지
　　　　연지찍고 분바르면 다잘났다
　　　　아리아리랑 쓰리쓰리랑 아라리가났네
　　　　아리랑 고개고개로 날넘겨주소
　　　　○곳의 물레방아는 물을안고돌고
　　　　우리집 서방님은 날안고돈다
　　　　아리아리랑 쓰리쓰리랑 아라리가났네
　　　　아리랑 고개고개로 나를넘겨주소
　　　　남의집에 서방님으는 자동차를타는데
　　　　울으집이 저[강조하는 어투로]놈의놈은 쳇바쿠로탄다

[청중 웃음]

　　　　아리아리랑 쓰리쓰리랑 아라리가났네
　　　　아리랑 고개고개로 날넘겨주소
　　　　남의집에 서방님으는 장도칼로차는데
　　　　울으집이 저[강조하는 어투로]도둑놈으는 정지칼로찬다

아리아리랑 쓰리쓰리랑 아라리가났네
아리랑 고개고개로 날넘겨주소

제보자 2 정든님 오시는데 인사를못해
행주치마 입에물고 입만벙긋

[두 종류의 노래 가사를 겹쳐 부름.]

아리아리랑 쓰리쓰리랑 아라리가났네
아리랑 고개고개로 날넘겨주소

또 해라.
[다른 이에게 노래를 권하던 서연예 씨가 노래를 계속 이어 갔다.]

바람아 불어라 강풍아불어라
정든님 ○○오나 ○산이오나

[청중들의 소리로 청취 불가]

아리아리랑 쓰리쓰리랑 아라리가났네
아리랑 고개고개로 날을넘겨주소

제보자 1 앞, 첩첩산중 딱다구리는 참나무구녕도 잘뚫는데
울으집이 저도둑놈으는 뚫분(뚫어진)구녕도 못뚫아
아리아리랑 쓰리쓰리랑 아라리가났네
아리랑 고개고개로 날을넴겨주소
강원도 차입에는

[잠깐 멈췄다가 가사를 고쳐 다시 불렀다.]

돛대, 돛대힘으로 댕기고
울집에 공복수는 가랑이힘으로 댕긴다

[청중 웃음]

아리아리랑 쓰리쓰리랑 아라리요
아리랑 고개고개로 날을넴겨주소
보리밭의 원수는 기보리가원수고
사람의 원수는 제비-가원수다
아리아리랑 쓰리쓰리랑 아라리요
아리랑 고개고개로 날을넴겨주소
질(길)아래에 밭에다가 재래조가절반이고
부산항 시내는 첩이가젖어야
아리아리랑 쓰리쓰리랑 아라리가났네
아리랑 고개고개로 날을넴겨주소
세월아 봄철아 오고가질말어라
아까운 내청춘 다늙어간다
아리아리랑 쓰리쓰리랑 아라리가났네
아리랑 고개고개로 날을넘게주소
강원도 구리통밥은 내가묵어낼테니
본남편 싫은걸랑 내밑에 따러라
아리아리랑 쓰리쓰리랑 아라리가났네
아리랑 고개고개로 날을넴게주소
울엄마 사랑끝에 이목이가생겨서
안받을 고통도 다받게사네
아리아리랑 쓰리쓰리랑 아라리가났네

아리랑 고개고개로 날을넴게주소

제보자 2 정든님 오시는데 인사를못해
　　　　행주치마 입에물고 입만방긋
　　　　아리아리랑 쓰리쓰리랑 아라리가났네
　　　　아리랑 고개 고개로 날을넘게주소

제보자 1 새끼야 백발으는 씰(쓸)곳도나있건만
　　　　사람의 백발은 씰곳도없네
　　　　아리아리랑 쓰리쓰리랑 아라리요
　　　　아리랑 고개고개로 날을넴게주소
　　　　아까분 내청춘 어느누기(누구)를주고
　　　　남으야 백발을 내가맡아사나
　　　　아리아리랑 쓰리쓰리랑 아라리요
　　　　아리랑 고개고개로 날을넴게주소
　　　　종자돈 바래서 보리밭을 매러갔더니
　　　　울망질 단속군에 개똥치레만 하네
　　　　아리아리랑 쓰리쓰리랑 아라리요
　　　　아리랑 고개고개로 날을넴겨주소

　아이고.

제보자 2 기차는 가자꼬 목메어 우는데
　　　　정든님은 날잡고 낙록을(落淚를)한다
　　　　아리아리랑 쓰리쓰리랑 아라리가 났네-
　　　　아리랑 고개고개로 날을넴겨주소

제보자 1 새끼야 백발으는 씰곳도있구만

사람으 백발으는 씰곳도없네
아리아리랑 쓰리쓰리랑 아라리가났네
아리랑 고개고개로 날을넘겨주소

인자 쉬자.
[제보자가 힘이 부친 듯 쉬자고 말하는 도중에 추복순 씨가 이어서 불렀다.]

제보자 3 니잘났나 내잘났나 인기자랑말고
연지찍고 분바리면(바르면) 다잘났네
아리아리랑 쓰리쓰리랑 아라리가났네
아리랑 고개고개로 날을넘게주소

인제 고만하자.
(청중 : 고만하자, 마. 우리 제일이(가장) 마이(많이) 했지요?)
(조사자 : [웃음] 네.)
(청중 : 거 봐.)
[웃음]

노랫가락 (2)

자료코드 : 05_22_MFS_20100227_KYH_HDE_0003
조사장소 : 경상북도 포항시 북구 흥해읍 오도 2리 어민회관
조사일시 : 2010.2.27
조 사 자 : 김영희, 이미라, 황은주
제보자 1 : 한둘이, 여, 80세
제보자 2 : 추복순, 여, 71세
구연상황 : 조사자가 양산도나 장구타령을 요청했더니 한둘이 씨가 장구타령은 몰라도

양산도는 박자가 빨라 숨이 가빠서 못 한다고 대답하였다. 주변에서 장구타령을 해 보라며 권하자 마지막이라면서 한둘이 씨가 노래를 시작하였다. 추복순씨가 한둘이 씨와 번갈아 가며 노래를 불렀다. 추복순 씨 노래가 끝날 즈음에 한둘이 씨가 "에~"하고 다음 노래를 준비하여 바로 이어가기도 했다. 청중은 노래 중간중간에 "좋-다"라고 추임새를 넣으며 분위기를 북돋웠다. 노래가 끝난 후 다음 날 있을 지신밟기에 대해 이야기하고서 자리를 정리했다.

쪼매 있으믄 또 해주고, 인제 으쌰 하자.

(청중 : 시마이(しまい)[278] 되나?)

[웃음]

그래.

(청중 : 하씨요(하시오), 얼릉 하씨요.)

제보자 1 청천 하늘에

　　　　잔별도 많고요

　　　　요내야 가슴에

　　　　수심도 많네요

　　　　북한에 김일성은

　　　　김달선 믿었던가

　　　　독안의 쥐가되어

(청중 : 좋-다.)

　　　　주깨가 됐구나[279]

(청중 : 좋-다.)

　　　　언제나 언제나-

---

278) '끝, 마무리'라는 뜻.
279) 죽게 되었구나.

　　　　돈많이 벌어갖구
　　　　두둥실 높은집에-
　　　　잘살아 볼거나

제보자 2 저건네 저산이

　(청중 : 좋-다.)

　　　　명산이 됐다면-
　　　　바추같이 천리라도
　　　　내찾아 가지요

　받아라.

제보자 1 울리고 달려라
　　　　울리고 달려 에~

　(청중 : 좋-다.)

　　　　봄겉은 본가장
　　　　얼씨구나 뒤따라오네요

제보자 2 날따려(데려) 가세요
　　　　날모세(모셔) 가세요
　　　　돈많이 있는사람
　　　　얼씨구 날따려가세요

제보자 1 에~
　　　　가고잡은 장가는
　　　　몬(못)가게 되고

(청중 : 어이 좋-다.)

　　　　가기실븐(싫은) 국군에는
　　　　만날이도 오라카네

에이 좋다.

제보자 2 청천 하늘에-
　　　　잔별도 많고요
　　　　요내야 가슴에-
　　　　수심도 많더라

제보자 1 에~
　　　　이십에 내청춘
　　　　어느누기(누구)를 주고요
　　　　남으야 백발을
　　　　난맡아 사는고

제보자 2 날따려 가세요
　　　　날모세 가세요
　　　　돈많이 있는낭군
　　　　얼씨구 날따려가세요

제보자 1 에~
　　　　일본을 갈라고
　　　　연○고 내노-니
　　　　연락에 앉아서는-
　　　　눈물이 나네요

제보자 2 일본 동경이

　　　　그얼마나 좋아서

　　　　꽃같은 날벼리고(버리고)

　　　　얼씨구 연락선탔느냐

제보자 1 에～

　　　　청천한 하늘에는

　　　　잔별도 많구요

　　　　요내야 가슴에는

　　　　얼씨구 수심도많구나

제보자 2 저건너 저산에

　　　　외로운 저소나무

　　　　날콰(나와) 같이도

　　　　얼씨구 외롭게섰구나

제보자 1 에～

　　　　저건포 뒷산에

　　　　함분에 꽃이는

　　　　늙으나 젊으나

　　　　꼬부라 지느니

　（청중 : 이제 됐다.）

　그래.

　[청중이 수고했다는 뜻으로 박수를 쳤다.]

▮엮은이 소개

천혜숙 계명대학교 국어국문학과를 졸업하고 동 대학원에서 문학박사 학위를 받았
다. 현재 안동대학교 인문대학 민속학과 교수로 재직 중이며, 경상북도 문화
재위원, 문화재청 문화재전문위원이다. 주요 저서로『한국 구비문학의 이해』
(공저, 월인, 2000),『동해안 마을의 신당과 제의』(민속원, 2007) 등이 있다.

김영희 연세대학교 국어국문학과를 졸업하고 동 대학원에서 문학박사 학위를 받았
다. 현재 연세대학교 문과대학 국어국문학과 교수로 재직 중이다. 주요 저
서로『구전이야기의 현장』(공저, 이회, 2006),『숲골마을의 구전문화』(공저,
이회, 2006),『구전이야기 연행과 공동체』(민속원, 2013),『연행 주체란 누
구인가』(민속원, 2013),『한국 구전서사의 부친살해』(월인, 2013) 등이 있다.

이미라 연세대학교 독어독문학과를 졸업하고 같은 대학 국어국문학과 대학원에서
석사학위를 받은 후 박사과정을 수료하였다. 현재 연세대학교 학부대학 강
사로 재직 중이다. 주요 저서로『숲골마을의 구전문화』(공저, 이회, 2006)
등이 있다.

이선호 안동대학교 민속학과를 졸업하고 동 대학원에서 석사과정을 수료하였다.

김보라 안동대학교 민속학과를 졸업하고 동 대학원에서 석사학위를 받은 후 현재
서울역사박물관 연구원으로 재직 중이다.

증편 한국구비문학대계 7-21
경상북도 포항시

초판 인쇄 2016년 12월 21일
초판 발행 2016년 12월 28일
엮 은 이 천혜숙 김영희 이미라 이선호 김보라
엮 은 곳 한국학중앙연구원 어문생활사연구소
출판기획 유진아

펴 낸 이 이대현
펴 낸 곳 도서출판 역락
편   집 권분옥
디 자 인 이홍주

주   소 서울시 서초구 동광로46길 6-6(반포4동 577-25) 문창빌딩 2층
등   록 1999년 4월 19일 제303-2002-000014호
전   화 02-3409-2058, 2060
팩   스 02-3409-2059
이 메 일 youkrack@hanmail.net

값 80,000원

ISBN 979-11-5686-708-1 94810
      978-89-5556-084-8(세트)